ESCOLA DE DIREITO

Reinventando a escola multisseriada

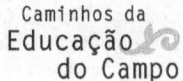
Caminhos da
Educação
do Campo

ESCOLA DE DIREITO
Reinventando a escola multisseriada

Maria Isabel Antunes-Rocha
Salomão Mufarrej Hage
[Orgs.]

1ª edição
1ª reimpressão

Copyright © 2010 Os organizadores
Copyright © 2010 Autêntica Editora

Todos os direitos reservados pela Autêntica Editora. Nenhuma parte desta publicação poderá ser reproduzida, seja por meios mecânicos, eletrônicos, seja via cópia xerográfica, sem a autorização prévia da Editora.

COORDENADORAS DA COLEÇÃO CAMINHOS DA EDUCAÇÃO DO CAMPO
Maria Isabel Antunes-Rocha (UFMG), *Aracy Alves Martins* (UFMG)

CONSELHO EDITORIAL
Antônio Júlio de Menezes Neto (UFMG), *Antônio Munarim* (UFSC), *Bernardo Mançano Fernandes* (UNESP), *Gema Galgani Leite Esmeraldo* (UFC), *Miguel Gonzalez Arroyo* (Professor Emérito da FaE/UFMG), *Mônica Castagna Molina* (UnB), *Salomão Hage* (UFPA), *Sonia Meire Santos Azevedo de Jesus* (UFS)

FORMATAÇÃO INICIAL DO TEXTO
Oscar Ferreira Barros e Ana Cristina Rangel da Luz

EDITORA RESPONSÁVEL
Rejane Dias

EDITORA ASSISTENTE
Cecília Martins

CAPA
Alberto Bittencourt

REVISÃO
Lira Córdova

DIAGRAMAÇÃO
Christiane Morais de Oliveira

Dados Internacionais de Catalogação na Publicação (CIP)
(Câmara Brasileira do Livro, SP, Brasil)

Escola de direito : reinventando a escola multisseriada / Maria Isabel Antunes-Rocha, Salomão Mufarrej Hage (organizadores) . – 1. ed. ; 1. reimp. – Belo Horizonte : Autêntica Editora, 2015. – (Coleção Caminhos da Educação do Campo ; 2)

Bibliografia.
ISBN 978-85-7526-487-4

1. Direito à educação 2. Educação rural 3. Pedagogia 4. Políticas educacionais 5. Políticas públicas I. Antunes-Rocha, Maria Isabel. II. Hage, Salomão Mufarrej. III. Série.

10-07517   CDD-370.193460981

Índices para catálogo sistemático:
1. Brasil : Escolas rurais multisseriadas : Educação do campo 370.193460981

Belo Horizonte
Rua Carlos Turner, 420
Silveira . 31140-520
Belo Horizonte . MG
Tel.: (55 31) 3465 4500

www.grupoautentica.com.br

São Paulo
Av. Paulista, 2.073, Conjunto Nacional, Horsa I
23º andar . Conj. 2310-2312 Cerqueira César
01311-940 São Paulo . SP
Tel.: (55 11) 3034 4468

Sumário

PREFÁCIO

Escola: terra de direito

Miguel G. Arroyo.. 9

Apresentação 15

PRIMEIRA PARTE

Escolas multisseriadas frente aos desafios da garantia do direito e da qualidade do ensino no campo

Carta pedagógica 01... 23

Capítulo 1 - Retratos de realidade das escolas do campo: multissérie, precarização, diversidade e perspectivas

Oscar Ferreira Barros, Salomão Mufarrej Hage, Sérgio Roberto Moraes Corrêa e Edel Moraes.. 25

Capítulo 2 - Políticas educacionais, modernização pedagógica e racionalização do trabalho docente: problematizando as representações negativas sobre as classes multisseriadas

Fábio Josué Souza dos Santos, Terciana Vidal Moura............................... 35

Capítulo 3 - Programa Escola Ativa: um pacote educacional ou uma possibilidade para a escola do campo?

Gustavo Bruno Bicalho Gonçalves, Maria Isabel Antunes-Rocha, Vândiner Ribeiro... 49

Capítulo 4 - Políticas de educação (a partir dos anos 1990) e trabalho docente em escolas do campo multisseriadas: experiência em município do Rio Grande do Norte

Márcio Adriano de Azevedo, Maria Aparecida de Queiroz........................ 61

Capítulo 5 - Diversidade ou desigualdade? As condições das escolas de fazenda na Ilha de Marajó: uma contribuição para o debate sobre as escolas multisseriadas na Amazônia
Sônia Maria da Silva Araújo.. 73

Capítulo 6 - A Lei nº 10.639/03 na Educação do Campo: garantindo direito às populações do campo
Leila de Lima Magalhães.. 85

Capítulo 7 - Condições de funcionamento de escolas do campo: em busca de indicadores de custo-aluno-qualidade
Ana Claudia da Silva Pereira...95

SEGUNDA PARTE
Educação do campo e pesquisa: retrato de realidade das escolas multisseriadas

Carta pedagógica 02.. 135

Capítulo 8 - Escola rural ribeirinha de Vila de Madeireira: currículo, imagens, saberes e identidade
Ana Cláudia Peixoto de Cristo.. 137

Capítulo 9 - Um professor, sua formação e subjetividade refletidas nas práticas pedagógicas
Ilsen Chaves da Silva.. 155

Capítulo 10 - Possibilidades de estruturação curricular das escolas no campo a partir das representações sociais dos jovens do campo
Wiama de Jesus Freitas Lopes.. 167

Capítulo 11 - A proposta pedagógica da escola ativa e suas repercussões no trabalho das professoras de classes multisseriadas em Mato Grosso
Nilza Cristina Gomes de Araújo, Maria Regina Guarnieri.......................... 181

Capítulo 12 - A materialização do currículo na escola multisseriada ribeirinha
Maria do Socorro Dias Pinheiro... 193

Capítulo 13 - O ensino de Ciências em classes multisseriadas: investigando as interações em aula
Maria Natalina Mendes Freitas, Terezinha Valim Oliver Gonçalves.......... 219

Capítulo 14 - Políticas públicas e classes multisseriadas: (des)caminhos do Programa Escola Ativa no Brasil
Jacqueline Cunha da Serra Freire, Ilda Estela Amaral de Oliveira, Wanderléia Azevedo Medeiros Leitão.. 231

TERCEIRA PARTE

Práticas pedagógicas e inovação nas escolas do campo: construindo caminhos de superação da precarização do ensino multisseriado

Carta pedagógica 03 251

Capítulo 15 - Plantando a Educação do Campo em escola de assentamento rural através de temas geradores

    Maria do Socorro Xavier Batista, Luciélio Marinho da Costa 253

Capítulo 16 - Formação continuada de professores de classes multisseriadas do campo: perspectivas, contradições, recuos e continuidades

    Albene Lis Monteiro, Cely do Socorro Costa Nunes 263

Capítulo 17 - Educação do campo no contexto do semiárido: tessituras de um processo

    Adébora Almeida R. Carvalho, Ivânia Paula Freitas de Souza, Juscelita Rosa Soares F. de Araújo, Solange Leite de Farias Braga 285

Capítulo 18 - Ser professora de classes multisseriadas: trabalho solitário em espaço isolado

    Ana Maria Sgrott Rodrigues, Rosália M. R. de Aragão 301

Capítulo 19 - Rituais de passagem no campo da linguagem: reconhecimento, valorização e diferenças culturais

    Ilsen Chaves da Silva 317

Capítulo 20 - Ensino de História e alternância: algumas possibilidades

    Neila da Silva Reis 325

Capítulo 21 - Travessias curriculares em Ilhas de Belém: os ciclos de formação nas escolas ribeirinhas

    Eliana Campos Pojo, Maria de Nazaré Vilhena 339

Capítulo 22 - "Escolas (in)sustentáveis, sociedades (in)sustentáveis": sobre os rumos da educação na Terra do Meio – Pará – Brasil

    Flávio Bezerra Barros, Vivian Zeidemann 353

POSFÁCIO

Pela transgressão do paradigma multisseriado da escola do campo: algumas referências para o debate

Carta pedagógica 04 375

Capítulo 23 - Escolas Sateré-Mawé do Marau/Urupadi: limites e possibilidades da multissérie na educação escolar indígena

    Valéria A. C. M. Weigel, Márcia Josanne de Oliveira Lira 377

Capítulo 24 - Heterogeneidade: fios e desafios da escola multisseriada da Ilha de Urubuoca
Maria Natalina Mendes Freitas... 389

Capítulo 25 - Transgredindo o paradigma (multis)seriado nas escolas do campo
Edel Moraes, Oscar Ferreira Barros, Salomão Mufarrej Hage, Sérgio Roberto Moraes Corrêa.. 399

Os autores... 417

Prefácio
Escola: terra de direito

Miguel G. Arroyo*

Esperançosas narrativas das escolas do campo. Como ler essas narrativas? Que esperanças carregam? Com o olhar positivo que vem da dinâmica do campo, da terra. Quando os povos dos campos em sua rica diversidade se mostram vivos, dinâmicos, até incômodos fecundam e dinamizam mesmo a escola. Obrigamnos a redefinir olhares e superar as visões inferiorizantes, negativas, com que em nosso viciado e preconceituoso olhar classificamos os povos do campo e seus modos de produção, a agricultura familiar e suas instituições, a família, a escola.

Comecemos destacando uma primeira impressão positiva dessas narrativas do campo e das escolas do campo: são 25 textos de pesquisas, análises e intervenções, produzidos por 42 autores de uma diversidade de escolas, universidades, centros de pesquisa, dos cursos de licenciatura, de pedagogia e de pedagogia da terra, de mestrado e doutorado. Educadores(as) que trabalham nas escolas, nas secretarias de Educação e na diversidade de fronteiras dos movimentos do campo, à Secretaria de Educação Continuada, Alfabetização e Diversidade do Ministério da Educação (SECAD-MEC).

O interesse pela Educação do Campo vem crescendo e puxando olhares mais atentos. O que provoca esses olhares? Lembro de uma mulher garimpando ouro em um dos riachos de Minas Gerais, a repórter perguntou: "é fácil ver a pepita de ouro ao girar a bateia?" "As pepitas de ouro puxam o olho da gente", respondeu a mulher garimpeira.

Nesse dinâmico girar e lutar, os povos do campo em tantas ações e movimentos puxam o olhar amedrontado dos donos da terra, dos donos do poder, das leis, das

---
* Professor Titular Emérito da Faculdade de Educação da Universidade Federal de Minas Gerais (UFMG). Doutor em Educação pela Stanford University.

Comições Parlamentares de Inquéritos (CPIs), dos aparatos da coerção e repressão, dos mantenedores da ordem e dos direitos de propriedade. Um olhar de medo. Mas também, nesse girar e lutar, terminam puxando o olhar atento dos gestores de políticas e da academia, do "latifúndio do saber", da pesquisa e da produção teórica.

Aqui estão alguns de muitos produtos-narrativas-análises de coletivos que foram puxados a pesquisar, analisar com olhar atento, comprometido com a Educação do Campo. Mais um indicador de que os povos do campo em suas ações e movimentos não provocam apenas reações de repressão e até de extermínio, mas incitam olhares atentos, incomodam, indagam, questionam o nosso pensar pedagógico e nossas políticas. A academia passou a mirar a escola e o conjunto de processos educativos que acontecem no campo com outros olhares, e começou a se ver com outras funções sociais. O campo contaminou com sua dinâmica e indagações o pensamento pedagógico. Um dado de extrema relevância que estes textos expõem. Não é a academia, nem o MEC ou as secretarias que puxam o olhar para o campo: é sua dinâmica incômoda que nos acorda e atrai nossos olhares.

Reinventando as escolas multisseriadas

A pepita de ouro que puxa nossos olhos nestes textos é a escola multisseriada. Entre tantos significados destas narrativas, merece destaque mostrar que as escolas multisseriadas estão sendo levadas a sério, sendo reinventadas, e não mais ignoradas nem desprezadas como escolas do passado.

Uma primeira lição: as escolas multisseriadas merecem outros olhares. Predominam imaginários extremamente negativos a ser desconstruídos: a escola multisseriada pensada na pré-história de nosso sistema escolar; vista como distante do paradigma curricular moderno, urbano, seriado; vista como distante do padrão de qualidade pelos resultados nas avaliações, pela baixa qualificação dos professores, pela falta de condições materiais e didáticas, pela complexidade do exercício da docência em classes multisseriadas, pelo atraso da formação escolar do sujeito do campo em comparação com aquele da cidade...

Difícil superar essas visões tão negativas do campo e de suas escolas porque reproduzem visões negativas dos seus povos e das instituições do campo. Estes textos nos provocam esta interrogação urgente: a quem interessa essa visão tão negativa da escola do campo e dos povos do campo? Por que ver o campo como problema? Para ver o Estado, as políticas, como solução? Para reduzir seus povos a meros destinatários agradecidos de nossas políticas e intervenções-solução?

Os textos partem da constatação histórica de que essas imagens tão negativas do campo e de suas escolas tiveram e têm uma intencionalidade política perversa: reduzir o campo, suas formas de existência e de produção de seus povos à inexistência. A escola do campo é, assim, considerada como não escola, não educandário, sem qualidade; os educadores-docentes, como não educadores, não docentes; a organização curricular não seriada, multisseriada, como inexistente; os diversos povos do campo, na pré-história, na inferioridade cultural. Em contraposição, a cidade, assim como a escola, os currículos seriados, seus docentes e sua qualidade, são existentes. Padrões de referência e paradigmas de modernidade, cientificidade, conhecimento, produtividade, que têm classificado, hierarquizado nossas escolas, docentes e coletivos que as frequentam.

Enquanto esses imaginários e paradigmas hierarquizantes, inferiorizantes, segregadores persistirem as pesquisas e análises nascerão viciadas, preconceituosas.

Outro ponto merece destaque: a tendência dessas análises é reduzir a escola a ela mesma. Sua baixa qualidade se explica por fatores intraescolares: condições, formação docente, modelo de organização, enturmação não seriada, heterogeneidade de idades e de aprendizados... Esse olhar escolar é uma das formas reducionistas que prevalece na formulação, gestão, avaliação e análise das escolas. A qualidade intraescolar se explica por si mesma, pelo que dentro dela acontece. Logo haja intervenções dentro e teremos outras escolas: mudemos de organização multisseriada para seriada, e as escolas do campo serão outras. Por décadas giramos nessas boas intenções e não aprendemos que as escolas e o sistema não mudam de dentro porque não são conformadas de dentro.

A escola do campo na dinâmica do campo

Uma das riquezas destes textos é apontar para a necessidade de mudar a visão negativa do campo e de seus povos, a fim de mudar a visão das escolas. É também ver e captar que o campo está vivo, que é um dos territórios sociais, políticos, econômicos e culturais de maior tensão, e que os povos do campo, em sua rica diversidade, afirmam-se como sujeitos políticos em múltiplas ações coletivas.

Pensando a escola nessa dinâmica uma questão se impõe: como abri-la a essa vida? Se tem tanta vida lá fora, como incorporá-la dentro da organização escolar? A escola seriada ou multisseriada será outra se se abrir e repensar nessa dinâmica social.

A questão que se impõe é entender quais processos educativos formadores de identidades, saberes e valores estão em jogo nessa dinâmica tensa e complexa do campo. Que indagações esses processos trazem para a escola do campo, para seus currículos, sua organização, para a formação e função docente-educadora. O paradigma curricular seriado, disciplinário, segmentado seria o modelo a seguir pelas escolas do campo? A formação disciplinar e segmentada de docentes que prevalece para as escolas urbanas será o ideal para acompanhar esta rica, tensa e complexa dinâmica formadora que se dá no campo? As escolas urbanas não estão tentando repensar-se na não menos tensa e complexa dinâmica social e cultural de nossas cidades?

Partindo dessa dinâmica, auscultando suas indagações, as análises da escola seriada ou multisseriada têm de ser outras. Deve-se sair de olhares reducionistas de dentro. Ir além de análises comparativas entre escola da cidade *versus* escola rural, entre escola seriada *versus* multisseriada. Análises cansativas, reducionistas, que nos fecham em vez de abrir-nos a compreensões e a intervenções mais profundas, postas pela dinâmica social.

Essas contraposições entre escola multisseriada e seriada perderam sentido. Avançamos no entendimento de que a organização seriada do conhecimento levou a uma compreensão segmentada, disciplinada, hierárquica e linear tanto dos conhecimentos quanto dos processos de ensinar-aprender. Levou e leva a deixar de fora a riqueza e complexidade que é inerente à produção do conhecimento. Sobretudo, essa organização seriada levou e leva a avaliar, aprovar e, principalmente, reprovar milhões de crianças e adolescentes, de jovens e adultos porque classificados como lentos, desacelerados, com problemas de aprendizagem nos ritmos, na sequência das séries e dos níveis escolares.

Toda organização linear, sequencial, seriada dos processos de aprendizagem, de formação e desenvolvimento humano, de socialização tende a ser homogeneizadora e consequentemente segregadora, injusta. A organização seriada vem acumulando cada ano milhões de segregados, reprovados por não seguirem o suposto processo linear, seriado, do ensino dos conhecimentos e dos processos de aprender. Isso ocorre devido ao fato de tal organização homogeneizar processos mentais e de formação tão diversos e complexos.

Quando a organização seriada está em crise por ser antidemocrática, classificatória e segregadora e quando se avança tanto na compreensão de como a mente humana aprende, dos complexos processos do aprender humano, fica sem sentido propor que as escolas do campo, multisseriadas ou não seriadas, virem seriadas.

Uma organização que respeite os tempos humanos

Talvez o caminho mais fecundo seja perguntar-nos para onde se avança na superação dos aspectos tão negativos que se lastram na organização linear, segmentada, classificatória e reprovadora da escola seriada. Inúmeras redes e escolas das cidades e dos campos têm avançado para organizar os currículos, tempos e espaços, o trabalho dos mestres e educandos, respeitando os tempos humanos, mentais, culturais, éticos, socializadores, identitários, corpóreos dos educandos. Respeitam-se os tempos-idades geracionais. Tempos estes que possuem suas especificidades de socialização, de aprendizagens, de formação: infâncias, pré-adolescência, adolescência, juventude, vida adulta.

O que significa organizar as escolas do campo de modo a respeitar esses tempos humanos? Significaria começar por tentar entender como estes são vividos na especificidade dos campos. Como a criança vive a infância menor de zero a três, três a cinco anos; de que maneira ela se abre para a vida e se insere nas culturas do campo; que organização seria mais apropriada para a educação dessas infâncias menores no campo; que centros de educação infantil, que educadoras(es) e com qual formação específica; que cuidados e quais artes de educar; que articulação com as famílias, a relação, crianças, famílias, mães no campo. Significaria organizar a educação infantil respeitando-se as especificidades de ser criança no campo.

E as crianças de seis, sete, oito anos, como vivem esse tempo ainda da infância? Que especificidades têm na agricultura familiar, nos convívios e processos de socialização e aprendizagem, na relação com a terra, na entrada inicial nos processos de produção familiar, no aprendizado das lutas como "sem-terrinha"?

Reconhecida a especificidade desse tempo final da infância na especificidade do campo, define-se a organização escolar, a enturmação. Seria por idades? Por interidades ou por temporalidades humanas mais próximas? Como organizar os conhecimentos, os saberes, que trazem das especificidades de suas experiências infantis na especificidade do viver no campo? Que saberes, vivências, processos de aprender são comuns e específicos desse tempo humano final da infância? Como trabalhar o que é comum, em espaços comuns, com didáticas comuns, com educadores comuns a seu tempo de formação? Outra lógica bem distante da simplória organização multisseriada e seriada.

As mesmas indagações caberiam para como trabalhar e organizar o trabalho com pré-adolescentes de nove a 11 anos, ou adolescentes de 12 a 15 anos. Cada docente-educador, ou cada coletivo, teria de começar por entender a especificidade de ser pré-adolescente ou adolescente no campo, na agricultura familiar, nos convívios, na socialização, nas vivências e saberes, culturas, valores do campo, dos saberes da organização e lutas pela terra.

A partir dessas especificidades coletivas, tenta-se organizar conhecimentos: modos de ver o mundo, de se ver; modos de pensar o real e a especificidade desses tempos e das formas de vivê-los no campo; modos de ver a terra, de aprender a lutar pela terra. Que agrupamentos são mais próximos em vivências, saberes, socializações? Respeitar as vivências e saberes, os valores e modos de pensar o real e de pensar em si, de aprender e socializar-se nos convívios coletivos que não são diferentes por idades cronológicas, por anos de idade, mas que são próximos por temporalidades geracionais, pré-adolescentes, adolescentes, jovens ou adultos. O respeito à especificidade de cada tempo humano, de formação, geracional como critério central da organização escolar.

Respeitar organizando convívios-aprendizagens por tempos humanos vai além da lógica seriada e multisseriada. É a lógica do viver, do aprender humano, do socializar-nos como sujeitos culturais, intelectuais, éticos, sociais, políticos, identitários.

Tratos humanos para aprender-nos humanos

Um depoimento muito pessoal. Li com especial interesse estes textos sobre "escolas multisseriadas" no campo, por um motivo que me toca. No dia em que cumpri seis anos, minha mãe me fez uma roupa especial e me levou da mão à escola do meu povoado, a mesma escola onde ela, meu pai, meus avós tinham estudado. Ninguém me disse ser uma escola "multisseriada". Minha experiência escolar naquele campo foi de seis a dez anos com a turma dos "menores", da infância, e de dez a 14 anos com a turma dos "maiores", da adolescência.

Quando cheguei criança, convivi na mesma sala com os pares da infância, reconhecidos e respeitados nas nossas vivências da infância. Quando cresci, cheguei à adolescência, convivi, aprendi como adolescente com colegas adolescentes. Os mestres sabiam ser educadores de cada tempo humano, aprenderam a respeitar-nos em cada tempo.

Hoje entendo que a escola do campo em que vivi me respeitou na infância como criança e na adolescência como adolescente. Guardo um profundo reconhecimento de professores que me ensinaram a grande lição, a respeitar-me e respeitar os outros porque fui respeitado nos meus tempos humanos, nas minhas vivências, nos saberes e nas identidades do campo. Essa escola é possível.

Apresentação

A Coleção Caminhos da Educação do Campo, ao publicar o segundo livro, reafirma sua função de informar, divulgar, socializar e instrumentalizar as práticas construídas pelos diferentes sujeitos que lutam por uma educação de qualidade e comprometida com a transformação da sociedade. Ao focar as "classes multisseriadas" nos aproximamos do símbolo, da materialidade, do sentido e do significado que a Educação Rural assumiu na história brasileira.

A palavra "multisseriada" nos conduz para espaços e tempos onde uma parcela significativa da população estudou nos anos iniciais de sua escolarização. Para uns significou um primeiro momento que se desdobrou em muitos outros. Para outros significou o limite, o impedimento de continuar, a ausência do direito à escola. Para a grande maioria sinalizou o caminho da cidade. No rancho de pau a pique, na casa da professora ou do fazendeiro, distante 2 a 5 Km da residência, o fato é que há quase um século um conjunto de crianças, com diferentes idades, se encontra com uma professora para o ofício de ensinar e aprender.

Ser "multisseriada" denuncia o diálogo com a série – herança do modo de organização da escola no meio urbano. Professores reinventam espaços, dividindo séries por filas de carteiras, separando o quadro, contando com o apoio dos alunos mais adiantados. Esses profissionais são desvalorizados, sem apoio pedagógico e indicações do que pode ou não pode ser feito, na angústia de reproduzir o modelo da cidade. Professores que também rompem com as séries, com os conteúdos por idade, vencem barreiras da depreciação e da falta de atenção com a escola e as populações do campo. A experiência das "classes multisseriadas" tem muito a nos ensinar. Há sinais de vida, de resistência, de vontade de fazer diferente.

Este livro, escrito com muitas mãos, evidencia o olhar de quem procura possibilidades. Pauta a discussão abrangendo múltiplos aspectos que retratam a realidade educacional que os sujeitos do campo enfrentam nessas escolas. Mostra os desafios para que tais sujeitos tenham o seu direito à educação assegurada, em conformidade com o que estabelecem os parâmetros de qualidade do ensino público, anunciados nas legislações educacionais vigentes.

Ao longo de seus capítulos, os aspectos mais evidenciados referem-se à qualidade social do processo educacional e às possibilidades de intervenção qualificada no cotidiano das escolas do campo que oportunizem a elaboração e efetivação de políticas educacionais e de práticas pedagógicas contextualizadas e inovadoras, que contribuam para modificar o estigma da escolarização empobrecida, precarizada e abandonada que, de forma predominante ainda, configura a escolarização no meio rural.

O livro reúne 25 artigos, resultantes de investigações de mestrado, doutorado e de pesquisas e projetos institucionais desenvolvidos no interior de várias universidades públicas brasileiras, em diálogo com movimentos e organizações sociais do campo, abrangendo situações educativas que se processam nas diferentes regiões do Brasil. Abordam-se situações educacionais representativas da diversidade sociocultural que configura a ação das escolas multisseriadas junto às populações do campo na atualidade: assentamentos rurais; populações ribeirinhas, negras e quilombolas; escolas indígenas; escolas rurais em áreas de fazendas e de madeireiras; e educação no semiárido.

Nos artigos, são tratados aspectos significativos da educação na infância e na juventude; do cotidiano das escolas, envolvendo os processos de ensino-aprendizagem e dos contextos mais amplos, como as políticas públicas que pautam as escolas multisseriadas; enfocam-se temáticas diversificadas que circulam nos contextos e lugares onde essas escolas são predominantes: currículo, diversidade, pedagogia da alternância, temas geradores, seriação, ciclos de formação, organização do trabalho pedagógico, formação de professores, custo-aluno-qualidade, ensino de ciências, de matemática, de história e atividades sobre linguagem, educação ambiental, sustentabilidade, entre outros.

Pretendemos com o livro desmistificar um discurso muito popularizado de que não há pesquisas, estudos, diagnósticos e propostas de intervenção que abordem a realidade das escolas rurais multisseriadas em nosso país, ainda que tenhamos que reconhecer que esses estudos e propostas ainda são insuficientes face às demandas e urgências que envolvem essa problemática. Do mesmo modo, é nossa intenção reunir e disponibilizar um conjunto de referências teóricas, de legislação, de políticas e de práticas pedagógicas produzidas por pesquisadores e grupos de pesquisa que se encontram em diferentes contextos e universidades, e contribuem para ampliar as possibilidades de intervenção do poder público e de organizações e movimentos sociais nas escolas que se localizam nas pequenas comunidades rurais brasileiras.

Não compactuamos com as práticas, ideias e políticas que mantêm a realidade das escolas rurais multisseriadas ainda fortemente marcada pela precariedade das condições existenciais e de infraestrutura; pelos altos índices de fracasso escolar, de defasagem idade-série e de frequência do trabalho infanto-juvenil – fator este que compromete a positividade do processo ensino-aprendizagem; pela existência de currículos deslocados da realidade do campo; pela sobrecarga de trabalho, instabilidade no emprego e angústias relacionadas à organização do trabalho pedagógico que os professores enfrentam; assim como pela falta de acompanhamento pedagógico das secretarias estaduais e municipais de educação.

Da mesma forma, é motivo de grande preocupação quando identificamos um grande número de sujeitos que ensinam, estudam, investigam ou demandam a educação no campo e na cidade se referir às escolas rurais multisseriadas como um "mal necessário", um "grande problema", um empecilho, um fardo muito pesado ou mesmo um impedimento para que o ensino e o direito à aprendizagem sejam assegurados nas escolas do campo, expressando sensações de imobilismo, de impotência, de falta de opção ou alternativa que a oferta da escolarização sob a forma de multissérie desencadeia.

No âmbito desse cenário pouco animador, temos assistido ao avanço da política de nucleação vinculada ao transporte escolar, como solução mais plausível para os grandes problemas enfrentados pelas escolas rurais multisseriadas, resultando no fechamento de escolas em pequenas comunidades rurais e na transferência dos estudantes para escolas localizadas em comunidades rurais mais populosas (sentido campo-campo) ou para a sede dos municípios (sentido campo-cidade). Dados oficiais do Instituto Nacional de Estudos e Pesquisas Educacionais Anísio Teixeira (INEP), do Censo Escolar 2006, fortalecem essa argumentação ao revelarem que as escolas exclusivamente multisseriadas passaram de 62.024 em 2002 para 50.176 em 2006, e as matrículas nesse mesmo período passaram de 2.462.970 para 1.875.318; e que houve um crescimento no deslocamento dos estudantes do meio rural no sentido campo-cidade de mais de 20 mil alunos transportados e no sentido campo-campo de mais de 200 mil estudantes transportados em 2006.

De fato, a inexistência de escolas suficientes no campo tem imposto o deslocamento de 48% dos alunos dos anos iniciais e de 68,9% dos alunos dos anos finais do ensino fundamental para as escolas localizadas no meio urbano em todo o país, problema este que se agrava à medida que os alunos vão avançando para as séries mais elevadas, em que mais de 90% dos alunos do campo precisam se deslocar para as escolas urbanas a fim de cursar o Ensino Médio, segundo o Censo Escolar de 2002 do INEP. Se adicionarmos a esses dados as dificuldades de acesso às escolas do campo, as condições de conservação e o tipo de transporte utilizado, bem como as condições de tráfego das estradas, concluímos que a saída do local de residência torna-se uma condição para o acesso à escola, uma imposição, e não uma opção dos estudantes do campo.

O livro, através de seus artigos, pauta todas essas problemáticas que envolvem as escolas rurais multisseriadas, oferecendo reflexões, experiências, pistas e alternativas que sejam capazes de propiciar um ambiente mais adequado às atividades de ensino-aprendizagem nas escolas do campo, que valorize as especificidades do meio rural e sua diversidade cultural e social.

No ano 2009, apesar de os dados não estarem ainda totalmente consolidados, o Censo Escolar indica a existência de 49.305 escolas exclusivamente multisseriadas no país, e um contingente expressivo de 1.214.800 de estudantes nelas matriculados. Para esses sujeitos, assim como para seus familiares e moradores das pequenas comunidades rurais localizadas nos quatro cantos de nosso país, a presença das escolas em suas próprias comunidades é fundamental para a preservação nesse espaço de redes sociais e produtivas, pois o deslocamento dos estudantes para os centros urbanos incentiva a saída das famílias de suas propriedades e aumenta sua preocupação com a segurança, o acompanhamento de seus filhos e a necessidade de lhes garantir a continuidade de estudos, em face às condições das estradas e dos transportes, à violência urbana e à convivência em ambientes diferentes de sua cultura local.

Em grande parte dessas pequenas comunidades rurais, as escolas, ofertadas sob a forma do multisseriado, representam a única presença explícita do Estado, materializado como equipamento público capaz de assegurar às populações do campo uma formação plena como ser humano, que tem assegurado o direito de acessar os conhecimentos, a cultura, os valores, a memória coletiva, as inovações do progresso tecnológico e os saberes do mundo do trabalho.

Diante da importância e centralidade das escolas para a autonomia, emancipação e empoderamento das populações do campo e para a produção, reprodução, renovação e sustentabilidade das pequenas comunidades rurais, oferecemos as reflexões realizadas neste livro, para que possamos fortalecer a esperança coletiva, na possibilidade de oferecer às populações do campo uma escola pública de qualidade social sintonizada com as peculiaridades de vida, de trabalho e de cultura das populações do campo, o que de forma nenhuma significa a perpetuação da experiência precarizada e empobrecida de educação que se efetiva nas escolas rurais multisseriadas tal qual existem na atualidade.

Para dar conta de sua intencionalidade, o livro se organiza em quatro seções que se articulam entre si, explorando diferentes dimensões do esforço desenvolvido pelos autores em seus estudos, pesquisas, reflexões e intervenções envolvendo as escolas rurais multisseriadas.

A primeira, intitulada "Escolas multisseriadas frente aos desafios da garantia do direito e da qualidade do ensino no campo", apresenta aspectos de realidade das escolas multisseriadas, focando a precarização e a diversidade, problematizando as representações negativas sobre essas escolas e revelando um conjunto de referências para elaboração, efetivação e análise de políticas educacionais, que contemplem aspectos significativos da diversidade regional existente no país, do trabalho docente, das especificidades com relação às questões raciais e de financiamento, e assegurem o direito à educação das populações do campo e o funcionamento adequado das escolas.

A segunda, "Educação do Campo e pesquisa: retratos de realidade das escolas multisseriadas", expressa, através de diferentes estudos e pesquisas, diagnósticos e reflexões sobre currículo, formação, identidade e trabalho docente em diferentes situações nas quais se materializam as escolas multisseriadas, destacando a dimensão das políticas, das práticas pedagógicas, do ensino e da organização curricular.

A terceira, "Práticas pedagógicas e inovação nas escolas do campo: construindo caminhos de superação da precarização do ensino multisseriado", oferece diferentes possibilidades de intervenção qualificada na dinâmica e no cotidiano das escolas rurais multisseriadas que oportunizem a superação da precarização que configura a realidade da maioria dessas escolas, envolvendo diferentes contextos: assentamentos rurais, semiárido, populações ribeirinhas e populações do campo do sul do país; sob diferentes perspectivas: formação continuada de professores, trabalho docente, organização do ensino, trabalho com a linguagem, o ensino da história e a educação ambiental.

A quarta e última seção, "Pela transgressão do paradigma multisseriado da escola do campo: algumas referências para o debate", compartilha diferentes reflexões que pautam as escolas rurais multisseriadas em contextos diversos, como as aldeias indígenas e as comunidades ribeirinhas, com a perspectiva de fortalecer a nossa esperança de que uma outra educação é possível de acontecer nas escolas do campo, particularmente, quando os sujeitos que nelas atuam são capazes de transcender às referências conceituais e de práticas pedagógicas que as configuram como o retrato da precarização e do empobrecimento da educação, que é oferecida ao meio rural brasileiro.

Com a publicação deste livro, fazemos uma homenagem aos professores, pais e estudantes que em quase um século fizeram das "classes multisseriadas" um espaço/tempo de recriação da escola como local de produção e socialização do conhecimento.

Os organizadores

Primeira parte

Escolas multisseriadas frente aos desafios da garantia do direito e da qualidade do ensino no campo

Carta pedagógica 01

Eu, Doraci Rodrigues de Oliveira, trabalho na área da educação pública, como professor, no ensino fundamental, anos iniciais, desde 1991, com turmas multisseriadas.

Desse longo período de trabalho, vale ressaltar que muitas lembranças positivas marcam minha vida. Pois, apesar das inúmeras dificuldades, estas não conseguiram ultrapassar os meus anseios, e mantive, assim, desde minha infância, o sonho de ser um dia professor.

Estudar para mim era tudo. Poder estudar significava ser alguém que iria fazer a diferença no meio social e contribuir com os que mais de mim precisassem. Por essa razão, quando estou junto com os meus alunos, vivencio outra realidade, a prática em poder contribuir ações inovadoras com os alunos, que certamente brilharão como verdadeiros mestres.

Gostaria de dizer que minhas metodologias são baseadas no coletivo, pela ação conjunta com todo grupo. Venho aprendendo sobre métodos interdisciplinares, porém, muito antes de ter uma graduação, já trabalhava dentro dessa linha e, mesmo sem saber que já estava trabalhando, já dava para ver que surtia o efeito educativo de ensino-aprendizagem.

O gosto para continuar trabalhando na área da educação leva-me a compreender que meu papel vai além de ensinar os alunos: devo fazer a diferença a partir de meus trabalhos na escola, na família e na comunidade onde vivo.

Tenho construído um espaço visto como positivo, ao poder trabalhar em escola multisseriada, na zona rural. Isto para mim é forma de orgulho: poder explorar e vivenciar ainda das culturas da zona rural na sociedade atual.

Doraci Rodrigues de Oliveira
Professor de escola do campo – Curralinho/PA

Capítulo 1
Retratos de realidade das escolas do campo: multissérie, precarização, diversidade e perspectivas

Oscar Ferreira Barros
Salomão Mufarrej Hage
Sérgio Roberto Moraes Corrêa
Edel Moraes

Há sete anos, criamos o Grupo de Estudo e Pesquisa em Educação do Campo na Amazônia (GEPERUAZ), atualmente, vinculado ao Instituto de Ciências da Educação da Universidade Federal do Pará (UFPA). Por meio dele, começamos a realizar pesquisas e intervenções, focando a realidade educacional e social mais ampla e complexa das populações do campo no Pará/Amazônia, fortalecendo nossos laços de identidade/subjetividade amazônica, relacionando e considerando processos e dinâmicas sociais, políticos, econômicos, culturais e ambientais da multiterritorialidade rural da Amazônia paraense.

No biênio 2002-2004, realizamos a pesquisa "Classes multisseriadas: desafios da educação rural no Estado do Pará/Região Amazônica", com financiamento do Conselho Nacional de Desenvolvimento Científico e Tecnológico (CNPq), resultando num diagnóstico da realidade educacional das escolas multisseriadas no estado do Pará. No biênio 2005-2007, realizamos a pesquisa "Currículo e inovação: transgredindo o paradigma multisseriado nas escolas do campo na Amazônia", também financiada pelo CNPq, resultando na apresentação de referenciais para a elaboração de uma proposta de intervenção que oportunizasse transgredir à "precarização do modelo seriado urbano" que constitui o traço identitário dominante das escolas multisseriadas. No biênio 2008-2010, estamos realizando a pesquisa "Políticas de nucleação e transporte escolar: construindo indicadores de qualidade da educação básica nas escolas do campo da Amazônia", com financiamento da Fundação de Amparo à Pesquisa do Estado do Pará (FAPESPA) e do CNPq, com o objetivo de realizar uma análise da política de nucleação das escolas rurais vinculada ao transporte escolar, com a perspectiva de apresentar indicadores para referenciar as políticas educacionais.

Os resultados dessas pesquisas estão disponibilizados neste artigo, revelando aspectos significativos do acúmulo que temos obtido sobre a realidade educacional e a vida das populações do campo na Amazônia. De certo modo, as informações aqui disponibilizadas têm reforçado a necessidade da construção de um olhar próprio acerca da educação e das escolas do campo e, em especial, das escolas multisseriadas, particularmente entendendo a Amazônia e a Educação do Campo como vinculadas à diversidade de populações que vivem no espaço rural, considerando seus diferentes e conflitantes modos de vida e de organização do trabalho, diferentes saberes, tradições, histórias; condições de saúde; aliado ao conhecimento de ecossistemas tão variados em termos de paisagem, vegetação, animais, etc.

Essas situações têm-nos colocado diante dos seguintes desafios: como pensar a educação e a escola do campo de nosso próprio território? Apresentar que currículo e propostas educativas que tenham a nossa cara, nosso jeito de ser, de sentir, de agir e de viver amazônico? Como articular a Amazônia à realidade nacional e internacional contemporânea e, ao mesmo tempo, afirmar as peculiaridades socioculturais locais? Como enfrentar a precarização das escolas do campo, expressa através das turmas multisseriadas e das condições socioeconômicas das populações do campo, com vistas a assegurar o direito de aprender dos sujeitos do campo e viver dignamente como ser humano na sua plenitude?

Para nós, torna-se injustificável a existência de escolas públicas no campo que se apresentem sem as condições adequadas de infraestrutura e didático-pedagógicas, ainda que possamos identificar esforços do poder público para oferecer a educação escolar nas pequenas comunidades rurais, em especial, naquelas que se encontram mais distantes das sedes dos municípios. Há também os esforços feitos por professores e professoras para realizarem o trabalho pedagógico nessas escolas, considerando o desafio de atuar com crianças em diferentes momentos e tempos de aprendizagens social e escolar.

De fato, a realidade da maioria das escolas multisseriadas revela grandes desafios para que sejam cumpridos os preceitos constitucionais e os marcos legais operacionais anunciados nas legislações específicas, que definem os parâmetros de qualidade do ensino público conquistados com as lutas dos movimentos sociais populares do campo. No Estado do Pará, os estudos realizados pelo GEPERUAZ sobre a Educação do Campo e sobre as escolas multisseriadas revelam o quadro dramático em que se encontram essas escolas, exigindo uma intervenção urgente e significativa nas condições objetivas e subjetivas de existência dessas escolas do campo.

Aspectos de realidade das escolas multisseriadas na Amazônia paraense

As situações que os sujeitos do campo vivenciam para assegurar o acesso e a qualidade da educação nas escolas multisseriadas, em grande medida, estão diretamente relacionadas à falta e/ou à ineficiência de políticas públicas, em particular da política educacional para a Amazônia, situação que envolve fatores macro e microestruturais relacionados, como a profunda desigualdade social e exclusão e o fracasso escolar dos sujeitos do campo, expresso nas taxas elevadas de distorção idade-série, de reprovação e de dificuldades de aprendizagem da leitura e escrita, entre outras situações que comprometem o ensino e a aprendizagem nessas escolas. Entre os mais significativos, destacam-se os seguintes:

- **A precariedade das condições existenciais das escolas multisseriadas**

O processo de ensino-aprendizagem é prejudicado pela precariedade da estrutura física das escolas multisseriadas, expressando-se em prédios que necessitam de reformas como também espaços inadequados ao trabalho escolar; muitas escolas constituem-se em um único espaço físico e funcionam em salões paroquiais, centros comunitários, varandas de residências, não possuindo área para cozinha, merenda, lazer, biblioteca, banheiro, etc. Há dificuldades enfrentadas pelos professores e estudantes em relação ao transporte escolar e às longas distâncias percorridas para chegar à escola e retornar as suas casas, realizadas por diferentes vias e meios de transportes utilizados no campo; igualmente prejudicada pela oferta irregular da merenda, que interfere na frequência e aproveitamento escolar, pois, quando ela não está disponível, constitui-se um fator que provoca o fracasso escolar, ao promover a evasão e a infrequência dos estudantes. Essas situações expressam a precariedade das condições existenciais em que se encontram as escolas multisseriadas e o conjunto de professores e estudantes que vivenciam a educação nesse espaço socioterritorial, tornando-se necessário pautar esse debate no âmbito das políticas públicas educacionais.

- **A sobrecarga de trabalho dos professores e instabilidade no emprego**

Os professores se sentem sobrecarregados ao assumirem outras funções nas escolas multisseriadas, como: faxineiro, líder comunitário, diretor, secretário, merendeiro, agricultor, etc. Essa multiplicidade de funções que adquire é vista como negativa para sua atuação profissional, necessitando de uma equipe para somar e dividir esforços no trabalho escolar. Além disso, muitos professores e demais sujeitos das comunidades sofrem pressões dos grupos que possuem poder político local e que em geral se encontram no poder legislativo ou gestando as secretarias estaduais e municipais de educação; situação que os deixam submetidos a uma grande rotatividade, ao mudar constantemente de escola e/ou de comunidade em função de sua instabilidade no emprego.

- **As angústias relacionadas à organização do trabalho pedagógico**

Os professores têm muita dificuldade em organizar o processo pedagógico nas escolas multisseriadas justamente porque trabalham com a visão de junção de várias séries ao mesmo tempo e têm que elaborar tantos planos de ensino e estratégias de avaliação da aprendizagem diferenciados quanto forem as séries com as quais trabalham. Como resultado, os professores se sentem angustiados e ansiosos ao pretenderem realizar o trabalho da melhor forma possível e, ao mesmo tempo, se sentem perdidos, carecendo de apoio para organizar o tempo, espaço e conhecimento escolar, numa situação em que se faz necessário envolver até sete séries concomitantemente. Além disso, eles se sentem pressionados pelo fato de as secretarias de educação definirem encaminhamentos padronizados no que se refere à definição de horário do funcionamento das turmas e ao planejamento e à listagem de conteúdos, reagindo de forma a utilizar sua experiência acumulada e criatividade para organizar o trabalho pedagógico com as várias séries ao mesmo tempo e no mesmo espaço, adotando medidas diferenciadas em face das especificidades de suas turmas.

- **Currículo distanciado da realidade da cultura, do trabalho e da vida do campo**

O conjunto de crenças, valores, símbolos e conhecimentos das populações da Amazônia e seus padrões de referência e sociabilidade que são construídos e reconstruídos nas relações sociais, no trabalho e na convivência nos espaços sociais em que participam não têm sido valorizados e incorporados nas ações educativas das escolas multisseriadas, constituindo-se num fator que produz o fracasso escolar das populações do campo. Essa situação advém de uma compreensão universalizante de currículo, orientada por uma perspectiva homogeneizadora, que sobrevaloriza uma concepção mercadológica e urbanocêntrica de vida e de desenvolvimento e que desvaloriza os saberes, os modos de vida, os valores e concepções das populações que vivem e são do campo, diminuindo sua autoestima e descaracterizando suas identidades.

O enfrentamento dessa situação desastrosa requer a construção coletiva de um currículo que tome como referência e valorize as diferentes experiências, saberes, valores e especificidades culturais das populações do campo. Há a necessidade de se concretizar um processo de educação dialógica que inter-relacione saberes, sujeitos e intencionalidades, superando a predominância de uma educação bancária e de uma concepção disciplinar de conhecimento. Os saberes da experiência cotidiana no diálogo com os conhecimentos selecionados pela escola propiciarão o avanço na construção e apropriação do conhecimento por parte dos educandos e dos educadores. Por isso mesmo, todos, sem exceção, professores, estudantes, pais e membros da comunidade, devem ser envolvidos na construção coletiva do currículo. Eles têm muito a dizer e ensinar sobre os conhecimentos que devem ser selecionados para a educação/escolarização dos sujeitos do campo, os quais contribuirão significativamente para o fortalecimento de suas identidades individuais e coletivas.

- **O fracasso escolar e de defasagem idade-série são elevados em face do pouco aproveitamento escolar e das atividades de trabalho infanto-juvenil**

Nas escolas multisseriadas, os estudantes têm pouco aproveitamento nos estudos e a repetência é motivada em grande medida pela dificuldade de apropriação da leitura e da escrita por parte dos estudantes. Os professores, por sua vez, em face do acúmulo de funções e tarefas, como também pela dificuldade para alfabetizar, têm pouca oportunidade de realizar o atendimento aos estudantes que não sabem ler e escrever e, ao mesmo tempo, se sentem pressionados pelas Secretarias de Educação a aprová-los no final do ano letivo, como forma de relativizar as alarmantes taxas de repetência e não correr o risco de reduzir os recursos financeiros para a educação. Articulando-se a essa situação peculiar, as condições precárias de vida dos sujeitos do campo impõem a realidade do trabalho infanto-juvenil e, em determinadas situações, a prostituição de meninas adolescentes e jovens, prejudicando a frequência e a aprendizagem na escola, constituindo-se, assim, fatores que se encontram na base do fracasso escolar nas escolas multisseriadas. A situação de precarização socioeconômica e de trabalho da família, que muitas vezes realizam atividades itinerantes, de pouca rentabilidade, prejudiciais à saúde e sem as mínimas condições de segurança, também contribui para levar ao fracasso dos estudantes nas escolas multisseriadas, pois a família passa a priorizar o *trabalho-precário* em detrimento da participação da criança-adolescente na escola.

- **Dilemas relacionados à participação da família e da comunidade na escola**

Na dinâmica pedagógica que se efetiva nas escolas multisseriadas, a participação da família/da comunidade tem se mostrado limitada, revelando pouca integração família-escola-comunidade. Nos argumentos dos sujeitos entrevistados nas pesquisas, emergiram diferentes aspectos que envolvem e justificam essa situação. Em primeiro lugar, evidencia-se o fato de que os(as) professores(as) acusam os pais de não colaborarem na escolarização dos filhos, afirmando ser este um grande problema, que interfere na aprendizagem. Em segundo lugar, pais e mães afirmam que trabalham e não têm tempo para ajudar os filhos nas situações que envolvem a escola, porém, sempre que podem, ajudam, estimulam e cobram dos filhos a realização das tarefas de casa. Em terceiro, muitos pais e mães não se sentem preparados para ajudar seus filhos nos trabalhos solicitados pela escola e isso se dá pelo baixo nível de escolaridade que possuem, ainda que não deixem de reconhecer a importância e a necessidade de sua participação mais efetiva na escola.

- **A falta de acompanhamento pedagógico das Secretarias de Educação**

Professores, família e integrantes da comunidade envolvidos com as escolas multisseriadas se ressentem do apoio que as Secretarias Estaduais e Municipais de

Educação deveriam dispensar às escolas do campo e afirmam serem estas discriminadas em relação às escolas urbanas, que têm prioridade absoluta em relação ao acompanhamento pedagógico e à formação dos docentes. No entendimento desses sujeitos, essa situação advém do descaso dessas instâncias governamentais para com as escolas multisseriadas, pois não investem na construção de propostas pedagógicas específicas para essa realidade e muito menos na formação dos docentes que atuam no multisseriado. Por parte do pessoal que atua nas Secretarias de Educação, as justificativas em relação à falta de acompanhamento pedagógico advêm da falta de estrutura político-administrativa local, do número de pessoal insuficiente para a realização dessa ação, da rotatividade desses profissionais e da pouca experiência para atuar com classes multisseriadas.

Todas essas situações apontam para a urgência de tomarmos essas questões específicas em nossos olhares de forma mais ampla e articulada, considerando que a escola multisseriada sobrevive enfrentando esse tipo de tratamento pouco conhecido do público envolvido com a escola do campo, não sendo suficiente fechá-la ou mantê-la como resíduo da oferta escolar, pois, insistimos, é inconcebível a existência de escolas públicas sem as mínimas condições de trabalho, ademais pelo fato de serem responsáveis pela escolarização da maioria das crianças e dos jovens do campo no Pará e no Brasil, estando garantida como direito constitucional. Isso implica dizer que os direitos humanos estão sendo violados quando não garantidos aos povos do campo, o direito à educação.

Questões para orientar o debate sobre nossa intervenção na realidade das escolas do campo multisseriadas

Após a identificação dessas problemáticas referentes à realidade educativa das escolas do campo multisseriadas, apresentamos a seguir algumas reflexões e proposições para esse debate, a fim de referenciar a elaboração de práticas e políticas educacionais e curriculares emancipatórias para o campo, no país, focando o debate sobre os desafios enfrentados por essas escolas para garantir às populações do campo o direito à educação básica de qualidade.

- As escolas multisseriadas precisam sair do anonimato e serem inseridas nas agendas dos órgãos públicos sem prerrogativas. Essas escolas devem ser analisadas no contexto socioeconômico-político-cultural-ambiental e educacional do campo na sociedade brasileira contemporânea, uma vez que o enfrentamento dos problemas que envolvem essas escolas para ser efetivo deve inserir as peculiaridades relativas à dinâmica das escolas multisseriadas nos desafios mais abrangentes que envolvem a realidade do campo na sociedade brasileira contemporânea. Entre esses desafios, destacamos, por um lado, a degradação das condições de vida dos homens e das mulheres que vivem no campo, que resulta numa expansão acelerada da migração campo-cidade. Por outro, precisamos confrontar com o fortalecimento de uma concepção urbanocêntrica de mundo que dissemina um entendimento generalizado de que o espaço urbano é superior ao campo, de que a vida na cidade oferece o acesso a todos os bens e serviços públicos, de que a cidade é o lugar do desenvolvimento, da tecnologia e do futuro enquanto o campo é entendido como o lugar do atraso, da ignorância, da pobreza e da falta de condições mínimas de sobrevivência.

- Há necessidade de construir uma nova proposta educativa para a escola do campo organizada em multisseriação, vinculada à formulação e implementação de políticas públicas estruturantes e intersetoriais, aos desafios da formação do(a) educador(a) e da realização da pesquisa na região amazônica que impactem a qualidade social da educação. Entre esses desafios, destaca-se a necessidade de investigação das diferentes formas de organização do trabalho pedagógico realizadas em uma turma diferenciada por idades e aprendizagens, como forma de conhecer os saberes docentes construídos nesse trabalho pedagógico; trata-se também de buscar compreender os saberes docentes quando articulados a outras dimensões do ensino, da militância, da experiência pessoal e da pesquisa, considerando-os como saberes plurais, heterogêneos e compósitos, porque envolvem, no próprio exercício do trabalho, conhecimentos e um saber-fazer bastante diversos, vista por Tardif (2002) como a possibilidade de compreender e assinalar a natureza social desse mesmo saber.

- Vinculado a esse desafio, uma proposta pedagógica para escola multisseriada pode apoiar, na gestão democrática participativa, autonomia e realização de práticas educativas integradas, para a toda a turma de crianças e jovens, diferenciando-se nas atividades de apoio específico às crianças. Nesse caso, é importante trabalhar na perspectiva de inserção da heterogeneidade sociocultural, produtiva e ambiental local como temas de estudo, investigações e experimentações escolares, colaborando na constituição de um novo projeto de currículo e didática da escola do campo, planejada coletivamente entre todos e construída na vivência escolar e comunitária, como forma de contribuir na formação de identidades culturais e na elaboração de propostas educativas de nosso próprio território.

- A escola do campo multisseriada precisa ser situada em um momento de reformulação do projeto político-pedagógico e do currículo, como forma de superar a visão meramente instrumental de ensinar e aprender, focada no quadro e no livro didático, fragmentada pelas séries e limitada pelas questões infraestruturais. As escolas multisseriadas devem abrir-se às experiências sociais construídas na relação entre os desafios mais abrangentes do contexto escolar com os saberes curriculares e dos livros didáticos, como também os saberes elaborados no trabalho pedagógico em sala de aula e na relação com outros sujeitos e comunidade, movimentos sociais; relação na qual todos os saberes conjuntamente apontam certos elementos que compõe uma nova forma de olhar o currículo e a formação profissional do educador da escola do campo.

- Por isso, torna-se urgente a necessidade de superar a unilateralidade de práticas curriculares exercidas no espaço de sala de aula e nelas encerradas. Há uma grande dificuldade de utilização dos diferentes espaços sociais para a realização de atividades pedagógicas inerentes ao ensino, à pesquisa e à extensão escolar. Essas limitações provocam barreiras nas formas de abordar os conhecimentos e nas metodologias de organização do trabalho pedagógico, tal fato implica a pouca utilização de recursos naturais do meio ambiente amazônico, ou mesmo no partilhamento de experiências sociais comunitárias, entre outras, como forma de enriquecimento das dinâmicas de sala de aula e de valorização da diversidade socioambiental.

Concluindo nossas reflexões, o momento atual do desenvolvimento da Educação do Campo na Amazônia e no Brasil nos leva a repensar o seu conhecimento e a sua dinâmica. Trata-se, pois, de estimular a busca e o ensaio de novas perspectivas. Isso significa olhar para a escola do campo e para esses novos espaços sociais como pressupostos epistemológicos para a produção de novos conhecimentos em projeto político-pedagógico, currículo e didática da escola do campo, de modo que possamos ampliar os horizontes teórico-metodológicos das nossas propostas educativas alicerçadas na pesquisa, experimentação e construção coletiva, feitas em diferentes dimensões e contextos sociais. Faz-se necessário, para tanto, a articulação entre os diferentes saberes do trabalho docente, a comunidade e o cotidiano escolar, como condição de aprendizagem para todos repensar o currículo e a organização do trabalho pedagógico da escola do campo.

Entendemos, por fim, que se trata de elaborar uma proposta educativa que enfrente a precarização das condições existenciais da escola do campo, alicerçada na preocupação de elaborar um novo projeto de aprendizagem para essas escolas situado num campo aberto às necessidades populares dos diferentes sujeitos, como também à construção de um planejamento no âmbito da relação entre poder público, sociedade e universidade. Essas questões, entre outras, são noções preliminares que sustentamos para iniciarmos um debate mais amplo sobre a constituição dos direitos educacionais do campo e das escolas multisseriadas, formatada em outra política, outra escola, outra sociedade.

Referências

ARROYO, Miguel G. As séries não estão centradas nem nos sujeitos educandos, nem em seu desenvolvimento. In: *Solução para as não-aprendizagens: séries ou ciclos?* Brasília: Câmara dos Deputados. Coordenação de Publicações, 2001.

BRASIL. Secretaria de Educação Fundamental/MEC. *Escola Plural: proposta político-pedagógica*. Brasília: SEF, 1994.

BRASIL. Instituto Nacional de Estudos e Pesquisas Educacionais Anísio Teixeira. *Sinopse Estatística da Educação Básica: censo escolar 2002-2006*. Instituto Nacional de Estudos e Pesquisas Educacionais/MEC, Brasília, 2006.

CALDART, Roseli Salete. *Pedagogia do Movimento Sem Terra: escola é mais do que escola*. Petrópolis: Vozes. 2000.

SILVA, Tomaz T.; MOREIRA, Antonio. F. *Currículo, cultura e sociedade*. São Paulo: Cortez, 1994.

TARDIF, Maurice. *Saberes docentes e formação profissional*. 6. ed. Petrópolis, RJ: Vozes, 2002.

VEIGA, José Eli da. *Cidades imaginárias: o Brasil é menos urbano do que se calcula*. Campinas, SP: Autores Associados, 2003.

Capítulo 2
Políticas educacionais, modernização pedagógica e racionalização do trabalho docente: problematizando as representações negativas sobre as classes multisseriadas

Fábio Josué Souza dos Santos
Terciana Vidal Moura

O fenômeno das *classes multisseriadas* ou *unidocentes*, caracterizadas pela junção de alunos de diferentes níveis de aprendizagem (normalmente agrupadas em "séries") em uma mesma classe, geralmente submetida à responsabilidade de um único professor, tem sido uma realidade muito comum dos espaços rurais brasileiros, notadamente nas regiões Norte e Nordeste.

Tratada nas últimas décadas como uma "anomalia" do sistema, "uma praga que deveria ser exterminada" para dar lugar às classes seriadas tal qual o modelo urbano, esse modelo de organização escolar/curricular tem resistido. Como "fênix que renasce",[1] as classes multisseriadas têm desafiado as tentativas governamentais que tentaram extingui-las.[2]

Surpreendentemente, os números desmascaram as teses que colocam a escola multisseriada como coisa do passado, em extinção. Como apontam

---

[1] Fazemos uso aqui de termos presentes no título do sugestivo artigo "Fênix que renasce ou praga a ser exterminada: classes multisseriadas", de autoria de Silva, Camargo e Paim (2008).

[2] O Plano Nacional de Educação (PNE), sancionado através da Lei nº 10.172/2001, expressa bem a posição governamental a favor da extinção das classes multisseriadas, contrariando a Lei de Diretrizes e Bases da Educação Nacional (LDB). Entre as Diretrizes estabelecidas para o Ensino Fundamental, o PNE estabelece que: "A escola rural requer um tratamento diferenciado, pois a oferta de ensino fundamental precisa chegar a todos os recantos do País e a ampliação da oferta de quatro séries regulares em substituição às classes isoladas unidocentes é meta a ser perseguida, consideradas as peculiaridades regionais e a sazonalidade" (BRASIL, 2001, p. 49). Reforçando esta Diretriz, o item Objetivos e Metas desse mesmo plano propõe, dentre outras: "[...] 15) Transformar progressivamente as escolas unidocentes em escolas de mais de um professor, levando em consideração as realidades e as necessidades pedagógicas e de aprendizagem dos alunos; 16) Associar as classes isoladas unidocentes remanescentes a escolas de, pelo menos, quatro séries completas" (BRASIL, 2001, p. 51). Essa posição contraria, dentre outros, os artigos 23 e 28 da LDB, que propõem formas diversas de organização curricular, numa tentativa de estimular a superação da fragmentação instituída pelo modelo curricular seriado, que o PNE parece pretender reforçar.

Silva, Camargo e Paim (2008, p. 7), em que pese às políticas públicas virem incentivando o processo de nucleação escolar e desvalorizando a modalidade de escolas multisseriadas, elas somam, segundo o Censo Escolar 2006, cerca de 71.991 estabelecimentos que abrigam 104.919 turmas com essa configuração. A Tab. 1, extraída do trabalho de Silva (2007, p. 26), desdobra esses dados por região e permite-nos melhor localizar essas escolas e classes:

Tabela 1
Distribuição das escolas e classes multisseriadas nas macrorregiões brasileiras – 2006

Regiões do Brasil	Escolas multisseriadas	Classes multisseriadas
Sul	4.278	5.988
Sudeste	9.267	15.734
Centro-Oeste	1.788	4.115
Nordeste	41.444	59.654
Norte	15.214	20.919
Total	**71.991**	**104.919**

Fonte: SILVA (2007, p. 26). Tabela elaborada a partir de dados extraídos do Censo Escolar 2006, MEC/INEP.

Interessa pontuar que os estados da Bahia e do Pará são os que reúnem maior número de escolas e classes com esse tipo de organização. Dados do Censo Escolar 2003 apontavam um total de 21.451 classes multisseriadas na Bahia, distribuídas em 14.705 escolas e, no Pará, 11.231 turmas em 8.675 escolas multisseriadas (HAGE, 2005, p. 44).

Não obstante essa presença viva no cenário educacional brasileiro, as classes multisseriadas padecem do "abandono", do silenciamento e do preconceito.

Via de regra, essas classes funcionam em prédios escolares com uma arquitetura inadequada (apertada, mal iluminada, mal arejada, com mobiliário considerado ultrapassado para as escolas urbanas[3]), geralmente constituída de uma única sala de aula (chamada pejorativamente de "escola isolada"), relegado ao descaso: quase sempre faltam livros, materiais didáticos, merenda escolar; o transporte oferecido é inconstante.

---

[3] Geralmente, quando as escolas da cidade recebem mobiliário novo, o mobiliário antigo, usado, considerado imprestável, é remetido para as escolas da roça. Certa feita, em um município do Recôncavo Sul, quando acompanhávamos o secretário de Educação em uma visita a uma escola urbana, ouvimos de uma diretora, feliz com a chegada de mobiliário novo na sua escola, a seguinte pergunta: "Secretário, o que eu faço com estas cadeiras velhas?" ao que este respondeu: "Ajunte tudo que o caminhão vem buscar para levar para as escolas da roça!"

O silenciamento se expressa na resistência que teve o Estado brasileiro em reconhecer essa realidade e destinar-lhes os investimentos necessários. Basta dizer que a única política pública implementada pelo Estado brasileiro para a classe multisseriada, em nível nacional, é o Projeto Escola Ativa,[4] desenvolvido a partir de 1997, mas que se configura como uma ação isolada e se alicerça numa concepção política e pedagógica que não tem resistido às inúmeras críticas que lhe têm sido direcionadas (FREIRE, 2005; LOPES, 2007; XAVIER NETO, 2007).

O silenciamento se manifesta, também, nas universidades, que têm se negado a considerar a importância e a resistência dessas classes, pois são escassos por demais as pesquisas sobre essa realidade. Também, os cursos de formação de professores, mesmo aqueles situados nas regiões interioranas do país, geralmente, ignoram o multisseriamento, não o abordando como temática pertinente em seu currículo.

Assim, o abandono e o silenciamento, aliados a outros elementos, contribuíram historicamente para a constituição de uma representação preconceituosa acerca do multisseriamento e das classes multisseriadas, vistas como o grande responsável pela (suposta) má qualidade da educação nas escolas do campo.

A vivência com professores(as) que lecionam em classes multisseriadas, o contato, mesmo que assistemático, com esses(as) profissionais, têm nos permitido levantar a existência de um discurso muito negativo sobre o multisseriamento, como também constata Dilza Atta (2003, p. 17):

> A ECMS [Escola de Classes Multisseriadas] é vista como uma opção de segunda categoria, já que não se tem o "ideal" que é a seriada. Raríssimas professoras me têm declarado gostar de ensinar a essas classes, aceitando-as tais como são. Elas são consideradas o avesso das seriadas a que se espera um dia chegar.

No bojo dessa negatividade, a seriação chega a ser apontada como a solução para a dita "má qualidade do ensino das escolas da roça", atribuída, equivocamente, ao multisseriamento.[5]

---

[4] O Projeto Escola Ativa constitui-se num projeto instituído pelo Ministério da Educação (MEC), no âmbito do Projeto Nordeste, com financiamento do Banco Mundial, do Governo Federal e parceria com estados e municípios. O Escola Ativa inspira-se na experiência da Escuela Nueva desenvolvida nos anos 1970 na Colômbia e replicada em diversos países da América Latina na década de 1980. Voltada exclusivamente para as classes multisseriadas, o projeto consiste em uma proposta metodológica fundada em princípios escolanovistas, de bases eminentemente psicopedagógicas, que desconsidera as contribuições da Sociologia e da Filosofia da Educação, da Antropologia, da Política, etc.

[5] Questionamos aqui as falas que têm atribuído às escolas da roça e, sobretudo, às classes multisseriadas um ensino de "má qualidade". Primeiramente, é preciso problematizar o que se define como qualidade. De que qualidade está se falando? Em segundo lugar, é preciso registrar que, se considerássemos o desempenho escolar dos alunos das escolas multisseriadas, medidos a partir de parâmetros instituídos pelos currículos urbanocêntricos, não temos ainda estudos comparativos que nos demonstrem de formas mais rigorosa a inferioridade da qualidade das classes multisseriadas, quando comparadas às classes seriadas (do campo ou da cidade).

Ouvindo professores e professoras de classes multisseriadas

A análise dos dados levantados em diversas atividades de ensino e pesquisas por nós realizadas ou orientadas em nossa trajetória profissional[6] tem revelado a existência de representações sociais negativas sobre as classes multisseriadas e a multisseriação. Usando novamente parte do sugestivo título de um artigo de Silva, Camargo e Paim (2008), poderíamos dizer que geralmente as classes multisseriadas são vistas como verdadeiras "pragas que precisam ser exterminadas". Vejamos mais claramente o que nos dizem alguns professores, ao falar sobre essas classes:

> [...] Pela experiência que tenho, pelo tempo que tenho na área da educação, vejo como um erro gravíssimo a questão das salas multisseriadas. O professor não tem condições de lutar com cinco *séries* ao mesmo *tempo*. (Fala de uma secretária Municipal de Educação de um município do Baixo Sul da Bahia, *apud* SANTOS, 2008, p. 55).

> Na classe multisseriada eu me sinto confusa e ao mesmo tempo desorientada quando vejo tantas *séries* juntas precisando de atenção. E a gente não tem *tempo*, nem como dar assistência a todos (Professora 1, município de Valença, Bahia, *apud* SANTOS, 2008, p. 57).

> Eu já disse à Diretora que paro (*sic*) ano eu não quero trabalhar de jeito nenhum em classe multisseriada. É difícil! Você tem que fazer um plano para cada *série*, com exercícios diferentes para cada *série* (Professora 2, município de Valença, Bahia, *apud* SANTOS, 2009, p. 11).

Como se sente trabalhando numa classe multisseriada?

> Desesperada, porque muitas vezes não vejo um avanço visível da turma, *não consigo dar atenção suficiente* aos alunos que mais necessitam e a metodologia que gosto de usar (história, jogos, músicas, etc.) nem sempre favorece a todas as *séries*.
> [...] Fiquei quase em choque quando fiquei sabendo que ia para uma classe multisseriada (Professora 3, município de Amargosa, Bahia, *apud* SANTOS; MOURA, 2008, p. 9).

Os trechos anteriores, exemplos de falas muito recorrentes entre professores, apontam, primeiramente, que as categorias tempo e série são estruturantes do fazer pedagógico dos professores e professoras de classes multisseriadas, revelando, assim, uma forte influência do paradigma seriado urbanocêntrico

---

[6] O autor foi de setembro de 2005 a março de 2009, professor auxiliar da Universidade do Estado da Bahia, lotado no Departamento de Educação do *campus* XV, Valença. Desde julho de 2008 é professor da Universidade Federal do Recôncavo da Bahia, lotado no Centro de Formação de Professores – *campus* Amargosa. A autora é, desde setembro de 2007, professora da Universidade do Estado da Bahia, lotada no Departamento de Educação do *campus* XV, Valença. Em seu trabalho, têm desenvolvido atividades de ensino em cursos de graduação em Pedagogia, notadamente nas disciplinas Educação do Campo, Currículo, Metodologia do Ensino; têm orientado Trabalhos de Conclusão de Curso (Monografia) na graduação e na especialização *lato sensu*; e, ainda, participado de projetos de pesquisa e extensão sobre a temática da Educação do Campo, focando, mais recentemente, a questão das classes multisseriadas.

(CORRÊA, 2005). As falas apontam ainda a presença de representações sociais que negativizam as classes multisseriadas.

O conceito de Representação Social vem sendo discutido há algum tempo por teóricos interessados em estudar a relação entre indivíduo e sociedade, examinando os fenômenos psicossociais. Uma representação é um conhecimento construído na interação indivíduo-sociedade, sendo uma maneira de interpretar, de conceituar a realidade cotidiana, que é influenciada por valores, crenças e estereótipos de um determinado grupo, ou seja, refere-se a saberes construídos socialmente, que passam a influenciar no comportamento e na forma de pensar do grupo, possibilitando a construção e recriação do objeto por parte de quem representa (ANADON; MACHADO, 2003).

Vale ressaltar que a representação social nos leva a relacioná-la ao comportamento dos atores sociais ou grupos em determinada sociedade que estão em processo constante de construção, por isso se torna fundamental esse estudo para podermos compreender como essas representações influem no modo de vida e de pensar de um determinado grupo.

O estudo das representações sociais vem se tornando um tema cada vez mais emergente no campo da Educação, uma vez que aquelas nos permitem entender como e porque as pessoas pensam e agem de determinada forma. O estudo das representações sociais parece ser um caminho promissor para as pesquisas educacionais, na medida em que investiga juntamente como se formam e como funcionam os sistemas de referências que utilizamos para classificar pessoas e grupos e para interpretar os acontecimentos da realidade cotidiana. Por suas relações com a linguagem e o imaginário social e, principalmente, por seu papel na orientação de condutas e das práticas sociais que marcam as identidades, as representações sociais constituem elementos importantes à análise dos mecanismos que interferem na eficácia do processo educativo (ALVES-MAZOTTI, 2001).

As representações negativas sobre as classes multisseriadas, como as que se infere das falas anteriores, não podem ser tomadas como verdades absolutas e merecem ser problematizadas. Neste sentido, dedicamo-nos, neste texto, a problematizar estas representações compartilhadas pelos professores, a partir das seguintes indagações: onde surgem e em que se ancoram essas representações? Como, onde e quando elas foram construídas?

Perscrutar respostas a essas questões nos coloca a necessidade de explorar várias dimensões do problema, a exemplo das conjunções históricas, políticas, sociológicas, culturais e pedagógicas que o atravessam. Nos limites deste texto, optamos por priorizar um recorte histórico na tentativa de compreender as circunstâncias históricas e políticas que contribuem para a emergência de tais representações. Procuramos, então, no tópico adiante, trazer alguns elementos de nossa história da Educação, para tentar entender porque os professores compartilham tais representações negativas sobre o multisseriamento. Nossa hipótese principal é que o processo de modernização educacional, fundado na lógica da expansão de um modelo seriado, homogeneizador, e sustentado numa lógica positivista de conceber o currículo, que tem institucionalizado uma racionalização do trabalho pedagógico, tem sido um dos principais elementos que contribuem para a emergência dessas representações negativas e sua persistência entre nós.

Pelos caminhos da história: procurando entender as representações sobre as classes multisseriadas

Primeiramente é preciso pontuar que essas representações negativas nem sempre existiram. Elas são resultado de um determinado momento histórico e resultado de condicionantes diversos, como apontaremos adiante.

Nosso trabalho com ex-professoras leigas que atuaram em escolas multisseriadas, nas escolas da roça, entre 1960 e 1990, por exemplo, tem nos permitido constatar que o multisseriamento não se constituía em obstáculos para a realização de seu trabalho pedagógico, para essas docentes.[7] Quando relatam sobre o seu trabalho nas classes, as reclamações recorrentes nas narrativas dessas professoras recaem, geralmente, sobre os seguintes aspectos: a sobrecarga de trabalho (ser secretária, zeladora, merendeira, etc.); a indisciplina e falta de respeito dos alunos, sobretudo nos anos finais de seu trabalho em que o choque de gerações (a da professora e a dos alunos) assumia maior intensidade; e a falta de valorização profissional (baixos salários, atraso no pagamento, etc.). A pluralidade de tempos e ritmos que configura a classe multisseriada não é evocada como um problema para essas docentes que, quase sempre, são provenientes de um percurso estudantil em escolas com esse mesmo modelo de organização.

Quando, então, as classes multisseriadas passaram a incorporar sentidos negativos?

Antes de responder esta questão, julgamos importante apresentarmos um brevíssimo histórico das escolas de classes multisseriadas no Brasil.

---

[7] Referimo-nos ao trabalho sobre história de vida de ex-professoras de classes multisseriadas na região do Recôncavo Sul da Bahia, inserido no âmbito do macroprojeto de pesquisa "Ruralidades diversas-diversas ruralidades: sujeitos, instituições e práticas pedagógicas nas escolas do campo, Bahia-Brasil". O macroprojeto, que conta com financiamento da Fundação de Amparo à Pesquisa do Estado da Bahia (FAPESB), é uma iniciativa do Grupo de Pesquisa em (Auto)Biografia e História Oral (GRAFHO) do Programa de Pós-Graduação em Educação e Contemporaneidade (PPGEduC) da Universidade do Estado da Bahia (UNEB), *campus* I, Salvador, e do Grupo de Pesquisa em Currículo, Avaliação e Formação (CAF) do Centro de Formação de Professores da Universidade Federal do Recôncavo da Bahia (UFRB), *campus* Amargosa.

Segundo Dilza Atta (2003), as classes multisseriadas surgem no Brasil após a expulsão dos Jesuítas, vinculadas ao Estado, ou sem esse vínculo, mas convivendo, no tempo, com os professores ambulantes que, de fazenda em fazenda, ensinavam as primeiras letras. Ainda segundo a autora, nas pequenas vilas, nos lugarejos pouco habitados, reuniam-se crianças em torno de alguém que podia ser professor, e aí elas aprendiam a ler, escrever e contar. Mais tarde, as classes multisseriadas foram criadas oficialmente pelo governo imperial, pela Lei Geral do Ensino de 1827, que, em seu artigo primeiro, determinava: "em todas as cidades, villas e lugares mais populosos, haverão as escolas de primeiras letras que forem necessárias" (ATTA, 2003; NEVES, 2000).

O Método Lancasteriano, trazido para o Brasil como grande novidade na terceira década do século XIX, procurava difundir o que então chamava de "Ensino Mútuo" ou monitorial, sob patrocínio do Estado.[8] Assim, ensinar pessoas de diferentes idades e níveis de aprendizagem ao mesmo tempo foi assumido e incentivado pelo Estado como uma grande inovação educacional, no século XIX (NEVES, 2000).

Somente a partir da República e, mais fortemente, a partir da década de 1920, foram se popularizando, sobretudo nas cidades, os Grupos Escolares, organizados de forma seriada, por idade e por nível de domínio das aprendizagens esperadas e, geralmente, com as crianças separadas por sexo. Nas vilas e povoados, bem como na zona rural, apesar da instituição dos Grupos, permaneceram funcionando as escolas isoladas, multisseriadas, o que, para atender a problemas de ordem demográfica, em locais de baixa densidade populacional, vem ocorrendo até hoje.

A criação dos Grupos Escolares vai se constituir numa novidade e num esforço modernizador dos governos, porque, como observa Carvalho (2004, p. 187-188), até o final do século XIX,

> As aulas eram dadas na casa do próprio professor e apenas eventualmente aproveitou-se um prédio anteriormente ocupado pelos jesuítas ou outro tipo de convento, para local de ensino. Assim, não era preciso haver um edifício escolar para que a escola existisse. Foi só na década de 1870 que se construíram os primeiros edifícios escolares para funcionarem como escolas públicas no Brasil, sendo o primeiro deles no Rio de Janeiro.

Os Grupos Escolares ou Escolas Reunidas vão trazer duas novidades: uma arquitetura própria, especialmente edificada para fins de escolarização, baseada

---

[8] O Método de Lancaster apresentava como principal novidade um sistema de monitoria em que alunos em estágios mais "avançados" de aprendizagem ensinavam outros alunos mais novos ou em estágios menos "avançados". Os monitores, escolhidos pelos mestres, recebiam instrução à parte. O Ensino Mútuo foi implantado oficialmente no Brasil pela Lei de 15 de outubro de 1827 e anos após começou a sofrer questionamentos diversos, vindo a ser oficialmente abandonado (NEVES, 2000; ATTA, 2003).

no princípio da racionalização do espaço; e a instituição de uma fragmentação e maior controle do tempo pedagógico nas escolas.

> [Os grupos escolares] fundamentavam-se essencialmente na classificação dos alunos pelo nível de conhecimento em agrupamento supostamente homogêneo, implicando a constituição das classes. Pressupunha, também, a adoção de ensino simultâneo, a radicalização curricular, controle e distribuição ordenada dos conteúdos e do tempo (graduação dos programas e estabelecimento de horários), a introdução de um sistema de avaliação, a divisão do trabalho docente e um edifício escolar compreendendo várias salas de aulas e vários professores (Souza *apud* Silva, 2008, p. 36).

Referindo-se aos Grupos Escolares, Carvalho (2004, p. 72) aponta que esse tipo de instituição previa uma organização administrativo-pedagógica que estabelecia modificações profundas e precisas na didática, no currículo e na distribuição espacial de seus edifícios escolares:

> [...] Sua proposta de organizar a construção do conhecimento de modo simultâneo foi uma clara oposição ao ensino mútuo ou método Lancaster, bastante comum no século XIX, que reunia em uma mesma sala alunos com idades e níveis diferentes de escolarização. A seriação e a uniformização dos conteúdos sancionados pelo método "lições de coisas" foi responsável por organizar o tempo escolar, distribuindo gradualmente os conteúdos nos quatro anos que compunham o curso primário, o que resultou no uso de livros didáticos, de literatura infantil e cartilhas ajustadas ao currículo da escola primária.

Outra característica dos grupos escolares foi a introdução da figura do seu diretor, cargo que até então não existia na esfera pública escolar (Carvalho, 2004, p. 72).

Os Grupos Escolares são criados dentro de uma política de modernização educacional e se organizam, primeiramente, nas capitais e depois nas cidades do interior, através da reunião de escolas multisseriadas – pequenas escolas que funcionavam em espaços improvisados – em prédios escolares maiores, construídos especialmente para esse fim.[9] Em alguns municípios do interior da Bahia, encontram-se, ainda hoje, edifícios construídos na década de 1950 com a denominação de "Escolas Reunidas", expressando assim a política de extinção das "escolas isoladas", que funcionavam num regime "multisseriado".

Portanto, símbolo da modernização educacional que foi introduzida no Brasil no início do século XX e se expandindo nas décadas seguintes, os Grupos Escolares são responsáveis pela difusão de um modelo curricular seriado, instituindo uma

---

[9] Segundo Carvalho (2004, p. 68), a criação de grupos escolares no final do século XIX e nas primeiras décadas do século XX esteve relacionada ao projeto educacional republicano, cujo objetivo era "esboçar uma escola que atendesse os ideais que propunham construir uma nova nação baseada em pressupostos civilizatórios europeizantes que tinha na escolarização do povo iletrado um de seus pilares de sustentação".

fragmentação do processo de ensino e uma racionalização do trabalho pedagógico. Pouco a pouco, eles vão se popularizando pelo interior do país, através de ações dos governos estaduais – não esqueçamos que, até antes da década de 1970, a responsabilidade pela instrução pública é, sobretudo, uma atribuição dos governos estaduais.

A incorporação do modelo seriado pelos municípios

A partir da década de 1970, progressivamente, os municípios vão assumindo a educação municipal e alguns programas federais são pensados para estruturar a educação municipal (SOUZA; CABRAL NETO, 2004; QUEIROZ, 2004; BOAVENTURA, 1996). Criam-se os Órgãos Municipais de Educação. Essas ações ampliam-se a partir da Constituição Federal de 1988, quando esta oferece maior autonomia aos municípios, possibilitando, no âmbito educacional, a criação de seu sistema de ensino. Na década de 1990, a estruturação da educação municipal se aprofunda, sobretudo a partir da LDB e do Fundo de Manutenção e Desenvolvimento do Ensino Fundamental (FUNDEF), que institui uma política de municipalização induzida, fazendo crescer enormemente as matrículas e as responsabilidades dos municípios com a educação local. Nesse contexto, as Secretarias Municipais de Educação, criadas em substituição a outros órgãos municipais de Educação menos estruturados e de menor prestígio e ação executiva (coordenadoria, departamento, serviço, setor, etc.), vão se constituir em um espaço privilegiado de organização da educação municipal.

Com a criação e/ou municipalização de novas escolas, amplia-se o número de diretores, coordenadores, supervisores, assessores, instituindo-se uma estrutura burocrática mais complexa, que a partir desse momento começa a desenvolver políticas municipais de educação mais efetivas, entre as quais se destacam a criação de novas escolas, a implantação de políticas de transporte estudantil e nucleação escolar e as ações de coordenação pedagógica que, pouco a pouco, vai instituir um maior controle e racionalização do trabalho pedagógico das escolas, entre as quais as escolas de classes multisseriadas.

Nesse contexto, o trabalho pedagógico do professor, que antes era desenvolvido de forma mais livre e autônoma, passa a ser constantemente acompanhado – noutra palavra, "vigiado" – pelos membros da secretaria, através de estratégias diversas, dentre as quais a realização de encontros periódicos de planejamento pedagógico (geralmente realizados nas cidades ou em distritos e vilarejos, onde seja possível reunir um número maior de docentes, com periodicidade semanal, quinzenal ou mensal), e as visitas às escolas são as mais emblemáticas.[10] Então, as aulas, que antes

---

[10] Nota-se que essas ações dão-se em consonância com a implementação, pelo MEC, de políticas educacionais de cunho neoliberal, fundadas na racionalidade técnica e que "impõem rigorosas exigências ao sistema público de ensino" (SHIGUNOV NETO; MACIEL, 2004, p. 69).

eram planejadas e desenvolvidas mais autonomamente pelas professoras com base em critérios internos à classe – a faixa etária, o nível de aprendizagem, os ritmos de cada um, etc. –, são agora padronizadas, uniformizadas, definidas por meio de critérios externos, pois são elaboradas a partir dos conteúdos definidos previamente para cada série, em geral retirados dos livros didáticos adotados.

Disso resulta aos professores um engessamento de suas práticas pedagógicas e uma dificuldade de estabelecer uma dinâmica própria e mais autônoma no seu fazer docente na classe multisseriada, como bem expressa a professora a seguir:

> Para o professor e para o aluno também é bem melhor pra trabalhar na seriação que na multisseriada. [Na classe seriada] Você tem mais tempo, você fala pra todo mundo a mesma coisa, passa o mesmo assunto... é bem mais fácil! Então quando o aluno tem vontade de aprender ele se desenvolve bastante. É um trabalho bem melhor, por que a seriação tem muito mais facilidade. O professor faz só um planejamento, uma matriz só para um determinado assunto, né? Facilita muito, você pode trabalhar com duas disciplinas num turno. Enquanto na multisseriada é uma dificuldade terrível! (Professora 4, município de Valença-Ba; *apud* SANTOS, 2008, p.73).

Ainda sobre essa questão, Atta (2003, p. 17) nos alerta que, para fugir das dificuldades instituídas pelo multisseriamento, os professores, com apoio e recomendação dos sistemas de ensino, tentam promover uma "seriação da classe multisseriada": "Tenta-se fugir da dificuldade, 'seriando' a multisseriada seja na distribuição do tempo, na organização do espaço, na fusão das quatro séries em duas (reduzindo os conteúdos das séries mais adiantadas aos das mais atrasadas), no uso de mais de um quadro de giz e assim por diante".

O que temos observado em nossa experiência é que, nos encontros de planejamento pedagógico, onde geralmente os professores são reunidos por série para realizar os planos de aulas, os professores das classes multisseriadas participam do planejamento com grupos de professores de uma determinada série e, ao finalizá-lo, saem copiando o planejamento de outras séries. Assim, ao final do período de planejamento, o docente encontra-se diante de um amontoado de planos, copiados de outrem, iguais para toda a rede, demonstrando claramente uma política de regulação e racionalização do trabalho pedagógico.

Essas práticas mostram, claramente, que "o paradigma seriado urbanocêntrico influencia, predominantemente, na organização do espaço, do tempo e do conhecimento da escola multisseriada do campo, precarizando o seu processo pedagógico e aumentando o fracasso escolar e a exclusão das populações do campo" (CORRÊA, 2005, p. 164).

Entretanto, mesmo fortemente influenciados pelo paradigma curricular seriado, não podemos desconsiderar a existência de uma "pedagogia das classes multisseriadas",[11] caracterizada por uma prática pedagógica fundada nos saberes construídos nas relações e mediações que se estabelecem no interior das classes multisseriadas, cotidianamente.

Os dados que fomos levantando em nossas atividades têm nos possibilitado constatar, também, que a história de vida dos professores interfere, decisivamente, nas representações que estes constroem sobre as classes multisseriadas. Professores que estudaram em classes multisseriadas e, ainda, aqueles que possuem maior tempo de serviço em turmas multisseriadas parecem ter uma relação mais tranquila com turmas dessa natureza, implementando práticas mais flexíveis e desenvolvendo currículos mais abertos aos tempos e ritmos diversos que marcam esses espaços, como se pode testemunhar nestas falas:

> Trabalhar com classes multisseriadas é um verdadeiro aprendizado e que exige bastante equilíbrio, por parte do professor, para saber administrar uma sala de aula nessas classes. A maior dificuldade é saber lidar com níveis de aprendizado diferentes e ter um controle da sala de aula, pois se não estivermos atentos os alunos se dispersam e acabam não absorvendo nada do que ensinei na aula (Professora 5, município de Valença, Bahia, *apud* SANTOS, 2009, p. 8).
>
> A prática com o multisseriado não é fácil, mas também não é um bicho de sete cabeças. A gente tem que prestar atenção quando for passar as atividades, pois quem sabe mais faz logo e fica bagunçando. Então eu começo pelos da 1ª e 2ª séries, enquanto os maiores estão fazendo leitura silenciosa (Professora 6, município de Valença, Bahia, *apud* SANTOS, 2009, p. 10).

Essas questões – os saberes docentes dos professores de classes multisseriadas construídos cotidianamente nas suas salas de aulas, as suas histórias de vida, etc. – merecem ser mais bem investigadas para que se produza e sistematize um conhecimento acadêmico capaz de influenciar na formulação e no desenvolvimento de políticas públicas (de formação de professores, de reformulação curricular, de produção de materiais didáticos, etc.) que acolham, incentivem e aperfeiçoem o trabalho desenvolvido nas classes multisseriadas.

Como já apontam alguns trabalhos produzidos mais recentemente sobre o tema, nas classes multisseriadas "nascem pistas para se pensar alternativas curriculares que consideram a diferença como possibilidade de aprendizagem" (PINHO, 2008, p. 3). No mesmo sentido, Silva, Camargo e Paim (2008, p. 7) indicam que, nas classes multisseriadas,

> Apesar das condições precárias, do escasso material, da formação que poderíamos considerar insuficientes de seus professores, em muitas delas acontece um

---

[11] Fazemos uso da expressão que vem sendo utilizada por Terciana Vidal Moura, coautora deste texto, em pesquisa desenvolvida no âmbito do projeto "Ruralidades diversas-diversas ruralidades", a que já nos referimos na nota 7.

trabalho de qualidade, com aprendizagem significativa por parte dos alunos. Um conjunto de fatores, tais como, o compromisso com a comunidade, uma cultura compartilhada e a consciência política de alguns professores (aliada à busca de formação), parece desempenhar um papel importante nessas escolas, como pudemos constatar em nossa pesquisa de campo (SILVA; CAMARGO; PAIM, 2008, p. 7).

Eis, então, mais um desafio para os que investigam a Educação do Campo!

Referências

ALVES-MAZZOTTI, Alda Judith. Representações sociais: desenvolvimentos atuais e aplicações à educação. In: CANDAU, Vera Maria (Org.). *Linguagens, espaços e tempos no ensinar e aprender*. v. 1. Rio de Janeiro: DP&A, 2000. p. 53-73.

ANADON, Marta; MACHADO, Paulo Batista. *Reflexões teórico-metodológicas sobre as representações sociais*. Salvador: UNEB, 2003.

ATTA, Dilza. Escola de classe multisseriada: reflexões a partir de relatório de pesquisa. In: PROGRAMA DE APOIO AO DESENVOLVIMENTO DA EDUCAÇÃO MUNICIPAL (PRADEM). *Escola de Classe Multisseriada*. Salvador: Universidade Federal da Bahia; Fundação Clemente Mariani, 2003. (Série Grupos de Estudo, n. 1, 28 p.)

BOAVENTURA, Edvaldo. O município e a Educação. In: BOAVENTURA, Edvaldo (Org.). *Políticas municipais de Educação*. Salvador: UFBA, 1996. p. 9-30.

BRASIL. Ministério da Educação. *Plano Nacional de Educação – PNE*. Brasília: Inep, 2001.

CARVALHO, Tereza Fachada Levy. As aulas régias no Brasil. In: STEPHANOU, Maria; BASTOS, Maria Helena Câmara (Org.). *Histórias e memórias da Educação no Brasil: séculos XVI-XVIII*. Petrópolis, RJ: Vozes, 2004. p. 179-191. v. 1.

CORRÊA, Sérgio Roberto M. Currículos e saberes: caminhos para uma Educação do Campo multicultural na Amazônia. In: HAGE, Salomão Mufarrej (Org.). *Educação do Campo na Amazônia: retratos de realidade das escolas multisseriadas no Pará*. Belém: Gutemberg, 2005

FREIRE, Jaqueline Cunha da Serra. Currículo e docência em classes multisseriadas na Amazônia paraense: o Projeto Escola Ativa em foco. In: HAGE, Salomão Mufarrej (Org.). *Educação do Campo na Amazônia: Retratos de realidade das escolas multisseriadas no Pará*. Belém: Gutemberg, 2005. p. 196-211.

HAGE, Salomão Mufarrej. Classes Multisseriadas: desafios da educação rural no Estado do Pará/Região Amazônica. In: HAGE, Salomão Mufarrej (Org.). *Educação do Campo na Amazônia: retratos de realidade das escolas multisseriadas no Pará*. Belém: Gutemberg, 2005. p. 42-60.

LOPES, Wiama de Jesus Freitas. A (in)viabilidade da metodologia Escola Ativa como prática curricular para ensinar e aprender no campo. In: ENCONTRO DE PESQUISA EDUCACIONAL DO NORTE E NORDESTE (EPENN), 18, *Anais...* Maceió, Alagoas, 1-4 jul. 2007. CD-ROM.

NEVES, Maria de Fátima. O Método de Lancaster e a memória de Martim Francisco. In: REUNIÃO ANUAL DA ASSOCIAÇÃO NACIONAL DE PÓS-GRADUAÇÃO E PESQUISA EM EDUCAÇÃO (ANPED), 23, *Anais...*, Caxambu, 2000. Disponível em: <http://www.anped.org.br/reunioes/23/textos/0210t.pdf>. Acesso em: 15 abr. 2008.

PINHO, Ana Sueli Teixeira de. Classes multisseriadas no meio rural: alternativas curriculares que tratam a diferença como possibilidade de aprendizagem. In: Encontro Nacional de Pesquisa em Educação do Campo (ENPEC), 2, *Anais...*, Brasília, 6 a 8 ago. 2008. Brasília: UnB, 2008. CD-ROM.

QUEIROZ, Maria Aparecida. EDURURAL/NE: estratégia política de educação para o Nordeste. In: CABRAL NETO, A. (Org.). *Política Educacional: desafios e tendências*. Porto Alegre: Sulina, 2004. p. 144-177.

SANTOS, Fábio Josué Souza. Nem *"tabaréu/ao"*, nem *"doutor/a"*: O/a aluno/a da roça na escola da cidade – um estudo sobre escola, cultura e identidade. Dissertação (Mestrado em Educação e Contemporaneidade) – Universidade do Estado da Bahia, *Campus* I, Salvador, 2006.

SANTOS, Fábio Josué Souza. *A Educação do Campo no Baixo Sul da Bahia: relatório das atividades de ensino e pesquisa desenvolvidas na disciplina Educação do Campo, junto às turmas do IV e V semestre do curso de graduação em Pedagogia*. 2008. Valença, BA: Universidade do Estado da Bahia, fev. 2009. (Digitado).

SANTOS, Fábio Josué Souza; MOURA, Terciana Vidal. *Conhecendo as práticas pedagógicas nas classes multisseriadas de Amargosa-BA: um estudo exploratório – Relatório preliminar*. Salvador: Universidade do Estado da Bahia/Projeto Ruralidades diversas-diversas ruralidades, 2008. 23p. (Digitado).

SANTOS, Jucélia Oliveira. *A implantação da política de seriação escolar no Sistema Municipal de Ensino de Valença-Ba (2007-2008): entre a imposição e a resistência*. (Trabalho de Conclusão de Curso de Graduação em Pedagogia) – Universidade do Estado da Bahia, Valença, 2008.

SILVA, Ilsen Chaves da. *Escolas Multisseriadas: quando o problema é a solução*. Dissertação (Mestrado em Educação) – Universidade do Planalto Catarinense, Lages, 2007.

SILVA, Ilsen; CAMARGO, Arleide; PAIM, Marilane. Fênix que renasce ou "praga a ser exterminada": escola multisseriada. In: ENCONTRO NACIONAL DE PESQUISA EM EDUCAÇÃO DO CAMPO (ENPEC), 2., Brasília, 6 a 8 de agosto de 2008. *Anais...* Brasília: UnB, 2008. CD-ROM.

SILVA, Vivia de Melo. Rompendo o silêncio: em busca da memória de professoras de um grupo escolar na Paraíba. In: MACHADO, Charlinton José dos Santos *et al* (Org.). *Do silêncio à voz: pesquisa em história oral e memória*. João Pessoa: Editora da UFPB, 2008. p. 29-40.

SHIGUNOV NETO, Alexandre; MACIEL, Lizete Shizue. As políticas neoliberais e a formação de professores: propostas de formação simplistas e aligeiradas em épocas de transformações. In: *Formação de professores: passado, presente e futuro*. São Paulo: Cortez, 2004.

SOUZA, José Nicolau; CABRAL NETO, Antônio. Proposta pedagógica adaptada ao meio rural: educação das populações rurais como prioridade. In: CABRAL NETO, Antônio (Org.). *Política educacional: desafios e tendências*. Porto Alegre: Sulina, 2004. p. 178-213.

XAVIER NETO, Lauro Pires. Educação do Campo em disputa: análise comparativa entre o MST e o Projeto Escola Ativa. In: ENCONTRO DE PESQUISA EDUCACIONAL DO NORTE E NORDESTE (EPENN), 18., Maceió, Alagoas, 1-4 jul. 2007. *Anais...* CD-ROM.

Capítulo 3
Programa Escola Ativa: um pacote educacional ou uma possibilidade para a escola do campo?

Gustavo Bruno Bicalho Gonçalves
Maria Isabel Antunes-Rocha
Vândiner Ribeiro

Cerca de 30 estudantes com idade entre seis a 12 anos, uma sala de aula do primeiro segmento do ensino fundamental. Uma professora trabalha com alfabetização e com os conteúdos curriculares relativos à língua portuguesa, matemática, história, geografia, ciências, organiza atividades físicas e artísticas no recreio. Sua rotina semanal inclui levantar às 4h, pegar um ônibus escolar que roda por 20 Km, em estrada de terra, até chegar à escola. Por volta das 12h30 está novamente no ônibus em direção a outra escola, situada na cidade, onde leciona para uma turma de 2ª série, até as 17h30, quando então retorna para casa onde cuidará dos afazeres domésticos, incluindo o cuidado com os filhos. Estamos diante do cotidiano da maioria dos docentes que atuam em uma classe multisseriada nas áreas denominadas de rurais. Uma realidade pouco visível no currículo dos cursos de formação para professores, nas pesquisas, nas políticas públicas, nas publicações didáticas, periódicos científicos e livros.

As classes multisseriadas constituem-se no espaço onde a maioria das pessoas que vivem/viveram nas áreas rurais brasileiras iniciaram sua experiência escolar. Para alguns foi a única. De acordo com dados de 2003 do Instituto Nacional de Estudos e Pesquisas Educacionais (INEP), do Ministério da Educação (MEC), 81 mil escolas brasileiras têm classes multisseriada, sendo que 40% têm apenas uma sala de aula. As condições de funcionamento das escolas são apontadas como precárias. Constata-se, por exemplo, que dentre essas escolas "21% não possuem energia elétrica, apenas 5,2% dispõem de biblioteca e menos de 1% oferecem laboratório de ciências, de informática e acesso à Internet" (MEC, 2003). Os professores na área rural têm, em sua maioria, baixo nível de escolaridade, recebem um salário com média de um salário-mínimo, enfrentam sobrecarga de trabalho, alta rotatividade e dificuldades de acesso à escola em função das condições das estradas e da falta de ajuda de custo para locomoção.

A partir do ano 2007, convivemos com esses professores em ambientes de pesquisa, de formação continuada e da prática em sala de aula. A pesquisa, iniciada em 2006, apresentada como tese (GONÇALVES, 2009), analisou o impacto da implantação do Programa Escola Ativa no trabalho docente em algumas escolas do Estado de Goiás. Em 2009 realizamos três módulos de 40h/aula para 240 professores oriundos de 120 municípios do Estado de Minas Gerais no âmbito do Programa Escola Ativa bem como fizemos o acompanhamento da implantação do referido programa. Para 2010 serão realizados mais dois módulos. Iniciamos também a pesquisa sobre a Prática Pedagógica e Condição Docente no âmbito das classes multisseriadas (antes, durante e após a implantação do Programa Escola Ativa). Objetiva-se com esse trabalho acompanhar o impacto que a Pesquisa Escola Ativa terá na prática pedagógica dos professores.

Tomando como referência o conjunto dessas experiências, elaboramos este texto objetivando registrar as reflexões feitas em torno das possibilidades e dos limites do Programa Escola Ativa de intervenção nesta realidade. Problematizamos essa questão nos aspectos relacionados a sua implantação como política pública, bem como no diálogo que ele possa estabelecer com a prática pedagógica dos docentes.

O Programa Escola Ativa (PEA) foi implementado no Brasil a partir de 1997, no marco de um convênio com o Banco Mundial (BM), com o objetivo de melhorar o rendimento de alunos de classes multisseriadas rurais. Para tanto focalizava dois vértices: a formação de professores e a melhoria da infraestrutura das escolas. Foi elaborado a partir da experiência do Programa Escuela Nueva (PEN), desenvolvida na Colômbia na década de 80 do século anterior. Ao longo dos anos 1990, o PEN constituiu-se como um modelo internacional de reforma para a educação no meio rural.

Por que anunciamos o PEA como um pacote educacional? Porque desde sua origem ele mantém características de uma proposta construída com pouco diálogo com os sujeitos e contextos para o qual é dirigida. Para início de conversa há uma diferença bastante significativa entre o PEA no contexto brasileiro em relação ao seu homólogo colombiano. O programa colombiano desenvolveu-se e prosperou de forma gradativa na década de 1980, em uma região cafeicultora habitada por famílias de classe média rural, com experiência de trabalho familiar em médias propriedades. Foi criada por professores rurais utilizando o aporte teórico da *Escola Unitária*.[1]

---

[1] O PEN tem suas bases no Programa Escola Unitária, promovido pela UNESCO-OREALC na década de 1960 e adotado pela Colômbia, entre outros países latino-americanos. O método baseava-se em guias autoinstrutivos (cartões de aprendizagem) e nos princípios da Escola Ativa, proposta por Freinet. Suas principais características eram: instrução individualizada, aprendizagem ativa, uso de guias, escola primária completa, ensino multisseriado e promoção automática (SCHIEFELBEIN *et al.*, 1992).

Naquele período, ocorreu um debate internacional sobre a importância da educação no meio rural como forma para alcançar as metas de universalização da educação básica estabelecidas em Jomtien, Tailândia, 1990, e ratificadas no Fórum Mundial de Educação em Dakar, Senegal, 2000. Simultaneamente a essas metas, foram surgindo documentos que reconheciam virtudes do PEN e lhe destacavam como um possível modelo de reforma educacional para o meio rural (BENVIENISTE; MCEWAN, 2000; PSACHAROPOULOS, ROJAS, VELEZ, 1992; SCHIEFELBEIN et al.,1992; TORRES; 1992). Nesse contexto, o Banco Mundial convidou técnicos de educação e dirigentes do Projeto Nordeste brasileiros para participarem de um curso da estratégia "Escuela Nueva – Escuela Activa" na Colômbia. A partir desse contato, estabeleceu-se um grupo que ficou responsável pela implantação do Programa no Brasil.

A primeira etapa de implementação, em 1997, obteve financiamento através de convênios firmados pelo Ministério da Educação com o BM. Nesse ano, foi realizada a tradução, do espanhol para o português, dos Guias de Aprendizagem. No final de 1998, a estratégia começou a ser implantada nos estados de Sergipe e Alagoas. Com o final do Projeto Nordeste, o Programa passou a ser apoiado pelo Fundescola.[2] Expandindo-se para outros estados do Nordeste e do Centro-Oeste (FUNDESCOLA, 2005, p. 16). Segundo estimativas de Andrade e Di Pierro (2004) e Furtado (2004), em 2003 o PEA já existia em 19 estados, 558 municípios e 3.609 escolas. Em 2007 o PEA completava dez anos e existia em mais de dez mil escolas nas regiões Norte, Nordeste e Centro-Oeste (Secad/MEC, 2008, p. 5).

Em 2008, com o término do Fundescola, o PEA é transferido para a recém-criada Coordenação Geral de Educação do Campo (CGEC), localizada na Secretaria de Educação Continuada, Alfabetização e Diversidade (SECAD). Nesse espaço o PEA encontra-se diante da necessidade de rever sua trajetória como *pacote educacional*, pois a CGEC expressava uma proposta de política pública construída pelo envolvimento concreto de diferentes sujeitos, situados em diferentes lugares da dinâmica social. A CGEC foi criada a partir da luta de movimentos sociais, universidades, organizações não governamentais e religiosas no contexto da Articulação Por Uma Educação do Campo. A Articulação estava enraizada em uma proposta político-pedagógica construída por meio do diálogo com os sujeitos envolvidos na luta pelos direitos fundamentais de ampliação do acesso, da permanência e do direito à escola pública de qualidade no campo.

---

[2] O Fundo de Fortalecimento da Escola (Fundescola) é um programa constituído com recursos de empréstimo contratados pelo Brasil, junto ao Banco Mundial, para a melhoria da qualidade das escolas de educação fundamental.

Os princípios, conceitos, metodologias e práticas da Articulação estavam sendo construídos nas Conferências Nacionais Por Uma Educação Básica do Campo (1998 e 2004), Conferências Estaduais (realizadas em 20 estados brasileiros), criação de fóruns e redes estaduais e municipais, publicações, instalação de Comissões nos órgãos públicos para acompanhar, discutir, avaliar e propor ações no âmbito das políticas públicas, debates, criação de linhas de pesquisa em programas de pós-graduação, conquista de instrumentos legais como as Diretrizes Operacionais para uma Educação do Campo, dentre outros.

Neste momento, em meio a debates tensos inicia-se a revisão dos Guias de Aprendizagem na perspectiva de incluir os princípios e conceitos da Educação do Campo. Na impossibilidade de uma mudança substantiva, opta-se pela elaboração de um Módulo específico sobre a Educação do Campo, mantendo-se os demais com algumas alterações, tendo em vista as intensas críticas feitas à estrutura de gestão – metodológica, material, pedagógica –, dentre outros aspectos do programa. Lopes (2005, p. 217), ao refletir sobre as observações realizadas em salas de aula que adotavam o PEA no Estado do Pará, deixa ver os sentidos que o PEA imprime a termos como colaboração, companheirismo e solidariedade na gestão da escola, princípios centrais na Educação do Campo:

> Tais conceitos estão encerrados em sala de aulas. Restritos a operacionalização da metodologia e envoltos a atividades de colaboração à limpeza e organização da sala, da ação de arquivamento das atividades redigidas, da monitoria de alunos colaborando nas atividades letivas de outros alunos da classe, na organização dos cantinhos de aprendizagem e na correspondência dos Instrumentos do Projeto operacionalizados ao longo de cada semana de trabalho.

Em 2008 o PEA passa a ser disponibilizado para todos os municípios brasileiros na perspectiva de apoiar os sistemas estaduais e municipais na melhoria da educação nas escolas do campo com classes multisseriadas, fornecendo recursos pedagógicos e de gestão. Na sua fase atual, ele se constitui uma das ações do Plano de Desenvolvimento da Educação (PDE). Os municípios podem aderir ao programa por meio do Plano de Ação Articulada (PAR). As universidades foram convidadas para atuarem como parceiras na execução do processo formativo.

Como articular a possibilidade um programa que nasce de forma distanciada, mas que tenta refazer seu caminho, reconstruir uma história, incluir novos parceiros? Como dialogar um Programa, cujo berço foi embalado por outras mãos, com os princípios, conceitos, paradigmas e experiências construídas pela Articulação Por Uma Educação do Campo? Calazans, Castro e Silva (1981), com base em um estudo retrospectivo sobre a educação rural no Brasil, questionam as propostas educativas levadas para as áreas rurais, e apresentam-se céticos em relação aos possíveis ganhos trazidos por esses programas.

As populações se sucedem, as instituições se modernizam, as equipes se ampliam, os equipamentos de ensino se aprimoram, as distâncias são reduzidas, os relatórios aumentam de volume, *novos programas de educação surgem*, melhorando o velho. O novo substitui o velho, usando o mesmo espaço físico e social, aplicando propostas não explícitas às populações passivas diante dos discursos que às vezes variam apenas de tom [...] (CALAZANS; CASTRO; SILVA, 1981, p. 176, grifado no original).

Neste sentido o PEA pode ser classificado no que Caldart (2010, [s.p.]) nos mostra como principal característica das políticas públicas para o meio rural.

[...] uma educação dos e não para os sujeitos do campo. Feita assim através de políticas públicas, mas construídas com os próprios sujeitos dos direitos que se exigem. A afirmação deste traço que vem desenhando nossa identidade é especialmente importante se levarmos em conta que na história do Brasil, toda vez que houve alguma sinalização de política educacional ou de projeto pedagógico específico isto foi feito para o meio rural e muito poucas vezes com sujeitos do campo.

Mas não é possível ignorar que as novas configurações do programa são produto de mais de uma década de funcionamento nas regiões Norte, Nordeste e Centro-Oeste, em que ele foi o pivô de debates e alvo de críticas de movimentos sociais e de alguns setores da academia, passando por mudanças em seus textos-base, como tentativa de incorporação dessas críticas. Assim como também é importante enfatizar que a incorporação das universidades como parceiras das Secretarias Estaduais e Municipais de Educação na formação dos professores provocará a elaboração de pesquisas, artigos e debates, o que certamente contribuirá para uma maior movimentação nas reflexões de conceitos, princípios, procedimentos e resultados do programa.

Uma situação difícil é quando se pensa em negar o PEA, visto que possivelmente este seja o primeiro programa governamental de formação continuada para os professores brasileiros de classe multisseriada. Há pontos fracos, notadamente no que diz respeito a sua construção como política pública, mas é possível partir dos pontos que são considerados como fortes. Então os olhares se voltam para as contribuições que o PEA possa dar para a prática pedagógica, isto é, para o cotidiano de professores. Autores como Freire (2005) e Lopes (2005) reafirmam a herança do PEA como *pacote educacional*, mas também ressaltam o "saldo positivo da experiência" (FREIRE, 2005, p. 209), quando nos aproximamos da prática cotidiana de professores, técnicos, alunos e pais.

Sabendo que as classes multisseriadas configuram "um quadro pedagógico no qual o professor é o responsável pelo ensino-aprendizagem concomitantemente de séries variadas" (SILVA, 1993, p. 86), uma formação específica para essa modalidade de ensino parece ser urgente. O docente que atua nesse contexto é responsável por um espaço distinto do que usualmente se aprende a lidar nas formações dos cursos de magistério e licenciatura.

Prática pedagógica e PEA

O PEA tem como estratégias metodológicas: a aprendizagem ativa, centrada no aluno e em sua realidade social; o professor como facilitador e estimulador; a aprendizagem cooperativa; a gestão participativa da escola; a avaliação contínua e processual e a promoção flexível. Para tanto, utiliza-se de trabalhos em grupo, ensino por meio de módulos e livros didáticos produzidos exclusivamente para o Programa. Incentiva, também, a participação da comunidade e procura promover a formação permanente dos professores.

Algumas das estratégias importantes do PEA são os cantinhos de aprendizagem e o governo estudantil. Os cantinhos de aprendizagem são organizados por conteúdo, com base em materiais fabricados pelos alunos ou recolhidos junto à comunidade, com o auxílio do professor. Eles são utilizados para consultas e pesquisa, bem como a biblioteca escolar, e fazem parte da estratégia de estímulo à leitura prevista no PEA. O governo escolar promove o envolvimento das crianças em tarefas relativas à manutenção e ao funcionamento da escola. São objetivos dessa estratégia: desenvolver atitudes de companheirismo e solidariedade nos alunos, identificar e estimular lideranças e desenvolver a capacidade de tomar decisões. O PEA prevê que a escola realize eleições para o governo escolar, meio pelo qual se pretende ensinar mecanismos democráticos, dando a oportunidade para alunos experimentarem como é participar do governo.

Em julho de 2009, foi realizado, em Minas Gerais, o primeiro encontro, de uma série de cinco, para a formação de professores para a metodologia Escola Ativa. Durante esse evento, alguns professores foram voluntários para participar de um grupo focal onde deveriam falar de suas práticas pedagógicas nas classes multisseriadas. A partir da filmagem e posterior transcrição dos depoimentos desses professores, o objetivo é construir um caderno de formação para discussão da prática pedagógica como experiência concreta dos professores com a qual eles poderão dialogar com os saberes sistematizados pelo PEA. Ter a experiência como um texto com possibilidades de iluminar a reflexão, isto é, capaz de gerar conceitos e teorias e não somente como experiência prévia que anuncia o ponto de partida.

O professor Antônio narrou o momento em que iniciou a docência numa classe de alunos de diversas séries, em uma turma multisseriada numerosa. Descreve o processo de divisão do tempo entre as diversas turmas (anos escolares) de alunos de diferentes idades e a ocasião em que passa a trabalhar de forma mais integrada, com eixos que, na sua visão, coincidem com a proposta do PEA:

> [...] eu costumava dividir o quadro, esse quadro fica pro primeiro ano, esse pro segundo, esse pro terceiro. Era uma sala grande dividida, com 42 alunos. Então eu tentava me desdobrar, não tinha tempo para sentar. Então era dez minutinhos para o 1º ano, dez minutinhos para o 2º ano, dez minutinhos para o 3º, quando

eu chegava no 3º, o 1º ano já estava se acabando, se engalfinhando. Aliás, era sempre assim, correndo para lá e para cá. Mas por causa do foco, tá entendendo, eu conseguia atingir meu objetivo, mas no final do ano eu estava me sentindo defasado, porque eu conseguia o foco, mas ele [os alunos] não avançavam tanto quanto deveriam avançar. Isso porque o tempo que eu tirava para um eu não tinha para o outro. – Teve uma época que eu estava trabalhando a boca, os elementos da boca, a língua, as papilas gustativas e vi que todos estavam muito avançados, então o que acontece, eu descobri que o tempo todo essas dimensões estavam se encontrando, e os alunos com necessidades diferentes e cada um com seu modo, sua necessidade. No final do ano eu consegui resultado, melhor que aquilo de ficar dividindo tempo, porque eu não ficava segurando eles, eles iam por conta própria, foi uma experiência que deu certo.

Passando pela experiência de dividir o quadro em partes para atender cada um dos anos escolares, assim como a maioria dos professores de classes multisseriadas aprenderam a fazer, Antônio parece perceber a necessidade de mudar a metodologia utilizada, já que não estava conseguindo os resultados esperados. O professor rompe com a ideia de divisão de tempos e espaços tradicionalmente utilizada nas escolas. É com essa ruptura que ele vê o vínculo entre o que trabalho que desenvolve e a metodologia Escola Ativa.

[...] a metodologia da Escola Ativa, ela trouxe exatamente a questão do eixo, da dimensão cultural, da dimensão sociocultural e da dimensão cognitiva. [...] Então eu percebi que trabalhando essa perspectiva de letramento a criança lançava mão de tudo que ela sabia para descobrir aquilo que ela não sabia através da linguagem escrita, então foi essa que para mim deu certo.

O professor encontra aproximações do trabalho que desenvolvia antes de utilizar a metodologia com o que é proposto por esta. Ao entrar em contato com a proposta pedagógica do Programa, a validade das estratégias já criadas e testadas por ele em seu cotidiano, visando a alfabetização e letramento dos alunos, é reafirmada. Nesse sentido a validade do PEA objetiva confluir o que propõe com o trabalho do professor, trazendo novos elementos para serem discutidos e aplicados em seu cotidiano.

Ouvimos a professora Mônica narrar o percurso pelo qual desenvolve estratégias para facilitar o aprendizado de seus alunos, em um processo dialético e constante de construção, porém, da mesma forma que Antônio, conta que a conhecida divisão do quadro negro nas turmas multisseriadas foi sua primeira estratégia metodológica:

O ano passado eu trabalhei igual ele estava explicando, dividia o quadro, as crianças do 4º e 5º ano eu passava mais exercício de livro até porque eu não tinha essa desenvoltura de muitos anos de prática de magistério. Esse ano eu comecei... até agora está dando muito certo o que eu estou fazendo. Eu costumo separar um pouquinho o português e a matemática, por série, até porque eu faço cinco planos

> de aula, porém eu tenho duas crianças que têm dificuldade. Uma do 1º ano e uma do 2º ano, que tem um pouco de dificuldade a mais que os coleguinhas, então eu tenho que fazer sete planos de aula, não tem jeito. Eu faço sete planos de aula, então o que acontece, com a história, ciências e geografia que eu faço, procuro ensinar tudo para eles em uma linguagem assim... universal: que dê para todos eles aprenderem a mesma coisa, talvez alguma coisa interessante para eles. No caso que tenha no livro de ciências do 5º ano, eu também explico para o 1º ano, mas numa linguagem que ele também consiga entender, abarcando o grupo todo.

O que a professora Mônica chama de universal é o que podemos nomear de atividades integradas, na mesma linha que sugere a metodologia do Programa Escola. Dessa forma a professora, em sua experiência anterior à formação no Escola Ativa, demonstra criar estratégias em que ela própria elege um conteúdo e o desenvolve com graus de dificuldade diferenciados, de modo a atender todos os anos que compõem a sua turma multisseriada. Mais que isso, ela elabora atividades diferenciadas para os alunos em ritmos diferentes de aprendizagem. O trabalho da professora também corrobora com a sugestão dos Parâmetros Curriculares Nacionais (PCNs) para as classes multisseriadas quando estes afirmam que é "possível pensar em grupos que não sejam estruturados por série e sim por objetivos, onde a diferenciação se dê pela exigência adequada ao desempenho de cada um" (PCNs).

Dessa forma, a ruptura com que foi tradicionalmente instituído traz resultados positivos aos trabalhos da professora. Ela experimenta variadas estratégias na busca da qualidade da aprendizagem dos estudantes:

> Outra coisa, eu separei monitores, as meninas do 4º e do 5º ano, eu coloquei do lado das do 1º ano e acabam assim, me ajudando. Porque às vezes assim eu estou lá no 3º ano dando alguma coisa, aí "tia cabei!" Eles mesmos falam: –Tia minha coleguinha acabou. Aí eu falo: – Espera aí só um pouquinho que eu vou verificar a atividade dela. Eu sou uma pessoa assim [...] eu mudo muito, mudo assim, se eu vejo que uma atividade não está dando certo, não deu certo, assisto, faço um curso, tento implantar aquilo, não deu certo, eu mudo, porque eu não acho que você tem que se prender a uma coisa que não está dando certo. Igual tem gente que vai toda a vida tentando e não resolve, e igual hoje em dia o governo, todas as faculdades que a gente faz, prega muito o construtivismo, só que tem alunos que só funciona o 'ba', 'be', 'bi', 'bo', 'bu', não tem jeito. Tem uns que você passa uma palavrinha aqui e ele já consegue ler, têm outros que tem que ter um método, digo assim na época que eu estudei era o silábico, 'ba', 'be', 'bi', 'bo', 'bu'. Não tem como, eu mudo, eu sei que eles condenam, muita gente condena fala que não é o método correto, mas eu procuro aplicar na minha sala o que funciona, eu tento ser a melhor professora possível, mas eu aplico o que eu acho que funciona.

A ausência de propostas pedagógicas sistematizadas para o trabalho com as classes multisseriadas faz com que professores e professoras busquem alternativas para seus trabalhos. Eles e elas criam metodologias, produzem materiais didáticos, investem na sua formação acadêmica com o objetivo de melhorar a qualidade do ensino e da aprendizagem dos estudantes. Na maioria das vezes, esses professores acabam "sendo levados a uma prática pedagógica restrita ao empirismo, gerando-lhes sentimentos de ansiedade e de insegurança" (RAMALHO, 2009, p. 2). Assim, como já apresentamos nos excertos trazidos das narrativas dos professores, seus planejamentos são predominantemente voltados à busca de um resultado mais imediato, tal como:

> [...] distribuem o tempo a ser trabalhado em função de uma determinada série; outros optam pelo conteúdo, trabalhando simultaneamente um mesmo conteúdo com todas as séries e diferenciando apenas no grau de dificuldade das atividades em função das séries específicas. Existem também os professores que organizam os seus planejamentos a partir do monitoramento, que consiste na ajuda dos próprios colegas no decorrer das atividades (RAMALHO, 2009, p. 2).

A autoavaliação do trabalho parece ter sido o termômetro para as mudanças necessárias na forma de desenvolver os conteúdos, como nos mostra em sua fala a professora Mônica:

> Às vezes eu falava uma linguagem que eles não conseguiam entender, e a criança tem um próprio jeito de ensinar, de falar o que já sabe. Às vezes já passou por aquela fase, já sabe explicar do jeito dele que eles mesmos conseguem entender. É nesse ponto que eu tive essa ideia do monitor-mirim, diga-se de passagem que agora que eu estou vendo na Escola Ativa que vai ter todo um trabalho com monitor.

O relato da professora Mônica evidencia como a prática é rica e como os professores testam várias estratégias e desenvolvem várias práticas das quais nem sempre são conscientes, ou orientadas por uma estratégia "testada" e elaborada antecipadamente.

Consideramos que, diante do exposto, os programas que visem colaborar com a qualidade da educação nas classes multisseriadas não necessitam nem podem partir do princípio que não existem experiências anteriores que sirvam de inspiração para as políticas de formação dos professores, bem como da construção de materiais didático-metodológicos que subsidiem as metodologias criadas.

Algumas considerações

Pensar o PEA na perspectiva da formação continuada no contexto político, social, cultural e econômico da Educação do Campo nos conduz para algumas reflexões.

Ressignificar a dimensão da prática pedagógica como experiência teórico/prática para além da dimensão metodológica. O PEA não necessariamente traz novidades metodológicas, se levarmos em consideração os depoimentos dos professores indicados neste texto. Todas essas estratégias, identificadas como novidades no PEA, são na verdade saberes já difundidos e apropriados de diferentes maneiras e intensidades pelo diversificado corpo de professores que atua nas escolas multisseriadas.

O Programa, no entanto, ajuda a organizar e legitimar o que já está acontecendo. O desafio é construir os guias e procedimentos metodológicos em mediações que fortaleçam e ampliem as possibilidades de reflexão, de diálogo e de teorização em torno das experiências já desenvolvidas pelos professores.

Para além da formação continuada, é preciso inscrever o PEA como um processo pedagógico que possa ser inserido no programa curricular dos cursos de Pedagogia e de Licenciatura em geral, principalmente na licenciatura em Educação do Campo.

Mas não basta se concentrar na formação como o elemento principal do ato educativo. Para Freire (2005, p. 199), o PEA reafirma o entendimento de que "as principais causas do fracasso escolar em instituições de poucos recursos, que são principalmente as escolas rurais e as situadas na periferia das áreas urbanas, são: metodologias tradicionais, passivas, que enfatizam a memorização do que a compreensão", isto é, fatores intraescolares. Como sair dos limites metodológicos? Não há dúvidas de que é preciso politizar os processos formativos do PEA. Para Gonçalves (2009, p. 146) "a análise crítica que o professor faz de sua realidade e de sua capacidade de solucionar os problemas tende a restringir-se às escolas em que atua. Falta espaço e tempo para estabelecer uma relação horizontal com o PEA, ao que acabam submetidos". A falta de instâncias de produção coletiva, dentro de uma perspectiva mais democrática, levaria a uma resistência dos professores à proposta, não por falha em sua lógica interna, mas sim por não se recriar, a partir da participação dos que o estão vivenciando na prática. Para o autor isso implica uma perda dupla: "por um lado, o professor não é convidado a sistematizar o conhecimento que produz [...] e passa a desenvolver uma relação de maior alheamento com ele; por outro, corre-se o risco de que o Programa não receba contribuições que o atualizem" (p. 146).

Na experiência que estamos desenvolvendo em Minas Gerais, observamos que os municípios, de maneira geral, não compensam os professores pelo maior investimento de tempo no preparo de suas aulas, em decorrência da intensificação do trabalho pela metodologia da Escola Ativa com aumentos proporcionais do salário. O professor é, especialmente nas escolas rurais, o último elo entre o sistema de ensino e o público. Sobre ele, em última instância, recai grande parte da responsabilidade pelo sucesso de novas experiências pedagógicas e do funcionamento das escolas. O PEA cria novas demandas para os professores, bem como oferece novas ferramentas para a realização do seu trabalho. Este é um caminho possível para a discussão dos professores sobre a sua própria condição como trabalhadores. Faz-se necessário o esforço de democratizar as condições de participação dos professores e técnicos educacionais dos municípios e a interlocução entre todos os envolvidos, durante o processo de formação e elaboração das propostas didático-metodológicas.

Talvez o maior desafio seja a apropriação do termo *campo*, pois não basta substituir a palavra rural no material pedagógico. Falar em Educação do Campo é colocar a escola de qualidade para além dos aspectos metodológicos. Será necessário trazer o protagonismo, em todas as dimensões e estruturas do fazer educativo, bem como implicar a escola com a produção da vida política, social, cultural e econômica. Significa dizer que deve haver comprometimento com a educação como um lugar de tensões, de tomada de posições, de conflitos.

Neste sentido o diálogo com a prática pedagógica historicamente construída pelos docentes, quem sabe, possa ser um caminho para flexionar os rumos do PEA. Partir da prática e não dos guias. Guiar-se pela experiência e não pela metodologia. Caminhar rumo à construção de uma escola comprometida com a formação de uma sociedade sustentável e não como ferramenta de promoção do desenvolvimento rural.

Referências

ANDRADE, M. R.; DI PIERRO, M. C. *Programa nacional de educação na reforma agrária em perspectiva: dados básicos para uma avaliação*. São Paulo: Ação Educativa, 2004.

BENVIENISTE; McEWAN. Constrains to implementing educational innovations: the case of multigrade schools. *International Review of Education*, 46(1/2), p. 31-48, 2000.

CALAZANS, M. J. C.; CASTRO, L. F. M.; SILVA, H. R. S. Questões e contradições da educação rural no Brasil. In: WERTHEIN, J.; BORDENAVE, J. D. (Org.). *Educação Rural no Terceiro Mundo: experiências e novas alternativas*. Rio de Janeiro: Paz e Terra, 1981.

CALDART, R. *Momento atual da Educação do Campo*. Disponível em: <http://www.nead.org.br/index.php?acao=artigo&id=27>. Acesso em: 7 jan. 2010.

FREIRE, J. C. S. Currículo e docência em classes multisseriadas na Amazônia Paraense: o Projeto Escola Ativa em foco. In: HAGE, S. M. (Org.). *Educação do Campo na Amazônia: retratos da realidade das escolas multisseriadas no Pará*. Belém: Gutemberg, 2005. p. 163-195.

FUNDESCOLA. *Fundo Nacional de Desenvolvimento da Educação: guia para a formação de professores da Escola Ativa*. Brasília: MEC, 2005.

FURTADO, E. D. P. Estudo sobre a educação para a população rural no Brasil. In: FAO/UNESCO. *Educación para la población rural en Brasil, Chile, Colombia, Honduras, México, Paraguay y Perú*. FAO/UNESCO, 2004. p. 44-91. Disponível em: <http://www.fao.org/SD/ERP/Estudio7paises.pdf>. Acesso em: 12 maio 2007.

GONÇALVES, G.B.B. *Programa Escola Ativa: Educação do Campo e trabalho docente*. Tese (Doutorado em Políticas Públicas e Formação Humana) – Programa de Pós-Graduação em Políticas Públicas e Formação Humana, Universidade do Estado do Rio de Janeiro, Rio de Janeiro, 2009.

LOPES, W. J. F. A (In)viabialidade da metodologia Escola Ativa como prática curricular para ensinar e aprender no campo. In: HAGE, S. M. (Org.). *Educação do Campo na Amazônia: retratos da realidade das escolas multisseriadas no Pará*. Belém: Gutemberg, 2005, p. 212-229.

MINISTÉRIO DA EDUCAÇÃO (MEC). Grupo permanente de trabalho de Educação do Campo. *Referências para uma política nacional de Educação do Campo: Caderno de subsídios*. Brasília, 2003.

MEC/CNE. CÂMARA DE EDUCAÇÃO BÁSICA DO CONSELHO NACIONAL DE EDUCAÇÃO. *Diretrizes Operacionais para a Educação Básica nas Escolas do Campo*. 36/2001, 4 dez. 2001. Brasilia, D.F., 2003. (Mimeografado).

PSACHAROPOULOS, G.; ROJAS, C.; VELEZ, E. *Evaluación del rendimiento del programa colombiano Escuela Nueva: és el sistema multigrado la respuesta?* Washington: Banco Mundial, 1992.

RAMALHO, M. N. M. *A constituição docente de professores que atuam em turmas multisseriadas*. 2009. Disponível em: <http://www.unimep.br/phpg/posgraduacao/stricto/ed/simposio/textos_PDF/Maria_Nailde.pdf>. Acesso em: 7 jan. 2010.

SCHIEFELBEIN, E.; VERA,R.; ARANDA, H; VARGAS, Z.; CORCO, V. *En busca de la escula del siglo XXI: ¿puede darnos la pista la escuela nueva de Colômbia?* Santiago: Unesco, 1992.

SECRETARIA DE EDUCAÇÃO CONTINUADA, ALFABETIZAÇÃO E DIVERSIDADE (Secad). *Projeto base*. Brasília: MEC, 2008.

TORRES, R. M. *Alternativas dentro de la educación formal: el programa Escuela Nueva de Colombia*. Quito: 1992.

Capítulo 4
Políticas de educação (a partir dos anos 1990) e trabalho docente em escolas do campo multisseriadas: experiência em município do Rio Grande do Norte

Márcio Adriano de Azevedo
Maria Aparecida de Queiroz

Introduzindo o debate

Historicamente, no Brasil, a oferta escolar no campo caracterizou-se por um modelo subordinado aos conteúdos ministrados e aprendidos nas cidades, tendo como princípio o atraso das culturas e a falta de perspectivas desse meio. As Diretrizes Operacionais para a Educação Básica nas Escolas do Campo (BRASIL, 2002) ressaltam essa situação, reconstituindo os fatos sobre o descaso para com a educação nesse contexto. O documento destaca, ainda, que, apesar de o país ter a sua origem assentada em bases agrárias, os primeiros textos constitucionais – 1824 e 1891 – sequer mencionavam a educação das populações pobres que viviam nas fazendas ou sítios, trabalhando na agropecuária, na extração vegetal, mineral, na caça ou na pesca. Os estudos de Leite (2002, p. 28) mostram que "mesmo a República – sob inspiração positivista/cientificista – não desenvolveu uma política educacional destinada à escolarização rural, sofrendo esta a ação desinteressada das lideranças brasileiras". Analisando essa situação no final do Império e no início da República, período em que se estruturava o sistema de instrução elementar no Brasil, Arroyo (1983, p. 20) enfatiza que:

> A classe subalterna não é apenas vítima de um projeto de ideologização tentado pelas classes dominantes, ela é agente histórico, constrói a própria história e se faz a si mesma muito mais do que é feita fora. Vemos a história do período como resultado do confronto entre classes por mais heterogêneas que elas sejam, confronto que se dá inclusive a nível de hegemonia e contra-hegemonia cultural. O homem do campo tem seus próprios valores sobre o tempo, o lazer e o trabalho, o que condiciona qualquer projeto de reeducação para os novos valores requeridos pelas novas relações de trabalho. Neste sentido trata-se de um processo conflitivo, que traspassa a política de instrução elementar e do ensino técnico agrícola.

Nesses argumentos, percebemos que qualidade social da educação dos sujeitos do campo não constava na pauta dos dirigentes da nação, porém, os seus filhos estudavam nas melhores escolas públicas do país, como o Colégio Pedro

II, no Rio de Janeiro, dentre outras de ensino médio e superior. Para os pobres, ao contrário, adequavam a educação ao modelo econômico, de base agroexportadora, que se fundamentava nos interesses das classes dominantes. Assim, o modelo dual de educação – dos ricos e dos pobres – não se distanciava da matriz sócio-histórica, visto que, conforme Martins (1999, p. 13),

> A propriedade da terra é o centro histórico de um sistema político persistente. Associada ao capital moderno deu a esse sistema político uma força renovada, que bloqueia tanto a constituição da verdadeira sociedade civil, quanto à cidadania de seus membros.

Sendo a educação um componente importante na construção do ideário de um desenvolvimento econômico que atenda aos interesses das classes dominantes, é importante mantê-la como parte do imaginário dos setores desfavorecidos do ponto de vista econômico, político e cultural. Por esta e outras razões criavam-se as escolas primárias na casa da fazenda, sendo professora a filha do patrão, que estudara em outras condições. Calazans e Silva (1983, p. 3), estudando essa temática, enfatizam que o ensino formal em escolas do campo ocorreu a partir do final do "Segundo Império e se implantou amplamente na primeira metade deste século. O seu desenvolvimento, através da história, reflete de certo modo as necessidades que foram surgindo em decorrência da própria evolução das estruturas sócio-agrárias do país". Foi nesse cenário que a educação rural consolidou-se, baseada no modelo unidocente ou de classes multisseriadas, sem quaisquer orientações político-pedagógicas e curriculares para esse modelo organizativo. Queiroz (1998, p. 6) assim apresenta esta problemática:

> [...] considerando-se a educação em nível primário, foi durante a República e diante das exigências do modelo urbano-comercial que aumentou a demanda por esse nível de ensino. No início do século XX, por volta de 1907, o Estado construíra os primeiros Grupos Escolares ou Escolas-modelos para funcionar a escola primária de quatro séries (ensino fundamental atual). Ainda que na literatura referente a esse período não se distinga o tipo de prédio escolar do meio urbano ou meio rural, mantiveram-se aqueles com uma única sala de aula e um professor para atender a uma ou mais séries no mesmo horário (classes multisseriadas). Na cidade esse tipo de escola modificou-se primeiro que no meio rural, onde permaneceu até por volta dos anos 1970/1980 como modalidade mais comum às escolas rurais brasileiras.

No Estado do Rio Grande do Norte, bem como em outros estados do Nordeste, a educação desse setor tornou-se, nos anos 1970, um campo fértil a desenvolver ações políticas marcadas "pela consolidação de medidas legais em todos os níveis de ensino, onde se destaca a Lei 5692/71 de ensino de 1º e 2º graus" (QUEIROZ, 1984, p. 1). Acrescenta a autora que os programas funcionam como estratégia político-ideológica, quando o Estado civil-militar buscava a hegemonia nas regiões mais pobres do país (Norte e Nordeste). Essas políticas não correspondiam, pois, ao direito à educação dos sujeitos, visto que, sendo voltadas para a organização administrativa do setor nos municípios,

> [...] não se têm notícias de que tenham surgido por iniciativa dos trabalhadores. E, menos ainda, que estes tenham decidido sobre as finalidades desta escola e sobre o seu significado para a população trabalhadora rural. [...] Analisando esta situação, pode-se verificar que historicamente a educação rural no Brasil se situa no interior do aparelho estatal (QUEIROZ, 1984, p. 36).

Assim, a ênfase à educação das pessoas do campo tinha como objetivo atender aos reclamos do capital, correspondente à adaptação dos camponeses à emergente modernização da produção, bem como conter o processo migratório – campo/cidade – por meio de ações como a educação e a assistência técnica. Nessa perspectiva, a educação rural consolida-se, na senda da municipalização da educação, a partir de 1975, com o Programa de Assistência Educacional aos Municípios (PROMUNICÍPIO), articulando iniciativas de organização da educação municipal, sobretudo, no campo pedagógico (currículo, supervisão, produção de material didático).

Diante da precária situação socioeconômica das famílias rurais no período de implementação do Programa de Expansão e Melhoria da Educação no Meio Rural do Nordeste (EDURURAL/NE), as crianças tinham dificuldades em frequentar a escola, posto que a sobrevivência impunha às famílias colocá-las para trabalhar, alternando, assim, escola e trabalho, às vezes no mesmo turno. Ademais, os municípios não tinham estrutura financeira para atender aos problemas que circundavam a demanda escolar. Alguns já foram contornados com a oferta de serviços públicos básicos: estradas, água, energia elétrica, assistência à saúde. Ainda que se evidenciem melhorias, a educação para crianças e jovens desse setor ainda padece de males crônicos como a pobreza, as caóticas condições físicas, burocrático-administrativas e pedagógicas no conjunto da educação pública.

Outro agravante corresponde ao ambiente escolar, muitas vezes improvisado, atípico para um espaço escolar que requer condições pedagógicas adequadas ao processo ensino-aprendizagem. Essa realidade ainda persiste em grande parte das escolas do campo, conforme mostra Azevedo (2006), entre outros estudiosos dessa problemática. Na década de 1970, prevaleciam, como prédios, os grupos escolares construídos por volta de 1930 e 1940, mantendo-se, segundo Queiroz (1998, p. 6), "aqueles com uma única sala de aula e um professor para atender a uma ou mais séries no mesmo horário (classes multisseriadas)". Ainda que o grupo escolar tenha cedido lugar à outra arquitetura, esse quadro não foi plenamente alterado. Mas o problema não se restringia apenas à parte física ou organizativa, outro agravante na Educação do Campo, especificamente, no Nordeste, por volta dos anos 1970 e 1980, consistia no fato de que:

As normas, os conteúdos curriculares, a avaliação do rendimento escolar, bem como o material de ensino e de aprendizagem – livros e manuais didáticos – não consideravam os aspectos gerais ou específicos dessa realidade na vida dos alunos. Os conteúdos educacionais estavam, predominantemente, direcionados à realidade da vida urbana. Tal fato não somente desvalorizava a vida rural, como também estimulava a migração rural para os centros urbanos (QUEIROZ, 1998, p. 7).

Como sucedâneo do EDURURAL/NE na Região, implementou-se o Projeto Nordeste, que pretendia "ser uma ampla estratégia de desenvolvimento regional, concebida pelo governo brasileiro em parceria com o Banco Mundial" (CABRAL NETO, 1997, p. 13). Propunha-se redimensionar as ações e os programas em exercício para promover o desenvolvimento regional. Elaborado e coordenado pela Superintendência de Desenvolvimento do Nordeste (SUDENE), vislumbrava elaborar alternativas políticas, imprimindo, ao campo, novas estratégias originadas do governo brasileiro com a implementação de programas especiais e setoriais destinados ao desenvolvimento regional.

Objetivava, outrossim, viabilizar mecanismos de desenvolvimento do setor rural, por meio de programas específicos destinados ao pequeno produtor. Mais uma vez, essa prática não correspondia ao previsto no esboço e nas linhas do referido projeto. No Rio Grande do Norte, apresentava-se uma distância significativa entre a proposta educacional da Secretaria Estadual de Educação e a sua exequibilidade. Naquele período, não identificamos um esforço político que consolidasse um tipo de educação compatível com a realidade das escolas do campo. À época, o governo enfatizava os interesses do capital, prevalecendo as forças políticas de sustentação ao regime civil-militar.

Conforme a literatura consultada, nenhuma ação política de educação, no Estado do Rio Grande do Norte, voltou-se, diretamente, para os interesses das pessoas que viviam naquelas áreas. A década de 1980 foi considerada aquela em que as propostas de educação consistiam em projetos de natureza experimental e transitória, portanto, tal como os atuais, focalizados na pobreza do Norte e Nordeste do Brasil. Segundo Xavier, Ribeiro e Noronha (1994, p. 285), anterior à Carta Constitucional (1988), observa-se "uma política nacional de Educação integrada e articulada", diferentemente do que ocorreu com os programas e projetos que não expressavam uma política nacional de educação para o campo.

A discrepância entre o proposto e o executado continua na atualidade, apesar de a Lei nº 9.394/96 (BRASIL, 1996) prever mudanças para a educação rural, tais como: adaptação do calendário escolar e metodologias específicas (Art. 28, incisos I, II e III). Sabemos que a escola do campo ainda reflete as diretrizes didático-pedagógicas da escola urbana, estando subordinada a estas, mesmo que as particularidades sejam evidentes e as Diretrizes Operacionais para a Educação Básica nas Escolas do Campo orientem sobre a implementação de uma política que observe suas especificidades.

Organização da educação brasileira a partir dos anos 1990 e os desafios da construção de uma identidade para as escolas multisseriadas

Sob a égide da reforma educativa dos anos 1990,[1] a educação escolar pública brasileira está organizada em dois grandes níveis – básico (educação infantil, ensino fundamental e ensino médio) e superior (graduação e pós-graduação). Há dois anos, o ensino fundamental foi ampliado de oito para nove anos de escolaridade (Lei nº 11.274/2006), cujas crianças matriculadas são, em sua grande maioria, oriundas dos segmentos pobres da população, a partir de seis anos de idade.

Essa escola é parte de um sistema educacional que envolve relações complexas em sua organização e gestão, as quais traduzem a qualidade dos processos e dos resultados do ensino (LIBÂNEO, 2004). Alguns aspectos de sua dimensão organizacional – tais como a liderança dos gestores, os relacionamentos interpessoais, a reflexão da ação docente, a estabilidade profissional, a participação dos pais, as condições de infraestrutura material e pedagógica, o currículo, dentre outras – conferem apoio ao trabalho do docente. Quando essas condições escolares são adversas à qualidade do ensino, cria-se uma problemática a ser compreendida e superada, independente da esfera administrativa a qual está vinculada.

Na Educação do Campo, em particular, a despeito de o número de escolas serem proporcionalmente igual ao meio urbano (50%),[2] os professores enfrentam problemas semelhantes aos que são enfrentados nas escolas urbanas, porém, em maiores proporções. Dessa forma, ainda que a qualidade do trabalho pedagógico em escolas públicas urbanas no país siga marcada por fragilidades em diferentes aspectos, no meio rural persiste uma marcante inadequação das condições de trabalho. A começar pelo delineamento do currículo que segue os mesmos padrões organizativos e teórico-metodológicos dos conteúdos desenvolvidos nas escolas situadas no meio urbano.

A título de ilustração, tomamos como um dos indicadores da qualidade do trabalho pedagógico escolar o número de salas de aula existente em cada escola, a partir disso constatamos que, na rede pública de ensino da educação básica, no campo, "aproximadamente a metade dessas escolas tem apenas uma sala de aula e oferece, exclusivamente, o ensino fundamental de 1ª a 4ª série" (BRASIL, 2007, p. 18).

---

[1] Nos países da América Latina essa reforma teve como marco a Conferência Mundial de Educação para Todos (Jomtien/1990). No Brasil, em particular, foi a partir do primeiro mandato do presidente Fernando Henrique Cardoso (1995-1998) que esse evento ganhou mais notoriedade nas políticas educacionais, conforme ressalta Pinto (2002).

[2] A rede de ensino da educação básica da área rural, conforme dados do Censo Escolar 2005, é formada por 96.557 estabelecimentos de ensino, representando cerca de 50% das escolas do país ,ou seja, 207.234. A despeito de esse índice apresentar-se inferior ao Censo Escolar 2002, atende a 5.799.387 alunos no ensino fundamental, o que representa 17,3% da matrícula nacional nesse nível, e permanece atendendo, prioritariamente, às séries iniciais do ensino fundamental (BRASIL, 2007).

Segundo o Censo Escolar 2005, 71,5% dos alunos matriculados em escolas do campo concentram-se nos anos iniciais desse nível de ensino. Associado a esse problema, o mesmo estudo revela que enquanto "75,9% dos estabelecimentos urbanos estão equipados com microcomputadores, apenas 4,2% dos estabelecimentos rurais de ensino contam com este recurso. Equipamentos como biblioteca, laboratório e quadras de esporte não fazem parte da realidade das escolas rurais" (BRASIL, 2007, p. 29).

Além desses problemas de natureza infraestrutural, outras dificuldades materiais interferem fortemente no trabalho docente, comprometendo sua qualidade, uma vez que as condições enfrentadas pelos professores para o efetivo exercício de suas funções são marcadas por dificuldades no deslocamento entre sua casa e a escola (o que não é exclusividade dos professores, mas também dos próprios alunos). É importante frisar ainda que a maioria desses professores são mulheres e acumulam uma sobrecarga de trabalho e diversas funções, seja na família, seja na instituição de ensino.

No âmbito pedagógico, os docentes não têm a devida orientação nem acompanhamento sistemático, por parte dos gestores dos sistemas escolares. Além disso, os docentes ressentem-se da falta de material didático-pedagógico, de uma política que contemple um plano de cargos, carreira e salário do magistério público, de modo a regulamentar o exercício da profissão, compatibilizando-a com as funções e os níveis de formação requeridos.

As escolas públicas brasileiras ainda demonstram, em seus resultados, um fraco desempenho escolar dos alunos, o que pode ser verificado pelos continuados índices de reprovação, de repetência, de distorção idade-ano de escolaridade, de abandono/evasão escolar. Conforme dados oficiais do Censo Escolar 2005 (BRASIL, 2007), dentre as crianças matriculadas nas escolas, 41,4% estão em defasagem idade-ano de escolaridade (de sete a dez anos). Ainda com referência à distorção idade/ano de estudos, percebemos enormes "diferenças entre as regiões do País, com destaque para o Norte e Nordeste, que exibem taxas de 53,7% e 44,5%, respectivamente, nas séries iniciais" (BRASIL, 2007, p. 20). Superar essa condição constitui-se em um desafio para os formuladores e executores de políticas públicas na área da Educação do Campo.

Em se tratando do nível de formação dos professores, observamos que não corresponde ao que é requerido pela função docente. Apesar do esforço demonstrado pelas várias esferas administrativas do Estado brasileiro, no sentido de fomentar e/ou apoiar a formação docente, a partir da exigência legal suscitada pela a Lei de Diretrizes e Bases da Educação Nacional (Lei nº 9.394/96), estudos do MEC mostram que em 2005 a situação assim se apresentava:

> O nível de escolaridade dos professores revela, mais uma vez, a condição de carência da zona rural. No ensino fundamental de 1ª a 4ª série, apenas 21,6% dos professores das escolas rurais têm formação superior, enquanto nas escolas urbanas esse contingente representa 56,4% dos docentes. O que é mais preocupante,

no entanto, é a existência de 6.913 funções docentes sendo exercidas por professores que têm apenas o ensino fundamental e que, portanto, não dispõem da habilitação mínima para o desempenho de suas atividades. A maioria desses professores leigos atua nas Regiões Nordeste e Norte (BRASIL, 2007, p. 33).

A política educacional brasileira, implementada a partir dos anos 1990, mediante a reforma do ensino – Lei de Diretrizes e Bases da Educação Nacional, Lei nº 9.394/96; da Lei nº 9.424/96, que dispõe sobre o Fundo de Manutenção e Desenvolvimento do Ensino Fundamental e de Valorização do Magistério (FUNDEF); e da Emenda Constitucional nº 14/96 –, imprimiu aos sistemas municipais de educação novas responsabilidades. Isso modificou as relações entre os municípios, estados federados e a União, requerendo sua reorganização em novas bases e provocando a discussão sobre o pacto federativo no que diz respeito às responsabilidades para com a educação pública, sobretudo o seu financiamento.

Diante desse contexto, e no âmbito do Programa de Pós-Graduação em Educação da Universidade Federal do Rio Grande do Norte, desenvolvemos uma investigação tendo como foco as relações existentes entre a formação e o trabalho docentes em escolas multisseriadas (ensino fundamental). Para isso, tomamos como referência empírica da reflexão o Centro de Ensino Rural do município de Jardim do Piranhas, no Rio Grande do Norte.[3]

A formação e o trabalho docente no Centro de Ensino Rural e as escolas multisseriadas

Em 1999 a Prefeitura Municipal de Jardim de Piranhas criou o Centro de Ensino Rural para atender às escolas multisseriadas, respondendo, assim, pelas ações políticas, administrativas e pedagógicas, inclusive, pelo trabalho docente em suas particularidades. Em decorrência dessa medida organizativa, foi aprovado o Plano de Cargos, Carreira e Salários do magistério público, apresentando especificidades para quem atuasse no campo. Nesse município, em contraposição ao que acontece, em parte, na realidade brasileira, na qual os professores não recebem ajuda para custear o seu deslocamento para o trabalho, a Lei Municipal nº 518/2001 (JARDIM DE PIRANHAS-RN, 2001), artigo 41, inciso IX, supera essa dificuldade, uma vez que favorece àqueles professores que moram na cidade e trabalham no campo.

Referindo-nos à interação do professor com o meio no qual trabalha, nem sempre quem mora na cidade e ensina em escolas do campo cria vínculos o suficiente na construção de uma identidade para atuar, com propriedade, sobre a cultura e os

---

[3] Conforme Araújo, Sales e Macário (1994), a sua história remonta ao período da colonização brasileira (século XVIII), sendo associado à agropecuária, o que ainda se reflete nas culturas locais. O nome do município faz alusão ao rio Piranhas, importante afluente do Estado.

problemas próprios desse setor. Ao contrário, ao entrevistar algumas professoras residentes no entorno da escola sobre essa dimensão cultural e político-pedagógica, constatamos que à medida que elas têm o pertencimento a uma determinada comunidade, conhecem a realidade, o que facilita lidar com os problemas que envolvem o processo ensino-aprendizagem. Medeiros (2006) reconhece que sua aproximação das famílias facilita a compreensão do que ocorre no seu dia a dia:

> Eu conheço a família de cada um. Sei como vivem; as dificuldades, os problemas em casa, eu conheço tudo. E aquela que mora lá na cidade e vem todo dia, ela não tá preocupada com isso. Ela chega na escola, dá a aula dela e vai embora. E eu que tô convivendo diretamente com eles, tô sempre em contato com eles, com os pais, com as mães. Aqui, acolá, vou na casa de um, eles vêm aqui. Eu tenho conhecimento da realidade de cada um.

Assim, *ter o conhecimento da realidade de cada um*, como disse a entrevistada, significa imbuir-se do sentimento de pertença, de compreensão das necessidades e dos valores que convergem para a formação de múltiplas identidades. Nessa perspectiva, os estudos de Kolling, Nery e Molina (1999, p. 60) compreendem que a prática docente em escolas rurais não deve ser desenvolvida apenas pelo dever funcional, estabelecido "por um concurso, estágio probatório ou por uma *punição*, a trabalhar nessas escolas. O trabalho nas escolas do campo deve ser uma escolha dos profissionais e das comunidades".

Isso, no entanto, não significa afirmar que, necessariamente, aqueles que não moram no local da escola não tragam consigo o sentimento de pertença, nem conheçam ou se recusem ter uma inserção subjetiva, social e profissional na vida da comunidade escolar. Os espaços rurais não estão isolados nem dissociados dos urbanos, ao contrário, interagem nos seus mais variados aspectos. Isso também implica que "nas relações com o mundo rural os professores desenvolvem uma prática que se dá em várias dimensões: produtiva, política e educativa" (BELTRANE, 2008, p. 3).

Referindo-se ainda à situação de morar na cidade e trabalhar como docente, no meio rural, as professoras entrevistadas mostraram que, em função do concurso público realizado em 1998, houve uma mudança na dinâmica da atividade nesse setor, no sentido da desvinculação das professoras com as comunidades rurais. Antes da realização do concurso, praticamente todos os docentes das escolas do campo residiam nas respectivas comunidades, embora nem todos tivessem a formação mínima exigida, isto é, a modalidade normal, em nível médio. Atualmente, observamos que não há uma correspondência direta nos vínculos de moradia entre os profissionais docentes e sua identidade nos territórios onde trabalham. Referindo-se a esse aspecto, uma das entrevistadas ressalta que "infelizmente nós não temos professores devidamente preparados que moram em todas as localidades rurais. Foi feito o concurso e várias pessoas se inscreveram também de outras cidades" (QUEIROZ, 2006, p. 9).

No período entre 1960 e 1980, a maioria dos professores atuava em escolas do campo sem que houvesse critérios ou exigências específicas quanto à sua formação. Muitas vezes, a escola funcionava no ambiente privado da casa da professora ou em espaços cedidos pelos fazendeiros, os quais também a indicavam para lecionar, conforme mostram os estudos de Azevedo e Queiroz (2006). Isso se confirma no depoimento de uma das entrevistadas, quando enfatiza que, no início de sua carreira profissional, tinha apenas o ginásio completo, o que corresponde aos anos finais do ensino fundamental (6º ao 9º ano).

Após a implantação do Plano de Cargos e Salários do município de Jardim do Piranhas, estabeleceu-se um cronograma de atividades formativas para regularizar a situação funcional e formar os professores, visando à melhoria da atividade docente. Os professores com o ensino fundamental incompleto cursaram, respectivamente, o Telecurso 2000, da Fundação Roberto Marinho, e o curso Muito Mais Mestre,[4] e aqueles que já tinham o ensino médio completo ingressaram em cursos de Pedagogia, por meio de convênios estabelecidos entre as prefeituras municipais e algumas universidades públicas e privadas da região.

Segundo Azevedo (2006), outros cursos foram promovidos pelo município, referentes aos Parâmetros Curriculares Nacionais em Ação (PCN em Ação), o Programa de Formação de Gestores (FORMAGEST) e o programa Melhoria da Educação do Município. As ações desenvolvidas com a finalidade de capacitar os professores em serviço estão associadas a outras iniciativas de caráter político, administrativo e pedagógico, tornando-se importantes para o processo de formação dos professores municipais, independente de atuarem na cidade ou no campo, pois,

> O mundo atual tem exigido uma formação mais global dos sujeitos sociais. Escola é cada vez mais sinônimo de educação. Isso significa que, além do papel de incorporação e transmissão dos conhecimentos científicos e das habilidades consideradas essenciais pela sociedade, a escola está se colocando a tarefa de formação mais ampla, para a cidadania, do aluno como sujeito social (ZAIDAN, 2003, p. 144).

Por isso, tanto os gestores quanto as professoras entrevistadas se sentem desafiados a enfrentar uma realidade específica da escola do campo multisseriada, marcada por desafios como a falta de um projeto político-pedagógico que incorpore as suas especificidades. Referindo-se a esse problema, todas as professoras entrevistadas demonstram ter dificuldades em conduzir, nessa realidade, o processo ensino-aprendizagem. No que se refere aos métodos e técnicas de ensino, é

---

[4] O Telecurso 2000 fez parte das estratégias inovadoras das iniciativas do governo brasileiro no contexto educativo dos anos 1990, conforme ressalta Gajardo (1999). O Muito Mais Mestre foi um Programa coordenado pelo Serviço Social da Indústria (SESI), objetivando capacitar os professores em magistério. Em 1999, o Programa capacitou 15 professores em Jardim das Piranhas, dentre estas, oito eram de escolas rurais. O curso realizava-se quinzenalmente, aos sábados, e estendeu-se por todo o ano 2000.

consensual entre as professoras que trabalhar com os alunos agrupando-os por séries aproximadas facilita a sua atuação docente.

É unânime também considerar que o trabalho com turmas multisseriadas requer dos professores um grande esforço e habilidades pedagógicas para lidar com essa particularidade. Essa perspectiva traduz, por parte dos professores, o esforço para assegurar a qualidade do processo ensino-aprendizagem:

> Eu divido os grupinhos e vou trabalhando cada grupo de acordo com o seu nível. Eu passo aquela tarefa de acordo com o nível de cada grupo. Às vezes eu ministro 1ª série com pré-escola. [...] essa menina de 16 anos entrou agora e não conhecia a letra A. Eu a agrupava com as criancinhas do pré. [...] Eu perguntava a ela se ela não achava ruim ficar ali e ela respondia que não. Mas eu sentia que ela não ficava à vontade (ALVES, 2006, p. 7-8).

Outro aspecto que nos chama atenção é o fato de os professores considerarem no processo ensino-aprendizagem a diversidade socioeconômica e cultural, o que, como desenvolvimento integral da criança, se constitui um requisito pedagógico fundamental. É impossível agrupá-las em turmas multisseriadas desconsiderando esses aspectos, visto que

> [...] pensar as diferenças na sua dinâmica e articulação com os processos educativos escolares e não-escolares, sem transformá-las em metodologias e técnicas de ensino para os ditos *diferentes*. Isso significa tomar a diferença como constituinte dos processos educativos, uma vez que tais processos são construídos por meio de relações socioculturais entre sujeitos sociais (GOMES, 2003, p. 163).

Além dessas dificuldades decorrentes do trabalho com turmas multisseriadas, as estatísticas educacionais brasileiras revelam que os docentes que atuam nas escolas do campo também enfrentam a discriminação em relação à política salarial, pois, em alguns casos, "a remuneração dos professores das áreas rurais é bem inferior àquela percebida pelos seus colegas que lecionam em escolas urbanas" (BRASIL, 2007, p. 35).

Essa situação que afeta o ensino na realidade brasileira, em particular, no meio rural, diversifica-se entre as regiões e nas particularidades locais. Denuncia, ao mesmo tempo, uma problemática que envolve múltiplas dimensões, não podendo, portanto, ser superada apenas pelo ângulo da formação docente nem do esforço dos professores para superá-la. O estudo empírico denunciou, ainda, que os profissionais da educação daquele município que trabalham nas escolas do campo multisseriadas desconheciam, à época, as discussões concernentes à política de Educação do Campo, bem como a aprovação das Diretrizes Operacionais para Educação Básica nas Escolas do Campo.

No que concerne ao trabalho docente, vimos que os dados do referido município se colocam, em alguns aspectos, acima da média nacional, como o nível de formação dos professores e os salários pesquisados, embora outros desafios, que também são peculiares no cenário nacional, persistam, pois, como as dificuldades em suas bases político-pedagógicas, ainda predominam as orientações decorrentes das ações e dos programas das escolas situadas na cidade.

Referências

ALVES, Domerina Francisca. *Entrevista concedida a Márcio Adriano de Azevedo.* Jardim do Piranhas, RN, 11 jan. 2006.

ARAÚJO, Alcimar; SALES, Erivan; MACÁRIO, José. *Jardim de Piranhas: ontem e hoje.* Brasília: Gráfica do Senado, 1994.

ARROYO, Miguel. Educação para novas relações de trabalho no campo. In: SEMINÁRIO DE EDUCAÇÃO NO MEIO RURAL. *Anais do Seminário de Educação no meio rural.* 1982. Ijuí, RS: INEP, 1983. 307p.

AZEVEDO, Márcio Adriano de. *Descompassos nas políticas educacionais: a reorganização da educação rural em Jardim de Piranhas/RN (1999-2006).* Natal, 2006. 155f. Dissertação (Mestrado em Educação) – Centro de Ciências Sociais Aplicadas, Programa de Pós-Graduação em Educação, Universidade Federal do Rio Grande do Norte, Natal, 2006.

AZEVEDO, Márcio Adriano de; QUEIROZ, Maria Aparecida de. Traços de uma história e laços com a memória da educação rural na década de 1970: um estudo com educadoras do campo no município de Jardim de Piranhas/RN, na Região do Seridó. In: MORAIS, Grinaura Medeiros de; DANTAS, Eugênia (Org.). *Livro de memórias.* João Pessoa: Idéia, 2006.

BELTRANE, Sônia Aparecida Branco. *MST, Professoras e Professores: sujeitos em movimento.* Disponível em: <http//:www.anped.org.br.>. Acesso em: 18 fev. 2008.

BRASIL. *Diretrizes Operacionais para a Educação Básica nas Escolas do Campo.* Brasília: MEC/SECAD, 2002.

BRASIL. Lei de Diretrizes e Bases da Educação Nacional nº 9.394/96, de 20 de dezembro de 1996. *DOU*, Brasília, DF, seção 1, p. 27. 8333-27841, 23 dez. 1996.

BRASIL. Ministério da Educação. Instituto Nacional de Estudos e Pesquisas Educacionais Anísio Teixeira. *Panorama da Educação do Campo.* Brasília: MEC/INEP, 2007.

CABRAL NETO, Antônio. *Política educacional no Projeto Nordeste: discursos, embates e práticas.* Natal: EDUFRN, 1997.

CALAZANS, Maria Julieta Costa; SILVA, Hélio Raymundo Santos. Estudo retrospectivo da educação rural no Brasil. SEMINÁRIO DE EDUCAÇÃO NO MEIO RURAL. *Anais do Seminário de Educação no meio rural.* Ijuí, RS: INEP, 1982. 307p.

GAJARDO, Marcela. Reformas educativas em América Latina: balance de uma década. *OPREAL*, n. 15, set. 1999.

GOMES, Nilma Lino. Trabalho docente, formação de professores e diversidade étnico-cultural. In: OLIVEIRA, Dalila Andrade (Org.). *Reformas educacionais na América Latina e os trabalhadores docentes.* Belo Horizonte: Autêntica, 2003.

JARDIM DE PIRANHAS. Lei nº 518, de 3 de dezembro de 2001. Reformula o Plano de Cargos, Carreira e Remuneração do Magistério Público Municipal e respectivo Estatuto, instituídos pela Lei nº 457, de 23 de junho de 1998 e dá outras providências. *Ato de Promulgação*, Jardim de Piranhas, RN, 3 dez. 2001.

KOLLING, Edgar Jorge; NERY, Irmão Israel José; MOLINA, Mônica Castagna (Org.). *Por uma educação básica do campo (memórias).* 3. ed. Brasília: Articulação Nacional por uma Educação Básica do Campo, 1999. (Coleção Por uma Educação Básica do Campo, 1.)

LEITE, Sérgio Celani. *Escola Rural: urbanização e políticas educacionais.* 2. ed. São Paulo: Vozes, 2002.

LEHER, Roberto. Movimentos sociais, democracia e educação. In: FÁVERO, Osmar; SEMERARO, Giovanni (Org.). *Democracia e construção do público no pensamento educacional brasileiro.* 2. ed. Petrópolis: Vozes, 2002. p. 187-212.

LIBÂNEO, José Carlos. *Organização e gestão da escola: teoria e prática.* 5. ed. Goiânia: Alternativa, 2004.

MEDEIROS, Irisneide Freire de. *Entrevista concedida a Márcio Adriano de Azevedo.* Jardim do Piranhas/RN, 18 jan. 2006.

MARTINS, José de Souza. *O poder do atraso: ensaios de sociologia da história lenta.* 2. ed. São Paulo: Hucitec, 1999.

PINTO, José Marcelino de Rezende. Financiamento da Educação no Brasil: um balanço do governo FHC (1995-2002). *Educação & Sociedade,* Campinas, v. 23, n. 80, p. 108-135, set. 2002. Disponível em: <http://www.cedes.unicamp.br>. Acesso em: 24 maio 2004.

QUEIROZ, Maria Aparecida de. *A questão rural e os desacertos da educação: o caso de Ceará-Mirim.* Campinas, 1984. 157 f. Dissertação (Mestrado em Educação) – Faculdade de Educação, Universidade Estadual de Campinas, Campinas, SP, 1984.

QUEIROZ, Maria Aparecida de. Educação Rural: influências de orientação externa ao país: o exemplo da Região Nordeste. *Réseau EDUCALE (Education Amérique et Europe),* França, n. 4, p. 8-13, out. 1998.

QUEIROZ, Nitalma. *Entrevista concedida a Márcio Adriano de Azevedo.* Jardim do Piranhas, RN, 16 jan. 2006.

RÉGIS, Maria Ivonete da Silva. *Entrevista concedida a Márcio Adriano de Azevedo.* Jardim de Piranhas, RN, 27 jan. 2006.

SOUZA, José Nicolau de; CABRAL NETO, Antônio; YAMAMOTO, Oswaldo Hajime. O Programa de Expansão e Melhoria da Educação Rural do Nordeste (EDURURAL/NE) 1980/1985 no Rio Grande do Norte: um estudo da proposta pedagógica adaptada ao meio rural. In: ENCONTRO DE PESQUISA EDUCACIONAL DO NORTE-NORDESTE (EPENN), 13., 1997, Natal. *Anais.* Natal: UFRN, 1997, p. 333-344.

XAVIER, Maria Elizabete Xavier; RIBEIRO, Maria Luisa; NORONHA, Olinda Maria. *História da Educação: a escola no Brasil.* São Paulo: FTD, 1994.

ZAIDAN, Samira. Reformas educacionais e formação de professores no Brasil. In: OLIVEIRA, Dalila Andrade (Org.). *Reformas educacionais na América Latina e os trabalhadores docentes.* Belo Horizonte: Autêntica, 2003.

Capítulo 5
Diversidade ou desigualdade? As condições das escolas de fazenda na Ilha de Marajó: uma contribuição para o debate sobre as escolas multisseriadas na Amazônia

Sônia Maria da Silva Araújo

O texto descreve a escola de fazenda da Ilha de Marajó, município de Soure, e destaca, por meio da reflexão histórica da constituição da fazenda de criação extensiva em Soure, as suas especificidades. Tal estratégia oferece elementos para a reflexão da linha tênue que separa a diversidade da desigualdade na região amazônica. As escolas de fazenda da Ilha de Marajó são multisseriadas e, em geral, apresentam condições precárias de funcionamento, com instalações que ameaçam a saúde das crianças e com recursos didáticos que, no mais das vezes, asseguram um cotidiano pedagógico baseado na cópia. Em meio a tais situações, o trabalho do professor se torna quase um ato heroico que, em proporções muito pequenas, têm garantido mudanças significativas na vida de alguns poucos.

Como nascem as fazenda no município de Soure?

A Ilha de Marajó, considerada a maior ilha fluvial do mundo, está localizada no delta do Rio Amazonas, no extremo norte do Estado do Pará, próxima da linha do Equador, entre os paralelos 0° e 2° de latitude e meridionais 48° e 51° de latitude Oeste. Sua superfície ocupa uma área que mede, aproximadamente, segundo o Instituto Brasileiro de Geografia e Estatística (IBGE), 49.606 Km², portanto, maior que a Holanda (33.940 Km²), a Bélgica (33.520 Km²), a Dinamarca (43.075 Km²), a Suíça (41.285 Km²). Ao norte a ilha é banhada pelo oceano Atlântico; a leste e ao sul pelo Rio Pará; e a oeste pela foz do Rio Amazonas. Entre a ilha e o continente – onde fica a capital do estado do Pará, Belém – há a baía de Marajó, que é formada pela foz do Rio Pará.

Entrecortada de rios, formando um denso labirinto de águas, a ilha – que antes era geograficamente reconhecida pelas inúmeras tribos indígenas Nheengaíba, assentadas sobre os campos e as florestas – é formada hoje político-administrativamente por 12 municípios. A leste, parte mais elevada, fica a região dos campos, onde estão localizados os municípios de Cachoeira do Arari, Chaves, Soure, Salvaterra, Ponta de Pedras e Santa Cruz do Arari. Posicionados entre a faixa de quatro a sete metros acima do nível do mar, alguns desses municípios ficam com sua maior parte acima das cheias do Rio Amazonas. A oeste da ilha, situa-se a região de furos, devido aos inúmeros canais formados pela foz do Rio Amazonas. Lá estão situados os municípios de Afuá, Curralinho, São Sebastião da Boa Vista, Breves, Muaná, Anajás, e tamém há pequenas ilhas.

A ciência geográfica identifica a região de ilhas, que constitui o arquipélago de Marajó, como mesorregião Marajó e a divide em três microrregiões: Portel, Furos de Breves e Arari. A microrregião de Portel é formada pelos municípios de Bagre, Gurupá, Melgaço e Portel. A microrregião de Furos de Breves, pelos municípios de Afuá, Anajás, Breves, Curralinho e São Sebastião da Boa Vista. Já a microrregião de Arari compõe-se dos municípios de Cachoeira do Arari, Chaves, Muaná, Ponta de Pedras, Salvaterra, Santa Cruz do Arari e Soure.

O município de Soure ocupa uma área totalmente plana de 3.513 Km² dos 49.606 Km² de toda a ilha e fica localizado na ponta leste, no encontro das águas do oceano Atlântico e da baía de Marajó. Sua altitude é de quatro metros acima do nível do mar. Seus limites são: ao norte, o oceano Atlântico e o município de Chaves; ao sul, o município de Salvaterra; a oeste, o município de Cachoeira do Arari. A cidade de Soure é banhada pelo Rio Paracauari. Segundo a Lei nº 2.460, que vigora desde 29 de dezembro de 1961, o município de Soure possui as seguintes linhas limítrofes:

> I – Com o rio Amazonas, o Oceano Atlântico e a baía de Marajó (rio Pará):
>
> Começa na foz do rio Tartaruga, no rio Amazonas; segue pela costa, envolvendo as ilhas do percurso, até a foz do rio Paracauari, na baía de Marajó (rio Pará).
>
> II – Com o município de Salvaterra:
>
> Começa na baía de Marajó, na foz do rio Paracauari; subindo por este até suas cabeceiras, destas, alcança por uma reta, a ponta meridional do lago Guajará.
>
> III – Com o município do Arari:
>
> Começa na ponta do lago Guajará, o qual contorna, deixando-o para Cachoeira do Arari, até alcançar a sua ponta Norte; deste vai por uma reta até a sua foz do igarapé Jararaca no Lago das Tartarugas.
>
> IV – Com o município de Chaves:
>
> Começa na foz do igarapé Jararaca, no Lago das Tartarugas; contorna este lago que é de Soure, pela costa ocidental, até a boca do rio Tartarugas; deste vai até a sua foz no rio Amazonas.

Nesse espaço, as fazendas nascem com a instalação da igreja católica na região, após lutas sangrentas estabelecidas entre portugueses e índios. A constituição da fazenda de criação de gado em Marajó, região de Soure, tem uma história muito peculiar fundada principalmente em quatro acontecimentos interligados: (a) a presença do adventício; (b) a conquista do território pelos portugueses; (c) o extermínio em massa de homens, mulheres e crianças Marauaná; (d) a escravidão e, em seguida, a servidão, o afilhadio e o compadrio.

Antes de se transformar em território privado de fazendas, as terras de Marajó eram espaço de interação de inúmeras tribos pertencentes ao grupo dos Aruak, que, segundo antropólogos, dentre eles Eduardo Galvão (1966), eram oriundas das ilhas Lucaias ou Bahamas, nas Antilhas. Eles formavam um grande povo que abrangia a Venezuela, parte da Colômbia e do Peru, quase toda a Bolívia, parte da Argentina e do Paraguai, além dos estados brasileiros Amazonas, Acre, Pará, parte do Mato Grosso e de Goiás, parte de São Paulo e norte do Paraná. Procedentes da costa do mar das Antilhas, um grupo dos Aruak teria descido a América desde a Colômbia até a embocadura do Amazonas e lá se fixado, e outro se espraiado pelos Andes peruanos e bolivianos, dirigindo-se um ramo para o sul, no alto Paraguai, e outro para o leste até o centro do Brasil. Os que ficaram no norte da América do Sul se estabeleceram na foz do Rio Amazonas e nas ilhas do arquipélago de Marajó, outros se expandiram ao longo do Suriname e do Orenoco e entre as fozes de um ou outro rio.

A princípio, o braço forte que fez organizar e funcionar as fazendas de criação de gado em Soure foi o Marauaná, da linhagem dos Aruã, que, em contato com portugueses, e depois com escravos africanos traficados, deu origem ao vaqueiro marajoara. Diz Raymundo Moraes que, em Marajó, antes da chegada dos europeus, e antes mesmo de ter um dono, só havia, de todos os lados, Aruã e, antes dos Aruã, somente Marajoara. Isso se comprova com o achamento de oleira na ilha, cuja produção é atribuída aos Marajoara e Aruã. Informa ainda esse autor que da faixa entre nordeste e sudeste de Marajó há um reino cerâmico abundante nos sarcófagos, alguns em aterros artificiais, como o do Pacoval, no Arari.

Eduardo Galvão (1966) identifica as fases arqueológicas por que passaram os homens que viveram na Ilha e comenta as produções de cerâmicas em cada uma delas. Para ele, assim como para muitos outros antropólogos como Meggers e Evans, a fase *Marajoara* é a mais evoluída, equiparando-se às demais modernas tribos amazônicas. Os *Ananatuba*, pertencentes à primeira fase, portanto produtores de restos arqueológicos mais antigos, que viviam às bordas da mata, já apresentavam uma produção técnica bastante desenvolvida. Os *Mangueira*, da segunda fase, que ocuparam a costa norte da ilha, expandindo-se para a ilha Caviana onde viviam os *Ananatuba*, produziram cerâmica de boa qualidade, revelando em alguns motivos ornamentais influência dos *Ananatuba*. Os *Formiga*, terceira fase, que ocuparam o território entre a atual cidade de Chaves e o lago Arari, e cujas aldeias estavam localizadas nos campos, e em aterros de pequena elevação, produziram uma cerâmica de qualidade inferior se comparada às produzidas nas demais fases. Os *Marajoara*, quarta fase, que viveram na margem ocidental do lago Arari e cujas aldeias e cemitérios ficavam nos campos, sobre aterros artificiais – os tesos –, desenvolveram uma arte cerâmica de altíssima qualidade. Os vasos de pinturas de várias cores eram ricamente ornados com desenhos gravados em relevo, esclarece Eduardo Galvão. As tangas de barro, pintadas em vermelho ou com desenhos geométricos, os bancos também de barro e os ídolos são característicos dessa fase, que foi absorvida pelos invasores, os Aruã. Os *Aruã*, quinta e última fase, ocuparam as ilhas Caviana, Mexiana e a costa norte oriental de Marajó, subsistindo até 1820, e produziram uma cerâmica em que apenas as urnas funerárias eram decoradas.

Com a presença do padre Antonio Viera na ilha, o domínio português sobre os índios começa a se consolidar. A Companhia de Jesus dá início ao trabalho de catequese e passa a conhecer o espaço do arquipélago. A princípio começam a fixar moradias às margens dos rios e criar o primeiro povoado – o de Joanes, e depois outros, sempre ao lado dos aldeamentos dos Aruã e Nheengaíba. Constatada a região de campos, eles mandam buscar as primeiras cabeças de gado vacum e cavalar que chegam, segundo Cruz (1987), em 1664. As fazendas começam então a ser instituídas com o braço indígena – já bastante utilizado na extração das drogas do sertão e, consequentemente, na economia do mercado externo. Em 1680 foi criado o primeiro curral de fazenda na ilha, por Francisco Rodrigues Pereira, inaugurando-se, assim, oficialmente, a prática da pecuária naquele lugar, que será por muito tempo o grande abastecedor de carne bovina no norte do Brasil.

Segundo Serafim Leite (1949, p. 235-236), na ilha Grande de Joanes os trabalhos dos jesuítas repartem-se em três fases sucessivas:

> A da redução da Ilha, ou dos seus principais habitantes, os Nheengaíba, à vida cristã e convívio com Portugueses, fase de caráter não só religioso, mas nacional e internacional, por ser o Marajó, e a margem esquerda do Amazonas campo então de competições estrangeiras; a seguir, a administração da Aldeia de Joanes; e a terceira fase, econômica, quando a Vice-Província do Maranhão, procurava recursos não apenas para as necessidades da catequese, edifícios e vida corrente, mas também para a autonomia missionária a que tendia, buscando os meios de criar, educar e formar na própria terra os futuros missionários, obra que não poderia fazer-se sem avultados recursos: é o período das fazendas e criações famosas.

Esse trabalho escravo, tão explorado pelos adventícios, abstrai os Aruã de sua produção cultural interna. O processo violento de ocupação com a extração e pecuária retirou os Aruã do trabalho desenvolvido por eles na produção de suas culturas e, por extensão, do crescimento de sua economia interna.

Já sob o domínio dos missionários que começam a chegar à ilha, não apenas da Companhia de Jesus, mas da ordem dos Mercedários e Carmelitas, além de colonos da região dos Açores, Portugal, os índios começam a ser escravizados. Em estado de absoluto domínio, a ilha é doada pela Coroa, em 1665, como capitania, ao secretário de Estado Antonio de Souza Macedo e será herdada por seu filho Luis Gonçalo de Souza Macedo, primeiro barão da Ilha Grande de Joanes, e depois por seu neto Antonio de Souza Macedo. Por fim, é herdeiro deste último o seu filho Luiz de Souza Macedo, quarto donatário e terceiro barão da Ilha Grande de Joanes, que perde o domínio sobre a ilha em 1754, mediante a indenização de três mil cruzados anuais e recebe o título de Visconde de Mesquitela. Antes, porém, ele faz doação de sesmaria aos padres mercedários, localizada às proximidades do Rio Arari, onde vivia o grupo humano Arari. Como os jesuítas, os mercedários preparam uma grande fazenda de criação que são posteriormente doadas pelo Rei. Em 1757 os jesuítas são expulsos da Amazônia e seus bens sequestrados, depois os Carmelitas e Mercedários. Um inventário foi lavrado e, segundo Miranda Neto (1976, p. 92), os bens da Companhia de Jesus na ilha de Marajó compreendiam: "134.465 cabeças de gado vacum e 1.409 de gado cavalar se espalhavam nas suas fazendas: Nossa Senhora do Rosário, São José, Menino Deus, Santo Inácio (ou do Lago), São Francisco Xavier e São Braz".

Em carta régia ordenada por D. José I, datada de 18 de junho de 1760, os bens são rateados e repartidos, considerando-se a seguinte hierarquia: em primeiro lugar, oficiais militares e pessoas casadas, vindas do Reino e estabelecidas no Pará; em segundo lugar, oficiais brasileiros e casados; em terceiro, pessoas distintas, também casadas, residentes no Estado, que não possuíam bens de raiz competentes. Destes, seriam excluídos aqueles que tivessem terras próprias sem benfeitorias ou que não mostrassem capacidade para tal.

Os lotes eram mais ou menos padronizados, todos possuindo mais ou menos a mesma área. Como o número de lotes é maior que o de fazendas registradas em nome dos jesuítas, suspeita-se que as terras tenham sido subdivididas das originais. A partir daí, dá-se início à história da propriedade em Marajó, como explica Nunes Pereira (1956, p. 94-99):

> Recebendo os rebanhos bovinos e eqüinos dos religiosos expulsos da Amazônia, os contemplados representariam o papel de retalhadores da propriedade teocrática, do latifúndio feudal. E suas ambições se chocariam com as dos velhos sesmeiros da Baronia dos Macedo. E as dos contempladas e as dos sesmeiros – organizados em grupos sociais –, se chocariam com as de muitos outros moradores da Ilha que também vinham juntando seu esforço ao dos missionários e capitães-mores em prol da expansão do pastoreio.

No entanto não tardou que, contemplados, sesmeiros e numerosos moradores da Ilha, que se entregavam ao pastoreio, desaparecessem, premidos pelos fatores mais diversos e imperiosos, dentre eles os de origem econômica e social.

Dissolveram-se os grupos sociais representados pelos contemplados, sesmeiros ou passageiros e moradores da Ilha, mas logo apareceu o fazendeiro, a cuja sombra o criador assistira fundir-se a sua pequena propriedade no imenso e improdutivo latifúndio.

Um latifúndio que nasce sob o signo da violência contra populações nativas. Esta é a verdadeira origem do latifúndio no Brasil, afirma Victor Leonardi (1996), para quem a política de sesmarias e concessões tinha a intenção clara de garantir aos portugueses a posse da terra usurpada dos índios e manter o regime de trabalho escravo.

Como nascem as escolas nas fazendas de Soure?

Já em pleno século XX, Marajó conta com uma elite fazendeira que transforma os vaqueiros em vaqueiros trabalhadores, portanto, em uma classe social vinculada ao capitalismo, mas a um capitalismo precário, em que os direitos trabalhistas ficam às margens das relações entre empregador e empregado. As fazendas passam a ser *terras de família*. Aliás, esta união entre terra e família foi um fenômeno ocorrido em todo o Brasil. Não é sem razão que a população local chama as fazendas de *terras de família*. Portanto, a fazenda foi o palco da transformação cultural dos Aruã em vaqueiros. Nela se processou a miscigenação local; nela ocorreram as trocas culturais e étnicas, amalgamando o grupo humano conhecido por muitos como o *caboclo marajoara*.

O que chama atenção nas fazendas de Marajó são as suas extensões. São verdadeiros latifúndios, perpetuados pelo direito de herança, que está vinculado a uma forte instituição no Brasil – a família. Para Sérgio Buarque de Holanda a família é tão forte na sociedade brasileira, que marca a nossa vida pública e todas as nossas atividades. A extensão dessas fazendas é tão grande que fica difícil para alguns fazendeiros dizer ao certo até onde vai a sua propriedade, o que gera conflitos constantes entre os fazendeiros. Depois da exclusão dos missionários do território da ilha, o direito de herança se sacralizou, e as propriedades passaram de pai para filho.

Nas terras de fazendas da ilha de Marajó, é construída, no seu centro, uma base infraestrutural chamada por todos de *sede*. Toda fazenda tem sua *sede*. Essas sedes, em geral, são constituídas: de uma casa de grande porte, moradia do fazendeiro e chamada pelas pessoas do lugar de *casa sede*; de pequenas vilas de casas, que servem de moradia às famílias dos vaqueiros; escola; igreja (em algumas); curral; retiros. Na sede encontram-se instalados: motor gerador de energia, antenas parabólicas, água encanada e telefone móvel.

As escolas de fazenda tal qual se apresentam no momento decorrem de uma história recente, datada dos anos 1930, quando D. Dita e seu marido, o engenheiro civil Domingos Acatauassu, foram morar no interior de Soure para administrar a fazenda Santa Cruz da Tapera, de propriedade do pai do S. Domingos. Na década de 1970, com a morte do proprietário, o espólio foi dividido em cinco fazendas: Santa Cruz da Tapera, Aruãs, Filhos de Eva, Ritlândia, e São Lourenço. A essa altura, o S. Domingos já possuía outra fazenda, a Maria dos Anjos.

Quando D. Dita chegou à fazenda Santa Cruz da Tapera, mais precisamente em 1934, se deparou com uma realidade que considerava muito injusta: as pessoas não sabiam ler nem escrever. Foi ela própria quem contou essa história.

> Quando eu cheguei no Marajó ninguém sabia ler nem escrever. Eu acho que é um direito que todo ser humano tem. Ele é inferior, aquele que nasceu em Soure? Não. Porque nasceu lá? Não é justo. É um direito básico de todo ser humano. Você vai pra universidade porque você tem uma para ir, mas pra onde eu mando o aluno, se ele não tem escola? O pai que aprendeu, que tem as séries todas, ele quer que o filho saiba, se possível, mais do que ele. É um direito que todo pai tem.

> Me chocou eu saber ler e escrever e tanta coisa que eu sabia e ninguém sabe nada [...] Eu achei que não era justo [...], não era justo. Então eu disse para ele [para o marido] assim: vamos abrir uma escola nós dois. Ele disse: como é que você quer? Eu disse: à noite nós ensinamos os adultos... De dia eu ensino as crianças. E assim fizemos. À noite nós ensinávamos os adultos, eu e ele, né! (D. DITA, 2001).

A escola da Tapera, assim, foi iniciada. Os adultos analfabetos e as crianças da fazenda foram alfabetizados, a princípio, por D. Dita e o S. Domingos, e eles vinham de todos os lados. Com a notícia de que havia escola na Tapera, as crianças dos campos de Marajó começaram a aparecer. Eram crianças da Tapera, de seus *retiros* e de outras fazendas. As crianças dos *retiros* da Tapera, que, portanto, não moravam na vila da *sede* da fazenda, e as crianças das outras fazendas não podiam se deslocar diariamente para a escola, devido às distâncias, e passaram então a morar com as famílias dos vaqueiros da própria Tapera, o que se tornou *comum* nos campos de Marajó: naquelas fazendas que tinham escola, as famílias dos vaqueiros abrigavam, durante todo o ano letivo, as crianças de outras fazendas, com o apoio e ajuda, é claro, dos pais. Explica Tereza, ex-professora da Tapera:

> As crianças ficavam nas casas de parentes, na casa de amigos dos pais e a D. Dita ajudava no rancho para essas crianças de fora. Ela dava um rancho pra poder ajudar os que tomavam conta. Os pais não podiam mandar. Ela então ajudava, ela dava uma parte do rancho para eles e eles ficavam morando com as pessoas lá, de março a junho. Aí em julho eles iam embora pra casa deles. Em agosto eles voltavam e ficavam até dezembro com as pessoas, mas ela ajudava. Os pais também, quando podiam, davam comida, às vezes ajudavam também (PROFESSORA TEREZA, 2001).

Essas crianças *agregadas* ajudavam (e ainda ajudam, porque isto é comum nas fazendas de escolas) as pessoas que as acolhiam nos serviços domésticos. Mas, para aquelas crianças que por algum motivo não podiam deixar suas famílias, D. Dita constituiu pequenas escolas nos seus *retiros*, que acabaram virando fazenda com a divisão da Tapera.

Como grande parte das fazendas da ilha de Marajó, a Tapera pertencia a uma família de classe alta do estado do Pará, formada, como dizem os vaqueiros da ilha, de *doutor*, que são pessoas de formação escolar superior e *viajadas*, como falam as gentes de Marajó, isto é, pessoas que tiveram acesso à chamada alta cultura, como aquela da qual fala Raymond Williams e que serviu de base para a construção da ideia de cultura tal qual a entendemos hoje. É essa alta cultura estrategicamente utilizada na manutenção da subserviência.

Apropriada pelos vaqueiros, a escola vista como bem cultural foi fazendo parte da vida de suas famílias e passou a ser utilizada como instrumento de barganha política. Os fazendeiros com os melhores vaqueiros eram os que ofereciam escolarização para os filhos dos empregados, por isso elas chegaram ao número de 20 escolas. Houve escolas nas seguintes fazendas: Aruãs, de propriedade de Paulo Acatauassu; Araraquara, da família Sarmento; Bom Jardim, de Eduardo Ribeiro; Bela Vista, de Solange Santos; Boa Esperança, de Jaime Penna; Camburupi, de Alacid Nunes; Filhos de Eva, pertencente a Filhos de Eva Agropecuária Ltda; Gilva, de Leandro Penna; Laranjeiras, de Moises Isaac Benchimol; Maria dos Anjos, de Antonio Roberto Fonseca; Ribanceira, de Rosa Lobato Ledoure; Ritlândia, pertencente à Fazenda Amaraji Ltda; Santa Maria, de Ovídio Lobato; Tartarugas, de Guilherme M. Lobato. Em 2002, elas existiam nas seguintes fazendas: Santa Cruz da Tapera, de Heronildes Acatauassu, D. Dita; Matinadas, de Armando Augusto Lobato; Flecheiras, de Fernando Acatauassu; São Lourenço, de Domingos Acatauassu; Cuieiras, pertencente a uma comunidade de pequenos proprietários; São Bento, pertencente à família Pamplona. Entre estas existentes até 2002, apenas a Escola Municipal de Ensino Fundamental Clemente Matias Dias, sediada na São Bento, foi instituída no ano 2001. As demais já existem há anos.

Mas nem todas essas escolas tinham a mesma infraestrutura que a Tapera oferecia. As escolas, principalmente depois da queda da pecuária em Marajó, por volta do final da década de 1970, eram todas multisseriadas, com instalações preparíssimas, sem equipamento básico (como lousa e carteiras), sem material didático, enfim, sem as mínimas condições materiais. Muitas delas, sem paredes e portas, banheiro, lavabo e água tratada. A merenda dependia do esforço do professor em buscá-la na cidade de Soure e arcar com as despesas do transporte. O currículo é uma cópia do aplicado na cidade de Soure, assim como as festas e o calendário escolar. O ensino ministrado usa como recurso didático cartazes, lousa, livros didáticos amarelados e rabiscados. A *cópia* é uma constante na escola de fazenda. Os professores passam manhãs e tardes inteiras copiando exercícios e apontamentos na lousa e as crianças os reproduzindo. Os dias escolares, assim, vão se passando.

Os professores têm que dar conta dos alunos das quatro séries do ensino fundamental em uma única sala de aula. Eles, então, tentam resolver os problemas causados por essa situação a suas maneiras.

> Há 10 anos atrás eu trabalhava só num horário com as quatro turmas. Era muito difícil. Depois eu mesma resolvi, sem falar em aumento de carga horária, dividir por minha conta. Eu trabalhava de manhã e de tarde, porque eu encontrava muita dificuldade. E agora, por exemplo, eu tenho três tipos de 1ª série. É muito difícil. O planejamento, a minha aula, eu trago todas formuladas de casa pra quando eu chegar na escola, eu já saber o que eu vou dar pra cada série, pra mim não ficar atarantada porque às vezes são três [séries] numa turma (PROFESSORA EIDA, 2001).

> Eu não queria trabalhar como a gente trabalha, com multisseriado [...] É muito difícil, muito difícil. [...] Você vai, você explica o que você tem de explicar, aí você pára: vamos ver, vamos resolver isso aqui [como se estivesse em sala de aula perguntando para os alunos]. Aí um vem e responde pelo outro. É isso. Quer dizer, é difícil você medir o que o aluno aprendeu e o que ele não aprendeu, até porque o outro da série mais adiantada responde; ele já sabe, ele já viu ano passado. Isso faz com que dificulte a aprendizagem dos alunos (PROFESSORA HORMINDA, 2001).

As dificuldades maiores dos professores são com as crianças em fase de alfabetização. Eles classificam os alunos dessa fase e, dentro dessa classificação, vão desenvolvendo atividades diferenciadas. Fala a Professora Eida (2001):

> Eu trabalho com a 1ª série que começou esse ano [alunos que pela primeira vez vão à escola], alunos que não sabem nada, né. Aí eu tenho aquela outra 1ª série: os que já sabem mais, que já tiram da lousa, que já conhecem a letra e eu tenho a outra 1ª série que já sabe ler, escrever e já copia direitinho da lousa, já sabe resolver as atividades.

Ela explica mais detalhadamente:

> Eu faço assim: esses que entraram este ano, e que ainda não são alfabetizados, [...] este ano eles aprendem bem a coordenação motora, eles já conheceram as letras. Aí, para o ano, eu já vou passar atividade direto no caderno, pra eles irem copiando, imitando, né. Eu passo atividades e eles vão tirando. No outro ano é que ele realmente entra pra 1ª série. Já está alfabetizado, ele já tira da lousa, ele já lê, ele já soletra. É assim que eu trabalho (PROFESSORA EIDA, 2001).

Diversidade ou desigualdade? Reflexões finais

A realidade das escolas de fazenda da Ilha de Marajó, interior de Soure decorre de toda uma história que transformou as suas gentes originárias. Tal processo histórico colocou adultos e crianças em meio a um sistema de significados em que a estrutura de sentimento passa a ser arregimentada pela lógica ocidental moderna. As relações de produção oriundas da criação extensiva transformaram os indígenas originários em caboclos vaqueiros; os adventícios, em fazendeiros. Essa relação constituiu possibilidades para o surgimento das escolas no século XX, que acabou por tornar aqueles que já estavam subjugados pelo sistema econômico – vaqueiros e suas famílias – ainda mais dependentes do capitalismo que foi ali instalado.

De fato, a colonização, ainda que cruel para com os indígenas da ilha, colocou as gentes transformadas de Marajó em contato com a instituição escolar, produzindo uma representação positiva da escola por meio da capacidade dessa instituição em promover a ascensão social. Quando a elite fazendeira assume o "compromisso" de oferecer-lhes escolas, eles acreditam que esta poderia vir a proporcionar-lhes tal ascensão. Todavia, a escola que foi oferecida aos marajoaras, com precariedades de várias ordens, da precariedade física à pedagógica, não conseguiu colocar em larga escala as crianças desse lugar em condições de inclusão no sistema maior que a promove. No contexto de uma vida campesina em que a terra não pertence aos que nela labutam diariamente, a única alternativa que se apresentou aos vaqueiros e suas famílias foi sair do campo em direção à cidade, mas a escola da fazenda não os preparava para isso também. Salvo algumas poucas exceções, a escola de fazenda não tem conseguido promover nos alunos das fazendas a permanência com sucesso.

É preciso, no entanto, reconhecer todo o esforço das gentes de Marajó em alterar essa condição. Professores, mães e pais têm se desdobrado em conseguir uma escola melhor para seus filhos em direção ao distanciamento da vida do campo. A vida dura da fazenda, a exploração desmedida, faz com que os vaqueiros prefiram investir na saída de suas crianças para a cidade, mesmo tendo que enfrentar as dores que a distância lhes impõe, além das preocupações que a vida da cidade é capaz de produzir.

As escolas de fazenda em Marajó, interior de Soure, em verdade, apesar de todas as suas peculiaridades positivas – pois são, em grande parte, sustentadas por sentimentos de solidariedade e afeto –, promovem desigualdades sociais profundas. Seus traços particulares, no que pese todo esforço desencadeado por professores e familiares, não conseguem fazer dela uma escola diferente. A história social de Marajó, contraditoriamente, tornou a escola um instrumento de reprodução; transformá-la em um bem comum dependerá do movimento histórico do presente que poderá vir a colocar seus atores sociais em relação com mecanismos outros de articulação política, favorável aos mais vitimados pela exploração promovida naqueles campos.

Referências

CRUZ, Miguel Evangelista Miranda da. *Marajó*: essa imensidão de ilha. São Paulo: M.E.M Cruz, 1987.

DIÉGUES JÚNIOR, Manuel. *Regiões culturais do Brasil*. Rio de Janeiro: INEP, 1960 (série VI, v.2).

D. DITA. A fazenda em Marajó, a institucionalização e funcionamento da escola [11 de nov. de 2001]. Belém, 2001. 2 fita cassete (60 min.). Entrevista concedida a Sônia Maria da Silva Araújo. 2001.

GALVÃO, Eduardo. *Encontro de sociedades tribal e nacional*. Manaus, AM: Secretaria de Imprensa e Divulgação do Governo do Estado do Amazonas, 1966.

GALVÃO, Eduardo. *Guia de exposições de antropologia*. Belém: Museu Paraense Emílio Goeldi, 1962.

LEONARDI, Victor. *Entre árvores e esquecimentos: história social nos sertões do Brasil*. Brasília: Paralelo 15 editores, 1996.

MIRANDA NETO. *Marajó: desafio da Amazônia*. São Paulo: Record, 1976.

MORAES, Raymundo. *Amphitheatro amazônico*. São Paulo: Melhoramentos, [s.d].

PEREIRA, Manoel Nunes. *A Ilha de Marajó: estudo econômico-social*. Rio de Janeiro: Ministério da Agricultura, 1956. (Série Estudos Brasileiros, n. 8.)

PROFESSORA EIDA. A escola [19 de out. de 2001]. Soure, PA, 2001. 1 fita cassete (60 min.). Entrevista concedida a Sônia Maria da Silva Araújo. 2001.

PROFESSORA HORMINDA. A Escola [10 de nov. de 2001]. Soure, PA, 2001. 1 fita cassete (60 min.). Entrevista concedida a Sônia Maria da Silva Araújo. 2001.

PROFESSORA TEREZA. Funcionamento da escola da fazenda Tapera [14 de nov. de 2001]. Soure, PA, 2001. 1 fita cassete (60 min.). Entrevista concedida a Sônia Maria da Silva Araújo. 2001.

SERAFIM LEITE, S. I. *História da Companhia de Jesus no Brasil*. Rio de Janeiro: Instituto Nacional do Livro, 1949. 10 v.

Capítulo 6
A Lei nº 10.639/03 na Educação do Campo: garantindo direito às populações do campo[1]

Leila de Lima Magalhães

> *Uma coisa é aquilo que o branco exprime como sentimento e dramas do negro; outra coisa é o seu até então oculto coração, isto é, o negro deste dentro. A experiência de ser negro num mundo branco é algo intransferível.*
> ABDIAS NASCIMENTO

Os sujeitos sociais que lutam pela construção do paradigma da Educação do Campo têm se desafiado a consolidar uma Educação do Campo coletivamente com os sujeitos do campo. Educação que tenha, nos princípios curriculares e pedagógicos, a garantia de refletir e incluir nas relações sociais, raciais e culturais dos sujeitos do campo o direito a ter acesso a conhecimentos selecionados pela cultura hegemônica, entretanto, que não se silencie diante de outros conhecimentos que determinam o modo de sobrevivência e resistência da população do meio rural.

Nesse aspecto, a Educação do Campo como instrumento para afirmar os sujeitos negros do campo deve se comprometer com a reeducação para as relações étnico-raciais, como forma de combater o racismo e a discriminação racial, que excluem a população negra de ser reconhecida como sujeitos de direito.

No entanto, a partir da promulgação da Lei nº 10.639/03, que alterou a Lei de Diretrizes e Bases da Educação Nacional 9394/96, as relações étnico-raciais devem ser tratadas de outra forma. Ao ser obrigatório a inclusão da "História e Cultura Afro-Brasileira e Africana no currículo da educação escolar, automaticamente,

---

[1] Este texto compõe parte de um estudo dissertativo, ligado ao Programa de Pós-Graduação do Instituto de Ciências da Educação na Universidade Federal do Pará, sob orientação do Prof. Dr. Salomão Mufarrej Hage, com o titulo *O campo tem cor? Presença/ausência do Negro no currículo da Educação do Campo*.

passa ser responsabilidade do sistema educacional brasileiro o compromisso com a reeducação das relações étnico-raciais" (GOMES, 2003, p. 81).

A Lei é uma das estratégias da política de ação afirmativa de combate ao racismo e à discriminação racial, pois propõe orientações para reeducar os sujeitos sociais, por meio da educação escolar, incluindo novas formas de compreender as relações étnico-raciais. Nesse aspecto, não há como desmerecer o papel atuante do Movimento Negro, para que as ações afirmativas se constituíssem, hoje, responsabilidade do Estado. Segundo Santos (2005, p. 22), "a militância e os intelectuais negros descobriram que a escola também tem responsabilidade na perpetuação das desigualdades raciais. O sistema de ensino brasileiro pregou, e ainda prega uma educação formal de embranquecimento".

A implementação da Lei nos diferentes projetos educacionais, construídos pelos grupos sociais que integram a sociedade, possibilitará a todos – independente de seu pertencimento racial – conhecimentos históricos e culturais que foram silenciados pelo projeto de educação eurocêntrica e hegemônica construído pela elite dominante branca. Projeto este que teve o intuito de negar a negritude e a identidade do negro brasileiro.

Portanto, a efetivação da Lei possibilitará não apenas ao negro brasileiro o orgulho de seu pertencimento racial e de sua ancestralidade, mas também servirá de ferramenta para libertá-lo do estigma da inferioridade imposto. Em contrapartida, além de colocar em xeque o estigma da superioridade do branco, contribuirá para abrir um processo de reconstrução da identidade ético-racial do país.

Assim, destaco neste texto algumas reflexões sobre os desafios que envolvem a inclusão do sujeito negro do campo na Educação do Campo. Desafios estes que ainda são caracterizados pela existência do racismo. Para isso penso que no primeiro momento devemos refletir sobre uma indagação que surgiu durante meu estudo dissertativo: será que os professores atuantes nas escolas do campo que são pertencentes à raça negra enxergam como negros? Qual o lugar do negro na Educação do Campo?

Essas indagações no primeiro momento podem parecer absurdas, e, assim, alguém pode automaticamente responder: "É lógico que o professor negro se enxerga como negro!" "Sem dúvida a reeducação para as relações étnico-raciais estão incluídas no currículo da Educação do Campo. Não tem cabimento pensar que existe um lugar para o negro no currículo inovador da Educação do Campo, pois, o negro está em todos os lugares." Pela empolgação do discurso, nossa resposta poderia ser bastante coerente. No entanto, quando olhamos para as relações étnico-raciais que acontecem no espaço educativo, percebemos que as respostas imediatas acompanhadas dos discursos incisivos podem não acompanhar a real condição de inclusão da população negra nas escolas do campo.

Educação do Campo e o pertencimento racial: (in)visibilidade do negro

O contexto de origem deste material tem como cenário um estudo exploratório que desenvolvi no processo de construção de minha dissertação nas ações do Fórum Paraense da educação do Campo (FPEC), expressão mais significativa do Movimento Paraense por Educação do Campo (MPPUEC) (HAGE, 2009). A Educação do Campo no Pará materializa suas ações por meio da articulação entre pesquisa, intervenção, docência e militância, e tem como principal reivindicação políticas públicas educacionais e curriculares comprometidas com a construção de novos processos socioculturais no campo, em que a escola possa funcionar como a precursora e afirmadora das culturas silenciadas que integram o espaço educativo (SANTOMÉ, 1995; CALDART, 2008).

Em vários eventos de formação continuada de professores promovidos pelo FPEC – em parceria com as secretarias municipais, o Grupo de Estudo e Pesquisa em Educação do Campo na Amazônia (GEPERUAZ), o Programa Saberes da Terra e o Programa Nacional de Educação da Reforma Agrária (Pronera), entre outros – Observei, quando do debate com os professores, que, para tratar da Educação do Campo na escola, era necessário construir novos olhares, novas formas de refletir sobre o estar no mundo e como as realidades podem vir a ser transformadas (CALDART, 2008). Percebi que, para tanto, se fazia necessário assumir identidades de pertencimento pessoal, racial e social, ter orgulho dessas identidades e, ao mesmo tempo, se autodesafiar no movimento da transformação.

Ainda em minha observação, nas conversas informais durante a produção das atividades, perguntei aos professores como autodeclaravam sua cor/raça, ou seja, seu pertencimento racial. A maioria deles se autodeclarava como: pardos, morenos,[2] e alguns argumentavam que em sua certidão estava escrito que eram pardos. Então, estes se autodeclaravam como pardos. Menos como negros e negras! – embora o seu fenótipo, aparentasse pertencente à raça negra. Fiquei a fazer conjecturas: por que aqueles professores não se "enxergavam" como negros? A resposta que me veio de pronto: o racismo. Decerto os professores não se viam negros por causa das diferentes formas de inferioridade produzidas pela arquitetura ideológica do racismo existente em nossa sociedade. Racismo fortalecido pelo projeto de embranquecimento e pelo mito da democracia racial que são fenômenos que fortalecem a negação da negritude e que levam as pessoas

---

[2] Em termos regionais, a população branca está mais concentrada no Sul e Sudeste; a população parda no Norte e Nordeste; e a população "preta" no Sudeste e Nordeste, obedecendo, em linhas gerais, aos padrões históricos de povoamento e ocupação étnico-demográfico do país (SABOIA; OLIVEIRA, 2001, p. 300-301).

a se identificarem com o ideal de brancura, inferiorizando o significado social e cultural da palavra *negro*.

Arquitetura está sendo usada para definir o processo de construção da ideologia racial brasileira, no que se refere à população negra, pois considero que, para cada momento, para cada detalhe das relações sociorraciais e de poder na sociedade, o racismo, mesmo naquele espaço submerso, oculto de interferências externas, se reconstrói e se realimenta na representação social brasileira. Consequentemente, a razão para a depreciação dos traços físicos visíveis do negro nos conduz também a pensar que o corpo negro, ao estar presente nos grupos sociais que compõe esta sociedade, na maioria das vezes, é tratado como objeto estranho e incômodo (Souza, 1983). Portanto, o termo raça, no que se refere ao pertencimento racial, deve ser entendido como afirma Siss (2003, p. 21):

> A raça [...] é entendida como mecanismo de estratificação social fundamentado na percepção da diversidade fenotípica, como cor da pele e textura de cabelo. A raça se constitui como um mecanismo importante e poderosíssimo na medida em que opera enquanto determinante de distinção social, ou seja, da alocação dos indivíduos na estrutura social. Portanto, as desigualdades sociais são histórica e socialmente produzidas, constituindo-se como resultado de relações de poder assimétricas, social e politicamente construídas. Nessa perspectiva, a categoria raça aqui se distancia de qualquer filiação a determinismos biológicos, ao mesmo tempo em que rompe com reducionismos simplistas de classe, que concebem a raça como um mero epifenômeno.

Vale ressaltar que o pertencimento racial da população do campo, sejam eles agricultores familiares, quilombolas, ribeirinhos, pescadores, extrativistas, assentados, indígenas, ainda hoje coopera para o processo de exclusão e não prioridade nas políticas públicas do campo. Logo, compreender que a população negra do campo não está concentrada somente no quilombo, ou mesmo que o quilombo se constituiu como uma das estratégias da resistência negra, é fundamental para ressignificar e reeducar para as relações étnico-raciais, fortalecendo, assim, o combate às atitudes racistas que existem cotidianamente no ambiente escolar.

> Os discursos e práticas racistas são o resultado da história econômica, social, política e cultural da sociedade na qual são produzidos. São utilizados para justificar e reforçar os privilégios econômicos e sociais dos grupos sociais dominantes. A raça é, pois, um conceito bio-sócio-político. Nas instituições de ensino, não se costuma considerar essa forma de opressão como objeto de atenção prioritária. É freqüente que tanto as autoridades políticas, quanto os professores e professoras se vejam a si mesmo/as como pessoas objetivas, neutras e, por conseguinte, como pessoas que não favorecem a reprodução e produção de comportamentos racistas. Entretanto, quando se fazem análises etnográficas no interior da sala de aula ou se observam os materiais curriculares, logo aparecem, diante de nossos olhos, condutas que invalidam as auto-imagens de neutralidade que o sistema educacional oferece (Santomé, 1995, p. 168-169).

Assim, para se efetivar realmente um processo de garantia de direitos para a população negra do meio rural e do campo, a questão racial deve ser encarada, pois, enquanto os sujeitos sociais não problematizarem essa questão, o negro, sob a rigidez das diversas faces do racismo, estará sempre em desvantagens, devido à reprodução das desigualdades sociais e raciais. "Ao apresentarmos a raça de forma direta, a nossos olhos, poderemos desafiar o Estado, as Instituições da Sociedade Civil e a nós mesmos, como indivíduos, a combater o legado da desigualdade e da injustiça herdadas do passado" (APPLE, 2001, p. 147).

Compreendendo o racismo no ambiente escolar

O racismo, como doutrina ideológica, pode ser conceituado como um "sistema que afirma a superioridade de um grupo racial sobre outros" (SANTOS, 2005, p. 11). Consequentemente, existem várias formas de o racismo se perpetuar e universalizar. Entre elas, está a de esconder-se como ideologia entre os grupos subalternizados que são suas vítimas, fazendo com que esses grupos pensem como o grupo dominante sem perceber que assim o fazem. Nesse aspecto, "o racismo secreta suas próprias ideologias de sustentação e elas têm em comum o fato de criarem um ambiente de intimidade orgânico entre o grupo racial hegemônico e a própria raça subalternizada" (MOORE, 2007, p. 256).

Seguindo a trilha de Amador de Deus (2008), o racismo tem várias máscaras, definidas pela autora como *persona*,[3] em sua tese *Os Herdeiros de Ananse: movimento negro, ações afirmativas, cotas para negros na universidade*. Essa autora define o racismo como um fenômeno social, que a cada tempo histórico muda de roupagem. Santos (2005) exemplifica o racismo como um "camaleão", que muda de cor a cada mudança climática.

> O racismo, portanto, é um discurso ideológico com base na exclusão de certos grupos por causa da constituição biológica e cultural desses grupos. Uma das grandes especificidades do racismo consiste em sua insistência constante em afirmar que uma diferença significa uma avaliação negativa do "outro". Isto é uma recusa enfática a qualquer tendência de vê-lo como "um igual". O racismo faz uso dos estereótipos que atribuem superioridade a um grupo e, por consequência, inferioridade ao "outro". Por sua vez, os estereótipos constituem alicerces para a construção do preconceito racial, base da discriminação racial. O racismo contribui para que aquilo que é apresentado como distinção precisa entre as pessoas

---

[3] Para Amador de Deus (2008, p. 49), o uso de *personas* (máscaras) teve como objetivo demonstrar que a plasticidade do racismo o induz a ser um fenômeno que, a cada momento histórico, dependendo das circunstâncias, se torna capaz de operar várias metamorfoses e adquirir nova fase. Embora o adjetivo *nova* seja apenas na aparência, melhor dizendo, é a persistência do fenômeno que se renova para prosseguir.

classificadas, se transforme numa série de características positivas ou negativas que dependem da raça (AMADOR DE DEUS, 2008, p. 46).

O racismo traz em sua origem o debate sobre a raça, pois, ao longo da construção do discurso racista, principalmente com o advento da modernidade, a cor da pele ganha uma singularidade, pois é também com base nesse pertencimento racial que a discriminação racial vem se materializando ao longo do tempo.

A escola foi legitimada na sociedade brasileira como o lugar de produção e reprodução do conhecimento acumulado no decorrer da história da humanidade. E coube a ela garantir a preparação dos seres humanos para se inserirem em diversos grupos sociais que compõe essa sociedade. Assim, o negro, ao compor a população brasileira e tendo sua história marcada como grupo social historicamente excluído, se organiza por meio do Movimento Negro para fortalecer sua luta de combate à negação cultural e histórica, produzida pela arquitetura ideológica do racismo que também orienta a escola.

Nessa perspectiva, a escola foi construída pela elite dominante como uma estratégia para materializar seus valores e, assim, homogeneizar a cultura elitista. Por outro lado, os sujeitos ligados ao Movimento Negro, com base em sua experiência objetiva e subjetiva, começam a questionar o significado da escola para sua vida e, principalmente, a visibilidade de sua experiência na produção e reprodução do currículo escolar. Assim, a escola é desafiada, pelos indivíduos sociais que estão à margem do conhecimento escolar, a "resgatar o papel dos sujeitos na trama social que a constitui, enquanto instituição" (DAYRELL, 1996, p. 136).

O currículo escolar, pautado numa cultura eurocêntrica, branca e colonizadora, se organizou a partir dos referenciais que buscam mascarar o racismo existente na sociedade, que, apesar das inúmeras faces – embranquecimento, mestiçagem, democracia racial –, tem a única finalidade de garantir por meio do currículo a invisibilidade negra. Portanto, a quebra do silenciamento cultural e histórico herdado e ressignificado pela cultura africana e afro-brasileira passam a ser uma das principais bandeiras de afirmação e garantia de direitos aos negros e não negros no ambiente escolar, uma vez que a herança da ancestralidade africana e da cultura afro-brasileira precisa urgentemente ser incluída em todo o território brasileiro, e a escola é um espaço de disputa para que isso aconteça.

No intuito de incluir na educação brasileira políticas públicas que garantam processos de visibilidade dessa população, o Movimento Negro tem reivindicado do Estado brasileiro uma política curricular na direção da produção de uma cultura antirracista. Nesse sentido, a escola é um lugar privilegiado para construir novos processos ideológicos de afirmação de direitos dos considerados diferentes, já que o processo de violação, impingido à população negra, rejeita a possibilidade de o negro aprender a gostar de ser negro: ele passa a se ver descaracterizado de suas raízes culturais, aceitando a ideia de que a sua história e a de seus ancestrais começa e termina com a escravidão. Ele não percebe, na maioria das vezes, que é vítima do emaranhado ideológico de negação da identidade negra. Isso tem servido de suporte aos desenhos curriculares efetivados nas escolas, que obrigam o aluno negro a aprender por meio dos códigos da cultura hegemônica branca.

Desse modo, para que a Educação do Campo afirme a população negra, um dos primeiros desafios é problematizar sobre algumas questões no que se refere ao perfil das relações étnico-raciais que, na própria população do campo, aparta os negros dos não negros. É necessário enfrentar que as raízes históricas que discriminam a população do campo, apesar das semelhanças, comportam diferenças. Diferenças que, muitas vezes, por haverem sido hierarquizadas, desigualam a população do campo.

Portanto, devido à recriação e retroalimentação do racismo, a diversidade do campo e de seus sujeitos tem cor/ raça que os fazem iguais e diferentes, pois, ao serem homens, mulheres, negros, índios, deficientes, crianças, ocupam lugares diferentes. Lugares de exclusão de direitos numa sociedade racial e socialmente hierarquizada.

Assim, independente de ter no espaço escolar uma pessoa que seja fenotipicamente negra, o currículo da Educação do Campo deve obrigatoriamente incluir a Lei nº 10.639/03, que trata da "Historia e Cultura Afro-brasileira e Africana". Isso deve ser prioridade nas reivindicações da política da Educação do Campo, embora haja o argumento de que o currículo da Educação do Campo esteja, por meio da defesa da diversidade, incluindo as peculiaridades dos sujeitos do campo. No caso da população negra, o não enfrentamento do racismo como sustentáculo das relações sociais e raciais do campo impossibilita que haja a inclusão da população negra do campo como sujeitos de direito.

Reeducação para as relações étnico-raciais: desafio advindo da Lei nº 10.639/03

A Educação do Campo como instrumento para afirmar os sujeitos negros e não negros do campo deve se comprometer com a reeducação para as relações étnico-raciais, como forma de combater o racismo e a discriminação racial, que excluem a população negra de ser reconhecida como sujeitos de direito. Cabe ressaltar que a arquitetura ideológica do racismo causou a invisibilidade no currículo da educação escolar brasileira, seja do meio rural como do espaço urbano, dos saberes oriundos da herança africana e afro-brasileira.

A Lei, se posta em prática, irá produzir novos referenciais educacionais para uma educação antirracista no país, inclusive na Educação do Campo, na medida em que a educação escolar brasileira, quer do meio rural ou do espaço urbano, foi construída sob a perspectiva ideológica de um projeto hegemônico de sociedade brasileira. Assim, o currículo escolar serve como mecanismo ideológico de dominação e determina as identidades dos seres humanos que integram os diferentes grupos sociais da sociedade. Portanto, o currículo tem intencionalidade e é selecionado a partir de relação de poder. Para Silva (2002, p. 46), "o conhecimento corporificado no currículo é um conhecimento particular. A seleção que constitui o currículo é o resultado de um processo que reflete os interesses particulares das classes e grupos dominantes".

Desse modo, a construção de uma política curricular, que inclua a Lei nº 10.639/03, deve estar na direção de questionar as intencionalidades e as funções que os desenhos curriculares selecionados para orientar o cotidiano escolar priorizaram para garantir o processo de (in)visibilidade das relações étnico-raciais, com enfoque na raça. Se esse debate não estiver presente no currículo que orienta o processo de ensino-aprendizagem da escola, haverá a perpetuação do discurso racista elaborado pela elite dominante.

Segundo Apple (2001, p. 152), a "raça assume grande poder justamente quando é ocultada" por não problematizar as razões que fazem com que o racismo e a discriminação racial se perpetuem, mascarando o lugar de exclusão que a população negra ocupa na sociedade brasileira.

A seleção dos conteúdos que irão compor o processo de ensino-aprendizagem deve estar na direção de incluir conhecimentos que nunca fizeram parte da política do conhecimento oficial. A Lei nº 10.639/03 também contribuiu para a redefinição da política oficial do conhecimento. Pois

> § 1º A Educação das Relações Étnico-Raciais tem por objetivo a divulgação e produção de conhecimentos, bem como de atitudes, posturas e valores que eduquem cidadãos quanto à pluralidade étnico-racial, tornando-os capazes de interagir e de negociar objetivos comuns que garantam, a todos, respeito aos direitos legais e valorização de identidade, na busca da consolidação da democracia brasileira.
>
> § 2º O ensino de História e Cultura Afro-Brasileira e Africana tem por objetivo o reconhecimento e valorização da identidade, história e cultura dos afro-brasileiros, bem como a garantia de reconhecimento e igualdade de valorização das raízes africanas da nação brasileira, ao lado das indígenas, européias, asiáticas (DIRETRIZES CURRICULARES NACIONAIS PARA A EDUCAÇÃO DAS RELAÇÕES ÉTNICO-RACIAIS, 2005, p. 31).

A discriminação, segundo Gomes (2003, p. 50), "reveste-se inegavelmente de uma roupagem competitiva. Afinal, discriminar nada mais é do que uma tentativa de se reduzirem às perspectivas de uns em benefícios de outros". Assim, o racismo, como doutrina ideológica que orientou o pensamento na formação da nação brasileira, ao ser materializado nas relações sociais e raciais, ainda permanece interferindo na condição de exclusão que a população negra, em sua maioria, tem ocupado na sociedade capitalista competitiva.

A Educação do Campo, ao buscar construir um novo referencial educacional, deve estar atenta a fortalecer em seus princípios a história e cultura dos sujeitos sociais que moram no meio rural. A população negra, como integrante de nação brasileira, tem sua trajetória histórica também caracterizada no campo, pois foi nesse território que essa população também organizou sua resistência. Assim, o professor que atua nas escolas do campo, ao buscar construir novos paradigmas educacionais para o campo, deve garantir em suas propostas a inclusão da Lei nº 10.639/03, como uma estratégia para reeducar as relações étnico-raciais necessárias à afirmação da população negra do campo. A efetivação dessa Lei possibilita a garantia à população negra, assim como aos sujeitos não negros do campo, formas de reconhecimento à diversidade que caracteriza o campo, sem, no entanto, deixar de valorizar aquilo que distingue os negros dos outros grupos sociais.

Referências

AMADOR DE DEUS, Zélia. *Os herdeiros de Ananse: movimento negro, ações afirmativas, cotas para negros na universidade*. 2008. 303f. Tese (Doutorado) – Programa de Pós--Graduação em Ciências Sociais, Universidade Federal do Pará, Belém, 2008.

APPLE, Michael W. A presença ausente da raça nas reformas educacionais. In: CANEN, Ana; MOREIRA, Antonio Flavio Barbosa (Org.). *Ênfases e omissões no currículo*. Campinas: Papirus, 2001. (Coleção Magistério – Formação e Trabalho Pedagógico.)

BRASIL. Diretrizes Curriculares Nacionais para a Educação das Relações Étnico-Raciais e para o Ensino de História e Cultura Afro-Brasileira e Africana. Brasília: Ministério da Educação/Secretaria da Educação Continuada, Alfabetização e Diversidade (Secad), 2005.

CALDART, Roseli Salete. Sobre Educação do Campo. In: FERNANDES, Bernardo Mançano; SANTOS, Clarice Aparecida dos (Org.). *Educação do Campo: campo, políticas públicas, educação*. Brasília: Incra; MDA, 2008.

CARDOSO, Marcos Antonio. *O movimento negro em Belo Horizonte: 1978-1998*. Belo Horizonte: Mazza, 2002.

DAYRELL, Juarez. A escola como espaço sócio-cultural. In: DAYRELL, Juarez (Org.). *Múltiplos olhares sobre educação e cultura*. Belo Horizonte: Editora UFMG, 1996.

DIAS, Lucimar Rosa. Quantos passos já foram dados? A questão de raça nas leis educacionais – da LDB de 1961 à Lei 10.639, de 2003. In: ROMÃO, Jeruse (Org.). *História da educação do negro e outras histórias*. Brasília: Ministério da Educação/ Secretaria da Educação Continuada, Alfabetização e Diversidade (SECAD), 2005.

GOMES, Joaquim Barbosa. O debate Constitucional sobre as ações afirmativas. In: SANTOS, Renato Emerson dos; LOBATO, Fátima (Org.). *Ações afirmativas: políticas públicas contra as desigualdades raciais*. Rio de Janeiro: DP&A, 2003.

HAGE, Salomão Antonio Mufarrej; OLIVEIRA, Damião; SILVA, Gisele Pereira. Educação do Campo e pesquisa no Pará: inventário dos Grupos de pesquisa no diretório do CNPq. In: ENCONTRO DE PESQUISA EDUCACIONAL NORTE E NORDESTE: EDUCAÇÃO, DIREITOS HUMANOS E INCLUSÃO SOCIAL, 19., Anais..., João Pessoa, 2009.

MOORE, Carlos. *Racismo & sociedade: novas bases epistemológicas para entender o racismo*. Belo Horizonte: Mazza, 2007.

NASCIMENTO, Abdias do. Teatro Experimental do Negro: trajetória e Reflexões. *Estudos Avançados*, v. 18, n. 50, 2004.

OSHAI, Cristina Aêda; BENTES, Raimunda Nilma de Melo. *Negros são vítimas de racismo no mercado de trabalho e nas escolas do Pará*. Observatório da Cidadania – Pará: 2 políticas públicas e controle social. Belém: Fórum da Amazônia Oriental (FAOR), 2003.

SABOIA, Ana Lúcia; OLIVEIRA, Luiz, Antonio. Perfil socioeconômico da população negra no Brasil: diferenças estaduais. In: SABOIA, Gilberto Vergne (Org.). *Anais de Seminários Regionais Preparatórios para Conferência Mundial contra racismo, discriminação racismo, xenofobia e intolerância correlata*. Brasília: Ministério da Justiça, Secretaria de Estado dos Direitos Humanos, 2001.

SANTOMÉ, Jurjo Torres. As culturas negadas e silenciadas no currículo. In: SILVA, Tomaz Tadeu da. (Org.). *Alienígenas na sala de aula*. Petrópolis: Vozes, 1995. (Coleção estudos culturais em educação.)

SANTOS, Joel Rufino dos. *O que é o racismo?* São Paulo: Brasiliense, 2005. p. 11. (Coleção Primeiros Passos.)

SANTOS, Sales Augusto dos. *Movimentos negros, educação e ações afirmativas*. 1995. 554f. Tese (Doutorado) – Programa de Pós-Graduação em Sociologia, Instituto de Ciências Sociais, Universidade de Brasília, Brasília, 2007.

SILVA, Tomaz Tadeu da. *Documentos de identidade: uma Introdução às teorias do currículo*. 2. ed. Belo Horizonte: Autêntica, 2002.

SISS, Ahyas. *Afro-brasileiros, cotas e ação afirmativa: razões históricas*. Rio de Janeiro: Quartet; Niterói: PENESB, 2003.

SOUZA, Neusa Santos. *Tornar-se negro: as vicissitudes da identidade do negro brasileiro em ascensão social*. Rio de Janeiro: Graal, 1983. v. 4. (Coleção Tendências.)

Capítulo 7
Condições de funcionamento de escolas do campo: em busca de indicadores de custo-aluno-qualidade

Ana Claudia da Silva Pereira

A razão primeira que motivou este trabalho encontra-se relacionada ao meu envolvimento com pesquisa na graduação em Pedagogia, ao participar do Grupo de Estudos e Pesquisa em Gestão e Financiamento da Educação (GEFIN) e também do Grupo de Estudo e Pesquisa em Educação do Campo (GEPERUAZ). Por meio destes, realizei pesquisas relacionadas ao financiamento da educação e também à Educação do Campo. Dentre as pesquisas realizadas duas inquietaram-me bastante, suscitando o desejo de continuar investigando, mas relacionando as duas temáticas.

Uma pesquisa refere-se ao "Levantamento do custo-aluno ano em escolas da Educação Básica que oferecem condições de um ensino de qualidade", realizada por pesquisadores de universidades de nove Estados – Acre, Pará, Piauí, Pernambuco, Goiás, São Paulo, Minas Gerais, Paraná e Rio Grande do Sul –, em convênio com o Instituto Nacional de Estudos e Pesquisas Educacionais Anísio Teixeira (INEP). A outra refere-se ao estudo intitulado "Classes multisseriadas: desafios da educação rural no estado do Pará/Região Amazônica", que objetivou elaborar um diagnóstico sobre a realidade da Educação do Campo em seis municípios de diferentes mesorregiões do Pará.

O envolvimento na coleta e nas análises dos dados dessas pesquisas me levou a compreender a importância de políticas que atendam a especificidade da Educação do Campo, visto que existem diferenças significativas entre a educação ofertada no contexto da cidade e a desenvolvida no campo, dentre elas destacamos: 1) precariedade na estrutura física das escolas; 2) ausência e/ou precariedade dos meios de transporte, impondo aos professores e estudantes que percorram longas distâncias para chegarem à escola; 3) os professores se sentem sobrecarregados ao assumir outras funções nas escolas, como de faxineiro, líder comunitário, diretor, secretário, merendeiro, agricultor, etc; e, além disso, sofrem pressões dos grupos que possuem maior poder político e econômico local e discriminação em relação às escolas da cidade (GRUPO DE ESTUDO E PESQUISA EM EDUCAÇÃO DO CAMPO, 2004).

Esses indicativos sugerem que, ao fazermos um levantamento dos insumos ou das condições necessárias para oferta de educação com qualidade, é fundamental levar em consideração a realidade na qual a escola está inserida. A não preocupação com esse fato pode fortalecer o processo de exclusão social, tendo em vista que as políticas implementadas podem passar ao largo dos problemas vivenciados nessas escolas.

Todavia, os estudos que abordam questões relacionadas à definição de custos com educação ou de custo-aluno enfatizam que uma das dificuldades encontradas reside na ausência de metodologias que contemplem os insumos ou especificidades de determinadas realidades, dentre elas encontra-se a Educação do Campo. Resultado desse estudo foi divulgado em 2006[1] e considerou os seguintes elementos: a quantidade de alunos por escola, por turma e a jornada diária de permanência na escola. O custo final anual por aluno foi calculado separadamente, considerando as diferentes etapas e modalidade de ensino da educação básica (CARREIRA; PINTO, 2006, p. 11).

Os avanços identificados nos estudos sobre custo-aluno são perceptíveis, entretanto, muito ainda precisa ser feito na perspectiva de construirmos metodologias que contemplem as especificidades existentes na área da educação, tendo em vista que fatores como a localização geográfica, o tamanho da escola, as etapas e modalidades de ensino, entre outros, variam muito de região para região. Essas observações são fundamentais quando se trata da educação em escolas do campo. Sobre isso, Pinto (2006) comentou que essa foi uma preocupação que permeou o estudo realizado pela *Campanha Nacional pelo Direito à Educação*. Segundo esse autor:

> Foram realizadas simulações e conversas com atores do campo, mas é fundamental um maior aprofundamento. As simulações apresentadas nesta proposta pretendem apenas estimular o debate e realçar as principais diferenças entre as escolas urbanas e as escolas do campo do ponto de vista dos insumos (Sessão Especial sobre Financiamento da Educação Básica: desafios e perspectivas – ANPED, 2006).

No que concerne à Educação do Campo, na pesquisa intitulada "Os desafios da Educação do Campo no estado do Pará", foi observado que a realidade vivenciada pelos sujeitos nas escolas do campo demanda grandes desafios a serem enfrentados

---

[1] O resultado completo do estudo se encontra em uma publicação de 2006 intitulada: *Custo aluno-qualidade inicial: rumos a uma educação de qualidade pública no Brasil*, autoria de Marcelino Pinto e Denise Carreira.

para que sejam cumpridos os preceitos constitucionais anunciados nas legislações específicas. O estudo revelou um quadro dramático sobre a Educação do Campo, especialmente no que concerne às classes multisseriadas – modalidade predominante de oferta do primeiro segmento do ensino fundamental no campo, visto que 97,45% das matrículas foram efetivadas nesse tipo de escola. Outros problemas detectados dizem respeito ao baixo rendimento dos alunos, com índices percentuais de reprovação da ordem de 25,64%. Na 1ª série, esse índice foi de 36,27%, em 2004. A distorção idade-série se revelou como outro problema, apresentando índices percentuais de 81,2% nas escolas multisseriadas e que alcançou 90,51%, só na 4ª série (RELATÓRIO DE PESQUISA/GEPERUAZ, 2004).

Para além dos indicadores quantitativos apresentados, há um conjunto de particularidades que acreditamos comprometer o processo de ensino-aprendizagem realizado nessas escolas que se serão evidenciados ao longo deste texto.

Procedimentos metodológicos

Optamos por desenvolver o estudo em apenas um município, tendo em vista a complexidade do tema abordado e a exiguidade do tempo para sua realização. O município selecionado foi Bujaru, no Pará, cuja escolha se justifica por duas razões. A primeira, pelo contato existente com esse município por meio da pesquisa "Atendimento às matrículas da educação básica e capacidade de financiamento de municípios do estado do Pará", realizada por pesquisadores do GEFIN, do qual participei. A segunda razão diz respeito aos aspectos relevantes apresentados por esse município em relação à Educação do Campo.

O município de Bujaru tem uma *população* de 24.694 habitantes,[2] sendo que destes 16.613 moram na área rural, o que equivale a 67,3% do total, ou seja, se trata de um município em que a maioria da população reside nessa área. Essa situação se faz refletir no quantitativo de escolas localizadas na área rural, no número de alunos atendidos e de professores.

No município selecionamos duas escolas públicas da rede municipal, localizadas na área rural.[3] A primeira, identificada como *Escola A*, localiza-se na comunidade de Samaumapara e a segunda, *Escola B*, em Curuçambaba. A escolha das duas escolas seguiu o seguinte critério: a Escola A é pequena, com apenas uma sala de aula e atende ao ensino fundamental de 1ª a 4ª série. Esse perfil de escola corresponde a 29 (42,6%) das 68 escolas do campo que atendem o ensino fundamental em Bujaru. A Escola B tem cinco salas de aula e atende de 1ª a 8ª série. Em Bujaru não há escolas que atendam toda a educação básica.

---

[2] Dados da contagem populacional do IBGE (2004).
[3] Por questões éticas as escolas serão denominadas de A e B.

Os instrumentos utilizados para a coleta de dados foram: formulários, entrevistas e observação *in locus*. Os formulários foram utilizados no levantamento das condições de funcionamento e das necessidades das escolas pesquisadas. Na Escola A tal formulário foi preenchido com o auxílio do professor responsável pela escola e na Escola B com a ajuda da diretora. Os eixos abordados nos formulários dizem respeito a: pessoal; estrutura física da escola; material didático; equipamentos; bens e serviços; e assistência ao educando.

As entrevistas foram direcionadas a professores, pais e/ou representantes da comunidade, alunos e gestores, envolvendo dois por categoria e um por escola, como pode ser observado no Quadro 1:

Quadro 1
Contingente de entrevistados por Escola

	ESCOLA A	ESCOLA B	TOTAL
Nº de professores	1	1	2
Nº de gestores	1	1	2
Nº de alunos	1	1	2
Nº de pais/membros da comunidade	1	1	2
TOTAL	4	4	8

Dentre os segmentos pesquisados, no âmbito dos gestores, tanto da Escola A quanto da B, são do sexo feminino, formadas em Pedagogia e com especialização em Gestão Escolar. No que se refere aos professores, da Escola A, é do sexo masculino, com formação em Pedagogia e, da Escola B, do sexo feminino licenciada em Letras.

Dos pais contactados, o da Escola A é do sexo masculino e possui escolaridade até 4ª série, o da Escola B, é do sexo feminino, estudou até 5ª série e desempenha a função de secretária do clube das mães da comunidade. Os alunos também são de sexos diferentes, o da Escola A é do sexo feminino e estuda a 5ª série, já o da Escola B, do sexo masculino e está cursando a 8ª série.

Na perspectiva de identificar os entrevistados ao longo do texto, construímos siglas que podem ser observadas no Quadro 2:

Quadro 2
Identificação dos entrevistados

Identificação	Gestores	Professores	Pais e/ou representantes da comunidade	Alunos
Escola A	DIRª- E- A	PROF-E-A	P-E-A	A-E-A
Escola B	DIRª- E- B	PROFª-E-B	P-E-B	A-E-B

As entrevistas foram efetivadas a partir de roteiros previamente elaborados de acordo com os eixos temáticos abordados e direcionados a cada um dos sujeitos supracitados, e dizem respeito a: pessoal; estrutura física da escola; material didático; equipamentos; bens e serviços; e assistência ao educando. Além disso, entrevistamos informalmente: a secretária de Educação; a coordenadora do setor de Educação do Campo do município de Bujaru; técnicos da Secretaria Municipal de Educação (SEMED) que indiretamente contribuíram no levantamento dos dados.

As visitas a Bujaru ocorreram em vários momentos no decorrer do período correspondente a junho de 2006 a janeiro de 2008. Importante ressaltar que nesse período foram muitas as dificuldades encontradas. Dentre elas, destacou-se a ausência e a precariedade de meios de transporte para o acesso às escolas pesquisadas. A SEMED não dispõe de carro todos os dias para fazer o acompanhamento das escolas do campo. Os dias agendados para esse fim, em geral, não eram cumpridos. As visitas foram marcadas e desmarcadas, ocorrendo longos períodos de espera – altamente desestimulante. Para procedemos ao levantamento das informações, dependíamos do ônibus que faz apenas uma viagem por semana às comunidades (vai na segunda-feira e só volta na sexta-feira).

Nas comunidades o acolhimento e a hospitalidade foram muitos bons. Fomos recebidos por moradores que logo se dispuseram a ajudar no que fosse preciso para a realização da pesquisa. Por conta da falta de transporte, ficamos uma semana em cada comunidade e, com isso, conseguimos informações complementares de suma importância para o estudo.

Escolas do campo: suas dimensões e indicadores de qualidade

Qualidade na educação

É muito comum ouvir que o ensino público no Brasil é de qualidade inferior. Mas o que é *qualidade*? Será que uma escola considerada de qualidade cem anos atrás ainda hoje seria vista assim? Será que uma escola boa para a população que vive nos centros urbanos é boa também para quem mora no interior da floresta amazônica? Como vivemos num mesmo país e num mesmo tempo histórico, é provável que compartilhemos muitas noções gerais sobre o que é uma escola de qualidade.

Quando se fala de qualidade é preciso estar atento ao sentido polissêmico da palavra, que mobiliza a todos, mas não necessariamente com os mesmos objetivos. Por qualidade se entende coisas absolutamente diversas. Segundo o dicionário Aurélio (2001), qualidade é "superioridade, excelência, de alguém ou de algo, dote, dom, virtude". No campo científico da administração de empresas, a qualidade é unívoca com a melhoria permanente, conforme seus requisitos e adequação ao uso, observados critérios como custos, controles internos e prazeres, dentre outros.

Ao transportarmos essa discussão ao campo educacional, é possível dizer que a qualidade pode ser entendida tanto como qualidade total, importada do discurso neoliberal que busca impor os princípios da administração capitalista à escola, quanto qualidade social, quando focaliza suas ações para a formação mais ampla do ser humano, para o coletivo, compreendendo a educação como um processo de:

> [...] atualização histórico-cultural, supõe-se que os componentes de formação que ela propicia ao ser humano são algo muito mais rico e mais complexo do que uma simples transmissão de informações. Como mediação para a apropriação histórica da herança cultural a que supostamente têm direito os cidadãos, o fim último da educação é fornecer uma vida com maior satisfação individual e melhor convivência social. A educação, como parte da vida, é principalmente aprender a viver com a maior plenitude que a história possibilita. Por ela se toma conceito com o belo, com o justo e com o verdadeiro, aprende-se a compreendê-los, a administrá-los, a valorizá-los e a concorrer para sua construção histórica, ou seja, é pela educação que se prepara para o usufruto (e novas produções) dos bens espirituais e materiais (PARO, 2001, p. 37-38).

Deste modo, se os fins específicos da educação (particular, especial) consistem em distribuir a todos os saberes historicamente produzidos, logo, sua qualidade tende a estar intrinsecamente ligada a sua própria existência. Dito de outra forma, a qualidade deve ser uma coisa inerente ao próprio ato de educar. Assim sendo, uma educação de qualidade, no âmbito das instituições formais – aqui especificada pela escola – onde acontece o processo educacional formal, resulta do conjunto da qualidade da escola e do ensino.

A qualidade da escola representa a dimensão física – que remete aos recursos disponíveis (biblioteca, sala de vídeo, laboratório de informática, quadra de esporte etc.), condições de manutenção física do prédio, bem como a limpeza de suas instalações.

A qualidade do ensino refere-se à dimensão pedagógica – compromisso, capacitação e valorização dos professores, adequação dos conteúdos à realidade dos alunos, efetivo processo ensino-aprendizagem, valorização das experiências individuais dos alunos. Todavia, não podemos esquecer que esses segmentos se interligam e se complementam mutuamente, ou seja, a ausência de um pode prejudicar a concretização de ações que levem a uma educação de qualidade.

Essa discussão sobre a qualidade da escola e do ensino adquiriu nos anos 1980 a mesma centralidade que a questão da prioridade da educação para todos. Entretanto, se a discussão tende a ser generalizada, não se pode afirmar que, ao falar em qualidade, todos os atores/sujeitos refiram-se à mesma concepção.

Segundo Carreira e Pinto (2006), a qualidade em educação é um processo histórico socialmente construído. A discussão sobre o tema deve refletir o momento em que vivemos e as disputas políticas e ideológicas travadas na sociedade e que, para compreender melhor essas questões, é importante que voltemos no tempo para verificar como esse debate foi se construindo nas políticas educacionais brasileiras.

Mesmo que esse debate venha sendo pautado, a qualidade do ensino das escolas públicas brasileiras tem sido alvo de críticas frequentes de educadores, administradores da educação, alunos, pais de alunos, políticos, lideranças sindicais e de vários outros setores da sociedade. O direito à educação de boa qualidade estabelecido na Constituição não foi ainda suficiente para alterar o panorama geral – como foi apresentado – da educação brasileira, onde se verificam imensas desigualdades educacionais. É mister transformar os ideais em realidade, eliminando as desigualdades de oportunidades educacionais existentes.

A qualidade do ensino tem sido quase sempre definida na literatura pertinente como o rendimento escolar satisfatório do aluno, demonstrado ora em forma de escores em testes padronizados, ora em forma de aprovação na série. Muitos estudos e pesquisas têm sido realizados com o objetivo de identificar a influência da *qualidade da escola* sobre o rendimento escolar segundo várias outras variáveis.

Alguns têm examinado que variáveis – tais como livros e outros materiais didáticos, formação e experiência dos professores – explicam o rendimento do aluno; outros têm procurado descobrir que relação existe entre o custo por aluno e o rendimento escolar; outros, ainda, buscam identificar variáveis do processo de ensino-aprendizagem – tais como tipo de relacionamento professor-aluno, métodos de ensino, horas de estudo efetivo, processo administrativo da escola – e sua possível influência sobre a qualidade da educação.

Os resultados de estudos realizados em países desenvolvidos sugerem que o nível de dispêndio financeiro e o uso de outros elementos por aluno explicam apenas uma pequena parte do rendimento, quando se controla o nível socioeconômico do aluno (HANUSHEK, 1989). Isso significaria que a qualidade da escola tem pouca influência sobre o rendimento escolar.

Entretanto, estudos realizados em países pobres indicam que a qualidade da escola é extremamente baixa em comparação com a da escola dos Estados Unidos e dos países da Europa Ocidental. Muitas escolas pobres não possuem livros didáticos, carteiras para os alunos nem material simples para a prática da escrita. Nesses países, o incremento desses elementos e o consequente aumento do custo por aluno podem melhorar substancialmente as oportunidades de aprender que os alunos têm (FULLER; HEYNEMAN, 1989).

O Brasil, principalmente nas regiões Norte e Nordeste, encontra-se na situação dos países pobres com relação à qualidade e à quantidade de materiais existentes nas escolas, principalmente do campo. É impossível, portanto, ter expectativas de bom rendimento escolar sem que a escola disponha de um mínimo aceitável de prédios, equipamentos, materiais e profissionais qualificados para o ensino e para a assistência à saúde e à alimentação.

Estudos como os de Petty, Tobim e Vera (1981), Calazans, Castro e Silva (1981), Arroyo, Caldart e Molina (2004) abordam a problemática da Educação do Campo, enfatizando a necessidade da construção de escolas para esse meio, assim como de equipá-las com recursos didáticos, mobiliários, equipamentos e outros elementos que sejam próprios para a formação dos sujeitos que se inserem nesses espaços escolares. Hoje, tais espaços existem e, implacavelmente, desafiam o tempo, porém encontram:

> [...] uma radical desvinculação entre a escola e o contexto em que esta se insere [...] Em última instância, produz-se uma disfuncionalidade entre a escola e o seu meio, decorrente da imposição de um modelo educativo que serve mais para a cidade do que propriamente às zonas rurais [...] (PETTY, TOBIM, VERA, 1981, p. 32).

Petty, Tobim e Vera (1981) observam ainda que talvez uma das maiores dificuldades da escola rural seja sua condição de pobreza pela falta de investimentos públicos nesse meio – falta de eletricidade, água corrente, serviços entre outros – assim como a carência de recursos para serem aplicados na construção de escolas que atendam às exigências legais de garantia dos direitos dos povos do campo.

A questão da estrutura física se agrava ainda mais nas escolas multisseriadas. No Pará, existem 11.573 escolas que oferecem ensino fundamental, destas 7.741 são multisseriadas (66,89%) e, entre estas, 7.669 são rurais (99,1%). É preciso, pois, reconhecê-las em lugar de negá-las, porque ao negá-las está se negando a possibilidade de procurar resolver os graves problemas de infraestrutura, condições de trabalho e aprendizagem que enfrentam professores e alunos dessas escolas.

Segundo Arroyo, Caldart e Molina (2004, p. 10):

> [...] a escola no meio rural passou a ser tratada como resíduo do sistema educacional brasileiro e, conseqüentemente, à população do campo foi negado o acesso aos avanços havidos nas duas últimas décadas no reconhecimento e garantia do direito à educação básica.

As políticas educacionais no Brasil não devem perder de vista a expressividade do fenômeno de experiências das escolas no meio rural, com vistas a se obter um diagnóstico contínuo mais próximo e fidedigno, o qual possibilite ações de intervenção junto à prática cotidiana concreta das escolas que estão inseridas nessa realidade.

Por certo o que não podemos mais é nos deixar levar pelas políticas e discursos silenciadores da realidade escolar no e do campo, pois essa escola, apesar das tramas que ofuscam a sua existência no decorrer da sua história e apesar dos vácuos intencionais empreendidos nessa trajetória, é uma realidade viva que sobrevive ao tempo. Por isso não deve ser negada, mas sim contar com as dignas condições físicas e de infraestrutura para o seu pleno funcionamento.

A luta por melhores condições nas escolas no campo poderá encontrar obstáculos, pois o

> [...] silenciamento, esquecimento e até o desinteresse sobre o rural nas pesquisas é um dado histórico que se torna preocupante [...] Um dado que exige explicação: "somente 2% das pesquisas dizem respeito às questões do campo não chegando a 1% as que tratam especificamente da Educação escolar no meio rural. O que é para muitos um dado preocupante (ARROYO; CALDART; MOLINA, 2004, p. 8).

Nessa discussão, Atta (2003, p. 11), ao desenvolver pesquisas sobre as escolas do campo no estado da Bahia, revela que muitas das questões levantadas acerca dessas escolas nem sempre têm respostas, visto que a razão desse silêncio estaria:

> No fato de os municípios, de um modo em geral, quase só se preocupam com os problemas da zona urbana [...] e que a taxação do setor rural é de competência do Governo Federal que organiza as políticas e as ações diárias [...] isto reforça a hipótese de que a maioria dos dirigentes municipais é despreocupada da zona rural dita, desconhecendo os seus problemas, inclusive os vinculados à educação e, em relação a esses, consideram-se desobrigados. Se constroem uma sala e pagam uma professora [...] alimentam as estatísticas, mas não expressa a verdade sobre a qual eles não sabem falar.

Nesse cenário, nos últimos anos, temos visto o renascer da discussão sobre a educação, sobretudo a que se desenvolve na escola que se situa no meio rural, provocada especialmente pela influência dos movimentos sociais. No âmbito dessas discussões, revelam-se as faces da qualidade da educação que nela se pratica:

> A fim de buscar a concretização de direitos que são inerentes a todo ser humano situado e datado historicamente, seja por impulso de sua própria natureza – cada indivíduo sempre que satisfaz uma necessidade há sempre outra nova a enfrentar seja por conhecimento do que é exercitar a cidadania: o exercício de busca de atendimento de necessidades materiais e imateriais de qualidade e com suficiência, direito de uma moradia digna, o direito à educação pública e gratuita de qualidade, o direito ao trabalho, o direito à informação, o direito à liberdade [...] na realidade brasileira, morar no campo, em cidade do interior dos estados ou na periferia da capital, principalmente no Nordeste, ainda não ser proprietário de terra ou ser apenas pequeno proprietário significa viver em atraso, em carência, estar fadado a viver difíceis condições de vida, isto é, não ter acesso suficiente aos direitos humanos fundamentais: [...] domínio de informação escrita diversificada e fundamentada, etc – condições de estudo de boa qualidade, etc. (CALAZANS, 1993, p. 27).

Podemos perceber que não é de se estranhar os equívocos que geram as permanentes lacunas na estrutura e na organização voltadas para o delineamento da escola rural. Salvaguardam-se, assim, vestígios estereotipados que, fortemente, impregnam a reprodução histórica do campo de forma preconceituosa e acanhada.

Todavia, observamos que a educação escolar do campo, para atingir os eixos de toda a sua abrangência e complexidade, precisa fugir das entranhas de uma perspectiva que a reduz a "escolinha que é possível ter". É preciso banir o esforço de reproduzir a ideologia subjacente elaborada pela elite burguesa tanto quanto ter o cuidado de desvendá-la. É preciso acreditar em uma visão mais dialética do poder, apropriando-se de matizes que darão um maior significado redefinidor da relação entre controle social e escolarização.

Por isso, salientamos a necessidade de superação desses rótulos de inferioridade necessária para se garantir o direito à educação. A Educação do Campo vem sendo lesada no âmbito das políticas educacionais quando não se leva em consideração suas especificidades. Mesmo assim, resistem na trajetória histórica de sua existência a esse conjunto de forças que são desfavoráveis na caracterização de um projeto educativo coerente com os princípios que alicerçam a construção de uma base sólida norteadora de uma proposta curricular que contemple primeiramente a realidade local.

É preciso que se assegure a garantia da dignidade e dos direitos de homens e mulheres à educação escolar e que não sejam eles marcados por estereótipos que os rotulam e lhes negam a condição de acesso ao saber, o qual os liberta das amarras do domínio que dificulta a sua ascensão social, contrariando, assim, o exercício pleno da cidadania.

Nesse sentido, é imprescindível que sejam superados os obstáculos que inviabilizam a construção de uma prática escolar que se dimensione para atender não só às necessidades do professor, mas também às do aluno e às dos demais agentes inseridos no meio socioeducacional rural.

No âmbito de toda essa abordagem, necessário se faz destacar a importância da priorização de políticas educacionais que contenham propostas claras, objetivas e viáveis. As condições de funcionamento das escolas do campo não devem ser negadas, mas sim consideradas, porque é uma realidade existente no contexto rural brasileiro.

Escola do campo de qualidade: o que dizem os sujeitos

Neste item, apresentamos e analisamos as colocações dos sujeitos da pesquisa – diretores, professores, alunos, pais e/ou representantes da comunidade – sobre a qualidade das escolas A e B. Ressaltamos que estamos adotando o conceito de qualidade como condições indispensáveis para a realização do ensino. Isso não significa abandonar as discussões de fundo sobre qualidade, mas no reconhecimento de até onde esta pesquisa se propôs a contribuir com o debate.

Ao questionarmos os informantes sobre *você considera que esta escola é de qualidade?*, constatamos que tanto a Escola A quanto a B são vistas como não sendo de qualidade. Para eles, uma escola de qualidade deveria ser aquela que apresentasse o mínimo de infraestrutura para o desenvolvimento das atividades educativas. A Escola A, por exemplo, possui apenas uma sala de aula, com buracos, que molha quando chove, com cadeiras pesadas e desconfortáveis. Não tem cozinha, o banheiro não é apropriado, não tem biblioteca, sala de leitura, televisão, enfim não tem o necessário para desenvolver um bom trabalho nem em sala de aula nem fora dela. O professor é o único responsável pelos trabalhos desenvolvidos e, portanto, resolve desde os problemas administrativos até os relacionados aos serviços gerais. Isso tem um rebatimento negativo no trabalho docente que é resumido em função de outros afazeres.

Além disso, outras questões foram colocadas por alunos e pais que ilustram as razões que os levaram a classificar as escolas que atuam:

> [...] falta muita coisa para a escola melhorar. Aqui a escola fica abandonada. [...] eles mandam o professor e só, a gente é que cuida da escola, não que a gente não possa ajudar, mas eles precisam vir ver quais são as condições em que a escola se encontra. Por mais que a gente queira fazer alguma coisa para melhorar a gente não tem condições, tudo leva dinheiro e é isso que a gente não tem. Será que não existe uma verba para arrumar as escolas? Porque entra prefeito, sai prefeito, e as condições são as mesmas. Eu não sei em outras escolas porque é coisa mais difícil eu sair daqui, mas essa aqui tá precária, a sorte é que no final do ano e em janeiro não tem aula, porque é o tempo que mais chove aqui para essas bandas. Se der uma chuvinha molha tudo na sala de aula, os meus meninos já chegaram com caderno todo molhado. A situação é precária mesmo (P-E-A).

Observa-se que o pai faz uma relação da qualidade da escola com sua estrutura física, ou seja, uma escola de qualidade é aquela que disponibiliza para os alunos um ambiente escolar adequado para a realização do trabalho pedagógico e consequentemente da aprendizagem.

Essas medidas, evidentemente, demandaram aumento nos investimentos e no custeio dos sistemas de ensino, o que ficou muito difícil de manter, quando, no final da década de 1980, a chamada crise do Estado e a adoção das políticas de ajuste econômico pressionaram os governos no sentido de uma retenção das despesas públicas, criando uma grande contradição entre a intenção de melhoria do sistema de ensino e a disponibilidade de recursos para alcançá-la. Segundo Oliveira (1998), esse contexto significou a disputa entre as perspectivas de avanço da qualidade dos sistemas de ensino e a disponibilidade de recursos para sua concretização.

Dos quatro sujeitos da Escola A que foram entrevistados, todos a consideram de péssima qualidade. Verificamos que a análise mais crítica feita pelos sujeitos, sobre a qualidade da escola, centra-se, de forma mais presente, na falta de infraestrutura, de mobiliário, equipamentos e material didático; múltiplas funções do professor e atuação em classe multisseriada.

As falas dos sujeitos são muito fortes diante da realidade que eles vivenciam. Mostraram-se altamente insatisfeitos com a qualidade da Escola A como podemos acompanhar a seguir:

> Eu digo que ela *não é de qualidade* porque no meu entendimento uma escola de qualidade deveria ser aquela que desse *melhores condições de infraestrutura* porque aqui, como você pode ver, não temos nada, apenas *uma sala com péssima iluminação, com buracos, que molha quando chove, com cadeiras pesadas e desconfortáveis. Não temos cozinha, banheiro decente, não temos biblioteca, sala de leitura, televisão*, enfim não temos o necessário para desenvolver um bom trabalho nem em sala de aula. Sem falar que é multissérie, que não temos nem servente. Tudo eu tenho que resolver, não me importo em ajudar, mas isso acaba prejudicando meu trabalho enquanto professor porque, para facilitar a minha vida e dos alunos, como é que eu faço? Pela parte da manhã eu dou aula para 1ª e 2ª séries e à tarde para 2ª e 4ª, mas não recebo por isso, faço isso só para não ficar sobrecarregado e para ter tempo de atender melhor os alunos já que as quatro séries juntas, fica quase impossível dar atenção devida aos alunos. Se o governo estivesse interessado em qualidade me dava mais 100h ou fazia outra sala e contratava outro professor porque como está hoje pode ser o melhor professor do mundo... não consegue fazer um trabalho de qualidade porque as limitações são muitas (PROF-E-A).

Como se percebe, a fala chega a ser um desabafo e um apelo para que sejam tomadas providências urgentes, no sentido de vir a sanar as precariedades de funcionamento da escola. Nesse sentido, podemos inferir que os sujeitos têm uma visão dos fatores que compõem a qualidade da escola, quando direcionaram suas respostas para aspectos relevantes que evidenciam melhoria na escola e na educação.

Quando solicitamos que os sujeitos fizessem uma relação da qualidade da escola com as condições de funcionamento desta, a aluna responde:

> As condições em que a escola funciona não é boa porque falta muita coisa que a gente precisa. Não tem onde a gente merendar a gente fica em pé, não tem onde a gente fazer atividade de Educação Física, a gente vai fazer lá no campo, mas se tiver sol eu não posso ir porque fico logo doente, só os meninos que vão, porque eles gostam de jogar bola e não estão nem aí para o sol. Nós meninas não temos onde fazer as atividades, a gente sempre faz embaixo das arvores, mas tem muita formiga que o nosso pé fica todo ardido de tanta mordida. Também falta água boa porque do poço não presta para a gente beber porque é muito amarela da tabatinga, só serve mesmo para lavar (A-E-A).

Segundo Hage (2005), estudar nessas condições adversa, não incita o professor e os alunos a permanecerem na escola ou sentirem prazer de estudar em sua própria comunidade, fortalecendo ainda mais a marca da escolarização empobrecida que tem sido oferecida no espaço rural, e impulsionando as populações do campo a buscarem o meio urbano para continuarem os estudos.

Ambientes físicos escolares em que se pretenda ter o mínimo de qualidade devem ser espaços educativos organizados, limpos, arejados, agradáveis, cuidados, com móveis, equipamentos e materiais didáticos adequados à realidade da escola, além de boas condições de trabalho para o professor.

Apesar de considerarem a precariedade da Escola A, professores, pais e alunos evidenciam o papel da escola na comunidade e a relação com as suas vidas:

> Já quiseram fechar essa nossa escola porque tinha poucos alunos, mas nos reunimos e fomos até o senhor prefeito para garantir que ela continuasse aqui porque nossos meninos são pequenos para irem para outro lugar. Por ele mesmo essa escola não existia mais, porque ele só quer escola onde tem muitos alunos, mas nós reivindicamos e até agora conseguimos que a escola ficasse aqui, porque se não as crianças daqui vão ficar sem estudar porque não tem como eles saírem daqui (P-E-A).

Como podemos perceber, no depoimento, as escolas do campo possuem um papel fundamental na comunidade, reconhecidas pelos próprios moradores como um meio de manter as crianças no local, promovendo a formação humana através das relações sociais e das práticas educativas. Todavia, muitas escolas estão esquecidas, como é o caso da Escola A, provocando relato indignado do professor que convive com essas situações:

> Não é boa não, pelo contrário, é péssima. Temos apenas uma sala onde podemos realizar atividades educativas. A outra sala serve de depósito para tudo o que você possa imaginar – merenda, livros, material didático, remédios quando tem e outros. O banheiro não tem condições de uso quando chove, porque ele é feito de buraco no chão e quando vem a água da chuva transborda, colocando em risco até a nossa saúde, as crianças vivem com os pés cheio de micose por conta dessa situação. Não tem onde fazer merenda, os pais improvisaram aquele barracão que você está vendo ali, mas ele não é cercado e quando chove fica inviável ficar ali, sem falar que caem muitos bichinhos na merenda por causa da palha. Aqui na sala também chove, o telhado está tudo esburacado, este piso também é uma vergonha, os buracos só fazem aumentar. Eu reclamo toda às vezes que vou à Secretaria de Educação, às vezes fico até com medo porque ainda estou no estágio probatório, mas não tem outro jeito, se a gente não reclamar as coisas ficam pior. Além disso, exerço a função de diretor, corro atrás do material didático e da merenda, sou servente, lavo e limpo, não tem material de limpeza, a vassoura tem que emprestar. Aqui "farta" tudo. Às vezes acho que existe um descaso muito grande com as escolas que ficam na zona rural, até porque não tem nem como alguém ir reclamar devido à dificuldade de ir até a cidade, tendo em vista que o ônibus só entra na segunda e na sexta-feira, ou pessoa passa a semana lá ou o final de semana e é complicado para quem trabalha (PROF-E-A).

No final da fala do professor percebemos a diversidade de funções e atribuições que ele desenvolve pela ausência de outros profissionais para assumirem as outras atividades afins no sentido de melhorar o funcionamento da escola. Diferente da Escola A, a Escola B não teve a infraestrutura apontada como de péssima qualidade pelos sujeitos, mas a escola não foi considera de qualidade, tendo em vista a necessidade de transporte escolar; de pessoal; de imobiliários, de equipamento e material didático. Essas questões são bastante enfatizadas na fala da diretora e professora, como veremos a seguir:

> Apesar de a nossa escola apresentar uma estrutura física bem melhor que as outras escolas, isso não significa que ela é de qualidade, pois no dia a dia sofremos com a ausência de professores, de carteiras, de mesas, de uma biblioteca, de material didático e tecnológico. Não é porque moramos na zona rural que não temos direito de ter acesso a esses avanços que em muito contribuem para que o aluno entre em contato com outras formas de aprender (DIR-E-B).

Percebe-se na fala do diretor da Escola B que não basta apenas melhorar a infraestrutura para que se tenha uma escola de qualidade, mas também preparar melhor os professores e a comunidade escolar de maneira a alterar a dinâmica das relações sociais na escola, de modo que o aluno seja protagonista das mudanças que precisam ser desencadeadas para que se tenha uma escola de qualidade.

Outra questão bastante salutar que diferencia as duas escolas é a da organização da comunidade na qual se localiza a Escola B. Segundo informações adquiridas em conversa informal com os moradores dessa comunidade, a conquista relacionada à construção da escola está diretamente ligada a sua organização política e social.

Na comunidade, há a Associação das Mulheres Rendeiras, que trabalham na produção de lençóis, toalhas, roupas e confecções em geral, e o Sindicato dos Trabalhadores Rurais, que é um dos sindicatos mais atuantes de Bujaru. São esses movimentos que reivindicam junto aos governos estadual e municipal melhorias de infraestrutura para aquela comunidade.

A organização em associações e sindicatos foi fundamental para que a proposta de uma escola em tamanho maior e com melhores condições de funcionamento fosse construída naquela comunidade, como ressalta a professora:

> Hoje nossa escola é outra, graças à comunidade que se reuniu para angariar fundos e para fazer mutirão na hora de construir. Temos uma escola maior e melhor, bem diferente da outra escola que só tinha uma sala e estava caindo aos pedaços. Mas eu não considero que ela seja ainda de qualidade, porque para mim uma escola de qualidade não é somente fazer a escola e colocar os alunos dentro. A escola precisa ter uma estrutura que atenda a todos os alunos e em todos os turnos. Aqui os melhores atendidos são os alunos do turno da manhã, porque tem professores para todas as turmas, nos outros horários não tem porque a

comunidade conseguiu construir a escola, mas os professores precisam vir da prefeitura e eles não assumem a responsabilidade deles (PROF-E-B).

Percebe-se na fala da professora que a organização da sociedade civil pode constituir uma saída para mudar o quadro da precariedade das escolas, como foi o caso da Escola B, quando passa a construir coletivamente uma cultura política e ética de participação e responsabilidade coletiva de forma democrática e participativa.

No entanto, temos que nos preocupar com o fato de as comunidades assumirem um papel que não é somente seu. A educação se constitui como um direito, e o poder público é responsável por seu provimento e por garantia de condições necessárias para que a escolarização se efetive.

Outra questão bastante enfatizada pelos sujeitos da Escola B foi a ausência de transporte escolar, pois isso prejudica o deslocamento dos alunos até a escola. As longas distâncias percorridas para chegar às escolas foram enfatizadas pelo próprio aluno.

> Para eu chegar aqui na escola, eu saio de casa muito cedo, ando mais ou menos 1h30 de casa até aqui, isso porque venho cortando caminho. Para voltar é mais difícil porque o sol é muito forte e a fome aperta. Parece que você anda e nunca chega (A-E-B).

A necessidade de transporte escolar é visível na região, porém os alunos da Escola B não dispõem desse transporte, pelo fato de a escola ficar fora da rota estabelecida pela prefeitura para o percurso do ônibus que atende àquela região.

A Constituição Federal determina no artigo 208, inciso VII, que é dever do Estado o "atendimento ao educando, no ensino fundamental, através de programas suplementares de material didático-escolar, transporte, alimentação e assistência à saúde".

A Lei de Diretrizes e Bases (LDB nº 9.394) diz, em seu artigo 4º, VIII, que: "o dever do Estado com educação escolar pública será efetivado mediante a garantia de: [...] atendimento ao educando, no ensino fundamental público, por meio de programas suplementares de material didático escolar, transporte [...]". Assim, tem-se que a obrigatoriedade de transporte escolar gratuito aos alunos que cursam o ensino fundamental é evidente. O acesso à escola deve ser pleno. Portanto, não há como privar os alunos da rede pública que residem na área rural do transporte necessário para a concretização desse direito fundamental.

Tanto o estado como o município jamais poderão se esquivar dessa responsabilidade, sob pena de ser imputado à autoridade responsável por tal negligência crime de responsabilidade, consoante regra inserta no artigo 208, § 2º, da Carta Magna, e 5º, § 4º, da Lei de Diretrizes e Bases da Educação.

Mesmo diante das exigências legais, os alunos estão sendo "lesados" pelo poder público. Os alunos da Escola B levam uma hora para chegar à escola.

O material escolar vai embalado em sacolas plásticas para manter livros e cadernos longe da poeira e da chuva. "Quando chove a gente fica encharcado. Não tem carro pra buscar a gente", conta o aluno da Escola B que faz trajeto de sua casa à escola, em 1h30, de segunda a sexta-feira, para ter 3h30 de aula por dia já que sempre chega meia hora atrasado.

Podemos inferir que, para os sujeitos, os indicadores de qualidade pautam-se no ambiente educativo, na prática pedagógica, na formação e nas condições de trabalho dos profissionais da escola, no ambiente físico e na estrutura física, o que vem corroborar com alguns dos indicadores discutidos no âmbito das produções teóricas sobre o tema, e confirmadas em sua fala.

> Precisamos de uma escola maior, essa aqui é muito pequena, parece que fizeram para economizar dinheiro mesmo. Queremos uma escola mais bonita, mais bem acabada, essa aqui parece uma prisão, toda fechada e calorenta. Que tenha pelo menos um bom banheiro, água tratada, boa para que as crianças possam beber. Que tenha uma cozinha para fazer a merenda, uma área coberta para que os alunos possam fazer atividade de Educação Física porque eles ficam no sol ou na chuva. Que tenha mais pessoas para ajudar o professor na escola Que tenha televisão, telefone, gravador, videocassete e todos os outros equipamentos que têm em outra escola porque nós os alunos daqui também são gente e precisam disso para melhorar os estudos. A gente vê o aperreio do professor que às vezes não tem nada para fazer as atividades com os alunos, então isso tudo precisa ser visto por alguém que é responsável pela educação no município (P-E-A).

Cabe destacar que, com a realização de pesquisa dessa natureza, se pode confirmar diferentes aspectos sobre a questão da qualidade do ensino. Tanto é verdade que indicadores igualmente relevantes nem ao menos foram lembrados pelos sujeitos, por exemplo, os de acesso, permanência e gestão, elementos fundamentais na qualidade da educação.

Isso mostra que, apesar de a comunidade escolar ter uma boa compreensão dos diferentes fatores que devem compor a qualidade da educação, existe a necessidade de uma maior discussão, junto a esses segmentos, sobre a dimensão da qualidade que a educação precisa assumir como direito garantido a todos.

Apontando indicadores[4] de qualidade

Os entrevistados, ao serem inquiridos sobre como deve ser uma escola de qualidade, expuseram suas opiniões. Embora qualidade não seja um conceito

---

[4] Indicadores são sinais que revelam aspectos de determinada realidade e que podem qualificar algo. Por exemplo, para saber se uma pessoa está doente, usamos vários indicadores: febre, dor, desânimo. Aqui, os indicadores apresentam a qualidade da escola em relação a importantes elementos de sua realidade (AÇÃO EDUCATIVA, 2007).

fácil, as falas dos sujeitos tanto da Escola A quanto da Escola B apontam na direção de que a qualidade das escolas está diretamente ligada à infraestrutura e ao quadro de pessoal, como vimos no item anterior.

Embora apenas esses insumos não garantam a qualidade do ensino, concordamos com Pinto (2006, p. 211), quando diz que "a garantia de infra-estrutura e equipamentos adequados e de condições de trabalho satisfatória são componentes imprescindíveis para a efetividade dos processos de ensino-aprendizagem".

Registramos que não foi mencionado por nenhum dos entrevistados, a gestão como indicador que garanta um ensino de qualidade. No entanto, consideramos que uma escola bem organizada e bem gerida pode criar e assegurar condições pedagógicas, organizacionais e operacionais que propiciem o bom desempenho dos professores e dos alunos. Por conta disso, além dos dois indicadores apontados pelos sujeitos, elegemos também a gestão como elemento de análise.

Dessa forma, a seguir serão apresentados três grandes grupos que agregam insumos considerados indispensáveis a uma escola de qualidade: 1) pessoal; 2) infraestrutura e 3) gestão. O Quadro 3 mostra os insumos necessários e a ordem de prioridade destes nas escolas pesquisadas. É evidente que a classificação que ora apresentamos pode conter problemas do ponto de vista do rigor científico, mas facilita na indicação dos insumos necessários a um futuro cálculo do custo-aluno-qualidade.

Enfatizamos que usamos como referência o quadro sobre detalhamento de insumos do custo-aluno-qualidade, elaborado pelo Fórum Permanente do Magistério de Educação Básica, do documento propositivo elaborado em 1995.

Quadro 3
Os insumos e a ordem de prioridade nas escolas

Natureza	Especificação	Detalhamento	Escola A	Escola B
Infraestrutura	Material	Didático	3º	5º
	Instalação	Salas, banheiros, quadra, biblioteca, laboratório, cozinha, refeitório, etc.	1º	4º

Equipamento e material permanente

Mobiliário escolar[5]	4º	3º		
		Equipamentos de multimeios	5º	2º

---

[5] Estamos considerando mobiliário escolar: móveis, assentos, mesas, bebedouros, ventiladores, entre outros.

		Outros insumos: água, energia, telefone, transporte, etc.	6º	1º
Pessoal	Área técnico-pedagógica	Professor	-	6º
		Supervisor educacional	7º	10º
		Orientador educacional	8º	11º
		Técnicos	9º	12º
	Serviços gerais	Merendeira	2º	7º
		Vigia	10º	8º
		Porteiro	11º	9º
Gestão	Planejamento	Equipe pedagógica	13º	13º
	Administração	Direção, secretaria, etc.	12º	14º

Observando os dados anteriores é possível registrar que, apesar de as prioridades se concentrarem no grupo da infraestrutura, a ordem dos insumos diverge entre as duas escolas. Isso significa que, mesmo que essas escolas se encontrem no meio rural, não se pode inferir que elas possuem as mesmas características, tendo em vista que cada uma apresenta particularidades que são inerentes ao local em que estão.

Infraestrutura das escolas

A estrutura física das escolas pesquisadas tem aparências distintas. A Escola A apresenta-se em estado precário de conservação: paredes externas e internas sujas e mofadas, falta de ventilação, fechaduras quebradas, buracos no piso das salas e quadros de giz deteriorados com áreas impróprias para a escrita. A escola é pequena (uma sala de aula) e atende apenas alunos de 1ª a 4ª série do ensino fundamental em classes multisseriadas.

A Escola B, por sua vez, apresenta um aspecto mais limpo e bem cuidado. A escola é maior (cinco salas de aulas) atende ao ensino fundamental de 1ª a 8ª séries e está em boas condições de funcionamento do ponto de vista da estrutura física. Apesar da diferença na infraestrutura, a comunidade escolar de ambas as escolas expressaram a necessidade de outros espaços que ofereçam melhores condições de funcionamento.

O indicador prioritário (1º) da Escola A, por exemplo, é a *instalação* com garantia de salas-ambiente (laboratórios, bibliotecas, etc.), espaço de alimentação, lazer e de prática desportiva. Essa prioridade se justifica pelas precárias condições de funcionamento dessa escola, ressaltando a extrema carência, por exemplo, de banheiros adequados para o uso de professor e alunos, pois o local que hoje serve de banheiro é extremamente inapropriado para esse fim.

Na Escola B, a prioridade (1º) se concentra em *outros insumos*, com destaque para o transporte escolar. Para os depoentes o transporte escolar é fundamental para quem vive no meio rural. Segundo depoimento da professora, o percentual de frequência dos alunos aumentaria caso fossem atendidos com o ônibus escolar, pois sem este os alunos têm muitas dificuldades para chegarem à escola. As longas caminhadas são desgastantes para os alunos, as estradas e os caminhos são esburacados e no inverno os atoleiros são constantes. Vale ressaltar que os alunos se deslocam para a Escola B porque não há escolas nas comunidades onde eles residem.

Segundo Carreira e Pinto (2006, p. 101), "o transporte escolar tem um forte impacto nos custos das escolas do campo, o gasto por aluno no transporte é mais elevado que os gastos com insumos diretamente ligados ao ensino". Esse custo elevado não significa qualidade no atendimento aos alunos das escolas do campo, tendo em vista que a maioria dos alunos que usufruem do transporte escolar é aquela levada para escolas da cidade. O que é mais grave nessa questão é que o recurso destinado ao transporte escolar vem para o governo estadual, que demora a repassar aos municípios, deixando os alunos impossibilitados de frequentarem as aulas no início do ano letivo.

Nessa direção, um projeto de lei que trata de transporte escolar será encaminhado ao Congresso Nacional, em regime de urgência. O anúncio foi feito no dia 15 de abril de 2008,[6] pelo presidente Luiz Inácio Lula da Silva, ao discursar na 11ª Marcha a Brasília em Defesa dos Municípios. Um dos pontos do projeto será a exigência de um convênio de cooperação entre estados e municípios, a fim de definir os critérios da prestação de serviços entre os dois entes federativos. O texto também vai exigir que esse convênio seja firmado com todos os municípios de um mesmo estado.

---

[6] Disponível em: <noticias.terra.com.br/brasil/interna>. Acesso em: 15 abr. 2008.

Outra determinação será a constituição de um grupo de trabalho permanente no Ministério da Educação, com a participação de entidades representativas de prefeitos, municípios e governadores. Esse grupo deverá publicar anualmente um valor de referência para o custo do transporte por aluno, levando em consideração as características regionais, como extensão territorial, tipo de transporte e condições das estradas.

Luiz Inácio Lula da Silva lembrou que, em 2003, foi definido que estados e municípios ficariam responsáveis pelo transporte dos alunos matriculados na rede escolar pública e receberiam recursos proporcionais do Governo Federal. Destacou, entretanto, que "alguns estados não têm podido cumprir a lei, e o município acaba arcando com custos que não são seus[7].

O presidente afirmou que, se os estados não fizerem o convênio de cooperação com as prefeituras, o recurso do transporte escolar rural, que hoje é repassado para os governos estaduais, será enviado diretamente aos municípios.

Em relação a equipamentos, material permanente e material didático, os que existem hoje, tanto na Escola A quanto a Escola B, não atendem às necessidades pedagógicas destas. Na Escola A, a situação é muito mais preocupante, pois ela se encontra totalmente desprovida desses materiais. Os alunos dispõem apenas de livro didático, quadro e giz. Sem recursos didáticos, pelo que observamos, a maioria dos educadores não consegue ampliar suas práticas pedagógicas, e o processo educativo se reduz a copiar e escutar. Não podemos negar que, como também foi observado, alguns educadores buscam formas alternativas de contemplar suas atividades com recursos naturais presentes nas comunidades.

Um problema "gritante" tanto da Escola A quanto da Escola B consistem na ausência ou na insuficiência de equipamentos (computador, kit tecnológico – vídeo, TV, antena – freezer, geladeira, fogão); falta de material didático-pedagógico; falta de carteiras para os(as) alunos(as), etc. Essa série de problemas detectados guarda estreita coerência com as necessidades apontadas pelos pais e mães de alunos(as) e de professores(as) e gestores.

Este talvez seja um dos aspectos mais frágeis das condições de funcionamento identificado nas escolas porque acusa a insuficiência de recursos financeiros para que as escolas atendam suas demandas mais imediatas. Tal fato vem suscitando estratégias diversas organizadas pela comunidade escolar da Escola B, tais como bingos, festas, torneios esportivos, rifas e sorteios em geral, para que sejam arrecadados recursos financeiros destinados aos serviços educacionais dessa escola. Podemos denominar esses recursos de recursos próprios da escola.[8]

---

[7] O anúncio foi feito no dia 15 de abril de 2008,6 pelo presidente Luiz Inácio Lula da Silva, ao discursar na 11ª Marcha a Brasília em Defesa dos Municípios. Disponível em: <noticias.terra.com.br/brasil/interna>. Acesso em: 15 abr. 2008.

[8] Os recursos próprios são constituídos por diversas fontes, pois dependem da criatividade e da capacidade arrecadadora de cada escola.

Essa escola não se difere de muitas outras escolas públicas que, mesmo não sendo responsáveis pela arrecadação de recursos financeiros, quando assumem essa tarefa, é normalmente para responder a alguma necessidade que está latente ou explícita e que precisaria ser atendida pelo poder público central. A escola, normalmente, não arrecada para fazer caixa com objetivo de financiar atividades estranhas à sua função social. O que significa que as necessidades da escola pública, que deveriam ser sanadas pelo poder público direta ou indiretamente (com ações diretas ou com recursos transferidos), acabam tendo sua solução orquestrada pela própria escola que com isso financia a si mesma.

Há, no entanto, a necessidade de dimensionar o impacto real dos recursos arrecadados diretamente pelas escolas em sua manutenção efetiva e o custo-aluno-ano. Essa relação pode revelar que a manutenção dessas escolas vem se dando, em grande parte, e mesmo sem querer, com recursos próprios da escola, o que não demandaria um esforço do Estado muito mais expressivo do que o atual.

Mesmo diante desses desafios, verificamos que as escolas são vistas como resultado da mobilização e da reivindicação social enquanto direito público. Essas escolas possuem um papel de pertencimento e existência da educação no local, haja vista que há o interesse que os alunos estudem na escola localizada em sua própria comunidade.

No entanto, é preciso que se garanta para essa escola uma infraestrutura básica. Ressaltando que aqui se entende por infraestrutura básica o abastecimento de energia elétrica, de água e esgoto sanitário, bem como a existência de sanitário; diretoria; secretaria; sala de professores; biblioteca; laboratórios; quadra de esporte; pátio; cozinha; depósito de alimentos, refeitório entre outros. Sem essa estrutura há dificuldades no desenvolvimento de atividades cotidianas, complementares e diversificadas no processo ensino-aprendizagem.

Pessoal

As escolas pesquisadas apresentam um quadro de pessoal distinto: como foi ressaltado ao longo deste texto, o quadro de pessoal da Escola A se resume a um professor. Na Escola B, trabalham 15 servidores que estão distribuídos entre os cargos de técnico-administrativo, apoio administrativo, professores e pessoal de serviços gerais.

O professor que trabalha na Escola A possui nível superior em Formação de Professores para Educação Infantil e 1ª a 4ª série do ensino fundamental e pertence ao quadro efetivo através de concurso público. Os oito professores que trabalham na Escola B também possuem formação superior e são efetivos via concurso público. Esse vínculo efetivo dos professores foi garantido no último concurso realizado no município de Bujaru, em 2005.

Podemos dizer que esse vínculo profissional trouxe grandes benefícios para as escolas do campo, tendo em vista que a condição de pertencer ao quadro de efetivos pode garantir uma maior estabilidade trabalhista a esses docentes, possibilitando uma maior segurança para a realização de seu trabalho, uma vez que não estão sujeitos a demissões ao final do ano nem se encontram submetidos a uma grande rotatividade ao mudar constantemente de escola e/ou de comunidade em função de sua instabilidade no emprego.

Além disso, em geral, o salário dos professores que são contratados é inferior aos professores efetivos, o que leva os primeiros a não terem dedicação exclusiva às escolas que trabalham. Assim:

> A situação de contratação temporária de docentes, além de ter um impacto negativo na qualidade do ensino oferecido nas escolas, por haver sempre a necessidade de novas contratações, pode estar articulada a uma estratégia de redução de gasto por parte do município (Gouveia et al., 2006, p. 261).

Isso implica dizer que, quando pensamos em um projeto de escola de qualidade, os profissionais da educação, principalmente o professor, precisam ter uma relação estável com a escola, com a comunidade e com os alunos. Para as escolas do campo, essa relação de estabilidade é muito importante, tendo em vista a necessidade de o professor conhecer a comunidade onde a escola se localiza, seus modos de vida, saberes, culturas, tradições, mitos, territorialidades e temporalidades. Ao conhecer essa realidade, o professor demarca o sentido de uma escola que tem sua raiz na realidade do lugar, mas numa relação local-global (Santos, 2006). Essas relações são fundamentais para se construir uma prática político-educativa crítica.

A jornada de trabalho, que também é um fator importante para a efetivação de um ensino de qualidade, é bastante complexa no quadro de pessoal das escolas pesquisadas. Na Escola A o professor recebe por 100h mensais o que equivale a 20h semanais e 4h diárias (quatro em sala de aula), no entanto, ele se sente sobrecarregado ao assumir outras funções na escola, como faxineiro, diretor, secretário, merendeiro, entre outros, causando uma desvalorização desse profissional, expressa principalmente na remuneração.

As vantagens que se teriam pela dedicação do professor a somente uma escola, até pelo fato da impossibilidade de locomoção diária entre escolas, acabam sendo um problema para a qualidade, tendo em vista que os outros afazeres reduzem a jornada diária dos alunos em sala de aula.[9] Outra questão é que com essa carga horária o professor não dispõe de horas-atividade, ou seja, aquele tempo que é reservado aos estudos e planejamento de suas ações educativas na escola.

---

[9] No custo-aluno-qualidade-inicial (CAQI), a jornada diária para alunos do campo é de 5h.

Segundo o professor, apesar da necessidade de uma carga horária maior, não há interesse por parte do poder público municipal de realizar tal aumento. Esta é a carga horária para as escolas multisseriadas de acordo com o edital do concurso público. Isso nos leva a inferir que o aumento da carga horária gera custos que oneram o Estado, que está preocupado em garantir os menores gastos e custos. O que está em jogo, portanto, não é apenas o lado humano e formativo do aluno e do professor, mas seu lado econômico, sistêmico – ou, como se costuma dizer: o custo-benefício.

Na Escola B, também há sobrecarga de trabalho não somente por parte dos professores, mas das merendeiras e das serventes que recebem um salário mínimo para trabalharem 8h diárias. Mesmo trabalhando muito mais que isso, elas não dão conta de manter um ambiente limpo em todos os turnos de funcionamento da escola.

A carga horária dos oito professores também é extensa (40h semanais), mas na prática eles trabalham muito mais, porque falta professor na escola e, para não verem os alunos sem aula, eles acabam ministrando além da carga horária. Segundo a diretora da escola, o número de horas trabalhadas em sala de aula deveria corresponder a 75%, e 25% implicaria uma carga horária destinada a *horas-atividade*, reservadas exclusivamente a estudos, avaliação e preparação de atividades. Essa determinação está bem próxima da indicação do Conselho Nacional de Educação, na Resolução 3/97, que prevê que:

> A jornada de trabalho dos docentes poderá ser até 40 (quarenta) horas e incluirá uma parte de horas e outra de horas atividades, estas últimas correspondendo a um percentual entre 20% (vinte por cento) e 25% (vinte e cinco por cento) do total da jornada, considerando como horas de atividades aquelas destinadas à preparação e avaliação do trabalho didático, à colaboração com a administração da escola, às reuniões pedagógicas, à articulação com a comunidade e ao aperfeiçoamento profissional, de acordo com a proposta pedagógica de cada escola (BRASIL, CEN/CNE, 1997).

Apesar de essa carga horária estar prevista na resolução e também na proposta da escola, ela não acontece na prática, porque todos os professores trabalham nos três turnos, com um número excessivo de alunos por turma (são em média 30 alunos). Mesmo eles trabalhando somente nessa escola, o desgaste é inevitável. Até porque, como foi dito, eles trabalham muito mais que as 40h semanais, impactando negativamente a qualidade do processo educativo.

A formação continuada de professores é um ponto que merece destaque face às dificuldades que os professores encontram em seu processo de formação inicial relacionada à discussão da Educação do Campo. O fato de os cursos de formação inicial não terem em seus currículos essa discussão contribui para que muitos professores, ao se depararem com as peculiares da Educação do Campo, não saibam como agir e acabem na maioria das vezes desistindo ou reproduzindo metodologias que não são condizentes com experiências sociais e culturais dos sujeitos que vivem no/do campo.

Segundo a professora da Escola B, uma das maiores dificuldades enfrentadas pelos professores dessa escola é a escassez e, às vezes, a inexistência de cursos de formação continuada, ou cursos de capacitação, para professores que atuam nas escolas do campo. O que existem são ações esporádicas de formação por meio da oferta de cursos de curta duração ou oficinas.

Para Nóvoa (1992), não há ensino de qualidade e inovação pedagógica sem uma adequada formação de professores. A formação consistente do professor, tanto inicial como continuada, é essencial para a compreensão, de forma crítica e reflexiva, das teias de relações que fundamentam a escola.

Observou-se que a discussão sobre a Educação do Campo ainda é muito incipiente junto aos profissionais da educação das duas escolas pesquisadas. No entanto, eles destacaram a necessidade de ampliar os conhecimentos sobre estas, por considerarem uma realidade plural e complexa do ponto de vista das identidades, das diversidades socioculturais, da realidade econômica, política e ambiental. Realidades que demarcam a singularidade da Região Amazônica e demandam práticas e projetos educativos inovadores, críticos e multiculturais.

Quanto à questão salarial, até o momento em que a pesquisa foi realizada, o vencimento-base tanto para o professor da Escola A quanto da Escola B era de R$ 422,00, com o valor da hora/aula de R$ 3,30, incidindo aí mais 30% em cima do vencimento-base como adicional de nível superior. Devido à diferença de carga horária, o professor da Escola A recebe o valor bruto de R$ 878,60 por 100h e os da Escola B R$ 1.208,60 por 200h.

Segundo a diretora da Escola B, esses valores começaram a ser pagos a partir de maio de 2006 e foi uma conquista que veio com a aprovação pela Câmara Municipal do Plano de Cargos e Salários, que foi aprovado em 2005 e começou a vigorar a partir do dia 1º de janeiro de 2006. No último concurso público, esse plano já serviu de base para os cálculos salariais. Para a diretora, um dos questionamentos sobre o plano é a falta de adicionais para quem trabalha nas escolas do campo. Fato este que deixou escolas sem nenhum candidato inscrito para preencher as vagas ofertadas.[10] "Se é para receber o mesmo valor, eu prefiro ficar perto de casa", diziam os professores, no relato da diretora.

No estudo realizado pela Campanha Nacional pelo Direito à Educação, na projeção feita para o custo-aluno-qualidade-inicial (CAQI), um professor com atuação em escola rural e com formação em nível superior deveria receber por uma jornada

---

[10] As vagas para o meio rural foram ofertadas por escola, na tentativa de evitar que o professor se indisponha a não ir para aquela escola caso seja aprovado.

mínima de 40h (com adicional rural de 30% sobre o salário-base) o valor inicial de R$ 1.950,00.[11] Relacionando esse valor com o que recebem os professores da Escola B, poderíamos dizer que este recebem R$ 741,40 abaixo do que foi considerado como um valor que assegure um patamar mínimo de qualidade do ensino.

A diferença entre o valor efetivado pelo município e a projeção realizada para o CAQI é bastante acentuada. Deste modo, se o CAQI fosse referência para uma política nacional de educação, dificilmente, apesar de não termos feito esse cálculo, o município das escolas pesquisadas disporia dos recursos financeiros necessários para arcar com esse valor. Para isso, de acordo com a LDB nº 9.394/96, o Governo do Estado e a União participariam do financiamento da educação municipal, suplementando os recursos para que todos atingissem o valor estipulado.

Podemos concluir este item enfatizando que o resumido quadro de pessoal das escolas pesquisadas não só dificulta como também inviabiliza a realização de certas tarefas indispensáveis para o bom funcionamento de um estabelecimento escolar, por exemplo, os momentos de planejamento coletivo que exigem tempo para que as discussões e os debates sejam amadurecidos e efetivados.

As medidas de natureza econômico-administrativa, que têm por objetivo a racionalização dos serviços e o controle dos gastos relativos à contratação de pessoal, como acontece nas escolas pesquisadas, interferem nas condições de trabalho dos professores, no funcionamento das escolas e na organização pedagógica. As medidas definem limites e estabelecem restrições a que as escolas devem se submeter. Desta forma, a própria organização do trabalho acaba sendo um dos fatores da precarização da qualidade educacional.

Gestão

A gestão não foi associada pelos sujeitos da pesquisa como aspecto relevante na qualidade do ensino. Uma das hipóteses que justifica essa ausência, pelos sujeitos da Escola A, é o fato de essa escola não ter a presença do diretor como responsável pela escola, e sim o professor. Para os entrevistados, o professor exerce um papel de importância junto à comunidade e às famílias de alunos e, de certa forma, vem atendendo as expectativas em torno de suas responsabilidades. É o professor que está no centro da atenção de pais e alunos. É dele a responsabilidade direta pela escola, pela disciplina na sala de aula, pela motivação dos alunos e pelo sucesso ou fracasso escolar.

---

[11] O ponto de partida para a fixação dos salários foi o "Acordo Nacional de Valorização do Magistério da Educação Básica", assinado em 1994, no governo Itamar Franco, que fixava um piso salarial nacional de R$ 300,00/mês para uma jornada de 40h semanais de trabalho, para um professor com formação em nível médio (normal). Com a correção inflacionária do Índice Geral de Preços da Fundação Getulio Vargas (IGP-DI/FGV), este valor corresponde, hoje, a cerca de R$ 1.000 (PINTO, 2006).

Na Escola B, a questão da gestão ainda é muito incipiente, tendo em vista que, somente a partir de 2005, a escola passou a ter a presença de uma diretora no quadro de pessoal. Observou-se nessa escola que a predominância das atividades da diretora caracteriza-se ainda por questões meramente administrativas e com uma relação ainda muito centralizadora nas tomadas de decisões, evitando discussões e planejamentos coletivos.

Segundo a coordenadora da Educação do Campo de Bujaru, a gestão das escolas do campo nesse município sempre esteve muito centrada na Secretaria de Educação, tendo em vista que são poucas as escolas que possuem diretor(a), secretário(a), coordenador(a), supervisor(a), entre outros. Somente nas escolas-polo e em escolas consideradas maiores, como é o caso da Escola B, existe esse quadro de pessoal que é chamado de equipe pedagógica.

A equipe pedagógica das escolas-polo recebe orientações dos técnicos da Secretaria de Educação, para que sejam repassadas para os professores das escolas anexas. Segundo o professor da Escola A, essas orientações demoram muito a chegar até ele, isso porque não há uma regularidade das visitas da equipe pedagógica a essa escola.

O professor diz se sentir muito sozinho do ponto de vista das questões pedagógicas, pois há somente uma semana pedagógica durante o ano letivo. Essa semana não é para elaborar um planejamento participativo, mas para participar de oficinas, palestras e minicurso com assuntos que já estão contemplados no planejamento, ou seja, alguém já fez o planejamento anual para as escolas da rede, independente do local onde ele vai ser colocado em prática.

Essas questões são extremamente sérias, pois mostram a ausência de um processo de construção democrático e evidenciam uma centralização na medida em que aqueles que exercem uma função de coordenação têm, via de regra, pouco compromisso de considerar a opinião do coletivo e de manter um diálogo com os seus pares. Apresentam-se planejamentos feitos isoladamente sem a participação coletiva de todos os sujeitos envolvidos no processo ensino-aprendizagem.

Outro ponto de extrema relevância a se considerar numa desejável reestruturação administrativa das escolas do campo, visando a uma gestão escolar consistente, diz respeito aos conselhos escolares. Hoje esses conselhos quase não existem nas escolas do campo de Bujaru. Na Escola B, ele ainda está se constituindo, mas com participação restrita da comunidade e dos pais. Observamos que há membros que foram indicados pela diretora, em detrimento de um processo mais democrático de escolha de seus membros.

Outro instrumento essencial à gestão democrática e à qualidade do processo educativo é o projeto político-pedagógico. Na Escola A, ele não existe. Na Escola B, ele está em construção, mas ficou evidente que somente a diretora e uma professora demonstraram ter familiaridade com as questões que envolvem aquele projeto. Ficou claro também que a sua elaboração vem se realizando a partir de um roteiro determinado pela Secretaria de Educação, sem a participação efetiva dos docentes e dos demais membros que compõem a comunidade escolar.

Há uma relação muito próxima da comunidade externa com as duas escolas pesquisadas. Os entrevistados relatam a realização de reuniões periódicas com a comunidade, mas também reforçam a ausência dos pais, motivada normalmente pela cultura da não participação por falta de tempo, o que atrapalha a constituição de um processo que seria extremamente favorável ao exercício democrático de construção de uma cultura de participação realmente ativa.

Segundo Pinto (2006, p. 213) "o CAQI foi composto a partir de insumos básicos que todas as escolas do país deveriam assegurar", deste modo foram considerados componentes essenciais tais como: tamanho da escola; instalações; recursos didáticos; razão aluno/turma; remuneração do pessoal; formação; jornada de trabalho; jornada do aluno; projetos especiais da escola; e gestão democrática.

Para além desses indicadores, há um conjunto de peculiaridades identificadas durante a realização da pesquisa, o que de certa forma está contemplado no artigo 28 da LDB, apontando-as como específicas para a escola do campo, que talvez nem seja somente do campo, mas são inerentes ao campo e precisam ser consideradas pelos sistemas de ensino. São elas:
- a longa distância percorrida pelos alunos para chegarem até a escola;
- a adequação do calendário escolar às fases do ciclo agrícola e às condições climáticas;
- a organização do trabalho pedagógico em classes multisseriadas;
- a formação inicial e continuada de professor que considere a realidade do campo;
- os princípios e os componentes curriculares que respeitem a diversidade cultural, social e econômica dos alunos;
- a gestão participativa e o acompanhamento pedagógico;
- a relação escola e trabalho infanto-juvenil.

É levando em consideração esses fatores que a Educação do Campo deve ser compreendida e analisada, para que não se continue caindo no erro de que ela é apenas uma extensão da educação oferecida no meio urbano.

Em busca do custo-aluno-qualidade

A partir da Constituição Federal (CF) de 1988, da LDB de 1996 e da Lei do Fundo de Manutenção e Desenvolvimento do Ensino Fundamental e de Valorização do Magistério (FUNDEF) de 1996, além do princípio da vinculação de recursos, eles trazem também a ideia de que deve ser estabelecido um *padrão mínimo de qualidade de ensino*. Sobre isso, no Ato das Disposições Constitucionais Transitórias (ADCT), o § 4º do artigo 60 estabeleceu um prazo de cinco anos, a contar do primeiro ano de vigência do FUNDEF,[12] para que o Valor Mínimo Anual por Aluno correspondesse a um valor que garantisse esse padrão mínimo de qualidade.

Segundo Monlevade (200-), pode-se dizer que os primeiros cálculos sobre custo-aluno foram feitos ainda no tempo do Brasil Império quando o Marquês de Pombal criou através da Carta Régia o Subsídio Literário,[13] buscando assegurar uma fonte mais constante e específica de recursos para o ensino primário. Mas a primeira vez que se usou o termo custo-aluno-qualidade foi durante a Assembleia Constituinte de 1987-1988.

Naquele momento a discussão que se fazia girava em torno do questionamento se as verbas públicas eram ou não suficientes para garantir uma educação de qualidade. Para Monlevade (200-), esse debate foi fundamental porque, a partir daí, se chegou à conclusão de que o que precisaria ser criado não era apenas um custo-aluno, mas sim um custo-aluno-qualidade que se diferenciaria, porque esse último não tomaria como referência a disponibilidade financeira, e sim o resultado de um levantamento dos insumos indispensáveis a uma aprendizagem com sucesso.

Parte dessa discussão foi contemplada na CF de 1988 ao estabelecer em seu artigo 206 a "garantia de padrão de qualidade" como um dos princípios norteadores do ensino no Brasil. Discussão esta fomentada pelos participantes do Fórum Permanente do Magistério de Educação Básica, que, em reunião de 1º a 4 de agosto de 1995, em Brasília, resolveu fortalecer a discussão sobre os indicadores de qualidade e os elementos necessários para tal.

Nessa discussão, o custo-aluno-qualidade seria o custo potencial de um aluno "durante um ano, recebendo um ensino cujos insumos construam uma educação (a médio e longo prazo) de qualidade[14]", ou seja, nesse custo deveria ser incluído o fornecimento de merenda escolar, transporte escolar, alojamento, espaço para recreação e outros auxílios extremamente necessário ao atendimento dos alunos enquanto frequentam as aulas.

No entanto, a Emenda Constitucional (EC) nº 14/1996, com a intenção de relacionar a vinculação constitucional com a qualidade de ensino, passou a prever um custo por aluno que garanta um "padrão mínimo de qualidade de ensino", sendo o papel da União exatamente o de assegurá-lo, bem como o de garantir uma equalização das oportunidades educacionais (Art. 211, § 1º). Estabelece

---

[12] A vigência do Fundef acabou em dezembro de 2006 e não se chegou a esse valor.

[13] Foi criado em 10 de novembro de 1772 e cobrava impostos sobre vinho, aguardente, vinagre e carne.

[14] Documento base da reunião do Fórum Permanente do Magistério de Educação Básica dos dia 1 a 4 de agosto de 1995, em Brasília, (p. 4)

ainda que esse papel deve ser cumprido mediante assistência técnica e financeira aos estados, ao Distrito Federal e aos municípios. Ou seja, não foi levada em consideração a discussão do Fórum que queria "priorizar os insumos educacionais indispensáveis, mas não mínimos, à criação de um ambiente educacional adequado ao ato pedagógico de qualidade".

Segundo Carreira e Pinto (2006, p. 43, grifo nosso):

> Até a aprovação de EC 14, o princípio que norteava o financiamento da educação era o de "recursos disponíveis por aluno" ou de "gasto por aluno", em que os recursos gastos com cada aluno eram definidos, basicamente, pela razão entre os recursos mínimos vinculados para o ensino e o total de alunos matriculados. Não entrava no cálculo, *então qualquer critério que buscasse garantir ou aferir uma qualidade mínima para o ensino oferecido*.

A LDB trouxe um elemento novo ao regulamentar o princípio constitucional do artigo 206 e definir que o padrão mínimo de qualidade do ensino seria "a variedade e a quantidade mínima, por aluno, *de insumos indispensáveis* ao desenvolvimento do ensino aprendizagem" (artigo 4º, inciso IX, grifo nosso).

Outra lei importante de ser aferida quando se discute a definição de custo-aluno-qualidade é o Plano Nacional de Educação (Lei nº 10.172/2001), que, embora não defina o seu valor, estabelece vários itens, por exemplo, acesso, permanência, infraestrutura, gestão democrática, entre outros, que as escolas e os sistemas de ensino devem atender para garantir o padrão mínimo de qualidade nos diferentes níveis e modalidades da educação básica, que, se garantidos, poderiam apresentar impactos positivos na melhoria da educação. No intuito de fazer uma síntese mostrando como o padrão mínimo de qualidade aparece na legislação brasileira, nos basearemos num quadro elaborado por Marcelino Pinto que demonstra bem essa questão.

Essas legislações, em nenhum momento, fazem referência a um custo-aluno-qualidade e sim a um padrão mínimo de qualidade. Por que então dizer que a partir desses preceitos legais passou a ser discutido e almejado o custo-aluno-qualidade? Carreira e Pinto (2006, p. 72) partem da lógica de que

> [...] não há muita dúvida de que uma educação com padrões mínimos de qualidade pressupõe a existência de creches e escolas com infra-estrutura e equipamentos adequados aos seus usuários e usuárias, com professores qualificados [...], com remuneração equivalente a de outros profissionais com igual nível de formação no mercado de trabalho e com horas remuneradas destinadas a preparação de atividades, reuniões coletivas de planejamento, visitas às famílias [...]

O complicador então, nesse caso, é que, embora possamos aferir o que viria a ser o padrão mínimo de qualidade de ensino citado nas legislações, a expressão monetária de seu valor permanece indefinido, já que ainda não existe uma definição de quais seriam os insumos indispensáveis ao desenvolvimento do processo de ensino-aprendizagem, necessários para associar custos às respectivas variedade e quantidade mínimas desses insumos, por aluno.

É importante ressaltar que, através do FUNDEF, se calculava o valor mínimo anual por aluno com base na concepção de gasto-aluno e apenas para o ensino fundamental.[15] Isso quer dizer que havia uma divisão da previsão dos recursos financeiros disponíveis pela previsão do número de alunos do ensino fundamental matriculados. Assim, o valor mínimo era definido em função das disponibilidades financeiras e dependia das oscilações da arrecadação.

Qual seria, então, a diferença desse cálculo para o cálculo do custo-aluno-qualidade? A principal diferença seria um cálculo baseado no resultado de um levantamento do custo dos insumos indispensáveis à aprendizagem, dividido por um determinado número de aluno.

Segundo Pinto

> A vantagem de se fazer um levantamento dos insumos para depois calcular o custo-aluno é que o planejamento educacional pode ser feito a partir de uma referência estável, concreta, condição necessária para uma gestão mais eficaz, pois uma vez os valores fixados eles não podem retroagir mesmo que a arrecadação decresça (2006, p. 216).

A questão da definição de um custo-aluno é fundamental porque ele tem relação direta com a política de financiamento, ou seja, o valor do custo-aluno é que vai determinar aquela função de suplência da União para os estados e os municípios. Talvez seja por isso que a União nunca se interessou em estipular esse valor, pois significaria que ela teria que complementar os recursos educacionais naqueles estados e municípios que não conseguissem atingir o valor estipulado (FARENZENA, 2005).

Estudos como o da Campanha Nacional pelo Direito à Educação, que levou em consideração as etapas e modalidades da educação básica, incluindo a Educação do Campo, é um exemplo de como uma escola que assegura condições de infraestrutura, valorização dos trabalhadores e das trabalhadoras da educação, gestão democrática, acesso e permanência pode contribuir para que se eleve, por exemplo, o valor do custo aluno, ou melhor, do custo-aluno-qualidade (CAQ).

Para chegar aos valores atribuídos ao CAQ, a Campanha Nacional pelo Direito à Educação reuniu mais de cem organizações do campo educacional e deflagrou um processo de discussão, sistematização e síntese sobre esse tema, que foi realizado em algumas etapas. Num momento inicial houve a primeira Oficina custo-aluno-qualidade, em novembro de 2002; foi também promovido

---

[15] Essa lógica continua com a Emenda Constitucional nº 53/2006 que institui o **Fundo de Manutenção e Desenvolvimento da Educação Básica e de Valorização dos Profissionais da Educação (Fundeb)**, sendo que agora o cálculo engloba os alunos da educação infantil, ensinos fundamental e médio e educação de jovens e adultos.

um Seminário durante o Fórum Mundial da Educação, em janeiro de 2003. Nessa etapa, o debate se deu em volta do tema o que é qualidade, os insumos que compõem esse conceito e os desafios concretos para que esse cálculo passe a pautar o financiamento educacional.

Diante das questões discutidas, podemos sintetizar em três justificativas as dificuldades apresentadas neste estudo, que impossibilitaram a proposição de indicadores de custo-aluno-qualidade para as escolas do campo, como era objetivo deste trabalho. Seriam elas:

- As falas dos sujeitos evidenciaram que a questão da qualidade do ensino é um conceito complexo e abrangente, que envolve múltiplas dimensões. Dimensões estas que envolvem elementos objetivos/quantificáveis, assim como aspectos subjetivos, não nos permitindo o rigor científico para eleger os insumos a partir dessas falas. Para isso seria necessário adotar uma metodologia mais sistemática de acompanhamentos dessas dimensões no cotidiano dessas escolas.
- As escolas pesquisadas, apesar de se localizarem no meio rural, apresentaram diferenças, o que nos impossibilitou estabelecer os mesmos indicadores de custo-aluno-qualidade, pois correríamos o risco de promover comparações lineares, deixando escapar as diferenças e contradições que decorrem de suas particularidades.

Com base nessas dificuldades, constatou-se a necessidade de continuarmos este estudo para que esses elementos sejam trabalhados de forma articulada, objetivando tornar mais consistentes os indicadores de custo-aluno-qualidade. Contudo, verifica-se que a definição de um padrão de qualidade na educação escolar, sobretudo em escolas do campo, continua a ser um desafio, pela complexidade e pelas contradições do processo educativo em um país marcado pela desigualdade.

Considerações finais

Na perspectiva de identificar as condições de funcionamento de escolas do campo, o presente estudo teve como eixo de análise duas questões norteadoras: quais as condições de funcionamento das escolas do campo do município de Bujaru e os seus principais problemas e necessidades; e o que dizem os sujeitos que trabalham e estudam nas escolas do campo sobre os indicadores necessários para uma Educação do Campo de qualidade.

É importante reiterar que, dadas as limitações metodológicas e de tamanho da amostra, não se almejaram interpretações generalizáveis para um conjunto maior de escolas. Evidentemente, há regularidades, similitudes e aspectos que são comuns e que devem ser considerados para escolas localizadas no campo.

Dessa forma, para responder quais as condições de funcionamento das escolas e os seus principais problemas, elegemos as seguintes respostas:
- A *Escola A* apresenta graves problemas na infraestrutura, composta apenas por uma sala de aula e um cômodo que serviria para a secretaria, mas que serve na realidade de cozinha, depósito, arquivo, entre outros. O banheiro apresenta riscos para a saúde dos alunos por se encontrar em péssimo estado de conservação e ser inadequado para o uso dos alunos e do professor. É um estabelecimento desconfortável, sem segurança. Não possui estrutura mínima para a realização de outras atividades do trabalho pedagógico que não sejam aulas expositivas, por conta do amontoado de carteiras dentro da sala de aula. Não há ambientes como biblioteca, laboratório, brinquedoteca e outros espaços importantes para o ato educativo.
- A *Escola B* apresenta uma infraestrutura com melhores condições de funcionamento, mas também com problemas para um bom desenvolvimento das ações educativas, principalmente, questões relacionadas ao transporte escolar, ao pessoal (falta de professores, vigias, merendeiras e serventes), mobiliário, equipamento e material didático.

Concluímos, a partir das falas de gestores, professores, pais e alunos, assim como das observações e do levantamento do material e das condições de funcionamento das escolas, que há um conjunto de necessidades que comprometem as condições de funcionamento das escolas pesquisadas e, consequentemente, o processo ensino-aprendizagem efetivado em seu interior. Essas necessidades podem ser apontadas da seguinte forma:

✓ *Infraestrutura que garanta melhores condições para o ato educativo (com mobiliário, biblioteca, laboratório, equipamentos e material didático).* Neste item, observa-se quase uma unanimidade sobre a importância de um prédio escolar, com número maior de salas; com bibliotecas e laboratórios equipados com recursos didáticos à disposição dos professores para o ato educativo.

✓ *Contração de pessoal (professores, serventes, merendeiras, vigias, secretária, etc.).* Este talvez seja um dos aspectos frágeis para garantir a qualidade da Educação do Campo que os entrevistados identificam. Porque, apesar da necessidade da existência desses profissionais nas escolas, predomina a visão de que escolas do campo atendem a poucos alunos e não têm como dispor de recursos financeiros para que atendam suas demandas imediatas. Tal situação provoca múltiplas funções para o professor, como já foi comentado anteriormente.

✓ *Qualificação e valorização do professor.* A visão de que a qualificação dos professores é importante para a qualidade da escola foi uma questão bastante enfatizada pelos sujeitos, especialmente para os pais, que acreditam que a qualificação do professor está ligada ao bom relacionamento com os alunos e com a comunidade. A questão da valorização dos professores também foi um fator bastante enfatizado pelos depoentes. O salário pago para os professores não condiz com a carga horária trabalhada pelos professores que já deveriam receber um acréscimo salarial por trabalharem na área rural. Professores valorizados, bem remunerados e sem sobrecarga de trabalho tendem a se sentirem motivados; professores motivados facilitam também a motivação por parte dos alunos, que, por sua vez, passam a ter um maior interesse e empenho nas atividades desenvolvidas.

✓ *Transporte e merenda escolar.* Para os depoentes o transporte escolar é fundamental para quem vive no meio rural. Segundo alguns depoimentos, o percentual de frequência dos alunos aumentaria caso fossem atendidos com o ônibus escolar, pois, sem este, os alunos têm muitas dificuldades para chegar até a escola. As longas caminhadas são desgastantes para os alunos, as estradas e os caminhos são esburacados, e no inverno os atoleiros são constantes.

A merenda escolar também foi outro item destacado. Para eles a merenda é muito importante. Os alunos saem bem cedo de casa e ao chegarem à escola sentem fome, além disso, na maioria das vezes, a merenda é a única refeição que a criança faz durante o dia e, quando não existe a merenda, os alunos não conseguem ficar o tempo todo da aula e pedem para ir embora.

É importante ressaltar que a pesquisa não tinha a intenção de aferir a qualidade do ensino dentro da sala de aula, levando em conta o processo ensino-aprendizagem. O que se levou em consideração foram aspectos ligados à infraestrutura que consideramos necessários para que se tenha uma educação de qualidade.

Partindo das necessidades apontadas pelos depoentes da pesquisa, podemos inferir que, para estes, o ensino-aprendizagem do aluno está diretamente influenciado pelas condições da infraestrutura da escola e pela necessidade de pessoal. Evidentemente que essas condições não são determinantes para se apontar indicadores de qualidade, mas elas são fundamentais para a construção de uma boa escola.

Evidentemente que a questão da Educação do Campo não se resume às condições de funcionamento de uma escola, mas a luta por tais condições tem sido uma das preocupações principais, porque a negação desse direito é um exemplo emblemático do tipo de projeto de educação que se tenta impor aos sujeitos do campo. O tipo de escola que está ou nem está mais no campo tem sido um dos componentes do processo de dominação e de degradação das condições de vida dos camponeses.

A constatação das precárias condições no atendimento a uma educação que se considere de qualidade resulta do descaso do Estado, seja na esfera federal, estadual ou municipal – com o direito à educação, uma *educação é para todos*. Mas que universalidade é esta que chega *tão desigualmente*, tão *incompleta*, com *a qualidade tão comprometida* que chegamos a perguntar: isso pode se denominar direito? Não. Não é possível afirmar que os alunos do campo instituem, nessas condições, o direito à educação.

Nesse percurso não há como falar propriamente de Educação do Campo. A rigor ainda não tivemos até hoje no Brasil um sistema de ensino adequado às particularidades do modo de vida dos alunos do campo. O que vem se trabalhando nas escolas do campo é uma transposição da escola pensada e praticada na cidade.

Essa questão está tão enraizada culturalmente que, quando se indaga junto aos professores e gestores sobre as necessidades de infraestrutura, material didático e equipamentos, eles são tão pouco exigentes que, se fôssemos fazer a tomada de preços para fins de cálculo de custo/aluno, talvez tivéssemos um valor aquém daquele que vem sendo aplicado pelo Fundeb para alunos do meio rural.

Essa falta de aspiração se justifica pela visão prevalecente na sociedade que considera o campo como lugar de atraso, inferior e arcaico, sendo que o espaço urbano vem sendo projetado como caminho natural e único do desenvolvimento. Tanto é verdade que, nas escolas pesquisadas, muitos dos mobiliários existentes vieram de escolas urbanas que já foram equipadas com outros mais modernos, ou seja, as escolas do campo são "depósitos" de mobiliários velhos e usados que não têm mais serventia nas escolas urbanas.

Pior que isso é o que vem sendo praticado com o transporte de crianças para as escolas da cidade. Antes havia pelo menos escolas da cidade funcionando no espaço rural. Agora nem isso ocorre mais. As crianças acordam às 4h da manhã para serem subtransportadas às escolas na cidade e retornarem às suas casas pelo final da tarde. É o imperativo da redução de custos, a qualquer custo, ratificando a prática das políticas públicas que tratam as populações rurais como não sujeito.

A base de sustentação dessa prática do poder público – o transporte de crianças para a cidade ou para outra comunidade – é a alegação da aglutinação de certo número de escolas, ou porque estão com pequeno número de alunos ou porque funcionam em condições precárias, em uma única escola, com melhor capacidade física e pedagógica de funcionamento – a chamada escola-polo. Com isso se teria uma escola melhor e a um custo menor para o município. Não é exatamente o que vem sendo amplamente praticado. O maior volume de práticas nesse sentido se refere pura e simplesmente ao remanejamento dos alunos do espaço rural para as escolas urbanas, as mesmas de sempre, funcionando também nas mesmas condições.

O princípio fundamental da socialização das crianças no meio rural é acintosamente desrespeitado, que é a participação destas no cotidiano de trabalho da família. Esse momento é de suma importância no seu processo de socialização. E esta é também a única esperança de que os filhos possam desenvolver algum interesse em continuar o trabalho dos pais.

Nas escolas pesquisadas, os alunos são trabalhadores, e o fato de terem que se deslocar para escolas que ficam distante de sua comunidade tem contribuído para que se ausentem da sala de aula, tendo em vista que o tempo gasto entre a ida e a volta da escola acaba prejudicando o horário das atividades produtivas, e, para não perder a oportunidade de trabalho, os alunos preferem faltar às aulas. Primeiramente, é necessário dimensionar o problema, e depois buscar reverter esse processo, que não é favorável e acaba sendo injusto com os alunos do campo.

Quando iniciamos este estudo, tínhamos consciência que iríamos encontrar questões problemáticas relacionadas às escolas do campo. No entanto, quando nos deparamos com a realidade da educação oferecida nas duas escolas pesquisadas, compreendemos que a injustiça é muito maior do que simplesmente não participar das tomadas de decisões. Chamar de injustiça é pouco para o que é feito com os educandos das escolas do campo, não porque eles estudam em uma escola que tem várias séries ou idades diferentes – pois a diversidade sempre esteve presente nas salas de aula, na formação heterogênea das turmas, nos diferentes ritmos de aprendizagem, no contato com as várias realidades sociais e culturais – mas pela anulação da realidade das escolas do campo, anulação esta que se expressa pela ausência de políticas públicas que forneçam as condições para a oferta de uma educação de qualidade para os alunos que ali estudam.

As entidades representativas das comunidades rurais têm um amparo legal para lutarem por isso, pois a Lei de Diretrizes e Bases da Educação, ou Lei nº 9.394/96, em seu artigo 28, estabelece plenas possibilidades de adequação do sistema de ensino às peculiaridades da vida rural, inclusive com calendário escolar adequado às fases do ciclo agrícola de cada região. No estado do Pará, por exemplo, a Constituição paraense, no artigo 281, IV, explicita que o plano estadual de educação deverá conter, entre outras, medidas destinadas ao estabelecimento de modelos de ensino rural que considerem a realidade específica.

Outro ponto de extrema relevância a se considerar é uma reestruturação administrativa das escolas do campo, visando uma gestão democrática, que favoreça a participação dos sujeitos envolvidos com a questão educacional na discussão e elaboração dos seus projetos e planejamentos escolares.

Foi possível também constatar que, para a maioria das famílias que vive no campo, o ensino fundamental de 1ª a 4ª série é a única oportunidade em suas vidas de adquirir maiores conhecimentos e informações. Foi perceptível nas falas dos sujeitos que infelizmente as escolas que ali estão não estão cumprindo com essa *importantíssima* função, porque seus conteúdos e suas metodologias são disfuncionais e inadequados às necessidades produtivas e familiares do meio rural.

Para muitos, uma escola de qualidade é aquela em que os alunos aprendem a ler, escrever, resolver problemas matemáticos, conviver com os colegas, respeitar regras e trabalhar em grupo. Mas, nas escolas do campo, pelas particularidades que são inerentes a sua realidade, esses conceitos não são suficientes se não estiverem atrelados à identidade dos alunos que vivem no campo e aos contextos socioculturais locais.

Como ressaltado anteriormente, tivemos dificuldades de apontar indicadores especificados de custo-aluno-qualidade para as escolas pesquisadas. Essa dificuldade se deu em virtude de não existir um padrão ou uma receita única para uma escola de qualidade e, consequentemente, para um valor único de custo-aluno-qualidade. Cada escola precisa ter autonomia para refletir, propor e agir em sua busca pela qualidade da educação.

Daí decorre a dificuldade de se chegar a um custo que atenda as reais necessidades educacionais, porque a legislação brasileira que orienta a política e a organização da educação não se preocupa com as desigualdades sociais e econômicas, sendo que estas têm um impacto significativo na qualidade do ensino.

A questão que se coloca para as escolas do campo não é, portanto, de padrões ideais de educação ou de objetivos grandiosos e, consequentemente, inatingíveis no atual contexto da sociedade brasileira. A preocupação central está voltada para um alvo relativamente modesto, porém inadiável, de detalhar condições mínimas, mas dignas, de escolarização, e alvos bem definidos de realização, compatíveis com as exigências constitucionais e com os direitos que lhes assistem como sujeito.

A análise dessa realidade, num aspecto, nos propicia a compreensão de como o Estado brasileiro historicamente tem demonstrado ser incapaz de atender dignamente as demandas de escolarização das populações do campo; e mais, a educação que tem sido ofertada no meio rural brasileiro ainda contribui muito pouco com as necessidades de desenvolvimento de suas populações, num contexto em que os discursos e as teorias atuais não cessam de evidenciar a importância estratégica que a educação assume na formação dos seres humanos e no desenvolvimento da humanidade.

A luta do Movimento por uma Educação do Campo é histórica pela constituição da educação como um direito universal, um direito humano, de cada pessoa em vista de seu desenvolvimento mais pleno, e um direito social, de cidadania ou de participação mais crítica e ativa na dinâmica da sociedade. Como direito, a educação não pode ser tratada apenas como política compensatória; muito menos como se fosse mercadoria.

Dizemos isso, porque a Educação do Campo vem sendo desenvolvida através de programas e experiências pontuais. Não se trata de desvalorizar ou de ser contra essas iniciativas, mas é preciso ter clareza de que elas não bastam. A educação somente se universaliza quando se torna um sistema necessariamente público e não pode ser apenas soma de projetos e programas, daí a luta do movimento por políticas públicas,[16] pois esta é a maneira de universalizar o acesso de todo o povo do campo à educação.

---

[16] A teoria econômica neoclássica conceitua política pública como o direito cujo usufruto por um indivíduo não reduz a possibilidade de consumo ou utilização desse mesmo direito por um outro (BERNARDO, 1991).

Nosso intuito de realizar este trabalho não foi só de socializar o que vimos, registramos e sentimos, mas principalmente de dizer que é nesse contexto que as escolas do campo existem, resistem e insistem, pedindo socorro, na ânsia de que um novo olhar se volte para elas, um olhar que a compreenda dentro do contexto e das condições que aqui foram colocadas.

Referências

AÇÃO EDUCATIVA. *Custo Aluno Qualidade debates, conceitos e estratégias.* São Paulo: CNTE, 2007.

AÇÃO EDUCATIVA. *Os impactos do FMI na educação brasileira.* São Paulo: CNTE, 1999.

ARROYO. M. G.; CALDART, R. S.; MOLINA, M. C. *Por uma Educação do Campo.* Petrópolis: Vozes, 2004, p. 19-63.

ATTA, D. Escola de classe multisseriada: reflexões a partir de relatório de pesquisa. In: PROGRAMA DE APOIO AO DESENVOLVIMENTO DA EDUCAÇÃO MUNICIPAL (PRADEM). *Escola de classe multisseriada.* Salvador: UFBA; FMC, 2003, p. 9-21.

AURÉLIO, Buarque de Holanda. *Miniaurélio Século XXI Escolar: o minidicionário da língua portuguesa.* 4. ed. rev. ampl. Rio de Janeiro: Nova Fronteira, 2001.

BERNARDO, J. *Economia dos conflitos sociais.* São Paulo: Cortez, 1991

BRASIL; CONSELHO NACIONAL DE EDUCAÇÃO (CEB). *Diretrizes operacionais para a Educação Básica nas escolas do campo.* Resolução CNE/CEB, n. 1, 3 abr. 2002.

BRASIL; CONSELHO NACIONAL DE EDUCAÇÃO (CNE). *Parecer nº 26/97.* Brasília, 1997.

BRASIL. Emenda Constitucional nº 14, de 12 setembro de 1996.

BRASIL Instituto Brasileiro de Geografia e Estática. *Síntese de indicadores.* Brasília, 2004.

BRASIL. Lei nº 9394/96, Lei de Diretrizes e Bases da Educação Nacional, de 20 de dezembro de 1996. Brasília, 1996.

BRASIL. Lei nº 10.172, de 9 de janeiro de 2001. In: Plano Nacional de Educação (PNE). Brasília: Plano, 2001.

BRASIL. Senado Federal. *Constituição da República Federativa do Brasil.* Brasília, 1988.

BRASIL; INSTITUTO BRASILEIRO DE GEOGRAFIA E ESTÁTICA (IBGE). *Síntese de indicadores.* Brasília, 2004.

CALAZANS, Maria Julieta Costa. Para compreender a educação do Estado no meio rural – traços de uma trajetória. In: THERRIEN, Jacques; DAMASCENO, Maria Nobre (Coord.). *Educação e escola no campo.* Campinas: Papirus, 1993, p. 15-40.

CALAZANS, Maria Julieta Costa; CASTRO, L. F. M. de; SILVA, H. R. S. Questões e contradições da educação rural no Brasil. In: WERTHEIN, J.; BORDENAVE, J. D. *Educação rural no terceiro mundo: experiências e novas alternativas.* 2. ed. Rio de Janeiro: Paz e Terra, 1981, p. 161-198.

CARREIRA, D.; PINTO, J. M. R *Custo-aluno-qualidade inicial: rumo à educação pública de qualidade no Brasil.* São Paulo. Campanha Nacional pelo Direito à Educação, 2006.

DOURADO. L. F. (Org.). *Financiamento da educação básica*. Campinas: Autores Associados, 1999. (Coleção Polêmicas do Nosso Tempo; v. 69.)

FARENZENA, Nalú. (Org.). *Custo e condições de qualidade da educação em escolas públicas: aporte de estudos regionais*. Brasília: INEP/MEC, 2005.

FULLER, Bruce; HEYNEMAN, Stephen R. Third world school quality: current collapse, future potential. *Educational Researcher*, v. 18, n. 2, p. 12-19, mar. 1989.

GOUVEIA, Andréia Barbosa *et al*. Condições do trabalho docente, ensino de qualidade e custo-aluno. *Revista Brasileira de Política e Administração da Educação*, Porto Alegre, ANPAE, v. 22, n. 2, jul.-dez. 2006.

GRUPO DE ESTUDO E PESQUISA EM EDUCAÇÃO DO CAMPO. *Classes multisseriadas: desafios da educação rural no estado do Pará/Região Amazônica*. Belém, 2004. Relatório.

GRUPO DE ESTUDO E PESQUISA EM EDUCAÇÃO DO CAMPO. Relatório conclusivo da pesquisa *Classes multisseriadas*: desafios da educação rural no estado do Pará / Região Amazônica. Apresentado ao CNPq. Belém, 2004.

GRUPO DE ESTUDOS E PESQUISA EM GESTÃO E FINANCIAMENTO DA EDUCAÇÃO. *Levantamento do custo-aluno-ano em escolas da educação básica que oferecem condições de um ensino de qualidade*. 2004. Relatório Final

HAGE, Salomão M. Educação do Campo na Amazônia: retratos da realidade das escolas multisseriadas no Pará. In: REUNIÃO GPT EDUCAÇÃO DO CAMPO. Brasília, 2005.

HANUSHEK, Eric A. The impact of diferential expenditures on school performance. *Educational Researcher*, v. 18, n. 4, p. 45-51, maio 1989.

MONLEVADE, João Antônio. Custo-aluno-qualidade: apontamentos para clarear um conceito-chave para o planejamento da educação In: CAMPANHA NACIONAL PELO DIREITO À EDUCAÇÃO. *Dossiê para a oficina custo-aluno-qualidade: financiando a educação que queremos*. São Paulo: Campanha Nacional, [200-].

NÓVOA, António (Coord.). *Os professores e a sua formação*. Lisboa: Instituto de Inovação Educacional e Autores, 1992.

OLIVEIRA, Romualdo Portela (Org.). *Política educacional: impasses e alternativas*. São Paulo: Cortez, 1998.

PARO, Vítor Henrique. *Escritos sobre a educação*. São Paulo: Xamã, 2001.

PETTY, M.; TOBIM, A.; VERA, R. Uma alternativa de educação rural. In: WERTHEIN, J.; BORDENAVE, J. D. *Educação rural no terceiro mundo: experiências e novas alternativas*. 2. ed. Rio de Janeiro: Paz e Terra, 1981, p. 31-63.

PINTO, J. M. R. Uma proposta de custo-aluno-qualidade na educação básica. In: Revista Brasileira de Política e Administração da Educação (RBPAE)/Associação Nacional de Política e Administração da Educação: Ed. Maria Beatriz Luci – Porto Alegre: ANPAE, v. 22, n. 2. jul/dez. 2006.

WERTHEIN, J.; BORDENAVE, J. D. Uma proposta de custo-aluno-qualidade na educação básica. *Revista Brasileira de Política e Administração da Educação (RBPAE)*, Associação Nacional de Política e Administração da Educação, Porto Alegre, v. 22, n. 2., jul.-dez. 2006.

SANTOS, Boaventura de Sousa. Do pós-moderno ao pós-colonial. E para além de um e outro. In: *A gramática do tempo: para uma nova cultura política*. São Paulo: Cortez, 2006.

Segunda parte

Educação do campo e pesquisa: retratos de realidade das escolas multisseriadas

Carta pedagógica 02

Sou Ivanildo Vilhena da Costa, trabalho com multisseriado há três anos, na zona rural do município de Macapá, em Amapá. Na escola em que trabalho, temos inúmeras dificuldades, em primeiro lugar, está o baixo nível de aprendizagem dos alunos que chegam até a 3ª série, pois eles, ao entrarem na escola, não sabem pegar no lápis, e seus pais também são analfabetos, onde fica complicado para o professor da 1ª série alfabetizar essas crianças em um ano.

Depois do primeiro ano, elas seguem para a 2ª série sem saber ler e escrever, e assim continuam até chegar a 4ª série, recaindo para o professor toda a responsabilidade de alfabetizar essas crianças. É aí que o educador tem que se desdobrar para alfabetizar essas crianças, pois, no final do ano seguinte, os que foram aprovados sairão da escola. No meu caso específico, na 3ª série elas precisam do educador, pois é nesse período que as crianças terão seus destinos traçados. Se o educador for um profissional compromissado com a Educação do Campo, os alunos seguirão estudando, se não o próprio "sistema" os aliena, uma vez que eles enfrentarão um sistema modular de ensino, que nesta região não é de boa qualidade.

Foi esse um dos desafios que me motivou a trabalhar com classes multisseriadas, quando em 2008 assumi uma turma de 3ª e 4ª séries, que tinham alunos que não sabiam ler e alunos trirrepetentes, configurando-se um dos meus maiores desafios naquele ano. Como se tratava de uma escola tradicional, tive que ter uma conversa com a diretora, que foi flexível em sua postura, quando lhe falei que seguia outra corrente filosófica. Mas ela contribuiu e quis resultados positivos desta outra metodologia de trabalho. Então comecei a trabalhar e procurei conhecer a realidade de cada aluno, tentando entender seus possíveis problemas, e em especial de dois irmãos, de 13 e 15 anos, ambos na 3ª série.

Em seguida fui trabalhando de forma dinâmica nas aulas, através de vídeos e conversas informais sobre a realidade da própria comunidade; realizei leituras individuais e coletivas, dramatização de maneira que despertasse naquelas crianças o interesse pela busca do conhecimento, tentando elevar a sua autoestima, para mostrar que são capazes de melhorar a vida deles e da própria comunidade. No começo fui criticado por alguns pais que disseram que seus filhos não estavam aprendendo, pois não chegavam em casa com quatro ou cinco folhas de cadernos cheias. Em busca de garantir bons resultados, continuei a diversificar os trabalhos em sala de aula, com a leitura de rótulos que tinham em casa. A grande vantagem das turmas multisseriadas é que o educador pode mediar a inter-relação entre diferentes faixas etárias e de conhecimentos, tornando o fazer pedagógico mais dialógico, com isso fortalece-se o respeito pelo outro, a valorização das diversidades e o entendimento de que é preciso partir da unidade para o todo, sabendo-se que cada um deles é parte importante de um "sistema" que só será melhor se tiverem conhecimentos da realidade e se apropriarem desses conhecimentos para, então, buscarem possíveis soluções para os problemas que são impostos pela sociedade.

Idenildo Vilhena da Costa
Professor de escola multisseriada – Macapá/AP

Capítulo 8
Escola rural ribeirinha de Vila de Madeireira: currículo, imagens, saberes e identidade

Ana Cláudia Peixoto de Cristo

Breves na Ilha de Marajó: multifaces da Amazônia rural ribeirinha

Esta pesquisa foi realizada na Vila da Madeireira Mainardi, localizada em uma comunidade ribeirinha do Município de Breves, na Ilha de Marajó, no estado do Pará. A Ilha de Marajó apresenta um cenário encantador pela sua biodiversidade e riqueza cultural de seu povo, também se constitui como uma das mais ricas regiões do país em recursos hídricos e biológicos. É considerada, em sua totalidade, como a maior ilha fluviomarítima do mundo, com 49.606 Km², constituída de 12 municípios. Assim descritos por Araújo (2002, p. 66-67):

> A leste, parte mais elevada, fica a região dos campos, onde estão localizados os municípios de Cachoeira do Arari, Chaves, Soure, Salvaterra, Ponta de Pedra e Santa Cruz do Arari. Posicionados entre a faixa de quatro metros acima do nível do mar, alguns destes municípios ficam com sua maior parte acima das cheias do rio Amazonas. A oeste da Ilha situa-se a região de furos, devido aos inúmeros canais formados pela foz do rio Amazonas. Lá estão situados os municípios de Afuá, Curralinho, São Sebastião da Boa Vista, Breves, Muaná, Anajás e pequenas ilhas.

Esse dualismo proporciona a Marajó vários cenários e, assim, múltiplas faces: florestas, campos, matas de igapó, rios, furos, igarapés e belíssimas praias, na parte litorânea, que é banhada pelo Oceano Atlântico.

Figura 1 – Fazenda de gado bovino em Cachoeira do Arari, no Marajó

Fonte: Barbosa (2005).

Figura 2 – Floresta Amazônica marajoara, constituindo o cenário uma residência ribeirinha às margens do rio, este por sua vez traz inúmeras plantas aquáticas sobre o seu leito

Fonte: TV Breves (2006)

Seus cenários, sua história, seus aspectos sociais, econômicos e políticos, a cultura e a educação de seu povo conferem ao arquipélago marajoara múltiplas faces, como denomino neste texto, para enfatizar que essa região não é homogênea, e possui uma imensa pluralidade em suas práticas culturais e sociais, expressão tanto de riqueza, quanto de pobreza.

Olhar o Marajó apenas por suas belezas e/ou como fornecedor de matérias-primas ao mercado deixa escapar os traços marcantes das relações de exploração e de exclusão social, as quais o povo marajoara está submetido, ocasionadas pela falta de políticas públicas que contribuem para que a população marajoara viva em condição de intensa pobreza material, consequência da colonização de exploração, a qual o arquipélago foi subordinado, desde o início de sua historicidade e que tem se perpetuado até o momento, porém de outras maneiras – exploração indiscriminada da madeira e do trabalho dos ribeirinhos, pobreza, baixo índice de desenvolvimento humano, trabalho e prostituição infanto-juvenil, etc. – que coadunam com a ausência de condições dignas de existência.

O Marajó precisa da presença efetiva do Estado, pois tem uma enorme insuficiência e precariedade em termos de infraestrutura, em todos os seus componentes: transportes, energia, água tratada, saneamento básico, telecomunicações, saúde, habitação, educação de qualidade, etc.

O município de Breves, também conhecido como "A capital das ilhas", encontra-se localizado ao sul da Ilha de Marajó, às margens do Rio Parauaú. Ele possui uma área de, aproximadamente, 9.527,60 Km² e faz parte da mesorregião do Marajó e da microrregião do Furo de Breves.

Nesse mosaico de terra e água, vivem as populações ribeirinhas, denominadas também de povos das águas. Ribeirinhos(as) são homens, mulheres, jovens e crianças que nascem, vivem, convivem e se criam, existem e resistem às margens dos rios (CORRÊA, 2003).

Figura 3 – Vista aérea da cidade de Breves, às margens do rio, a rua: Presidente Getúlio Vargas, na qual fica concentrada grande parte do comércio local
Foto: TV Breves (2006).

Figura 4 – Residência ribeirinha do interior de Breves, feita em madeira e coberta com palha. Na janela da casa, encontra-se uma pessoa; ao lado, roupas estendidas no varal; ao redor, a paisagem da Floresta Amazônica, constituída de muitas árvores, palmeiras de buriti, etc. e o rio de águas barrentas
Fonte: TV Breves (2006).

Os ribeirinhos do meio rural vivem em pequenas comunidades e vilas de madeireiras e, em sua maioria, habitam residências localizadas às margens dos rios, igarapés, furos e igapós, que compõem o vasto e complexo estuário brevense. Eles sofrem a influência de sua ação, em uma relação sucessiva e conflitante com rios, matas, animais; criam e recriam o cenário e constroem novos ambientes. "Elementos que constituem a elaboração desta identidade em que se faz presente em um determinado tempo que se constitui a partir de um vínculo tênue existente entre o ribeirinho e o tempo da natureza" (SILVA; MALHEIRO, 2005, p. 151).

Em Breves, muitos ribeirinhos sobrevivem da indústria madeireira, que é comum na região, pois são elas que garantem o emprego e a renda para grande parte da população. A principal exploradora da madeira é a indústria madeireira, que se instalou na região. Os empresários compram ou alugam imensas áreas de terras dos moradores ribeirinhos e contratam trabalhadores temporários, que passam a explorá-las, alguns utilizam nessa prática o sistema de arrastão.[1]

---

[1] Tratores são atrelados às correntes com a intenção de extrair as árvores maiores e/ou de maior valor comercial, porém centenas de espécies vegetais são arrancadas, para que algumas sejam aproveitadas. A extração abusiva da madeira causa o desmatamento da flora regional e também contribui para que o *habitat* natural de muitos animais seja destruído nesse processo.

Figura 5 – Madeireira com o navio atracado no porto sendo carregado de madeira
Fonte: TV Breves (2006).

Figura 6 – Balsa transportando madeira
Fonte: TV Breves (2006).

Segundo Edson Brasil (2007), os ambientalistas fazem o cálculo de que a extração ilegal da madeira e do palmito sacrifica, aproximadamente, cem mil árvores por ano, no Marajó, que são vendidas aos grandes madeireiros por um preço insignificante, por isso a maioria dos ribeirinhos continua na mais extrema pobreza.

Escola rural ribeirinha de Vila de Madeireira: currículo, imagens, saberes e identidade

No Município de Breves, em 2006, foram contabilizadas 294 escolas no meio rural, dentre as quais 289 são ribeirinhas, o que corresponde a 98,3% do total. Nos estabelecimentos municipais de ensino, existem 472 turmas, sendo que 430 funcionam em regime escolar multisseriado, totalizam o percentual de 91,1%, e apenas 42 são seriadas, ou seja, 8,9% do referido quantitativo. A maioria dessas instituições de ensino funciona em locais improvisados, sem infraestrutura adequada, em espaços pequenos, sem banheiros e dependências para preparar a merenda escolar (GEPERUAZ, 2004).

Algumas escolas são localizada em vilas de madeireira, como é o caso do *locus* desta pesquisa, a Vila Mainardi, que se localiza às margens direita do Rio Jaburu, no distrito de Antonio Lemos. A comunidade ribeirinha surgiu a partir da implantação da indústria madeireira Mainardi Ltda, denominada, atualmente, de Global. Esta emprega 569 trabalhadores e possui, aproximadamente, 1.600 moradores, empregados e familiares destes, dentre os quais em média 300 são pais de alunos. A comunidade ribeirinha é constituída de quase 2.500 moradores ligados direta ou indiretamente à empresa.

A Escola Ivo Mainardi é uma das poucas instituições mantidas pelo poder público municipal, que presta atendimento a crianças, adolescentes, jovens e adultos da vila.

Figura 7 – Vila Mainardi. Ao centro, a igreja católica; posto dos correios ao lado esquerdo da igreja; o posto de atendimento médico (em amarelo); e ao lado destes, as casas da vila
Fonte: Ana Cláudia Cristo, 20/04/2007.

Figura 8 – Prédio da Escola Municipal de Ensino Fundamental Ivo Mainardi. Na frente da escola, uma faixa em homenagem ao proprietário da empresa madeireira, com referência a seu aniversário, diz: "Wilson, a SEMED agradece o apoio e comprometimento dispensado à educação brevense. Parabéns!".
Fonte: Ana Cláudia Cristo, 20/04/2007.

O acompanhamento e o assessoramento pedagógico dos docentes das escolas rurais ribeirinhas no município de Breves, que atuam no ensino fundamental de 1ª a 4ª série, são realizados pelos integrantes da equipe pedagógica do ProRural. São eles que coordenam e realizam diversas ações no âmbito pedagógico e de planejamento curricular.

A partir da realização da pesquisa "Classes Multisseriadas: desafios da educação rural no Pará/Região Amazônica",[2] os docentes passaram a ser incluídos no processo de construção da afirmação da identidade das escolas do meio rural, através da participação no planejamento curricular, em formação continuada, seminários, oficinas, etc. Porém, apesar de haver uma maior intervenção dos educadores das escolas rurais ribeirinhas no planejamento, a seleção dos conteúdos que compõem o currículo escolar ainda tem como referência principal os conteúdos da realidade urbana. Quando o integrante do Pró-rural foi investigado sobre como é feita a seleção dos conteúdos que fazem parte do currículo da escola rural ribeirinha,[3] ele respondeu: "O conteúdo de fato hoje [...] ainda é o mesmo conteúdo das escolas da zona urbana" (Entrevistado 08).

Portanto, a seleção dos conteúdos curriculares se dá a partir da vivência e conteúdos urbanos, o que contribui, como destaca Knijnik (2001), para que milhões de crianças vejam seu mundo ocultado na escola, seja através do que consta no livro didático ou dos conteúdos que são trabalhados na sala de aula, conteúdos da cidade.

Segundo Apple (1982), o oculto e implícito confere um silenciamento ao currículo de uma cultura e identidade peculiar dos sujeitos. E, na dimensão oculta, prevalecem os rituais de conformação, que impedem a participação consciente e a resistência ativa dos sujeitos, na busca pela transformação da realidade.

A escola como espaço socializante guarda determinado grau de unidade entre todos os sujeitos que nela interagem, uma vez que, mediados pelo currículo, se encontram comprometidos com o percurso que as pessoas e as instituições fazem.

---

[2] Essa investigação foi realizada pelo Grupo de Estudo e Pesquisa em Educação Rural na Amazônia (GEPERUAZ) no biênio de 2002-2004, em seis municípios paraenses que possuíam as maiores incidências de classes multisseriadas neste período, a saber: Breves, Santarém, Cametá, Mojú, Marabá e Barcarena. O estudo tinha como objetivo diagnosticar a realidade educacional do campo no estado do Pará, para enfatizar o contexto das escolas com classes multisseriadas e evidenciar as dificuldades enfrentadas por educadores e educandos no processo de ensino-aprendizagem.

[3] Constituíram-se como sujeitos da investigação 16 pessoas: quatro alunos, quatro pais, três professores da referida escola, um dos gerentes da madeireira Global e quatro técnicos pedagógicos da Secretaria Municipal de Educação, sendo três integrantes do Projeto Pró-rural e a coordenadora do distrito de Antonio Lemos. Porém, como este texto apresenta parte da investigação, ele não apresenta as falas de todos os sujeitos entrevistados.

A escola do meio rural ribeirinho necessita estar voltada para as questões pertinentes à constituição do espaço e das relações sociais estabelecidas nas vilas de madeireiras, que lhes são peculiares, pois algumas especificidades presentes na vivência dos ribeirinhos, que moram em comunidades e vivem da caça, da pesca, da coleta de frutos e da agricultura familiar, são diferentes dos moradores das referidas vilas, uma vez que eles vivem basicamente do trabalho assalariado.

Além disso, é necessário considerar os elementos marcantes que persistem na constituição do viver desses moradores, que afirmam sua identidade ribeirinha. Quando investiguei pais e alunos sobre o que significa ser ribeirinho, eles responderam com grande convicção: "significa morar na beira do rio". A relação com o rio é uma marca essencial da identidade ribeirinha, pois ele é um dos elementos que mais influencia na sua identidade (SILVA; MALHEIRO, 2005).

Figura 9 – Crianças e adultos tomando banho no rio
Fonte: Ana Cláudia Cristo, 20/04/2007.

Figura 10 – Barco pequeno usado no transporte de pessoas, cargas e mercadorias
Fonte: TV Breves (2006).

Além do rio os(as) ribeirinhos(as) entrevistado(as) disseram que as casas na beira do rio, o sentimento de orgulho, o gosto de morar na beira do rio e os barcos fazem parte de sua identidade. Para o ribeirinho da Amazônia, "o barco é como gente. Tem nome, número e domicílio. Sendo como gente [...] tem também vida, com direito a batismo, padrinho, enredo, romance e drama" (BECHIMOL *apud* SILVA; MALHEIRO, 2005, p. 159).

As florestas também têm um grande destaque na descrição dos sujeitos, o entrevistado 12[4] afirma "as florestas são muito importantes, porque é da mata, em primeiro lugar, que tiramos o açaí, e depois a madeira, para construir um barco, uma casa. O açaí, principalmente, para o paraense, que não pode ficar sem ele". O consumo desse alimento pela população paraense é uma referência da culinária. O vinho do açaí pode ser tomado acompanhado de farinha de mandioca, peixe, charque, camarão, etc.; ou em forma de mingau de açaí.

Figura 11 – Ribeirinho chegando à cidade trazendo farinha e açaí para comercializar. Na imagem pode ser vista as duas variações de cor do fruto do açaí: o paneiro nas mãos do homem contém o açaí brancok, e o paneiro sobre o barco possui o açaí preto.
Fonte: Francisco Neto (2007).

Portanto, a alimentação é outro elemento identificador da cultura ribeirinha. Para Woodward (2004), a cozinha constitui uma identidade entre as pessoas e a cultura. Para ele a culinária é uma linguagem através da qual "falamos" sobre nós e de nossos lugares no mundo, porque o que comemos pode dizer sobre nossa cultura, quem somos. E ainda possibilita as pessoas fazerem afirmações sobre si.

"A identidade é marcada por meio de símbolos" (WOODWARD, 2004, p. 9), é através da marcação simbólica que as relações sociais definem quem é excluído e

---

[4] Pai de aluno da escola Ivo Mainardi.

quem é incluído. Se o rio, as casas, os barcos, morar na beira do rio são marcas simbólicas do viver ribeirinho, os currículos das suas escolas deveriam incluí-los e fazer a mediação entre valores, conhecimentos populares e saberes científicos. Entretanto, as práticas sociais são excluídas, e os valores cotidianos são reelaborados e metamorfoseados "contraditoriamente em constante relação com a cidade que a exclui" (SILVA; MALHEIRO, 2005, p. 146).

As Diretrizes Operacionais para a Educação Básica nas Escolas do Campo expressa no artigo 2º, § único que:

> A identidade da escola do campo é definida pela sua vinculação às questões inerentes a sua realidade, ancorando-se na temporalidade e saberes próprios dos estudantes, na memória coletiva que sinaliza futuros, na rede de ciência e tecnologia disponível na sociedade e nos movimentos sociais em defesa de projetos que associem as soluções exigidas por essas questões à qualidade social da vida coletiva no país.

Desse modo, a educação da população do meio rural deve compreender que os sujeitos têm história, participam de lutas sociais e têm suas identidades de gêneros, raças, etnias e gerações diferenciadas, o que significa que a educação precisa considerar as pessoas e os conhecimentos que estas possuem.

Esse mesmo documento proclama que o projeto institucional das escolas do campo "constituir-se-á em um espaço público de investigação e articulação de experiências e estudos direcionados para o mundo do trabalho, bem como para o *desenvolvimento social, economicamente justo e ecologicamente sustentável*". (RESOLUÇÃO 01/02, art.4º, p. 42). Expressa também que as parcerias estabelecidas para o desenvolvimento de escolarização básica observarão o: "direcionamento das atividades curriculares e pedagógicas para um projeto de desenvolvimento sustentável" (p. 44).

Portanto, essa legislação prevê que os indicadores de qualidade do currículo das escolas do meio rural devem ancorar-se nos princípios da sustentabilidade, e, em vista disso, investiguei na escola Ivo Mainardi se o currículo escolar aborda temas relacionados à preservação ambiental e à sustentabilidade. Os entrevistados garantiram que sim. E fizeram as seguintes afirmações:

> Nós tratamos sim, o ano passado nós fizemos uma campanha. Um movimento para tratar do lixo, tanto que nós conseguimos que a gerência mandasse construir coletores de lixo e colocar nas pontes. E também contratou um rapaz para recolher o lixo e levar para o lixão (Entrevistado 05 – Professor).

> Geralmente, na disciplina Estudos Amazônicos se trata dessa questão. E este ano nós fizemos um seminário com os alunos de 3ª e 4ª e 5ª a 8ª série (Entrevistado 06 – Professor)

As respostas dos educadores evidenciam que a abordagem ao tema restringe-se à realização de atividades esporádicas. O entrevistado 04 informa que a questão se limita à teoria.

Com certeza, às vezes, a gente fica na parte teórica, às vezes, a gente tenta mobilizar para orientar as pessoas, para a questão da preservação, mas o povo precisa ter consciência que isso é uma obrigação de todos (Professor).

Para Fleuri (1999), o currículo na perspectiva ambiental, mais do que ter um caráter lógico, tem uma função ecológica, não terá a tarefa de configurar um referencial teórico e repasse hierárquico de informações. Ele cumpre o papel de prever e de preparar recursos capazes de ativar a elaboração e circulação de informações entre sujeitos, de modo que se auto-organizem com relação à reciprocidade entre si e com o próprio ambiente.

Na falas dos discentes, pude identificar a ênfase dada pelos professores a não poluição da água dos rios. O entrevistado 13 menciona: "O professor diz para sempre termos cuidado, para não jogar lixo nos rios". Essa informação é constada na fala do entrevistado 14, que diz: "Os professores falam que não podemos poluir o ar e jogar lixo na água". E também no depoimento do entrevistado 15: "O professor fala que não pode jogar lixo na água, porque se a gente joga o lixo e ele vai poluindo a água, depois a gente bebe e adoece".

Já o integrante da equipe pedagógica do Pró-rural, ao ser interrogado se as escolas abordam no currículo a questão da sustentabilidade e da ecologia, afirma: "Não, é muito complicado [...] e a gente vê que as questões ambientais são muito preponderantes no meio rural [...] a extração do palmito, da madeira, a gente vê a má utilização do solo" (Entrevistado 08).

Na aálise do planejamento curricular das escolas rurais ribeirinhas da rede municipal de ensino, constatei que, ao se tratar das questões ambientais no conteúdo unificado de 1ª a 4ª série, da disciplina de Ciências, na unidade IV, podem ser encontrados: *a importância da água, a água na higiene e na saúde, tipos de água, contaminação e tratamento da água e estados físicos da água.*

No planejamento curricular é evidente a preocupação com a água, esta tem grande importância na vida do ribeirinho. A educação como direito social se liga à vida concreta e desempenha um papel fundamental na construção de um modelo de desenvolvimento sustentável, por isso são exigidos da escola novos enfoques pedagógicos, metodológicos, curriculares e novas estruturas institucionais, para atender as necessidades que se apresentam. Segundo Leff (2003, p.7), "a pedagogia ambiental implica o enlaçamento de práticas, identidades e saberes, de conhecimentos científicos e saberes populares".

Gadotti (2001) em seus estudos fala sobre a ecopedagogia. Uma pedagogia ética, estética, voltada para a construção de uma sociedade sustentável, que promove a aprendizagem significativa atribuindo sentido às ações cotidianas. O currículo escolar nessa perspectiva "valoriza e respeita a diferença cultural [...]. Trata-se de um currículo vivo, que busca a construção de uma escola mais alegre e aprendente" (PADILHA, 2004, p. 90).

Tendo como referência as discussões proporcionadas por Fleuri (1999), Gadotti (2001), Leff (2003) e Padilha (2004), é possível perceber que o planejamento curricular trata as questões ambientais como se estivessem distantes da realidade das populações ribeirinhas. Na Vila Mainardi, a exploração da madeira é latente, e, em todo o município, ocorre de forma desordenada e indiscriminada. Fato que atinge, diretamente, a vida dos moradores, mas não aparece nos conteúdos curriculares, que destacam bastante o cuidado para a não poluição dos rios.

Se a devastação e o desmatamento são preponderantes, o currículo deveria problematizar essas questões, no entanto, as relações de poder, que se estabelecem entre a escola e os proprietários das vilas de madeireiras não permitem a efetivação de uma prática educativa voltada para a discussão de problemas socioambientais. Assim, a ação pedagógica e a curricular ficam comprometidas em função dos interesses das elites, que comandam as vilas de madeireira.

Outro fator é o prestígio que o madeireiro detém junto ao poder público local, que pode se traduzir em votos nas eleições e apoio político e econômico nas campanhas eleitorais dos gestores municipais. Portanto, qualquer ação, dentro do estabelecimento de ensino, que não esteja de acordo com os objetivos dos empregadores locais poderá se constituir em ameaça aos seus interesses.

Para explorar a madeira, é preciso que as áreas sejam autorizadas pelo Governo do Estado, através de projetos. As empresas de pequeno e médio porte, madeireiras e fábricas de cabo de vassouras, chamadas de empresas de fundo de quintal, funcionam de forma clandestina e dificilmente têm autorização da Secretaria Executiva de Meio Ambiente do Estado para realizar a extração da madeira, pois não são cadastradas na Agência da Fazenda do Estado.

Figura 12 – As fábricas clandestinas, geralmente, ficam localizadas próximas das casas dos ribeirinhos, nos quintais e funcionam em pequenos galpões. Na imagem percebem-se os ribeirinhos retirando madeiras do rio para serem utilizadas na fabricação de cabo de vassouras
Fonte: Ana Cláudia Cristo (2007).

Na Fig. 12, pode ser vista uma pequena fábrica de cabo de vassoura; as árvores que estão sendo retiradas da jangada no rio são bem finas. A intensiva extração da madeira contribui para que o ecossistema não consiga se recuperar da devastação. As árvores grandes são cortadas pelas grandes empresas, e as menores são retiradas pelos pequenos empreendedores, que as utilizam nas inúmeras fábricas de cabos de vassoura existentes na região.

O grande desafio que se coloca na atualidade ao ribeirinho amazônico é a necessidade de que ele seja sujeito e construtor de sua própria história, para se contrapor à forma exógena de desenvolvimento que é construída historicamente, por pessoas oriundas de outras regiões ou países, que veem e utilizam a região a partir da perspectiva colonialista de exploração das riquezas naturais e do conhecimento dos próprios ribeirinhos.

Nesse sentido, a instituição escolar tem que se constituir uma das instâncias importantes para fomentar a construção de práticas sociais e culturais de existência. Para que se possibilite o desenvolvimento sustentável ambiental, social, cultural e econômico – a cultura como uma enorme teia, constituída de sistemas entrelaçados de signos e significados, com as quais "os homens se comunicam, perpetuam e desenvolvem seus conhecimentos e atividades em relação à vida" (GEERTZ, 1989, p. 23-24) –, considero indispensável a participação das populações rurais ribeirinhas nas discussões de programas e políticas de desenvolvimento da Região Amazônica.

Apesar de as Diretrizes Operacionais para a Educação Básica nas Escolas do Campo (2002) apresentarem a sustentabilidade e a ecologia como princípios norteadores do currículo, essa discussão acontece de maneira muito tímida na Escola Ivo Mainardi, como pode ser verificado através dos depoimentos explicitados anteriormente, em que as questões que emergiram com maior preponderância referiram-se à água, em uma situação em que a exploração da madeira é determinante na existência das pessoas que vivem nessa vila e na região.

É imprescindível criar mecanismos permanentes para que se discuta a questão da exploração da madeira em Breves, pois muitas vilas madeireiras que existiam no município já fecharam e transformaram-se em "vilas fantasmas", em face da escassez da madeira. Utilizo a expressão "vilas fantasmas" para definir as ruínas de antigas vilas que já foram economicamente ativas pelo comércio da madeira e, atualmente, só existem seus resquícios, em decorrência de um desenvolvimento insustentável, baseado em um modelo exógeno de exploração que beneficiou apenas os empresários.

Na Fotografia 13, a seguir, pode ser vista a Vila de Corcovado, que, durante muito tempo, se constituiu em um porto comercial de compra e venda de borracha e de madeira. Com o fim da comercialização desses produtos, a vila, que outrora era economicamente ativa, já não existe, conforme pode ser visualizado na Figura 14. Atualmente, restam apenas as ruínas e os resquícios de um projeto de desenvolvimento que não beneficiou à população que vivia no meio rural de Breves.

Figura 13 – Vila de Corcovado, economicamente ativa, registro histórico.
Fonte: TV Breves (2006).

Figura 14 – Vila de Corcovado atualmente.
Fonte: TV Breves (2006).

Podem ser citadas como exemplo, também as vilas da Lawton e de São Miguel. A primeira aos poucos perdeu seus moradores, que migraram, sobretudo, para a sede do município de Breves, e os que ficaram dependem do trabalho nas pequenas fábricas de cabo de vassoura.

A segunda vila mencionada, a de São Miguel, possuía uma grande empresa madeireira e, no tempo do auge da produção, havia muitos moradores, grandes comércios, posto de atendimento telefônico e até uma pista de pouso de aviões. Hoje, esgotados os recursos naturais, só restam poucas casas e um pequeno número de moradores que tentam recriar o espaço, pois, com a economia dependente do emprego na madeireira, deixaram de produzir a agricultura familiar, pescar, caçar para a subsistência. Situação que se sustenta no depoimento do Entrevistado 03, que afirma:

> Essa dependência total da empresa também é prejudicial à vila e à empresa, como já aconteceu em outras comunidades, como em Corcovado, na Lawton, nos Furtados, em várias empresas aqui no município, a qual as vilas sobreviviam da empresa. Quando a empresa parou, as pessoas passaram fome. Tiveram que mudar todas para a cidade, quem não se mudou para a sede do município acabou numa situação precária, nem de sobrevivência, mas uma situação sub-humana [...]. Se a comunidade ribeirinha da Vila Mainardi, da Vila Global não buscarem uma perspectiva de sustento pode ter certeza que elas podem também vir a ser prejudicadas futuramente (Gerente da empresa).

A situação de pobreza presente nas vilas onde as madeireiras foram extintas é a expressão da face mais cruel de um desenvolvimento que explorou, indiscriminadamente, a madeira da região, enriqueceu poucos indivíduos e, como consequência, muitas pessoas, atualmente, vivem em condições miseráveis de existência.

A grande preocupação incide em estar atento às peculiaridades históricas, sociais, culturais, ético-políticas e ecológicas da Amazônia marajoara ribeirinha de Breves, ambiente no qual a aprendizagem acontece cotidianamente, para entender essa realidade de forma relacional, sem se descolar de um cenário mais amplo, marcado por conflitos, poder e possibilidades.

Aproximações conclusivas: para deixar de "remar contra a maré"

Ao final deste texto, passo a refletir sobre os muitos amazônidas ribeirinhos da Ilha de Marajó, crianças e jovens, alguns hoje adultos, que tiveram que "carregar água na peneira"; como bem utiliza Esteban (2004) para descrever os esforços que vão por água abaixo, quando os alunos e as alunas não conseguem alcançar a aprendizagem. Em se tratando da educação ribeirinha, utilizo a metáfora e posso dizer "remar contra a maré".

O ato de "carregar água na peneira", por ela descrito, também poderia ser encantador e surpreendente, se fosse visto por pessoas atentas, que observassem o movimento da água caindo da peneira, os desenhos que a água faz ao cair no chão, os ruídos produzidos e as expressões das crianças ao se indagar sobre o desaparecimento da água. Seria fascinante e admirável também a ação de "remar contra maré", nos rios do Marajó, se as pessoas refletissem a respeito do movimento que os remos produzem sobre as ondas que se espalham com a passagem da canoa e, ainda, a propósito da importância que o rio tem para a população ribeirinha: rio-rua, rio-alimento, rio-espaço de vida e de morte.

O processo de "carregar água na peneira" ou de "remar contra maré" pode ser privilegiado com reflexões necessárias a quem se aventura entender o quanto a educação pode oferecer apenas um horizonte de possibilidades. O percurso único, o resultado homogêneo e o processo linear se tornam fragmentos descontextualizados de conhecimentos gerados pela diferença e negação das identidades, das culturas e dos saberes dos sujeitos, a qual ela se destina.

"A escola do meio rural, assim, é uma escola que, estando lá, está fora dali" (KNIJNIK, 2001, p. 142). Esse quadro descrito sinaliza para um grande desafio colocado à educação amazônica que é construir um planejamento curricular que se configure como um instrumento de construção coletiva, que privilegie o respeito às diferenças culturais e investigue os mecanismos que as produzem. Isso é um pré-requisito para promover o saber social, historicamente, construído à maioria da sociedade, para reconhecer e valorizar, democraticamente, a riqueza da diversidade e possibilitar que os diversos tipos de saberes dos povos da Região Amazônica e marajoara sejam parte constituinte dos conteúdos curriculares.

Além disso, o desenvolvimento ecologicamente justo e sustentado proposto para nortear as atividades curriculares e pedagógicas das escolas do meio rural, conforme recomendado nas Diretrizes Operacionais para as Escolas Básicas do Campo, deverá, inicialmente, priorizar o ser humano, pois não é possível pensar em preservar as florestas se os ribeirinhos, que delas dependem para sobreviver, continuarem em subempregos nas madeireiras, como é o caso dos moradores da Vila Mainardi, em Breves, Pará, *locus* de investigação deste estudo. Não dá para se pensar na sustentabilidade da terra sem pensar na sobrevivência do ser humano, que habita este planeta, que vive marginalizado pela fome, pobreza e exclusão social.

Figura 15 – Ribeirinho remando no entardecer marajoara.
Fonte: Ana Cláudia Cristo (2007).

Por isso, após a leitura desses escritos, se "nada ficar destas páginas, algo pelo menos, esperamos que permaneça: nossa confiança no povo. Nossa fé nos homens e na criação de um mundo em que seja menos difícil de amar" (FREIRE, 1987, p. 184) e que homens, mulheres e crianças do Marajó deixem de *remar contra a maré* em seu itinerário educativo e na sua constituição humana.

Referências

APPLE, Michel. W. *Ideologia e currículo*. Tradução de Carlos Eduardo Ferreira do Carvalho, São Paulo: Brasiliense, 1982.

ARAÚJO, S. M. S. *Cultura e escolas-de-fazenda na Ilha de Marajó: um estudo em Raymond Willians*. Doutorado (Tese) – Faculdade de Educação da Universidade de São Paulo. São Paulo, 2002.

BARBOSA, T. M. F. *Dinâmica dos sistemas de produção familiares da Ilha de Marajó: o caso do município de Cachoeira do Arari*. Dissertação (Mestrado) – Universidade Federal do Pará. Belém, 2005.

BRASIL. *Diretrizes Operacionais para a Educação Básica nas Escolas do Campo*. Resolução 01/2002 do CNE/CEB, nº1, Brasília, 2002.

BRASIL, Edson G. *Madeireiras derrubam cem mil árvores na Ilha de Marajó*. Disponível em: <http://www.brasiloeste.com.br/notícia/304>. Acesso em: 2007.

CORRÊA, S.R.M. Comunidades rurais – ribeirinhas: processo de trabalho e múltiplos saberes. In: OLIVEIRA, I. A. *Cartografias ribeirinhas: saberes e representações sobre prática sociais cotidianas de alfabetizandos amazônidas*. Belém: CCSE-UEPA, 2003.

ESTEBAN, M. T. Diferença e (des)igualdade no cotidiano escolar. In: MOREIRA, A. F. B. et al (Org.). *Currículo, pensar, sentir e deferir*. Rio de Janeiro: DP&A, 2004.

FLEURI, R. M. Educação intercultural no Brasil: perspectiva epistemológica da complexidade. *Revista Brasileira de Estudos Pedagógicos*, Brasília, v. 80, n. 185, maio-ago. 1999.

FREIRE, P. *Pedagogia do oprimido*. 26. ed. Rio de Janeiro: Paz e Terra, 1987.

GADOTTI, M. *Um legado de esperança*. São Paulo: Cortez, 2001.

GEERTZ, C. *A interpretação das culturas*. LTC, 1989.

GEPERUAZ. *Dados referentes à realidade das escolas multisseriadas no Estado do Pará*. Disponível em: <http://www.ufpa.br/ce/geperuaz/>. Acesso em: 2004.

WOODWARD, K. Identidade e diferença: uma introdução teórica e conceitual. In: SILVA. T.T. (org.) *Identidade e diferença*: a perspectiva dos Estudos Culturais. Petrópolis-RJ: Vozes, 2004.

KNIJNIK, G. Educação rural: nos silêncios do currículo. In: SCHMIDT, Saraí (Org.). *Educação em tempos de globalização*. Rio de Janeiro: DP&A, 2001.

LEFF, E. Prólogo. In: *A complexidade ambiental*. Tradução de Eliete Wolff. São Paulo: Cortez, 2003.

PADILHA, P. R. *Currículo intertranscultural: novos itinerários para a educação*. São Paulo: Cortez, 2004.

SILVA, M. A. P.; MALHEIRO, C. P. A face ribeirinha da orla fluvial de Belém: espaços de (sobre) vivência na diferença. In: TRINDADE JR. S. C. C. et al (Org.). *Belém: a cidade e o rio na Amazônia*. Belém: EDUFPA, 2005.

SILVA. T. T. (Org.). *Identidade e diferença: a perspectiva dos Estudos Culturais*. Petrópolis, RJ: Vozes, 2000.

TV BREVES. *Acervo fotográfico*, 2006.

WOODWARD, K. Identidade e diferença: uma introdução teórica e conceitual. In: SILVA. T.T. (org.) *Identidade e diferença*: a perspectiva dos Estudos Culturais. Petrópolis-RJ: Vozes, 2004.

Capítulo 9
Um professor, sua formação e subjetividade refletidas nas práticas pedagógicas

Ilsen Chaves da Silva

Contextualizando a construção do educador

Tudo vale a pena
se a alma não é pequena.
FERNANDO PESSOA

Para iniciar este trabalho preciso me reportar a uma manhã de inverno, daquelas que em nossa região transformam a paisagem. O verde, cor por excelência da região, cede lugar ao branco, e a serra se veste de noiva para esperar o sol que surge no horizonte, noivo brilhante, que vai percorrendo um céu tão azul que quase nos fere os olhos, tamanha sua limpidez.

Lembro-me, nessa manhã, como e quando conheci o professor que vou encontrar, para observar-lhe as práticas pedagógicas de sala de aula na escola multisseriada na qual trabalha.

Foi no primeiro semestre de 2004. Eu entrara pela primeira vez na turma de Pedagogia – Formação em Séries Iniciais e Educação Infantil – semipresencial[1] em Campo Belo do Sul. Trabalharia a disciplina de Fundamentos e Metodologia de Língua Portuguesa. Foi nessa ocasião que conheci o professor que me inspira esta escrita. Ele tinha, então, apenas 19 anos, havia terminado o Ensino Médio e

---

[1] Curso semipresencial: modalidade em que os alunos têm aulas às sextas-feiras (noite) e aos sábados (manhã e tarde), 15 aulas presenciais quinzenalmente, e um percentual de aulas semipresenciais, quando estudam, leem e organizam trabalhos.

tinha uma certeza: *queria ser professor*, conforme me contou logo que passamos a conviver como professora e aluno. Vale aqui ressaltar que o grupo do qual o referido jovem faz parte é constituído de valorosas(os) educadoras anônimas(os), às(aos) quais cabe realizar *a Educação do Campo* naquele município.

Ressalto ainda que escolhi um deles porque pertence àquela camada de profissionais da educação que realiza seu trabalho longe das honras e privilégios da academia, dispõe do mínimo no que se refere a materiais, equipamentos e outros recursos de tecnologia. Raramente são profissionais reconhecidos pelas próprias autoridades locais da educação, mas ao mesmo tempo se constituem em arautos em defesa das culturas locais, das tradições, e desempenham com dificuldade, mas também, com galhardia sua função de educadores, de conselheiros nas comunidades às quais pertencem, como auxiliares na igreja, padrinhos e madrinhas de muitas crianças, entre outras. Isso sem considerar a coragem, a bravura de que necessitam para conquistar sua formação enfrentando as distâncias, percorrendo-as a pé ou a cavalo, possuindo parcos recursos financeiros e com os finais de semana[2] preenchidos com aulas e muitas leituras.

O jovem acadêmico contou-me que trabalhara em uma serraria, o que lhe garantiu cursar o ensino médio. Os pais, morando no interior, foram a condição de subsistência na sede de Campo Belo. Porém, ao ingressar na Universidade, tornara-se impossível conciliar aquele trabalho com os estudos, agora acadêmicos. Em resumo: estava desempregado, teria que procurar outra atividade para sustentar-se, mas queria buscar seu sonho.

O dia em que conversamos estava muito triste, pensava em desistir, embora isso lhe custasse muito. Eu ouvia seu relato com atenção, queria ajudá-lo, mas não sabia como. Percebia em seu olhar, quase que uma súplica, uma vontade tão grande que chegava a desarmonizar-se com seu *biotipo franzino*, com sua estrutura física de garoto. Escutei-o e disse-lhe que aquietasse seu coração e que não desistisse do curso, pois tudo haveria de se ajeitar. E foi o que aconteceu: encaminhei-o para o setor responsável, e depois de algumas lutas, a Universidade concedeu-lhe uma bolsa de estudos.

Quando da visita relatada ele já frequentava o sexto semestre de Pedagogia, era responsável por uma escola multisseriada, e com apenas 21 anos já havia conquistado o respeito da comunidade com a qual trabalhava, e ainda trabalha, graças à seriedade, à responsabilidade e à formação que vem buscando e construindo desde a condição de aluno; além do entusiasmo com que realiza a docência. Transcrevo suas palavras textuais:

---

[2] Como esclarece a nota anterior, as aulas nesses cursos, para atingir o público-alvo – professores que trabalham durante a semana, muitos advindos do interior –, ocorrem às sextas à noite e aos sábados durante o dia todo.

Valeu a pena passar pelas mãos de uma brilhante educadora, a qual me motivou a aprender, a conhecer, a escolher ser cidadão. Valeram a pena as histórias por ela contadas, que faziam com que meus olhos brilhassem; valeram a pena os dias tristes de chuva que animávamos com teatros e risos. Valeu a pena ser curioso, ensinar os colegas depois que acabava minhas atividades, por que isso deixava minha alma feliz" (Autoria do professor protagonista deste artigo, referindo-se à escola e à professora da também escola isolada, denominação da época para a atual multisseriada).

Pode-se nitidamente perceber a importância das relações (interações) professor/aluno, as representações que se formam ao longo de nossas formações e constituição como os seres que hoje somos. Freire (1997, p. 49) vem ao nosso auxílio para elucidar e clarificar essa questão:

> Herdando a experiência adquirida, criando e recriando, integrando-se às condições de seu contexto, respondendo a seus desafios, objetivando-se a si próprio, discernindo, transcendendo, lança-se o homem num domínio que lhe é exclusivo – o da História e da Cultura.

A esse respeito, a importância da figura do professor na constituição do ser aluno, as representações que ele traz de escola, de professor(a), do ato de ensinar e aprender são determinantes na profissão docente. Prossegue Freire (1997, p. 98):

> Minha presença de professor, que não pode passar despercebida dos alunos na classe e na escola, é uma presença em si política. Enquanto presença não posso ser uma *omissão*, mas um sujeito de *opções*. Devo revelar aos alunos a minha capacidade de analisar, de comparar, de avaliar, de decidir, de optar, de romper. Minha capacidade de fazer justiça, de não falhar à verdade. Ético, por isso mesmo, tem que ser o meu testemunho.

A revelação do professor, quanto ao motivo primeiro de seu interesse pela profissão, remete-nos a categoria da *subjetividade dos professores*, fator relevante para Tardif (2002, p. 113), conforme segue: "Os professores de profissão possuem saberes específicos que são mobilizados, utilizados e produzidos por eles no âmbito de suas tarefas cotidianas".

Esse autor, dentre outros que têm escrito nas últimas décadas, numa linha histórico-cultural, não poderia deixar de resgatar o papel dos professores como sujeitos no processo de educar, trazendo, portanto, com eles trajetórias, vivências, saberes específicos ao seu ofício, ao seu trabalho. Enfatiza ainda: "nesse sentido, interessar-se pelos saberes e pela subjetividade deles é tentar penetrar no próprio cerne do processo concreto de escolarização, tal como ele se realiza, a partir do trabalho cotidiano dos professores em interação com os alunos e com os outros atores educacionais" (p. 113).

Tardif (2002) entende que é somente a partir de diálogo profundo com os professores que se pode entender a teoria e a prática educacional e realizar estudos e análises que façam sentido, pois ele considera o professor como ator competente, sujeito do conhecimento e recusa as visões reducionistas do professor apenas como técnico que aplica os conhecimentos produzidos por outros, ou como agente social cuja atividade é condicionada. Esse autor entende o professor como: "Um sujeito que assume sua prática a partir dos significados que ele mesmo lhe dá, um sujeito que possui conhecimentos e um saber fazer provenientes de sua própria atividade e a partir das quais ele a estrutura e orienta" (TARDIF, 2002, p. 115).

Acreditando nessa tese, quando me propus escrever este artigo sobre prática pedagógica, veio-me logo à lembrança a figura comprometida desse educador.

Ao longo do curso que ele frequentou e no qual atuei como professora e orientadora de estágio, conversamos muitas vezes, como parceiros, no sentido de buscarmos a utopia,[3] de realizarmos nossa parcela, mesmo que pequenina, para a transformação social. Ele sempre me falou de seu trabalho, de suas dúvidas e ansiedades, de seus limites e possibilidades, porém, sua prática de sala de aula, me era desconhecida, pois nunca tinha visto ou visitado seu ambiente de trabalho, a escola na qual ele já atuava há três anos.

Foi, então, que resolvi lhe propor a realização de algumas observações de sua prática, uma entrevista estruturada e algumas conversas. Propus também rememorar sua trajetória de formação, o que me daria subsídios para escrever sobre a escola multisseriada, *num primeiro momento*, a partir de seu trabalho, de seu fazer, do cotidiano de sua sala de aula, pesquisa esta que tem me envolvido há algum tempo. Ao dirigir-me à Secretaria de Educação Municipal, a fim de solicitar a autorização para realizar a observação, em conversa com a secretária percebi que estava no caminho certo. A própria secretária relatou-me que a comunidade na qual o professor trabalha já teria, por dois anos consecutivos, entrado com abaixo-assinados solicitando a permanência do professor, que não é efetivo, com medo de que ele fosse substituído por outra(o). Esse fato deu-me certeza da relevância da observação.

Uma pequena grande escola

Viajei toda a manhã. São duas horas e meia a distância que nos separa, incluindo parte asfaltada e uns 50 Km de estrada de chão. Finalmente cheguei à

---

[3] Utopia: A perspectiva utópica de Paulo Freire, em conformidade com a compreensão de Ernest Bloch, diz respeito à utopia concreta. Na obra *Conscientização: teoria e prática da libertação: uma introdução ao pensamento de Paulo Freire*, é explícita sua compreensão de que "o utópico não é o irrealizável; a utopia não é o idealismo, é a dialetização dos atos de denunciar e anunciar, o ato de denunciar a estrutura desumanizante e de anunciar a estrutura humanizante" (FREIRE, 1979, p. 27). A utopia freiriana está relacionda à concretização dos sonhos possíveis e decorre de sua compreensão da história como possibilidade, ou seja, a compreensão de que a realidade não "é", mas está sendo e que, portanto, pode vir a ser transformada.

Escola Municipal Vidal Ramos Júnior. É uma pequena e já um tanto envelhecida casa de madeira no alto do morro. Rodeada de muito verde, campos e matas que abundam na região.

Ao desembarcar da caminhonete do município, percebo o movimento da sala de aula. As crianças e o professor vêm ao meu encontro. Elas, um tanto tímidas, o professor, meio constrangido, apesar de já nos conhecermos há algum tempo.

A parte externa da escola revela as condições físicas precárias daquela instituição. Porém, ao avistar o seu interior pelo vão da porta que se abre, já posso perceber o cuidado que aqueles sujeitos têm com seu espaço de trabalho e construção do conhecimento. O assoalho reflete as nossas imagens como se fosse um grande espelho. As paredes de madeira, que me pareceram não terem recebido há muito uma "mão de tinta", estão, no entanto, enriquecidas e ornamentadas pelas mãos das crianças e do professor. Lá estão produções artísticas, escritos, elaborações singelas, mas de valor inestimável, pois são a expressão de seus saberes e fazeres.

Olho ao redor e conto 13 crianças sentadas ao redor, muito próximas umas das outras em dois círculos concêntricos circundando o professor. São crianças de várias idades e níveis, que numa classe seriada iriam do "encostado"[4] à 4ª série. No entanto, essas diferenças parecem muito "naturais" por fazer parte do seu cotidiano, tanto para as crianças quanto para o professor, que retoma suas atividades, após ter me recebido. Para minha pesquisa, porém, constitui-se em aspecto fundante acolher crianças de várias faixas etárias, diferentes níveis e trabalhar com a heterogeneidade. Encontrar maneiras de trabalhar com as diferenças fazendo delas elemento que favoreça a aprendizagem. Interessa-me muito entender como se estabelecem essas relações, como se dá esse processo. E, assim, aponta Rego (1997, p. 88):

> A heterogeneidade característica presente em qualquer grupo humano passa a ser vista como fator imprescindível nas interações de sala de aula. Os diferentes ritmos, comportamentos, experiências, trajetórias pessoais, contextos familiares, valores e níveis de conhecimento de cada criança e do professor imprimem ao cotidiano escolar a possibilidade de troca, de repertórios, de visão de mundo, confrontos, ajuda mútua e consequente ampliação das capacidades individuais.

Possivelmente seja este um dos grandes diferenciais dessas escolas, que nos auxiliarão para que possamos, também nas escolas seriadas, nas escolas urbanas, aproveitar as diferenças para que o enriquecimento do processo ensino/aprendizagem aconteça. Reconhecer e acolher a diversidade sem fazer dela obstáculo à interação, à troca, à partilha de saberes.

---

[4] Encostada: termo usado para as crianças que frequentam a escola sem estar devidamente matriculadas, por não estarem com a idade legal.

Move-me a curiosidade quanto aos procedimentos do professor. Ele trabalha um texto. Distribui primeiramente uma folha com o texto ilustrado e mimeografado para cada uma delas. Pede que façam a leitura silenciosa. Todas se debruçam sobre a folha, até mesmo o pequeno de cinco anos que ainda está "encostado".

Passados alguns minutos, o professor inicia o diálogo perguntando sobre o que leram. Chama-me a atenção um dos pequenos, pois é o primeiro a responder que o texto é: "A escola da bicharada".

Segue-se, então, toda uma conversa sobre a história. As crianças animadas, alegres, contam o que leram, opinam, supõem, sempre instigadas pelo professor, que, após essa exploração, pergunta quem gostaria de ler em voz alta. Impressionam-me todos aqueles dedinhos levantados junto com o coro de vozes infantis: "Eu quero, professor!"

Impossível nesse momento não trazer Freire (2003, p. 141), para a conversa: "A minha abertura ao querer bem significa a minha disponibilidade à alegria de viver. Justa alegria de viver que, asssumida plenamente, não permite que me transforme num ser 'adocicado', nem tampouco num ser arestoso e amargo".

É dessa alegria a que se refere Freire (2003) que falo em fusão entre a atividade docente e discente que, conforme o autor, é uma experiência alegre por natureza. É falso também tomar como inconciliáveis seriedade e alegria docente, como se a alegria fosse inimiga da rigorosidade. Penso que talvez o que falta no interior de muitas salas de aula, que as torna monótonas, desinteressantes, seja a alegria de ensinar e aprender. Pois, afirma-nos ainda nas suas próximas linhas o grande mestre Freire (2003, p. 142), "ensinar e aprender não podem dar-se fora da procura, fora da boniteza e da alegria".

Na sala de aula o professor oportuniza a todos os estudantes que leiam um pequeno trecho. Dos três que principiam a alfabetização (supostamente em uma escola seriada estariam na 1ª série), ele se aproxima e os auxilia na leitura de algumas palavras-chave. A partir do texto, discutem ainda outras possibilidades de final, momento em que o professor conversa com as crianças, problematizando a situação e instigando-as a encontrar saídas, busca com elas valores como: entreajuda, solidariedade, acolhimento do outro – o que realiza com muita propriedade –, trazendo ensinamentos para as suas vidas. A atividade culmina com a produção de um texto individual dos educandos.

As crianças que iniciam o processo devem desenhar e nomear os desenhos, todos trabalhando o mesmo tema. Devem também desenhar os animais e escrever uma frase sobre eles. Chama-me a atenção a variedade de verbos empregados, por exemplo: "O pato nada na lagoa", "A vaca dá leite", "O rato corre do gato", entre outros...

Cheguei a ler os textos e pude perceber criatividade, coerência e sentido em todos eles. Ressalto ainda que a alegria com que desenvolviam seus trabalhos resultava no orgulho de mostrarem suas produções.

Essa cena remeteu-me à distante Catalunha, sobre a qual estou investigando. Lá se desenvolve um importante projeto educacional objetivando implementar uma Educação do Campo que garanta qualidade, equilíbrio demográfico, que seja plural quanto a faixas etárias, séries e/ou quaisquer diferenças, em que a heterogeneidade é vista como elemento facilitador, como enriquecedor e não como problema. Falando da escola rural como um modelo de escola e uma escola modelo, Barrera (2004) coloca três diferenciais para a referida escola: "*atenção à diversidade, à flexibilidade e a uma metodologia que promova a autonomia, a responsabilidade e os hábitos de trabalho*".[5]

Pude perceber que os aspectos que naquelas terras são trabalhados para a obtenção de qualidade, nós os temos também aqui. Faltam-nos com certeza políticas públicas que garantam implementar nessas escolas capacitações específicas para os professores do campo e melhores condições de trabalho, embora com o que se tem já se possa observar trabalhos valiosos, como o que pude acompanhar.

Naquele momento refletia que a diversidade, quatro séries em um mesmo ambiente e com o mesmo professor; as diferenças étnicas; as faixas etárias que variam de mais ou menos seis a 12 anos; os conteúdos diferenciados; as atividades complementares à multisseriada – como o preparo da alimentação e limpeza da sala, que poderiam ser vistos em outro ambiente como aspectos negativos –, naquela escola e naquele momento, se mostraram como elementos facilitadores da aprendizagem, da socialização, da cooperação e do crescimento coletivo.

Essa afirmativa sustenta-se na observação das atividades pedagógicas propriamente ditas, no preparo, na distribuição, no consumo da merenda e na posterior organização e limpeza dos utensílios e do ambiente. O primeiro momento, ou seja, o trabalho de leitura e produção de texto constituiu-se em rica atividade de compartilhamento de saberes. Houve momentos em que as crianças trabalharam em duplas, auxiliando umas às outras, sem a preocupação com séries ou níveis. Essa *interação* teve continuidade na hora da organização das necessidades do grupo.

Na hora de preparo e distribuição da merenda, bem como na limpeza da sala e utensílios usados, as crianças maiores encarregaram-se das tarefas mais complexas em auxílio ao professor, enquanto que as menores ajudaram em tarefas mais simples, porém, todos se envolveram contribuindo de alguma forma.

Pude ainda perceber, baseada no modelo de escola da Catalunha, alguns outros aspectos como: atenção individual, métodos de trabalho próprios para

---

[5] Este trabalho é um conjunto de contribuições de membros da Secretaria e do GIER às jornadas, à visita da Conselheira (ou ministra), à Assembleia de MRPs. Setembro 2004. Secretaria da Escola Rural da Catalunha.

atender à diversidade e ainda metodologia que propicia a autonomia e os hábitos de trabalho, conforme relatei sobre a organização do grupo, na hora da merenda e na reorganização do espaço. A brincadeira, o período de recreio veio após a tarefa cumprida.

Observando o grupo e seu relacionamento afetivo e democrático com o professor, a expressão que me ocorreu para definir esse relacionamento foi "prática comprometida". Percebem-se relações humanas bastante intensas entre o professor e aquelas crianças, que se estendem entre os alunos. A situação remete-me novamente a Freire (2003, p. 65):

> A prática docente especificamente humana é profundamente formadora, por isso, ética. Se não se pode esperar de seus agentes que sejam santos ou anjos, pode-se e deve-se deles exigir seriedade e retidão. A responsabilidade do professor, de que às vezes não nos damos conta, é sempre grande. A natureza mesma de sua prática eminentemente formadora, sublinha a maneira como a realiza.

Considero importante ilustrar essas considerações com alguns depoimentos registrados na entrevista gravada com o professor:

Como é que você delimita os critérios de avaliação da produção das crianças?

> Assim, professora, eu conheço cada aluno que nem a "palma da minha mão". Assim, a gente vê no início do ano como é que elas estão. E a gente vai acompanhando o progresso delas dia a dia. O que elas conseguem. Vai acompanhando as dificuldades delas, vai vendo no que elas conseguem progredir, avançar.

Ao perguntar se ele compara uma criança com a outra, ele me responde: "Não, até por que cada uma é cada uma".

Peço que me descreva seus procedimentos diante do desafio de trabalhar com diferentes níveis, faixas etárias e séries:

> É assim, professora, às vezes você tá trabalhando alguma coisa que é de um nível de 3ª à 4ª série e alguém que tá na 1ª série vai acompanhando os outros, e eles mesmos vão se ajudando.
>
> Eu tenho alguns alunos aqui da 4ª série que acabam as atividades deles, e eu estou apurado... tenho que fazer a merenda, outro chama daqui, outro chama dali. Então eles vão ajudando os da 1ª série, os da 2ª, vão ajudando o colega do lado. Uns vão ajudando os outros, eles vão aprendendo na interação.

E como você encara isto? Resposta do professor: "Ah, sim eu acho ótimo".

Reflito sobre sua resposta e lembro-me de algumas categorias que almejamos, bem como alguns entraves que se apresentam quase que intransponíveis, tão difíceis de superar nas *escolas seriadas* como: heterogeneidade, respeito às diferenças, ritmos diferentes de aprendizagem, conhecimentos compartimentalizados, engavetados em disciplinas, séries, semestres...

Sonho por um instante. Busco a escola *ideal*, lembro-me da Escola da Ponte.[6] Crianças vivendo e convivendo, ajudando-se mutuamente, fazendo escolhas, construindo autonomia. Penso também por que todas aquelas crianças parecem tão interessadas? Mesmo as que apresentam um ritmo mais lento fazem questão de terminar suas atividades.

Pergunto ainda: mas, no fundo, então, você me diria que trabalhar com as quatro séries fica difícil por um lado, que você tem que trabalhar bastante, mas tem vantagens nessa troca? "Com certeza, com certeza, muitas vantagens".

Fale sobre elas:

> Assim... eu trabalhei ainda essa semana... não a semana passada, com fábulas, você sabe? Histórias, essas coisas assim, que no final têm uma moral, onde você pode tirar um monte de aprendizado, para trabalhar com eles no sentido ético também. Porque as fábulas sempre dão uma moral. Primeiro a gente lê. Lê para eles, eles acompanham a leitura; depois se é uma história fácil de ser dramatizada, às vezes eles dramatizam. A gente também vai conversando sobre esse texto. Eles respondem questões, e aí a gente também ensina gramática dentro do texto. A gente vai retirando algumas coisas do texto para chamar atenção, pra que eles possam melhorar a escrita, tudo dentro das histórias das fábulas, ou dos textos deles mesmos.

Alegrava-me o entusiasmo do professor e, ao mesmo tempo, procurava entender a motivação das crianças observadas, uma vez que, quando conversamos com outros professores, quase sempre se ouvem frases como: "Essas crianças são terríveis, esta ou aquela apresenta dificuldades, com fulano já desisti, ele não aprende". Porém, em nenhum momento da entrevista ou da observação, escutei afirmações semelhantes nem percebi criança alguma se negando a participar.

Talvez, tenha a ver com aquilo que dizemos: *fazer sentido*. Para elucidar, busco Vasconcellos (2004, p. 62), ao dizer que:

> Para que o sujeito se debruce, coloque sua atenção sobre o objeto, este deve ter um significado, ainda que mínimo num primeiro momento. Aqui se encontra a primeira grande preocupação que o educador deve ter na construção do conhecimento: a proposta de trabalho deverá ser significativa para o educando, sendo essa uma condição para a mobilização para o conhecimento. Se a mobilização é a meta, a significação inicial é o caminho.

No contexto em questão, o educador transmite tanto entusiasmo, tamanha convicção da importância da escola e da escrita, do conhecimento para a vida

---

[6] Escola da Ponte: localizada no norte de Portugal, cerca de 30 km da cidade do Porto, em Vila das Aves. É uma escola pública que se apresenta como uma alternativa diferente. Não há salas de aula, turmas, séries ou currículo, não existe diferença hierárquica entre professores e alunos e não há exames finais.

das pessoas; sua motivação é tão contagiante que as crianças encontram-se também imbuídas desse espírito. Parafraseando Vasconcellos, primeiro acontece o processo de vinculação ativa do sujeito (aprendente), aproximando-se do objeto do conhecimento – ele, sujeito que dedica sua atenção ao objeto, para construir sua própria representação. Desenvolver uma educação significativa implica atividades que tenham relevância para a educanda(o) para a educadora(or), vinculadas a alguma finalidade, plano de ação da(o) educanda(o) (VASCONCELLOS, 2004, p. 62-63).

O referido autor continua defendendo a ideia de que algumas pessoas (estudantes e professores) deveriam antes iniciar o processo de conhecimento, fazer uma aprendizagem a qual ele chama "despertar para o desejo de interagir". Essa afirmação nos apresenta muito pertinente, quando observamos esse momento e, ao mesmo tempo, comparamos com outras cenas presenciadas em outras instituições, tais como: inércia na sala de aula, professores cansados, desanimados, incrédulos quanto a sua capacidade, levados pelos mais diversos motivos, pelas próprias condições de vida, de trabalho, de relações sociais injustas, entre outras. Porém, este não é o caso nem do professor nem das crianças da Escola Multisseriada Municipal Vidal Ramos Júnior, no município de Campo Belo, região denominada Dela Costa.

Pergunto-me, de repente, o que esse professor, essas crianças, essa escola têm que tantas outras não têm? E a resposta óbvia é de que as diferenças não estão nas condições físicas, pois nem luz elétrica essa escola tem. Ela não dispõe de equipamentos sofisticados, o quadro de giz é pequeno. Os livros são escassos, mas entre eles estão alguns de leitura do professor. Entre eles: Miguel Arroyo e Paulo Freire, leituras desenvolvidas no curso de graduação. O equipamento mais moderno de seu trabalho é um mimeógrafo, recebido da Secretaria de Educação para enriquecer e agilizar um pouco mais as aulas.

No entanto, as crianças que iniciaram a 1ª série no início do ano estão lendo. Crianças oriundas das classes populares, do campo, produzem textos com sentido, resolvem problemas refletindo e tendo como base a economia familiar.

Diante do visto e vivenciado nessa escola, e comparando à realidade desalentadora com as quais convivo, até mesmo no meio urbano, onde as escolas possuem outras e, às vezes, melhores condições; diante também da necessidade de promovermos a mudança nos espaços escolares, no sentido de ressignificá-los para nossos educandos, que em grande parte já não sentem nenhuma motivação para a aprendizagem; percebendo a desesperança os estados de "não vida" presentes nesses mesmos ambientes, ouso tirar algumas conclusões inconclusas, conforme Paulo Freire, as quais exporei a seguir.

Considerações finais

A primeira grande constatação a partir dessa experiência é referente à importância da formação do professor, o que lhe garante um olhar mais apurado sobre sua realidade, sobre seu próprio papel, provocando-o para o compromisso social de educador, de líder comunitário e de referência, ainda mais significativamente, o do meio rural. Sendo assim o educador necessita ter formação, compromisso político e consciência crítica.

Como resposta à minha pergunta da pesquisa: as práticas do professor valem-se da heterogeneidade para realizar interações significativas? Sem sombra de dúvida, aquilo que, para alguns profissionais, se apresentaria como um problema, para esse professor, durante minhas observações, constituiu-se como solução. Aproveitando as teorias estudadas, ele mesmo (o professor) chama Vygotsky para me afirmar que se aprende na "interação", a qual é por ele estimulada. Pude realmente perceber na observação as relações entre professor-aluno, bem como entre aluno-aluno, como formas significativas de aprendizagem e interação.

Outro ponto importante que pude perceber foram as várias disciplinas integradas, transcendendo as séries e respeitando o ritmo e nível dos sujeitos. Os conhecimentos abordados são os conhecimentos da vida, da cultura e do interesse local, partindo daí para o universal. O professor é da região e com ela se identifica, e é a partir dali que eles olham o mundo.

Sinto que nessa escola, mesmo com seus limites e suas possibilidades, tanto estruturais, relacionadas ao próprio professor ainda em formação, quanto das crianças que trazem seus saberes, mas também seus preconceitos em relação ao fazer da escola, acontece algo muito especial. As relações humanas que lá se estabelecem, a pedagogia da esperança vivida pelo professor e a consequente contaminação dos educandos fazem daquele espaço um lugar bom para se viver, para aprender, crescer e construir juntos.

A partir disso, pode-se alimentar a utopia possível, a qual se luta por meio de formação inicial e continuada, políticas públicas que favoreçam as escolas rurais multisseriadas ou não, estruturas dignas para comportar espaços e aprendizagem. Podemos resgatar uma educação de qualidade que dê conta de formar homens e mulheres autônomos, agentes de seus próprios destinos, seja no meio rural ou urbano.

Referências

BARRERA, Marta. *Escola Rural: un model d'escola i una escola model*. Secretariat Catalunya Esola Rural, 2004.

BRASIL. CNE/CEB. *Diretrizes operacionais para a educação básica nas escolas do campo*. Ministério da Educação. Resolução CNE/CEB, n. 1-3, abr. 2002.

FREIRE, Paulo. *Conscientização: Teoria e prática da libertação – uma introdução ao pensamento de Paulo Freire*. São Paulo: Cortez & Moraes, 1979.

FREIRE, Paulo. *Pedagogia da autonomia: Saberes necessários à prática educativa*. 28. ed. São Paulo: Paz e Terra, 2003. 165p.

REGO. Teresa Cristina. *Vygotsky. Uma perspectiva histórico-cultural da educação*. 4. ed. Petrópolis: Vozes, 1997. 138p.

TARDIF. Maurice. Os professores enquanto sujeitos do conhecimento: subjetividade, prática, e saberes no magistério. In: CANDAU. Vera Maria (Org.). *X ENDIPE, Didática, Currículo e Saberes Escolares*. 2. ed. Rio de Janeiro: DP&A., 2002. 200p.

VASCONCELLOS, Celso dos S. *Construção do conhecimento em sala de aula*. 15. ed. São Paulo: Libertad, 2004. 141p.

Capítulo 10
Possibilidades de estruturação curricular das escolas no campo a partir das representações sociais dos jovens do campo

Wiama de Jesus Freitas Lopes

> *Quando eu falo o pensamento vem dum outro mundo. Um que pode até ser vizinho do seu, vizinho assim, de confrontante, mas não é o mesmo. A escolinha cai-não-cai ali num canto da roça, a professorinha dali mesmo, os recursos tudo como é o resto da regra de pobre. Estudo? Um ano, dois, nem três. Comigo não foi nem três. [...] Parece que essa educação que foi a sua tem uma força que tá nela e não tá. Como é que um menino como eu fui mudá num doutor, num professor, num sujeito de muita valia?*
>
> ANTÔNIO CIÇO
> (Antônio Cícero de Sousa, conhecido por Ciço, lavrador de sítio na estrada entre Andradas e Caldas, no Sul de Minas. Entrevistado por Carlos Rodrigues Brandão em 1982)

O pressuposto teórico-metodológico das representações balizando o recorte

Conforme se pode constatar na epígrafe, a educação, dentre o universo cultural dos sujeitos do campo, possui uma referência que fala por si. Possui um poder atribuído que persiste de algum modo às constatações de suas limitações infraestruturais e administrativo-pedagógicas das escolas que trazem parte de sua constituição. Dentre tantas outras ideias suscitadas pela fala de Ciço, entrevistado por Brandão (1982), a representação que possui a educação e, por consequência, a escola se caracteriza por um sério elemento de distinção. Uma distinção que faz de todos os iguais, em algum ponto de suas vidas e, em função do conhecimento ao qual tem contato, promove um ser diferenciado, "sujeito de muita valia", homem de "destino virado" em função de um "saber completo".

Neste artigo estabeleço uma incursão na tarefa de apontar as condições de diferenças e desigualdades socioculturais que estão imbricadas no sentido de ser jovem no campo, em contraste com o currículo das escolas do campo que possuem. Além de buscar a definição de juventude no campo e suas caracterizações a partir das diferenças e desigualdades que também é mote de estudos deste ponto do trabalho. Desta forma, fazer uma análise de alguns dados da pesquisa de mestrado que desenvolvi sobre as representações sociais dos jovens do campo acerca de suas escolas, observando a intersecção representações sociais; educação *do* campo e processo de formação dos jovens *no* campo.

O ensino que cabe à escola oferecer aos jovens do campo, hoje, possui diversas maneiras nas quais está sistematizado e/ou legitimado pela oficialidade. Uma das propostas mais comuns adotadas por grande parte dos sistemas educacionais municipais é a estratégia de nucleação das escolas, garantindo o transporte para fazer frente a essa problemática da dispersão dos jovens, mas efetivamente o que acontece é uma nucleação na cidade. As principais discordâncias a essa perspectiva de ordenação educacional são as de que promove um desmonte do campo, com o agravante de que a relação de pertencimento comunitário fica comprometida, e a identidade do campo não é reconhecida na cidade, em muitas ocasiões, tomada como objeto de discriminação.

Em paralelo à prática de nucleação das escolas de jovens campesinos, existem propostas metodológicas e programas educacionais fragmentados, desarticulados e insuficientes, que promovem algumas ações de ordem pedagógica e administrativas nas Secretarias Municipais de Educação, como o caso do Projeto Escola Ativa do Fundo de Fortalecimento da Escola (Fundescola). No entanto, tais ações não dão conta do debate sobre as especificidades do campo nem da demanda real pelo acesso e pela permanência com sucesso e qualidade à escolarização. O sucesso que se tem obtido com propostas metodológicas de escolarização dos jovens do campo, em sua maioria, vem dos movimentos sociais que militam em prol da Educação do Campo, quer seja com foco na juventude ou nas demais categorias de trabalhadoras e trabalhadores que vivem, produzem e preservam no campo.

Segundo Caldart (2005), é preciso elaborar políticas públicas como expressão de uma política nacional e não de departamentalização via estados ou especificidades culturais de áreas habitadas, tais como ribeiras, florestas, fazendas, ilhas, matas, cerrado e espaços de mineração. Políticas públicas que possibilitem formação de professores, financiamento e garantia de estruturação de redes municipais de ensino que evitem o deslocamento dos estudantes do campo para a cidade, balizada numa proposta pedagógica que se paute em princípios que vejam o campo como espaço próprio de vida e de realização coletiva e pessoal.

O processo de realização pessoal e coletiva, por sua vez, está inerentemente imbricado com as estruturas das representações sociais estabelecidas entre os jovens do campo. E, em nossa análise, especificamente nos interessa a relação dessas representações para com as escolas que a juventude campesina possui no campo, onde formam suas bases identitárias.

Para elucidar representações sociais como elementos de análise do processo de interação dos jovens do campo para com suas escolas, pode-se afirmar que o termo "representações sociais" corresponde a estudos psicossociológicos relacionados a uma forma de conhecimento prático que auxilia na internalização e interpretação de nossa realidade. Movimento este feito de forma inconsciente e manifestado pelo imaginário coletivo. Não se trata simplesmente de reprodução de comportamentos, mas de construção, e é na comunicação que comporta uma parte de autonomia e de criação individual ou coletiva (EIZIRIK, 1999). Haja vista que "a representação é, portanto, construída através das diversas relações de comunicações sociais e dos seus diferentes discursos" (OLIVEIRA, 2005, p. 167).

Os aspectos centrais na construção da representação social são apontados, conforme Jovchelovitch (2000, p. 75-76):

> a) o caráter referencial da representação (ela é sempre uma referência de alguma coisa para alguém) [...]; b) o caráter imageante e construtivo que a faz autônoma e criativa [...]; c) sua natureza social – as categorias da linguagem que a estruturam provêm de uma cultura compartilhada.

O fato de ainda haver considerações que definam teoricamente a Teoria das Representações Sociais faz-se necessário a esta altura do texto em função da incursão que será feita na leitura das representações manifestas nas falas dos sujeitos desta pesquisa, havendo sua consequente ressonância tanto na caracterização de seus comportamentos, quanto no fato de lê-las a partir de um construto teórico-metodológico referendado em Denise Jodelet (2001).

A estrutura da representação social é estabelecida em uma dimensão interseccionada a partir da interação social e da constituição psicológica do indivíduo. Na base da dimensão social está a cultura, os códigos linguísticos e os princípios valorativos dos sujeitos – quer estejam observados em seus segmentos sociais específicos, quer sejam vistos de modo individualmente. Segundo Jodelet (2001, p. 42), as representações sociais se estruturam também no plano psicológico,

> Mais especificamente, no plano cognitivo, as representações sociais possuem três propriedades principais: a reprodução coerente e estilizada das propriedades de um objeto sobre o plano cognitivo, a fusão entre o conceito e a percepção que se manifesta por seu caráter concreto e formador de imagens e a atribuição de valor significante que, por sua vez, dá conta das qualidades extrínsecas e intrínsecas do objeto.

As representações sociais também se caracterizam como percepção objetiva de compreensão e internalização do mundo. Sobretudo em função do modo de ser, agir, pensar e comportar-se que se definem pelas interações sociais do cotidiano. Segundo Spink (1995), as representações sociais possuem fortes caracteres de conhecimento prático e são mais comuns estarem relacionadas às compreensões sociológicas que estudam o conhecimento do senso comum. A autora ainda considera que o sujeito possui uma evidente participação na elaboração de suas próprias representações sociais. De forma pessoal, adota pra si, em perspectivas de respostas ou posturas deflagradas, as tendências de ser do grupo no qual interagem.

Para Jodelet (2001, p. 36), o conceito de representações paira sob "uma forma de conhecimento, socialmente elaborada e partilhada, tendo uma visão prática e concorrendo para a construção de uma realidade comum a um conjunto social" em contextos extrínsecos de formação dos sujeitos.

As representações sociais, apresentadas *a priori* como uma *grande teoria*, possuíram como precursor Serge Moscovici, que, a partir da década de 1960, lançou mão dos estudos de Émile Durkheim acerca de representações coletivas. Entretanto, em uma nova perspectiva, valorizou com maior intensidade as relações de apreensão entre o indivíduo e a estrutura social. Segundo Sá (1998, p. 169), uma especificidade dentro da perspectiva social, diferente daquela a qual Durkheim dedicou-se.

Jodelet (2001, p. 22) conceitua representações sociais como um:

> Sistema de interpretações que regem nossa relação com o mundo e com os outros – orientam e organizam as condutas e as comunicações sociais. Da mesma forma, elas intervêm em processos variados, tais como a difusão e a assimilação dos conhecimentos, o desenvolvimento individual e coletivo, a definição das identidades pessoais e sociais, a expressão dos grupos e as transformações sociais.

Neste sentido, os jovens do campo, como sujeitos sociais que são, possuem profundas marcas de identificação instauradas pelas representações sociais. Parte delas são estruturadas e estruturantes da visão de suas escolas no campo. Suas representações acerca da escola do campo podem nos dar o significado do quanto a escola pode contribuir ou entravar o processo de identificação cultural e de formação humana dos jovens campesinos. Suas relações de pertença social e de ancoragem nas representações sociais relativas à escola que possuem no campo nos darão a precisão do significado da escola. Dar-nos-á o dimensionamento da real função social que a escola do campo tem concebido para as juventudes do campo.

Apresentando os sujeitos da pesquisa

Foram sete comunidades de campo escolhidas em Bragança, no Pará, para que a pesquisa fosse desenvolvida. A escolha das comunidades se deu em função de suas condições regulares de transporte e pela vantagem comparativa devido a suas localizações geográficas, polarizando núcleos de atendimento administrativo da rede. O que resultou, partindo desses critérios, o destaque da porção leste do município. A distância média das sete comunidades à sede do município é de aproximadamente 25 Km. O tempo de acesso a essas comunidades varia dependendo das condições pluviométricas, ao longo do ano, e das circunstâncias em que se encontram as estradas em função das chuvas. Contudo, em períodos propícios para viagens e sem chuvas constantes, é comum em uma média de distância de 25 Km o percurso durar até 3h – com curtas paradas para embarques e desembarques em localidades intermediárias, com partida de Bragança.

O grupo de comunidades selecionadas para a pesquisa foi composto pelos vilarejos de Acarajozinho, Acarajó Grande, Bacuriteua, Cajueiro – Campos de Baixo, Vila dos Pescadores de Ajuruteua, Flecheira e Tamatateua. Essas comunidades estão localizadas no campo do município de Bragança do Pará; nelas realizei as entrevistas com jovens lá residentes, que foram os sujeitos desta pesquisa. Com entrevista semiestruturada foram entrevistados três jovens de cada uma das comunidades supracitadas. O ponto de redundância deu-se somente na 15ª entrevista realizada com os jovens do campo, em suas próprias comunidades.

Ao todo foram entrevistados 24 sujeitos.[1] Destes, 15 foram jovens do campo que estudam no campo; quatro membros do Sindicato de Trabalhadores Rurais de Bragança; três técnicas da Secretaria Municipal de Educação de Bragança; e dois membros da Cáritas Brasil,[2] jovens que militam na articulação do setor da juventude da Cáritas. Os jovens que foram entrevistados necessariamente estavam estudando regularmente na escola da comunidade,[3] estiveram dispostos a

---

[1] Que por motivos éticos serão resguardados seus nomes. Procedeu-se atribuição do número de ordem em que o Jovem do Campo fora ouvido ao longo da coleta de dados desta pesquisa; atribuindo-lhe a inicial "J" que tem precedido o numeral relativo à sua ordem de contato como sujeito desta pesquisa.

[2] A Cáritas Brasileira é uma instituição ligada ao setor progressista da Igreja Católica e tem como missão testemunhar e anunciar o Evangelho de Jesus Cristo, defendendo e promovendo a vida e participando da construção solidária de uma sociedade justa, igualitária e plural, junto com as pessoas em situação de exclusão social. É uma instituição que faz parte da Rede Cáritas *Internationalis*, de atuação social, composta por 162 organizações presentes em 200 países e territórios, com sede em Roma. Organismo da Conferência Nacional dos Bispos do Brasil (CNBB), criada em 12 de novembro de 1956, e é reconhecida como de utilidade pública federal. Disponível em: <http://www.teste.caritasbrasileira.org/quemsomos.php?pag=1>. Acesso em: 7 jul. 2007.

[3] O nome das escolas de cada comunidade também será resguardado por motivos técnicos, uma vez que, no procedimento de pesquisa, o acesso a elas foi, no geral, feito junto aos professores. O que não garante a anuência para com a publicização de nomes dos outros agentes da ação educativa de cada escola que não se faziam presentes por ocasião da coleta de dados, tais como: os supervisores pedagógicos, gestores das unidades, técnicos administrativos da SEMED Bragança e de alguns representantes das comunidades em que a pesquisa fora procedida.

colaborar para com a entrevista e, por fim, foram escolhidos por amostra aleatória simples de agrupamento, no intuito de que fossem coletadas suas representações sociais acerca das escolas que frequentam no campo.

A seguir encontra-se a tabela com as classificações dos sujeitos desta pesquisa de forma melhor concatenada.

Tabela 1
Apresentação dos sujeitos da pesquisa, em sua totalidade e por faixa etária definida

Total de entrevistados	De 09 a 13 anos		De 14 a 18 anos		De 19 a 23 anos		De 24 a 30 anos		Acima de 30 anos	
	Masc.	Fem.	Masc.	Fem.	Masc.	Fem.	Masc.	Fem.	Masc.	Fem.
24	1	1	10	2	3	-	-	-	2	5

Fonte: Elaborada pelo autor, 2008.

No levantamento de dados, além dos jovens do campo, para que possamos desdobrar melhor as práticas de *inclusão-exclusão* na ação educativa no campo, outros informantes foram consultados, mesmo não se caracterizando sujeitos diretos desta pesquisa, que foram professores das respectivas escolas das comunidades pesquisadas, dois pais de alunos, bem como a assessora de gabinete daquela Secretaria Municipal de Educação. Seus depoimentos serviram de referendo às conclusões tiradas das condições de gestão e organização das escolas do campo em que a pesquisa se deu. Entretanto, seus posicionamentos não aparecem neste trabalho pelo tempo necessário para garantir-se a análise, com maior consistência, das representações sociais dos jovens do campo a respeito de suas escolas.

Apresentando os indicadores da pesquisa

A pesquisa de campo deste trabalho foi realizada por intermédio de entrevistas coletadas a partir de um roteiro de "questões mais ou menos abertas levadas à situação da entrevista na forma de um guia [...]. Assim o entrevistador pode e deve decidir, durante a entrevista, quando e em que seqüência fazer quais perguntas" (FLICK, 2004, p. 106). O que também caracteriza uma entrevista semiestruturada.

Isso para que fosse facilitado o processo de identificação das representações dos jovens do campo manifestadas em suas falas. Vale ressaltar que, em relação às representações sociais, se pode "afirmar que elas correspondem a um corpo organizado de conhecimentos graças aos quais os homens tornam inteligível o mundo físico e social, se integram a grupos e promovem trocas em suas relações cotidianas" (MOSCOVICI, 1979, p. 17-18). Desta forma, corroboram para uma identificação sociocultural no que tange ao estabelecimento de relações dos jovens entrevistados em seus respectivos contextos vivenciais e na estrutura social pela qual se formam. Pois "em sociedades cada vez mais complexas, como a contemporânea, na qual a comunicação cotidiana é cada vez mais mediada pela comunicação de massa, as representações e símbolos podem se tornar a matéria mesma sobre a qual se assenta a definição das ações dos indivíduos" (GUARESCHI; JOVCHELOVITCH, 1994, p. 17-25).

Portanto, devo apresentar os indicadores levantados das entrevistas e que nos remete às categorizações que os próprios sujeitos do/no campo foram delineando em função de suas falas. Para se entender o surgimento destas categorizações, convido o leitor a consultar o roteiro utilizado da entrevista semiestruturada.

A seguir apresento, de forma bastante sucinta, os desdobramentos das análises dos indicadores desta pesquisa. Estes sempre são lidos a partir de questões fundamentais que determinam o processo de inclusão-exclusão, enfocando os nexos estabelecidos com a *libertação* e a *liberdade*, que, por sua vez, não podem ser compreendidas à parte de uma consistente reflexão que considere a *subjetividade* e a *história* como elementos de constituição das realidades sociais nas quais vivem os sujeitos desta análise. Os estudos de Dussel (1995) colaborarão nesta incursão anunciada.

A que serve a escola nas representações sociais dos jovens do campo acerca da própria escola

Trabalhando o primeiro indicador do quadro temático constituído nesta pesquisa, podemos averiguar que, quando considerada a função ou importância da escola na estrutura aberta de diálogo, os jovens do campo, por intermédio dos sujeitos identificados na terceira coluna do Quadro 1,[4] preponderantemente ressaltaram que a escola serve para: a) possibilitar melhoria de vida; b) educar e c) conscientizar e formar opiniões. Conforme pode ser constatado:

Quadro 1
Apresentação da categoria temática: *A que serve a escola?*

Categoria temática	Eixos	Sujeitos que referenciaram
A que serve a escola?	Possibilidade de melhoria de vida; conseguir um emprego	J7 / J8 / J11 / J12 / J13 / J14 / J15 / J16 / J17 / MSTRB 21
	Para educar	J15 / J17
	Para conscientizar. Para formar opiniões	J1 / J2 / TSB 3

Fonte: Elaborado pelo autor, 2008.

---

[4] Houve vários cortes de tabelas e quadros em relação ao que está originalmente disposto na dissertação que deu origem a este texto.

Houve a necessidade de percentualizar-se o quantitativo dos sujeitos entrevistados em função do tratamento dos dados na teoria das representações sociais e, em segundo plano, em função de analisarmos de forma mais precisa os enunciados dos jovens do campo.

Preponderantemente, a educação no campo, vista pelos jovens do campo, possui uma condição essencial de garantia para a melhoria de vida.[5] Entretanto, em suas falas, ressaltam o emprego como ideal primeiro para preparo e consecução, conforme pode ser constatado nos trechos das entrevistas a seguir, por ocasião de quando perguntado qual era a importância da escola, para eles, jovens do campo. Alguns trechos podem ser destacados, tais como:

> Porque eu gostaria de passar da 8ª série. Gostaria de fazer uma faculdade. Arranjar um bom emprego, um emprego melhor. E ajudar a minha família (J16. Comunidade da Flecheira, 29/12/2007).
>
> Ajuda a melhorar nossa vida; assim [...] bem empregado. Tocar as coisas pra frente. Pra um dia a gente poder ajudar melhor a nossa família (J17. Comunidade Cajueiro – Campos de Baixo, 29/12/2007).

Nesse contexto, pode-se afirmar que os jovens do campo, em proporção coletiva, partilham socialmente uma perspectiva de escolarização em função do emprego. Para elucidar melhor a dicotomia inerente a esse pensamento no campo, deve-se ressaltar que há uma diferenciação entre emprego e trabalho e que essa compreensão de emprego pode denunciar a internalização de um discurso externo ao campo e com elementos simbólicos que esvaziam a potencialidade do sentido de *trabalho* no campo. Emprego e trabalho não são a mesma coisa. Mesmo tomados cotidianamente dentre as massas como sinônimos, possuem sentidos diferentes. O termo *trabalho* existe desde a instauração do processo (in)consciente da interação homem-natureza-apropriação, segundo Bottomore *et al.* (1996), o trabalho existe desde o momento em que o homem começou a fabricar utensílios e ferramentas para facilitar seus procedimentos de atuação no processo de interação na natureza. Ainda, segundo os autores, o emprego é fruto da apropriação da força de trabalho, da subjugação do operário em meio à estrutura capitalista de produção, sobretudo, oriundo da Revolução Industrial. Em suma, para Bottomore *et al.* (1996, p. 773),

> *Trabalho* é o esforço humano dotado de um propósito e envolve a transformação da natureza através do dispêndio de capacidades físicas e mentais [...]. Enquanto *emprego* é a relação, estável, e mais ou menos duradoura, que existe entre quem organiza o trabalho e quem realiza o trabalho; que, por sua vez, não é possuidor dos bens e meios de produção.

---

[5] Segundo a pesquisa desenvolvida no decorrer da dissertação, exatamente 60% dos jovens do campo possuem essa ideia em relação à importância da escola.

Contudo, a despeito da diferenciação entre trabalho e emprego, o que prepondera dentre os jovens do campo é a perspectiva do emprego. E, conscientemente, os jovens do campo, no geral, podem até não desdobrar de modo preciso essa diferenciação conceitual, mas têm o conhecimento da relação mais ou menos duradoura e relativamente estável que possui um vínculo de emprego. Para os jovens, estes são elementos de sedução que lhes atraem e consubstanciam suas perspectivas. O fato de o *emprego* estar dentre as representações sociais dos jovens do campo deve levantar um questionamento relativo à representação dentre o pensamento coletivo dos jovens do campo. De que lugar e de quais agentes parte a intenção pelo emprego dentre os jovens do campo? Por que o trabalho, como possibilidade coletiva de produção, não tem a mesma intensidade de projeção ou de perspectiva? A que se deve a intenção desagregadora e individual pela preparação para o emprego, via escola do campo? Certamente essas questões exigem outra pesquisa para o desdobramento de suas considerações. Acresceria a esse contexto que:

> As referências da realidade vivida são intermediadas por signos desconectados de seus referenciais convencionais sociais e que, por isso, produzem uma representação distante da realidade experienciada. Sendo assim, o espetáculo da aparência substitui a representação da relação entre o sujeito e o mundo. Penso que a condição imposta ao sujeito, pela dissociação entre a realidade vivida e a sua representação, é a inibição de qualquer reflexão crítica acerca de si e de novos referenciais para a sua vida (NASCIMENTO, 2002, p. 63-64).

Contudo, pode-se aferir que, no contexto vivencial dos jovens do campo, tendo em vista o anseio pelo emprego, há discursos mais preponderantes que não àqueles validados pelos movimentos sociais que percebem o trabalho como vital para a organização social dos espaços campesinos; bem como o princípio de alteração do paradigma das relações sociais de produção. O que contrasta com a possibilidade de empresas autogestionárias, cooperativas, associações ou quaisquer outras dinâmicas de ordenamento para geração de trabalho e renda que sejam formatadas a partir da concepção da economia solidária.

Inclua a esse contexto de questionamento a relativização da importância do trabalho, como alternativa cultural de promoção da qualidade de vida coletiva no campo que, por sua vez, pode potencializar tanto a democracia quanto a prática cooperativa e o consequente processo de autorreflexão sobre suas bases e relações de produção.

O que os jovens esperam da Escola: elementos destacados de suas representações

Dando espaço à elucidação do pensamento dos jovens do campo, por intermédio do diálogo, nas entrevistas, também foram focados os anseios desses jovens em relação à escola que possuíam. De suas falas foram extraídos e quantificados os eixos pelos quais foram delineando seus anseios em relação à escola (Quadro 2).

Quadro 2
Apresentação da categoria temática:
O que os jovens esperam da escola?

Categoria temática	Eixos	Sujeitos que referenciaram
O que os jovens esperam da escola?	Uma educação diferenciada, que atenda as especificidades do campo	J1 / J2 / MPJR 2
	Melhor qualidade de vida	J7 / J8 / J11 / J15 / J16
	Currículos mais próximos as suas realidades	J2 / MPJR 2 / TSB 5 / MSTR 20 / MSTR 21
	Que possam continuar seus estudos no campo sem ter que sair para a cidade	J2 / MSTR 20 / MSTR 21 / MSTR 23
	Diminuir a discriminação / Exclusão social	TSB 3 / TSB 6 / MSTR 21
	Uma escola para as pessoas do campo	J1 / J2 / TSB 3
	Nada	J9 / J10 /
	Sem resposta (silêncio)	J12 / J13 / J14

Fonte: Elaborado pelo autor, 2008.

As representações sociais se caracterizam pelo fenômeno da interatividade e certa mediação entre o agente social e o mundo, representado pela forma de adequação ou inserção na comunidade na qual o agente faz parte. Ao agente, nessa relação de inserção, não cabe apenas a reprodução cultural de suas relações sociais de produção ou das formas de constituição de saber, mas a tarefa de elaborar a permanente tensão entre um mundo que já se encontra constituído e seus próprios esforços para ser um sujeito. Ficam notório as razões pelas quais o eixo *melhor qualidade de vida* se apresentou com a maior moda dentre as evocações apresentadas na temática: o que se esperar da escola no campo? Exatamente 33% dos entrevistados associaram a escola, no que tange a suas expectativas a ela, à garantia de melhoria de vida.

Um dado curioso foi que, quando associada essa qualidade de vida de forma aberta, o emprego por si, não vinha à tona. E sim a melhoria da infraestrutura de vida no campo, tais como: o atendimento aos processos reivindicatórios pelos direitos ao acesso a terra e trabalho, justiça, saúde, educação, água, crédito diferenciado, abertura de vicinal, travessões, asfalto, energia elétrica ou solar, preservação ambiental e combate da exclusão e discriminação a eles atribuídas por morarem na roça. Ou seja, melhoria de vida está associada à conquista da dignidade dos sujeitos do/no campo. E a escola é, para eles, o elemento vital de mediação dessa garantia.

Possibilidade de estruturação curricular na Educação do Campo em Paulo Freire

Diante do contexto anterior, o qual pode ser levantado em função das representações sociais dos jovens do campo acerca de suas escolas, apresenta-se a proposta pedagógica de Freire que representou para a Educação do Campo a possibilidade de discutir legitimamente a terra e o uso dela como elementos de transversalização no currículo. Além de oportunizar, no currículo, motes de consideração das relações homem-natureza-trabalho; com a democracia, com a resistência cultural pelas renovações das lutas e dos espaços físicos de vida, com questões ambientais, de políticas de poder, de ciência, de tecnologia no campo e de denúncias das estratégias de exploração econômica e dominação política para com os povos do campo.

Nos moldes dos temas geradores, Freire oportunizou proposições para construção de estruturações curriculares instituídas de temáticas, tais como: o ser humano e suas relações com a terra; a trajetória histórica dos(as) agricultores(as) no desenvolvimento agrário brasileiro; o desenvolvimento rural sustentável: a construção histórica do conceito de desenvolvimento e da agricultura familiar; desenvolvimento sustentável com enfoque territorial; os fatores limitantes e potenciais da agricultura familiar (método, terra, tecnologia, capital, trabalho, diversidade cultural); a construção da visão sistêmica; a interpretação de paisagens; o trabalho e seus significados; os instrumentos de políticas públicas; as relações sociais de gênero, raça/etnia, classe e geração; financiamento e crédito; a agroecologia e o desenvolvimento sustentável; a economia solidária; a cooperação; a agroindústria;o mercado; a gestão agrícola; a gestão para grupos de cooperação e cooperativas de crédito.

Considerações finais

As representações sociais dos jovens do campo estão para além das possibilidades atuais de suas escolas, no sentido da garantia de suporte aos seus anseios. Algumas delas partilham elementos citadinos encravados no destoamento de seus ideais de estruturas de organização social e fins coletivos de formação identitária no campo. No geral, as representações sociais dos jovens do campo sobre suas escolas encerram uma perspectiva muito além do papel social que a escola do campo tem implementado nos espaços em que se formam os sujeitos dessa pesquisa. A escola do campo, em Bragança, padece de uma estrutura de (re)produção das relações culturais de despolitização, desagregação comunitária e dominação sob o jugo da exploração econômica daqueles que detêm os meios e os bens de produção.

Discutiu-se sobre dominação, neste trabalho, não somente pautando-a a partir de uma concepção de ética relativa aos processos de formatação política ou socioeconômica, nos quais se edificam as propostas curriculares que atualmente imperam nas escolas do campo, mas concebendo-a como superação dos processos de exclusão social perspectivada a libertação de cada trabalhador ou trabalhadora do campo, sobretudo dos jovens; de modo que a escola esteja mediando a desalienação com o firme propósito de possibilitar aos jovens do campo suas autorrealizações por intermédio da condição de serem felizes no campo (ou fora dele), livres dos condicionantes sociais que reproduzem culturalmente as relações de opressão e de desfavorecimento das culturas da roça. A escola do campo, em Bragança, necessita atentar para a formação humana que busque a vida com *justa convivência*, para lembrar Dussel (1995).

A escola do campo possui em si uma fecunda possibilidade de mediar o processo de conquista da melhoria de qualidade de vida ao trabalhador e à trabalhadora do campo. Como um dos eixos centrais, pode consolidar um projeto de sociedade diferente daquela preconizada pelo capital e pelo capitalismo. Discutir um profícuo projeto de Educação do Campo é discutir outro modelo de sociedade, de desenvolvimento regional, de escola e de homem. Isso ordenado a partir da reconceptualização de trabalho não hierarquizado e de currículo defendidos pela Educação do Campo. Uma escola do campo deve estar atenta para um currículo que valorize o processo de formação humana sob a égide dos movimentos sociais de luta pela terra, de acesso ao crédito e de organização coletiva. Seu currículo deve destacar o papel formativo que possuem os processos sociais. Deve trazer para o grau zero da realidade escolar o princípio formativo dos movimentos sociais, conforme defende Caldart (2002).

O currículo das escolas do campo deve permanentemente ser realinhado sob o enfoque da superação das estruturas de exclusão social que emanam não só do modelo de educação urbana *pensado* para o campo, mas da própria superação das limitações da seriação e da disciplinarização dos conteúdos programáticos. Deve ser subsidiado por uma séria política de assessoramento pedagógico, de garantia de material didático, de merenda escolar, de núcleos qualificados de gestão institucional, de uma consistente proposta de formação continuada dos educadores do campo, bem como uma seleção compromissada com a qualidade dos educadores que atuarão nas escolas do campo. A organização do trabalho pedagógico no campo poderá ser mais bem instituída caso seja operacionalizada por eixos temáticos, tais como: a) agricultura familiar: etnia, cultura e identidade; b) sistemas de produção e processos de trabalho no campo; c) desenvolvimento sustentável e solidário com enfoque territorial; e d) cidadania, organização social e políticas públicas atrairiam as disciplinas, de forma que seus conteúdos programáticos perdessem a linearidade dispostas em suas unidades bimestrais e oferecessem uma unidade temática, ou seja, um assunto específico do conteúdo, de forma transversal e interdisciplinar dada a necessidade de trabalho nos eixos descritos anteriormente. Como já foi discutido neste trabalho, as disciplinas e os conteúdos é que transversariam os eixos, e, não, vice-versa.

Essa organização curricular seria profícua também em função das maiores possibilidades de formação e escolarização no campo, tendo em vista o aprendizado constante e permanentemente trabalhado, via cidadania, organização social e sistemas de produção, que, nas escolas do campo, remeteriam o ordenamento da comunidade para ações de reivindicação ou de reorientação dos modelos de gestão pública voltada ao combate da vulnerabilidade social dos espaços campesinos e para superação de situações de exclusão social – o que por si poderia ser uma alternativa para o combate da pobreza e das concepções individualistas de produção agrícola.

A Educação do Campo, assegurada pela legislação vigente, necessita dar respostas à carência de escolas e até mesmo de políticas educacionais específicas ao trabalhador e à trabalhadora no campo; assegurando-lhes direitos constitucionais, sobretudo o de estudar e ter condições de prosseguir estudando. A luta pela reforma agrária e pelo sentido político do ato de se ensinar e aprender no campo também deve ser mote de orientação do currículo das escolas do campo que, por si, é um direito nosso e dever do Estado.

Referências

BOTTOMORE, Tom et al. *Dicionário do pensamento social do século XX*. Tradução de Álvaro Cabral e Eduardo Francisco Alves. Rio de Janeiro: J. Zahar, 1996.

BRANDÃO, Carlos Rodrigues. *O que é método Paulo Freire*. São Paulo: Brasiliense, 1982. (Coleção Primeiros Passos.)

CALDART, Roseli Salete. *O MST e a formação dos sem terra: o movimento social como princípio educativo*. Brasília: Expressão Popular, 2002, p. 207-224.

CALDART, Roseli Salete. *Pedagogia do Movimento Sem-Terra*. Petrópolis: Vozes, 2005.

DUSSEL, Henrique. *Filosofia da libertação: crítica à ideologia da exclusão*. São Paulo: Paulus, 1995.

EIZIRIK, Marisa Faerman. (Re)pensando a representação de escola: um olhar epistemológico. In: TEVES, Nilda, RANGES, Mary (Org.). *Representação social e educação: temas e enfoques contemporâneos de pesquisa*. Campinas: Papirus, 1999, p. 115-130.

FLICK, Uwe. *Uma introdução à pesquisa qualitativa*. Tradução de Sandra Netz. 2. ed. Porto Alegre: Bookman, 2004.

FREIRE, Paulo. *Pedagogia do oprimido*. 6. ed. Rio de Janeiro: Paz e Terra, 1978.

GUARESCHI, Pedrinho; JOVCHELOVITCH, Sandra (Org.). *Textos em representações sociais*. Petrópolis: Vozes, 1994.

JODELET, Denise (Org.). *As representações sociais*. Tradução de Lílian Ulup. Rio de Janeiro: EdUerj, 2001.

JOVCHELOVITCH, Sandra. *Representações sociais e esfera pública: a construção simbólica dos espaços públicos no Brasil*. Petrópolis: Vozes, 2000.

MOSCOVICI, Serge. *A representação social da psicanálise*. Rio de Janeiro: J. Zahar, 1979.

NASCIMENTO, Ivani Pinto. *As representações sociais do projeto de vida dos adolescentes: um estudo psicossocial*. 2002. 209f. Tese (Doutorado em Psicologia da Educação) – Pontifícia Universidade Católica de São Paulo, São Paulo, 2002.

OLIVEIRA, Ivanilde Apoluceno de. *Saberes, imaginários e representações na educação especial: a problemática ética da "diferença" e da exclusão social*. Petrópolis: Vozes, 2005.

SÁ, Celso Pereira de. *A construção do objeto de pesquisa em representações sociais*. Rio de Janeiro: EdUERJ, 1998.

SPINK, Mary Jane Paris. *O conhecimento no cotidiano: as representações sociais na perspectiva da psicologia social*. São Paulo: Brasiliense, 1995.

Capítulo 11
A proposta pedagógica da Escola Ativa e suas repercussões no trabalho das professoras de classes multisseriadas em Mato Grosso

Nilza Cristina Gomes de Araújo
Maria Regina Guarnieri

O presente texto aborda as práticas pedagógicas de professoras das séries iniciais do ensino fundamental com atuação em classes multisseriadas, sob o impacto de medida política decorrente da implementação da Proposta Pedagógica da Escola Ativa para o meio rural em Mato Grosso. Com base em estudos que situam a relação entre políticas educacionais e suas influências no cotidiano escolar (HARGREAVES,1998; VIÑAO FRAGO, 1996), as reflexões aqui feitas são decorrentes de dados de pesquisa desenvolvida no mestrado,[1] em que se buscou explicitar se ocorreram mudanças no trabalho das professoras primárias tendo como pressuposto que alterações nas suas práticas dependem do conjunto de conhecimentos que cada docente já possui, do grau de aproximação e de aceitação que cada uma delas estabelece para si ao interpretar a referida proposta.

Na pesquisa realizada, priorizou-se a análise de documentos oficiais sobre a Proposta Pedagógica da Escola Ativa e os depoimentos de seis professoras de classes multisseriadas de cinco escolas rurais municipais da cidade de Várzea Grande, Mato Grosso, obtidos por meio de entrevistas semiestruturadas que se constituíram em material básico para as análises sobre o entendimento das professoras acerca da referida proposta.

Neste texto, pretende-se inicialmente contextualizar como se configurava o trabalho docente em classes multisseriadas antes da implementação da proposta pedagógica da Escola Ativa no espaço rural em Mato Grosso; em seguida apresentar os princípios e as diretrizes organizacionais da proposta pedagógica no intuito de verificar a repercussão dessa medida de modo geral nas práticas pedagógicas das

---

[1] Ver: ARAÚJO, 2006. Essa pesquisa contou com o apoio financeiro da Coordenação de Aperfeiçoamento de Pessoal de Nível Superior (CAPES).

professoras, demonstrando que, em seu cotidiano, elas não reagem com passividade frente às reformas e propostas que lhes são direcionadas, ao contrário, constroem suas práticas como sujeitos capazes de entendê-las e analisá-las.

Contextualização do trabalho docente antes da proposta pedagógica da Escola Ativa

No sentido de situar a discussão sobre o trabalho docente em classes multisseriadas no contexto rural antes de a proposta pedagógica da Escola Ativa ser implementada nas regiões Norte, Nordeste e Centro-Oeste do país, pode-se dizer que a realidade das professoras primárias se constituía com extrema precariedade e grandes dificuldades. Conforme revisão bibliográfica de estudos feitos entre os anos 1980 a 2002 sobre a escola rural, destacam-se as pesquisas de Maia (1982), Ramalho e Richardson (1983), Davis (1988), Azevedo e Gomes (1991), Speller, Slhessarenko e Pretti (1993), Ferri (1994), Araújo (1996), Rodrigues (2001) e Zakrzevski (2002) cujos resultados apontam desde a falta de condições infraestruturais, como a escassez de equipamentos, mobiliários, livros e materiais pedagógicos nessas escolas, até mesmo o fato de o professor ter que trabalhar com as várias séries do ensino fundamental ao mesmo tempo, em um único espaço escolar, além de assumir múltiplas funções, tais como: preparo da merenda, limpeza da escola e tarefas administrativas como matrícula, registros de evasão, repetência e promoção dos alunos. Tudo isso em um total isolamento pedagógico, quer seja pela impossibilidade de troca de experiências com seus pares, quer seja pela ausência de orientação e supervisão por parte das Secretarias de Educação dos municípios.

Detectou-se ainda que pouca ou nenhuma capacitação é oferecida aos professores de classes multisseriadas, ocasionando dificuldades quanto ao planejamento de suas aulas e manutenção de um processo de ensino centrado na memorização e com restrita possibilidade de se recorrer a operações envolvendo maior grau de elaboração e raciocínio.

Dessa forma, o ensino era essencialmente individualizado, assim como a falta de planejamento das atividades por parte dos professores, para a busca do envolvimento produtivo de seus alunos e o valor que davam ao cumprimento de atividades puramente burocráticas prejudicavam gravemente a situação de ensino e de aprendizagem.

Frente aos conteúdos escolares, os docentes se percebiam na contraditória tarefa de terem que ministrar um conhecimento de que eles muitas vezes não sabiam, pois não possuíam formação suficiente ou adequada para tal.

Quanto ao alunado dessas classes, os autores citados destacaram o fato de serem geralmente subnutridos, portadores de uma aparência triste e apática, com dificuldade de concentração e de aprendizagem e, ainda, com baixa frequência às aulas.

Concluindo, a constituição do cenário em que se insere o trabalho docente da professora primária rural antes da proposta pedagógica da Escola Ativa – tanto o currículo, quanto o calendário e o sistema de avaliação – era desvinculada da realidade e desvalorizadora da cultura rural, assim como as relações entre escola e comunidade eram poucas ou quase inexistentes.

A proposta pedagógica da Escola Ativa: contexto de implantação, princípios e organização do ensino nas classes multisseriadas

A educação no campo das regiões Norte, Nordeste e Centro-Oeste encontra-se atualmente alicerçada por uma proposta pedagógica voltada para as classes multisseriadas que conta com o apoio do Ministério da Educação e desenvolvida por intermédio do Projeto Nordeste entre os anos 1997 e 1998, na região Nordeste. Sua ampliação para as regiões Norte e Centro-Oeste ocorreu em 1999, financiada pelo Fundo de Fortalecimento da Escola (Fundescola), com recursos do Governo Federal e Banco Mundial.

Em consonância com os princípios de flexibilidade, autonomia e descentralização declarados pela Lei nº 9.394/96, o Ministério da Educação, no documento intitulado "Escola Ativa – Aspectos Legais" (2001), apresenta a Proposta Pedagógica da Escola Ativa como estratégia metodológica voltada para as classes multisseriadas, tendo como pressupostos: o ensino centrado no aluno e em sua realidade social, o professor como facilitador, a gestão participativa da escola e o avanço automático para etapas posteriores.

A Escola Ativa propõe estabelecer um novo paradigma educacional para o século XXI, delegando às escolas rurais a tarefa de elaborar e executar suas próprias propostas pedagógicas, e sugere também o desafio de pensar em alternativas que visem conferir qualidades a essas classes, tornando o ensino nelas desenvolvido com igual, ou melhor, qualidade que nas classes seriadas.

A Proposta Pedagógica da Escola Ativa é inspirada em uma experiência da Colômbia, intitulada "Escuela Nueva/Escuela Ativa", implantada em 1975 nesse país e apoiada pelo Fundo das Nações Unidas para a Infância (UNICEF) e atualmente adotada em outros países latino-americanos. Essa iniciativa propõe trazer estratégias inovadoras baseando-se no movimento pedagógico mais significativo do começo do século XX, a Escola Nova, que pretendia romper com a educação passiva, tradicional e autoritária. Procura combinar, em sala de aula, uma série de elementos e de instrumentos de caráter pedagógico-administrativo, cuja implementação objetiva aumentar a qualidade do ensino oferecido nessas escolas de poucos recursos, proporcionando mudanças no ensino tradicional, melhorando a prática dos docentes e consequentemente a aprendizagem dos alunos, tornando-os como o nome da proposta insinua: "ativos".

De acordo com o documento "Escola Ativa – Capacitação de professores" (1999), alguns princípios gerais fundamentam a Proposta Pedagógica da Escola Ativa e a diferenciam da escola tradicional, dentre eles destacam-se:

a) Os alunos são organizados em pequenos grupos, e as carteiras, juntas como mesas de trabalho, sendo que o professor centra a aprendizagem nos alunos levando em consideração o ponto de vista das crianças. O docente às vezes expõe, outras vezes, não. Geralmente observa, orienta e avalia o trabalho dos grupos permanentemente oferecendo realimentação imediata, apontando erros e acertos. De modo geral, o processo de aprendizagem é essencialmente ativo.

b) A escola se aproxima da comunidade desenvolvendo relações mais estreitas para que participem mais dinamicamente de seu funcionamento.

c) A formação do aluno é integral, levando-se em consideração, nas experiências de aprendizagem, aspectos cognitivos, socioafetivos e psicomotores. Para essa formação, procura-se proporcionar um clima escolar de liberdade, confiança, respeito, responsabilidade, cooperação, afeto e organização.

d) Os alunos avançam no seu próprio ritmo e decidem com o professor a profundidade com a qual irão desenvolver sua aprendizagem. Os alunos, além disso, se organizam e participam da gestão escolar, o que lhes permite vivenciar processos democráticos, apoiar-se mutuamente, exercitar seu espírito de cooperação, respeito mútuo e solidariedade e, com orientação do professor, trabalhar em prol da comunidade desenvolvendo projetos simples.

Com base nesses princípios, a Secretaria de Educação do Estado de Mato Grosso elaborou um documento – "Escola Ativa: Princípios gerais" (SEC, 2003) – especificando uma série de estratégias pedagógico-administrativas com o propósito de organizar o trabalho dos professores junto aos alunos. Dentre essas estratégias, localizam-se as curriculares que são: a gestão estudantil, os módulos de aprendizagem e os cantinhos de aprendizagem; as estratégias comunitárias e as estratégias de capacitação de professores.

A Escola Ativa traz como estratégia curricular a gestão estudantil que trata de uma organização dos alunos visando à participação ativa e democrática na vida escolar e em prol da comunidade, com ações vivenciais proporcionando desenvolvimento afetivo, social e moral dos alunos, capacitando-os, ainda, para tomarem decisões responsáveis e para o trabalho cooperativo, de liderança e autonomia. A partir da sala de aula, o aluno se acostuma a participar ativamente de diferentes atividades, desenvolvendo noções de cuidado referentes à higiene e saúde, à promoção de campanhas ecológicas, ao melhoramento acadêmico, à disciplina, à manutenção do local e à organização de áreas de trabalho dentro e fora da sala de aula, bem como participar de atividades culturais, recreativas e religiosas, dentre outras. Com a gestão estudantil, os alunos se organizam e democraticamente formam comitês e, com a orientação do professor, desenvolvem projetos simples e os implementam.

Como outra estratégia curricular, a Escola Ativa possui os módulos de aprendizagem que se constituem de livros específicos para a realidade apresentada pelas classes multisseriadas. Esses módulos podem ser comparados aos livros didáticos específicos para cada disciplina utilizados nas classes seriadas, pois são separados por séries e por matérias, cada área ou matéria de cada série é composta por diversas unidades distribuídas em diversos fascículos, com um módulo para cada objetivo ou aprendizagem esperada.

Segundo a Proposta Pedagógica da Escola Ativa, tais módulos facilitam a centralização do processo de aprendizagem nos alunos, de acordo com seu ritmo, e permitem que o professor melhore suas práticas pedagógicas e a qualidade de seu trabalho, indo além das instruções rotineiras e resgate sua função de orientador da turma. Embora sejam dirigidos aos alunos, os módulos representam um apoio no planejamento e desenvolvimento das aulas para os professores.

Ainda como estratégia curricular, a Escola Ativa possui os cantinhos de aprendizagem, que são definidos como espaços na sala de aula para cada matéria do plano de aulas, nos quais o aluno encontra materiais didáticos sugeridos pelos módulos e pelo professor para desenvolver atividades que envolvem a manipulação, a observação e a comparação de objetos ou a realização de experimentos ou pesquisas. Esses cantinhos são organizados por alunos, professores e comunidade e são considerados pela proposta como um instrumento valiosíssimo para revitalizar elementos culturais próprios da comunidade ou da região.

Como um sistema que integra estratégias comunitárias, a Proposta Pedagógica da Escola Ativa propõe interação e integração entre as escolas engajadas na proposta e suas respectivas comunidades, procurando estabelecer um relacionamento próximo entre a escola e a comunidade, visando educar indivíduos com identidade pessoal e cultural, capazes de participar ativamente e de transformar a sociedade na qual vivem.

Para atingir o objetivo de articulação escola-comunidade, a proposta sugere algumas técnicas para melhor conhecer a realidade comunitária na qual a escola está inserida, as quais são: observação participativa; entrevista pessoal ou com grupos e pesquisas. Sugere também atividades para reunir a comunidade na escola, tais como: o dia das conquistas, oficinas, palestras informais, caminhadas de observação, eventos de integração social, além de recomendar que sejam feitos croqui e maquete da comunidade, ficha familiar, monografia.

Quanto às estratégias de capacitação e formação em serviço de docentes, a Escola Ativa propõe que se realizem microcentros, oficinas pedagógicas ou círculos de estudo, como estratégia permanente de maneira que possa haver a interação e o intercâmbio de experiências entre os professores, visando o desenvolvimento social de seus conhecimentos pedagógicos.

De modo geral, essas estratégias curriculares, comunitárias e de capacitação constitutivas da Proposta Pedagógica da Escola Ativa pretendem nortear o trabalho e as ações dos docentes que atuam em classes multisseriadas. Assim, nota-se que as condições objetivas necessárias ao desenvolvimento do trabalho docente neste contexto parecem ter sido atendidas em seus aspectos materiais e estruturais na tentativa de garantir e dar suporte para que as práticas pedagógicas aconteçam.

Sobre a infraestrutura, por exemplo, a Proposta da Escola Ativa traz desde instalações físicas, mobiliários adequados e suficientes até módulos de aprendizagem, materiais pedagógicos bem como cantinhos de aprendizagem a fim de melhorar as condições estruturais das escolas.

Quanto ao que se refere aos alunos, a proposta pretende que estes deixem de ser apáticos, com dificuldades de concentração, propensos à distorção idade-série e à repetência, e sejam incentivados a se tornarem mais ativos, criativos, desenvolvendo, assim, suas capacidades para pensar e criar, levando o que aprendem na escola para suas comunidades e familiares.

Já no aspecto que envolve o professor, a Proposta Pedagógica da Escola Ativa pretende dinamizar o seu trabalho através da participação dos alunos nas aulas e na escola, com a gestão estudantil, além disso, procura promover acompanhamento e capacitações mensais, na tentativa de superação das dificuldades. Quanto à metodologia de ensino, a proposta procura subsidiar com os módulos de aprendizagem, no intuito de se ter um programa específico para as classes multisseriadas, respeitando o ritmo dos alunos e substituindo o modelo de aprendizagem fundamentado na memorização por um que seja baseado na compreensão.

De acordo ainda com a Proposta da Escola Ativa, o currículo, o calendário e o sistema de avaliação devem estar intimamente relacionados à vida da criança de zona rural, respeitando seu ritmo individual e descartando qualquer possibilidade de desvinculação destes. Por fim, as relações entre a escola e a comunidade devem passar a ter extrema ligação depois da proposta.

Em linhas mais gerais, quando se comparam as configurações do trabalho docente anteriores à proposta da Escola Ativa, já mencionadas nos estudos aqui citados, com as diretrizes da referida proposta, verifica-se que essa medida traz não só elementos materiais há muito reclamados pelos docentes que trabalham nesses ambientes, como busca redimensionar a dinâmica de trabalho dos professores em sala de aula através de seus instrumentos pedagógico-administrativos, e ressalta-se também o alcance pretendido pela proposta no que se refere às articulações escola-comunidade.

Repercussões da Proposta Pedagógica da Escola Ativa nas práticas das professoras de classes multisseriadas

As manifestações das seis professoras participantes da pesquisa sinalizaram a presença de modificações, mudanças em suas práticas pedagógicas quando comparadas ao que faziam antes da proposta, assim como aspectos que ainda permanecem inalterados. De acordo com Hargreaves (1998), as mudanças no contexto escolar aparecem como mudanças de ramo e de raiz. As mudanças de ramo são aquelas que são mudanças de prática, significativas, mas específicas, que os professores podem adotar, adaptar, ou as quais podem resistir, rodear à medida que elas vão surgindo. Por detrás dessas mudanças de ramo, encontram-se transformações mais profundas nas próprias raízes do trabalho dos docentes, são aquelas que incidem sobre o próprio ensino e atingem o modo como este é definido e organizado socialmente.

Com base nessa referência, pôde-se constatar, pela análise dos dados, dois tipos de posicionamento das professoras frente à implementação da proposta e suas implicações na tentativa de organização das práticas pedagógicas em sala de aula. O primeiro se refere a um maior grau de aproximação e de aceitação de alguns elementos da Proposta Pedagógica da Escola Ativa, e o segundo tipo de posicionamento se caracteriza por um menor grau de aproximação, familiaridade ou até mesmo rejeição, pelas professoras, de certos aspectos da referida proposta. Verifica-se nesses posicionamentos mudanças de ramo, segundo considerações de Hargreaves (1998).

As professoras manifestaram modificação na organização do espaço físico da sala de aula e do trabalho pedagógico com as crianças, agora dispostas em grupos. No espaço físico da sala de aula, a chegada das mesas e cadeiras, substituindo as antigas carteiras de braço dispostas em fileiras, possibilitou uma nova configuração do espaço, da forma e do trabalho ao se distribuir as crianças em grupos. Antes da proposta, a professoras organizavam as séries presentes nas classes multisseriadas em fileiras distintas, cada uma correspondia a uma série específica; ensinavam individualmente a cada aluno, procurando trabalhar com uma criança de cada vez, seguindo a ordem das fileiras. Muitas vezes, ao término das aulas, percebiam que não chegavam a atender a todos os alunos. Além de mudar a configuração do espaço físico e com a classe organizada em grupos de alunos, as professoras procuraram dar outro encaminhamento às suas práticas pedagógicas, passaram a atender várias crianças ao mesmo tempo, nos pequenos grupos criados a partir dos princípios gerais da proposta.

Deste modo, as docentes foram além do que sugere a Proposta da Escola Ativa: criaram e elaboraram, de acordo com seus critérios, diversas maneiras para disporem as crianças nos pequenos grupos em suas salas de aula. Disseram formar esses grupos em sala de aula ora reunindo alunos de uma mesma série com níveis de aprendizagem diferenciados, ora mesclando alunos das quatro séries, com um mesmo nível de aprendizagem num mesmo grupo. Os grupos, segundo as professoras, são formados de preferência com um número pequeno de alunos, em média por quatro crianças, mesclando meninos e meninas, observando, ainda, aquelas crianças que conversam muito para não coincidirem de trabalhar em um mesmo grupo, prejudicando o andamento das atividades. Apontaram, a partir dessa nova medida, conseguir ter uma visão de todos os alunos das séries, bem como atendê-los diariamente e perceber em cada criança a sua individualidade, inclusive seus avanços e retrocessos.

Embora as docentes tenham enfaticamente sinalizado a dificuldade e complexidade de se trabalhar com as quatro séries em um único espaço, ao mesmo tempo, procurando alfabetizar e administrar a heterogeneidade de suas classes, essa forma de organização dos alunos em grupos de trabalho constitui uma estratégia valiosíssima no processo de ensino, podendo trazer resultados positivos na aprendizagem dos conteúdos escolares à medida que possibilita troca de experiências entre os alunos, permite que os que possuem maior conhecimento auxiliem aqueles que estão com dificuldades. Também parece oportunizar ainda às professoras o preparo de atividades específicas para cada grupo formado e acompanhá-los individualmente e a todos os grupos distribuídos pela sala de aula.

É possível pensar que, se as professoras organizam os grupos realmente da maneira como descreveram, se pode com isso evitar a padronização das formas de ensinar e dos exercícios adotados pelas professoras, buscando, desta maneira, meios para que todos os alunos efetivamente possam aprender. Assim, a rotina de trabalho dessas professoras, com as quatro séries numa mesma classe, parece adquirir com a composição dos grupos elementos que lhes permitem enfrentar a árdua tarefa de alfabetizar e, simultaneamente, lidar com a heterogeneidade de alunos presentes em suas salas, já que possuem, além de crianças das quatro séries iniciais, alunos que ainda não sabem ler e escrever, alunos nos mais variados níveis de aprendizagem e ritmos de produção nas atividades propostas.

Os cantinhos de aprendizagem e a estrutura física e material que a Proposta da Escola Ativa trouxe para as escolas rurais também foram medidas avaliadas positivamente pelas docentes.

Dentre as seis professoras participantes da pesquisa, três delas manifestaram sua afeição pelos cantinhos de aprendizagem, resultando em maior aceitação e aproximação ao que a proposta sugere, introduzindo em suas salas um arsenal de materiais concretos para utilizarem em suas aulas, dizendo inseri-los nas atividades com muita dinâmica e frequência.

Observou-se, durante as visitas feitas nas escolas rurais, a presença de um número considerável de materiais compondo os cantinhos em sala de aula. No entanto, de acordo com o posicionamento das professoras, notaram-se diferenças na composição desse recurso no interior das salas. Para duas professoras que aceitaram tal recurso, suas salas de aula eram repletas de materiais, enquanto que, para uma delas que aceitou com restrição os cantinhos de aprendizagem, se averiguou que elegiam apenas alguns materiais que lhe eram convenientes com a sua prática, ficando o restante, de certa forma, como adorno no ambiente. Já as outras duas docentes que revelaram menor familiaridade e aceitação das diretrizes da proposta, no que se refere a esse aspecto, constataram que, em suas salas de aula, havia poucos materiais em seus cantinhos, sugerindo a não inserção deles em suas aulas.

No que tange ao posicionamento de discordância em relação a certos elementos da Proposta da Escola Ativa por parte das professoras, este ocorreu ao manifestarem dificuldades de uso e de falta de alguns instrumentos derivados da proposta em suas salas. As docentes encontravam dificuldades para introduzir nas suas turmas os procedimentos referentes à gestão estudantil (combinados, livro de confidências, caixa de sugestão), como também acusavam a ausência de materiais pedagógicos em algumas salas de aula, apesar de todas as escolas serem igualmente equipadas. Também se verificou entre as professoras diferentes formas de utilização dos módulos de aprendizagem, chegando até mesmo a sua rejeição, assim como manifestações de desacordo com os cantinhos de aprendizagem e da organização das crianças em grupos.

Esses resultados revelam que algumas diretrizes da Proposta Pedagógica da Escola Ativa proporcionaram melhorias no trabalho dessas professoras em segmentos pontuais, como é o caso da divisão dos alunos em grupos e os cantinhos de aprendizagem nas salas de aula, sugerindo que houve mudanças em suas práticas pedagógicas.

As diretrizes da proposta foram incorporadas parcialmente para cada professora, ao confrontarem com o conjunto de conhecimentos que já possuíam e só passaram a fazer parte de suas práticas pedagógicas aquelas medidas que não foram contraditórias com o que já faziam e acreditavam.

É importante frisar, segundo Viñao Frago (1996), que as mudanças educacionais declaradas publicamente por meio de políticas oficiais ou escritas autoritariamente através de papéis serão superficiais quando nos processos de implementação não se levar em consideração o ponto de vista e as experiências dos professores. Esse autor nos alerta que, para o êxito dessas mudanças, principalmente se forem complexas e se se deseja que afetem diversos locais, é de suma importância a participação docente. E objetivando que essa participação tenha significância e seja produtiva, é preciso dar atenção aos desejos de mudança que os professores possuem, pois, para grande parte deles, a questão central da mudança é saber se de fato ela é prática. A primeira aproximação desses docentes com o universo da mudança é em função de sua possibilidade de execução, onde estes põem à prova as teorias abstratas com o duro retrato de sua realidade.

Geralmente o que se tem nessas estratégias políticas, reformas e propostas educacionais endereçadas aos professores que procuram desencadear mudanças é o fato de ignorarem, mal compreenderem ou invalidarem os desejos de mudanças dos docentes. Essas estratégias que afetam os professores estão pouco sincronizadas com seus desejos de mudança. Nota-se, frequentemente, que esses desejos nos professores possuem origem em motivações, elementos de natureza muito distinta daquela que é pensada e suposta por políticos, administradores, gestores de propostas, assim como os aspectos relativos ao tempo no ensino.

Considerações finais

As propostas educacionais que têm permanentemente adentrado os muros escolares com o propósito de provocar mudanças no trabalho de professores para melhorar a qualidade de ensino muitas vezes desconsideram e fazem abstração da realidade e das condições de trabalho em que ocorre o processo educativo escolar. A despeito de algumas alterações pontuais em suas práticas apontadas pelas professoras das classes multisseriadas, sinalizando a positividade de contar com materiais e procedimentos mais adequados para o trabalho de ensinar, há que se considerar que tais medidas ainda se distanciam do desejável para um contexto rural marcado por muitas dificuldades.

O trabalho das professoras com as quatro séries do ensino fundamental permanece nesse ambiente, desde o seu surgimento no meio rural, e lidar com o tempo simultaneamente em turmas com mais de duas séries dentro de uma sala de aula, representa um grande desafio. Acrescente-se, ainda, o fato de os alunos chegarem ao ensino fundamental sem frequentarem a pré-escola, dificultando o trabalho dessas professoras com a 1ª série, visto que possuem outras turmas das séries subsequentes em sala de aula e que necessitam de sua atenção.

Devido à natureza das classes multisseriadas, também constitui desafio para as docentes a exposição dos conteúdos escolares, pois, diferentemente do que ocorre nas classes que possuem uma única série, não é possível apresentar o mesmo conteúdo para todos os alunos concomitantemente. No momento atual, após a implementação da Proposta Pedagógica da Escola Ativa, é preciso expor os diferentes conteúdos diversas vezes, pois as séries estão divididas nas classes em pequenos grupos. A tentativa de realizar atividades de pesquisa de campo com alguma das séries fora da sala de aula, no horário em que acontecem as aulas, acaba não se efetivando, pois, se o fizerem, atrapalham o andamento das atividades com as outras séries.

Esses apontamentos sugerem que as mudanças consideradas oportunas ao trabalho escolar no contexto rural a partir da proposta da Escola Ativa foram poucas, assim como as modificações nas práticas pedagógicas das professoras. Neste sentido é possível indagar se a referida proposta não foi ou não está sendo mais uma medida política elaborada para que as professoras executem e apliquem as coordenadas que lhes foram dadas, garantindo somente o mínimo a essa população que se localiza nas zonas rurais e periferias das cidades de regiões como Norte, Nordeste e Centro-Oeste.

Diante de tais considerações, pode-se apontar que os investimentos em educação não param, e a escola continua a acolher novas medidas e inovações, ainda que não correspondam às necessidades e aos desafios que enfrentam os professores, que, a despeito de serem vistos como executores, pensam, interpretam e se posicionam, tentando aproveitar o que possa contribuir para o aperfeiçoamento do trabalho de ensinar nas escolas rurais, conforme demonstraram as professoras desta pesquisa, que incessantemente buscam alternativas para propiciar às crianças um ensino qualitativamente melhor.

Referências

ARAÚJO, R. A. *Os pés vermelhos e a proposta de agrupamento da escola rural Tambaú*. 1996, 124f. Dissertação (Mestrado em Educação) – Universidade Federal de São Carlos, São Carlos, 1996.

ARAÚJO, N. C. G. *O trabalho docente em classes multisseriadas face à Proposta Pedagógica da Escola Ativa para o meio rural em Mato Grosso*. 273f, 2006. Dissertação (Mestrado em Educação Escolar) – Universidade Estadual Paulista, Araraquara, 2006.

AZEVEDO, E. P.; GOMES, N. M. A instituição escolar na área rural em Minas Gerais: elementos para se pensar uma proposta de escola. *Cadernos CEDES* 11 – Educação: a Encruzilhada no Ensino Rural, Campinas, Papirus, 1991, p. 31-41.

BRASIL; ESCOLA ATIVA. *Capacitação de professores*. Brasília: Fundescola/MEC/SEF, 1999.

BRASIL; ESCOLA ATIVA. *Aspectos legais*. Brasília: Fundescola/MEC/SEF, 2001.

DAVIS, C. L. F. *Vida e escola Severina: um estudo da prática pedagógica em uma escola rural do Piauí*. 1988, 539f. Tese (Doutorado em Psicologia) – Instituto de Psicologia, Universidade de São Paulo, São Paulo, 1998.

FERRI, C. *Classes multisseriadas: que espaço escolar é este?* 1994, 152 f. Dissertação (Mestrado em Educação) – Universidade Federal de Santa Catarina, Florianópolis, 1994.

HARGREAVES, A. *Os professores em tempos de mudança: o trabalho e a cultura dos professores na idade pós-moderna*. Lisboa: McGraw Hill, 1998.

MAIA, E. M. Educação Rural no Brasil: O que mudou em 60 anos? *Em Aberto*, n. 9, 1982.

RAMALHO, B. L.; RICHARDSON, R. J. As cartilhas de alfabetização e a realidade rural da Paraíba.In: SEMINÁRIO EDUCAÇÃO NO MEIO RURAL, *Anais...* Brasília: Instituto Nacional de Estudos e Pesquisas Educacionais, 1993, p. 183-190.

RODRIGUES, J. R. T. *A prática pedagógica docente leiga e a construção de saberes pedagógicos*. 2001, 274f. Tese (Doutorado em Educação) – Universidade de São Paulo, São Paulo, 2001.

SEC. Escola Ativa. *Princípios Gerais. Documento impresso.* Secretaria de Educação do Estado de Mato Grosso, 2003.

SPELLER, P.; SLHESSARENKO, S. M.; PRETTI, O. Escolonização: alternativa para a escola em áreas de colonização agrícola em Mato Grosso. In: SEMINÁRIO EDUCAÇÃO NO MEIO RURAL, *Anais...* Brasília: Instituto Nacional de Estudos e Pesquisas Educacionais, 1993, p. 237-247.

VIÑAO FRAGO, Antonio. Culturas escolares, reformas e innovaciones: entre la tradición y el cambio. In: JORNADAS ESTATALES DEL FORUM EUROPEO DE ADMINISTRADORES DE LA EDUCACIÓN. La construcción de una nueva cultura en los centros educativos, 8., *Anais...* Murcia-España: Universidad de Murcia, 1996. p. 18-29.

ZAKRZEVSKI, S. B. B. *A dimensão ambiental no desenvolvimento profissional de professoras e professores das escolas rurais*. 2002, 260f. Tese (Doutorado em Ecologia) – Universidade Federal de São Carlos, São Paulo, 2002.

Capítulo 12
A materialização do currículo na escola multisseriada ribeirinha

Maria do Socorro Dias Pinheiro

O currículo é um componente educacional que tem influenciado na construção desse modelo de sociedade capitalista na qual vivemos no mundo atual. Influência esta que se volta para o campo de trabalho de forma mais intencional do que em outros momentos da história humana. E, nesse contexto, ele precisa ser questionado e refletido criticamente a partir de outras dimensões socioculturais. Pois, necessariamente, não precisa estar exclusivamente a serviço da cultura dominante, da exploração humana pela força de trabalho, ele pode ser intencionado para desvelar os aspectos de dominação de uma cultura sobre a outra.

Nessa perspectiva, este texto se desdobrou em dois momentos. O primeiro diz respeito a *trajetória e dimensões de um currículo em construção*. Fundamentados pela teoria curricular, enfocamos o trajeto do currículo dominante no campo educacional. Enfatiza-se também outras dimensões de um currículo que tem se modificado pela influência dos movimentos sociais do campo, caracterizando, assim, um currículo em construção. No segundo momento, focalizou-se a discussão sobre a *forma como o currículo se materializa na escola multisseriada ribeirinha*. Nesse contexto, emite-se uma análise dos conteúdos escolares propostos pela Secretaria de Educação de Cametá, no Pará, para as escolas multisseriadas ribeirinhas presente na zona rural do município e enfatizam-se, ainda, aspectos dos saberes da cultura ribeirinha como elementos que deviam nortear os conhecimentos curriculares a serem desenvolvidos na sala de aula.

Trajetória e dimensões de um currículo em construção

A educação é uma ação eminentemente humana. "Ninguém escapa da educação. Em casa, na rua, na igreja ou na escola, de um modo ou de muitos todos nós envolvemos pedaços da vida com ela" (BRANDÃO, 1991, p. 7). A partir dela aprendemos, ensinamos, ou ensinamos e aprendemos. Neste contexto, a educação durante muitos séculos se desenvolveu fora da escola, e as crianças aprendiam com os adultos em diversos espaços. Nos campos de lavoura e pastoreio, nas oficinas de fabricação de utensílios, em volta dos velhos mestres, etc. Mas, com o advento da escola, incorporou-se o ensino das primeiras letras à educação das crianças e, desde então, essa ação atrelou-se à instituição escolarizada.

Nessa dinâmica, o currículo gradativamente articulou-se e materializou-se no campo escolar. *Curriculum* é uma palavra de origem latina e significa o curso, a trajetória, a rota, o caminho percorrido durante uma vida ou que se vai percorrer. Para Ana Pereira (2005, p. 103), "currículo em educação significa a organização das atividades escolares que serão realizadas pelo professor e seu grupo de alunos".

Não estamos afirmando que o currículo escolar limita-se a uma grade curricular com um conjunto de conteúdos e disciplinas distribuídas em séries, anos sequenciais e cargas horárias estabelecidas para alunos e professores. "O currículo não se constitui numa base curricular para um determinado curso ou uma listagem de conhecimentos e conteúdos para serem ensinados na sala de aula" (MENEGOLLA; SANT'ANNA, 1991, p. 50). Referimo-nos a um currículo que se constituiu como um território conflituoso, de disputa, contestação e poder. Nesse sentido, expõe Silva (2002), que, para as teorias críticas, o currículo constitui-se como reprodutor da estrutura capitalista, e sua função ideológica é inculcar a credibilidade social de que esse sistema é bom, portanto, aceitável e desejável. Nessa direção, o currículo é uma invenção socialmente construída, portanto ele é histórico e movimenta-se num campo contraditório, dialético, e a consciência por ele constituída para o dominante ou dominado se configura no campo social.

Com essa postura, fica óbvio que o currículo não se caracteriza somente no contexto escolarizado. E, para ampliar nossa compreensão, citamos Arroyo (2007, p. 156): "há uma cultura vivida, traduzida em práticas, na qual acontece o processo educativo, tanto nas famílias, nas igrejas, no trabalho e nas ruas quanto nas escolas". Contudo, essas práticas aparecem na escola ribeirinha, num currículo desfigurado ou com pequenas evidências de um currículo fundamentado na cultura vivida, ou seja, as políticas educacionais do município, bem como os conteúdos programáticos e os currículos, estão descoladas da cultura dos povos ribeirinhos.

A partir desse pensamento, me coloquei nessa trajetória fluvial tocantina, para compreender o longo e desconhecido mundo ribeirinho recolhendo falas e indícios que me ajudassem entender essa cultura e seu distanciamento do contexto escolar. E, na busca das incertezas, manifestou-se no decorrer da pesquisa um currículo que tem como base fundamental a repetição do conhecimento estabelecido na estrutura dominante, o qual condiciona os educandos e a educadora à reprodução dos conhecimentos propostos nos conteúdos dos livros didáticos, "uma atividade desprovida de sentido e significado do conhecimento e sua vinculação com a realidade não é trabalhada" (Vasconcelos, 2004, p. 27). A educação vinculada ao livro didático, à cultura dominante não propicia o resgate dos conceitos da cultura dos educandos para que se possa constituir o sujeito crítico. De acordo com o pensamento de Apple (2006, p. 59):

> O currículo nunca é apenas um conjunto neutro de conhecimentos que de algum modo aparece nos textos e nas salas de aulas de uma nação. Ele é sempre parte de uma visão seletiva, resultado da seleção de alguém, da visão de algum grupo acerca do que seja conhecimento legítimo. É um produto das tensões, conflitos e concessões culturais, políticas e econômicas que organizam e desorganizam o povo.

Sendo o currículo parte de uma ação seletiva, o que conta como conhecimentos a serem abordados na sala de aula, resultam de interesses de uma política de educação, que geralmente tem como partícipes grupos de especialistas no campo do currículo. Mas os conflitos em relação ao currículo são tencionados no conjunto da escola e na sala de aula. É a política e o poder da escola e do professor o que redefine, distingue e separa quais conhecimentos devem ou não ser desenvolvidos na sala de aula.

Para Silva (2002, p. 14), "o pano de fundo de qualquer teoria do currículo é o de saber qual conhecimento deve ser ensinado". E, na definição desses conhecimentos, certamente ocorrem conflitos, concessões entre os formuladores de currículo, e isso se estende às Secretarias de Educação, bem como no contexto escolar e efetivamente na sala de aula. Constatou-se essa situação, na informação de uma docente que assim opina sobre o currículo:

> Para mim, currículo são os conteúdos que a Secretaria de Educação propõe para a escola e, em minha opinião, essa proposta às vezes ajuda, mas muitas vezes atrapalha. Ele é bom, por que nos dá uma base do que se deve trabalhar na sala de aula, mas se formos nos basear somente nele, a gente perde o sentido da nossa realidade (Professora de escola multisseriada).

Muitos educadores compreendem o currículo como sendo uma listagem de conteúdos elaborados por eles mesmos, ou pela Secretaria de Educação. Ao observar o depoimento da docente, encontramos pontos que convergem, ao concordar que a proposta de listagem de conteúdos *às vezes ajuda*. E divergem quando ela se reporta a essa listagem como algo que *às vezes atrapalha*. Em outras palavras, ela enfatiza que, para se ensinar, deve se ter como referência uma base de conhecimentos a ser ensinada. E essa base não deve pautar-se em desenvolver os conhecimentos alheios aos da realidade sociocultural ribeirinha, visto que a escola multisseriada ribeirinha pode ser comparada a um livro aberto, repleto de novidades, conhecimentos e informações úteis à aprendizagem humana.

Estar na localidade permitiu-me essa possibilidade de conhecer e aprender os conhecimentos emanados dos saberes culturais daquela comunidade e de sua realidade social. No meu ponto de vista, há uma forte inspiração curricular circulando no entorno da escola. Existe um currículo que se apresenta de formas diferentes. Manifesta-se um currículo no colorido exacerbado da natureza, exposta nos tipos de vegetação, nas espécies de animais, na forma do solo, no fluxo das águas do Rio Tocantins (idas e vindas das marés) e, especialmente, nos modos de vida dos seres humanos que lá habitam.

Identifica-se o currículo também, na luta do povo, que se organiza em diversos movimentos sociais da comunidade e se apropria dos saberes oriundos dessa relação entre a natureza e a luta de classe, como ferramenta educativa, de base curricular relevante e no entorno da escola como força significativa para a sobrevivência no atual mundo capitalista e dominante. Vários ribeirinhos são envolvidos em associações, cooperativas, movimentos religiosos, grupos de mulheres e participam de organizações de relevância social e municipal como: a Colônia dos Pescadores Z 16, Sindicato dos Trabalhadores Rurais, entre outros.

Essas evidências nos reportam à obra denominada *Alternativas emancipatórias em currículo*, organizada por Inês de Oliveira (2007), na qual, um de seus autores, em um dos capítulos da referida obra, se refere à temática do currículo para além da escola e discute sobre um currículo que perpassa não somente pela universidade, mas também pelos movimentos sociais. Nesse estudo, os autores manifestam como alguns movimentos sociais do campo e da cidade vêm construindo práticas educativas diferenciadas, por exemplo, dentro do Movimento dos Trabalhadores Rurais Sem Terra e em eventos como o Fórum Social Mundial. Deste, o último me chamou atenção por apresentar o relato de como um professor desenvolveu um estudo em sala de aula, com as imagens fotográficas que ele próprio tirou durante a realização do evento, e ainda os resultados obtidos dessa experiência com seus alunos e, embora o evento não tenha sido do conhecimento de todos os alunos daquele professor, na ação descrita, é notório que o evento tem possibilitado questionamentos, críticas ao modelo de educação dominante, retratado em diversos momentos, como expõe um dos autores, em um dos capítulos, ao citar:

> Inúmeros textos e artigos já foram escritos e mostrados a respeito do movimento que conduz milhares de pessoas anualmente a Porto Alegre. Muitas delas envolvidas pela frase: "um outro mundo é possível". Essa breve idéia repleta de significado é complementada e alimentada por outros que se materializam nos cartazes, faixas, camisetas, trajes e fantasias, durante os dias que transformam Porto Alegre na capital mundial dos resistentes e utópicos das diferentes tendências. [...] "Encontramos em várias línguas, frases e palavras como: "Paz", "Petróleo gera guerra", "independência sim", "Globalização solidária sim, neoliberalismo

não", "Dignidade é ter casa para morar", [...] "Nossa união transforma o mundo", [...] "Mulher, liberta-te", etc. (REIGOTA, 2007, p. 192).

Ao ler as frases anteriores, nota-se um currículo permeando todo o universo daquele cenário. Um universo onde as pessoas desejam ser sujeitos de sua história e ao mesmo tempo sujeitos coletivos por compreenderem que uma organização isolada não tem a mesma repercussão social. Identifica-se nas frases, também um currículo carregado de significados e ainda um conjunto de reivindicações e protestos, um currículo que transcende o espaço da sala de aula, mas que de forma alguma deixa de ter uma posição educacional bastante diferente do que comumente se constata no sistema escolar.

É por intermédio dessas organizações sociais e inspirados por fóruns, encontros, seminários e cursos de formação de caráter organizativo que muitos ribeirinhos têm adquirido conhecimentos relevantes para a sua vida, a de seus pares, e para a biodiversidade natural que lhes cerca. Esses conhecimentos oriundos do processo organizacional têm favorecido a conscientização dos sujeitos, fortalecendo suas lutas na conquista dos direitos e dos deveres dos povos ribeirinhos e têm lhes possibilitado conquistar alguns direitos sociais para a população local, como retrata o morador comunitário:

> Nós conseguimos fazer uma casa comunitária de uns 20 mil reais [...], nós temos um barquinho, no valor de cinco mil reais, um tanque de criação de peixe; um celular da organização social. [...] nós temos a casa da associação, nós temos o projeto da casa própria, que veio através da associação e da cooperativa. Se fossem avaliar tudo [...] (Comunitário ribeirinho).

O depoimento apresenta como os ribeirinhos do Jorocazinho de Baixo conquistaram alguns direitos via a organização social da comunidade. Isso não surgiu do nada, é resultado de uma prática educativa e curricular coerente com os interesses dessas populações e tem gerado uma formação conscientizadora que possibilita aos sujeitos organizados realizarem lutas coletivas em prol da melhor qualidade de vida.

"O campo está em movimento", com essa frase Caldart (2001, p. 41) nos diz que o campo não é um espaço de estagnação, de atraso, pelo contrário, é um espaço onde as pessoas trabalham, produzem conhecimentos, cultura; dialogam sobre suas conquistas e dificuldades, se organizam em diversas instâncias sociais, e, assim, nesse lugar de lutas e de conflitos, os trabalhadores do campo, sejam estes ribeirinhos pescadores, agricultores, extrativistas, caboclos, quilombolas, povos da mata ou da floresta, vão transformando sua forma de ver o mundo e modificam também o jeito de a sociedade olhar para o campo e seus sujeitos.

Os movimentos sociais do campo compreenderam que teriam lugar na escola se buscassem transformá-la. Isso ocorreu quando foram descobrindo que nas escolas tradicionais não tem lugar para os povos do campo, devido a sua estrutura formal ou a sua pedagogia que desrespeita, desconhece a realidade, os saberes e a forma de aprender e de ensinar no campo (CALDART, 2001, p. 45-47).

Mediante tais constatações, identificam-se diferentes posicionamentos de currículo que, baseados no pensamento de Menegolla e Sant'Anna (1991, p. 51), assim se reportam:

> O currículo se refere a todas as situações que o aluno vive dentro e fora da escola. Por isso o currículo escolar não se limita a questões ou problemas que só se relacionam ao âmbito escolar. Ele não se restringe às paredes da escola e não surge dentro da escola. Nasce fora da escola. Seu primeiro passo é dado fora da escola, para poder entrar nela. Esse procedimento se justifica porque o currículo é constituído por todos os atos da vida de uma pessoa: do passado, do presente e tendo, ainda, uma perspectiva de futuro.

Com esse pensamento, amplia-se a dimensão conceitual de currículo. Constatam-se diferentes direcionamentos curriculares e, ao mesmo tempo, evidencia-se um currículo em construção quando observamos o aparecimento de um currículo que não nasce ou se esgota na escola, mas que se faz e refaz na história humana e acompanha a vida do sujeito. E a vida não é estática. Ao contrário, ela é dinâmica, dialética e sofre transformações. Nesse sentido, o currículo existe antes de entrar na escola e compartilha das mais variadas experiências culturais do sujeito. É, portanto, desse entendimento de currículo que compartilho. O currículo não é exclusividade só da escola. Ele surge fora e dentro da escola. Estas são algumas dimensões às quais o currículo vem se construindo e se materializando em diferentes espaços.

A forma como o currículo se materializa na escola multisseriada ribeirinha

A concepção de currículo que emerge dentro e fora da escola é compartilhada também no pensamento de Arroyo (2000) e Apple (2006), pois, para eles, existe um currículo que circula fora da escola e que como tal exerce função relevante na qualidade de vida dos sujeitos e os tem impulsionado à conquista de políticas públicas de direitos outrora negados pelas elites dominantes brasileiras. Conforme Apple (2006, p. 83), essas elites produzem paradigmas curriculares que visam interesses da cultura dominante, ou seja, "o estudo do conhecimento educacional é um estudo ideológico, a investigação do que determinados grupos sociais e classes, em determinadas instituições e em determinados momentos históricos consideram legítimo (sejam esses conhecimentos do tipo lógico 'que', 'como' ou 'para')". São elas que projetaram e introduziram a política curricular para a maioria das escolas brasileiras presentes no campo ou na cidade. Dessa forma, ao reconhecer que existe um currículo que se movimenta na conjuntura política educacional nacional, se reconhece também as limitações da escola multisseriada ribeirinha. E essas limitações ampliam-se no contexto da escola multisseriada ribeirinha, quando ela não tem autonomia, poder de decisão e depende criteriosamente de determinações da Secretaria de Educação e de outras duas escolas, em que uma escola assina e guarda a documentação escolar, outra é responsável pelo recebimento e prestação de contas do recurso a ela destinado.

Outra limitação da escola ribeirinha se dá no campo dos conhecimentos desenvolvidos, que têm como base, os conteúdos escolares selecionados e definidos pela Secretaria Municipal de Educação, que entregou uma listagem do que se deveria trabalhar em sala de aula desde 2005, sem qualquer participação dos sujeitos envolvidos no processo, antes, durante ou após a realização dessa escolha. Esses conteúdos foram organizados por níveis de ensino e disciplinas, e os assuntos encontram-se distribuídos em unidades para as turmas da educação infantil, como a disciplina de Português do Jardim I, apresentados a seguir.

1ª Unidade

- Coordenação viso-motora; vogais A, E, I, O, U; revisão das vogais; encontros vocálicos; introdução das consoantes; alfabeto.[1]

Para as séries iniciais do ensino fundamental, organizou-se a listagem de conteúdos em tópicos frasais, às vezes, com uma numeração que se destaca dos outros pelo sublinhamento, o qual nos permite interpretar como uma temática ampla que se desdobra em outros subtópicos, como demonstra o tópico frasal da 3ª série, referente à disciplina de Português:

Gramática aplicada

- Alfabeto, letras maiúsculas e minúsculas; sílabas; classificação de sílabas; sílabas tônicas; encontros vocálicos; encontro consonantal; dígrafos; antônimos e sinônimos.

Observa-se, assim, que o tópico frasal denomina-se *gramática aplicada* e na sequência são expostos os subtópicos a ele relacionados, definidos como os conhecimentos da disciplina de Português, para serem desenvolvidos com as crianças ribeirinhas da 3ª série do ensino fundamental; conhecimentos estes

---

[1] Essa listagem foi retirada da cópia do documento que contém os conteúdos programáticos da escola, desde 2005, e este material foi a mim fornecido pela professora da escola, em janeiro de 2008.

compreendidos dentro de uma estrutura disciplinar, nos moldes da educação urbana em que, em sua organização estrutural, identificamos elementos relevantes à formação da infância ribeirinha, desde que contextualizados em relação à realidade dos sujeitos; posto que não é possível concordar com uma proposta de conteúdos que ignore e/ou negue a cultura do sujeito. É evidente que a criança ribeirinha precisa reconhecer na formulação ou na leitura de um texto escrito os elementos estruturantes aí contidos, mas necessariamente eles não precisam ser apresentados de forma isolada, fragmentada e descontextualizada.

Contudo, não é somente a disciplina de Português que apresenta essa configuração. Ao observar toda a programação dos conteúdos disciplinares inseridos nessa listagem, identificamos a mesma organização; alguns contêm maior ou menor quantidade de assuntos a serem explorados, mas demarcam todos os conhecimentos por níveis de ensino, ou seja, os pertencentes à educação infantil e os das séries iniciais do ensino fundamental, sendo esses últimos a prioridade desta análise e reflexão.

Nas séries iniciais do ensino fundamental da escola em análise, apresenta-se, em seu currículo, uma relação de disciplinas agrupadas em: Português, Matemática, Ciências, sendo a proposta de ensino para Geografia e História unificadas por série, e somente os conteúdos de Artes constituem componentes únicos de ensino para os educandos de 1ª a 4ª séries do ensino fundamental. Identificam-se, com isso, alterações nos componentes curriculares. Mas, ainda assim, é intrigante e também "curioso que a defesa dos conteúdos gradeados e disciplinados venha em um momento em que as diversas áreas do conhecimento se repensam à luz de novos paradigmas" (ARROYO, 2000, p. 70).

No desenho curricular das disciplinas encaminhado pela Secretaria de Educação à escola ribeirinha, identificaram-se também conteúdos que possibilitam estudo, debate em sala de aula relacionando a realidade ribeirinha. E isso pode ser visualizado na listagem dos conteúdos indissociáveis para o ensino de Geografia e História explicitado a seguir:

Quadro 1
Relação de conteúdos do ensino de Geografia e História para as séries iniciais do ensino fundamental

1ª série	2ª série	3ª série	4ª série
Qual é a sua história?	Qual é a sua história?	Você e sua história.	O espaço paraense.
Como você é?	Algumas comunidades.	O município.	Os primeiros habitantes do Pará.
Como é seu abrigo?	Você e sua família.	O país.	Representação do espaço.
Você e sua família.	Você e a escola.	Geografia do município de Cametá.	Os movimentos populares.
Você e sua escola.	Você e a rua: localização espacial.	Localização e a representação do município.	História do Brasil.

O trabalho na sua vida.	Você, o bairro e sua história.	A economia e sua importância.	A economia paraense e sua importância.
Meios de transporte.	A cidade e o município.		O meio ambiente do estado do Pará.
Meios de comunicação.	Meios de transporte.		Espaço brasileiro.
Símbolos nacionais.	Meios de comunicação.		
Datas comemorativas.	O trânsito.		
Elementos produzidos pela natureza e sua importância.	Datas comemorativas.		
	Símbolos Nacionais.		

Fonte: Planejamento dos conteúdos escolares da Escola de Ensino Fundamental Jorocazinho.

Cada tópico frasal contido no quadro se desdobra em subtópicos que, considerando as informações contidas, se constatam conteúdos significativos para o sujeito ribeirinho e seu contexto social, mas, ainda assim, existem questões complexas de se compreender. Em minha opinião, uma delas é: como pode os educandos falar de si mesmos, da sua história, sem interligar esse pensamento a um determinado conceito que possuem sobre a família, a casa e o lugar onde vivem, por exemplo? Questões como estas não se encaixam, exatamente, por se apresentarem separadas, como se a história da vida da criança fosse algo dissociado dessas e de outras circunstâncias. Observa-se também repetição de conteúdos, para dois ou três anos de ensino seriado. Como ex-professora das séries iniciais de ensino fundamental, penso ser exaustivo a repetição de assuntos, tanto para os docentes, quanto para os discentes. E mais desestimulante ainda deve ser para os sujeitos que estudam ou ensinam numa escola multisseriada.

Todavia, por trás de uma proposta curricular, existe um ideal de formação humana. Ao considerar o pensamento de Arroyo (2000, p. 81), identificamos que "todo profissional do ensino-aprendizagem de qualquer conteúdo esteve sempre e está a serviço de um ideal de ser humano. Faz parte do nosso ofício. Ignorar esse traço é tentar abafar uma consciência histórica que nos persegue". Expõe ainda Arroyo (p. 81):

> O que leva o docente a se dedicar com eficiência em uma matéria? É a crença, o valor dado, a importância dada a essa aprendizagem para um dado ideal de ser humano, para um projeto de sociedade. Um ser humano competitivo para uma sociedade competitiva ou um cidadão participativo para uma sociedade igualitária. O que está em jogo são conteúdos referidos a um ideal de ser humano e de sociedade.

Os docentes conhecem o currículo escolar e reconhecem a postura de formação humana que nele tramita. O que geralmente acontece é que uns defendem esses princípios. E outros, mesmo tendo um posicionamento contrário e crítico, entendem que não podem deixar de mencioná-los. Em depoimento relata a professora da escola multisseriada: "eu não gosto de seguir à risca esses conteúdos, porque estão fora da nossa realidade. Trago para a sala de aula, às vezes, assuntos da nossa realidade como, por exemplo, aqui não tem fábrica, então falo do trabalho do povo ribeirinho, dos pescadores". A professora entrevistada não ignorou o assunto trabalho/fábrica. Ela redimensionou para a compreensão do discente ao discutir o trabalho do povo ribeirinho, dos pescadores. Assim, embora a Secretaria de Educação selecione um padrão de conteúdos que, às vezes, ignoram os saberes culturais dos sujeitos da escola, a professora, quando deseja, altera, realiza outra seleção de conteúdos pertinentes à comunidade. Todavia, essa atitude da Secretaria de Educação está impregnada por uma visão de currículo pautada em grades curriculares, não conseguindo acompanhar e avançar em relação ao que vem se construindo entre os diversos campos do conhecimento em relação ao currículo escolarizado, mantendo-se numa concepção fechada, conforme trata o autor:

> Os novos paradigmas da ciência tocam nos conteúdos da docência e terminam pondo em xeque a própria docência. Somos o que ensinamos. Nossa auto-imagem está colada aos conteúdos do nosso magistério. Essa imagem será mais fechada se os conteúdos se fecham, será mais aberta se os conteúdos se abrem [...] A questão não é secularizar o conhecimento socialmente construído, mas incorporar dimensões perdidas, visões alargadas, sensibilidades novas para dimensões do humano secularizadas (ARROYO, 2000, p. 71).

Os paradigmas curriculares não são os mesmos no discurso das ciências. Assim como a concepção de mundo entre os educadores vem se reformulando, e os conteúdos fechados e padronizados em lógicas lineares – anos letivos, semestres, graus, níveis de ensino, incorporados pelo sistema de seriação/multisseriação, sequenciada – rompem gradativamente as fronteiras do conhecimento mercadológico e globalizado que compreende o humano como mercadoria de compra (força de trabalho) para adentrar com esse sujeito nas diversas e diferentes dimensões humanas.

Entretanto, essa visão de conteúdos padronizados ainda é predominante na educação ribeirinha, e os reflexos dessa prática se manifestam quando a política educacional não faz o acompanhamento pedagógico à escola do campo nem realiza a formação continuada, ou encontros pedagógicos com os educadores. No caso de Cametá, raramente a supervisão aparece na escola e, quando se efetiva, é para assinar o diário de classe. Contudo, muitos educadores preocupados com sua formação buscam alternativas para ampliar sua base de conhecimento, como a professora participante desta pesquisa que, embora tenha somente a formação em nível médio, magistério normal, sempre que tem oportunidade, participa de cursos de formação continuada ofertada por outras instituições educacionais e compra livros didáticos e pedagógicos para auxiliar sua prática educativa.

Ao questioná-la sobre quais recursos lhe ajudam a desenvolver o conteúdo em sala de aula, uma de suas respostas foi a utilização do livro didático, e destacou: "não gosto desse livro", referindo-se aos livros distribuídos em 2005; "ele é cheio de coisas lá de São Paulo, prefiro meus livros velhos". Essa expressão focaliza sua crítica aos especialistas produtores dos livros didáticos que formulam e constroem materiais para serem utilizados em qualquer região do país, sem sintonia com as diversidades brasileiras e suas pluralidades regionais. Por outro lado, me intriga no discurso da docente, quando ela diz preferir os "livros mais velhos".

Por que essa preferência? Pus-me a indagar. Qual o significado dessa expressão para a professora? Em outro momento, a docente expõe que se referia com preferência aos "livros mais velhos", devido estes conterem conteúdos simples, textos curtos e de fácil assimilação para as crianças que encontravam inúmeras dificuldades em relação à leitura, à escrita e aos cálculos matemáticos. Esta foi uma escolha que facilitou sim, no desenvolvimento da escrita no quadro pela docente e a cópia destes conteúdos praticados pelas crianças em seus cadernos. No entanto, registrou-se, no percurso do primeiro semestre, que elas não conseguiam ler e entender o significado da grafia das quais tanto tinham que copiar.

Marta Kohl de Oliveira, uma importante estudiosa da teoria vygotskyana no Brasil, demonstra, a partir de seus estudos, como o mentor dessa teorização desenvolveu suas pesquisas pautadas no campo da evolução da escrita da criança. Fundamentada no pensamento vygotskyano, expressa Oliveira (2006) que a escrita é mediada pela cultura, de forma que a criança, antes mesmo do contato com a escrita no mundo escolar, se relaciona com a cultura letrada exposta nos diferentes usos da linguagem escrita e seu formato, atribuindo concepções variáveis desse objeto cultural ao longo do seu desenvolvimento. Nesse sentido, destaca a autora:

> A principal condição necessária para que uma criança seja capaz de compreender adequadamente o funcionamento da língua escrita é que ela descubra que a língua escrita é um sistema de signos que não tem significados em si. Os signos representam outra realidade; isto é, o que se escreve tem uma função instrumental, funciona como um suporte para a memória e a transmissão de idéias e conceitos (OLIVEIRA, 2006, p. 68).

Esse processo de aquisição da escrita antes da intervenção escolar parte do contexto cultural da criança, o que, eventualmente, se confirma na comunidade ribeirinha, quando as crianças fazem leitura de sistemas de signos em embalagens, conceituam os objetos de sua cultura ou quando conseguem decodificar a leitura de uma imagem como se tivessem lendo um texto escrito. Entra nessa reflexão a facilidade que adquiriram para desenhar. Em um período em que não dominavam a leitura e a escrita correta das palavras, guardavam na memória o registro de diversos objetos de sua cultura, o qual conseguiram assim representar:

Figura 1: Desenho de um aluno da 2ª série sobre a cultura local
Fonte: Maria do Socorro Dias Pinheiro, abril de 2008.

Em vista dessas circunstâncias, "poderíamos dizer que o que se deve fazer é ensinar às crianças a linguagem escrita e não apenas a escrita de letras" (OLIVEIRA, 2006, p. 72). Identifica-se, desse modo, uma política curricular que se materializa na escola, de forma deslocada da vida cultural da infância e adolescência ribeirinha, emersa em um contexto favorável à aprendizagem, com uma variedade de conhecimentos a serem explorados na sala de aula. Mesmo inserida numa localidade onde os sujeitos sociais vivem e vivenciam diversas experiências, nem sempre as experiências significativas da comunidade ribeirinha são temas de estudo dentro da sala de aula. E, na maioria das vezes, quando esses conhecimentos vão para sala de aula, são explorados superficialmente e sem conexão com os conhecimentos sistematizados.

A base política da educação ribeirinha está influenciada pelo paradigma seriado, disciplinar, e conta, ainda, com uma estrutura física precarizada. Ao refletirmos sobre o currículo nesse contexto e analisarmos a presença de uma diversidade social, educacional e cultural, concordamos com o pensamento de Apple (2006), que na obra *Ideologia e currículo* discute como se formulam as políticas curriculares e como se materializa a dominação pela via do conhecimento.

> Como foi dito repetidamente aqui, o conhecimento que chegava às escolas no passado e que chega hoje não é aleatório. É selecionado e organizado ao redor de um conjunto de princípios e valores que vem de algum lugar, que representam determinadas visões de normalidades e desvio, de bem e de mal, e da forma como as boas pessoas devem agir (APPLE, 2006, p. 103).

Nessa perspectiva, constatou-se um currículo que se materializa nos murais expostos na sala de aula, no varal onde estão em exposição os desenhos xerocados juntamente com a pintura e a colagem produzidos pelos educandos; que está nos cadernos dos alunos e no planejamento da professora, no livro didático, no significado do que se encontra no quadro de giz ou magnético. Está, sobretudo, nos conhecimentos que os sujeitos sociais daquele espaço (sala de aula) conseguiram acumular em diferentes espaços de convivência social e nas suas relações cotidianas que lhes possibilitaram uma amplitude significativa de saberes culturais, às vezes, considerados saberes ou conhecimentos não científicos, não acadêmicos, mas muito úteis à sobrevivência fora do contexto escolar.

Essa leitura da sala de aula possibilita-nos compreender que o currículo não é apenas os conteúdos programáticos, ou "a listagem de conhecimentos ou conteúdos das diferentes disciplinas para serem ensinadas de forma sistemática, na sala de aula" (MENEGOLLA; SANT'ANNA, 1991, p. 50), mas todo o conjunto da sala de aula, da escola e do seu entorno. Conjunto este que se materializa desde a seleção dos conteúdos significativos ou não, as relações sociais, a produção do conhecimento e dos materiais pedagógicos, o envolvimento da escola com as questões sociais da comunidade, entre outros. De acordo com o pensamento de Apple (2006), o currículo alcança uma dimensão que se estende para além dos aspectos econômicos. Então, ao descrever anteriormente o espaço e o contexto da escola ribeirinha, nossa intenção era evidenciar o quanto a sala de aula significa não somente como um espaço para se dar aulas ou para exposição de desenhos, colagens, letreiros, cartazes, murais e frases, mas como o local do encontro dos mais importantes sujeitos do ensino e da aprendizagem, o professor e o aluno.

A sala de aula é um espaço significativo para os envolvidos no processo de desenvolvimento do conhecimento. Ela é o centro do acontecimento da educação escolarizada, pois a formação básica escolar do educando se dá nesse espaço de interação entre sujeitos mediados pela realidade. Expõe Vasconcelos (2004, p. 12) que é dentro da sala de aula que ocorre o ato de educar; é no contato com os educandos que o educador sente os problemas cotidianos, muitos destes, sem soluções; ele percebe a desvinculação da formação acadêmica que muitas vezes não dá conta da vida escolar. Esse pensamento do autor se evidenciou na observação em sala de aula e estão expressos nos relatos do alunado, quando descrevem sobre sua dificuldade com a aprendizagem da leitura, como também está expresso na fala da professora que reconhece o problema, mas não consegue encontrar os caminhos mais adequados para auxiliar os educandos na dificuldade com a leitura.

E de fato é muito difícil resolver o problema da leitura numa sala no qual o único instrumento de leitura existente é o livro didático. Que prazer pode ter o aluno ribeirinho com uma única fonte de acesso à leitura? E quando são passados outros textos que não estão nos livros dos educandos, estes são, em sua maioria, oriundos de outros livros didáticos, próprios da docente. A professora também não tem outros recursos. Os livros de literatura infanto-juvenil distribuído pelo Ministério de Educação não atendem as populações que estudam nas escolas multisseriadas. Os que usufruem desses instrumentos de leitura são as escolas urbanas e do campo com maior número de alunos. Em entrevista, a professora assim se manifesta:

> [...] outro dia, estavam dando uns quites [livros de literatura] na cidade, mas só era para escola reunida,[2] escola com diretor, não era pra "escola isolada",[3] multisseriada. Só que eu briguei, briguei, aí consegui um quite de literatura (Professora de Escola Multisseriada – Cametá).

Constata-se, pelo relato da professora, como vem ocorrendo a distribuição de livros essenciais à prática da leitura. Percebe-se que essa distribuição lamentavelmente não está à disposição de todos os estudantes, de tal maneira que tem deixado sem acesso as escolas ribeirinhas multisseriadas.

Entretanto, nas políticas educacionais, estão inseridos programas que avaliam a educação básica e recentemente instituiu-se a Provinha Brasil, responsável pela avaliação nacional dos estudantes das séries iniciais do ensino fundamental, o que torna implícita, a partir de então, a exigência dos governos municipais juntos aos docentes de que estes apresentem melhores resultados. Este é o caso de Cametá, que está com um índice[4] de desempenho educacional baixo. O governo municipal, por meio da Secretaria de Educação, tem exigido dos educadores das séries iniciais do ensino fundamental maior disponibilidade de tempo escolar para o ensino da leitura, da interpretação e dos cálculos matemáticos, e os educadores precisavam controlar o desempenho de seus alunos por meio de uma ficha avaliativa, distribuída

---

[2] Escolas reunidas ou nucleadas possuem a mesma significação no município de Cametá. São denominações conceituais, atribuídas à escola seriada que aglutina educandos e educadores de escolas multisseriadas de localização próximas numa única comunidade e, acima de cem alunos, lhes garante um administrador escolar para unidade de ensino e outros profissionais como: secretário, merendeira e servente.

[3] É uma das palavras que denominam a escola que aglutina crianças de várias séries e idades da educação infantil ou das séries iniciais do ensino fundamental ou ainda de ambos os níveis, num mesmo espaço, com único professor, para desenvolver o ensino e as demais tarefas necessárias em uma escola, como: merenda, limpeza da escola, organização do material da secretaria e administração escolar. Essa mesma palavra está empregada no Plano Nacional de Educação – 2001, como uma diretriz a ser perseguida pelos objetivos e metas n° 16 que assim trata: "Associar as classes isoladas unidocentes remanescentes a escolas de pelo menos quatro séries" (MEC, 2001). Significa também escola multisseriada e, conforme o regimento da educação municipal e a portaria estadual, essa denominação caracterizou escolas anexas.

[4] Conforme o Índice de Desenvolvimento da Educação Básica (IDEB), que mede a qualidade da educação no país, o resultado geral da educação de Cametá nas *séries iniciais do ensino fundamental* no ano 2005 correspondeu a 2,4 e em 2007 equivaleu a 2,6.

pela Secretaria de Educação no primeiro semestre. No entanto, nem mesmo os educadores compreenderam o que precisam fazer com o documento.

O fato é que, ao final do ano letivo, os alunos precisam dominar fluentemente a leitura, a interpretação de textos por meio da escrita, os cálculos matemáticos, para aumentar os dados quantitativos do Índice de Desenvolvimento da Educação Básica (IDEB). No entanto, quais condições estão sendo ofertadas aos educandos e educadores da educação básica do campo, ou mesmo aos das séries iniciais do ensino fundamental, para que possam efetivar experiências significativas de cálculos matemáticos e de leitura e escrita? O que de fato se evidencia é a inexistência de formação continuada para os educadores, ausência de recursos financeiros e didáticos, bem como fontes de leitura que os despertem para o prazer de ler na fase infanto-juvenil em escolas multisseriadas ribeirinhas.

Nota-se, por outro lado, que existem inúmeras possibilidades de aperfeiçoar o ensino da leitura nas séries iniciais do ensino fundamental. Mas não são todos os professores do campo que tiveram acesso a esses mecanismos. Alguns deles mal completaram o curso do magistério e há quatro anos não lhes são ofertados cursos de formação continuada pela Secretaria de Educação do município. Carece ainda ser destacado que poucos são os educadores do campo que têm acesso aos livros acadêmicos ou a bibliotecas para pesquisa, de tal maneira que parte desses docentes, quando têm oportunidade, adquirem livros pedagógicos que auxiliam na prática cotidiana da sala de aula, como é o caso da professora deste estudo. Esse fato é decorrente de uma formação docente ineficaz que não lhes oportunizou conhecer melhor as teorias educacionais. Pois, como sabemos, não se aplica a teoria pedagógica sem conhecer sua metodologia, ou seja, não é possível aplicar a teoria educacional de Dewey, Paulo Freire, Montessori, Piaget, Vygotsky, Wallon ou qualquer outro teórico da educação sem conhecer as matrizes pedagógicas que fundamentam sua base curricular.

Paulo Freire (1987), por exemplo, evidencia que, antes de se proceder a leitura das palavras escritas, o sujeito necessita saber fazer a leitura de mundo. Isso significa que a criança e o adolescente ribeirinho devem ter acesso a outras fontes leituras: a leitura de sua realidade, do mundo que os cercam. Podem partir da leitura de sua cultura, das ferramentas presentes no seu contexto social. O contexto social onde esses sujeitos estão inseridos é bastante sugestivo para outras leituras, e a cultura ribeirinha, por si mesma, é criativa e, caso fossem escritos, reescritos e refletidos, seus textos na sala de aula poderiam contribuir na construção de outros instrumentos de leitura com referência na cultura local.

Com base nessa argumentação, ao entrevistar os educandos, questionou-se a respeito dos conhecimentos os quais eles conseguiram acumular acerca da sua realidade social, e as respostas foram muitas e surpreendentes para um aprendiz, como eu. Conseguiam explicar muito bem sobre suas aprendizagens fora da sala de aula. Um deles expôs sobre quais conhecimentos básicos são necessários para capturar o camarão:

> Pra pegar camarão, a gente pega com a tarrafa, o matapi e com paneiro. Com tarrafa, eu tenho uma tarrafa lá em casa, a gente joga, depois vai só puxando aí o camarão vem tudo pra dentro. A água precisa estar baixa, quando ela enche fica ruim pra pegar. A outra forma de pegar o camarão é com o matapi. O matapi eu não sei fazer. Mas a gente bota uma poqueca[5] dentro amarrada, bota uma corda nele e deixa lá. Vai ver no outro dia um bocado de camarão dentro. Outra forma de pegar o camarão é com o paneiro. É fácil. É só encontrar um toco assim, de pau grande e mete o paneiro e faz assim com a mão [faz o gesto] e vem todinho pra dentro. Aí a gente puxa. (Educando D).

Esse estudante cursa a 2ª série do ensino fundamental e tem 11 anos de idade. No período dessa entrevista (1º semestre de 2008), ele tinha muita dificuldade com a leitura das palavras, não conseguia realizar a leitura de sílabas simples, ou seja, sílabas de palavras sem os dígrafos *lh*, *nh*, *rr*, *ss*, *sc*, *xc*, entre outras. Mas se comunicava bem e fez uma exposição como esta, numa sequência lógica, clara, dos fatos, se utilizando do dialeto próprio. Ele manifesta conhecer o vocabulário circulante da sua cultura, mas não tem a mesma facilidade com a leitura das lições de textos escritos contidos no livro didático. Essa dificuldade nos provoca uma reflexão: o que faz uma criança inteligente, com facilidade de comunicação, não dominar o mundo da leitura de palavras, frases e textos escritos?

Às vezes as preocupações maiores da escola e de alguns educadores se concentram em "'dar o conteúdo' e defender sua sobrevivência" (VASCONCELOS, 2004, p. 12), sem muita atenção ao que os educandos estão conseguindo realmente apreender. Para Rubem Alves (2003), o conhecimento precisa ter sentido e significado para nossa vida cotidiana. Mas geralmente as aprendizagens se fazem desconectadas da realidade social do sujeito. Estudam-se na escola diversas disciplinas sem relação alguma com a vida dos estudantes. Pensa o autor que os conhecimentos disciplinares presentes nos conteúdos da Matemática, Química, Física, História, Linguagem e outras precisariam estar relacionados à vida e misturarem-se com as necessidades práticas do cotidiano.

Esse ponto de vista nos faz refletir sobre o pensamento do educando outrora citado, pois, na fala, se identifica um relato significativo de sua realidade e constata-se: "Pra pegar camarão a gente pega com a tarrafa, o matapi e com paneiro". Ele manifesta conhecer três formas de capturar camarão. Essas informações revelam conhecimento de cálculos matemáticos, leitura de mundo, domínio de conceitos, oriundos da aprendizagem vivida, da luta pela sobrevivência própria da cultura

---

[5] Uma porção de farelo ou babaçu que é colocada em pedaços de saco plástico ou em folhas de árvores, que, em seguida, são amarrados e colocados dentro dos matapis. Eles são pequenas porções de isca utilizada quando se vai capturar camarão com esse instrumento.

ribeirinha. Com essa frase, ele expõe explicitamente conhecer e distinguir os instrumentos dessa atividade: a tarrafa, o matapi e o paneiro.

Mais adiante ele relata sobre o domínio das técnicas de captura desse crustáceo, ao exemplificar: "com tarrafa, a gente joga depois vai só puxando aí o camarão vem tudo pra dentro. A água precisa estar baixa, quando ela enche fica ruim pra pegar". Retrata-se, nesse contexto, qual deve ser a "situação da água do rio" na captura do camarão com a tarrafa e, mediante tal definição, evidencia-se a relação dos educandos com as águas do Rio Tocantins e constata-se que isso resulta da somatória de conhecimentos que estes adquirem da relação com a natureza desde a tenra infância. Confirma-se o domínio do "como fazer" na exposição da segunda técnica: "Com o matapi, bota uma poqueca dentro amarrada, bota uma corda nele e deixa lá. Vai ver no outro dia". As crianças ribeirinhas observam e auxiliam seus pais nas atividades diárias e aprendem desde cedo a fazer algumas atividades como as poquecas para capturarem o camarão em matapis; acompanham e ajudam os pais a colocarem e retirarem esses instrumentos de pesca, entre outras. Dessa forma, aprendem com os adultos as técnicas essenciais à sobrevivência ribeirinha.

"Com paneiro, é só encontrar um toco assim, de pau grande e mete o paneiro e faz assim com a mão [faz o gesto] e vem todinho pra dentro; aí a gente puxa." Ao mencionar a última técnica, identifica-se a amplitude do saber fazer do educando ribeirinho e seus conhecimentos por meio da observação da experiência dos pais. O educando descobriu e ensinou-me que troncos de árvores emersas abrigam espécies de camarão. E uma forma de capturá-lo é conhecer o *habitat* onde este crustáceo se abriga. São diversas as informações contidas nas expressões e evidentemente, se formos prolongar a análise do sentido e significado das falas, veremos que elas perpassam por várias áreas do conhecimento científico. São saberes que estão na cultura popular, e não em um currículo fechado. Mas a professora talvez ainda não tenha despertado para pensar, refletir e alfabetizar seus educandos a partir daquele contexto social, ampliando a relação do conhecimento vivido cotidianamente na cultura ribeirinha com o saber da academia.

Com a utilização de um currículo pronto e acabado, os saberes da cultura vivida não conseguem adentrar com facilidade no espaço escolar, particularmente quando ele está organizado em uma listagem de conteúdos distribuídos em séries e disciplinas. E, de acordo com os estudos desenvolvidos por autores e professores do campo da didática, "selecionar e organizar conteúdos não se confunde com mera listagem dos mesmos, mas envolve a apresentação dos conteúdos inter-relacionados de forma orgânica e dinâmica" (MARTINS, 2005, p. 80).

Divulgou-se na *Revista Escola*, em janeiro de 2008, um artigo sobre currículo e nele se referia que "não é de estranhar, portanto, que muitos ainda acreditem que um currículo seja apenas uma lista de disciplinas e conteúdos" (ARAÚJO,

2008, p. 32). A partir dessas reflexões, identificou-se que a escola ribeirinha tem sido influenciada em suas práticas educativas por esse pensamento que insiste em compreender a organização curricular como uma listagem de disciplinas e conteúdos, posto que se constatou uma listagem contendo os temas ou assuntos que indicam terem sido retirados de livros didáticos, visto que há certa facilidade de encontrá-los nesse recurso. Isso facilita a elaboração do plano de aulas; no entanto, é uma referência que tem se estabelecido por meio de parco diálogo entre os educandos e educadores. Contudo:

> A transmissão do conhecimento que se realiza no interior da escola possui uma força que é sem dúvida diferente daquela que se realiza no interior da família. Há uma escolha do que merece ser transmitido e os critérios para essa escolha estão veiculados à transformação ou à conservação de certa ordem social que promove certa cultura como única, como legítima (CAPORALINI, 2005, p. 130).

Observou-se, em sala de aula, que os assuntos/conhecimentos são extraídos algumas vezes do caderno de planejamento docente, ou diretamente do livro didático – sobretudo, quando a educadora não conseguiu elaborar seu plano de aula –, sendo repassados em forma de texto/atividade aos alunos, que, por sua vez, escrevem bastante e são menos motivados a aprenderem a ler. Com isso os educandos copiam e escutam os resultados de uma ação pedagógica desinteressante sem tanta relevância para sua vida sociocultural.

"Hoje a nossa aula é sobre números pares e ímpares." Expôs a professora no primeiro dia da minha observação em sala de aula, após ter decorrido as atividades de rotina, frequentemente realizadas pelos educadores da educação infantil e séries iniciais do ensino fundamental, entre as quais estão: o canto de uma música, a verificação do calendário do dia, a situação do tempo, a chamada, entre outros. Ela convida alguns alunos para frente, coloca-os nas laterais da sala de aula em números iguais, entrega-lhes papéis contendo uma numeração correspondente de um a 20. Entre os alunos um "tapete de papelão" dividia os grupos ao meio. Era confeccionado com cola e revistas e proporcionou ótima visualização na sala.

Após distribuir papéis contendo a numeração de um a dez, a docente questionou quem estava com o número um, dois, três, assim sucessivamente, e, para os que não conheciam a numeração solicitada, ela falou o número. Desse modo, quando retomou novamente o questionamento "quem tem o número um"? O aluno com aquela numeração mostrava, e a professora a todos explicava: "O número um é um número ímpar e um número primo. Os números ímpares não podem ser divididos". Em seguida, ela os convidou a cantar uma melodia que expressava a significação central par/ímpar, passou a cola no papel contendo a numeração um, solicitou que o aluno colasse no papel almaço exposto na parede. Quando o segundo educando falou, ela disse: "o dois é um número par. Ele é um número divisível. Pode ser divido", acrescenta a docente. E novamente voltam a cantar. Esse indicativo permaneceu até que todos tinham se manifestado. Ao final solicitou que se sentassem e, então, começou a passar no quadro um texto denominado "Pares e ímpares", assim descrito: foram desenhados, no quadro magnético, conjuntos circulares. Os dois primeiros continham desenhos de dois pares de meia sem tópico frasal; o segundo comando, a frase: *dois pares de luvas* em três conjuntos; a terceira questão destaca: *quatro pares de brincos* em três conjuntos. Todos os conjuntos possuíam ilustrações referentes ao comando das questões. Encerrou-se o texto com a frase: *As meias, as luvas e os brincos formam conjuntos*. Mas esta sem ilustração. Para envolver os educandos da educação infantil que não conseguiam copiar no caderno o que estava escrito no quadro, distribuiu-lhes desenhos, os quais colocaram em cima do "tapete de papel" uma vez que o material utilizado para realização da pintura era de uso coletivo.

Ao refletir sobre a aula descrita, identificamos que os conhecimentos utilizados naquele dia pertenciam ao campo da Matemática e são significativos para a infância, uma vez que se convive constantemente com esses conceitos, um geralmente mais verbalizado do que o outro. A maioria das pessoas frequentemente se utiliza do termo: "pares" e de sua materialização. Verbaliza-se a expressão – pares de sandálias ou de meias –, e concretiza-se essa ação – no nosso corpo, temos pares de olhos, ouvidos, mãos, etc. É interessante a familiaridade que construímos com os pares. Eles apresentam um referencial que se aproxima do coletivo, numa visão antropológica do eu e o outro. Ao passo que, ao o significado do número ímpar, mesmo ao valor maior que um, se atribui logo um significado diferente, de não distribuição total, divisão desigual, noção de acúmulo e individualismo.

Contudo, esse assunto poderia ter alcançado maior amplitude de significado se tivessem sido exploradas inicialmente situações próprias da comunidade ribeirinha. No entanto, os processos de aprendizagens nos quais a escola tem se edificado perpassam por uma concepção em que os sujeitos centrais da ação educativa – os educandos – são condicionados pelos conhecimentos a serem aprendidos em lógicas e tempos predefinidos.

> O currículo vem conformando os sujeitos da ação educativa – docentes e alunos. Conforma suas vidas produz identidades escolares: quem será o aluno bem-sucedido, o fracassado, o aprovado, o reprovado, o lento, o desacelerado, o especial (ARROYO, 2007, p. 22).

Compreende o autor que a escola produz um ordenamento curricular e legitima a reprodução de conhecimentos hierarquizados em componentes curriculares, às vezes dispersos, e os sujeitos centrais da ação educativa são ordenados em categorias de classificação. Com isso "durante o percurso escolar aprendemos a ser alunos como a escola quer, ou espera que sejamos" (ARROYO, 2007, p. 22).

Na imagem a seguir, por exemplo, está escrito um texto da disciplina de Português cujo assunto *sílabas* compõe a referência prioritária do conhecimento ensinado às crianças. O texto que aparece na imagem fotográfica foi passado no horário da manhã aos alunos da educação infantil, aos que já conseguem retirar textos/atividades escritas do quadro magnético e aos educandos da 1ª e 2ª série. O texto é ilustrado com a imagem do felino em estudo, demonstrado por meio de um desenho feito pela professora. Observou-se que a professora escreveu o texto no quadro e, após alguns minutos (enquanto escrevia nos cadernos da educação infantil), efetivou a leitura do texto sem a participação dos educandos. Enquanto realizava a leitura das sílabas escritas no quadro, identificou-se que as sílabas expostas foram lidas como se a pronúncia fosse idêntica para todos os fonemas, ou seja, ao produzir os fonemas *ga, go, gu*, identificamos que estes produzem sons que difere do *ge* e do *gi*. No entanto, estes foram lidos como se todas as pronúncias fossem iguais ao primeiro grupo aí citado. Foi explicado aos educandos que aparecem palavras no texto com uma diferenciação entre as letras maiúsculas e minúsculas, e que as letras maiúsculas foram utilizadas no início de frases e em nomes próprios, como o nome do gato *Gigi* e *Gilda*, sua dona.

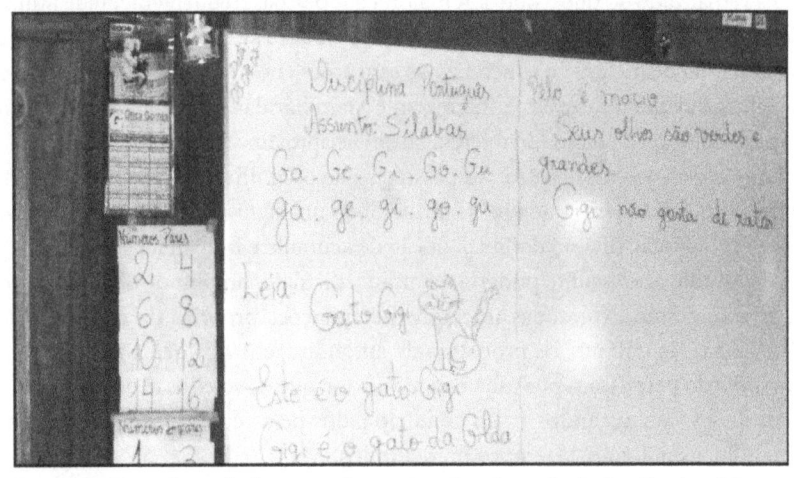

Figura 2: Texto/atividade para educandos da educação infantil a 2ª série.
Fonte: Maria do Socorro D. Pinheiro, 04/ 2008.

Enquanto a professora discorria a leitura do texto que aparentemente parecia simples, fiquei a imaginar que certamente aquele felino em nada parecia com os que eu havia visto na casa dos ribeirinhos. Era um animal bonito, macio que não consumia ratos e certamente só poderia ser de uma dona que lhe tratava com ração. Seria ele um animal de estimação de madames ricas que o tratava com requintes finos? Os animais domésticos na comunidade degustavam a sobra de alimentos da mesa de famílias ribeirinhas e de outros encontrados na natureza. Eram animais bem cuidados, mas não lhes era dado nenhum tratamento refinado. Com isso comecei a imaginar qual o sentido de um texto como aquele, para educandos ribeirinhos? Seria para enfatizar como alguns gatos são tratados ou para provocar o diálogo sobre por que alguns animais domésticos alimentam-se de ração enquanto outros das sobras? Não sei certamente qual seria a intenção do autor. Consegui observar que o texto não suscitou nenhum tipo de interpelação a não ser a complementação exatamente expressa no texto, quando desenvolvido sua interpretação.

Entretanto, aquela aula não surgiu dos interesses educativos dos sujeitos do processo de ensino e aprendizagem, e sim de um documento contendo a listagem de conteúdos programáticos fornecido pela Secretaria Municipal de Educação de Cametá, aos educadores do campo, que exercem o magistério em escolas multisseriadas. E seu desdobramento em disciplinas e conteúdos está distribuído nas diferentes séries iniciais e, certamente, é o mesmo para as escolas seriadas urbanas.

> A cultura escolar tende a curricularizar, gradear, disciplinar e normatizar saberes sociais, relações até ciclo de desenvolvimento. [...] a tentação mais atraente, porque mais fácil, é administrar carteiras e material, crianças e mestres, cargas horárias. Tudo como objeto quantificado, cortados e recortados, unidos ou separados. Nivelar tudo e todos. Nem sempre o mais fácil é o mais pedagógico (ARROYO, 2000, p. 65).

Desse modo, para compreender melhor a argumentação explorada por Arroyo, recorreu-se ao documento para observar como o assunto *sílabas* se desdobra na listagem de conteúdos de Português e, ao observar o quadro elaborado a partir dessa listagem, percebe-se o assunto *sílabas* para as quatro séries iniciais do ensino fundamental e, conforme mostra o quadro, constatou-se que o conteúdo desenvolvido na aula, naquele dia, aparece da seguinte maneira, para diversas séries iniciais do ensino fundamental (1ª a 4ª).

Quadro 2
As sílabas, na disciplina de português, nas séries iniciais do ensino fundamental

Séries	Disciplina Português
1ª	1 – Leitura, análise e interpretação de texto
	❖ Sílabas complexas;
2ª	2 – Gramática
	❖ Sílabas complexas;
	❖ Sílabas: número e tonicidade.
3ª	3 – Gramática aplicada
	❖ Sílabas;
	❖ Classificação de sílabas: monossílaba, dissílaba, trissílaba e polissílaba;
	❖ Sílaba tônica.

4ª	**4 – Gramática aplicada** ❖ Sílabas; ❖ Classificação de sílabas: monossílaba, dissílaba, trissílaba e polissílaba; ❖ Sílaba tônica: oxítona, paroxítona e proparoxítona.

Fonte: Planejamento escolar da E.M.E.F. Jorocazinho.

Conforme o quadro, o assunto *sílabas* aparece como conteúdo significativo para as séries supracitadas nove vezes para ser estudado, com acréscimo de alguns complementos repetitivos, como é o caso de *sílabas complexas* para a 1ª e 2ª séries e as *sílabas quanto ao número e à tonicidade*, que se repetem com outras palavras da 2ª até a 4ª série. Mas a palavra *sílaba* sem complemento surge como uma atribuição conteudista a ser ministrada nas 3ª e 4ª séries, ou seja, o texto escrito anteriormente, no quadro magnético, é, de acordo com o documento, um conteúdo específico a ser estudado nas 3ª e 4ª séries.

Pode-se interpretar que a docente preferiu utilizá-lo de outra forma quando apresentou o mesmo texto para todas as séries, pois as sílabas são elementos essenciais na formação das palavras e possibilita a leitura por meio de uma proposta metodológica que, no caso, se baseou no processo da silabação. Indaga-se por que um texto, aparentemente simples, em quase nada foi explorado no sentido interpretativo. Pode ser porque são poucos os que leem, e os que conseguem são como se ainda estivessem no início da alfabetização. Assim, para melhor compreender, é relevante visualizar a forma como procedeu a organização do texto:

Assunto: Sílabas

GA GE GI GO GU

ga, ge, gi, go, gu

Gato Gigi.

Este é o gato Gigi.

Gigi é o gato da Gilda.

Gigi é bonito e seu pêlo é macio.

Seus olhos são verdes e grandes.

Gigi não gosta de ratos.

O texto está composto por frases curtas e palavras de sílabas simples e complexas. Estava acessível ao conhecimento de educandos de 1ª e 2ª série e relacionado ao assunto proposto (*sílabas*), porém não foi exercitada a prática de leitura com os alunos para que estes pudessem descobrir o significado das sílabas na formação de palavras e das palavras para formação de frases, o que culminou na elaboração do texto. Com isso, finalizou-se a aula, tendo como fio condutor daquela manhã, um processo de ensino baseado na condição do domínio da escrita, do escrever, o ato de copiar no caderno o que estava escrito no quadro.

O ato de copiar, sem conhecer o significado daquilo que está sendo copiado, é uma prática pedagógica que permanece arraigada na história da educação brasileira, e evidencia-se na escola ribeirinha a remanescência de uma pedagogia bancária que, de acordo com o pensamento freiriano:

> Nela, o educador aparece como seu indiscutível agente, como o seu real sujeito, cuja tarefa indeclinável é "encher" os educandos dos conteúdos de sua narração. Conteúdos que são retalhos da realidade, desconectados da totalidade em que se engendram e cuja visão ganharia significação. [...] quatro vezes quatro, dezesseis; Pará, capital Belém, que o educando fixa, memoriza, repete, sem perceber o que realmente significa quatro vezes quatro. O que verdadeiramente significa capital Belém, Belém para o Pará e Pará para o Brasil (FREIRE, 1987, p. 57-58).

Na sala de aula, quando supervalorizamos a quantidade de conteúdos escritos nos cadernos dos educandos e trabalhamos com conteúdos sem significação para a vida dos alunos, estamos impedindo que o sujeito da aprendizagem se torne cidadão de direito. Não basta receber conhecimentos prontos e acabados. Estes precisam conter requisitos que possibilitem ao sujeito que aprende compreender o verdadeiro significado das coisas e do mundo. Nisso, o pensamento freiriano colabora para que possamos pensar e refletir sobre os conteúdos significativos, norteados pela realidade local e que tenham como bússola a totalidade do conhecimento. Desse modo, para o autor, o educando necessita conhecer o verdadeiro significado dos cálculos matemáticos para sua vida, assim como não basta conhecer os nomes das localidades geográficas, faz-se necessário compreender o nosso espaço como pertencimento de um contexto social mais amplo, o significado e a influência de um sobre o outro e, ainda, o reflexo disso nas nossas vidas cotidianas.

Elementos inconclusivos

O currículo tem sido enfatizado nas pesquisas educacionais como um instrumento de controle social que perpassa pela estrutura dominante da sociedade adentrando no contexto escolar propriamente dito. No entanto, o currículo tido como instrumento de manipulação e manutenção da realidade pode adquirir outra dimensão na conjuntura escolarizada e no espaço da sala de aula. É na sala de aula onde as interações entre as pessoas acontecem. Todavia, enquanto a sala de aula for construtora de um currículo que se distancie das experiências vividas na cultura do educando, seu desdobramento será o de continuar proliferando uma educação dominante e alienadora.

A educação bancária precisa ser revista e reprogramada no sentido de fazer da escola e do espaço de sala de aula um lugar do conhecimento socialmente construído a partir das necessidades da comunidade, relacionando os saberes e as experiências vividas na cultura ribeirinha, ao conhecimento acadêmico. Pois, de acordo com Regis Morais (2001), a sala de aula é um espaço político e pedagógico que precisa pleitear o debate contra o saber e o poder hegemônico, enfatizando as contradições de classe existentes entre oprimidos e opressores. Se o trabalho de sala de aula não é aproveitado para possibilitar a construção de um conhecimento crítico e transformador refletido, discutido e questionado nessa dialética entre o saberes das diferentes culturas, o nosso trabalho pedagógico deixa de cumprir sua função social. Estas são algumas características que, grosso modo, não devem estar ausentes da prática pedagógica desenvolvida na escola multisseriada ribeirinha.

Referências

ALVES, Rubem. *Conversas sobre educação*. Campinas, SP: Verus, 2003.

APLLE, Michael W. *Ideologia e currículo*. Porto Alegre: Artmed, 2006.

ARAÚJO, Paulo. O norte para a aprendizagem. Redes, escolas e professores revelam como montar esse documento que serve de bússola do ensino. *Currículo*, São Paulo, ano XXIII, n. 209, p. 32, jan.-fev. 2008.

ARROYO, Miguel G. *Ofício de mestre: imagens e auto-imagens*. Petrópolis, RJ: Vozes, 2000.

ARROYO, Miguel G. *Indagações sobre o currículo: educandos e educadores, seus direitos e o currículo*. Brasília: Ministério da Educação, Secretaria de Educação Básica, 2007.

BRANDÃO, Carlos Rodrigues (Org.). *O que é educação*. São Paulo: Artistas Gráficos, 1991.

CALDART, Roseli Salete. A escola do campo em movimento. In: BENJAMIN, César e CALDART, Roseli Salete. *Projeto popular e escolas do campo*. Brasília, DF: Articulação Nacional Por uma Educação Básica do Campo, 2001.

CAPORALINI, Maria Bernadete Santa Cecília. Na dinâmica interna da sala de aula: o livro didático. In: VEIGA, Ilma Passos Alencastro (Org.). *Repensando a didática*. Campinas, SP: Papirus, 2005.

FREIRE, Paulo. *Pedagogia do oprimido*. Rio de Janeiro: Paz e Terra, 1987.

FREIRE, Paulo. *Educação e mudança*. Rio de Janeiro: Paz e Terra, 1979.

MARTINS, Pura Lucia Oliver. Conteúdos escolares: a quem compete a seleção e a organização? In: VEIGA, Ilma Passos Alencastro (Org.). *Repensando a didática*. Campinas, SP: Papirus, 2005.

MENEGOLLA, Maximiliano; SANT' ANNA, Ilza Martins. *Por que planejar? Como planejar? Currículo, área, aula*. Petrópolis, RJ: Vozes, 1991.

MORAIS, Regis (Org.). *Sala de aula: que espaço é esse?* Campinas, SP: Papirus, 2001.

OLIVEIRA, Inês de. *Alternativas emancipatórias em currículo*. São Paulo: Cortez, 2007.

OLIVEIRA, Marta Kohl. O problema da afetividade em Vygotsky. In: TAILLE, Yves de La. *Transmissão e construção do conhecimento*. São Paulo: Summus, 1992.

OLIVEIRA, Marta Kohl. *Vygotsky aprendizado e desenvolvimento: um processo sócio-histórico*. São Paulo: Scipione, 2006.

OLIVEIRA, Romualdo Portela de. A municipalização do ensino no Brasil. In: OLIVEIRA, Dalila Andrade (Org.). *Gestão democrática da educação*. Petrópolis, RJ: Vozes, 2007.

PEREIRA, Ana Claudia da Silva. Lições da Educação do Campo: um enfoque nas classes multisseriadas. In: HAGE, Salomão M.; PEREIRA, Ana (Org.). *Educação do Campo na Amazônia: retratos de realidade das Escolas Multisseriadas no Pará*. Belém: Gutemberg, 2005.

REIGOTA, Marcos. Fórum social mundial: um processo pedagógico de desconstrução de mitos e construção de utopias. In: OLIVEIRA, Inês Barbosa de. *Alternativas emancipatórias em currículo*. São Paulo: Cortez, 2007.

SILVA, Tomaz Tadeu da. *Documentos de identidade: uma introdução as teorias do currículo*. Belo Horizonte: Autêntica, 2002.

VASCONCELOS, Celso dos S. *Construção do conhecimento em sala de aula*. São Paulo: Libertd, 2004.

Capítulo 13
O ensino de Ciências em classes multisseriadas: investigando as interações em aula

Maria Natalina Mendes Freitas
Terezinha Valim Oliver Gonçalves

Palavras iniciais: do contexto à questão de pesquisa

A Amazônia Rural retrata complexa sociobiodiversidade, onde a variedade de linguagens, a multiplicidade de culturas que para a região foram trazidas por habitantes vindos de várias outras partes do país, e a riqueza biológica e natural local constituem uma diversidade multicultural importante, que não pode deixar de ser considerada quando se analisam as formas de ser, estar fazer e conviver nessa região.

A exuberância da floresta regala os olhos e alimenta o espírito de quem passa às margens de seus deslizantes rios e igarapés, abrigando variadas espécies de organismos, muitos dos quais próprios apenas dessa região, muito associados, também, à sobrevivência dos seres humanos que habitam essas áreas. De modo geral, a relação com o ambiente é a de extrativismo animal e vegetal, quer visando o próprio consumo, quer servindo como produto de comercialização, que possibilite aos moradores obter outros bens necessários à sua subsistência.

A imensidão territorial e a baixa densidade populacional criam algumas distorções no âmbito educacional, gerando situações complexas, difíceis de serem gerenciadas pelos sistemas educacionais, face às realidades socioeconômicas da região. Em parte, essa realidade é agravada pela falta de políticas federais, estaduais e municipais satisfatórias para essas peculiaridades, fazendo aumentar os bolsões de pobreza e as dificuldades de desenvolvimento humano e social, o que tem sido apontado pelos relatórios internacionais (Organização das Nações Unidas para a Educação, a Ciência e a Cultura, UNESCO, e o Programa das Nações Unidas para o Desenvolvimento, PNUD). No Pará, os mais baixos índices de desenvolvimento humano (IDH) situam-se no arquipélago do Marajó. O difícil acesso a muitas dessas localidades exige altos esforços e investimentos financeiros, em geral considerados não prioritários. Daí decorre uma realidade educacional problemática, altamente complexa, conforme dados do Ministério da Educação e do Instituto Nacional de Estudos e Pesquisas Educacionais Anísio Teixeira (MEC/INEP, 2002):

- 29,9% da população adulta que vive no meio rural e 11,2% da população adulta que vive no meio urbano é analfabeta;
- na Amazônia Rural, o número médio de tempo de escolarização da população com 15 anos de idade é de apenas 3,3 anos;
- 71,7% das escolas que oferecem o ensino fundamental de 1ª a 4ª série o fazem, organizando, exclusivamente, turmas multisseriadas;
- essas classes multisseriadas atendem 394.948 alunos, ou seja, 46,6% do total de estudantes do meio rural.

Esses dados são indicadores da precariedade e das dificuldades da realização da educação para as populações rurais, o que, sem dúvida, compromete a qualidade do processo de ensino e de aprendizagem de professores e estudantes. Por outro lado, a alternativa encontrada para que o problema não se torne ainda maior é a adoção de classes multisseriadas, onde o mesmo professor atende todos os estudantes das séries iniciais, em um mesmo espaço, independente da idade do aluno. Longe de diminuir, essa realidade tem se ampliado ao longo do tempo. Conforme diz Freire (2004), o número de classes multisseriadas, no período de 1984 a 1997, cresceu 3,4% em todo o Brasil, totalizando 124.990 classes. Esses dados mostram a intensidade dos desafios educacionais no meio rural. Na Amazônia, esse desafio é ainda maior, pois a região Norte conta com 22.936 classes multisseriadas. 50% delas situam-se no Estado do Pará. Essas classes distribuem-se por todo o estado (141 dos 143 municípios paraenses ainda mantêm classes multisseriadas), existindo seis classes na capital, localizadas em três ilhas pertencentes ao município de Belém.

É nesse contexto que situamos a fala da professora Lívia:[1] "na classe multisseriada existe muito trabalho e pouco aproveitamento na aprendizagem". Segundo a professora "é difícil ensinar assim". Não nos parece penoso compreender as palavras da professora, principalmente se considerarmos que a situação de trabalhar concomitantemente com estudantes da pré-escola à 4ª série vem acompanhada da falta de condições de trabalho, que se caracteriza pela falta de materiais didáticos, merenda escolar insuficiente e ausência de outras condições mínimas desejáveis mesmo para professores que trabalham com séries únicas.

Ao investigarmos o processo de ensino e de aprendizagem em uma classe multisseriada, a questão de investigação que se coloca é: como uma professora, nessas condições, lida com a diversidade de alunos e como organiza seu trabalho docente, tendo em vista o desenvolvimento dos conteúdos nas diferentes séries com as quais trabalha?

---

[1] Nome fictício da professora, assegurando seu direito de manter-se anônima.

Centramos nossa atenção nas interações em aula, com vistas ao conhecimento. A perspectiva que assumimos nesta investigação vem ao encontro do que Aragão (2000, p. 84, grifo nosso) afirma:

> [...] compreender a relação *professor, aluno, conhecimento* [...] Em termos interativos passa a ter sentido – sobremaneira no âmbito do ensino que se pratica – principalmente quando se põe em perspectiva *a reflexão para redimensão da ação de ensinar*. Compreender a relação professor-aluno-conhecimento [...] Termos interativos [...] Implica uma reflexão sobre a prática pedagógica do professor e da professora, sua prática efetiva de ensino que gera aprendizagem, em qualquer nível de escolaridade e, sendo assim, *tem-se em vista a melhoria da qualidade do processo de ensino e de aprendizagem em qualquer área do conhecimento ou curso de formação*.

Investigar a dinâmica do processo educativo no que se refere ao ensino de Ciências no ensino fundamental, em uma classe multisseriada, nos faz, antes de mais nada, aprendizes da professora, que vai nos ensinar a compreender de que forma ela é capaz de lidar com tantas diferenças em uma só classe e como os alunos, tão diversos, interagem entre si, na perspectiva da aprendizagem de novos conhecimentos. Neste texto, certamente não se esgota o esforço para a compreensão de epistemologia da prática (SCHÖN, 1992) da professora, mas temos certeza de que é uma realidade que merece ser estudada. Neste espaço, nos atemos a analisar um episódio de sala de aula, ao discutir com os alunos, a temática água, no mês de abril de 2004.

Entendemos que, ao ensinar Ciências, o professor não pode se ater somente em ensinar e aos alunos não cabe tão somente aprender alguns conceitos e desenvolver algumas habilidades (MACHADO, 2000, p. 116). Muito pelo contrário, aprender Ciências é perceber o mundo, é sentir-se sujeito de construção de "conhecimentos prudentes para uma vida decente" (SANTOS, 2004, 60).

Metodologia adotada na pesquisa

Como já dissemos, a pesquisa ocorreu numa escola municipal da área rural do município de Acará, no Pará. Fizemos observações semanais em sala de aula. As situações de ensino e de aprendizagem foram gravadas em audiocassete e registradas em diário de campo.

Participaram da pesquisa, a professora (com formação de nível médio – curso de magistério) e 30 alunos distribuídos nas seguintes séries: pré-escolar, 1ª, 2ª, 3ª e 4ª do ensino fundamental, com idades que variam entre quatro e 17 anos, distribuídos entre meninas e meninos, os quais são oriundos das proximidades da escola.

A análise dos dados baseou-se nos estudos realizados por Mortimer e Scott (2003), Mercer (1998), Góes (1997) e Vygotsky (1989), os quais enfatizam a importância da interação dos sujeitos, para a aprendizagem em aula. Utilizamos a análise microgenética, por ser uma importante ferramenta metodológica para investigar processo de aprendizagem na tradição sociocultural, conforme defendem os autores supracitados.

O estudo sobre a água desenvolvido em aula

Para o desenvolvimento deste conteúdo, recolhemos vários textos: poesias, músicas, panfletos, manual da Campanha da Fraternidade 2004, da Igreja Católica, cuja temática foi *Água, fonte de vida* e materiais obtidos pela internet. O assunto foi desenvolvido em três aulas com duração de três horas cada uma.

- **As estratégias de ensino**

As aulas foram planejadas a partir das pesquisas da professora, com as quais colaboramos com sugestões. O foco primeiro de trabalho foram as ideias e explicações trazidas pelos alunos a respeito da temática escolhida. Em todas as aulas, foram desenvolvidas atividades individuais e coletivas, envolvendo todos os alunos.

Nessa primeira aula, cujo episódio destacamos e analisamos neste texto, a professora objetivava refletir sobre a importância da água em nossa vida e a necessidade de sua defesa como patrimônio da humanidade.

- **Descrevendo e analisando a sequência de ensino**

A professora distribuiu um papel para cada educando e pediu que escrevessem o nome completo e uma palavra ou fizessem um desenho ligado à água e seu significado para cada um. Em círculo, os educandos socializaram o que escreveram ou desenharam.

Episódio *ÁGUA*[2]

P: Cada um vai dizer o que fez. O que significa a água para vocês?
 (silêncio dos alunos)
P: Vamos, é para falar. Agora que é pra vocês falarem. Vocês não entenderam?
 (silêncio total dos alunos... Uma aluna rompe o silêncio. Ela é a mais desembaraçada da sala e tida como a melhor aluna da turma pela professora.)
Aa1: A minha palavra é vida!
 (um aluno da pré-escola se anima. Ele é bastante desinibido.)
Ao2: É boa para beber!
 (em seu papel não tem desenho, só rabiscos próprios de seus é quatro anos de idade. Silêncio novamente. Apenas alguns cochichos inaudíveis.)
P: Só eles dois que falam? Estão com vergonha da professora?
 (a professora refere-se à pesquisadora, que está em sala. Silêncio!)
P: Vamos gente! Na hora de falar todo mundo fica calado. É agora que a gente precisa saber o que vocês já sabem. Nós moramos num lugar cheio de água por todos os lados.

---

[2] As abreviações se referem a professor (P), aluna (Aa) e aluno (Ao).

Ao3: (Bem afoito) Ah! (Rindo) Meu desenho está igual a minha cara! (Sai de sua cadeira e vai mostrando para a turma. Ele é aluno da 2ª série e é tido como aquele que não quer nada com nada).
P: Fala... o que tu fizeste.
(ele fica rindo e os colegas fazem gracinhas.)
Ao3: Bom...! (Meio nervoso)... eu escrevi que a água... a água... ninguém vive sem ela, senão a gente morre. (A escrita desse aluno apresenta muitas dificuldades ortográficas).
(agitação na turma. Parece que não estão gostando da aula.)
P: Ninguém mais quer falar? É bom vocês falarem, colocarem suas ideias. Hoje, como vocês estão vendo, nosso tema é a água.
(parece que nem mais a escutam.)
P: Como vocês estão com vergonha de falar, vou perguntar agora, quero que vocês participem, é pro bem de vocês. Senão sai daqui e não sabe nada. Todos os que já passaram aqui se saíram bem nas escolas de Belém e vocês não estão se interessando.
(Aquietam-se.)
P: Por que precisamos voltar nossa atenção para a água na vida do planeta? Vocês já viram que até a Igreja está falando da água. Quem já escutou na Igreja falar da água.
(alvoroço total. Todos falam ao mesmo tempo.)
Aa1: Eu já. Na missa que o padre veio rezar aqui domingo passado.
(Esta aula foi dada no mês de abril).
Ao4: É que a água está acabando.
(Aluno da 4ª série).
Ao2: Mentira! Olha o rio aí, bem na frente.
Ao4: É, mas tá sujo. Lá em casa, a gente tem que pegar água pra beber, em Belém.
Ao5: Estão dizendo que a água vai acabar. É verdade, professora?
(Aluno da 1ª série)   (...ela parece não ouvir.)
Ao6: Por isso que lá em casa só bebemos água do igarapé, mesmo quando ela fica vermelha...
Ao3: Vermelha diz que[3]...! Tem água vermelha? Nunca vi!
Ao6: Tem sim, né, professora? Tem um tempo que a água do igarapé fica vermelha.[4] Agora não me pergunta por quê?
(a turma se movimenta. A conversa paralela não permite gravar, o ruído é muito grande. Eles trocam lápis, medem e papeiam.)

---

[3] Expressão local, que significa "diz que", no sentido de "olha o que ele diz".
[4] Em alguns ecossistemas da Amazônia, encontramos igarapés com água "cor de canela ou avermelhada". Essa coloração escura é originária da matéria orgânica decomposta que vem da vegetação da floresta, fazendo com que esse material orgânico decomposto flua e se dissolva facilmente nas águas dos igarapés, formando cursos de água escura, da cor da canela ou avermelhada.

P: Que quer dizer, então, *Água, fonte da vida*?
Ao1: É que a água é tudo pra nós.
Ao3: Tudo precisa da água...
Aa7: Os bichos, as plantas e até nós (Aluna da pré-escola, cinco anos).

A professora encerrou a atividade de exploração de ideias prévias neste momento e foi para a lousa, escrever os textos referentes ao conteúdo. Primeiro escreveu o texto para a 1ª e 2ª série, porque esses alunos escrevem muito devagar. Depois, ela passou o texto para a 3ª e 4ª série, enquanto os alunos da pré-escola ficaram brincando.

Encerrando essa aula, a professora passou uma tarefa para ser elaborada em grupo. A atividade consistia em produzir um cartaz sobre as utilidades da água. Na divisão dos grupos, todos se misturam. Geralmente, os alunos da pré-escola preferem ficar com os maiores.

Texto I[5]

A água é um recurso natural importante para a sobrevivência dos seres vivos.
A água é usada para beber, cozinhar e para a limpeza. Com a água, nós também regamos a plantação e damos de beber aos animais domésticos.
A água é encontrada nos oceanos, mares, rios, lagos, poços, etc.
A água é uma das substâncias mais comuns. Ela está presente em muitos momentos da nossa vida.

Texto II

A maior parte da superfície da terra é coberta pela água.
Ela também está presente no corpo dos animais e nas plantas.
Os seres vivos não vivem sem água. Além de saciar a sede, ela é usada para cozinhar os alimentos, para fazer a higiene do corpo e do ambiente.
A água também é utilizada para movimentar máquinas e produzir energia elétrica.

Nossa análise fundamenta-se nos estudos de Mortimer e Scott (2003). A estrutura analítica apresentada baseia-se nos cinco aspectos inter-relacionados, focalizando o papel do professor e estão agrupados em *focos do ensino, abordagem e ações*. Considerando *focos do ensino*, temos a observar as *intenções do professor e o conteúdo* a ser ensinado e aprendido; a *abordagem* de ensino, refere-se à *abordagem comunicativa*, buscando evidenciar, discutir as interações; em *ações*, estão compreendidos os *padrões de interação e as intervenções do professor*. O quadro a seguir sintetiza esses aspectos:

---

[5] Os textos I e II foram produzidos pelos alunos.

Quadro 1
A estrutura analítica: uma ferramenta para analisar as interações e a produção de significados em salas de aula de ciências

Aspectos da análise	
• Focos do ensino	1. Intenções do professor 2. Conteúdo
• Abordagem	3. Abordagem comunicativa
• Ações	4. Padrões de interação 5. Intervenções do professor

Fonte: MORTIME; SCOTT, 2003.

O desafio que está posto para o ensino é o de promover a aprendizagem dos alunos, de modo a mobilizar seus processos de pensamento, fazer e refazer percursos, prevendo interações entre si e com o educador. No ensino de Ciências, é necessário que o educador aponte caminhos e uma rigorosa formação ética, face aos fatos científicos que vêm chamando a atenção da comunidade em geral. Nosso papel é permitir aos alunos o contato com os diferentes tipos de conhecimentos para que eles façam suas escolhas.

Portanto, desenvolver trabalhos que envolvam a cientificidade no plano social da sala de aula é de fundamental importância. O aluno não é um simples receptor de estímulos e informações, muito pelo contrário, ele tem um papel ativo ao selecionar, assimilar, processar, interpretar, conferir significados, construindo, assim, seu próprio conhecimento. Neste sentido, os aspectos-chave do episódio que ora estamos analisando podem ser sintetizados, levando em consideração os cinco aspectos da nossa análise:

Quadro 2
Intenções do professor

Intenção do professor	Desenvolver a história científica, identificando a água como uma *coisa-chave* para a sobrevivência dos seres vivos no planeta.
Conteúdo	• Focaliza uma descrição para a identificação da água como um *fator importante para a sobrevivência dos seres vivos e dos aspectos ambientais do planeta*; • Destaca a água como elemento constituinte dos *corpos dos seres vivos*; • Ressalta a importância/utilidade da água para a *higiene pessoal e doméstica*; • Introduz a noção de que a água serve para *movimentar máquinas e produzir energia elétrica*.
Abordagem	• Lívia desencadeia uma *abordagem interativa, de autoridade*.

Fonte: MORTIME; SCOTT, 2003.

Quadro III
Padrões de Interação

- I – R – A[6]

Formas de intervenção	• Seleciona as ideias dos estudantes, mas nem sempre as explora, talvez por receio de encaminhar para uma discussão na qual não se sente muito segura; formula questões instrucionais; estabelece uma interação combinatória.

Fonte: MORTIME; SCOTT, 2003.

A atividade proposta pela professora desperta certo interesse na turma. No entanto, verificamos que como participar, expondo suas ideias, não é uma prática comum do dia a dia da sala de aula, as crianças apresentam certa timidez para fazê-lo, no momento em que são solicitados pela professora. Observamos que alguns dos alunos, senão todos, haviam escrito/desenhado algo, na tentativa de atender ao que havia sido solicitado pela professora.

É importante destacar a preocupação da professora com os que não sabem ler e escrever. A escolha do desenho foi uma opção feita por Lívia para que todos participassem. Essa atitude revela a preocupação com a aprendizagem de seus alunos, temática muito presente em sua fala, durante nossas conversas. Demonstra, também, a preocupação para que cada um se sinta sujeito no espaço da sala de aula, interagindo saberes, mesmo que alguns ainda não saibam ler e escrever. Na interação apresentada no episódio em análise neste trabalho, pode ser verificada a participação de crianças da educação infantil (quatro e cinco anos) e crianças maiores.

Vygotsky (1989) nos propicia uma reflexão a respeito da relação entre desenvolvimento e aprendizagem num processo de interação social mediada pelo contexto histórico-cultural de cada realidade. Falar do conteúdo *água* é falar do rio que passa bem próximo à escola e da vida de cada aluno, de cada morador da comunidade: "nós moramos num lugar cheio de água por todos os lados". Embora de natureza interativa, o discurso é bastante controlado pelo professor e claramente de autoridade.

Nesse episódio, observamos que a professora tem clareza sobre a intenção de apresentar a água como fundamental para nossa vida e, ao mesmo tempo, chama a atenção para a questão ambiental do planeta, o cuidado para com os rios, para com a própria saúde e outras atividades humanas.

Essa interação provocada pela professora tenta demonstrar que aprender é um ato comunicativo e depende de uma ação compartilhada (EDWARDS; MERCER, 1994). Lívia poderia ter explorado outros aspectos relativos à presença da água na vida humana, tais como: a água que corre no rio gera vida, mas pode também gerar a morte; as doenças causadas pela água contaminada matam milhões em todo o

---

[6] Iniciação do professor, Resposta do aluno, Avaliação do professor (categorias apresentadas por Mortimer e Scott, 2003).

mundo, especialmente nos países pobres, onde a cólera, o tifo, entre outras, matam mais que a violência que corre nas ruas das grandes cidades. A professora poderia ter provocado mais seus alunos. A abordagem interativa e dialógica não foi completamente aberta, uma vez que ela usa sua autoridade para provocar a explosão das ideias: "Por que precisamos voltar nossa atenção para a água na vida do planeta?", mas não procura explorar essas ideias, avançando na construção de conhecimentos.

Percebemos que a falta de um conhecimento mais profundo a respeito da água faz com que a professora não dê a resposta nem insista na questão com os demais alunos quando um deles diz: "Vermelha, 'dizque'...! Tem água vermelha?" Este seria um momento para que os alunos expusessem suas ideias, levantassem hipóteses, ou seja, ela poderia ter criado situações que favorecessem o desenvolvimento da sociabilidade, da cooperação e do respeito mútuo entre os alunos garantindo, desta forma, aprendizagens significativas.

Outro ponto importante é o uso do quadro negro pela professora. A aula estava tomando outra formatação, era o momento de Lívia aproveitar e explorar mais as falas dos alunos. A diversidade entre os alunos das classes multisseriadas confere heterogeneidade e riqueza ao grupo, o que ganha relevância no processo de conhecimento, garantindo ocasiões para a troca de informações, ideias e opiniões, como fez o aluno *Ao2*. Ao invés de aproveitar toda a riqueza das reflexões, Lívia volta-se para o quadro e passa um texto retirado do livro didático. Observando o texto, verificamos que o teor de sua composição esteve presente nos discursos e desenhos dos alunos, portanto, não havia necessidade de um texto escrito vindo de fora do grupo. Poderia ter criado um texto coletivo na lousa, a partir do trabalho de desenho e escrita feito pelos alunos. É possível, inclusive, que o texto tivesse ficado mais rico do que os textos I e II apresentados a partir do livro didático.

Se bem conduzidas as aulas com os alunos das séries iniciais do ensino fundamental das classes multisseriadas, estes serão capazes de ir além da observação e da descrição dos fenômenos. Como afirma Mercer (1998, p. 14), o discurso não é meramente a representação do pensamento na linguagem: é mais uma maneira social de pensar. Neste sentido, o papel do professor é essencial, pois não é fácil criar condições para que os alunos adquiram conhecimento, especialmente em escolas sem a mínima condição física, material e pedagógica.

Considerações finais

Neste texto, buscamos realizar discussões preliminares acerca das interações ocorridas em uma sala de aula multisseriada, situando o episódio considerado em um período inicial de observações da pesquisadora em aula.

Nesse episódio, fica clara a pouca experiência da professora em aulas interativas, na perspectiva da construção de conhecimentos. Neste sentido, a relação professor-aluno-conhecimento, por nós destacada no início deste texto, configura-se como uma relação interativa de autoridade, uma vez que faltou, conforme analisamos, habilidade para explorar as ideias levantadas, em termos de elaboração de hipóteses, de narrativas de casos pelos alunos, dentre outras formas possíveis de estimular a interatividade e construir conhecimentos. Entretanto, considerando ser a aula analisada uma das primeiras de nossa interação, parece-nos possível vislumbrar a continuidade da pesquisa, o investimento da professora nessa linha de trabalho docente, pela riqueza da ação profissional que desenvolve, pela diversidade de pessoas envolvidas na sala de aula, pelo seu esforço em aprender e para que seus alunos aprendam.

Vale destacar o esforço da professora, no sentido de estabelecer a interação em aula, não somente daquela por ela provocada em razão de um conteúdo a ser estudado, como também a que deflagra como estratégia de ensino, ao permitir que os alunos se agrupem como preferem. É curioso, e está em nossas metas de continuação de estudos, o modo como as crianças menores interagem com as maiores. Seriam estas os parceiros mais experientes, de que nos fala Schön (1992). Seria esta a natureza intrínseca dos seres humanos, numa relação de irmãos mais novos e mais velhos?

Parece-nos possível dizer, ainda, que, em termos da formação continuada de professores, poderíamos contribuir para o desenvolvimento profissional de professores de classes multisseriadas, investindo numa formação continuada centrada na interatividade em aula. Sem dispensar materiais didáticos mínimos necessários e a quantidade de merenda escolar suficiente para que os alunos não faltem às aulas ou passem mal na escola por fome, poderíamos dizer que essa interação é fundamental para um resultado razoável em classes com a singularidade das multisseriadas.

Referências

ARAGÃO, R. M. R. de. Uma interação fundamental de ensino e de aprendizagem: professor, aluno, conhecimento. In: SCHNETZLER, R. P.; ARAGÃO, R. M. de. *Ensino de Ciências: fundamentos e abordagens*. Campinas, SP: R. Vieira, 2000.

EDWARDS, M.; MERCER, N. *El conocimiento compartido: el desarrollo de la comprensión en el aula*. Barcelona: Paidós, 1994.

FREIRE, J. C. S. *Currículo e classes multisseriadas na Amazônia: realidade e desafios do Projeto Escola Ativa no Estado do Pará*. 2004. Dissertação (Mestrado) – Núcleo de Altos Estudos Amazônicos, Universidade Federal do Pará, Belém, 2004.

GÓES, M. C. R. *As relações intersubjetivas na construção de conhecimentos*. Campinas, SP: Papirus, 1997.

MACHADO, Andréa H. Compreendendo as relações entre discurso e a elaboração de conhecimentos científicos nas aulas de Ciências. In: SCHNETZLER, R. P.; ARAGÃO, R. M. *Ensino de Ciências: fundamentos e abordagens*. Campinas, SP: R. Vieira, 2000.

MARQUES, Mário Osório. *Educação nas Ciências: interlocução e complementaridade*. Ijuí: UNIJUÍ, 2002. (Coleção Fronteiras da Educação.)

MERCER, N. As perspectivas socioculturais e o estudo do discurso em sala de aula. In: COLL, C.; EDWARDS, D. (Org.). *Ensino, aprendizagem e discurso em sala de aula: aproximações ao discurso educacional*. Porto Alegre: Artes Médicas. 1998.

MORTIMER, E. F., SCOTT, P. Atividades discursivas nas salas de aula de Ciências: uma ferramenta sociocultural para analisar e planejar o ensino. *Investigações no ensino de Ciências 3*. Porto Alegre, Universidade Federal do Rio Grande do Sul, 2003. Disponível em: <http:// www.if.ufrgs.br/public/ensino/revista>. Acesso em: 15 out. 2003.

SANTOS, Boaventura de Sousa. *Um discurso sobre as ciências*. São Paulo: Cortez, 2004.

SCHÖN, D. A. *La formación de profesionales reflexivos: hacia un nuevo diseño de la enseñanza y el aprendizaje en las profesiones*. Barcelona: Paidós, 1992.

VYGOTSKY, L. *Pensamento e linguagem*. 2. ed. São Paulo: Martins Fontes, 1989.

Capítulo 14
Políticas públicas e classes multisseriadas: (des)caminhos do Programa Escola Ativa no Brasil

Jacqueline Cunha da Serra Freire
Ilda Estela Amaral de Oliveira
Wanderléia Azevedo Medeiros Leitão

> *A professora "Dona Maria" mora do outro lado do Apoquitaua, em frente ao povoado de Liberdade. Ela e o marido vivem fora da vila para poderem trabalhar perto do guaranazal. Tal como tantos meninos que viajam de canoa para aprender, ela viaja para ensinar... Ela aprendeu o ofício de ensinar com outras professoras, durante os seus quatro anos de "primário". Depois de virar professora, começou a fazer, como as outras também, os cursos de reciclagem em Maués.*
>
> *Aqui se é "mestre" sem ritos. Nem formaturas, nem festas em dias de posse...*
>
> *No dia seguinte, enquanto andávamos pelas beiras do povoado, Dona Maria reforçava uma fala que ouvimos outras vezes, a respeito de compromissos pessoais da professora com a comunidade e o sentimento afetivo de dever alguma coisa às crianças do lugar. Os pais sempre querem que os filhos freqüentem a escola e aprendam...*
>
> BRANDÃO, 1984, p. 127-128.

Elegemos o fragmento do livro *Casa de escola*, uma das importantes obras sobre cultura camponesa e educação rural no Brasil, para introduzir este ensaio. O fragmento do texto "Casa de escola: anotações de campo sobre uma viagem a comunidades e escolas dos rios do Amazonas"[1] é revelador da representação cristalizada sobre classes multisseriadas, situadas em escolas e comunidades

---

[1] Este é um dos textos constitutivos do livro *Casa de escola* e é expressão de um trabalho de Carlos Rodrigues Brandão (1984) com professores da Faculdade de Educação da Universidade do Amazonas, as comunidades dos rios do município de Maués, nesse estado da região amazônica, o maior em extensão territorial do Brasil.

"isoladas"; da precarização do ensino; da presença de professores(as) leigos(as); da consequente desqualificação docente; e da ausência do poder público.

A casa escola, a escola rural e as classes multisseriadas estiveram, historicamente, invisibilizadas para o poder público. Mas, para crianças, jovens e adultos de incontáveis comunidades rurais, em todos os rincões do país e da América Latina, esses espaços educativos constituíram-se como uma possibilidade concreta de escolarização, muitas vezes a única oportunidade de acesso à educação.

Na Amazônia, nas últimas duas décadas, vários trabalhos de pesquisa têm desvelado a realidade de escolas rurais e classes multisseriadas nas águas, florestas e campos da região. Silva, J. (1993), Freire (2002), Hage (2005) e Freitas (2005), entre outros, são estudos e contribuições enraizadas na realidade loco-regional.

Estudos sobre políticas públicas focadas na realidade de classes multisseriadas ainda desafiam a pesquisa educacional. Na síntese dos grupos de trabalho na plenária de encerramento do I Encontro Nacional de Pesquisa em Educação do Campo,[2] Arroyo (2006) pauta instigantes reflexões e posicionamentos, entre os quais, se destaca a concepção de que tais classes são multi-idades e não multisseriadas; a questão da organização da escola, problematizando se a multissérie constitui-se num paradigma, se há que ser transcendido e mesmo se é o único paradigma de organização da escola.

Este ensaio pretende se constituir numa contribuição nesse desafio da pesquisa em educação, a partir da análise da trajetória do Programa Escola Ativa, considerando elementos constitutivos e contraditórios desse processo, referenciado metodologicamente em análise documental e incursões bibliográficas. A análise documental contemplou o uso de diferentes fontes como são abordadas por May (2004), que incluem documentos, relatórios, documentos históricos, leis, fotografias, entre outros.

Nos últimos anos, grupos de pesquisa[3] do Instituto de Ciências da Educação (ICED) da Universidade federal do Pará (UFPA) têm se dedicado ao estudo sobre classes multisseriadas, que culminou entre outros elementos, com a publicação do livro *Educação do Campo na Amazônia: Retratos de realidade das Escolas Multisseriadas no Pará* organizado por Hage (2005)[4] e na parceria com a Secad/

---

[2] Realizado em Brasília, no período de 19 a 21 de setembro de 2005, promovido pelo Ministério do Desenvolvimento Agrário, por intermédio do Programa Nacional de Educação na Reforma Agrária (Pronera/Incra), e o Ministério da Educação, por meio da Secretaria de Educação Continuada, Alfabetização e Diversidade (SECAD/Coordenação-Geral de Educação do Campo).

[3] Grupo de Estudos e Pesquisa em Educação do Campo (GEPERUAZ), liderado pelo Prof. Dr. Salomão Hage e Grupo de Estudos e Pesquisa ECoAmazônia, liderado pela Profa. Dra. Jacqueline Freire.

[4] Publicação originada do Projeto de Pesquisa Classes Multisseriadas: Desafios da Educação Rural no Estado do Pará/Região Amazônica, financiado pelo CNPq.

MEC que investiu no mapeamento da experiência do Programa nesses dez anos, elaborado por tais Grupos.

É, a partir dessa trajetória, com a inclusão de um estudo de caso com pesquisa de campo em escola ribeirinha que implementou o Programa Escola Ativa, que o presente ensaio foi tecido.

Narrativa histórica e contextual do Programa Escola Ativa no Brasil

O Programa Escola Ativa (PEA) emergiu no Brasil, em 1997, como uma estratégia metodológica voltada para a gestão de classes multisseriadas, que combina, em sua proposta, elementos e instrumentos de caráter pedagógico/administrativo, cuja implementação objetivou melhorar a qualidade do ensino oferecido para essa realidade escolar e mudar as práticas de construção do conhecimento em sala de aula.

A experiência colombiana disseminada a partir da década de 1970[5] foi inspiradora da experiência brasileira e de outros países latino-americanos. O escolanovismo constituiu-se na matriz teórica da estratégia Escuela Nueva – Escuela Activa e do Programa Escola Ativa. Destaque-se que o estudo de Gonçalves (2009) se constitui numa importante contribuição de análise da experiência colombiana e brasileira da Escola Ativa.

No Brasil, o Projeto Educação Básica para o Nordeste, mais conhecido como Projeto Nordeste, foi um marco na formulação do Programa Escola Ativa, cujas primeiras experiências foram implementadas nos estados da Bahia, Pernambuco, Paraíba, Rio Grande do Norte, Ceará, Maranhão e Piauí, com assistência financeira do Projeto Nordeste/MEC. A partir de 1999, o Programa Escola Ativa foi vinculado ao Programa Fundescola[6] e expandiu-se para as regiões Norte e Centro-Oeste.

A melhoria da qualidade de ensino nas classes multisseriadas teve centralidade na retórica governamental ao focar a atenção nas escolas rurais e alavancar a implantação do Programa Escola Ativa no Brasil.

O Programa foi instaurado no contexto da década de 1990, marcada no plano internacional pelo processo de reordenamento do capitalismo contemporâneo, que implicou uma reestruturação multidimensional de ordem material e simbólica, concretizada em reformas no plano econômico, político, social, cultural e jurídico-administrativo. Na análise de Freire (2005, p. 208):

---

[5] Destaque-se que a UNESCO, já na década de 1960, desenvolveu o Primeiro Projeto Principal da América Latina, promovendo o ensino multisseriado, na perspectiva de democratização do acesso à educação, particularmente naquelas regiões de baixa densidade populacional.

[6] Programa Fundo de Fortalecimento da Escola voltado para as regiões Norte, Nordeste e Centro-Oeste. Resultante de acordo de financiamento entre o MEC e o Banco Mundial, o Fundescola teve como missão o desenvolvimento da gestão escolar e a melhoria da qualidade do ensino fundamental nessas regiões.

O Projeto Escola Ativa insere-se no bojo de reformas educativas que o Brasil viveu na década de 1990, sob os auspícios do governo de Fernando Henrique Cardoso. Sob a égide do neoliberalismo, e engendrada pelo processo de globalização, as reformas educacionais no país constituíram-se um imperativo na agenda governamental, na perspectiva de promover a "modernização" dos sistemas escolares, entendidos como defasados e incompatíveis face às exigências do "novo" reordenamento econômico, político e social por que o mundo e o Brasil passaram naquela década.

O neoliberalismo sintetiza como doutrina esse (re)arranjo econômico, político, social e cultural, que se afirmou como projeto hegemônico no Brasil na década de 1990. A educação, nesse contexto, foi atingida de forma feroz, como analisou Gentili (1994, 1998a, 1998b). A retórica conservadora propagou o discurso da qualidade do ensino como um de seus pilares.

As classes multisseriadas foram concebidas no Guia do Programa Escola Ativa (MEC, 2007, p. 17b) como tendo sido historicamente discriminadas por:

> [...] serem escolas de difícil acesso, unidocentes, isoladas, heterogêneas, de organização complicada e que não possuíam representatividade junto às Secretarias Municipais e Estaduais de Educação. Localizadas, em sua maioria, no campo, esperava-se que um dia elas desaparecessem como conseqüência natural de um processo de desenvolvimento econômico (que levou para as cidades, nas últimas décadas, um enorme contingente da população rural). Além disso, persistiam nessas classes problemas considerados de difícil solução: o nível de aprendizagem dos educandos, bem inferior aos das escolas seriadas, e os altos índices de repetência, evasão e má formação de professores.

As constatações expressas no Guia são pertinentes, e é tarefa do poder público, em suas diferentes esferas, investir para a superação do estado de precarização a que historicamente as escolas rurais estiveram subordinadas. No entanto, compreendemos que a formulação de uma política focada na adoção de metodologias ativas foi reducionista frente à complexa problemática educacional no contexto do campo brasileiro, marcado pela sua heterogeneidade.

Tal reducionismo pode ser explicado pela matriz de análise neoliberal que concebe a crise educacional como um problema de eficiência, eficácia e produtividade, determinado pela democratização do acesso à educação que se intensificou na década de 1980, como foi analisado por Gentili (1994).

A percepção da problemática educacional como resultante da improdutividade da gestão administrativa e pedagógica na educação foi determinante para a configuração de uma racionalidade por organismos internacionais e agências multilaterias centradas no componente gerencial, reduzindo a dimensão humanizante dos processos educativos a uma questão de melhor gestão e administração e de reforma de métodos de ensino e conteúdos curriculares inadequados, como analisou Silva, T. (1995, p. 19).

O financiamento do PEA fez parte de acordos internacionais do Governo Federal com o Banco Mundial, no bojo do Programa Fundescola.[7] A análise de Oliveira, Fonseca e Toschi (2005) é esclarecedora de que acordos firmados com o Banco Mundial são mediados por condicionalidades definidas *a priori* e negociadas com as autoridades nacionais, regulando assim os recursos, as metodologias e as rotinas. Os autores afirmam que há uma tendência na história dos acordos antecedentes ao Fundescola entre o Brasil e o Banco Mundial de "se não à aceitação quase irrestrita das condicionalidades, pelo menos ao seu compartilhamento entre o governo brasileiro e o Banco no que se refere aos conceitos e às metodologias mais nucleares" (2005, p. 130).

Na dimensão mais conceptual, o escolanovismo como base teórica do Programa Escola Ativa tem suas raízes históricas no embate com a pedagogia tradicional que predominou na educação brasileira desde os jesuítas. Fundamentada na pedagogia liberal, liderada por reformadores, a pedagogia ativa tem sua centralidade no papel ativo dos sujeitos no seu processo de ensino-aprendizagem e postula a formação de um homem novo, de sujeitos ativos.

As concepções que fundamentam o Programa Escola Ativa foram referenciadas na compreensão de que, para se obter mudanças no ensino tradicional e melhorar a prática dos docentes, e consequentemente a aprendizagem dos estudantes, se deve levar em conta alguns fatores, dentre os quais se destacam a aprendizagem ativa centrada no aluno, a aprendizagem cooperativa, a avaliação contínua e no processo, a recuperação paralela, a promoção flexível, a periodicidade de cursos de formação para os professores e técnicos pedagógicos estaduais ou municipais.

Para romper com a pedagogia tradicional e experimentar inovações no ensino, na concepção educacional do Escola Ativa, é necessário rever o papel do professor, de transmissor para articulador de conhecimentos, dinamizando atividades desafiadoras com a intenção de desenvolver experiências pertinentes de aprendizagem; organizar trabalhos cooperativos em grupos; promover a participação ativa dos alunos como protagonistas da construção de sua aprendizagem e da sua formação como cidadãos autônomos.

É indispensável refletir que, no contexto em que o Programa Escola Ativa foi formulado e implementado, os movimentos sociais dinamizavam experiências significativas, enraizadas na realidade dos sujeitos do campo, a exemplo dos Centros Familiares de Formação por Alternância (CEFFAs). É também na década de 1990 que se intensificaram as mobilizações e luta por educação lideradas pelo Movimento dos Trabalhadores Rurais Sem Terra (MST), a dinamização da experiência da Escola Itinerante e que culminaram com a realização do

---

[7] Acordo de Empréstimo número 4.311 BR com o Banco Mundial, no âmbito do Projeto BRA 98/011 do PNUD (BRASIL, 1999).

I Encontro Nacional de Educação na Reforma Agrária (ENERA), Encontro este que se configurou como um marco na constituição da Articulação Nacional por uma Educação do Campo, que coletivamente empreenderia a marca de tessitura do paradigma da Educação do Campo (FREIRE, 2009).

Documentos oficiais do Ministério da Educação expressam um entendimento de que a experiência do Programa Escola Ativa no Brasil progressivamente ultrapassou o reprodutivismo e a transposição da experiência colombiana, delineando assim uma ação pedagógica adaptada à realidade na qual as escolas e classes multisseriadas estavam inseridas.

Os Guias do Programa Escola Ativa durante seus dez anos foram marcantemente prescritivos, revestidos muitas vezes de receituários pedagógicos que se contrapõem ao exercício da autonomia dos sujeitos educativos.

A experiência vivenciada na parceria com a Secretaria de Educação Continuada, Alfabetização e Diversidade (SECAD) deu oportunidade aos pesquisadores da UFPA de interagirem com educadores, gestores e pais envolvidos na implementação do PEA em 19 estados brasileiros, o que possibilitou testemunharmos a transgressão desses sujeitos a processos pedagógicos e materiais didáticos exógenos, muitas vezes completamente desconectados da realidade dos sujeitos do campo, produzindo experiências profundamente fecundas e inovadoras pedagogicamente.

No Panorama da Educação do Campo (INEP/MEC, 2007, p. 25), há elementos, dados reveladores e instigantes, a exemplo dos dados do Censo Escolar 2005 (INEP, 2006), que revelaram que 59% das escolas rurais são formadas exclusivamente por turmas multisseriadas ou unidocentes, atendendo 1.371.930 estudantes, o que corresponde a 24% das matrículas, fato este que evidencia a envergadura do desafio educacional posto, não apenas pela escala quantitativa dos dados, mas pelo necessário alargamento da esfera pública para a qualificação dos processos formativos no contexto das escolas do campo.

São imprecisos[8] os dados dos resultados do Programa Escola Ativa, qual o seu alcance quantitativo ao longo dos dez anos de sua implementação em termos de oferta de matrículas, turmas, escolas, municípios, constituindo-se isso num desafio, para o Governo Federal a publicização de tais dados para referenciar outros recortes e desdobramentos de análise.

Na discussão sobre a educação no meio rural do Brasil, são analisadas algumas iniciativas educacionais, entre as quais o PEA. É afirmado por Silva, L. *et al.* (2006) que "segundo dados do Fundescola/MEC, até 2002, 2.702 escolas distribuídas em 19 Estados e 374 municípios adotavam o modelo da Escola Ativa". Ainda

---

[8] Em 2008 houve um esforço de se acessar os dados consolidados, sistematizados em termos de resultados, mas havia uma profusão de informações e dados, muitas vezes ainda incompletos, carecendo de atualização.

nessa publicação, é informado que, até aquele ano, 96.121 estudantes haviam sido beneficiados e 4.300 professores haviam se envolvido com a implementação do PEA. Se comparados com os dados do Censo Escolar 2005, pode-se constatar que o PEA teve uma baixa[9] capilaridade de oferta educacional, o que merece estudos mais aprofundados.

Compartilhamos com a análise de Freire (2005) sobre um mérito incontestável da trajetória de dez anos da experiência de implementação do Programa Escola Ativa no Brasil, sem desconsiderar a pertinência das críticas conceituais e político-pedagógicas: a responsabilização do poder público com a realidade e a problemática das escolas rurais e classes multisseriadas.

A ausência, no entanto, de um sistema de acompanhamento e monitoramente efetivo permitiu que a experiência fosse implementada ao longo de dez anos sem que fosse problematizada coletivamente, em diferentes esferas (federal, estadual e municipal) e escalas (nacional, estadual e local), pelos sujeitos educativos envolvidos no processo e pela sociedade civil, minimizando com isso a esfera pública que necessariamente deve revestir a ação do Estado.

A mudança de governo na esfera federal a partir de 2003[10] gerou a expectativa de que processos mais democratizantes pudessem ser desencadeados em relação ao Programa, consoante aos princípios que nortearam a política educacional no país a partir de então. No entanto, o processo de expansão permaneceu sem avaliação institucional e controle social, o Programa teve seus Guias de Formação reformulados, principalmente para atualização da legislação educacional; os Guias de Aprendizagem foram reimpressos eivados de equívocos, preconceitos com o campo, conteúdos desatualizados e descontextualizados.

É no processo de construção e fortalecimento de uma política nacional de Educação do Campo que o Programa Escola Ativa passa ser problematizado no Grupo Permanente de Trabalho (GPT) de Educação do Campo, e o processo de reformulação é deflagrado, como é analisado sinteticamente a seguir.

Programa Escola Ativa dez anos depois: permanências e (im)pertinências

No bojo da discussão da Política Nacional de Educação do Campo, em julho de 2006, foi pautada na reunião do Grupo Permanente de Trabalho (GPT)[11] o

---

[9] Considerando-se as cinco fases do Programa: 1) Implantação e testagem; 2) Expansão I; 3) Consolidação; 4) Expansão II; 5) Disseminação e monitoramento.

[10] Ano de posse do primeiro mandato do presidente Luis Inácio Lula da Silva.

[11] O Grupo Permanente de Trabalho (GPT) de Educação do Campo foi instituído pelo MEC, em 2003, contando com a participação de representantes do Governo Federal e de movimentos sociais partícipes da Articulação Nacional de Educação do Campo. Precedeu a criação da SECAD e da CGEC.

debate sobre as classes multisseriadas. Posteriormente, em julho de 2007, mais uma vez as classes multisseriadas são parte constitutiva da pauta,[12] agregando-se a isso o debate sobre o Programa Escola Ativa.

Em 2007 aproximavam-se os dez anos de acordo do Brasil com o Banco Mundial e a finalização do Fundescola. A pertinente tomada de decisão política do Governo Federal foi a "internalização" das estruturas do Fundescola no Ministério da Educação (MEC). Para tanto, no caso do PEA foi deflagrado um processo de reformulação discutido a partir do GPT, em cuja reunião de julho de 2007 as críticas ao PEA foram contundentes pelos movimentos sociais.

No decorrer do segundo semestre de 2007, eventos foram promovidos, ora mais ampliados, ora mais internos na estrutura governamental, realizados articuladamente entre CGEC/SECAD e Fundescola/Fundo Nacional de Desenvolvimento da Educação (FNDE) para discussão da reformulação do PEA. Tensões se evidenciavam como expressão da disputa de projetos educativos, de concepções e práticas político-pedagógicas sobre Educação do Campo.

A CGEC/SECAD, nesse processo, estabeleceu parceria com a UFPA que resultou na execução do Projeto "Educação do Campo e classes multisseriadas: o Programa Escola Ativa em foco" e geração de dois[13] produtos,[14] de acordo com a demanda institucional: 1) realização de um Diagnóstico Rápido Participativo[15] (DRP); 2) análise dos Guias de Formação e Guias de Aprendizagem.

Na estratégia de reformulação do PEA, em fevereiro de 2008, foi realizado um seminário em Brasília, promovido pela CGEC/SECAD e DIPRO/Fundescola/FNDE, com a participação da UFPA, com a representação dos estados que implementavam o Programa, objetivando debater o processo de reformulação e planejar coletivamente a realização das Oficinas Regionais.[16]

---

[12] Em ambos os momentos de debate, o GPT/CGEC/SECAD convidaram os Grupos de Pesquisa do ICED/UFPA – GEPERUAZ e ECoAmazônia para contribuir no processo.

[13] A formulação de propostas político-pedagógicas para a Educação do Campo, no contexto de classes multisseriadas, seria objeto de um terceiro produto, mas que foi interrompido por questões administrativas e mudança de orientação da parceria pelo MEC.

[14] Produtos resultantes da parceria: *Programa Escola Ativa: 10 anos de experiência – diagnóstico rápido participativo* (UFPA, 2008) e *Programa Escola Ativa: a análise das Diretrizes e dos Guias em foco* (UFPA, 2008)

[15] O DRP foi realizado entre a segunda quinzena de fevereiro e a primeira quinzena de abril de 2008, contemplando análise documental e aplicação de questionários junto a coordenadores e professores do PEA de 19 estados brasileiros, contemplando 180 municípios. Os resultados foram consolidados e entregues em maio de 2008, na forma de um Relatório Final e Banco de Dados com resultados dos questionários respondidos por todos os estados participantes do PEA.

[16] As Oficinas Regionais (OR) foram realizadas entre março e abril de 2008, aglutinando os estados da seguinte forma: região Nordeste: OR de São Luís (CE, MA, PI), OR de Recife (PE), OR de Natal

O tempo político da necessária reformulação foi incompatível com um processo mais aprofundado de debates e participação coletiva. A equipe do MEC acompanhava todo o processo de mapeamento da experiência por meio do DRP, realizava palestras nas Oficinas Regionais com ênfase na Política Nacional de Educação do Campo e a reformulação do PEA nesse processo. A partir disso captava as expectativas manifestas e tentava incorporá-las no projeto base que começou a ser produzido antes mesmo da sistematização dos resultados de tal mapeamento.

A exiguidade dos prazos, a aproximação do encerramento da execução do Fundescola e a necessária tomada de decisão sobre os rumos do PEA, entre outros elementos, foram determinantes para a aceleração do processo de reformulação e a dinâmica que se configurou.[17] As críticas de Gonçalves (2009) sobre a reformulação do PEA são importantes de serem refletidas e que podem converter-se em importantes instrumentos na implementação da nova edição do Programa.

Indubitavelmente o Projeto Base do Programa Escola Ativa (2008) reformulado traz uma série de elementos inovadores. Destaque-se como um dos principais méritos do processo de reformulação a internalização do Programa na estrutura da CGEC/SECAD e inscrição da pauta das classes multisseriadas no bojo da Política Nacional de Educação do Campo.

Na perspectiva de contribuir no debate, apresenta-se uma breve sistematização do Projeto Base do Programa Escola Ativa (2008) reformulado e alguns marcos comparativos. O Projeto está estruturado em 14 itens, que podem ser sintetizados em seis dimensões, sistematizadas no Quadro 1.

Quadro 1
Dimensões de Análise do Projeto Base do Programa Escola Ativa

Dimensão	Itens do Projeto Base Constitutivo da Dimensão
Diagnóstica	• Educação do Campo e Classes Multisseriadas: breve diagnóstico
Histórica	• Histórico do Programa Escola Ativa

(PB e RN), OR de Salvador (AL, BA, SE); região Centro-Oeste: OR de Brasília (GO, MS, MT); região Norte: OR de Belém (AP, PA, RO, TO), OR de Manaus (AC, AM, RR).

[17] Na dinâmica configurada, não houve socialização e debate público sobre os resultados do mapeamento da experiência.

Conceitual	• O Programa Escola Ativa: fundamentos • O Programa Escola Ativa: finalidades • Aspectos Legais
Político-Pedagógica	• Elementos Estruturantes da Metodologia do Programa Escola Ativa • Objetivos do Programa Escola Ativa • Metas Físicas do Programa Escola Ativa 2007-2010 • Público • Material Didático e Pedagógico
Formação Continuada	• Formação Continuada de Educadores(as) e Coordenadores(as) Estaduais e Municipais • Proposta de Curso de Formação do Programa Escola Ativa • Microcentros
Gestão	• Estrutura Operacional do Programa Escola Ativa • Gestão • Monitoramento e Avaliação

O breve diagnóstico, constitutivo da *dimensão diagnóstica*, apresentado configura o "estado de coisas" do que nos fala Rua (1998). Na concepção da autora um "estado de coisas" consiste em algo que incomoda, prejudica indivíduos e coletivos, gera insatisfações na sociedade, mas não chega a constituir-se em prioridade para os tomadores de decisão e ser pautada na agenda governamental. O "estado de coisas" quando é incorporado na pauta das autoridades e entra na agenda governamental, converte-se num "problema político".

O "estado de coisas" da década de 1990 que impulsionou a implementação do PEA é revelado no breve diagnóstico: rede escolar precarizada, distorção série-idade, falta de condições, etc. Passados quase dez anos do aporte de recursos do Fundescola no PEA, o diagnóstico baseado no Censo Escolar 2006 revela que:

> A precariedade da educação oferecida às populações do campo se apresenta de forma mais visível nas escolas com turmas multisseriadas, uma vez que estas constituem a maioria das escolas do campo. O Censo Escolar 2006 apontou a existência de cerca de 50 mil estabelecimentos de ensino nas áreas rurais com organização exclusivamente multisseriada, com matrícula superior a um milhão de estudantes, configurando uma urgente necessidade de apoio técnico e financeiro por parte da União e Estados (BRASIL, 2008b, p. 10).

O "estado de coisas" é convertido em "problema político" e é assumido pela CGEC/SECAD com o propósito de:

> possibilitar o acesso deste Programa, com seus recursos de natureza pedagógica, para um universo maior de escolas e seguir no aprimoramento da tecnologia do trabalho educativo destinado a auxiliar o trabalho de educadores que atuam com classes multisseriadas (BRASIL, 2008b, p. 11).

O diferencial do histórico do Programa Escola Ativa no atual Projeto Base em relação a outras publicações é a referência à transferência do PEA do FNDE/Fundescola para a SECAD, particularmente para a Coordenação Geral de Educação do Campo (CGEC).

A *dimensão conceitual* do atual Projeto Base do PEA (2008), que sintetiza os fundamentos e as finalidades, se diferencia qualitativamente dos documentos anteriores em vários aspectos, entre os quais se destaca a compreensão política dos projetos de campo em disputa no país, ultrapassando assim o histórico confinamento a que o Programa esteve submetido, reduzindo a problemática da precarização das classes multisseriadas a questões metodológicas, destituídas dos determinantes mais macrossistêmico da educação brasileira.

A vinculação do PEA ao paradigma da Educação do Campo no bojo da política de Educação do Campo é outro diferencial, considerando-se que a atualização dos documentos do Programa em 2007 anunciou formalmente a vinculação às Diretrizes Operacionais para a Educação Básica nas Escolas do Campo e ao paradigma da Educação do Campo, mas preservando seus fundamentos escolanovistas e derivações, o que se revelou flagrante contradição teórica e político-pedagógica. No atual Projeto Base o PEA concebe que a escola passa a ser reconhecida como espaço de reflexão da realidade dos povos do campo, de seu trabalho, suas linguagens, de suas formas de vida e, sobretudo, de um novo projeto político de desenvolvimento (BRASIL, 2008b, p. 16).

Há uma clara referência no atual Projeto Base do PEA às formas de organização dos comitês estaduais e organizações sociais dos sujeitos do campo, na perspectiva de resgate da dimensão sociopolítica da Educação do Campo.

Os princípios do Programa têm aproximações e diferenças qualitativas, como pode se constatar no Quadro 2, que apresenta marcos comparativos entre os princípios.

Quadro 2
Princípios do Programa Escola Ativa

Princípios do PEA em 1997-2007	Princípios Projeto Base atual do PEA
• Educação voltada para a transformação social • Educação voltada para o desenvolvimento de valores éticos, morais, cívicos e democráticos • Educação voltada para o fortalecimento do vínculo escola-família-comunidade	• Educação para a transformação social – vínculo orgânico entre processos educativos e processos políticos, econômicos e cultura • Educação para o trabalho e a cooperação • Educação voltada para as várias dimensões da pessoa humana • Educação voltada para os valores humanistas • Educação como um processo permanente de formação e transformação humana

Fontes: Diretrizes para Implantação e Implementação da Estratégia Metodológica Escola Ativa (BRASIL, 2007) e Projeto Base PEA (BRASÍL, 2008).

Os conteúdos escolares são enunciados numa perspectiva dialética especificidade e universalidade, contextualizados nos grandes problemas da vida cotidiana; matizados pela compreensão da linguagem e do conhecimento como mediação do processo de aprendizagem e de formação da mente; referenciados em processos interdisciplinares de ensino.

O fundamento metodológico abordado é denso e ousado, assim manifesto no Projeto Base (2008, p. 18-19):

> A opção do Programa é por uma metodologia problematizadora capaz de definir o educador como condutor do estudo da realidade, por meio do percurso das seguintes etapas: I) Levantamento de problemas da realidade; II) Problematização em sala de aula dos nexos filosóficos, antropológicos, sociais, políticos, psicológicos, culturais e econômicos da realidade apresentada e dos conteúdos; III) Teorização (pesquisa, estudos e estabelecimento de relação com o conhecimento científico; IV) Definição de hipóteses para solução das problemáticas estudadas; V) proposições de ações de intervenção na comunidade.

O Conselho Escolar se constitui na principal referência organizativa de gestão, respaldado no fundamento do envolvimento entre escola e comunidade, tendo em conta a dinâmica social no qual está inserido.

As finalidades do PEA estão referenciadas na diversidade, valorização profissional, gestão democrática, interdisciplinaridade, ensino fundamental de nove anos, formação continuada.

A base legal do PEA tem na Lei de Diretrizes e Bases (LDB) – Lei nº 9.394/1996, nas Diretrizes Operacionais para a Educação Básica nas Escolas do Campo – Resolução CNE/CEB 2, de 3 de abril de 2002 – e nas Diretrizes Complementares, Normas e Princípios para o Desenvolvimento de Políticas Públicas de Atendimento da Educação Básica do Campo – Resolução nº 2, de 28 abril de 2008 – os seus principais aportes. As múltiplas identidades e diversidades que se expressam no campo brasileiro; a flexibilidade das formas de organização escolar; os valores; a avaliação; a garantia das bases da oferta educacional dos diferentes níveis que recomenda ser evitado processos de nucleação e de deslocamento de crianças asseguram que não deve haver enturmação de educação infantil e ensino fundamental em nenhuma hipótese.

A *dimensão político-pedagógica* contempla uma diversidade de elementos importantes de serem refletidos. Inicialmente apresenta-se no Quadro 3 um comparativo entre os elementos estruturantes do PEA nas suas duas acepções e versões.

Quadro 3
Elementos Estruturantes do Programa Escola Ativa

Elementos Estruturantes do PEA 1997-2007	Elementos Estruturantes do Projeto Base atual do PEA
I. Curricular • Guias de Aprendizagem • Cantinhos de Aprendizagem • Governo Estudantil • Comunidade II. Formação e Acompanhamento III. Comunitário • Relação escola-família-comunidade IV. Administrativo	I. Cadernos de Ensino-Aprendizagem II. Cantinhos de Aprendizagem: Espaço Interdisciplinar de Pesquisa III. Colegiado Estudantil IV. Escola e Comunidade V. Organização do trabalho pedagógico de turmas multisseriadas que adotam o Programa Escola Ativa VI. Metodologia dos Cadernos de Ensino-Aprendizagem

Fontes: Diretrizes para Implantação e Implementação da Estratégia Metodológica Escola Ativa (Brasília, 2007); Projeto Base PEA (Brasília, 2008).

O Quadro 3 é revelador que, em termos de estrutura, muitos elementos foram preservados, ainda que os fundamentos possam em parte se diferenciar qualitativamente.

No Quadro 4 são sintetizados os objetivos do PEA. É evidenciado que os objetivos da primeira versão do PEA estiveram centrados na compreensão do Programa como uma estratégia metodológica, enquanto que os atuais objetivos expressam uma tônica que situa o Programa no marco de política pública implementada por entes federados e em regime de colaboração, sem descurar do foco na melhoria da qualidade de ensino e na necessária dimensão formativa e pedagógica que isso implica.

Quadro 4
Objetivos do Programa Escola Ativa

Objetivos do PEA 1997-2007	Objetivos do Projeto Base atual do PEA
• Ofertar às escolas multisseriadas uma metodologia adequada e com custos mais baixos que a nucleação;	Geral • Melhorar a qualidade do desempenho escolar em classes multisseriadas

	Específicos
• Atender o aluno em sua comunidade;	• Apoiar os sistemas estaduais e municipais de ensino na melhoria da educação nas escolas do campo com classes multisseriadas, disponibilizando diversos recursos pedagógicos e de gestão;
• Promover a equidade; • Reduzir as taxas de evasão e repetência nas escolas multisseriadas; • Corrigir a distorção série-idade; • Promover a participação dos pais nos aspectos pedagógicos e administrativos da escola; • Melhorar a qualidade do ensino fundamental – 1ª a 4ª série – ofertado nessas escolas.	• Fortalecer o desenvolvimento de propostas pedagógicas e metodológicas adequadas a classes multisseriadas; • Realizar formação continuada para os educadores envolvidos no Programa em propostas pedagógicas e princípios político-pedagógicos voltados às especificidades do campo; • Fornecer e publicar materiais pedagógicos que sejam apropriados para o desenvolvimento da proposta pedagógica.

Fontes: Diretrizes para Implantação e Implementação da Estratégia Metodológica Escola Ativa (Brasília, 2007); Projeto Base PEA (Brasília, 2008).

As metas físicas do PEA para o período de 2007 a 2010 é atender as escolas de todos os municípios que aderiram ao Programa Escola Ativa no Plano de Ação Articulada (PAR) ou que estejam inseridos nos Territórios da Cidadania, esse último que se constitui numa política integrada liderada pelo Ministério do Desenvolvimento Agrário (MDA). Tais metas se constituem num elemento inovador, que expressa uma preocupação e tomada de decisão de materializar um importante princípio na implementação de políticas públicas: a intersetorialidade.

O público do Programa é o mesmo em ambas as versões: educadores(as), educandos(as), formadores(as), equipes técnicas de Secretarias Estaduais e Municipais. O supervisor municipal, expressão ainda de uma concepção neotecnicista que referenciou a primeira versão, não figura na atual versão.

Na *dimensão da formação continuada* há importantes elementos a serem refletidos. A responsabilidade compartilhada entre os sistemas públicos é uma das normas estabelecidas no PEA e incorporada na reformulação em 2008.

O elemento inovador é a competência da União em articular o processo formativo por meio da Rede de Diversidade composta de Universidades públicas que desenvolvem programas de formação em escolas do campo, ampliando dessa forma a base social do Programa e potencialmente qualificando ainda mais o processo formativo.

A clara definição das competências dos entes federados e a inter-relação com as Universidades, o estabelecimento de planejamento conjunto e monitoramento das ações formativas, são avanços importantes. A realidade tem revelado, no entanto, e o estudo de Gonçalves (2009) é contundente na reflexão e crítica, quanto à capacidade e às condições objetivas dos municípios assumirem as atribuições que lhe são conferidas no que se refere à formação continuada.

O desenho da formação consiste na oferta de um curso de 200h divididos em cinco módulos de 40h. Constata-se que o Projeto Base (2008) traz consigo a confusão conceitual sobre formação inicial da primeira edição do Programa. Compreende-se que não há uma proposta de formação inicial, mas de formação continuada instituída.

A substantiva ampliação da carga horária da formação continuada é um elemento que concretamente pode potencializar e qualificar a implementação do Programa, vindo ao encontro de reivindicações históricas dos sujeitos educativos envolvidos.

A *dimensão da gestão* tem no regime de colaboração, na definição das competências entre os entes, na institucionalização de um sistema de monitoramento a avaliação de seus pilares estruturantes. O enunciado de que ao Comitê Estadual de Educação do Campo é reservada a tarefa do controle social é um dos elementos inovadores nessa dimensão.

Aproximações reflexivas

À guisa de conclusão são alinhavadas mais algumas aproximações reflexivas na perspectiva de contribuir no debate. Reconhece-se que houve momentos e processos de participação coletiva, mas as reformulações estruturantes do Programa foram verticalizadas pelo poder público na esfera federal, subtraindo a força potencial de consolidar avanços na Política Nacional de Educação do Campo a partir de múltiplas vozes na esfera pública e força dos movimentos sociais. Houve impermeabilidade a críticas formuladas, o que poderá conduzir a isolamento e/ou confinamento do PEA na estrutura tecnocrática do Estado, ainda que as metas físicas possam se revelar satisfatórias na ótica governamental.

A presença de Universidades na rede de implementação do Programa Escola Ativa e a atuação da Comissão Nacional de Educação do Campo (CONEC), aliado à dinamização de um sistema de monitoramento e avaliação do PEA com controle social efetivo, poderá subverter o risco de isolamento.

A ausência de um claro referencial teórico de suporte ao projeto político-pedagógico do Projeto Base do Programa Escola Ativa (2008) é uma lacuna que se evidencia, ainda que possa se apreender o alinhamento com a abordagem sociocultural de Vygotsky (1987, 1988).

Os conteúdos formativos propostos são importantes, mas há necessidade de incorporação concreta de discussões sobre os ciclos de formação humana, as singularidades das temporalidades de vida e a repercussão na dinâmica da organização do trabalho pedagógico.

A ênfase na alfabetização e letramento é indispensável, devendo aliar-se a isso bases epistemológicas das diferentes ciências constitutivas do currículo escolar para dar o necessário suporte à abordagem interdisciplinar.

Nos aspectos legais, verifica-se a ausência de referência, nas Diretrizes Curriculares Nacionais da Educação Infantil e do Ensino Fundamental, de legislações e correlatas que tratam da Educação do Campo e da diversidade, a exemplo da Lei nº 10.639/03 e das Diretrizes Curriculares Nacionais para a Educação das Relações Étnico-Raciais e para o Ensino de História e Cultura Afro-Brasileira e Africana; estas são contribuições que devem ser incorporadas no sentido de referenciar as experiências formativas e educativas no cotidiano escolar.

O controle social é estruturante para o êxito do Programa. Lima (1992) reconhece a participação como um conceito polissêmico, multifacetado, mas considera que assume um significado relativamente preciso no quadro da democracia relacionado à partilha de poder, ao compartilhamento de tomada de decisão.

Elegemos um fragmento do pensamento de Morin (1994) para finalizar nossa análise, cujo potencial de aprofundamento é (de)limitado pelo escopo de um ensaio. Diz o autor:

> Era uma vez um grão de onde cresceu uma árvore, que foi abatida por um lenhador e cortada numa serraria. Um marceneiro trabalhou-a e entregou-a a um vendedor de móveis. O móvel foi decorar um apartamento e, mais tarde, jogaram-no fora. Foi apanhado por outras pessoas que o venderam numa feira. O móvel estava lá no adeleiro, foi comprado barato e, finalmente, houve quem o partisse para fazer lenha. O móvel transformou-se em chamas, fumo e cinzas. Eu quero ter o direito de refletir sobre esta história, sobre o grão que se transforma em árvore que se torna móvel e acaba fogo, sem ser lenhador, marceneiro, vendedor, que não vêem senão um segmento da história. É esta história que me interessa e me fascina (MORIN, 1994).

Referências

ARROYO, Miguel G. Plenária final – Síntese dos Grupos de Trabalho. In: MOLINA, Mônica.C. (Org.). *Educação do Campo e pesquisa: questões para reflexão*. Brasília: Ministério do Desenvolvimento Agrário, 2006.

BRANDÃO, Carlos Rodrigues. *Casa de escola*. Campinas, SP: Papirus, 1984.

BRASIL. *Lei nº. 9.394/1996, de 20 de dezembro de 1996. Diretrizes e Bases da Educação Nacional*. Estabelece as diretrizes e bases da educação nacional. Brasília: Diário Oficial da União. 23 dez. 1996.

BRASIL. *Lei nº. 10.639, de 09 de janeiro de 2003.* Inclui a obrigatoriedade da temática *"História e Cultrura Afro-Brasileira"* no currículo oficial da rede de ensino. Brasília: Diário Oficial da União, 2003.

BRASIL. MEC. Conselho Nacional da Educação. *Diretrizes Curriculares Nacionais para a Educação Infantil.* Parecer CEB nº 022/98, aprovado em 17 de dezembro de 1998. Brasília: Diário Oficial da União, 1998a.

BRASIL. MEC. Conselho Nacional da Educação. *Diretrizes Curriculares Nacionais para o Ensino Fundamental.* Parecer CEB 02/98, aprovado em 07 de abril de 1998. Brasília: Diário Oficial da União, 1998b.

BRASIL. MEC. *Diretrizes Operacionais para a Educação Básica nas Escolas do Campo.* Resolução CNE/CEB nº 1, aprovada em 03 de abril de 2002. Brasília: Ministério da Educação, Secretaria de Educação Continuada, Alfabetização e Diversidade. 2002.

BRASIL. MEC. *Diretrizes complementares, normas e princípios para o desenvolvimento de políticas públicas de atendimento da Educação Básica do Campo.* Resolução CNE/CEB nº 2. Brasília, DF, 2008a.

BRASIL. MEC. *Censo Escolar 2005.* Brasília: Instituto Nacional de Estudos e Pesquisas Educacionais Anísio Teixeira, 2006.

BRASIL. MEC. *Diretrizes para Implantação e Implementação da Estratégia Metodológica Escola Ativa.* Brasília, 2007a.

BRASIL. MEC. *Guia para a formação de professores da Escola Ativa.* Brasília, 2007b.

BRASIL. MEC. *Projeto Base do Programa Escola Ativa.* Brasília: Brasília, SECAD/MEC, 2008b.

BRASIL. MEC. Fundescola. *Escola Ativa: capacitação de professores.* Brasília, 1999.

FREIRE, Jacqueline Cunha da Serra. Currículo e Docência em Classes Multisseriadas na Amazônia Paraense: o Projeto Escola Ativa em foco. In: HAGE, Salomão. *Educação do Campo na Amazônia: retratos de realidade das escolas multisseriadas no Pará.* Belém: Fundação Biblioteca Nacional, 2005.

FREIRE, Jacqueline Cunha da Serra. *Juventude camponesa e políticas públicas: saberes da terra na Amazônia paraense.* Tese (Doutorado) – Programa de Doutorado em Desenvolvimento Sustentável do Trópico Úmido, Universidade Federal do Pará Belém, 2009.

FREIRE, Jacqueline Cunha da Serra. *Juventude Ribeirinha: identidade e cotidiano.* Dissertação (Mestrado em Planejamento do Desenvolvimento) – Universidade Federal do Pará, Belém, 2002.

FREITAS, Maria Natalina M. *O ensino de ciências em classes multisseriadas: um estudo de caso numa escola ribeirinha.* 2005. Dissertação (Mestrado em Educação em Ciências e Matemáticas) – Universidade Federal do Pará, Belém, 2005.

GENTILI, Pablo. *Educar para o desemprego: a desintegração da promessa integradora.* In: FRIGOTTO, Gaudêncio (Org.). *Educação e crise do trabalho: perspectivas de final de século.* 2. ed. Petrópolis, RJ: Vozes, 1998a.

GENTILI, Pablo. *A falsificação do consenso: simulacro e imposição na reforma educacional do neoliberalismo.* Petrópolis, RJ: Vozes, 1998b.

GENTILI, Pablo; SILVA, T. T. da. (Org.). *Neoliberalismo, qualidade total e educação: visões críticas*. Rio de Janeiro: Vozes, 1994.

GONÇALVES, Gustavo B. B. *Programa Escola Ativa: Educação do Campo e trabalho docente*. Tese (Doutorado) – Programa de Pós-Graduação em Políticas Públicas e Formação Humana, Universidade do Estado do Rio de Janeiro, Rio de Janeiro, 2009.

HAGE, Salomão M. Classes multisseriadas: desafios da educação rural no Estado do Pará/ Região Amazônica. In: HAGE, Salomão. M. (Org.). *Educação do Campo na Amazônia: retratos de realidade das escolas multisseriadas no Pará*. Belém: Gutemberg, 2005.

INEP. *Panorama da Educação no Campo*. Brasília: Instituto Nacional de Estudos e Pesquisas Educacionais Anísio Teixeira, 2007. 44p.

LIMA, Licínio. *A escola como organização e a participação na organização escolar*. Braga: Univesidade do Minho, 1992.

MAY, Tim. *Pesquisa Social: questões, métodos e processos*. Tradução de Carlos Alberto S. Netto. Porto Alegre: Artmed, 2004.

MORIN, E. *Introdución al pessamiento complejo*. Barcelona: Gedisa, 1994.

OLIVEIRA, João Ferreira, FONSECA, Marília e TOSCHI, Mirza Seabra. O Programa Fundescola: concepções, objetivos, componentes e abrangência – perspectiva de melhoria da gestão do sistema e das escolas públicas. *Educação e Sociedade*, Campinas, v. 26, n. 90, p. 127-147, jan.-abr. 2005.

RUA, Maria das Graças. As políticas públicas e a juventude dos anos 90. In: RUA, Maria das Graças. *Jovens acontecendo na trilha das políticas públicas*. 2 v. Brasília: CNPD, 1998.

SILVA, Josenilda M. *Espelho líquido: a vida cotidiana de uma escola ribeirinha no estado do Pará*. Dissertação (Mestrado em Educação) – Pontifícia Universidade Católica de São Paulo, São Paulo, 1993.

SILVA, Lourdes Helena da; MORAIS, Teresinha Cristiane de; BOF, Alvana Maria. A educação no meio rural do Brasil: revisão da literatura. In: Alvana Maria Bof (Org.). *A Educação no Brasil Rural*. Brasília: INEP/MEC, 2006.

VYGOTSKY, L. S. *A Formação Social da Mente*. São Paulo: Martins Fontes, 1988.

VYGOTSKY, L. S. *Pensamento e Linguagem*. São Paulo: Martins Fontes, 1987.

Terceira parte

Práticas pedagógicas e inovação nas escolas do campo: construindo caminhos de superação da precarização do ensino multisseriado

Carta pedagógica 03

É com muito prazer que estou escrevendo para lhes dizer as dificuldades que enfrento na escola onde trabalho.

A escola fica localizada no Rio Jatiboca, às margens do Rio Canaticu, no município de Curralinho, Pará. A escola funciona numa casa comunitária, é só uma sala e lá funciona a cozinha, onde é feita a merenda no fogão à lenha. A fumaça invade a sala onde todo mundo está estudando, porque não tem sequer uma parede que faça uma divisão na casa.

Na cozinha não temos vasilhas suficientes para utilizarmos, como copos e pratos, não temos pote, não temos panela de pressão, etc. Trabalho com 22 alunos de 1ª a 4ª série, e só temos uma lousa, muito pequena, nela eu tenho que fazer as atividades para todos os alunos. Não podemos fazer um mural de trabalho para deixar na escola, porque não podemos deixar na escola, não se pode deixar nada porque levam, rasgam tudo o que fica lá. Não tem como fechar a casa, ela fica toda aberta.

As dificuldades são tantas, que até me deixam triste. Eu queria trabalhar em uma escola onde pudesse fazer um trabalho melhor e agradável, onde todos gostassem. Somente.

Edna dos Santos Oliveira
Professora de escola do campo – Curralinho/PA

Capítulo 15
Plantando a Educação do Campo em escola de assentamento rural através de temas geradores

Maria do Socorro Xavier Batista
Luciélio Marinho da Costa

Este texto busca refletir sobre as práticas de Educação do Campo que vêm sendo desenvolvidas na Escola de Educação Infantil e Ensino Fundamental Tiradentes (EMIFT),[1] localizada no Assentamento Tiradentes, no município de Mari, no Estado da Paraíba, a partir da inserção do currículo orientado por temas geradores.[2] A história dessa escola está intrinsecamente ligada à luta por reforma agrária. Sua implantação emergiu da necessidade de ter uma escola para atender aos filhos dos camponeses acampados a partir do momento da formação do acampamento, em setembro de 1999.

A partir de 2006, a escola, por meio dos profissionais que a integram, em parceria com Universidade Federal da Paraíba (UFPB), vem desenvolvendo

---

[1] A escola atende da Educação Infantil ao 5º ano do ensino fundamental. O prédio é adaptado de duas antigas casas da fazenda, formando cinco salas de aulas, três banheiros para alunos e um banheiro para funcionários, uma sala de diretoria, uma sala de professores e uma cozinha com dispensa. Atualmente (2009) o corpo docente e administrativo é formado por sete professores, sendo um do sexo masculino. Desses, cinco possuem formação em nível superior e os demais, nível médio na modalidade normal, mas estão frequentando cursos superiores. O corpo administrativo é formado por um gestor, cursando nível superior, e uma supervisora escolar que possui pós-graduação em nível de especialização.

[2] As reflexões aqui apresentadas resultam da experiência desenvolvida no projeto coordenado pela professora Maria do Socorro Xavier Batista e bolsistas de graduação, que envolve ensino, pesquisa e extensão que se efetiva na escola do assentamento, intitulado "Educação popular do campo em assentamentos de reforma agrária: trabalho e formação docente, através de oficinas pedagógicas" que tem como objetivos contribuir para a construção do Projeto Político Pedagógico da escola e para a melhoria do processo ensino-aprendizagem que nelas se efetiva; promover um processo de reflexão sobre a prática escolar envolvendo a ação-reflexão-ação e relacionando os pressupostos da educação popular do campo; oportunizar estudos sistemáticos sobre a Educação do Campo a partir das Diretrizes Operacionais da Educação Básica do campo e dos documentos produzidos pelos movimentos sociais do campo; discutir a realidade do educando, buscando o desenvolvimento de uma prática escolar embasada nos princípios da educação popular, da Educação do Campo (EC) e da interdisciplinaridade.

um projeto buscando implantar a Educação do Campo, a partir do desenvolvimento do currículo baseado em temas geradores, estudando problemas e temas vinculados à realidade do Assentamento Tiradentes, na perspectiva de dotar a "escola com um projeto político-pedagógico vinculado às causas, aos desafios, aos sonhos, à história e à cultura do povo trabalhador do campo" (KOLLING et al., 1999, p. 29). Representando, assim, a expressão da produção e da organização do conhecimento escolar demonstrando um conjunto de interesses relacionados à dinâmica sociocultural interna e externa da escola.

Neste texto discorreremos sobre essa iniciativa da escola de inserir em seu projeto político pedagógico a perspectiva da Educação do Campo, a partir da inserção de um currículo baseado em temas geradores. Para tanto, organizamos a exposição em dois itens: no primeiro discutimos a concepção de currículo na Educação do Campo e, no segundo, apresentamos a experiência da escola tendo como base o tema gerador agricultura familiar e, por último, apresentamos algumas considerações finais.

Educação do Campo e o currículo por tema gerador: o saber escolar e suas práticas constitutivas

O currículo, para além de uma política curricular que busca dirigir e padronizar os conhecimentos que devem ser o centro do processo ensino-aprendizagem, torna-se a essência da escola, pois compreende a mediação das práticas pedagógicas com vistas à produção e transmissão dos conhecimentos, saberes, conteúdos disciplinares e das práticas socioeducativas, dos rituais vivenciados na escola. Segundo Batista (2006, p. 101):

> O currículo deve ser entendido como uma construção histórica envolto em determinações sociais, culturais, políticas. Portanto para entender o currículo como política educacional torna-se importante uma análise das relações entre currículo e estrutura social, currículo e cultura, currículo e poder, currículo e ideologia, currículo e controle social.

Por isso torna-se fundamental que o currículo possa ser pensado e definido pelos sujeitos da ação educativa e da comunidade da qual a escola faz parte. Pois uma política curricular uniformizadora e pensada a partir dos centros dos poderes constituídos é carregada de sentido político na direção dos poderes hegemônicos. Numa outra perspectiva, os movimentos sociais camponeses propõem uma educação voltada para as especificidades dos homens e das mulheres do campo, suas culturas, seus saberes, sua memória e história; para seus interesses, a política e a agricultura camponesa, preocupada em construir conhecimentos e tecnologias na direção do desenvolvimento social e econômico dessa população. Enfim, uma educação voltada aos interesses e ao desenvolvimento sociocultural e econômico dos povos que habitam e trabalham no campo, atendendo as suas diferenças históricas e culturais.

Nessa direção, para que a escola desenvolva um conhecimento sobre a realidade onde os alunos vivem e atuam, é fundamental a análise das condições de vida e de trabalho ali existentes. Para tanto, a educação deve enfocar o trabalho dos agricultores, identificando os problemas presentes na comunidade e fomentar a busca de propostas de intervenções no sentido de solucionar ou melhorar as situações problemáticas identificadas. Esse processo tem como objetivo proporcionar uma vinculação dos conhecimentos sistematizados com a realidade local através de ações, trabalhos, pesquisas e execução de projetos, podendo implicar observações, registros em diários de campo e estudos de casos.

Assim, o currículo, no entendimento dos movimentos sociais, supõe a produção e a socialização coletiva dos conhecimentos como instrumento para conhecer e transformar a realidade.

> Educar é socializar conhecimentos e também ferramenta de como se produz conhecimentos que afetam a vida das pessoas, em suas diversas dimensões, de identidade e de universalidade. Conhecer para resolver significa entender o conhecimento como compreensão da realidade para transformá-la; compreensão da condição humana para torná-la mais plena (CALDART, 2003, p. 56).

O currículo na Educação do Campo e do MST se orienta por três princípios: o currículo centrado na realidade dos educandos, isto é, a realidade camponesa, como ponto de partida e base do currículo; o currículo centrado na prática, que abrange um conjunto de práticas envolvendo experiências de trabalho prático relativas à realidade dos alunos; e o currículo centrado em temas geradores, os quais são assim entendidos pelo MST:

> Temas geradores são assuntos, questões ou problemas tirados da realidade das crianças e de sua comunidade. Eles permitem direcionar toda a aprendizagem para a construção de um conhecimento concreto e com sentido real para as crianças e a comunidade. São estes temas que vão determinar a escolha dos conteúdos, a metodologia de trabalho em sala de aula, o tipo de avaliação, tudo (MST, 2005, p. 55).

Os Temas Geradores no Brasil têm sua historicidade na educação freiriana, no contexto de uma educação libertadora, concebidos pelo educador como:

> [...] os temas são a expressão da realidade [...]. O tema [...] permite "desvelar" a realidade, desmascarar sua mitificação e chegar à plena realização do trabalho humano: a transformação permanente da realidade para a libertação dos homens (FREIRE, 1980, p. 29).

A partir das proposições dos movimentos sociais, a escola faz uma escolha de redirecionar seu currículo numa outra perspectiva que contemple sua realidade.

Como apontam Antonio e Lucini (2007, p. 5), a opção pela organização curricular a partir do Tema Gerador "nasce e se desenvolve na reflexão experienciada pelos movimentos sociais, que compreendem a educação e a escola como parte de um projeto de desenvolvimento e o próprio movimento como sujeito educativo".

A preocupação com um currículo centrado na realidade do campo discutido pelos movimentos sociais foi contemplada na Resolução Câmara de Educação Básica do Conselho Nacional de Educação (CEB/CNE) n° 1, de 3 de abril de 2002, que institui Diretrizes Operacionais para a Educação Básica nas Escolas do Campo, que, no artigo 13,[3] delineia os princípios e as diretrizes que devem nortear a especificidade da formação dos educadores que exercem a docência nas escolas do campo, propondo componentes que evidenciam uma noção de currículo em que o educando deve ser visto como sujeito autônomo e realçam alguns princípios da Educação do Campo, tais como a diversidade, a solidariedade, a colaboração e a gestão democrática.

No documento Texto Base da II Conferência Nacional por uma Educação do Campo (2004), os movimentos definem propostas para a educação nas escolas, entre elas oferecem pistas para uma definição curricular, como no que se refere em "apostar na condução pedagógica do processo pelos educadores, com a participação efetiva dos educandos, vistos também como sujeitos coletivos, vinculados a processos sociais, políticos e culturais". Um dos meios mais eficazes e condizentes para se efetivar esse princípio é a adoção de um currículo orientado por temas geradores.

Os temas geradores se inspiram na pedagogia de Paulo Freire. Eles devem refletir as preocupações da comunidade e captar os elementos de sua cultura. Na problematização, busca-se a codificação e decodificação desses temas em busca dos significados sociais e políticos que possibilitem a tomada de consciência do mundo vivido e uma visão crítica como ponto de partida para a transformação do contexto vivido. No currículo mediado por tema gerador, o diálogo é essencial com a comunidade do assentamento e da escola, envolvendo alunos, corpo docente e discente e os técnico-administrativos.

Essa educação dialógica originada da educação popular e incorporada pela Educação do Campo, defendida pelos movimentos sociais, tem sua inspiração em Paulo Freire, educador que defende o diálogo como instrumento pedagógico fundante de uma educação que tem como finalidade a formação humana integral, visando à liberdade e à autonomia em sua intencionalidade.

---

[3] "I – estudos a respeito da diversidade e o efetivo protagonismo das crianças, dos jovens e dos adultos do campo na construção da qualidade social da vida individual e coletiva, da região, do país e do mundo; II – propostas pedagógicas que valorizem, na organização do ensino, a diversidade cultural e os processos de interação e transformação do campo, a gestão democrática, o acesso ao avanço científico e tecnológico e respectivas contribuições para a melhoria das condições de vida e a fidelidade aos princípios éticos que norteiam a convivência solidária e colaborativa nas sociedades democráticas" (CNE/CEB, 2002).

A Educação do Campo se propõe ser emancipadora, busca incentivar os sujeitos do campo a pensar e agir por si próprios, refletir sobre os problemas da comunidade, assumindo sua condição de sujeitos da aprendizagem, do trabalho e da cultura, pois emancipar significa romper com a tutela de outrem, significa ter a possibilidade de tomar suas próprias decisões, segundo seus interesses e necessidades. Como salienta Freire (1977, p. 78):

A educação libertadora, problematizadora, já não pode ser o ato de depositar e de narrar, ou de transmitir "conhecimentos" e valores aos educandos, meros pacientes à maneira da educação "bancária", mas um ato "cognoscente". [...] Educação problematizadora consiste de caráter autenticamente reflexivo, implica num constante ato de desvelamento da realidade.

Assim, a Educação do Campo, ancorada em Paulo Freire, direciona a uma formação humana em sua multidimensionalidade, engajada num projeto de transformação social que aponta para uma sociedade solidária, cooperativa, democrática, que rompa com todas as formas de dominação e opressão social, economicamente justa e ecologicamente sustentável.

Currículo Integrado através de Temas Geradores: (re)definindo as práticas docentes na escola do campo

A Escola Tiradentes, apesar de sua origem estar vinculada aos anseios do movimento popular, funcionava tendo sua estrutura didática, pedagógica e curricular nos moldes tradicionais, centrada no padrão disciplinar e no repasse de conteúdos presentes no livro didático, distanciados da realidade dos alunos; não obstante os esforços do Movimento dos Trabalhadores Rurais Sem Terra (MST), no sentido de proporcionar uma formação continuada dos educadores, tendo em vista uma educação diferenciada, considerada como parte da estratégia da luta pela reforma agrária, vinculada às preocupações gerais do Movimento com a formação de seus sujeitos. No entendimento de Caldart (2004, p. 224-227), a ocupação[4] da escola, na história do MST, pontua-se em três significados:

Primeiro, as famílias sem-terra mobilizaram-se (e mobilizam-se) pelo direito à escola que fizesse a diferença, tivesse realmente sentido na vida presente e futura. [...]. O segundo momento, o MST decidiu pressionar pela mobilização das professoras e pelas mães, assumir, montar uma estrutura que viabilizasse a luta por uma escola que tivesse uma pedagogia diferente. É nesse contexto que foi criado o Setor de Educação do MST. [...]. E o terceiro momento, o MST incorporou a escola à sua dinâmica, passando a fazer parte das preocupações das famílias sem-terra.

---

[4] Terminologia metafórica usada pela autora, no sentido educativo da ação de ocupar a escola, produzindo consciência de necessidade de aprender.

Sob a perspectiva dessa autora, pedagogicamente a ocupação da Escola Tiradentes se deu a partir do ano 2007, a prática desenvolvida pelos seus professores começou a respaldar-se na realidade do aluno, isto é, considerando seus conhecimentos, sua cultura, sua historicidade e, por sua vez, passando a construir um currículo contextualizado, dando mais sentido ao processo ensino-aprendizagem, considerando a historicidade dos sujeitos sociais, pautando-se na complexidade de tais processos históricos (SOUZA, 2005).

Inserir os temas geradores no currículo da escola partiu das discussões desencadeadas a partir das oficinas que integram o projeto Educação Popular do Campo em Assentamentos de Reforma Agrária: trabalho e formação docente, vinculado à UFPB, no sentido de privilegiar situações de aprendizagem significativas aos discentes, considerando também que, nas palavras de Caldart (2004), os movimentos sociais concebem a educação como processo de formação humana, necessariamente vinculada às práticas sociais, à história e à cultura dos sujeitos da educação.

Nesse sentido, os professores vêm buscando desenvolver temas voltados para a cultura dos assentados enriquecendo as situações de ensino e aprendizagem em sala de aula, buscando problematizar as situações do cotidiano, relacionando com os conteúdos e metodologia, a fim de dirigi-los à realidade do assentamento e do meio campesino; promovendo ações que busquem integrar a escola com a comunidade e a participação dos assentados no projeto político pedagógico desta.

Os Temas Geradores sugeridos e incorporados no currículo da Escola Tiradentes são propostos pelos próprios moradores do assentamento a partir da realidade vivenciada. São temas pertinentes que envolvem problemáticas do cotidiano dos professores, alunos e do grupo social ao qual eles pertencem, os quais merecem atenção e discussão da comunidade. Tendo como base os conteúdos que são trabalhados nas séries, de forma interdisciplinar, já foram trabalhados os seguintes temas geradores: meio ambiente, solo, lixo, reserva ambiental e agricultura familiar camponesa.

Dado os limites deste texto, não discutiremos as atividades que foram desenvolvidas em cada um desses temas, nos centraremos na experiência desenvolvida a partir do tema gerador agricultura familiar camponesa, tomando como pressuposto a sua importância para o assentamento onde funciona a escola. O trabalho com os temas geradores geralmente é iniciado pela proposição dos educadores e discutido nas oficinas dos encontros do projeto de extensão já citado neste texto.[5]

---

[5] Os encontros acontecem uma vez ao mês, o dia inteiro, e sua sistemática obedece a uma metodologia de modo que, no turno da manhã, se discute o tema a partir do conhecimento prévio dos professores e representantes da comunidade presentes, depois se estudam textos e materiais fundamentando o tema proposto. Em seguida são levantadas questões norteadoras das atividades para serem desenvolvidas a partir do tema. Posterior a esse momento, o planejamento acontece semanalmente na própria escola com os professores, o supervisor escolar e o gestor. Desta forma os planejamentos são direcionados partindo das dificuldades e necessidades que surgem durante a prática nas salas de aulas.

Evidencia-se nesse processo a importância do planejamento como espaço privilegiado de trocas e construção de conhecimentos, necessários à prática educativa que considera as pessoas envolvidas, alunos, professores, funcionário, comunidade, todos, como protagonistas da aprendizagem. Nessa experiência a pesquisa como princípio educativo acontece nas aulas estimulando educadores e educandos à investigação, a buscarem dados, informações da comunidade para produzirem os conhecimentos acerca do tema discutido. Além dos profissionais da escola, também participam dos planejamentos algumas lideranças do assentamento, colaborando com sugestões e a execução de atividades e, desta forma, garantindo vínculo com a organicidade do Movimento. Durante o período de estudos do tema agricultura familiar camponesa, foi realizado um encontro de formação com um técnico agrícola que presta assistência aos assentamentos da região, contribuindo com subsídios teórico-metodológicos para o trabalho com essa temática.

O primeiro planejamento sobre o tema gerador agricultura familiar camponesa aconteceu no mês de setembro do ano 2008. Nele foram pensadas atividades para direcionar o início dos trabalhos. Foram levantadas várias questões relativas à realidade dos assentados: a situação dos agricultores locais quanto à sua produção e fonte de renda; os tipos de produtos cultivados para o consumo e para o mercado; dificuldades de comercialização dos produtos excedentes; as fontes de rendas, alternativas, como: programas sociais do Governo Federal e artesanato; gênero, enfatizando o papel da mulher nas atividades da agricultura; as pragas mais comuns que aparecem nas plantações; a desvalorização da terra causada pela falta de assistência técnica aos assentados; e divisão dos trabalhos no interior das famílias. Depois desse momento, foram realizados outros planejamentos para preparação das atividades e confecção de materiais.

A partir dessas questões foram sugeridas as atividades mais gerais para o estudo do tema em sala de aula, respeitando os níveis de ensino dos discentes e usando diferentes linguagens como filmes, teatro, produção de textos escritos e imagéticos. A mesma atividade é trabalhada em diferentes séries, mas com graus de complexidade diferenciados, respeitando os níveis de aprendizagem. Primeiro planeja-se em grupos separados, depois se discute a viabilidade da atividade por todos. Assim, nas produções de textos escritos nos três primeiros anos do ensino fundamental, por exemplo, como os alunos ainda não dominam as convenções gráficas, os professores atuam como escribas da turma, permitindo que eles sejam autores de seus próprios textos.

Tendo a preocupação de tornar o estudo mais dinâmico e atrativo, foram usadas diversas linguagens como o uso de fantoches para apresentar o tema; história em quadrinhos; produções de texto de variados gêneros como ilustrado a seguir. Ainda foram trabalhadas atividades de separação de sílabas e construção de frases; identificação e diferenciação dos instrumentos de trabalho na agricultura; identificação dos ciclos de produção das diversas plantas cultivadas no assentamento; visita à mandala do assentamento.

Após a realização da aula de campo em visita à mandala, os alunos munidos de caderno de campo fizeram relatórios do que observaram e das informações que receberam dos assentados que são responsáveis pela mandala, resultando na produção de textos, através de desenhos (três primeiras séries do ensino fundamental) e texto escrito (duas últimas séries do ensino fundamental), dos elementos observados na ocasião da visita; identificaram as diferentes plantas (hortaliças) ali cultivadas, destacando suas utilidades e propriedades. A seguir podemos verificar uma ilustração de produção de texto.

A mandala e a agricultura familiar

Nós, alunos, fomos visitar a mandala para ver o que tinha. Muito bonito, uma variedade de plantas. Fizemos anotações de tudo: animais e plantas ao redor da mandala; hortelã, couve, bananeira, milho, feijão, tomate, maxixe, batata, gerimum, coentro, cebolinha, alface, pimentão, cenoura, melancia... Também tinham patos, galinhas e peixes. O que eu achei mais importante é que eles não colocam veneno para matar as pragas. Aquelas plantas são saudáveis (Estudante José Francisco do Nascimento, 4º ano).

Ainda sobre o tema agricultura familiar camponesa, foi trabalhado o tema da mandioca, principal plantio da região. Foram realizadas aulas de campo para estudar as etapas do plantio da mandioca. Essa atividade foi realizada em uma parcela no próprio assentamento, onde um agricultor explicou para os alunos todo o processo de plantio e colheita da mandioca. A partir dessa aula, os alunos retrataram, através de desenhos, as etapas do plantio da mandioca. Foram feitos exercícios envolvendo questões de tempo e meses dos anos envolvidos no processo, as estações do ano mais propícias para o cultivo, os tipos de solos adequados; identificação das vitaminas dos alimentos; classificação dos alimentos; resgate das práticas agrícolas praticadas nas terras do assentamento e, antes, quando era a fazenda Gendiroba, destacando os diferentes instrumentos utilizados.

A problematização do tema se iniciou com a exibição do documentário *O Bagaço*,[6] e uma mística envolvendo agricultores moradores do assentamento e alunos apresentando produtos da colheita produzida no local. Em seguida, foi feito um levantamento de ideias (chuva de ideias). Essa atividade de introdução foi muito significativa, uma vez que gerou diversos aspectos que foram tratados durante o estudo do tema, inclusive a produção de textos por alunos de diferentes séries.

Outra atividade que merece destaque no trabalho com esse tema foi a elaboração coletiva de um questionário que foi aplicado em aula de campo, pelos alunos do 3º ao 5º ano, na comunidade, para levantar uma série de dados sobre o que as famílias produzem, como o objetivo de fazer um diagnóstico da realidade e suscitar

---

[6] Documentário que retrata o trabalho subumano de cortadores de cana-de-açúcar no estado de Pernambuco.

questões para estudo. As questões envolveram situação de escolaridade dos diversos membros da família; tipo de trabalho desenvolvido; produtos produzidos no assentamento para o consumo e para o comércio e suas respectivas quantidades; utilização de manejo para conter as pragas das plantações; utilização de adubo; os principais problemas ou dificuldades para a comercialização da produção e sugestões de assuntos para serem estudados nas aulas. As respostas serviram como subsídio para a elaboração de atividades e o direcionamento das ações.

A partir da discussão e dos dados levantados foram trabalhadas diversas atividades envolvendo conteúdos de diversas disciplinas ou áreas de estudos, tais como: problemas matemáticos envolvendo preços, medidas (metros, quilômetros, hectare, pesos, toneladas); preços dos produtos que são cultivados no assentamento; direitos dos trabalhadores rurais, salientando a importância de sua identidade; identificação dos problemas com a comercialização dos produtos produzidos no assentamento; promoção de uma feira com produtos cultivados no assentamento; exposição e degustação de comidas produzidas a partir dos produtos cultivados pelas famílias.

O conjunto das atividades destaca o caráter criativo da prática docente baseada nas vivências dos educandos, evidenciando a pesquisa como princípio educativo, tornando o ensino mais significativo, ao passo que professores e alunos são sujeitos da aprendizagem.

Esse tema gerador, do ponto de vista político, é muito significativo de ser trabalhado nas escolas do campo, principalmente se esta for de assentamento. Mesmo trabalhando aproximadamente um semestre com o tema, as atividades que foram planejadas deixaram de ser trabalhadas, bem como outras surgiram a partir das pesquisas e levantamento de situações, demandando um período maior de estudos, em virtude da amplitude de significados para o contexto daqueles camponeses. Nesse sentido, após a experiência, o corpo docente e administrativo da escola decidiu que o tema gerador agricultura familiar camponesa passaria a ser um tema-eixo desencadeador de outros temas relacionados.

A conclusão das atividades com o tema gerador agricultura familiar camponesa, no ano 2008, culminou com o encerramento do ano letivo na presença de pais e demais pessoas da comunidade. O evento teve uma programação que constou de exposições das atividades produzidas durante o estudo do tema, também foram expostos e degustados alimentos feitos com os produtos cultivados no assentamento.

Conclusões

Essa experiência surgida de forma autônoma pelos sujeitos da escola tem revelado aspectos positivos e alguns desafios para a prática pedagógica tanto para os professores quanto para os alunos. Aos docentes, impõe-se um repensar de suas práticas com o trabalho coletivo de planejar, de buscar soluções coletivas, fontes múltiplas de conhecimentos, de situações didáticas, de troca de saberes com alunos, de produção de conhecimentos com os alunos que refletem sobre suas experiências vividas que passam a ser o centro do processo de ensino--aprendizagem. Todas essas situações refletem uma epistemologia que supõe uma construção coletiva de conhecimentos que surge da pesquisa como princípio educativo gerador de conhecimentos significativos.

Os temas trabalhados têm se desdobrado em atividades voltadas para a comunidade, de modo que esta perceba os resultados do trabalho da escola como ações positivas desencadeadoras de mecanismos que têm facilitado maior envolvimento da comunidade nas discussões acerca da escola, em suas diferentes dimensões.

Do ponto de vista das relações políticas com a Secretaria de Educação do município, a autonomia da escola, garantida nos princípios da gestão democrática, tem revelado dois tipos de ações diferentes. De um lado, tem se revelado uma atitude de indiferença e surgem conflitos, tensões e contradições, pois as formas de organização da ação educativa escolar quando precisam de apoio do poder público não é atendida, de outro não se torna uma política assumida pela Secretaria do município.

Referências

ANTONIO, Clésio Acilino; LUCINI, Marizete. Ensinar e aprender na educação do campo: processos históricos e pedagógicos em relação. Campinas, SP: Cad. *CEDES*, v. 27, n. 72, 2007. Disponível em: <http://www.scielo.br/scielo.php?script=sci_arttext&pid=S0101--32622007000200005&lng=pt&nrm=iso>. Acesso em: 22 ago. 2008. doi: 10.1590/S0101-32622007000200005.

BATISTA, Maria do Socorro Xavier. Políticas curriculares numa perspectiva popular. *Temas em Educação*, v. 15. n.1, 2006.

BRASIL. CNE/CEB. Diretrizes Operacionais para a Educação Básica nas Escolas do Campo. Resolução nº 1, de 3 de abril de 2002.

CALDART, Roseli Salete. A escola do campo em movimento. *Currículo sem Fronteiras*, v. 3, n. 1, p. 60-81, jan.-jun. 2003. Disponível em: <www.curriculosemfronteiras.org/vol3iss1articles/roseli2.pdf>. Acesso em: 11 ago 2005. ISSN 1645-1384.

CALDART, Roseli Salete. *Pedagogia do Movimento Sem Terra*. 3. ed. São Paulo: Expressão Popular, 2004.

CONFERÊNCIA NACIONAL POR UMA EDUCAÇÃO DO CAMPO. Por uma Política Pública de Educação do Campo. Texto-Base. 2, Luziânia, Goiás, 2-6 ago. de 2004.

FREIRE, Paulo. *Pedagogia do Oprimido*. 4. ed. Rio de Janeiro: Paz e Terra, 1977.

FREIRE, Paulo. *Conscientização: Teoria e prática da libertação*. 3. ed. São Paulo: Moraes, 1980.

KOLLING, E. J.; NERY, Ir.; MOLINA, M. C. *Por uma Educação do Campo*. Brasília: Editora UnB, 1999. (Coleção Por uma Educação Básica do campo, n. 1.)

MOVIMENTO DOS TRABALHADORES RURAIS SEM TERRA. *Dossiê MST escola*. Documentos e Estudos 1990 – 2001. ITERRA, 2005.

SOUZA, Ivânia Paula Freitas de. *A gestão do Currículo Escolar para o desenvolvimento humano e sustentável no semi-árido brasileiro*. São Paulo: Peirópolis, 2005.

Capítulo 16
Formação continuada de professores de classes multisseriadas do campo: perspectivas, contradições, recuos e continuidades

Albene Lis Monteiro
Cely do Socorro Costa Nunes

Este texto retrata parte de uma pesquisa financiada pelo Conselho Nacional de Desenvolvimento Científico e Tecnológico e pela Universidade do Estado do Pará (CNPq/UEPA). O objetivo é evidenciar o quão complexo tem sido exercer a profissão docente no campo, em classes multisseriadas, mesmo para os professores que participam de formação continuada, com base em perspectivas cuja intencionalidade é ajudar a atuar com povos de diferentes culturas, trabalhadores do campo, entre outros. Pretendemos, ainda, analisar as contribuições que o "Projeto de formação continuada dos sujeitos envolvidos com a escola", integrante do Programa EducAmazônia,[1] trouxe para esses professores. O referido Programa, ao ser socializado nas instituições educativas do estado e da sociedade civil por meio do Fórum Paraense de Educação do Campo, ganhou projeção e levantou expectativas no contexto educacional paraense, o que nos motivou a investigar o processo formativo deste Programa.

A execução do Projeto em questão no município de São Domingos do Capim se fez necessária em virtude de o ensino público realizado ter evidenciado inadequação dos currículos à realidade dos segmentos que compõem a sociedade, por não efetivarem a conexão do trabalho escolar com o trabalho produtivo. A persistente inadequação dos programas e currículos à realidade desse segmento da sociedade pode se justificar em virtude dos planejadores da educação ser, em geral, pessoas do meio urbano, sem vivência ou conhecimento da realidade do campo, e descomprometidos com as necessidades das pessoas que nele vivem.

---

[1] O Programa Educação do Campo na Amazônia Paraense: construindo ações inclusivas e multiculturais no campo (EducAmazônia) é resultado dos anseios de um conjunto de entidades que participam do Fórum Paraense de Educação do Campo (FPEC), constituindo-se em um importante lócus de discussão, debate e proposições acerca da Educação do Campo.

O currículo, na maioria das vezes, é imposto pelas Secretarias e não reflete a cultura e as expectativas desse povo.

As crianças e jovens do campo trabalham desde cedo e muitos deles percebem, nos seus estudos, pela ausência de sentido teórico e prático, a falta de conexão entre suas vidas e o que é oferecido na escola, o que pouco traz em comum com suas culturas e expectativas. Portanto, a educação oferecida se apresenta desconexa com o trabalho produtivo, o que gera sérios problemas para os jovens desse meio, habituados a trabalhar desde cedo e cuja permanência na escola exige muitos sacrifícios.

Por isso a profissão docente, no contexto atual da Amazônia paraense, requer diversidades de competências: pessoal, social, cultural, pedagógica, política, ética e estética para oferecer educação com qualidade social ao trabalhar a favor da inversão de valores desumanos com práticas individualistas exacerbadas, egoísmos, desonestidades resultado da lógica que atua a favor do mercado.

Com esse entendimento, contrapõem-se a essa realidade vários programas de formação inicial e continuada que recebem recursos financeiros do Governo Federal por meio do Programa Nacional de Educação na Reforma Agrária (Pronera),[2] com a finalidade de investir de forma qualitativa no desenvolvimento pessoal e profissional docente, para melhor trabalhar com essa complexidade e dar conta de forma coerente das peculiaridades dos diferentes grupos culturais. Tais grupos encontram dificuldades de viver em uma sociedade que os inclui/exclui em todas as formas de marginalização, por entender não ser preciso dispor de alto grau de conhecimentos no sentido de desenvolver as atividades inerentes ao trabalho no campo.

Entre os programas, registramos a Educação Cidadã na Transamazônica que atua desde 2002, com vários Projetos, entre eles a Formação Inicial e Continuada de Professores em nível médio (UFPA/GEPERUAZ); a Pedagogia da Terra, Saberes da Terra e o EducAmazônia em diversas mesorregiões paraenses. Esse último financiado pelo UNICEF com várias parcerias.

Todas essas constatações nos incentivaram a investigar a formação continuada desenvolvida aos professores do campo pelo Programa EducAmazônia, no município de São Domingos do Capim, no Pará, tendo as seguintes questões norteadoras: 1) A formação continuada do EducAmazônia promove novos saberes, valores e culturas para fundamentar o trabalho dos docentes?; 2) Que modelos formativos são vivenciados?; 3) Que dificuldades são enfrentadas neste processo formativo pelos professores e quais impactos causam nas classes multisseriadas?

---

[2] O Pronera é uma política de Educação do Campo desenvolvida em áreas da Reforma Agrária, executada pelo governo brasileiro.

Entre os objetivos estabelecidos, arrolamos: 1) Analisar a qualidade da formação continuada de professores de classes multisseriadas; 2) Refletir sobre os modelos formativos desenvolvidos no processo formativo; 3) Constatar as dificuldades evidenciadas no desenvolvimento do Projeto e os impactos nas classes multisseriadas.

Os objetivos nos conduziram à abordagem qualitativa e a assumir o método investigativo histórico-dialético. Pesquisamos 15 professores de classes multisseriadas e a equipe de formadores que aderiram de forma voluntária.

O instrumento de pesquisa foi entrevista semiestruturada para os professores, gravadas com o consentimento deles e transcritas na totalidade. Usamos, ainda, a observação participante das ações formativas de quatro oficinas pedagógicas (OPs) que, produzidas e registradas por meio das anotações, em conjunto com as entrevistas, constituíram o material interpretado e analisado por eixos temáticos, com base no enfoque interpretativo e analítico pautado em autores como: Arroyo (1999), Arroyo e Fernandes (1999), Caldart (2000), Barbosa (2004), Barros (2005); Corrêa (2005); Fernandes (2006); Hage (2005), Munarin (2006), o Programa EducAmazônia (2005), entre outros.

Organizamos este texyo abordando o "Programa Educação do Campo na Amazônia paraense: construindo ações inclusivas e multiculturais" cujo objetivo busca incluir as populações que vivem na zona ribeirinha e rural. Apresentamos o "Projeto de formação continuada de professores e demais segmentos da escola", que objetiva propiciar processos formativos preocupados com a inclusão. Evidenciamos a reescritura e vivência desse projeto pelos professores formadores em conjunto com os professores cursistas. Traçamos os modelos formativos desenvolvidos nesse processo, como enfatizamos as dificuldades apresentadas para desenvolver o referido projeto e as repercussões nas classes multisseriadas, o que revela a avaliação da qualidade da formação continuada oferecida aos professores. Nas conclusões revelamos aspectos que caracterizam tal formação, registramos os resultados da formação continuada e sugestões para melhorar o processo formativo dos professores.

Programa Educação do Campo na Amazônia Paraense: saberes, valores e culturas para construir ações inclusivas e multiculturais

As discussões e os estudos realizados nos últimos anos demonstram um avanço na compreensão da função social da escola para a Educação do Campo e na concepção da proposta pedagógica no sentido de oferecer uma educação que interconecte práticas escolares com práticas sociais do campo. No entanto, ainda, percebemos a falta de vontade política expressa nos reduzidos recursos financeiros destinados à Educação do Campo pelas esferas de governo, o que contribui para a baixa qualidade da educação e dificulta a expansão e criação de escolas do campo com qualidade social.

Além disso, há urgência de que todos os educadores estejam de forma continuada a buscar o desenvolvimento pessoal/profissional para enfrentar a complexa tarefa de educar os diversos grupos culturais que habitam o campo da Amazônia paraense. Adicionamos a esses grupos, os próprios filhos dos trabalhadores do campo, alunos que, por não encontrarem na escola apoio necessário para continuar a estudar, terminam evadindo-se. Ficam à margem do processo educacional e encontram dificuldades de viver em uma sociedade que não os reconhece como cidadãos e os exclui de todas às formas. Essa marginalização histórica deve-se ao modo como essas pessoas do campo ou da cidade são vistas pelo poder público: como gente que não precisa de elevado nível de escolaridade, para enfrentar as atividades laborais do campo.

Entidades, movimentos sociais e outros grupos ligados à questão do campo desde a segunda metade da década de 90, se pronunciam e aprofundam o debate acerca dos direitos sociais e políticos na educação para incluir os habitantes do campo e aqueles que não são do campo.

Os moradores do campo tiram da agricultura, pecuária/pesca sua subsistência, sendo sua mão de obra apoiada no trabalho da própria família, como todos os outros que não trabalham na terra e não têm o direito à educação. Quando tem acesso à educação, esta é desprovida de qualidade, recursos e atenção, o que ocasiona uma série de fatores, como, nas épocas de colheitas, o alto índice de evasão escolar, baixo rendimento, permanência dos alunos com pouco rendimento na escola e dificuldade de leitura/escrita da palavra e do mundo.

Em função dos problemas arrolados, isso nos sugere que, além da falta de condições de trabalho, a maioria dos professores pouco dispõe de uma formação adequada para refletir sobre esses problemas e enfrentá-los, muitas vezes no sentido de superar as dificuldades. Por isso são válidos os vários programas e projetos alternativos desenvolvidos pelo Governo Federal, por meio da formação inicial e continuada, por exemplo: da Pedagogia da Terra, Escola Ativa, Saberes da Terra, entre outros, para potencializar o trabalho do professor e alterar a realidade do campo.

A partir do contexto descrito e aliando-se ao fato de existirem muitas pessoas fora da escola do campo, é dever que o sistema educacional promova tais ações políticas educativas afirmativas para incluí-las nesse sistema e mantê-las na escola, na busca de superar as dificuldades, inclusive as de aprendizagem. Fundamental articular formações inicial e continuada com o objetivo de atender as necessidades educacionais dos professores do campo. Disponibilizar processos formativos, como inicial e continuado, afinados com a realidade paraense no sentido de atuar na Educação do Campo e aumentar as chances de formação de qualidade voltada a esse contexto, para tanto se torna necessário definir concepções e paradigmas que acompanhem as transformações pelas quais passam os conceitos: educação, escola, currículos, ensino, inclusão, desenvolvimento sociocultural e econômico desses povos e conhecer as diferentes realidades.

Reconhecemos a formação continuada de professores de classes multisseriadas como uma das necessidades a ser atendidas. É o que revela o Relatório do GEPERUAZ (2004) ao evidenciar a falta de prioridade dos órgãos oficiais de ensino (municipal e estadual) com a formação continuada dos docentes de alfabetização a 4ª séries. As vozes das docentes reivindicam de forma insistente conteúdos específicos e metodologia de ensino, com o objetivo de atuar nas séries diferentes para melhor desenvolver seu trabalho, que sofre muitas interferências pelo número elevado de alunos; a falta ou reduzido acompanhamento por parte do órgão competente; as sucessivas trocas do quadro de professores por serem contratados por tempo determinado; influência política e partidária local; trabalho precarizado; e o fato de ser indispensável o docente ter de cumprir diversas funções como: professora, diretora, merendeira e faxineira.

Também se agrava a precária situação da educação produzida no campo em virtude das condições de trabalho do professorado. Ele é obrigado a trabalhar com rendimentos escassos; residir, em sua maioria, no meio urbano; e ter, por isso, de se sujeitar às condições precárias do ir e vir no dia a dia. Assim, os profissionais que se dedicam a esse ofício são, em grande parte, professores leigos, sem nenhuma ou pouca formação específica para o magistério.

Evidenciamos, assim, a urgência da reorganização curricular e o redimensionar da escola para uma Educação do Campo paraense, no sentido de criar uma formação que oportunize o saber mais amplo e, ao mesmo tempo, atenda à demanda do contexto local e com este seja comprometida. Elevar a qualidade dessa educação ajuda a permitir aos alunos obterem a aquisição e produção de visões do conjunto do saber, sem se alienarem do acontecer social.

Atender tal expectativa exige que o Projeto de Formação Continuada do EducAmazônia assuma o conceito de formação como uma dimensão social de construção e reconstrução por parte dos professores em termos de saberes, de saber-fazer e de saber-ser que se desenvolve em favor do ser humano, da cultura e do contexto socioeconômico e político no qual se inserem. Depreendemos de tudo isso que é importante mudarmos a forma, o conteúdo e a percepção do que fazemos, vivemos e pensamos, no sentido de garantir uma formação com outros valores, novas culturas, para recuperar o trabalho docente vinculado com a luta dos direitos a educação, saúde, justiça, cidadania, terra, igualdade, conhecimento como enfatiza Arroyo (1999).

Para tanto, temos de conhecer os vários modelos formativos vivenciados com diferentes orientações, a saber: acadêmica, tecnológica, personalista, prática, social-reconstrucionista, baseadas em diversos paradigmas que vão do tradicional aos atuais, como o denominado de pedagogia das competências. Todos eles se preocupam em oferecer as bases do domínio do saber, saber-fazer e saber-ser. Neles percebemos diferenças substantivas uma vez que se evidenciam em maior ou menor intensidade a participação e a valorização dos formandos como objetos e/ou sujeitos de formação.

As experiências significativas de Educação do Campo desenvolvidas no Pará mostram a necessidade dela ser especifica, diferenciada e tornar-se uma alternativa para formar o ser humano com humanidade plena, construída com base em referências culturais e políticas que os conduza a pensar, a sentir e a agir como seres sociais a favor das causas dos menos favorecidos, dos inúmeros desafios e dos sonhos que os ajudem a contribuir no sentido de modificar a realidade vivida (KOLLING; NERY; MOLINA, 1999).

Para considerar diferentes grupos culturais que sobrevivem e trabalham no campo, torna-se primordial exigir dos professores a participação da formação continuada de professores de classes multisseriadas, a fim de buscar a renovação de paradigmas, princípios, concepções, métodos, técnicas pedagógicas e apreender, em uma visão alargada, as diferentes realidades que se produzem e reproduzem no campo, em termos de experiências educativas como: Escola Família Agrícola; Educação de Jovens e Adultos; Escolas de Assentamento e de Acampamento, entre outras.

Além disso, perceber as transformações ocorridas desde 1980, como a interiorização da indústria pelo capitalismo, para se expandir e propiciar o aumento de ocupações não agrícolas; a modernização capitalista da agricultura com o avanço de novas tecnologias e do conhecimento científico que ampliam o poder de dominação presente na agricultura patronal – em geral, privilegia a monocultura para exportação a fim de fomentar o agronegócio – e a agricultura familiar cooperada ou não – que reluta em ceder à concentração da estrutura fundiária ao estimular o uso de tecnologias forjadas no saber local e nos recursos naturais a fim de desenvolver a policultura.

Tudo isso é imprescindível ser discutido no processo formativo no sentido de que os docentes construam valores singulares para se contraporem aos valores baseados na lógica patronal e, acima de tudo, internalizarem que a escola precisa vincular-se às culturas das pessoas que as produzem mediante as relações sociais desenvolvidas pelo trabalho na terra. Percebam que as ações educativas têm de transitar apoiadas em eixos fundantes como a terra, a cultura singular desses sujeitos, como pela cultura do "não eu", "do outro", não com o intuito de negar suas identidades e seus valores socioculturais.

Desse modo, ao pretender construir outra escola do campo, outra educação e outra formação docente, precisamos entender o alerta de Kolling, Nery e Molina

(1999), no sentido de assumir o compromisso com a soberania do país, com a solidariedade, com o desenvolvimento, com a democracia ampliada, com a sustentabilidade de outro desenvolvimento do país, incluído aí a Amazônia paraense.

A formação inicial e continuada de docentes para as escolas do campo necessita atentar as essas responsabilidades de ajudar a construir e reconstruir outras identidades pessoal/social e outras profissionalidades individual/coletiva com base em formações reflexivas e críticas. As identidades dos professores reconstruídas resultam da condição deles como seres em movimento, que se constroem por meio de valores, crenças, atitudes e agem com base em um eixo pessoal/profissional que os distinguem de outros profissionais.

Baseada nessas necessidades, a Resolução do Conselho Nacional de Educação nº 1, de 3 de abril de 2002, estabelece Diretrizes Operacionais para a Educação Básica nas Escolas do Campo, a fim de buscar compreender e responder a esses desafios.

O projeto de formação continuada realizado pelo EducAmazônia, abrange 15 municípios do Pará atendidos no período de 2005 a 2008. A ótica de desenvolvimento das ações formativas do referido projeto se coloca na contramão da ideia de formação continuada de professores na visão do treinamento e reciclagem, daí ter se fundamentado nos seguintes princípios: a) Formação desenvolvida em um *continuum* da formação inicial e continuada, por entender que a segunda não se entende como uma possibilidade de só suprir lacunas da primeira, e sim como um processo constante de construção docente para afirmar identidades, profissionalidades e profissionalizações como elementos articulados no sentido de formar o "novo" professor; b) Reflexão permanente do processo de construção da teoria a partir da prática com o uso da reflexão na e sobre a ação, com o objetivo de fomentar uma teoria voltada à dimensão ética, pessoal e política; c) Articulação da prática docente com a produção acadêmica desenvolvida nas instituições de ensino superior e nas organizações não governamentais ligadas aos movimentos sociais; d) Participação ativa e consciente dos docentes no sentido de serem sujeitos-objetos do próprio desenvolvimento profissional ao fazer uso de seus saberes, das suas representações e competências; e) Formação que possibilite questionar crenças, teorias, práticas institucionais cristalizadas a fim de desenvolver a capacidade de reflexão crítica.

Os objetivos do projeto são: 1) Promover de forma periódica, o levantamento das necessidades formativas dos professores da Educação do Campo; 2) Subsidiar a reflexão permanente na e sobre a prática docente, sem descurar da teoria, ao envolver o exercício da crítica do sentido e da gênese nos aspectos macro e micro para entender a relação sociedade, cultura, educação, conhecimento, inclusão/exclusão; 3) Propiciar ações que favoreçam o desenvolvimento pessoal/profissional dos docentes, gestores e trabalhadores da educação, a fim de melhorar a teoria e a prática para dar qualidade de ensino a essas escolas do campo; 4) Fortalecer o trabalho coletivo como forma de reflexão prático-teórica ao buscar a construção de outras práticas pedagógicas.

Atingir os objetivos explicitados requer trabalhar na abordagem crítica e reconstrução social para ajudar a desenvolver nos docentes, em processo de formação continuada, a capacidade de analisar o contexto social vivido e que estão presentes nos processos de construção do conhecimento. É por isso que, no trabalho formativo docente, precisam ser priorizadas categorias como: sociedade, poder, construção social do conhecimento, cultura, inclusão/exclusão, inserção, identidade, sustentabilidade, projeto social, direitos individuais e coletivos, entre outros, para compreender os problemas em que se assentam a sociedade contemporânea (global, nacional) e a comunidade (local) e que os educadores por meio da educação precisam oferecer. Isso exige estar bem preparado para ajudar a pensar o aqui e o agora e o futuro desses sujeitos como protagonistas de suas histórias.

A implantação do movimento pedagógico-político desse projeto é de responsabilidade da Universidade Federal do Pará (UFPA), Universidade do Estado do Pará (UEOA), Museu Paraense Emílio Goeldi; Secretaria Executiva de Estado de Educação, entre outros.

As ações formativas/educativas implementadas têm por base a formação continuada como processo que se pauta na centralidade do agir dos professores no cotidiano do espaço-tempo escolar e exige a prática reflexiva articulada com a teoria e as dimensões sociopolíticas mais amplas. Nesse sentido, foram desenvolvidos eventos de natureza pedagógica, com o objetivo de instrumentalizar os formadores de professores, pelos professores que integram o Grupo de Trabalho Formação Continuada, quanto a conteúdos referentes à Educação do Campo. Esses professores formadores, a partir da identificação das necessidades formativas, desenvolveram junto aos sujeitos pesquisados as ações solicitadas.

O acompanhamento e a avaliação da execução do Projeto se efetivaram de forma contínua pautado na avaliação processada a cada término das ações, com base nos objetivos propostos.

Revelações dos professores cursistas sobre a formação continuada do EducAmazônia: avanços e limites

A formação continuada do EducAmazônia desenvolveu-se por meio de oficinas pedagógicas (OPs), círculo de formação (CF) e fórum de debates (FD) aos professores da Educação do Campo. O primeiro evento da OP foi planejado pelos professores formadores a partir do diagnóstico elaborado pelo grupo de formação (GF), com base em pesquisas desenvolvidas pelo GEPERUAZ-UFPA e pelos professores do Programa EducAmazônia.

Nesse planejamento, os professores participantes do GF sugeriram inclusão de temas específicos para os estudos. Na execução do referido planejamento, este foi reelaborado pelos professores formadores em conjunto com os professores cursistas, com o objetivo de atender as necessidades formativas deles. Ao final de cada OP, os formadores definiam uma agenda a ser seguida no próximo encontro.

As quatro OPs foram realizadas em São Domingos do Capim, no Pará, na Escola Municipal de Ensino Fundamental Manoel Bernardo da Luz – localizada na sede do município –, aos finais de semana, iniciando-se na sexta-feira e terminando no domingo. Funcionou nos turnos manhã e tarde, para totalizar a carga horária de 16 às 24h cada. Participavam das OPs cerca de 25 professores cursistas por turma. Na primeira OP, foi organizada uma turma; na segunda, duas; na terceira, três turmas; e na quarta, duas turmas. Cada turma ficava sob a responsabilidade de um formador.

Os professores formadores apresentavam diferentes níveis de escolaridade: um é mestre em Educação pela Universidade Federal da Paraíba, a outra cursava o mestrado em Educação na UFPA, e a terceira é especialista em Educação.

Os professores cursistas das OPs são, na maioria, mulheres; um número reduzido reside na própria localidade em que trabalha; parte possui somente o curso médio normal; um número pequeno tem experiência profissional com classes multisseriadas no campo; possuem vínculos profissionais com a Secretaria Municipal de Educação (SEMEC), mas poucos são efetivos, muitos, temporários; atuam em classes multisseriadas em escolas localizadas em diferentes comunidades situadas na zona rural e ribeirinha. Para participarem das OPs, um número pequeno de professores cursistas foi liberado de suas atividades profissionais pela Prefeitura, entretanto todos custeavam sua própria formação ao pagar seu deslocamento e sua alimentação.

Na primeira fase da execução do Projeto, as OPs ocorreram em São Domingos do Capim, para atender professores somente dessa localidade. Na segunda e terceira, alargou-se o número de participantes com professores residentes nos municípios circunvizinhos.

Ao iniciarmos as entrevistas, interessou-nos saber se os professores cursistas conheciam os objetivos do Programa EducAmazônia, uma vez que o projeto é fruto deste, e eles se relacionam em termos de objetivos e princípios. O conhecimento do teor destes pelos professores cursistas é uma atitude coerente em um projeto de formação continuada que se assume como autoformativo.

Percebemos ser o programa uma novidade para os professores cursistas, algo diferente do que vêm participando. No início das OPs, os professores formadores apresentavam as bases filosóficas e metodológicas do Programa EducAmazônia, com a finalidade de divulgá-lo como uma prática educativa, no sentido de melhorar a Educação do Campo, de construir uma rede de mobilização, sensibilização e ações visando intervir de maneira positiva nessa realidade, tendo em vista transformá-la. Contudo, para alguns, tais bases ainda não ficaram claras o que, por suposto, pode interferir no alcance dos objetivos desse programa e dificultar a organização em rede dos participantes.

Há um significado positivo nos depoimentos dos sujeitos pesquisados ao reconhecerem ser importante investir no seu processo de formação continuada, já que os conhecimentos e saberes construídos ali, provavelmente, podem contribuir na alteração da sua prática pedagógica, a qual eles desejam, como indica alguns depoimentos, modificar para melhor. Essa oportunidade de formação continuada, quando lhes é oferecida, eles aproveitam, uma vez que parece ser uma chance única, e eles não querem perdê-la. Consideramos que esse empenho dos professores cursistas demonstra serem os investimentos na formação de professores do campo pouco priorizados pelas Secretarias Estadual e Municipal de Educação do Pará. Mais uma vez, se comprova, por esta pesquisa, que os professores, quando participam de processos de formação continuada, os fazem motivados para mudar a prática pedagógica e a realidade educacional, embora nos advirta Perrenoud (1993) que esse determinismo é uma ilusão quando não se têm as condições necessárias para pôr em ação o que foi socializado no processo formativo.

Ao debruçarmos nos conteúdos formativos trabalhados, constatamos que estes partiam da realidade das classes multisseriadas do campo, da preocupação das escolas em organizar o trabalho pedagógico de forma a atender as expectativas da comunidade. Os conteúdos valorizavam questões acerca do debate da Educação do Campo – currículo, ensino, alfabetização, letramento, elaboração de planos de intervenção, política, sociedade, entre outros –, tendo em vista instrumentalizar os professores de classes multisseriadas para desenvolverem atividades mais significativas com seus discentes.

Nas quatro formações observadas, foram trabalhadas as temáticas: 1) O que é o Programa EducAmazônia; 2) O Programa de Formação Continuada; 3) A educação e a escola do campo que temos na Amazônia: realidades das escolas multisseriadas e organização do trabalho pedagógico; 4) Desafios para o sucesso do letramento/alfabetização nas escolas do campo; 5) Educação dialógica e pesquisa.

Constatamos pelos temas que há a preocupação de se aproximar, no desenvolvimento da formação, da tese que Caldart (2000) discute que a escola e os processos educativos formativos que ocorrem nela não começam na instituição e sim na sociedade e estão voltadas para a sociedade. Tal entendimento só é possível quando somos capazes, como Freire (1982) esclarece pelo profundo engajamento com o hoje, de viajar no amanhã a partir do hoje e nos molhar nas águas da sua cultura, da sua história, da cultura e da história de seu povo.

Por se tratar de turmas heterogêneas, os professores formadores, ao introduzirem um conteúdo para estudo, se prevaleciam de metodologias ativas para estabelecer um diálogo em que pudessem socializar as experiências, refletir sobre elas e construírem sínteses de superações. Muitos professores cursistas viam nessa possibilidade um momento de catarse das dificuldades e contradições vividas. As técnicas de ensino das OPs privilegiavam as atividades em grupo, ancoradas na pedagogia da pergunta, como recomenda Freire (1985). No início de cada sessão de estudos, eles expunham suas experiências, enumeravam os problemas da Educação do Campo e verbalizavam os seus conhecimentos sobre o tema em debate, cujas análises eram relatadas, o que conduzia o grupo a pensar formas de intervenção pedagógica e política dentro de novas concepções.

Os professores cursistas destacaram que os conteúdos debatidos buscaram estabelecer relações com a realidade da educação no campo do município, questão muito reivindicada por eles, e a metodologia adotada privilegiou o debate e o trabalho coletivo, isso os permitiu inferir o que satisfaz suas necessidades formativas. Essa orientação epistemológica e metodológica buscou distanciar-se de um modelo formativo pautado na racionalidade técnica, caracterizado pela prevalência do acúmulo da quantidade de informações e na imposição de valores do homem urbano sobre o do campo. As OPs buscaram superar uma visão urbanocêntrica da Educação do Campo que privilegia uma monocultura eurocêntrica, cristã, branca, heterossexual e de elite, ainda presente em muitas escolas do campo, como ressaltam Hage (2005), Barros (2005) e Corrêa (2005). A questão ganha pertinência se consideramos que, sem o elemento de reflexão crítica sobre o modelo urbanocêntrico de ensino, seria pouco provável para os professores cursistas compreenderem as especificidades, dimensão, finalidades e problemas da Educação do Campo, as necessidades formativas de seus alunos e o projeto pedagógico mais apropriado para essa realidade.

De uma maneira geral, o diálogo adotado pelo programa com os professores cursistas foi fundamental por propiciar o processo formativo, ao dar importância para a relação existente entre culturas, saberes, histórias e trabalhos, visto que o papel do trabalho e da produção da vida permite formar seres humanos do campo e no campo.

Os professores cursistas revelam um grau de satisfação grande quanto à pertinência e relevância dos conteúdos, da forma de como eles foram trabalhados e a didática dos professores formadores. Avaliam que os formadores têm bom domínio teórico dos assuntos abordados, são firmes nas suas análises, seguros em seus argumentos e abertos ao diálogo. Ressaltam que as OPs partiam da análise da realidade em que se encontram para buscar compreendê-la e melhor intervir sobre ela, configurando-se em um processo formativo que atendeu as expectativas dos professores cursistas. Os discursos mostram o quanto é importante as

OPs sejam concebidas e desenvolvidas tendo em vista a realidade da Educação do Campo inter-relacionada com o contexto social, econômico, político e educacional. Uma prática formativa que se quer transformadora precisa ir além das questões de cunho pedagógico, metodológico e específico do processo ensino-aprendizagem, para incluir, nessa prática, o debate político, social, cultural, profissional e ético das populações do campo. Portanto, um lócus que possibilite uma fundamentação teórico-científica e investigativa do campo educacional.

Grande parte dos cursistas manifesta uma avaliação positiva dessa formação, no entanto, um pequeno número ponderou que "falta mais dinâmica", que o trabalho desenvolvido foi "um pouco cansativo", houve "pouco uso de recursos didáticos", e a formação "ainda não está voltada para o multisseriado".

Esses depoimentos reivindicam OPs mais voltadas para as questões metodológicas em classes multisseriadas, que reúnem crianças de séries diferentes em um mesmo espaço e tempo. As escolas multisseriadas possuem um estilo próprio de organização do trabalho pedagógico, visto que nesse espaço interage o professor unidocente com crianças de diferentes séries, idades e fases de desenvolvimento cognitivo, afetivo e moral. Agrega-se a essa realidade o fato de muitos professores da Educação do Campo disporem só do ensino médio normal; terem de desempenhar várias funções, sem reunir formação específica para tal e sem receber salários compatíveis com a complexidade das tarefas. É essa realidade que os cursistas precisam enfrentar e esperam que as OPs lhes ensinem a trabalhar de forma metodológica com tais diversidades e dificuldades.

Esse esforço formativo poderá trazer repercussão no "chão da escola", pelo motivo de os professores cursistas terem internalizado que precisam iniciar o trabalho pedagógico integrado ao ambiente cultural dos alunos e aos conteúdos escolares. Além disso, eles passam a reconhecer que o campo é um espaço produtor de vidas, mortes, conflitos, possibilidades de realização de humanidades na busca de valores para reafirmar as diversas identidades e promover a solidariedade e o companheirismo. Tomar como referência o ambiente cultural implica respeitar e considerar a história e a cultura desse povo. Por esses motivos, acolher as identidades do campo ajuda os professores a melhor preparar o aluno, e ir além das primeiras impressões ao aprender a enfrentar muitas circunstâncias dilemáticas em sua trajetória de vida pessoal e profissional, para mudar a si próprio, o outro e o contexto.

Importa, ainda, assinalar que as condições ambientais da escola em que se realizaram as OPs é fruto de uma instituição municipal que sofre, em sua estrutura física, todos os males decorrentes da falta de investimento público, a fim de conservar, manter e equipar uma escola com condições de trabalho. A escola foi cedida pela SEMEC ao EducAmazônia como contrapartida para realizar as OPs. A concentração da formação em uma única escola obrigou os professores cursistas a se deslocaram de seus locais de moradia e trabalho, alguns longínquos lugares, em direção à sede do município.

Nos depoimentos reconhecemos a precariedade da estrutura física da escola, o que nos faz refletir o quanto é importante o poder público investir na construção de uma arquitetura escolar condizente com as finalidades a que se propõe. Grande parte das escolas públicas no Pará carece de uma estrutura física que abrigue de forma qualitativa as atividades educativas lá desenvolvidas. Essa situação se agrava mais em escolas multisseriadas no campo, por serem escolas com salas de aulas pequenas, calorentas, de pouca ventilação e luminosidade, com reduzido material didático e mobiliário, que se restringe a carteiras, quadro de giz e giz. As carteiras são malconservadas, não há bibliotecas, salas de leituras, laboratórios, refeitórios, quadras esportivas, saneamento, entre outros, fato que dificulta qualquer instalação de um processo educativo de qualidade social. Muitas dessas escolas, inclusive, funcionam em espaços improvisados e cedidos pela comunidade, conforme registra Barros (2005).

Os professores cursistas traduzem um sentimento de pouca magnitude em relação aos espaços físicos da escola, o que afeta a autoestima destes como pessoa e profissional e dos alunos. Trabalhar em condições inóspitas de ensino e aprendizagem, ao mesmo tempo que os gestores educacionais discursam sobre a qualidade da Educação do Campo, é a contradição que esses professores cursistas vivenciam, constituindo-se um grande desafio imposto a eles.

No que se refere ao incentivo e à ajuda financeira da Prefeitura para custear as despesas decorrentes de deslocamento, hospedagem e alimentação, os depoimentos desses professores cursistas destacam custear sua participação nas OPs ao assumirem as despesas para se manterem na sede do município. O Programa EducAmazônia não destinou recursos com essa finalidade e, devido a essa situação, eles relatam que outros professores não puderam participar das OPs porque não tinham recursos próprios a fim de permanecer na sede do município. Foi previsto só recursos para aquisição de lanches servidos no intervalo das aulas.

No momento em que o poder público se desobriga a investir no processo formativo dos professores, conforme recomenda o artigo 67, incisos II e V da Lei de Diretrizes e Bases da Educação (LDB nº 9.394/96), os professores cursistas entendem serem responsáveis pelo próprio investimento na formação continuada, tendo que recorrer a uma parte de seus parcos salários para custear a formação. Nessa lógica, o investimento na formação continuada de professores não decorre de uma política educacional oficial, mas sim, fruto de uma atitude pessoal, de boa vontade e interesse próprio dos professores.

Como pontos críticos da Educação do Campo que refletem nas OPs, eles admitem a fragilidade de comunicação entre SEMEC e professores, a falta de transporte para deslocamento, a localização da escola em que funcionou a formação, distante dos locais de trabalho; daí existir a necessidade de equacioná-los para surtir melhor efeito nas formações continuadas. Os cursistas têm a clareza de que qualquer tentativa de melhoria dessa formação e, por conseguinte, de sua prática pedagógica passa também pelo investimento da Educação do Campo por parte do poder público, como: implantação da coordenação do campo, incentivo aos educadores que trabalham na área rural, construção de novas salas de aula, melhoria dos prédios e capacitação para os professores de acordo com a realidade do campo.

Modelos formativos presentes na formação continuada de professores de classes multisseriadas

Vários são os modelos formativos desenvolvidos na formação continuada de professores, entre eles, registramos o modelo clássico que se realiza como reciclagem, atualizações em congressos, seminários, simpósios e cursos pensados de forma padronizada e homogênea, sem a participação dos sujeitos educativos envolvidos, como desconsideram a experiência prática dos professores atuantes. Em geral, essa perspectiva de formação é oferecida pelas universidades e Secretarias Estaduais e Municipais de Educação. Esse modelo clássico de acumulação de conhecimento não responde de forma decisiva aos problemas vividos, por demonstrar inadequações entre o que é apresentado ao professor e as exigências sentidas por ele no cotidiano escolar, principalmente na Educação do Campo.

Chantraine-Demailly (1992) discute para a formação continuada de professores modelos como: universitário, contratual, escolar e o interativo-reflexivo. Nóvoa (1992) também apresenta dois modelos de formação de professores. O modelo estrutural que envolve o modelo universitário e o escolar, pautado na racionalidade técnico-científica. Nele a proposta a ser desenvolvida é exterior às realidades vividas com controle de frequência e desempenho dos participantes. O outro é o modelo construtivo que engloba o contratual e o interativo-reflexivo, que se caracteriza por partir da reflexão para articular teoria-prática, propiciar a cooperação e o diálogo, no sentido de construir soluções a problemas práticos por meio de oficinas, discussões, debates e trabalhos em grupos, entre outros.

Dentro desse quadro traçado é que vislumbramos no Programa EducAmazônia a utilização no processo de formação continuada do modelo conjugado, ao desenvolver o saber científico, ao relacioná-lo com o trabalho concreto vivido pelos professores de classes multisseriadas e ao apresentar suas dúvidas, sofrimentos e sonhos. Tal formação continuada desenvolvida, como uma entre muitas espaços de construção de saberes docentes – aqui entendido como conhecimentos, competências e saber-fazer fundamentos do ofício do professor no contexto escolar –, revela possibilidades de aprender a partir da prática, quando se toma como ponto de partida a reflexão individual própria e a coletiva junto com seus pares. Por sua vez, propicia aprender por meio da prática, no momento em que são sujeitos e procuram interferir, na medida do possível, no contexto em que atuam e abrigam totalidades, ao experimentar e descobrir outras experiências, quando buscam resolver situações dilemáticas do contexto educativo. Também há chances de aprender para a prática, visto que, ao desenvolver a ação educativa, é preciso valorizar e mobilizar conhecimentos que possam iluminar, de forma direta, o seu desenvolvimento profissional (CHARLIER, 2001).

O conhecimento prático, oriundo do conhecimento científico, propicia regras práticas, no momento de decidir o que e como fazer no processo educativo, e contribui para construir princípios práticos, dando forma a propósitos de modo reflexivo e às imagens, orientadoras de ações baseadas na intuição e nas quais incidem sentimentos, necessidades e juízos de valor.

Concordamos com Raymond (1993 *apud* CHARLIER, 2001), ao afirmar ser preciso atentar que existem dois tipos de saberes: os saberes do professor, aqueles construídos ou transformados por ele na própria vivência no espaço escolar e os saberes para o professor, aqueles elaborados e socializados em outros espaços e tempos que integram seu repertório, depois de transformados, para serem utilizados em outro contexto.

O modelo conjugado utiliza esses dois tipos de saberes por meio de vários procedimentos vivenciados em debates, dinâmicas de acolhimento, denominadas de "mística", brincadeiras, leitura e produção de textos, músicas, entre outros, que oportunizam resultados importantes como: a reflexão crítica individual/coletiva e a construção da postura proativa para interferir na realidade da educação do e no campo, em classes multisseriadas.

A concretização desse processo formativo continuado dos sujeitos pesquisados evidencia-se por meio de registros escritos e orais, organizados em cartazes, murais, produção de jogral e na avaliação no final do encontro, visto que são sujeitos dessa prática, ao proporem de forma coletiva os trabalhos para os próximos processos formativos. Como sujeito individual/coletivo do saber docente de experiência desenvolvido em sua relação com o saber científico, de maneira tímida, eles procuram assumir objetivos, conteúdos, métodos e avaliação do projeto formativo, sem perder de vista os problemas que permeiam a Educação do Campo.

Nesse modelo efetivado constatamos os desafios e as dificuldades sentidas pelos professores cursistas, o que contribui para evidenciar as fragilidades e o desenvolvimento prejudicado da organização do trabalho docente com alunos, que, na maioria das vezes, vivem situações graves de exclusões sociais. Os depoimentos revelam carências enfrentadas por eles na Educação do Campo, entre eles, a falta de apoio mais frequente às classes multisseriadas, como: biblioteca, material didático, valorização do professor, energia elétrica, transporte escolar mais regular, parcerias e merenda escolar.

Por falta de melhor expansão da rede escolar no campo, uma das dificuldades a reverberar é o precário transporte escolar e sua ausência constante. Essa dificuldade prejudica a realização da humanidade dos alunos com o objetivo de construir as suas identidades com o campo. A solução assumida, na maioria das vezes, pelo poder público é transportar os alunos para a cidade, retirando-as da comunidade em que habitam e onde não há escolas. Eles correm sérios perigos por terem de caminhar, muitas vezes, 1, 2 Km a fim de terem acesso ao ônibus com a finalidade de serem transportados por estradas precárias e maltratados por alguns motoristas. Quando moram do outro lado do rio, pegam o barquinho cheio de passageiros e mercadorias e enfrentam a maresia das águas amazônidas.

É possível afirmar que os depoimentos dos sujeitos na formação continuada e no instrumento de pesquisa confirmam as análises de documentos oficiais (BRASIL, 2007) ao revelar que as regiões Norte e Nordeste apresentam mais disparidades em termos de infraestrutura se comparadas a outras regiões do Brasil.

Outras dificuldades apontadas, como a falta de melhor controle da sociedade civil organizada – Conselho Escolar, Conselho Tutelar, Conselho de Direitos, Conselho de Merenda, entre outros – com a finalidade de garantir direitos dos excluídos, revelam que, apesar dos avanços obtidos do ponto de vista legal e formal quanto à Educação do Campo, nas Diretrizes Operacionais para a Educação Básica nas Escolas do Campo – Parecer nº 36/2001 e Resolução 1/2002/CNE –, é preciso destinar recursos orçamentários no sentido de melhorar as condições de infraestrutura para garantir o acesso e a permanência dos alunos, com professores bem remunerados, existência de materiais didáticos e pedagógicos que propiciem práticas educativas com conteúdos sintonizadas com a realidade do campo.

As referidas diretrizes (BRASIL, 2002, p. 41) elucidam que a formação desses professores deverá ter os seguintes princípios para habilitar todos os professores leigos e promover o seu aperfeiçoamento: a) Estudo a respeito da diversidade e o efetivo protagonismo das crianças, dos jovens e dos adultos do campo na construção da qualidade social da vida individual e coletiva, da região, do país e do mundo; b) Proposta pedagógica que valorize, na organização do ensino, a diversidade cultural e os processos de interação e transformação do campo, a gestão democrática, o acesso ao avanço científico e tecnológico e contribuições para a melhoria das condições de vida e fidelidade aos princípios éticos que norteiam a convivência solidária e colaborativa nas sociedades democráticas.

A estratégia para atingir tais princípios na formação continuada pelos professores formadores pauta-se no diálogo de Freire (1987), na escuta dos participantes sobre os problemas enfrentados nos diferentes contextos, como ajuda a realizar a reflexão da reflexão da prática, a fim de partir do real e aprender a mediar a prática com o estudo da teoria.

É possível perceber que o modelo adotado distancia-se do modelo acadêmico e do universitário que, na maioria das vezes, é gerido pela Secretária de Educação quando planeja as ações. O objetivo do "quefazer" se desenvolve na lógica de formação continuada ao priorizar a vivência da prática, valorizar os saberes construídos pela experiência, considerar os desafios destacados por eles com ênfase nas reflexões individuais e compartilhadas, à luz de teorias que ajudam no desenvolvimento profissional docente.

Em torno de problemas pedagógicos e educativos reais, desenvolve-se a formação realizada, porém todo o trabalho dos professores formadores é direcionado no sentido de atender as diversas realidades das escolas do campo das comunidades: Glória, Orinho, São Bento, Itabocal, Boa Esperança, Aliança, entre outras.

A referida formação expõe inúmeros fatores, além dos escolares, que sobrecarregam o trabalho do professor. Uma vez que existem elementos extraescolares, como a política partidária, interferentes na organização do trabalho docente, revelados por eles como a manipulação dos professores contratados como temporários, os professores são impedidos de desabafar suas angústias, visto que podem sofrer retaliações, revanchismo, serem destratados e até perder o emprego.

Os depoimentos refletem uma questão grave: as relações de poder entre escola e o poder político partidário local, visto que este controla e regula os discursos e as práticas dos professores. O abuso de poder, a intimidação, o assédio moral efetivados pelo poder político local (prefeito, Secretaria Municipal de Educação e vereadores) contribuem para uma postura de subserviência de significativo número de professores, o que impede a existência de práticas pedagógicas autônomas e críticas.

Destacamos que a formação continuada do Programa EducAmazônia priorizou a formação dos docentes e integrou outros atores sociais, como organizações e grupos da sociedade civil, entre eles movimentos sociais, movimento sindical, participantes das lutas democráticas e sindicais no referido município, o que enriquece o debate político, por ir além da experiência profissional dos professores e poder ajudar a prática educativa se desenvolver de forma concreta, alicerçada em um contexto econômico, político e social. Nessa ocasião em que socializam e revelam suas experiências, suas formas de luta, de organização e de exercício de direito à cidadania, eles contribuem por se inserirem e se comprometerem a construir uma escola do campo de qualidade, fato demonstrado ao participarem do Fórum Paraense da Educação do Campo.

O que, entretanto, se torna relevante é que essa formação forja-se por ações que abandonam modelos pautados, de forma exclusiva, em uma dimensão pedagógica alicerçada com exclusividade na racionalidade técnica, para assumi-la em uma dimensão pedagógica flexível e em outras dimensões – como usá-la com base na racionalidade aberta, por trabalhar o objetivo-subjetivo ao intencionar desenvolver a afetividade, a solidariedade, a participação, a criatividade e o compromisso com práticas efetivas, no sentido de mudar as diferentes realidades presentes no espaço-tempo dos seres humanos.

Ao analisarmos as OPs, observamos que se inspiram mais nos modelos de racionalidade prática, sem, contudo, deixar de utilizar o modelo de racionalidade técnica, por parecer não trabalhar em uma visão binária, por serem distintos, mas conciliáveis, permeáveis à prática do pensamento reflexivo-crítico, pautado na realidade do campo. Essa postura sugere que os professores cursistas aprendem com a prática e a teoria ao criticarem o sistema, a hierarquia, as condições de trabalho, os problemas éticos, político-partidários.

Desse entendimento de modelos conjugados e interligados, a fim de partir do ambiente escolar e social mais amplo, da cultura, das experiências acumuladas dos professores, os formadores podem contribuir no processo formativo continuado, ao fazê-los compreender a educação como direito que precisa respeitar a história e a cultura das populações habitantes do campo, como necessita, não só realçar as mazelas crônicas persistentes quanto às carências e condições objetivas de trabalho, mas, principalmente, atuar de forma política em conjunto com seus pares a fim de equacionar as disparidades existentes entre escolas do campo e da cidade.

No entanto, percebemos que os sujeitos da pesquisa desenvolvem a consciência crítica e compreendem seu papel como sujeito transformador da realidade, mas na prática os problemas detectados os impedem de provocar mudanças significativas pelo fato de lutar pela subsistência em empregos precários. Tal temor dos professores de atuar de forma política mais incisiva é expresso nesta fala:

> Acho que um pouco da culpa a gente tem [...] porque fica ali, quieto [...], só reclamando, reclamando [...] e, muitas vezes, não se faz nada para que mude esse cenário. Temos que mudar a nossa história porque o governo que está aí não vai mudá-la (Professor de escola multisseriada).

Nos limites deste texto, pode-se constatar como positivo o fato de o Programa assumir e desenvolver a formação nessa ótica do diálogo, visto que se espera que os professores cursistas, em seus espaços educativos e formativos com os alunos, evitem reproduzir os velhos e tradicionais processos de trabalho pedagógico para o campo, em que se entende o conhecimento vindo de fora para dentro, com o objetivo de promover a educação para adaptá-los, homogeneizá-los, a fim de atender ao grande capital financeiro da sociedade neoliberal.

Como já foi referido, são trabalhados temas que ajudam a lidar com algumas dificuldades de alunos na escrita e na leitura, metodologias para melhor desenvolver a prática em sala de aula mediante leituras de textos que contam as experiências de professores vencedores das barreiras de trabalhar com essas classes. Mesmo assim o desafio de lidar com tais classes vêm à tona por conta da falta de condições de trabalho e de formação adequada. As falas dos professores revelam e reforçam essa preocupação: "O professor não sabia nem o que é que vai dar numa sala de aula quando chega. Olha um monte de criancinha, cada cabeça um universo diferente, principalmente, se for uma classe multisseriada" (Professor de escola multisseriada).

Mesmo com todo trabalho formativo continuado nas OPs, respaldado em análises macrossistêmicas, julgamos importantes serem priorizados mais temas e análises específicas da docência na formação continuada desses professores, principalmente de temas que contribuam para aglutinar teoria e prática pedagógica, para atuação em classes multisseriadas. Por persistirem essas dificuldades, os professores cursistas defendem como solução o trabalho com a seriação em tais classes.

Concluímos que o Programa EducaAmazônia, por meio de suas ações formativas, demonstra ser possível estabelecer parcerias entre as universidades, os sistemas estadual e municipal de educação e os movimentos sociais, para o investimento na formação continuada de professores de classes multisseriadas do campo.

O projeto formativo, ao se desenvolver em uma lógica de formação continuada que prioriza a reflexão coletiva da prática, valoriza os saberes construídos pela via teórica e experiencial, e, por considerar os desafios apontados pelos professores nas OPs, ajuda no desenvolvimento pessoal e profissional destes. Contribui para que eles ampliem a visão política e percebam as contradições entre o pensar e o fazer da prática pedagógica, como também permite construir uma diversidade de leituras do cotidiano do município e da sala de aula e apurar o olhar para ver além das aparências.

Essa formação continuada priorizou a formação dos docentes, porém integrada a outros atores sociais, como registramos anteriormente, decisão que auxilia para enriquecer o debate político, por ir além da experiência profissional dos professores e poder ajudar a prática pedagógica para se efetivar de forma concreta, alicerçada em diversos contextos.

O conteúdo da reflexão adotado nas OPs ultrapassa as paredes do espaço-tempo escolar e se faz de forma coletiva no sentido de que os professores assumam a responsabilidade social da sua prática. Sabemos que não é suficiente para a transformação da prática pedagógica que eles tenham consciência crítica dessas realidades, mas torna-se necessário se dispor de forma coletiva a transformar o contexto em que vivem. No entanto, os depoimentos revelam que eles vivem em um terreno profissional incerto, cuja insegurança os fragiliza, em virtude do poder exacerbado dos dirigentes locais. Os professores têm consciência crítica e compreensão de seu papel como sujeitos históricos que podem ajudar a transformar a realidade, mas, na prática, os problemas detectados os têm impedido de exercer tal papel na sua plenitude.

A formação continuada dos professores do campo do Programa EducAmazônia carece de um planejamento mais sistemático e contínuo visto que, da forma como tem ocorrido, produz uma formação pontual. Constatamos que as OPs ocorrem de forma diminuta em decorrência de a dotação orçamentária ser insuficiente para atender todos os objetivos do Programa EducAmazônia. Inferirmos que o Projeto de Formação Continuada, mesmo com todos os problemas que ressaltamos, tem sido relevante para os cursistas. Que, apesar dos esforços despendidos, muitas das dificuldades permanecem presentes, e as repercussões são tímidas por conta das dificuldades apontadas neste texto.

Por tudo quanto foi expresso neste artigo, evidenciamos os seguintes resultados: a) a possibilidade de a formação continuada fomentar a ampliação do estatuto de profissionalidade desses docentes que atuam no campo e poder repercutir no espaço da sala de aula; b) aumento e aprimoramento dos processos de participação e de controle da sociedade civil em relação à gestão da educação pelo poder público municipal e estadual, a fim de oferecer uma Educação do Campo de qualidade social; c) a necessidade de implementar o piso salarial, um dos instrumentos de valorização profissional, em conjunto com políticas consistentes de formação de professores voltada às especificidades do trabalho docente, exercido junto a diferentes populações do campo, direcionado às particularidades das classes multisseriadas, aliado a condições dignas de trabalho; d) urgência na admissão, por concurso público, para o professor ter autonomia; e) articular a dimensão política, humana, ética e técnica no trabalho docente; f) partir da reflexão e dos estudos da realidade local para uma compreensão regional/nacional/global; g) articular os saberes científicos e práticos; h) destacar e valorizar os saberes e culturas locais; i) ter os conteúdos atendidos em parte diante das necessidades formativas dos professores; j) possibilitar a construção de outros valores e culturas para reconstruir o trabalho desses docentes.

Referências

ARROYO, Miguel González. Educação básica e movimentos sociais do campo". In: ARROYO, Miguel González; FERNANDES, Bernardo Mançano. *A educação básica e o movimento social do campo*. Brasília, DF: Articulação Nacional por uma Educação do Campo, 1999. (Coleção Por uma educação básica do campo.)

ARROYO, Miguel Gonzalez; FERNANDES, Bernardo Mançano. *A educação básica e o movimento social do campo*. Brasília, DF: Articulação Nacional por uma Educação do Campo, 1999. (Coleção Por uma educação básica do campo.)

BARBOSA, Raquel L. L. (Org.). *Trajetórias e perspectivas da formação de educadores*. São Paulo: Editora UNESP, 2004.

BARROS, Oscar Ferreira. A organização do trabalho pedagógico das escolas multisseriadas: indicativos de saberes pedagógicos de resistência educacional no campo. In: HAGE, Salomão Mufarrej (Org.). *Educação do Campo na Amazônia: retratos de realidade das escolas multisseriadas no Pará*. Belém: Gutemberg, 2005.

BRASIL. Lei de Diretrizes e Bases da Educação Nacional. Lei nº 9.394, de 20 de dezembro de 1996.

BRASIL. Ministério da Educação. *Referenciais para uma Política Nacional de Educação do Campo: caderno de subsídios e diretrizes operacionais para a educação básica nas escolas do campo*. Brasília: MEC/CEB, 2002.

BRASIL. Ministério da Educação/INEP. *Panorama da Educação do Campo*. Brasília: MEC, 2007.

CALDART, Roseli Salete. *Pedagogia do movimento sem terra: escola é mais do que escola*. Petrópolis: Vozes, 2000.

CORRÊA, Sérgio Roberto M. Currículos e Saberes: caminhos para uma Educação do Campo multicultural na Amazônia. In: HAGE, Salomão Mufarrej (Org.). *Educação do Campo na Amazônia: retratos de realidade das escolas multisseriadas no Pará*. Belém: Gutemberg, 2005.

CHARLIER, E. Formar professores profissionais para uma formação contínua articulada à prática. In: PASQUAY, L. et al. *Formando professores: quais estratégias? Quais competências?* 2 ed. rev. Porto Alegre: Artmed, 2001.

CHANTRAINE-DEMAILLY, Lise. Modelos de formação contínua e estratégias de mudança. In: NOVOA, António (Org.). *Os professores e sua formação*. Lisboa: Dom Quixote, 1992.

FERNANDES, Bernardo Mançano. Os campos da pesquisa em Educação do Campo: espaço e território como categorias essenciais. IN: BRASIL. Ministério do Desenvolvimento Agrário. MOLINA, Mônica Castagna. *Educação do Campo e pesquisa: questões para reflexão*. 2006.

FREIRE, Paulo. Educação o sonho possível. In: BRANDÃO, Carlos Rodrigues. *Educador vida e morte*. Rio de Janeiro: Graal, 1982.

FREIRE, Paulo; FAUNDEZ, Antonio. *Por uma pedagogia da pergunta*. Rio de Janeiro: Paz e Terra, 1985.

FREIRE, Paulo. *Pedagogia do oprimido*. 17. ed. Rio de Janeiro: Paz e Terra, 1987.

GEPERUAZ. *Classes multisseriadas: desafios da educação rural no Estado do Pará/ Região Amazônica*. Belém: UFPA/PA, 2004. Relatório.

HAGE, Salomão Mufarrej (Org.). *Educação no campo na Amazônia: retratos de realidade das Escolas Multisseriadas no Pará*. Belém: Gutemberg, 2005.

HAGE, Salomão M.; BARROS, Oscar Ferreira; CORREA, Sérgio R. M. *Os sujeitos do campo afirmam que o modelo de escola seriada é a solução para a escola multisseriada. Será isso mesmo?* Belém, [s.n.]. 2 f. Mimeografado.

KOLLING, Edgar J; NERY, Ir; MOLINA, Mônica Castagna. *Por uma Educação do Campo*. Brasília, DF: Articulação Nacional por uma Educação no Campo, 1999.

MUNARIN, Antonio. Elementos para uma política de Educação do Campo. In: BRASIL; MINISTÉRIO DO DESENVOLVIMENTO AGRÁRIO; MOLINA, Mônica Castagna. *Educação do Campo e pesquisa: questões para reflexão.* 2006.

NÓVOA, António. Formação de professores e profissão docente. In: NOVOA, António (Org.). *Os professores e sua formação.* Lisboa: Dom Quixote, 1992.

PERRENOUD, Philippe. *Práticas pedagógicas, profissão docente e formação: perspectivas sociológicas.* Portugal: Dom Quixote, 1993. (Série temas de educação.)

RAYMOND, D. Éclatement des savoirs et savoirs en rupture, une réplique à Van der Maeren. *Revue des Sciences de l'Education,* 19, 1, p. 187-200, 1993.

UNIVERSIDADE FEDERAL DO PARÁ et al. *Programa EducAmazônia: construindo ações inclusivas e multiculturais no campo.* Belém, 2006.

UNIVERSIDADE FEDERAL DO PARÁ et al. *Projeto de Formação continuada dos sujeitos envolvidos com a escola.* Belém, 2006.

Capítulo 17
Educação do Campo no contexto do semiárido: tessituras de um processo

Adébora Almeida R. Carvalho
Ivânia Paula Freitas de Souza
Juscelita Rosa Soares F. de Araújo
Solange Leite de Farias Braga

O presente texto trata da Educação do Campo a partir da referência de um processo que focaliza as escolas de anos iniciais com formato multisseriado, que, mesmo representando cerca de 59% dos estabelecimentos de ensino fundamental do campo (INEP/MEC, 2007), permaneceram marginais dentro das políticas educacionais. Ainda que o Ministério da Educação possua um programa[1] destinado a essas escolas, ele é insuficiente para atender a ampla diversidade cultural, econômica e político-ambiental dos contextos regionais. Há discrepâncias no seu Projeto Político-Pedagógico, no qual não se visualiza os princípios básicos da Política Nacional de Educação do Campo e do Projeto de Campo que o subjaz.

A discussão que procuramos fazer neste texto parte do que está sendo tecido por educadores e instituições diversas no semiárido brasileiro, onde há mais de 12 anos constituiu-se uma militância pela construção de outro projeto de desenvolvimento regional denominado Convivência com o Semiárido.

A proposta em linhas gerais, consiste em superar a lógica do combate às secas e instaurar a lógica da convivência, como possibilidade de inverter a exclusão e o estigma da inviabilidade dos potenciais locais. É histórico que o discurso do Nordeste pobre e miserável serviu mais para ratificar práticas pouco cidadãs e corroborar para que essa região tivesse os indicadores sociais mais negativos do país.

A Convivência com o Semiárido traduz-se em um projeto de sociedade onde a contextualização é princípio educativo permanente. Considera a necessidade de

---

[1] O programa aqui referido é o Escola Ativa. A crítica é, sobretudo, por ser um programa cujos princípios pouco ou quase nada dialogam com as ideias que demarcam as lutas dos povos do campo no Brasil. Além desse fato, o qual já seria suficiente, tecemos a crítica, também, por ele ser estruturado num formato único, desconsiderando a diversidade que demarca o território nacional e, sobretudo, os processos educativos e políticos em curso em cada município.

se conhecer a fundo as diferentes realidades que conformam a região, bem como adentrar seus processos para com os sujeitos locais e construir possibilidades viáveis para o desenvolvimento de forma sustentável.

Partindo de tal premissa, a condição inicial que se instalou no processo de produção do discurso da Convivência foi a necessidade de se compreender a diferença entre Nordeste e semiárido para, a partir daí, perceber que seria impossível reformular os processos de desenvolvimento, sem reconhecer tal distinção. As políticas públicas não poderiam deixar de considerar a diversidade climático-ambiental, geográfica, cultural e econômica que fazem do Nordeste e do semiárido tessituras bastante específicas dentro de um contexto marcado por afinidades e diferenças de identidades. O que a Convivência com o Semiárido propõe é uma ruptura na forma de pensar as políticas públicas a partir da lógica universalista que não dialoga com as configurações locais e toda sua complexidade.

Em 2003, o Fundo das Nações Unidas para a Infância (UNICEF) publicou uma pesquisa (GOMES FILHO, 2003) que destacou a parte semiárida dos nove estados do Nordeste e constatou, em síntese, que, em todas as comparações, os indicadores do Nordeste alteram positivamente, quando se retira a parte semiárida. Tal fato revelou que foi no semiárido do Brasil onde as políticas públicas pouco chegaram com a qualidade necessária para alterar, para melhor, a vida das populações. Pese-se, aí, o fato de ser despendido um alto volume de recursos públicos para essa região, especialmente, nas épocas de secas.

Estava claro ali que falar do Nordeste tendo como referência Salvador, Recife, Fortaleza, por exemplo, não seria suficiente para atender as demandas colocadas por toda a região. Assim como falar a partir do norte da Bahia, ou do sul do Piauí, exigiria adentrar mais enfaticamente nessas tão distintas realidades, para compreender suas diferenças.

Esse fato nos fez refletir que, apesar de a pesquisa não focar isso em todas as comparações, se fôssemos recortar essas informações, certamente constataríamos que sobretudo as áreas rurais, os povos do campo, são os mais excluídos do direito à vida digna (acesso à água, saúde, educação, saneamento, entre outros direitos).

Infelizmente, esse quadro de precariedade do campo não é um fator presente apenas no semiárido do Brasil. Historicamente, as áreas rurais foram marcadas pelo descaso e pela ausência de políticas públicas estruturantes. Ficaram à mercê do assistencialismo eleitoreiro e das ações esporádicas que pouco ou nada alteraram a melhoria das condições de vida das suas populações. O resultado é que se estabeleceu uma severa exclusão social, deixando à margem milhares de pessoas.

Segundo apresentou o relatório do UNICEF, *Situação da infância e da adolescência brasileira 2009: o direito de aprender – potencializar avanços e reduzir desigualdades* (2009, p. 22), enquanto a população urbana possui em média 8,5 anos de estudo, a população rural tem apenas 4,5 anos, quase a metade da urbana.

O relatório vem afirmar que morar na cidade ou no campo ainda é fator determinante para acessar políticas públicas e melhor qualidade de vida no Brasil. Aponta ainda que

> As crianças e os adolescentes das zonas rurais do Brasil – que incluem os que vivem em comunidades indígenas e quilombolas – são as vítimas das desigualdades verificadas na educação brasileira. A maior taxa de analfabetismo está no campo, assim como o maior grupo de pessoas fora da escola. Faltam escolas para atender todas as crianças e adolescentes, e muitas das que existem não oferecem infra-estrutura adequada nem professores com a formação necessária para exercer suas funções (UNICEF, 2009, p. 23).

No contexto do semiárido, onde a população é predominantemente rural,[2] o processo de exclusão social foi agravado por práticas paliativas e compensatórias que perduraram o estado de miserabilidade.

Entre os argumentos que fizeram com que se consolidasse uma espécie de cultura do determinismo, estiveram, sem dúvidas, as questões climático-ambientais postas como algo "divino", místico. Lima (2008, p. 22), nos lembra que,

> Com o amplo desenvolvimento das regiões no Sul e Sudeste do país, o Nordeste brasileiro começou a perder prestígio político e os coronéis passaram a enfrentar diversos problemas financeiros, assim, trataram de construir um novo instrumento que garantisse a acumulação de riqueza e poder. Passaram então a disseminar um novo discurso sobre a região, caracterizando-a como espaço da fome e da pobreza, concepção amplamente difundida pelos meios de comunicação, passando a fazer parte do imaginário social do país.

Neste caso, as secas e tudo que dela decorria (fome, êxodo, etc.) faziam parte desse repertório de calamidades impossíveis de se alterar.

Tal argumento reforçava o descaso público diante das problemáticas do cotidiano da população, resultando em uma ampla desigualdade social onde, segundo dados do UNICEF (GOMES FILHO, 2003), quatro em cada cinco pessoas se encontram em famílias com renda *per capita* menor do que meio salário mínimo. Significa dizer que, nessa região, são mais de 21 milhões de pessoas que vivem abaixo da linha de pobreza.

O Relatório do UNICEF (2009) afirma que a população rural no Nordeste tem em média 3,1 anos de estudo. Menos da metade que a população urbana. O Relatório ressalta ainda, que, dados do Instituto Nacional de Estudos e Pesquisas Educacionais Anísio Teixeira (INEP), afirmam que, caso esse ritmo seja mantido, a população rural levará mais de 30 anos para atingir a taxa atual de escolaridade da população urbana.

---

[2] Segundo o UNICEF (2009, p. 58), cerca de 65% da população do semiárido vivem em municípios com menos de 50 mil habitantes, em que prevalecem características rurais, como a baixa densidade populacional e uma produção econômica e cultural predominantemente vinculada ao campo.

Tendo em vista a superação desse cenário, sobretudo os movimentos sociais, e mais recentemente os sindicais, têm travado inúmeras lutas, enfaticamente nas últimas décadas, em defesa da garantia do direito de a população do campo viver *no campo* com dignidade. No que diz respeito à educação, são várias as iniciativas no seio dos movimentos e redes sociais espalhadas pelo Brasil, as quais têm produzido novos paradigmas em torno do conceito de campo e seu trato no âmbito das políticas públicas de estado.

As Diretrizes Operacionais da Educação do Campo, aprovadas pela Resolução CNE/CEB nº 1, de 3 de abril de 2002, foram o grande marco desse processo uma vez que, até então, a prática da *educação rural* reproduzira uma visão economicista, direcionada para a mera instrução, de forma que a educação apenas respondesse às necessidades do trabalho e beneficiasse às grandes empresas que vivem da exploração do campo e de seus sujeitos.

As I e II Conferência Nacional de Educação do Campo intensificaram o debate em torno de um novo Projeto de Campo e colocaram a Educação na agenda pública.

Ambas foram fundamentais para que se ampliasse o diálogo em várias partes do país, dando voz e maior visibilidade aos movimentos organizados em defesa de uma educação construída pelos povos do campo, cujas bases para tal passavam pela valorização da cultura, pelo desenvolvimento ecologicamente sustentável e socialmente justo.

Para Caldart (2004, p. 13), foi nessa conjuntura das conferências, nas demandas delas decorridas, que se efetivou o "batismo coletivo de um novo jeito de lutar e pensar a educação para o povo brasileiro que vive e trabalha no e do campo". A proposta que esses momentos inauguraram desafiava pensar uma *Educação do Campo* como "processo de construção de um projeto de educação dos trabalhadores, gestado desde o ponto de vista dos camponeses e da trajetória de lutas de suas organizações".

Desafios para se consolidar a política de Educação do Campo

Mesmo sendo representativas de um grande avanço em termos de reconhecimento legal e de estarem em vigor há sete anos, as Diretrizes Operacionais, marco das conquistas dos movimentos do campo, ainda são pouco conhecidas nos municípios, especialmente pelos sujeitos que estão nas escolas públicas estatais (gestores, professores, alunos, pais e mães). É possível afirmar que, mesmo com todas as conquistas desde as diretrizes, a Educação do Campo, no âmbito das políticas municipais, não tem vivido as alterações necessárias para que crianças, adolescentes, jovens e adultos tenham melhores condições de acesso a uma educação que os represente.

No caso do semiárido brasileiro, temos avançado significativamente na organização comunitária e mobilização de políticas públicas destinadas à garantia de direitos aos povos do campo, mas isso não tem sido suficiente para que os municípios (governos locais) assumam suas responsabilidades, sobretudo, na implementação das diretrizes.

Em estudo[3] realizado em 19 municípios da Bahia e do Piauí, Silva, Souza e Souza (2007) chamaram a atenção para o fato de que, dos 19 municípios visitados, apenas dois tinham algum conhecimento das Diretrizes de Educação do Campo (*haviam acessado o documento ou iniciado um debate*). Esse fato, agregado a outros indicadores educacionais que temos observado na região, trouxe-nos de imediato algumas reflexões que partiam do questionamento sobre quais fatores impedem que as políticas alcancem os municípios na dimensão que deveriam alcançar.

Considerando que as diretrizes foram lançadas há sete anos e que delas já decorreram outras políticas, poderia se questionar *até que ponto tais políticas se constituem avanços e alteram a realidade educacional nos municípios? Onde se situa a ruptura de seus processos de difusão e implementação? Quem são os sujeitos do campo que estão na autoria da política de Educação do Campo?*

Movido por essas indagações, em final de 2007, um grupo de educadores e educadoras militantes da educação contextualizada no semiárido fundou o *Instituto RUMOS da Educação para Desenvolvimento do Semiárido Brasileiro*. A organização não governamental nasceu a partir do Projeto Ciclos de Diálogos Pedagógicos Contemporâneos,[4] que envolveu cinco municípios da Bahia e de Pernambuco, mobilizando aproximadamente 200 participantes na discussão da Política Nacional de Educação do Campo, entre eles: educadores populares, professores das escolas públicas das redes municipal e estadual, universidades, diretorias regionais estaduais de educação dos dois estados, secretarias municipais, organizações não governamentais e governamentais e movimentos sociais e sindicais.

As insatisfações manifestadas nos diálogos deixaram transparecer realidades ignoradas pelas políticas públicas e o quanto se fazia necessário investir na mobilização social nessa região, sobretudo para garantia da difusão das Diretrizes de Educação do Campo e das questões que estão em seu entorno.

É necessário ressaltar que, estruturação dos Ciclos foram utilizadas algumas das importantes referências, como as dos municípios da Bahia Curaçá e Uauá, pioneiros na implantação da Proposta de Educação para a Convivência, e Sento-

---

[3] O estudo referido ocorreu no segundo semestre de 2007. Decorreu das observações, análises e reflexões vividas por três pedagogas do Instituto Rumos, que atuaram como agentes educacionais pelo Centro de Estudos e Pesquisas em Educação Cultura e Ação Comunitária (Cenpec), na elaboração do Plano de Ações Articuladas do Município (PAR).

[4] Seminários estruturados metodologicamente (de 4 a 8h) para permitir um diálogo dos participantes entre si, trazendo experiências desenvolvidas por escolas, ONGs, Secretarias de Educação e movimentos, para serem tematizadas e, ao mesmo tempo, mobilizadoras das indagações que levariam ao conhecimento das diretrizes e estrutura da Política Nacional de Educação do Campo.

Sé, primeiro município a iniciar o debate sobre as Diretrizes Operacionais, com o I Seminário Municipal de Educação do Campo,[5] realizado em todas as comunidades do município, em final de 2007.

O município de Sento-Sé destacou-se por um Diagnóstico Rural Participativo realizado em todas as comunidades a partir de 2003, resultando na Proposta Político-Pedagógica das Escolas Municipais – *Educação no Sertão – Bonitezas de uma Construção Coletiva*, lançada em final de 2008, processo do qual a maioria dos integrantes do Instituto Rumos fez parte.

As experiências em curso nessa região têm em comum o fato do reconhecimento dos vínculos rurais existentes na conformação desses municípios, seja por suas características populacionais (menos de 37 mil habitantes) ou pela base econômica centrada na caprinovinocultura e no potencial produtivo da caatinga. Esses municípios vincularam suas propostas educacionais a seus contextos locais, tomando-os como objeto de conhecimento para, a partir dele, dialogarem com outras realidades. Vincularam a função da escola ao projeto de sociedade que defendem, atribuindo-lhe, assim, um novo papel – o de instrumento social a serviço de outro projeto histórico.

Das constatações, indagações e aprendizagens decorridas dessas experiências, somando-as as escutas coletivas propiciadas pelos ciclos de diálogos, desdobrou-se o *Projeto de Mãos Dadas*:[6] estruturado para construir, em parceria com os municípios (escolas e comunidades), *novos caminhos para a Educação do Campo*, tomando como ponto de partida as escolas multisseriadas.

O foco do Projeto nas multisseriadas deu-se devido ao estado de precariedade e marginalização que estas se encontram na maioria dos municípios da região fazendo com que sejam referendadas por professores, comunidades e Secretarias de Educação como representativas da pouca qualidade da educação destinada aos povos do campo.

Entre as questões expressivas colhidas nesses momentos, destacamos algumas:

– Os professores do campo enfrentam grandes dificuldades não só relativas ao seu nível de escolaridade, já que o acesso ao ensino superior é difícil;

– Persiste a ausência de condições didático-metodológicas para os professores lidarem com esse tipo de agrupamento que insistem em enxergar como multisseriação, tendo em vista que tem sido a *seriação* a lógica que prevalece nos sistemas e redes de ensino;

---

[5] O Seminário ocorreu nos dias 8 e 9 de outubro de 2007. Desdobram-se deste momento mais 13 encontros nos núcleos (distritos) envolvendo escola e comunidade que levantaram proposições que se reverteram em princípios e diretrizes no Documento da Proposta Político-Pedagógica Municipal.

[6] O Projeto de Mãos Dadas está em curso via parceria com o município de Senhor do Bonfim, na Bahia. Envolve nove coordenadores, 56 professores, 37 escolas, 60 turmas e 1.250 alunos. Uma equipe de seis educadoras do Rumos participa de sua implementação e mais dez coordenadoras pedagógicas da Secretaria Municipal de Educação.

– As secretarias de educação não se dispuseram, até então, a pensar numa Proposta de Formação Continuada específica aos professores das escolas multisseriadas. Estes são incluídos nas formações gerais, com professores da cidade que se organizam pela seriação "regular" e têm outras motivações quanto à estrutura do currículo, entre outras questões;

– As escolas têm infraestrutura precária e pouco parecem com escolas;

– Sobram tarefas para os professores que, além de não disporem de acesso a recursos didático-pedagógicos que os auxiliem em suas práticas, assumem o papel de cozinheiros, faxineiros e o que mais for necessário na escola;

– O currículo, tempos e espaços pedagógicos não correspondem às formas de vida no campo, não se conectam às suas histórias, cultura, desejos e necessidades;

– Os livros didáticos reforçam a exclusão, o preconceito; a ideia deturpada de campo apontando-o ou como lugar apenas da produção ou como referência para o descanso, para a tranquilidade dos que vivem na "correria" das cidades. Um campo idealizado e estrategicamente abordado, para tornar invisíveis as lutas e os conflitos que os subjazem, que são frutos da busca pelo direito à cidadania dos que lá vivem e dele dependem diretamente;

– O processo de nucleação nas redes municipais reduziu o número de escolas nas comunidades do campo. Isso foi revelado pelos participantes nos ciclos de diálogos. Eles lamentavam o fato, argumentando que, ao fechar uma escola, a vida das comunidades ficava altamente comprometida. Primeiro, porque a escola é ainda o único equipamento público na maioria das comunidades rurais; segundo, porque o deslocamento das crianças para outras comunidades estimulava os pais a abandonarem suas propriedades para acompanharem seus filhos e, assim, garantir-lhes a escolarização.

De fato, estudar nessas condições desfavoráveis, não estimula os professores e os estudantes a permanecerem na escola, ou sentir orgulho de estudar em sua própria comunidade, fortalecendo ainda mais o estigma da escolarização empobrecida que tem sido ofertada no meio rural, e incentivando as populações do campo a buscar alternativas de estudar na cidade, como solução dos problemas enfrentados (HAGE, 2005, p. 48).

Nesse ponto, é preciso que se registre que a presença do transporte escolar (inadequado e inseguro na maioria das vezes), bem como as condições ruins das estradas, também incidem sobre a decisão das famílias em abandonarem suas propriedades. Tais argumentos foram suficientes para decidirmos suas propriedades.

Tais argumentos foram suficientes para decidirmos não ser possível negar que a educação nas escolas dos anos iniciais do campo precisava de atenção específica.

Projeto de Mãos Dadas

Ao delinear o Projeto de Mãos Dadas, consideramos necessário que ele estivesse pautado no que as experiências dos municípios indicavam. Garantir, especialmente, o debate sobre o lugar do campo no processo de desenvolvimento regional e nacional, inserindo a Educação do Campo como política pública de direito e, ao mesmo tempo, como condição estratégica para que os povos do campo assumam a autoria dos seus projetos.

O projeto desdobra-se via formação continuada dos professores, envolvendo uma equipe formadora e as coordenações pedagógicas das escolas do campo. O percurso formativo prevê 24 meses de trabalho com objetivos e metas a serem perseguidos em cada fase com previsão de:

a) planejamento quinzenal orientado;

b) formação continuada com encontros bimestrais para aprofundamento teórico;

c) seminários nas comunidades envolvendo escola e comunidade;

d) seminários municipais com a participação de organizações governamentais e não governamentais locais e movimentos sociais.

Tal percurso é organizado de forma que os municípios possam criar condições de dar continuidade às discussões e avançarem nas ações de fortalecimento da política local de Educação do Campo após a conclusão do projeto. Sem dúvida, a experiência do Projeto de Mãos Dadas se desafia encontrar saídas para questões que há anos ficaram sem respostas. Um desafio assumido por professores, alunos e comunidades do campo que ainda vêem na Escola um lugar para "ser alguém (melhor) na vida". Dessa Dessa forma, procura-se contribuir na construção de um formato de escola que se aproxime ou expresse tais desejos, que se conecte com as lutas e esperanças presentes nas comunidades e seja reconhecida como uma escola de qualidade, onde as crianças tenham direito a aprender o que lhes é fundamental para viver dignamente.

Uma escola que se vincule aos modos de vida do campo e que deixe de lado, de uma vez por todas, a ideia de precariedade que tanto desanima professores, alunos e famílias.

A base dessa construção é a ideia de pensar as comunidades do campo como territórios educativos endógenos onde múltiplos agentes atuam (famílias, movimentos, organizações diversas). Uma *comunidade de aprendizagem* onde a escola aparece no papel de importante mobilizadora e articuladora local, tomando a configuração da comunidade como a base de seu projeto político-pedagógico. Uma escola que dialogará com o projeto da comunidade e seus fluxos pedagógicos próprios, para estruturar seu currículo, seus tempos, seus espaços. Para alcançar essa construção, estabelecemos no projeto alguns fundamentos que norteiam suas ações e mediam o diálogo nas comunidades:

– A educação é compreendida como direito de todos os sujeitos, conforme preceitos constitucionais e por isso deve ser acessível a qualquer cidadão, independente de onde se encontram e de suas idades, etnia, gênero ou condição econômica;

– A experiência dos professores e professoras do campo traz indicativos que podem sinalizar boas práticas a serem apreendidas e fortalecidas, sendo preciso conhecê-las a fundo. Isso exige tempo, estratégias de escuta diversificadas, observação e diálogo;

– É possível constituir novos laços entre escola e comunidade local fortalecendo suas identidades via reconhecimento da realidade que as envolve (sua diversidade, pluralidade e complexidade). Tais elementos podem alterar positivamente a qualidade da educação em todas as suas instâncias, renovando as práticas de diálogo e produzindo novos caminhos para o processo de aprendizagem;

– São múltiplas as práticas sociais que constituem o cotidiano da vida no campo. Os tempos são distintos e os espaços e as formas de estar neles são diversas. No campo, a casa é o lugar do trabalho e este não é apenas uma fonte de subsistência, um meio para atender às necessidades básicas, mas é a forma ou uma condição inerente ao processo de se fazer sujeito no mundo e dar sentido à vida.

Questões do cotidiano: revelações que nos movem

A primeira preocupação ao estruturar o projeto deu-se quanto ao levantamento de informações básicas sobre a situação das escolas do campo multisseriadas na Bahia (quantidade, localização, alunos, professores, etc).

Ainda no início de 2009, foi bastante dificultoso encontrar dados oficiais específicos, tanto em nível estadual quanto nos municípios da região, apesar de o estado ser o que concentra maior número de escolas multisseriadas no país: 5.871 exclusivamente e 1.976 escolas mistas, segundo apresentou Censo Escolar 2007.

Somente agora no final do ano (2009), quando o Governo do Estado realizou o *I Encontro dos Profissionais das Escolas Multisseriadas da Bahia*, alguns desses dados foram possíveis de se verificar, embora ainda muito generalizados. Segundo foi apresentado pela Coordenação Estadual de Educação do Campo, 54% dos municípios do estado têm entre 50 a cem escolas no campo; 41% possuem entre 30 a 50 classes multisseriadas; 54% dos municípios possuem de cem a 150 professores atuando no campo, e, em 40% dos municípios, o número de professores em classes multisseriadas é maior que cem.

Ainda assim, as políticas de educação destinadas ao acesso e à permanência, das crianças com sucesso na escola, não têm sido uma prioridade para aqueles que estiveram no topo das decisões das políticas educacionais.

Outra informação relevante é o fato de que 70% dos professores do campo do estado residem na sede dos municípios. Pelo que se constata nessa região do semiárido da Bahia, esses professores não possuem outros vínculos com a comunidade onde ensinam, e estão lá apenas durante as aulas. Quanto ao deslocamento, é possível verificar que a maioria faz o percurso diariamente, sendo poucos os municípios que oferecem subsídios justos para o deslocamento desses educadores.

É importante ressaltar outro dado apresentado pelo estado e de alta relevância para o projeto: 85% dos professores do campo possuem vínculo temporário, revelando a extrema fragilidade a que estão expostos os professores e as escolas do campo nos municípios. Não é incomum que a postura clientelista ainda presente na cultura política[7] nessa parte do semiárido da Bahia[8] (com todos os ranços do coronelismo) faça das escolas do campo balcão de comércio de determinados políticos, tornando-as cabides de emprego ou o lugar do castigo dos "poucos" educadores concursados que votam na oposição e se manifestam contra "a ordem posta".

O segundo problema que esse dado revela é a pouca perspectiva de continuidade de processos que se buscam construir com as escolas (alunos, professores e comunidades), tendo em vista esse fluxo de professores e o pouco diálogo dos gestores públicos com as escolas e comunidades. Esse fato tem implicado uma crescente falta de crença e desestímulo dos professores na construção de outras possibilidades educativas.

---

[7] Segundo Borba (2005), a cultura política é formada pelo conjunto de valores, atitudes, crenças e sentimentos partilhados pelos sujeitos que interagem em dada situação e, mediada pela avaliação subjetiva desses sujeitos, dá sentido e significado às decisões tomadas.

[8] A região semiárida do Estado da Bahia corresponde a 258 municípios, compreendendo uma área de 388.274 Km^2, ou seja, 70% da área total do estado, com uma população de 6.316.846 habitantes. Isso significa dizer que essa área corresponde a 68% do território da Bahia e 48% de sua população.

O investimento nas escolas do campo, apesar de fazer parte dos discursos políticos, não tem sido prioridade nos municípios. Os gestores utilizam como justificativa os poucos recursos para sua viabilização, sob o argumento de "não valer a pena, financeiramente, investir tanto, para tão poucos" (aqui se referindo ao número de alunos nas escolas de anos iniciais, no formato multisseriadas). Não é, portanto, equivocado afirmar que ações, de fato, comprometidas em melhorar as condições da educação no campo (sejam com a infraestrutura das escolas, da melhoria das estradas, dos transportes, da merenda escolar, dos materiais didáticos, formação e valorização do professor entre outros...) ainda são iniciativas escassas.

Outro problema que persiste é o fato de as políticas que chegam ao campo, em especial na área de Educação, ainda serem pensadas a partir do referencial cidade. Uma ideia que se sabe ser reforçada, pela visão da cidade (urbano) como lócus do desenvolvimento e das possibilidades, em contraponto ao estereótipo que se criou do campo, como lugar do atraso e de debilidades.

Quanto à situação das comunidades rurais, não é exagerado afirmar que há um enorme quadro de ausências instalado, decorrente, obviamente, do "não lugar" que o campo ocupara nas políticas do Estado brasileiro.

No cenário da estrutura da educação, tais ausências se tornam-se bem evidentes, a exemplo do que revelou o Censo Escolar 2007 ao destacar que na Bahia 44% dos professores do campo ainda possuem nível superior incompleto, e 33% só têm o ensino médio.

Mesmo que 84% das turmas funcionem em prédios escolares (segundo Censo 2007), o que constatamos nas escolas dos municípios é que são espaços físicos pouco apropriados (em situação de semiabandono), configurados em salas escuras e com ventilação incompatível às condições climático-ambientais locais. Vê-se ausência de espaço de recreação, alimentação e higienização (pensados estrategicamente para esses fins).

Caracterizam-se, ainda, como o lugar das sobras, onde se tem a mobília descartada nas escolas da cidade, geralmente, inadequada para as diferentes idades das crianças, salvo, raríssimas exceções.

O material didático além de insuficiente é descontextualizado e de pouca qualidade. Estas são apenas algumas das questões, de ordem político-estruturante que comprometem significativamente a aprendizagem dos alunos e a atuação do professor na construção de um processo escolar de maior qualidade.

Outro aspecto importante é com relação ao tempo dos alunos em sala de aula. Em boa parte das escolas de anos iniciais que foram nucleadas, a distância entre a escola e a localidade onde cada aluno reside agravam-se pelo tempo gasto nas estradas de qualidade ruim, a maioria das escolas tem uma carga horária diária de menos de 4h/aulas. Além disso, o alto gasto com o transporte escolar, bem como o número de contratados nas escolas do campo, tem antecipado o encerramento do ano letivo implicando o não cumprimento da carga horária mínima apontada pela A Lei de Diretrizes e Bases da Educação Nacional (LDB nº 9.394/96) (200 dias e 800h), prejudicando o tempo de aprendizagem a que as crianças têm direito.

Aprendizagens decorrentes da escuta sensível junto aos educadores do campo

A formação docente tem sido a grande estratégia do Projeto de Mãos Dadas. Os encontros bimestrais são possibilidades de se estabelecerem reflexões sobre problemas que, até então, os professores não haviam tido a oportunidade de dialogar. Têm sido espaços onde se investe na construção de uma identidade do grupo com as escolas e com um novo projeto de campo.

Ao partilharem suas experiências, contarem suas histórias de vida e profissional, os professores vão sendo conduzidos a diferentes olhares que vão ampliando sua forma de enxergar e se relacionar com suas dúvidas, anseios e certezas.

Um caminho que possibilita a equipe formadora enxergar os educadores a partir de seus lugares, do conjunto de limitações que neles se fazem presentes e os desafiam a superar.

Temos aprendido que, para a formação continuada configura-se em um percurso de fato formativo (que possibilite a construção de novas ideias, novos desejos, diferentes inquietações e construção de saídas), algumas questões precisam ser consideradas na sua estruturação teórico-metodológica:

> a) Comecemos por dizer que é fundamental que se reconheça que o processo de formação dos professores constitui-se em vários momentos coletivos e individuais vivenciados dentro e fora do espaço escolar. As experiências decorridas desses momentos devem ser tomadas como elementos importantes ao estabelecer –se o percurso formativo que deve ser bem planejado, focado nas necessidades observadas nos e pelos docentes, caracterizando-se como processo, cujos fins são claros e coletivamente definidos.
>
> b) O planejamento orientado deve ter a práxis pedagógica como foco e ser espaço de tomada de decisões respaldadas em avaliações focadas no processo ensino-aprendizagem em todas as suas dimensões. O planejamento (da escola, do professor) precisa ser compreendido como uma prática necessária e cotidiana das escolas e das salas de aula, para que não se resuma a uma burocracia trabalhosa e inútil.
>
> c) A heterogeneidade das turmas (diferentes estágios de escolaridade, idade, gênero, interesses e condições de aproveitamento) deve se configurar como aliada ao processo pedagógico, e não como uma barreira que o dificulta. Para isso, é preciso construir, com os professores, alternativas viáveis que

desloquem o olhar da seriação, para os estágios/ciclos de desenvolvimento dos alunos com foco na aprendizagem. Desloquem o olhar dos "não potenciais" para os potenciais dos alunos, da escola, do professor e da comunidade.

d) O coordenador pedagógico, presente na escola, é figura importante para dar apoio e segurança às investidas e criações dos professores. É ele o canal de diálogo entre os professores e destes com a Secretaria de Educação, buscando meios para que esta atenda suas necessidades e proposições, contribuindo para desfazer a ideia de isolamento que caracteriza a ação docente na maior parte das escolas multisseriadas.

O percurso formativo em construção nos municípios dessa região tem apontado que as tomadas de decisão em torno da educação podem ser descentralizadas e mais democráticas. Para isso ser possível, as escolas (professores, alunos e famílias) precisam investir no projeto político-pedagógico como representativo de seus desejos e intenções. Isso mudará radicalmente o processo de gestão da educação e da escola, pois as demandas relativas à estrutura curricular, organização do tempo-espaço escolar; formato e função da avaliação; escolha do material didático-pedagógico, por exemplo, nascerão das próprias escolas. As Secretarias, como órgão gestor central, buscarão atender tais demandas, orientando e subsidiando as escolas na implementação de seus projetos.

Neste caso, o projeto político-pedagógico seria a expressão de onde a escola está, onde deseja chegar e dos caminhos que deverá percorrer para que suas demandas sejam atendidas.

> O PPP [projeto político-pedagógico] se configura como um projeto em ação, pois se alimenta das avaliações desenvolvidas sobre sua própria ação para se reconduzir e re-programar. É nele que são estabelecidos os conteúdos, as metodologias, as avaliações a serem desenvolvidas na escola, tendo como eixo e prioridade a formação humana e a construção da cidadania do campo (BRASIL, 2006, p. 69).

Sob esse ponto de vista, temos nos referido às escolas como *coletivos escolares*, como sendo estes uma contraposição ao termo "unidades escolares", comumente utilizado e que nos lembra uma posição de isolamento da escola e da educação. Os coletivos escolares fazem as escolas perceberem-se numa estrutura de rede onde existem múltiplos pontos de encontro, nos quais se entrelaçam as questões locais e globais numa perspectiva dialética, dialógica e, sobretudo, transdisciplinar.

Os coletivos escolares exprimem a filosofia do projeto cujo ato de *dar as mãos* evidencia a busca de mecanismos capazes de construir e fortalecer ações conjuntas que intervenham propositivamente nos processos educativos locais (escolares e não escolares). Ações que qualifiquem, sobretudo, a escola do campo na promoção de conhecimentos voltados à ampliação da visão de mundo dos sujeitos sociais e no investimento de sua autonomia.

Outro eixo que permeia a ideia de coletivos escolares é a perspectiva de inaugurar nas escolas do campo um processo de gestão descentralizado, autônomo e mais democrático. Os coletivos são composições onde os conselhos escolares devem ser fortalecidos para participarem propositivamente na gestão da escola através da construção, participação e avaliação do seu projeto político-pedagógico (PPP).

Uma das metas do Projeto de Mãos Dadas é construir um processo de gestão, onde as escolas do campo tenham representação efetiva nos Conselhos Municipais, sobretudo, Conselho do Fundo de Valorização do Magistério e Desenvolvimento da Educação Básica (FUNDEB), Conselho Municipal e Educação (CME) e Conselho da Alimentação Escolar (CAE). O mecanismo de articulação para isto seria um *conselho comunitário* representativos dos coletivos escolares do campo (escola, comunidade, movimentos), o qual estaria também na composição dos conselhos municipais (FUNDEB, CME E CAE), conforme propõe o município de Sento Sé em sua proposta político-pedagógica.

> Os conselhos escolares e comunitários têm papel decisivo na democratização da educação e da escola. Ambos são importantes espaços no processo de efetivação da gestão escolar democrática, na medida em que reúnem seus representantes para discutir, definir, acompanhar e fiscalizar o desenvolvimento do projeto político-pedagógico da escola, que deve ser visto, revisto e analisado dentro do contexto escolar e comunitário. Deve ser considerado também que as ações destes espaços de discussão ampliam-se para além do PPP da escola, na mediada em que seus agentes percebem a realidade política, pedagógica e participativa como elementos constituintes de uma nova realidade que se estende para além da escola (SOUZA, 2008, p. 112).

Quando a escola se abre para a comunidade, torna-se instrumento de suas lutas, de suas buscas e sonhos. Nesse processo, ambas se fortalecem e evitam práticas autoritárias e a descontinuidade de ações tão comuns na esfera política dos municípios.

Por fim, as questões apontadas neste texto reúnem tanto constatações iniciais coletadas no percurso que até aqui conseguimos traçar nas escutas e diálogos junto aos professores do campo, quanto as proposições organizadas pelo *Projeto de Mãos Dadas* em fase piloto no ano 2009 e em expansão para um número maior de municípios em 2010, na região norte da Bahia.

Tanto as constatações quanto as proposições aqui apresentadas nos mostram-nos que há muito que se refletir e investir para garantir-se a efetivação do que preconizam as Diretrizes Operacionais de Educação do Campo. Isso exigirá um esforço ainda maior do que foi até aqui empreendido pelas iniciativas dos municípios, movimentos e organizações sociais. Esforço este que reconhece ter como desafio principal a ruptura de uma cultura política centrada na marginalização dos sujeitos do campo para fortalecimento de uma política pública que recupera o sentido exato da expressão cidadania e investe na qualidade político-pedagógica da escola do campo como uma das principais estratégias.

Vamos lá, de mãos dadas fazer o que será!

Referências

BORBA, J. Cultura política, ideologia e comportamento eleitoral: alguns apontamentos teóricos sobre o caso brasileiro. *Opinião Pública*, Campinas, v. 11, n. 1, p. 147-168, mar. 2005.

BRASIL. Ministério da Educação. Lei de Diretrizes e Bases da Educação nacional. Brasília, 1996.

BRASIL. Ministério da Educação. Diretrizes Operacionais para a Educação Básica nas Escolas do Campo. Brasília, 2002.

BRASIL. Ministério da Educação. Educação do Campo: diferenças mudando paradigmas. *Cadernos Secad*, Brasília, mar. 2007.

BRASIL. Ministério da Educação. *Panorama da Educação do Campo*. Brasília, 2007.

BRASIL. Ministério da Educação. *Programa de Fortalecimento dos Conselhos Escolares: Conselho Escolar e a Educação do Campo*. Brasília, 2006. v. 9.

CALDART, R. A escola do campo em movimento. *Currículo sem Fronteiras*, v. 3, n. 1, p. 60-81, jan.-jun 2004.

INSTITUTO NACIONAL DE ESTUDOS E PESQUISAS EDUCACIONAIS ANÍSIO TEIXEIRA. *Panorama da Educação no Campo*. Brasília: Instituto Nacional de Estudos e Pesquisas Educacionais Anísio Teixeira, 2007

LIMA, E. S. *Formação continuada de professores no semi-árido: valorizando experiências, reconstruindo valores e tecendo sonhos*. 2008. Dissertação (Mestrado em educação) – Universidade Federal do Piauí, Teresina, 2008.

HAGE. S. M. (Org.) *Educação do Campo na Amazônia: retratos de realidade das escolas multisseriadas no Pará*. Belém: Gutemberg, 2005.

SOUZA. I. P. F. *A gestão do currículo escolar para o desenvolvimento humano sustentável do semi-árido brasileiro*. São Paulo: Peirópolis, 2005.

SOUZA, I. P. F. (Org.). *Educação no sertão, bonitezas de uma construção coletiva*. São Paulo: Gráfica Brasil, 2008.

SILVA, A. C., SOUZA, I. P. F., SOUZA, M. P. S. F. *O Plano de Ações Articuladas dos Municípios: reflexões sobre o processo de construção e desafios colocados à implementação*. São Paulo: Cenpec, 2007.

SILVA. M. S. E; ALCÂNTARA. P. I. *O direito de aprender: potencializar avanços e reduzir desigualdades situação da infância e da adolescência brasileira 2009: O Direito de Aprender – Potencializar avanços e reduzir desigualdade*. Brasília, DF: UNICEF, 2009.

UNICEF. O Direito de Aprender: Potencializar avanços e reduzir desigualdades/[coordenação geral Maria de Salete Silva e Pedro Ivo Alcântara]. – Brasília, DF: UNICEF, 2009.

Capítulo 18
Ser professora de classes multisseriadas: trabalho solitário em espaço isolado

Ana Maria Sgrott Rodrigues
Rosália M. R. de Aragão

> *Esta vem sendo uma preocupação que me tem tomado todo, sempre – a de me entregar a uma prática educativa e a uma reflexão pedagógica fundadas ambas no sonho por um mundo menos malvado, menos feio, menos autoritário, mais democrático, mais humano.*
>
> PAULO FREIRE

Considerações preliminares

As reflexões feitas no presente texto sobre aspectos relevantes e limitantes da *ação docente em classes multisseriadas* se deflagram em função de *relatos das experiências* de uma das autoras em contexto específico de *ser professora na situação de multisseriação*. Tais relatos, que são apresentados em termos subsequentes, se tornam passíveis de análises político-pedagógicas e epistemológicas[1] para favorecer a construção de conhecimentos sobre tal temática. Vem daí a ideia de *parceria* e de *coautoria*.

Contextualizando a experiência docente

Em meu repertório de brincadeiras de criança, estava incluída a *brincadeira de escolinha*. Quando bem pequena meu papel era de aluna, minha professora

---

[1] Este tipo de organização da abordagem e das análises procedidas justifica a forma de tratamento adotada, sempre em primeira pessoa – do singular e do plural.

naquele mundo de sonhos e fantasias era minha vizinha, a maior do grupo. Quando mais crescida, troquei de papel e *me tornei professora*.

Nesse mundo de ficção, foi sendo alimentado o sonho que, se concretizando durante a adolescência, se efetivou a partir dos 17 anos, quando vivenciei minha primeira experiência efetiva como professora dos anos iniciais de escolaridade, experiência que se torna foco e cerne deste texto. Ao recontá-la, incluo alguns elementos ainda não tratados anteriormente.[2]

Novos lugares de se ver, no entanto, advêm de diferentes tempos de vida existencial e profissional que se imbricam para constituir uma *parceria*, justificando a tessitura narrativa na primeira pessoa – do singular e plural – por compartilhar reflexões com minha coautora. Sendo assim, assumimos com Arroyo (2005, p. 239, grifo nosso) que "fazer esse exercício de lembrar nossas próprias *vivências dos tempos da vida* pode ser um bom exercício para melhor entender sua centralidade em nossa formação e até melhor entender os educandos".

As reflexões sobre ações já passadas que fazemos no presente não são elaboradas de modo tradicional, mas ressaltam, por vezes, "características de um processo mental, próximo da meditação e introspecção, de modo sério e austero distante da ação", como alertam Oliveira e Serrazina (2002, p. 30). Todavia, isso significa que, ao invés da adoção da forma usual, pretendemos desenvolver tais reflexões a partir de novos parâmetros, novos significados e novos paradigmas, adequados ao contexto atual, na perspectiva de aprender e ensinar para produzir conhecimentos. Aprendemos porque organizamos e sistematizamos nossas ideias, ensinamos porque algum outro professor, leitor deste estudo, pode re-significar seus próprios saberes e experiências (GONÇALVES, 2000, p. 41-43).

Enfocando participação individual como autora, busco neste exercício de reflexão sobre experiências já vividas, trilhar caminhos percorridos na construção de minha vida profissional, sustentar, dar sentido e compreender a razão pela qual ainda me mantenho empenhada na *formação de professores que ensinam Matemática nas séries iniciais*. Nessa perspectiva, encontro sustentação para esse sentimento nas palavras de Arroyo (2005, p. 239) quando diz:

> No nosso andarilhar de mestres nos acompanham imagens de magistério, que adormeceram na memória e que devem estar escondidas no pátio da infância, no pátio da escola, nas salas de aula e nas vivências de alunos(as). [...] O seu resgate? Talvez seja o que fazemos em cada aula que damos, em cada gesto e trato com

---

[2] Refiro-me à minha dissertação de mestrado, sob o título *...Minha vida seria muito diferente se não fosse a matemática...*, na qual enfoquei o sentido e os significados do ensino de Matemática em processos de exclusão e de inclusão escolar e social na educação de jovens e adultos, cujo texto construí com minha orientadora e parceira, coautora deste texto.

docência e com os educandos(as). As imagens docentes enterradas se desprendem e dão a tonalidade à forma como somos mestres agora.

Essa retrospectiva em parte autobiográfica porque parte das *primeiras vivências*, quando tomamos decisão sobre a profissão a ser por nós trilhada, é agora feita com "olhares mais aguçados" sobre como essas práticas participam e influenciam a formação e o desenvolvimento humano, quer pessoal, quer profissional docente.

Delineamento de um projeto de vida pessoal e coletivo: *a decisão de ser professora*

Ainda na adolescência, *tomei a decisão de ser professora*, por conceber que através da Educação estaria participando da construção de "um mundo melhor". Isso parece ter ocorrido com os que se incluem nesse tipo de opção precoce, sem que tivessem, ainda, atingido o nível de consciência do presente, que permite, com maior segurança, renovar continuadamente o compromisso político e socioeducacional por nós assumido quando "nos tornamos gente". No meu caso, considero ter tomado essa decisão em virtude de me sentir sustentada por uma base de princípios éticos e morais, valores e crenças, construídos e fortalecidos no meio familiar, sociocultural, político e ambiental em que vivia, e ainda vivo.

Naquele momento, estava iniciando o delineamento de meu projeto de vida profissional e assumindo o compromisso sociopolítico e educacional que a profissão requer, de acordo com bases teóricas, pedagógicas e epistemológicas que possam ser levadas a sério, ao considerar a possibilidade de *dedicação efetiva a este 'mètier'*. Isso quer dizer querer ser protagonista, partícipe, atuante em ações educativas e responsável por preocupações e ocupações pedagógicas, isto é, que possam contribuir para o crescimento de outrem. Estas são ações que, imprescindivelmente, envolvem e implicam vidas de crianças, adolescentes, jovens e adultos com os quais viesse interagir em termos socioeducativos, naquele tempo e lugar, mas também em relações futuras, em outros tempos e lugares de mesma natureza, no fazer político-pedagógico de cada época ou contexto histórico.

Decidir ser professora parecia decorrer de uma das duas vertentes seguintes de escolha: ou (a) era fruto da ilusão e do romantismo emergente da alegria presente na "brincadeira de escolinha" do início da vida que perdura, ou (b) era fomentada pelo sentimento de indignação que emergiu cedo, no meu caso, diante das condições de precariedade que emergiram de *duas escolas multisseriadas*[3]

---

[3] Classes multisseriadas consistem em uma modalidade de escola constituída por uma única sala de aula que abriga as quatro primeiras séries do Ensino Fundamental, de 1ª à 4ª séries que funcionam concomitantemente. Na escola trabalha uma única professora que é, ao mesmo tempo, responsável pelo ensino e pelo seu gerenciamento.

onde me situei no início da docência. Nessas experiências, praticamente atuei "dando asas aos sonhos e à imaginação" como "professora substituta", quando aluna do Curso de Magistério de nível médio.

Uma descrição sucinta da precariedade das *escolas multisseriadas* em suas características parece evocar aspectos de situações ainda vividas no presente. Uma dessas escolas, a da minha primeira experiência, por exemplo, era integrante da rede estadual de ensino, mas se encontrava em estado lastimável, que descrevo brevemente, assim:

- Lá não havia água nem sanitário; o assoalho e o telhado estavam apodrecidos e apresentavam buracos por onde a chuva entrava; ausência total de material didático e de merenda escolar como alimentos da mente e do corpo; todos os móveis encontravam-se deteriorados e exigiam equilíbrio constante de cada um para permanecer sentado e atento. Além disso, a modalidade de ensino ofertada era a de *fazer funcionar quatro séries da escolaridade fundamental em um mesmo espaço*, quer dizer, *em uma mesma e única sala*. Na outra escola – também multisseriada –, mas integrante da rede municipal, o problema maior não incidia sobre as condições físicas do prédio e dos móveis, pois o prédio era recém-construído, no entanto, mantinham-se os aspectos relativos às demais características, tanto que a situação de precariedade presente na escola estadual ali se repetia.

Minha jovem indignação aflorava diante do brilho dos olhinhos das crianças, radiantes de satisfação por estarem estudando, independente das condições adversas em que se encontravam as dependências físicas e a estrutura organizativa das escolas. Esse sentimento "parecido com revolta" crescia ainda mais diante da manifestação de esperança e de felicidade que os familiares dessas crianças expressavam, por acreditar que seria através dessa educação que seus filhos iriam encontrar um "jeito melhor que o meu de viver", "condições de conquistar um futuro melhor" e "de ser alguém na vida".

Diante desse quadro eu me perguntava, silenciosamente, a todo instante: *Mas como? Que condições a escola apresenta para tanto?* Sentia-me, muitas vezes, impotente diante dessa situação... e a indignação aumentava!

Em busca de alternativas, levava essas questões para serem refletidas justamente nas aulas de Prática de Ensino que eu já frequentava no Curso de Magistério, mas, nesse espaço, também não havia qualquer governabilidade sobre situações estruturais das escolas – muitas vezes até se evidenciava desconhecimento dessas situações por parte de professoras incumbidas de formar futuras professoras como eu –, uma vez que nossas reflexões se sustentavam e se restringiam ao campo didático-pedagógico de natureza exclusivamente teórica, tal como ainda prevalece no presente. De outra forma, no campo político, nos sentíamos também restritos, em virtude de estarmos vivendo o período da ditadura militar, onde qualquer manifestação contrária aos desígnios dos descompromissados com o povo brasileiro *per se* poderia implicar a perda da própria vida.

Inserida em situações como estas, percebi a dimensão de importância do meu papel docente, como *professora atuante* que, projetivamente, acreditava poder contribuir para a transformação de realidades como aquelas ou de contextos similares. Os desafios projetivos alimentavam, cada vez mais, a minha dedicação àquelas comunidades com matizes rurais, do campo ou "do interior", na tentativa de alimentar os sonhos daquela minoria que estava na escola para fazer repercutir aumentando as esperanças da maioria da população de trabalhadores rurais da agricultura, ou de trabalhadores da construção civil, que *apostavam na educação de seus filhos para, no futuro, fazer a diferença.*

Essas *primeiras experiências como professora* me possibilitaram entrar em contato com situações que ainda considero inaceitáveis no campo da educação, e que desencadearam – e desencadeiam no presente – a indignação que impulsionava/impulsiona a ação docente diante do que era – e continua sendo – oferecido às crianças e aos adolescentes que se encontram nas áreas rurais ou em espaços urbanos em situação de *exclusão social explícita.* Esses fatos mobilizaram "conteúdos internos" que me levaram a assumir um compromisso pessoal e profissional expresso no esforço permanente de transformação dessas realidades e de outras similares.

O envolvimento em termos político-pedagógicos, quando se torna propósito de vida, se transforma em apostas na profissão docente, pois gera a crença de que, por meio desta, é passível de realização o compromisso sociopolítico e educacional de contribuir para a alteração daquele/deste "estado de coisas". O compromisso se renova continuadamente junto com a crença de que, se não pudermos cuidar, devidamente, daquela realidade, outras realidades igualmente se projetam, cultivando a necessidade social de mantermos em perspectiva a "construção de um mundo melhor através da Educação".

A emergência ou manifestação da consciência político-social, em um dado momento da nossa vida, ocorre justamente em função das reflexões advindas de experiências pessoais sobre práticas sociais, para expressar ou esboçar *projetos de vida pessoais e coletivos*, impregnados de subjetividade, de ideologia e de valores éticos e morais que concomitantemente se constroem. Tal consciência se mantém quando imbuída de objetivos atinentes a tais propósitos, expressando-se até em termos diferenciais ou diferenciados, mas que, sem dúvida, privilegia "o poder da educação" para poder cultivar a ação docente e a atuação na profissão. Nesses termos, a atuação profissional se torna especialmente gratificante porque são referentes às situações que se imaginam perdidas ou efetivamente se realizam em contextos de *exclusão social.* Talvez, assim, evidencia-se, mesmo ilusoriamente, *a educação como uma via possível* de atuar nesses espaços, alimentando a esperança de encontrar formas de transformá-los – juntamente com quem neles está inserido – através da conquista de uma vida com suposta equidade e projetiva justiça social.

Decisão tomada define-se a profissão, contudo, nos vemos diante do imenso desafio de *construir o caminho pessoal da profissão definida*. No meu caso, passei a vivenciar uma nova dinâmica de vida, voltando-me para o aprendizado de conhecimentos específicos, relativos à profissão docente, integrando-os com outros aprendizados tidos como construtos de meu desenvolvimento pessoal. Essa dinâmica passou a estar presente durante toda minha vida.

Encontram-se, no presente, argumentos para explicar essa dinâmica, mas, particularmente, encontro respaldo pessoal na ideia de que, desde que nascemos, estabelecemos relações com diversos fatores que, no curso da nossa vida, influenciam nosso desenvolvimento psicossocial. Inicialmente essas relações restringem-se a um *microssistema composto pela família, escola e círculo restrito de amigo*s, ampliando-se, gradativamente, para outros níveis de abrangência mais complexos, perpassando pelos campos sociogenéticos, histórico-culturais, educacionais, ambientais e profissionais, os quais, de acordo com sua proximidade ou presença efetiva, em certos momentos, influem sobre o indivíduo ou interagem direta ou indiretamente com cada um e cada qual, promovendo o seu desenvolvimento psíquico durante todo o seu ciclo vital. Fundo tais argumentos nas proposições teóricas da psicologia evolutiva contemporânea – que Coll, Marchesi e Palácios (2004) expõem e discutem – sobre o *desenvolvimento evolutivo psíquico do indivíduo que se processa durante toda a sua vida*.

No caso pessoal, localizo-me, naquele momento, tomando uma decisão pautada nos valores e nas crenças que eu vinha formando e estabelecendo em minha matriz cultural, durante minha infância e adolescência, pois vivia em um ambiente favorável, que propiciava essa decisão. Considerando meu contexto de vida, era envolvida por reflexões e práticas no campo sociocultural e político-educacional, onde a solidariedade entre as pessoas se fazia constantemente presente e era destacada como valor social.

Isso porque o contexto cultural imprescindível à minha formação estava claro, ao encontrar espelhos não só na família – cujos valores éticos e humanos eram sobremaneira relevantes e contundentes –, mas também na escola, ao interagir com professores exemplares a partir da 5ª série do ginásio[4] e, ainda, na comunidade a partir das relações interpessoais que estabelecia com cidadãos circunvizinhos exemplares. Tal contexto cultural talvez fosse mais bem definido, uma vez que era relativo a um pitoresco vale catarinense, incrustado em plena

---

[4] Equivalente ao 6º ano do atual ensino fundamental.

Mata Atlântica, próximo do litoral, cuja maioria de seus habitantes é descendente de italianos que vivenciam intensamente as tradições culturais desse país europeu, com valores socioculturais supostamente definidos com mais clareza.

Nesse ambiente tranquilo e organizado, as pessoas ajudavam-se umas às outras em trabalhos coletivos, principalmente na agricultura familiar de subsistência, pois costumavam trocar seus produtos para garantir, dessa forma, alimento para todos, e amenizar, assim, algumas situações de subsistência restrita ou precária. O trabalho da maioria era relativo ao cultivo da terra, tanto na área urbana quanto rural. Contudo, a comunidade valorizava a Educação, as Artes Cênicas, Musicais e Plásticas. Costumava-se promover espetáculos teatrais e apresentações musicais. Não se economizava alegria nas festas religiosas nem em outras comemorativas. Constituía-se um coletivo que fincava suas raízes naquele espaço, construía sua cultura própria de vida, cujos integrantes expressavam em seus atos valores humanistas. Nessa comunidade foi possível construir uma sólida base de formação humana, de forma tal que, por isso, reconheço ter estado imersa em um "caldo cultural" sobremaneira positivo que conspirava a favor de um projeto de vida social e politicamente diferenciado em favor dos que precisam de ajuda pedagógica ou educativa.

No presente, é possível identificar que um conjunto de fatores múltiplos, como os já mencionados, seja passível de interação tendo em vista a promoção do desenvolvimento psíquico do sujeito e, por essa interação social intracomunitária, propiciar aquisição de conhecimento científico-cultural, na perspectiva do *ciclo vital das pessoas*. No meu caso particular, esses fatores continuam contribuindo para minha formação profissional sempre atual, para meu desenvolvimento profissional de professora, como processos imbricados, os quais, porque inconclusos, se retroalimentam e interagem com os demais fatores determinantes do meu aprimoramento e da minha atualização. Sendo assim, podemos dizer que são os processos constitutivos dos alicerces de atuação pessoal e profissional de cada sujeito que, integrados numa unidade que caracteriza personalidade e identidade, se refletem ou expressam-se no *jeito de fazer, de ser e de estar no mundo*.

Compartilhamos do pensamento de que o indivíduo – ao se definir pela profissão de professor – assume o compromisso político e ético, *consigo mesmo e com a sociedade*, uma vez que passa a responsabilizar-se também pela formação cidadã das pessoas. Nessa perspectiva, projetamos construir com estas um compromisso talvez de natureza diferenciada em maior, ou melhor, qualidade, qual seja, o de participar da transformação das realidades adversas em que elas supostamente vivam e de estimulá-las para que assumam o desejo de conquistar sua liberdade e participar da interação social em termos inclusivos, praticando a cidadania. Paulo Freire (2005, p. 28) explicita as condições necessárias para que isso ocorra, quando diz:

[Se o professor estiver] comprometido com a libertação dos homens, não se deixa prender em "círculos de segurança", nos quais aprisione também a realidade. Tão mais radical, quanto mais se inscreve nesta realidade para, conhecendo-a melhor, melhor poder transformá-la.

Ao nos pautarmos por princípios éticos e políticos como estes para conduzir a nossa atuação pessoal e profissional, passamos a vivê-la intensamente, dando à prática pedagógica e social um significado que nos mantêm envolvidos e motivados, mesmo diante das dificuldades, adversidades e desafios que, porventura, se apresentem no caminho de nossa atuação.

Um desafio profissional redundante ou duplicado: *ser professora de classe multisseriada*

Atualmente, novas lentes teórico-filosóficas e político-pedagógicas são passíveis de utilização para analisarmos como as preocupações, ocupações e ações pedagógicas refletiram e refletem o processo de formação continuada de professores dos anos iniciais de escolaridade, que profissionais como eu ainda o assumem e vivem.

Vale ressaltar que as primeiras experiências docentes com *classes multisseriadas* constituem, certamente, "provas de fogo" porque são cruciais – em termos pedagógicos e profissionais docentes – para que se possa continuar ou desistir de "ser professora". Isso em razão não só do desafio posto em termos do trabalho didático-pedagógico com quatro séries do ensino fundamental, ao mesmo tempo, em uma única sala de aula, mas também em função do preparo múltiplo em termos dos "conteúdos disciplinares específicos", usualmente previstos nos planos de ensino escolares para serem desenvolvidos pelo professor, e isso exige articulação *quádrupla* das ideias e do tempo da aula.

Por ocasião da conclusão do Curso de Magistério e das minhas primeiras experiências docentes em *classes multisseriadas*, como disse, eu fazia estágio curricular em classes regulares, quer dizer, constituídas pelos critérios usuais de organização escolar, que eram, ao invés, aqueles de *classes unisseriadas*. Evidenciava-se uma contradição comum à época, mas ainda atual, uma vez que os cursos de formação de professores silenciavam – ainda silenciam – sobre esse tipo de antagonismo, o ignoram e, por isso, deixam de abordar essas situações. Ignoram a existência dessa "modalidade de organização escolar" porque – mesmo se configurando como *excrescência* –, esta se verifica com frequência e continua presente nas áreas rurais.[5]

Assinala-se, portanto, que esse tipo de escola de "espaço único" e "unidocente" funciona isoladamente no sistema educativo "do interior", e talvez ou justamente

---

[5] Por levantamento geral do Ministério da Educação (MEC), em 2006, 2007 e 2008, têm-se mais de 65.000 escolas multisseriadas nas regiões rurais e suburbanas brasileiras.

por isso não receba a atenção merecida do poder público nem do próprio sistema educacional, que continua a tratá-la como "situação provisória ou passageira", portanto, situação de exceção. Contudo, há indícios claros de "permanência do isolamento" na própria forma de denominação das *escolas multisseriadas* nos seus próprios contextos, pois estas são explicitamente denominadas de *Escolas Isoladas* – municipais ou estaduais – com referência vinculativa a um *professor* (ou não) *Fulano de Tal*. Com nome próprio específico designando a *escola isolada*, apresenta-se preocupação de homenagear – e não se admite uma "homenagem provisória" – alguma personalidade local ou em reconhecer algum suposto benfeitor ou figura proeminente na comunidade. Tal denominação, contudo, com ou sem homenagem explícita, que ainda se mantém atual, vem confirmar a ideia de que *o isolamento se cultiva para estar sempre presente*.

No meu caso pessoal, as experiências multisseriadas foram desafiantes, mas produtivas, nas quais muita energia era despendida para buscar, permanentemente, a melhor forma de lidar com as dificuldades presentes e emergentes por parte das crianças, do absenteísmo e da precariedade estrutural dessas escolas que nada tinham de transitórias, pois perduravam. Era um *trabalho solitário* quer em termos de docência, quer de administração ou "gerenciamento". Na contrapartida da formação docente, ainda inconclusa, eu buscava algum apoio em meus professores formadores, especialmente junto à professora de Didática. Contudo, tratavam-se apenas de conversas e orientações esporádicas, de assessorias pontuais e restritas – "faça isso, faça aquilo pra ver se funciona" –, que de forma modesta contribuíam para minha formação docente, me davam alguma segurança a mais ou "apoio moral" e, de alguma forma, me faziam crescer profissionalmente pelo estímulo de manter a atenção presente, encetar reflexões sobre as práticas realizadas e fomentar novas buscas de alternativas pedagógicas que pudessem ser profícuas.

A situação vivenciada nesses termos identifica-se com uma correlata, também vivenciada e relatada por Gonçalves (2000, p. 112), para formular um dos princípios fundamentais da formação de professores para este século que, a seu ver, pode ser expresso na forma seguinte:

> Considerar que o desenvolvimento profissional do professor começa a ocorrer quando este, ainda como aluno, em formação docente, for solicitado a desenvolver atividades docentes efetivas na escola contando com assessoria ou ajuda pedagógica específica.

Vale assinalar, na minha história de vida profissional, ainda, outra experiência mais efetiva por ter sido vivenciada durante um semestre e ter sido desenvolvida numa escola municipal que se localizava em um pequeno vale de um município onde moravam 16 famílias. Durante a semana lá permaneciam somente as mulheres, as crianças e os adolescentes até 15 anos. Estes cultivavam a terra e criavam animais domésticos para subsistência das famílias. Os homens adultos e adolescentes maiores de 15 anos trabalhavam na construção civil em cidades próximas. Parte da produção das mulheres e crianças, produção de hortaliças e de granja – como ovos, leite, manteiga e embutidos – era comercializada, por essa razão, as mães das crianças que estavam estudando na escola costumavam pedir que *fossem trabalhadas em Matemática as situações de compra-e-venda para que os filhos pudessem ajudá-las nos cálculos, principalmente quando a venda fosse feita "a retalhos"*. Atendendo aos pedidos das mães, construímos muitos problemas em sala de aula, reproduzindo e solucionando situações que elas próprias apresentavam.

Por minha vez, mesmo como professora, tive oportunidade de aprender com todos, ensinei e (re)criei muito sobre o que já sabia, uma vez que tive liberdade e autonomia para exercitar a criatividade e ampliar aprendizados profissionais. Nesse sentido, Paulo Freire (1983, p. 13) situa-se como grande defensor da importância do estímulo à criatividade na construção do conhecimento e da aprendizagem por considerar que, "no processo de aprendizagem, a única pessoa que realmente aprende é aquela que *re-inventa o que aprende*".

A integração em um ambiente desafiador, como este que é enfocado para análise, contribui – e até determina – certa modelagem de ações pedagógicas, posto que enseja construir e desconstruir propostas, promover aprendizados significativos e úteis para o grupo social sob consideração, pois procura contextualizar conteúdos explorando as realidades locais e tomando-as como ponto de partida.

No caso enfocado, eu cuidava de promover aulas ao ar livre e trabalhos em grupos diversificados, sem preocupação de manter o "rigor das séries". Procurava, na verdade, *encharcar as aulas em realidades diversificadas* e, com isso, evitei tratar os conteúdos de *forma asséptica*, como expressa Chassot (2003, p. 191), ao ressaltar a importância de resgatar a Ciência dos saberes populares, ampliando o que o sujeito já conhece para o aprendizado de outros conceitos, ditos científicos, a partir da compreensão dos já existentes.[6]

Sendo assim, as minhas primeiras e ousadas ações pedagógicas me faziam sentir estar cumprindo, quase intuitivamente, com meu *dever de professora* na condução de um processo de ensino e aprendizagem, sem ansiedade e tensão, mas, sobretudo, expressando o desejo de criar condições para que as crianças daquele/naquele contexto aprendessem, isto é, adquirissem conhecimento cultural ou científico, adequado à sua faixa etária, para se incluírem na sociedade e no mundo de sua época. Percebi haver sinergia nas nossas ações e interações – mesmo numa escola restrita e pobre do interior –, e tudo parecia conspirar a favor, o ambiente natural, os alunos, as famílias, a própria escola, o entorno verde de esperança, e até mesmo

---

[6] O conteúdo das observações e comentários do Chassot é relativo aos termos das proposições da Teoria da Aprendizagem Significativa de David P. Ausubel (1968).

o meu estado de espírito, denotando a energia de uma jovem buscando encontrar seu caminho profissional para dar sentido maior à sua vida.

Nas exposições, nas excursões pelas áreas físicas e cognitivas, na construção da horta e do jardim, bem como nos trabalhos individuais e coletivos, iam sendo abordados os conteúdos programados em âmbito escolar. Contudo, eu ainda permanecia muito presa ao que era curricularmente preestabelecido pela escola. Esta parecia ser uma atitude paradoxal, uma vez que eu procurava conduzir o processo pedagógico imbricado com a realidade vivida pelas crianças e com suas condições comunitárias e sociais, mas eu também buscava equilibrar conteúdos preestabelecidos – muitas vezes distanciados do contexto e da vida das crianças – com aqueles que naturalmente emergiam nas atividades que realizávamos, sem atender a qualquer ordem prescrita pela escola urbana.

A posição de definir, autonomamente, o que devia ser ensinado, o que as crianças precisavam aprender – em função da sua história, do seu contexto, da sua realidade –, ainda parecia frágil e era difícil, pois implicava deixar de lado esse rigor de perseguir "o que já estava preestabelecido para todos", parecendo favorecer o "solapamento dos níveis determinados". Isso parecia significar uma diferenciação negativamente, "para menos", das crianças que interagiam comigo nas classes multisseriadas, as quais, supostamente, deveriam ser "iguais às outras", aprendendo o que as crianças urbanas aprendiam, definido como "o socialmente desejável".

Atitudes como essas e outras denunciam a base filosófica nitidamente positivista que ainda prevalece na educação escolar, sendo também perceptível na formação profissional docente do presente. Reproduzir alguns conhecimentos como verdades parecia/parece dar credibilidade e prestígio às ações escolares – na qual se ensina o "conhecimento verdadeiro", o que se precisa saber para "ser diferente" em termos positivos, ser "letrado", "saber das coisas como são" para "mudar de nível". No presente, essa mentalidade parece estar sendo, lentamente, desconstruída, até porque as crianças têm acesso a informações e análises por outras vias, da mídia e da internet. Vale exemplificar com os vultos e os fatos da História do Brasil que, àquela época, eu ensinei nos termos esperados, pois recontei as histórias que me foram contadas, em uma linha positivista, carregada de ideologia eurocêntrica, advinda do berço de nossos colonizadores, difusores da ideia de que o Brasil começara em 1500. Na atualidade, as crianças "desconfiam" de que não pode ter sido assim, e relutam em aceitar ideias que ainda permaneçam na conservação do passado, sem fazer sentido, mas expressas em termos ditos "politicamente incorretos", quer dizer, "politicamente falseados" e, até mesmo, acompanhados de "comprovação científica" da ideologia que se quer manter.

Em função disso tudo, vale assinalar como aprendizagem permanente ou continuada o quanto é importante estarmos atentos às ideologias impostas aos processos educativos, assumindo a *provisoriedade do conhecimento*, nos termos de Sousa Santos (1985/1986), de forma a podermos "ensinar a atitude crítica aos estudantes ao sermos críticos nós mesmos" e estarmos sempre abertos para rever nossos conhecimentos, para aprender mais e de formas diferentes.

Torna-se imprescindível compreender que os conhecimentos e os saberes são provisórios – não são "verdades absolutas", universais, que se mantêm a-históricas e acríticas, permanentemente sem contestação, como nos alerta Aragão (1993-2003).

De outra forma, não mais precisamos da "palavra ou do testemunho do professor enciclopédico que sabe tudo", porque devemos estar abertos às diferentes informações e transformações da Ciência e, para tanto, temos de ensinar às crianças, desde cedo, *a aprender pesquisando e a pesquisar enquanto estudam*, como forma de conhecer e entender o mundo dinâmico deste século em que vivemos.

Ao enfocar as experiências vividas em classes multisseriadas, ressaltei ter adotado procedimentos já diferenciados para atingir objetivos de ensino e aprendizagem bem-sucedidos naquele espaço, sem que os tivesse aprendido formalmente durante a formação profissional docente.

Ao nosso modo de ver, isso ocorre ainda na formação profissional do professor atual, sem grande diferença. Contudo, nas ações do passado, se buscavam explicações fundadas na racionalidade técnica e no positivismo, como marcas claras e preponderantes do sistema educacional e base do governo vigente. Sendo assim, e na ausência de outras informações e proposições, buscávamos introjetar em nossa mente, para argumentar quando necessário fosse, que essa diferença por nós evidenciada era "um dom natural" que certamente possuíamos por termos sido agraciadas "de forma inata", *havíamos nascido para ensinar, para sermos professoras*. Assumíamos, assim, mesmo de forma duvidosa, o nosso "dom" de ter nascido com "habilidades de professora".

No entanto, há explicações plausíveis para tal *dom* advindas das contribuições, por exemplo, de Prigogine, Capra e Sousa Santos: na verdade, essa tendência ou capacidade de ver e tornar humanizadas as ciências naturais e outros conteúdos escolares que costumamos explorar é fruto de aquisição – em termos interativos sociais que podem ser evidenciados. Temos, sim, capacidade diferenciada ou facilidade de construir sinergia positiva entre o que estudamos com o que vivenciamos com os moradores naquela comunidade do passado – como temos também no presente –, podendo avaliar nossas visões que se integravam/integram ou se complementavam/complementam com as visões daqueles com os quais interagirmos.

Todavia, em função dos relatos das experiências e das análises procedidas, é preciso reconhecer os procedimentos que traziam impressa a ideologia positivista, fortemente presente na nossa formação e nos contextos socioescolares do século XX, justamente por ser a ruptura ora desejável de difícil percepção no âmbito desse mesmo paradigma. No caso pessoal, pude promover alguns ensaios em relação ao tratamento transdisciplinar diante de algumas situações e contextos locais. Isso se deu, sem que eu conhecesse, ainda, Sousa Santos e Morin, em suas análises, reflexões e considerações sobre *a complexidade do pensamento*,[7] mas, sem estranheza, eu já parecia estar atuando como professora de classes diferenciadas pela *multisseriação*, de forma próxima aos seus ensinamentos ora valorizados.

Partia do pressuposto de que com o *conhecimento local* por parte das crianças e da comunidade, com o conhecimento *concreto*[8] daquele espaço – tido e reconhecido como *multiplamente determinado* – o raio da ação educativa, progressivamente, se ampliaria na dimensão de *conhecimento global*. Para tanto, extrapolava o contexto local em novas e outras relações cognitivas, ao utilizar exemplos e ilustrações a partir do que se situava no âmbito do próprio espaço físico da escola, mas implicando uma visão de "mundo", em relação à qual íamos além, ao usar textos de outros contextos, mapas, gravuras e, sobretudo, estimulávamos o uso da imaginação de cada um e cada qual. Nesse sentido, vale destacar um simples exemplo: "partia de uma pequenina ilha presente na represa de um riacho, vizinho da escola, identificava suas características e pedia que as crianças *imaginassem outra sempre maior que aquela*... bem maior... bem maior... do tamanho de um morro, do tamanho daquele vale... até chegar à uma ilha existente e denominada, onde pessoas e comunidades residiam... mas que continuava a ser 'ilha' pelas características que a identificavam..." Assim, ampliava as dimensões da realidade para *dar ideia do mundo pelo exercício da imaginação*, que tomava como "ponto de partida" o conhecimento prévio existente, o que as crianças já sabiam.[9]

O desenvolvimento de atividades a partir de um processo criativo, segundo Sousa Santos,[10] resulta dos conhecimentos que já trazemos conosco, professores e alunos, os quais vão sendo, progressivamente, registrados em nossa *matriz cultural*, por isso, podem ser mobilizados, a qualquer momento, pelas ações do presente, de forma diferenciada em função da determinação do contexto ou sob sua influência. No meu caso pessoal, a mim competia conduzir o processo e contribuir na apropriação de novos saberes a partir dos saberes que os alunos já traziam em suas bagagens culturais, buscando estimulá-los para interagir

---

[7] Proposições sobre a *Teoria da Complexidade*.
[8] O termo "concreto" é usado no sentido marxista de "conhecimento multiplamente determinado" pelas naturezas várias das ações e interações sociais.
[9] Esta ação docente é plenamente suportada pelos princípios da Teoria da Aprendizagem Significativa de David P. Ausubel, de 1968, principalmente o princípio teórico fundamental relativo à "importância do conhecimento prévio do sujeito que aprende", que pode ser assim expresso: *Leve em conta o que o aluno já sabe e ensine-o a partir disto*.
[10] Que de certa forma reitera princípios elaborados por Ausubel para o ensino e a aprendizagem escolar.

usando tais saberes e conhecimentos de senso comum para ascenderem – em termos integrativos e, portanto, mais inclusivos e complexos – à aquisição *por compreensão* de novos conhecimentos, de seus significados, de forma tal que estes lhes pudessem ser úteis em suas vidas e aplicáveis pela vida afora.

Embora agisse com a sensibilidade aguçada que caracteriza "boas professoras", e me apresentasse muito atenta ao derredor *intra* e *extraescolar*, pude discernir sobre que caminho emergia das interações ocorridas entre professora-aluno para ser trilhado com sucesso, levando sempre em conta o envolvimento e a felicidade que as crianças manifestavam frente às proposições pedagógicas postas para estudo, que eram também sentimentos meus.

Ao agir *apenas por intuição* – como nos dizem para acreditarmos – eu me apresentava suscetível e me punha em disponibilidade para admitir ou aceitar a ideia de *ação pedagógica como dom natural*, que pode justificar negativamente a assertiva usada como justificativa por muitos, mas improdutiva e imobilizante para qualquer profissional considerado *nada ou pouco intuitivo para a ação*, de que *ninguém pode ser responsável por aquilo que não tem*. No entanto, essa *intuição produtiva* que eu assumia – e que fornecia indícios de ser este ou aquele o caminho profícuo e possível – é examinada por Chaui (1985, p. 80) e denominada *intuição emotiva ou valorativa*, pela qual *associamos ao sentido e aos significados de alguma coisa o seu valor por nós atribuído*, isto é, intuímos a partir da ideia de que a essência sobre o objeto em questão é possível ou impossível, se é boa ou má, se é justa ou injusta, verdadeira ou falsa, adequada ou inadequada. Contudo, isso pode vir a constituir, sem dúvida, aspectos relevantes do objeto epistemológico sob consideração na formação profissional docente.

Aprendizados que ficam

O relato dessa experiência em contexto escolar de classes multisseriadas, ao nosso modo de ver, teve o sentido maior de retroalimentar um desejo de *ser professora*, ao mobilizar para a prática docente a criatividade, apesar da ausência de reflexão pedagógica pela ausência concomitante de interlocução confiável no momento. Tais oportunidades, certamente, contribuiriam para propiciar a emergência da consciência político-social imprescindível para ressaltar a importância e o valor educativo das ações postas na pauta de desenvolvimento do ensino e da aprendizagem de crianças socialmente diferenciadas. Uma realidade ainda presente nas múltiplas escolas dessa natureza existentes no país.

Por isso, ao final, consideramos que há necessidade de ampliar o raio de análises como estas feitas no presente, pela articulação com questões mais amplas que são cotidianamente enfrentadas por nós, professores e professoras, nas relações entre a Educação em seus contextos diferenciados, para mais e para menos, e as políticas sociais em nosso país. Nesse sentido, ressaltamos a importância de obtenção de apoios político-pedagógicos tendo em vista (a) a criação de uma política nacional de educação que inclua essa modalidade de *ensino de multisseriação*, tão presente nos contextos brasileiros, e, paradoxalmente, tão ausente de atenção nas políticas públicas, e nos diferentes âmbitos legais; bem como (b) a construção de um currículo adequado às diversidades locais e organizativas das escolas multisseriadas, cunhando efetivamente o sentido social de "currículo escolar"; e ainda, (c) a formulação de critérios e formas metodológicas e epistemológicas diferenciadas nos processos de ensino, de aprendizagem e de avaliação; por fim, (d) a formação de professores para atuarem com competência social e científica, tanto quanto sabedoria pedagógica para desenvolver ações educativas de qualidade positiva em classes multisseriadas.

Certamente, aspectos como estes poderiam ser considerados e incluídos, assinalando resultados socialmente desejáveis da construção de uma política educacional que tenha por objetivo a qualidade de ensino, da democracia, e da inclusão social e educacional de crianças e adolescentes nos seus contextos educacionais e neste país.

Referências

ARAGÃO, R. M. R. de. Reflexões sobre Ensino, Aprendizagem, Conhecimento. *Revista de Ciência & Tecnologia*, Piracicaba, UNIMEP, ano 2, n. 3, jul. 1993/2003.

ARROYO, M. G. *Imagens quebradas: trajetórias e tempos de alunos mestres*. Petrópolis, RJ: Vozes, 2005.

AUSUBEL, D. P. *Educational Psychology: a Cognitive View*. New York: Holt, Hinehart & Winston, 1968.

CHASSOT, A. *Alfabetização científica: questões e desafios para educação*. 3. ed. Ijuí: Unijuí, 2003. (Coleção educação em química.)

CHAUI, M. *Convite à filosofia*. 5. ed. São Paulo: Ática, 1995.

COLL, C.; MARCHESI, Á.; PALÁCIOS, J. *Desenvolvimento psicológico e educação, Psicologia Evolutiva*. 2. ed. Porto Alegre: Artmed, 2004.

FREIRE, P. *Educação e mudança*. 27. ed. Rio de Janeiro: Paz e Terra, 1979. (Coleção Educação e Comunicação, v. 1.)

FREIRE, Paulo. *Extensão ou comunicação?* Tradução de Rosisca Darcy de Oliveira. Rio de Janeiro, 1983. 7ª Ed. Paz e Terra.

FREIRE, P. *Pedagogia do oprimido*. 40. ed. Rio de Janeiro: Paz e Terra, 2005.

GONÇALVES, T. V. O. *Ensino de Ciências e Matemática e formação de professores: marcas da diferença*. Doutorado (Tese) – Universidade Estadual de Campinas, Campinas, 2000.

OLIVEIRA, I.; SERRAZINA, L.. A reflexão e o professor como investigador. In: GTI – Grupo de Trabalho de Investigação (Org.). *Reflectir e investigar sobre a prática profissional*. Lisboa: Quinta Dimensão – Artes Gráficas, 2002. (As Professoras de Matemática.)

SGROTT-RODRIGUES, A. M. *...A minha vida seria muito diferente se não fosse a Matemática...: o sentido e os significados do ensino de matemática em processos de exclusão e de inclusão escolar e social na Educação de Jovens e Adultos* – Dissertação (Mestrado) – Núcleo de Pesquisa e Desenvolvimento da Educação Matemática e Científica, Universidade Federal do Pará, Belém, 2006.

Capítulo 19
Rituais de passagem no campo da linguagem: reconhecimento, valorização e diferenças culturais

Ilsen Chaves da Silva

Sobre a formação
Minha aposta seria pensar a formação sem ter uma idéia "prescrita" de seu desenvolvimento nem um modelo normativo de sua realização. Algo assim como um devir plural e criativo sem padrão nem projeto, sem uma idéia prescritiva de seu itinerário e sem uma idéia normativa, autoritária e excludente de seu resultado, disso a que os clássicos chamavam "humanidade"ou "ser plenamente humano".

JORGE LARROSA

Este texto se apresenta como um ir e vir, refazendo nossas trajetórias de aquisição das linguagens que nos humanizam, nos interligam aos outros humanos, nos permitem olhar para nós mesmos e saber que lugar ocupamos, de que lugar falamos, como adquirimos nossas bagagens históricas e culturais, quem somos e por que lutamos, percebendo as linguagens como fios invisíveis que nos unem.

Encontramo-los nas trajetórias: pessoas, ideias, espaços, fatos vividos e especialmente as leituras realizadas, sejam elas das palavras, sejam as que as antecederam; as leituras de mundo que se constituem por certo em partes constitutivas do ser que somos, para assim entender melhor as dificuldades dos acadêmicos, e tentar, ainda que tarde, despertar-lhes a curiosidade, o gosto pela leitura e a consciência da sua necessidade para a vida, acadêmica ou cotidiana.

Encontramo-nos, pela primeira vez, em uma sala de aula, em uma subsede da Universidade do Planalto Catarinense (UNIPLAC). Este era o primeiro encontro com essa turma de professores atuantes nas escolas do interior de um pequeno município da região serrana (e que nesse semestre iniciavam sua formação universitária). Pertencem, portanto, àquela camada da população que entende a importância da formação, da leitura, do aperfeiçoamento, para a realização pessoal e profissional.

Era abril de 2003, em uma bela, mas muito fria manhã de sábado, quando o carro parou diante do pequeno prédio da universidade no qual deveria iniciar a disciplina de Língua Portuguesa com o referido grupo.

Ainda dentro do automóvel que me conduzia visualizei aqueles(as) que seriam meus alunos a partir de então. Encontravam-se à frente do prédio procurando aquecer-se ao sol e conversavam, uns tanto nervosos, o que se podia perceber pelas vozes e gestos.

Ao entrarmos para a sala, não me contive e, a partir da minha apresentação, perguntei-lhes o que os afligia. Então, um a um, começaram a me relatar o que acontecera. O professor que me antecedera dissera-lhes literalmente: "Vocês falam muito errado, nem sei como avaliá-los". Pude imediatamente entender-lhes a inquietação: e agora, como poderiam enfrentar o(a) professor(a) de Língua Portuguesa?

Primeiro escutei-lhes pacientemente, e depois iniciei outra conversa, sobre as diferentes "variedades linguísticas", as culturas diferentes, tentando olhar a questão por outro viés de pensadores aos quais me alinho e, assim, começou a "desconstrução" do preconceito linguístico. Foram sendo construídos nossos vínculos; veio a orientação de estágio de um dos grupos (daqueles que trabalhavam em escolas multisseriadas), seguindo-se as investigações que sustentaram minha dissertação de mestrado.

Vale ressaltar que não foi nada fácil depois do ocorrido fazer com que superassem a "síndrome da folha em branco", e foi a muito custo que esses sujeitos foram se soltando tanto por meio da oralidade, quanto pela forma escrita e ousando expressar suas ideias. As diversas leituras e discussões e a atitude de ouvinte da professora foram fazendo com que eles se sentissem empoderados, pertencentes a um grupo, e cidadãos com direito de vez e voz.

Ousamos um olhar mais amplo a partir de uma perspectiva histórica, que se forma em castas, em classes menos ou mais privilegiadas, o que ainda prevalece, conforme a obra de Gnerre (1994, p. 10), lemos:

> Os cidadãos, apesar de ser declarados iguais perante a lei, são, na realidade, discriminados já na base do mesmo código em que a lei é redigida. A maioria dos cidadãos não tem acesso ao código, ou às vezes têm uma possibilidade reduzida de acesso, constituída pela escola e pela "norma pedagógica", ali ensinada.

Estudamos a evolução histórica e pôde-se perceber "que associar o poder da escrita foi nos últimos séculos da Idade Média uma operação que respondeu a exigências políticas e culturais" (GNERRE, 1994, p. 11,). Leram-se, entre outros,

Freire, *Pedagogia do oprimido* e *Pedagogia da autonomia*, obras que trouxeram a realidade e a esperança para nossos sujeitos.

Há que se dizer que essa vitória não foi milagre nem mero acaso, mas construção. Construção coletiva envolvendo o corpo docente que passou a se reunir sob a orientação da coordenação de curso, da supervisão de estágio e iniciou uma caminhada conjunta, no sentido de garantir que o curso desse conta de formar, no verdadeiro sentido, professores do campo, cônscios de sua identidade, defensores de seu território, mas com o olhar voltado para o horizonte, e com a visão do universal, do global.

Conhecedores de sua história, da formação da sociedade brasileira, a partir da colonização eles, os sujeitos, puderam se encontrar e situar-se nesse tempo/ espaço e perceberem que suas dificuldades na academia se entendem por ser um espaço muito novo que passam a ocupar, pois há muito pouco tempo era-lhes vedado esse direito. Por isso, muitas vezes suas vozes soam estranhas até para alguns professores que ainda não entenderam essas mudanças, ou seja, a inclusão das classes menos favorecidas nas universidades, espaço reservado às castas de brancos, ricos e de descendência europeia, conforme nos respalda Rodrigues (1985, p. 42) citado por Oliveira (2003, p. 8):

> Numa sociedade dividida em castas, em raças, classes, mesmo quando é evidente o processo de unificação da língua, especialmente num continente como o Brasil, onde durante três séculos combateram várias línguas indígenas, negras contra uma branca, não havia paz cultural, nem paz linguística. Havia, sim, um permanente estado de guerra [...] O processo cultural que impôs uma língua vitoriosa sobre as outras não foi assim tão pacífico, nem tão fácil. Custou esforços inauditos, custou sangue de rebelados, custou suicídios, custou vidas.

Houve um tempo, que perdurou até a Constituição de 1988, em que a política era a de "integração", de negros, índios e imigrantes, o que significava a consequente destruição de suas línguas, de suas culturas e sua adaptação ao formato luso-brasileiro, conforme Oliveira (2003, p. 9), na "Declaração Universal dos Direitos Lingüísticos".

Quanto aos(às) nossos(as) *professores-estudantes*, pode-se afirmar que avançamos, considerando que terminaram a graduação. Muitos deles cursam hoje, ou já concluíram um curso de pós, e alguns já a estão complementando.

Como ocorreu essa passagem e/ou aquisição de uma segunda língua, a língua padrão? Deu prestígio? Talvez me perguntem alguns. E não saberia dizer-lhes como e quando exatamente ocorreu essa transformação que foi individual, respeitando-se os tempos e bases de cada um. E foi também coletiva, a partir das interações nos momentos de devolução das leituras, de interpretação destas e seu confronto com as realidades vividas e partilhadas em sala de aula; das trocas de saberes, enfim "da práxis" que fomos construindo lenta, mas exaustivamente, nos longos finais de semana com 15 aulas entre sexta à noite e sábados manhãs e tardes.

Mas, se não sei exatamente quando, ouso afirmar que ocorreu com aqueles falantes mais uma aquisição, sem a perda da primeira língua, entendendo que ela já é parte constitutiva deles, mas agora sabedores que em situações formais deverão usar a segunda língua, ou seja, a culta, a adquirida na escola, nos livros, a língua das elites.

É impossível medir ou usar de tabelas para apresentar o resultado da pesquisa e do trabalho desenvolvido, por se tratar de pesquisa participativa e qualitativa, mas podemos realizar algumas análises a partir de algumas ações, atitudes, posturas de vida, que presenciamos e passamos a relatar.

Inicio transcrevendo o que se viveu durante o estágio dos meus sujeitos participantes. Como já é de conhecimento de meu interlocutor, nesse processo conjunto conversamos muito sobre o respeito com as culturas, as diferentes linguagens dos meus (minhas) alunos(as)-acadêmicos(as), bem como daqueles para quem eles(as) são os(as) mediadores do conhecimento. Reforçamos sempre a ideia de manter e valorizar a cultura local, paralelamente à construção do conhecimento e uso da linguagem padrão. Pensando nisso, o grupo de acadêmicos(as) resolveu em seu projeto de estágio trazer para a cena uma figura da tradição local. Dona Pituca, como é chamada.

Este, com certeza, se constituiu em momento deveras significativo para todos nós. Para as crianças que tiveram a oportunidade de um diálogo interessante descobrindo a dinamicidade, bem como as variedades da língua; para os(as) acadêmicos(as): o aprendizado de que nem só a língua padrão tem valor; e para esta pesquisadora, que o conhecimento empírico, a linguagem popular, têm que ser resgatados ressignificados para que não se percam a história, as raízes dessas comunidades; para que possamos olhar para o passado na construção presente e de um futuro para essa região.

O relato que trago a seguir é de autoria dos sujeitos participantes, professores de escolas multisseriadas e educação infantil em seu relatório de estágio (julho de 2007):

> Numa tarde de intervenção optou-se por convidar uma senhora da própria comunidade Srª. Lindaura Machado Luiz (Pituca), mulher de 72 anos, analfabeta, mas com um rico conhecimento de vida e de mundo. Não passou pelos bancos escolares, no entanto tem uma sabedoria muito ampla.
>
> O rosto revela a experiência, os cabelos brancos, as batalhas, que fizeram dela tão sábia, e de espírito tão jovem. Com prudência e sensatez falou dos valores bem como respeito, fé e educação. Incentivou os alunos ao estudo, disse a eles que serão os adultos do futuro, os que levarão essa sociedade adiante.
>
> Parafraseando Freire em várias de suas obras não há saberes mais importantes ou menos, há saberes diferentes. E foram esses saberes, inclusive a linguagem regional que estiveram nesse dia dando suporte a novo e significativo encontro.

As crianças estavam de olhos fixos nela. Enquanto ela falava, nós acadêmicos refletíamos que, mesmo estando no sétimo semestre de curso, planejando antecipadamente e orientados, talvez não conseguíssemos transmitir tão bem, quanto ela, essa mensagem. Pois, cativou e manteve as crianças atentas e concentradas durante todo o tempo, Dona Pituca foi tão espontânea em sua "prosa" que de repente, as crianças também começaram a contar seus "causos", até mesmo a mais tímida pediu para contar uma história.

Desenvolver projetos em que os alunos tenham funções definidas como: organizar, pesquisar, apresentar e liderar, ajudar a ampliar o vocabulário, conhecendo melhor a linguagem cultural e a linguagem padrão, são tarefas importantes no processo de aprendizagem significativa.

Solicitamos também a ela que nos falasse sobre o vocabulário específico da região e fomos anotando as diferenças entre o linguajar que ela trazia e a linguagem padrão que depois voltamos a explorar com as crianças as quais aprenderam bastante, além de divertir-se com as diferenças, sem desprezar o linguajar da região, aprendendo que por serem diferentes não são melhores nem piores, conforme apresentamos alguns exemplos na foto anexada a seguir. Certamente esse se constituiu em um dos pontos altos de nossa experiência (Clarisdina Glicéris Pereira, Germano Silva de Oliveira, Márcia Regina Pereira de Moraes, Maria de Fátima Ribeiro de Moraes, Sirlei Aparecida da Silva e Sonia Aparecida Machado de Oliveira, 7/2007).

Pode-se perceber no discurso desses sujeitos a criticidade de que nos fala Paulo Freire, a consciência de seu papel social, partindo do local para o global, o sentimento de identidade e de pertença presentes tanto na ação de trazer dona Pituca para a escola valorizando assim seus saberes, bem como significando o estudo da linguagem padrão pelas crianças, sem desprestigiar a linguagem popular, local e histórica desse povo.

Com o auxílio da própria convidada, os professores estagiários conversaram com as crianças sobre as formas diferentes de falar e iniciaram com elas um valioso e divertido jogo estabelecendo um paralelo entre a linguagem popular e a linguagem padrão demonstrando como esta pode mudar tanto no tempo quanto no espaço. Por isso não existe "jeito errado" de falar, mas "diferente".

Para enriquecer o trabalho que não se esgotou nessa aula, à medida que Pituca levantava uma palavra diferente para saber quem já a conhecia, uma das professoras ia registrando em papel pardo em duas colunas: na primeira o uso local e/ou antigo e na outra o português mais formal. Surgiu assim o seguinte quadro:

LINGUAGEM POPULAR	LINGUAGEM FORMAL
mio	milho
sismerá	esforçar-se
pricipiá	principiar, começar
fio derradero	filho derradeiro, caçula

gibera	bolso
brilhantina	gel de cabelo
extrato	perfume
incarnado	vermelho
orvaiada	pó facial (pó de arroz)
sirola	cueca (comprida)
barrete	touca de bebê
prá mode	para que, a fim de que
crizo o sol	eclipse
chicolatera	jarra
licoreira	jarra com tampa para guardar licor

Para nós que trabalhamos com a Língua Portuguesa, e que temos clara nossa concepção de Língua, estamos atentos a essa questão e concordamos na importância de deslocar nosso estudo para os falantes da língua, considerando ser ela constitutiva do ser humano, e não ferramenta exterior a ele. Para isso precisamos percebê-la neste plano concreto: "os falantes".

Isso posto, consideramos extremamente valiosa a atividade desenvolvida, que mostrou as diferenças sem discriminá-las. Diante disso, poder-se-á sim falar e refletir com as crianças a respeito das diferenças linguísticas, porém sem estigmatizá-las, sem constrangê-las, dizendo-lhes que "falam errado". Colocar-lhes frente à linguagem popular dando-lhe o devido valor e mostrando-lhes a linguagem de prestígio como meta, para que dela se apropriem.

Seguindo Bagno (2003, p. 16):

> É que a linguagem de todos os instrumentos de controle e coerção social, talvez seja o mais complexo e sutil, sobretudo depois que ao menos no mundo ocidental, a religião perdeu sua força de repressão e controle oficial das atitudes sociais e da vida psicológica mais íntima dos cidadãos. E tudo isso é ainda mais pernicioso porque a língua é parte constitutiva da identidade individual e social de cada ser humano em boa medida nós somos a língua que falamos, e acusar alguém de não saber falar a própria língua materna é tão absurdo quanto acusar essa pessoa de não saber "usar" corretamente a visão [...].

Por isso consideramos que este se constituiu em momento de deleite, pois a forma com que esses professores trataram as diferenças linguísticas e sociais foi inteligente, extremamente ética e necessária. Ressaltamos ainda que da atividade resultou a confecção de um glossário que as crianças e as professoras iam construindo paulatinamente, na medida em que apareciam palavras distintas entre as variáveis linguísticas.

Conforme respalda-nos Bagno (2003, p. 16): "o preconceito lingüístico não existe. O que existe, de fato, é um profundo e entranhado preconceito social" e continua falando-nos da reação que já está formada contra o preconceito étnico, de gênero e outros, mas reafirma que a discriminação linguística, a acusação de "falar tudo errado", apresenta-se muito forte e provém de "gente de todos os espectros ideológicos, desde o conservador mais empedernido até o revolucionário mais radical".

Porém entendemos que, para ser professor das classes populares, dos meninos e meninas do campo, daqueles que estão fora do contrato social vigente, há que se ter formação e conceito coerente de Língua, bem como sensibilidade para tratar dessas questões objetivando a inclusão.

Outro momento que considero importante partilhar foi quando, na época das festas juninas, os professores resolveram explorar algumas canções, entre elas "Asa Branca" de Luís Gonzaga. Ela foi lida, cantada e decantada, sendo que a primeira letra que as crianças receberam trazia a linguagem popular. Assim sendo começava *Quando oiei a terra ardendo, quar fogueira de São João, eu preguntei meu Deus do céu, oi, pru que tamanha judiação.....* e assim, sempre que aparecia o dígrafo *lh*, era substituído por *iei*, além de outras palavras conforme nos apresenta o texto.

A atividade complementar foi de trocar a variante linguística popular (cabocla) pela língua de prestígio, mostrando que a comunicação acontece em ambas, e que a canção não perde sua beleza quando cantada na variante popular, mostrando as diferenças sem inferiorizá-las. Vale lembrar que esse tipo de atividade se repetia várias vezes em que as professoras intervinham para fazer suas inferências nos textos produzidos pelas crianças.

Recordando o primeiro dia de nosso encontro, e a angústia que lhes causara a afirmativa de que "falavam errado", e que seria difícil avaliá-los, pode-se perceber nas situações mencionadas que houve a superação do preconceito deles mesmos com suas origens e que, sendo assim, passaram a se preocupar no sentido de não deixar que seus alunos passassem pelo mesmo sofrimento e humilhação que lhes fora infligido, tratando com muito cuidado dessas questões das variantes linguísticas.

Conclusão

Não gostaríamos de concluir esse trabalho afirmando que descobrimos a metodologia perfeita para lidar com as diferenças linguísticas. Não ousamos afirmar que todos(as) nossos(as) professores(as) acadêmicos(as) resolveram suas questões de identidade e de cultura aceitando-se e ao seu grupo como diferente, sem sentir-se menos importante. Porém, asseguramos alguns passos conjuntos e individuais nesse sentido. Concluímos também a importância da formação, e formação com as especificidades para os professores do campo; o campo também não é homogêneo, apresentando suas especificidades regionais, étnicas, de classe social e outras. E, sendo assim, nos cursos de licenciatura há que se pensar, na estrutura curricular, espaços para essa abordagem. Pudemos presenciar algumas transformações e a criatividade dos professores aflorando para vir ao encontro de uma educação acolhedora das diferenças reconhecendo-as, mas não as inferiorizando. Trabalho árduo que nos espera como educadores, se nossa concepção de mundo apontar-nos uma sociedade mais igualitária.

Vem corroborar conosco Bagno (2003, p. 87) quando afirma:

> A idéia mesma, amplamente difundida e aceita, de que o Brasil é uma nação monolíngue ("uma unidade na diversidade") também se enquadra comodamente num projeto de negar, pura e simplesmente, a existência daquilo que não pertence às elites, num processo ideológico de ocultamento e apagamento dos conflitos sociais provocados pela realidade das inúmeras situações passadas e presentes de multilinguismo.

Sendo assim, há que se construir muito, na busca de uma nação mais humana, onde realmente ocorra a inclusão de todos(as) os(as) brasileiros(as) com suas culturas saberes, fazeres e falares diferentes, que se extirpe o preconceito arraigado historicamente: de que alguns poucos são melhores, que bem poucos sabem falar, e que só estes podem mandar, exercer cargos, manifestar-se.

Afirma Orlandi (2001, p. 9): "Formular é dar corpo aos sentidos" e continua seu sábio discurso defendendo a ideia de que, para que sejamos realmente sujeitos de nossa história, temos que nos constituir pela e na linguagem, que "aqueles que se inscrevem na história para significar têm seu corpo atado aos sentidos".

Portanto a autonomia de homens e mulheres, referida por Freire, depende também, primeiramente, da autonomia linguística, por que lutamos.

Referências

BAGNO, Marcos. *A norma oculta: língua & poder na sociedade brasileira*. São Paulo: Parábola, 2003.

FREIRE, Paulo. *Pedagogia da autonomia: saberes necessários à prática educativa*, São Paulo: Paz e Terra, 1996.

FREIRE, Paulo. *Pedagogia do oprimido*. 17 ed. Rio de Janeiro: Paz e Terra, 1987.

GNERRE, Maurício. *Linguagem, escrita e poder*. São Paulo: Martins Fontes, 1994.

OLIVEIRA, Gilvan Muller de. (Org.). *Declaração Universal dos Direitos Lingüísticos, novas perspectivas em política lingüística*. Campinas, SP: Mercado das Letras, Associação da Leitura do Brasil; Florianópolis: IPOL, 2003.

ORLANDI, Eni P. Discurso e texto: formulação e circulção dos sentidos. Campinas, SP: Pontes, 2001.

Capítulo 20
Ensino de História e alternância: algumas possibilidades

Neila da Silva Reis

Um posicionamento sobre o sentido da alternância pedagógica

A importância da História como objeto da educação, a partir de uma leitura da dialética –marxista –, na práxis humana, como referência para reprodução e construção do conhecimento escolar, que não desvaloriza a vida social e a questão pedagógica, é de indelével atualidade e ponto de partida (HOBSBAWM, 1998).

A pesquisa e prática pedagógica na educação escolar, por meio da alternância pedagógica, que se baseia com fundamentos materialistas e históricos, constitui-se como uma práxis, uma vez que se ordena para além de seguir um método (LOMBARDI; SANFELICE, 2005). Ademais, porque tem como base e ponto de partida, fatos/fenômenos da realidade social e/ou documentos referenciais, na base e na dinâmica do objeto e suas inter-relações.

O processo educativo, mais precisamente, o ato educativo, só o é, pela natureza, de se constituir e ser constituinte de aportes da vida social, integrado as diferentes dimensões socioculturais para criar e recriar conhecimentos, atender necessidades sociais da reprodução humana, observante na continuidade geracional, no tempo, espaço e ideias de cultura à luz de o processo histórico-social.

O legado de Hegel e Marx na construção de referências epistemológicas é para além de o tempo cronológico dos calendários, uma vez que, o primeiro constrói essa base e o último, além de ampliar, dá um sentido sociohistórico, empreende compreensão, conceitos e formas contextualizadoras, a partir de componentes e dimensões que se configuram no solo da sociedade e da natureza; elementos e sujeitos concretos são mediadores e os seus fins para explicar processos políticos, sociais, econômcios, culturais e tecnológicos.

A questão social de o ato educativo, na alternância pedagógica, de conferir o transmitir e construir conhecimento, a partir de referência dialética – como assinalam Marx (1978) e Gramsci (2004), nos aspestocs de metodologia e concepção, empreende a importância de compreender e assegurar uma práxis educativa, que detenha como pressuposto, a inter-relação dos fenômenos histórico/educativos; considere-os no procsso histórico, como referências que são eivadas de transformações contínuas e vivas no contexto social que as sustenta.

Nessa direção, a prática pedagógica da alternância parte do lugar cultural específico da pedagogia progressista, que é contextualizada nas esferas cotidiana e não cotidiana, no âmbito e do campo político. Abordagem/modalidade formativa, em todos os níveis de ensino, no terreno de detenção de elementos investigativos e análiticos sobre e a partir de cada realidade, para que cada educador e educando possam localizar mudanças e permanências.

Essas mudanças, compreendidas como inovadoras, não fabricadas (HOBSBAWM, 1998), realizam-se no processo de transformação. Um processo que detem elementos dinâmicos, inerentes, a capacidade de homens e mulheres e seus potenciais de criar, recriar apropriações, inserção do novo, um estado socioeducativo de permanente expressão da relação interdependência da quantidade e qualidade; a natureza do processo histórico ser de um estado de movimento, tensões e conflitos, entre sujeitos históricos que constróem o vida social; este princípio, compreende a explicação sobre um processo interior – de ordem natural, este, intrínseco à realidade das coisas sociais (SEVERINO, 1980).

A alternância pedagógica enquanto reflexão histórico-pedagógica, necessita sempre envolver diversos conhecimentos, culturas étnicas, saberes das populações locais e campos de investigação das ciências humanas para que o processo formativo posssa articular cultura geral e profissional (GRAMSCI, 2004). Isto impõe um continuo debate sobre a natureza histórico-pedagógica da alternância, como contra-posição aos pensamentos tradicional e liberal.

Essa premissa requer, trabalhar com várias categorias (HOBSBAWM, 1998; LE GOFF, THOMPSON, 1981; SEVERINO, 1980), da Economia, História, Sociologia, Filosofia, Antropologia, Agronomia, Piscologia, Linguistica, interligados de maneira interdisciplinar, sob referências da dialética marxista.

Pensar e operacionalizar a alternância pedagógica exige o necessário diálogo sociopedógico com as Ciências Humanas, experiências sociais, diversidade de fontes históricas, oficiais e, principalmente, buscar também as não oficiais – silenciadas, para descortinar dimensões pouco exploradas. Construir esta modalidade de formação básica, via alternância pedagógica, sem deixar de lado, o entendimento de que, assim como a humanidade se constrói historicamente, sua educação, necessita ocorrer nessa configuração.

Isto requer, construir possibilidades de formação contextualizada, no e a partir da laboratório dos territórios Local e Regional, na sua articulação com o Nacional e o Universal; um pensar-fazer pedagógico com reciprocidade no e entre o plano de delineamento de conteúdos e conhecimentos, trabalho manual e intelectual, entre Tempos e Espaços da Escola e da Localidade.

Alguns elementos metodólogicos para alternãncia pedagógica no ensino da história

A natureza do pensamento histórico compreende um aporte de desenvolvimento de trabalho intelectual, mental, manual, mediado pelo inquirir, na busca permanente de compreender fenômenos do processo histórico, no concreto de relações sociais, como assinala E. Thompson (1981, p. 48): "[...] a lógica histórica adequada a fenômenos que estão sempre em movimento, que evidenciam manifestações contraditórias, cujas evidências só podem encontrar definições dentro de contextos particulares, [...] com modificações nas questões adequadas [...]". Dar sentido social a formação básica é identificá-la com aportes teórico/metodológicos que se constituem e são instituíntes de uma territorialidade viva no solo da história.

O processo educativo, por meio da pesquisa como princípio geral, a partir do conhecimento histórico, requer do educador, não um só ir e vir em si mesmo entre Tempos e Espaços da alternância pedagógica, exige uma categoria como eixo central e permanente no processo educativo, a do tempo histórico. A base é a prática pedagógica da pergunta; processo formativo em que o professor problematiza fatos e documentos históricos, para desenvolver capacidade de o aluno pensar criticamente. Processo este, que abrange dimensões intra e extra-escola. Significa incluir a experiência de vida social do aluno e da localidade; no geral, o professor necessita considerar elementos culturais contextualizados de espaços territoriais.

Processo educativo que abrange tempos e espaços vividos e não vividos pelos alunos, exige a importância de diversas fontes documentais, para compreensão de temas, fatos, culturas, elementos do passado, presente, suas continuidades, rupturas, localizar transformações na História (HOBSBAWAM, 1998).

No processo de formação escolar, inclui o ato docente de pensar a cultura, linguagem, como elementos inerentes a História, não como separados, isolados do seu processo. A concepção de História e o ensino, comprometidos em recuperar a História de pessoas comuns, têm vários desafios; entre esses, o de situar experiências sociais, especificidades e diversidades culturais, que visem instaurar uma noção mais ampla, compreendida e articulada na realidade social de sujeitos históricos comuns, como os próprios alunos.

O ensino de História, nas classes multisseriadas, necessita ser vinculado com abordagens a partir e com vínculos com grupos sociais locais, sobre as relações sociais vigentes. A História e seu ensino passam por relações sociais de poder, escolhas temáticas, de tempos e espaços diferenciados, vão muito além de relações sociais e de trabalho nas instituições estatais, grandes empresas, entre outros. "Guerra de posição" envolve o solo do ensino de História, uma vez que, ultrapassar a sociabilidade do capital, envolve passar, por diversos espaços políticos/

ideológicos de instituições mais privadas, como as familiares e religiosas, que recebem e expressam o ideário das elites dominantes. Isto, como assinala Martins (2006), se reproduz nessas instâncias, extensiva à ordenação social vigente; no particular e no conjunto, por meio de seus sensos morais, culturais, de consumo e hábitos, idealizados como convergências à hegemonia de tal pensamento social, por diferentes classes e grupos sociais.

A visão de Gramsci (2004) expressa, a condição necessária de lutar pela transformação social, para além de o controle e domínios materiais, mas, fundamentalmente, pelo acesso e permanência da coordenação política da sociedade, com bases éticas. Nessa compreensão da alternância pedagógica no ensino de História, ocorre, pela dinâmica substantiva do conhecimento, este para Gramsci, torna-se um instrumento de luta, uma força material (GRAMSCI, 2004; MARTINS, 2005). Consagra-se o entendimento de que o ato educativo, seus aportes educacionais, culturais não são neutros, nem detêm poder por si só de produzir transformações sociais, como assinala Wigostky (1984).

Tempo histórico: referência para superar alguns desafios na alternância

A compreensão do tempo é fundamental para apreensão dos fenômenos histórico-educativos. Este é uma categoria social e natural, se apresenta e é inerente ao âmbito mental, instituída e instituinte da diversidade, especificidade e universalidade. Sua constituição como elemento natural é mediada pelas estações anuais, pelas noites e dias, constituição que é processo, se dá em si mesmo, mas remete condições para se trabalhar com qualidade pela humanidade.

O tempo é consequente de modificações, num processo dinâmico na sua esfera social, como: organização da sociedade, construção de calendários, instrumentos para acelerar o tempo social em determinadas épocas e espaços territoriais. Tempo passado e tempo presente, no sentido de inter-relação permanente, por meio do diálogo com e entre tais realidades e da especificidade dinâmica de ambos. Isto na perspectiva de desenvolver capacidades nos alunos para compreensão, análise, apreensão e criação de apropriações do patrimônio histórico-cultural.

No espaço e tempo escola, é inerente inter-relação ensino história e temporalidades históricas, exige que noções sejam articuladas com épocas diferentes. Implica que a alternância pedagógica considere noções de sucessão, ordenação, duração, simultaneidade, semelhanças, diferenças (VIEIRA, 2001), para buscar o sentido e o papel educativo da organização da vida social de cada lugar. O desenvolvimento do trabalho educativo com categorias, como História, memória, documentos, monumentos, vestígios, evidências, relações da escola com a sociedade, sua cultura, para a apreensão e compreensão de fontes Históricas do passado como legados para o presente. A sociedade Local, suas instituições, experiências sociais têm um papel educativo. A pesquisa como princípio educativo, possibilita a escola ter um papel educativo numa perspectiva mais ampla, uma vez que transmite conhecimentos e os apreende, a partir do local, para construí-lo, de forma sistematizada.

No tempo Localidade/Família, o ato educativo pode ser planejado para apreensão de como está sendo constituído o conjunto de relações sociais que conduzem ao desenvolver de atividades, que inferem planejamento, organização, conhecimentos, tecnologias, processos políticos, sociais, culturais, expressos nos calendários específicos. O tempo e o espaço de organizações institucionais, de poderes públicos –, como o executivo, legislativo e judiciário, políticas públicas, tanto econômicas, como sociais, diversidades culturais de homens, mulheres e jovens, suas inter-relações com poder público e outras organizações da sociedade que estão e/ou interagem no território local, constituem dimensões da territorialidade local.

O tempo, espaço e organização das famílias se realizam, no âmbito, e para além de os processos, produtivo e econômico, esses estão na cultura, no lazer, as atividades físicas, religiosidade, tecnologias. Tais dimensões de Tempo e Espaço necessitam ser considerados na construção e aprimoramento do Projeto Político Pedagógico da Escola. Destaque dessas categorias para reencontrar a diversidade de memórias, nos tempos e espaços de circulação, das produções agrícolas, extrativas, pesca, artesanato, associativa, cooperativa, para apreender e recuperar diversidade cultural e étnica. Contextos educativos que despertam a curiosidade dos alunos, e possibilita interações de diferentes formas e fontes de conhecimento. O ato educativo nos contextos da alternância na localidade comunica e evidencia o olhar de investigação para aprender história em instituições familiares, associativas locais; traz relatos que desenvolvem contribuições ao processo formativo de História; nessa direção, a alternância metodológica, recupera outra ordenação social, específica do lugar, como modalidade de trabalho, técnicas, culturas, relações sociais e de como funciona o mercado, e tipologias de acesso/restrição e consumo de cada pessoa. No seu conjunto, como registrou Hobsbawm (1988, p. 21), o registro da História do povo é um marco nos meados do século XX, pois, considera-se que

> [...] não estamos tentando apenas dar-lhe uma importância política retrospectiva, mas, tentando, de forma mais geral, explicar uma dimensão desconhecida do passado". Isto tem valor histórico transgeracional, na perspectiva que abrange processos sociais diversos, como os familiares, culturais, festividades coletivas, geracionais.

O tempo e a divisão de trabalho nas unidades familiares, organizações políticas, econômicas, culturais, religiosas, entre suas tipologias e modos de organização, no Município e localidades rurais, ribeirinhas constituem elementos importantes para se estudar e ter continuidade em diversas atividades escolares, a partir da coleta documental e atividades pedagógicas no tempo localidade. O tempo, tipologia e direção política da sociedade, empresa, movimento social; o Tempo e referências culturais, de lazer, esportes, ambiental, política, saúde, educacionais e sociais; papel de sujeitos históricos nesses espaços, na cultura, política, no âmbito de gênero e geração eixos temáticos que detêm uma lógica, que perpassa a vida social municipal. A perspectiva é de inter-relacionar o conteúdo da escola, como a vida social local, na dimensão do planejamento docente e execução do ato educativo, na medida, que são elaboradas fichas com conteúdo proposto, o aluno, na relação aprendizagem – ensino – aprendizagem faz a síntese, a partir do colhido, com conteúdo novo, dessa forma, se valoriza o conhecimento escolar.

Conceitos históricos: expressão da linguagem na alternância pedagógica

No Tempo/espaço escola e Localidade/familiar, o ato pedagógico ao ser envolvido, com documentos escritos, visuais, sonoros, objetos, por meio de atividades diversas da vida social local, pode recuperar processos culturais, crenças, valores, hábitos, práticas. O pensamento social e o fazer de grupos sociais excluídos da escrita da História, são assim reunidos, apresentados, compreendidos por meio de atividades pedagógicas, como: noções e mediadores culturais, conceitos de ideologias, mentalidades, processos organizacionais, geracionais – infância, juventude, velhice, modalidades comportamentais, suas diversidades culturais, étnicas.

Um trabalho pedagógico que empreende possibilidades para um entendimento das relações sociais entre tempos e espaços diferentes. Isto, simultaneamente ao trabalho dos conceitos, esboça-se uma construção permanente, não a priori, do processo social.

Um aporte fundamental, no âmbito do ato pedagógico, é a visão de processo, para não se reduzir a História e o conhecimento histórico a um saber fragmentado, equivocado. A ideia mal conduzida de fatos e conhecimentos serem erroneamente repassados e interpretados, por meio de conceitos produzidos em si mesmos, descontextualizados, como se acontecimentos e fenômenos históricos não detenham interligações corresponde a uma desqualificação e não consideração histórica de práticas e formas de pensamento social (PINSKY, 2004).

Os conceitos devem estar embasados na realidade social, constituídos num trabalho de apreensão, construção e reconstrução desses, sob um processo educativo, que compreende inclusão de dimensões cognitivas e sociais, sob orientação de uma concepção de História, Sociedade e Educação. Os conceitos trabalhados e tratados pelo professor, para uma formação integral, devem ter perspectivas de se repassar uma cultura geral e profissional, de forma crítica e analítica: esses serem considerados e instituintes de posse do conhecimento, com seriedade; assim, o seu instrumento principal é aulas de História, em detrimento de uma cultura política de valorização disciplinas práticas – em si mesmas; isto, com inter-relação entre passado e presente. Com refletiu Hobsbawm (1998, p.22): "Ser membro da consciência humana é situar-se com relação a seu passado".

Nesse sentido, trabalhar com conceitos exige para além de explicar significados e classificar, é necessário, ter a História como referência, para poder se ter compreensão de um conjunto de movimentos (PINSKY, 2006). Conjunto de movimentos que acontecem nas diversas e complexas relações sociais, necessita-se assim, trabalhar a alternância pedagógica na relação conceitos e cultura, conceitos e experiências sociais, para se ter capacidade de ir além da esfera cotidiana em si mesma e na técnica e seus conceitos como aportes neutros, sem valor – nesse processo, trabalhar ensino de História, questões, temas, conceitos e seus valores no contexto Histórico-social.

Uso de documentos no Tempo Escola e Localidade: algumas possibilidades

O uso de documentos na formação básica é um recurso metodológico que conduz, ao discente possibilidades de despertar e viver a reflexão. Tanto no Tempo Escola como no da Localidade, o seu uso institui referência singular ao ato pedagógico e complementar aos textos didáticos, além de envolver práticas que afirmem características psicológicas e capacidades intelectuais de jovens, a partir da curiosidade que este potencializa para se conhecer fatos, a realidade mais ampla.

O documento sobre instituições estatais, religiosas, familiares, organização econômica, política, cultural e ambiental, por meio de leitura analítica, expressa o que quer dizer sobre determinada realidade, para muito além de processos políticos e econômicos de textos didáticos. Documentos de todos os períodos da história brasileira, como, trabalho e vida social nas lavouras cacaueiras, vinhas, cafezais, dendês, pimentais, campos e águas do Marajó e Bragança, castanhais, trabalhados didaticamente, possibilitam a compreensão sobre o vaqueiro marajoara, povos trabalhadores – agrícolas, extrativos, pescadores, indígenas e quilombolas, no interior e exterior de processos socioeconômicos e culturais.

Documentos familiares, como carteiras e contatos de trabalho, cadernos, rascunhos e anotações diversas sobre processos de trabalho, entrada e saídas de produtos, preço de compra, venda, técnicas empregadas, consumo diverso, diferentes objetos, fotos, certidões de nascimento, casamento, identidades, CPFs traduzem partes da realidade local e familiar, O uso sistemático de documentos, no Tempo Localidade, o professor, ao buscar diferentes e diversas fontes, exerce a pesquisa, como eixo central metodológico de formação discente. Os usos de documentos visuais e sonoros, no Tempo escola e Localidade, contribuem para aprofundar a apreensão de fatos, conceitos, do perfil, origem, características e discursos do próprio documento, no contexto histórico que ele se apresenta.

O documento literário, musical, sonoro, religioso, do espaço físico e político da localidade e o teatral, incluem e ampliam tipologia metodológica para o ato educativo. No seu conjunto, é referência substantiva para melhor compreender a realidade atual e passada.

A prática docente do uso de documentos, além de motivar o aluno, potencializa a produção de outros documentos, como textos escritos temáticos, desenhados, documentários sonoro-visual, a partir da leitura de os documentos trabalhados em ambos os tempos educativos, contribui para o desenvolvimento da reflexão escrita da criança e do adolescente. Enfim, o aluno ter o prazer de pesquisar e conhecer sua História, da família, localidade e região, para este poder comparar, ver presença, ausência, interferência, diferenças e semelhanças entre a vida social local e mundial.

História local: conhecer jeito próprio de ser de povos

A pesquisa é a referência fundamental para toda formação que busca estar próxima a realidade social, uma vez que esta tem no seu interior elementos para articular planejamento e operacionalidade para apreender cenários de conhecimentos, que são representantes da vida social. Esta pesquisa, embasada nos aportes da práxis humana, enquanto atividade que potencializa diversas atuações de sujeitos esquecidos, como indígenas e afro-brasileiros. Perspectiva para buscar, localizar e compreender fenômenos, constituir e traduzi-los em conhecimento, por meio da relação dialógica entre sujeito e objeto, ela ocorre de forma dinâmica, na inter-relação dialética teoria e prática; forma reflexiva, que se completa pela natureza da práxis, analítica e não contemplativa.

O conhecimento e sua construção são mediados pela interdependência prática e teoria. Isto com possibilidades, de o conhecimento ser crítico, para além de o momento pragmático, ativo, da criação. O conhecimento necessita ser ancorado no contexto social que o sustenta, na relação potencial entre ação e pensar: "[...] Não há conhecimento fora da práxis; o conhecimento é o conhecimento do mundo criado pelo homem; o real, o objeto, é o produto subjetivado da ação do homem" (KUENZER, 1992, p. 120).

Estudos temáticos, a partir de o uso de diversas fontes – orais, escritas, visuais, sonoras, expressam recursos para o registro escrito, para além de ser descritivo, esses serem contextualizados, porque, acontecimentos pequenos e grandes valem para a História (BENJAMIM, 1985). Para isso, a necessidade de realizar com alunos viagens exploratórias aos espaços das localidades, para conhecer e fazer uma cartografia social inicial. Após visita primeira, realizar delimitação do tema, levantamento de realidade, escolha do foco a ser observado e estudado, isto de forma sistemática, para que se tenha um caráter científico, desde a primeira atividade de campo.

No tempo Escola, a partir do plano de estudos, é importante ser feito planejamento cuidadoso, para a operacionalidade de visitas, estudos a diversas instituições, organizações e famílias. O rigor dos objetivos e princípios educativos é materializado no Tempo Localidade; a ficha pedagógica (ARCAFAR, 2001), é um dos instrumentos pedagógicos que deve ser utilizada na pesquisa sobre História local e história de vida. O espaço da localidade é *sui generis*, para se dar todo processo de pesquisa; cada etapa e passos a serem dados são constituintes de novas apropriações, no sentido de coletar dados, organizá-los de maneira ordenada para que se tenha leitura, durabilidade e socialização.

A educação é uma das dimensões fundamentais para transmissão da cultura histórica nos sues diversos tempos e espaços, no processo escolar contemporâneo, por meio da alternância pedagógica no tempo Localidade e Escola. Esta, por meio dessa metodologia com concepção crítica de educação, pode mostrar o sentido diferente da sociedade, cultura e educação para as elites e trabalhadores, como as do agronegócio e dos camponeses, indígenas, quilombolas, pescadores. Espaços territoriais locais detêm elementos para difundir conceitos, ideologias, com reprodução de imagens "inovadoras" dos âmbitos de produção, cultura, tecnologias e políticas públicas.

Nesse cenário de formação é necessário despertar aos sujeitos coletivos da escola, necessidade de deter uma cultura política de que esta é um patrimônio histórico, um coletivo essencial para construir espaços memoriais e culturais. A educação básica, como componente educativo e metodológico de formação integral, sob possibilidades e limites da responsabilidade de os professores fazerem tais Centros, é um caminho, para se organizar e reunir – na escola – a memória histórica, para se contrapor as diversas formas de controle das elites agrárias e a desterritorialização camponesa e indígena. Um dos projetos educativos, sob a alternância pedagógica é a criação de museus locais, centros de memória em cada escola, a partir de cooperação e com participação de associações de trabalhadores e instituições e/movimento sociais. Essa tipologia pode constituir legados ainda não conhecidos do passado e presente para atuais e novas gerações.

O pensamento historiográfico, ao se posicionar políticamente, empreende compreensão de o documento é um aporte sobre o passado, este é constituído de várias formas: escrito, oral, sonoro, visual, material, que a partir de sua relação direta e indireta com a realidade social, permite uma leitura e cruzamento de diversas fontes, de forma contextualizada. O Tempo escola como espaço histórico, envolve o uso de fontes primárias e secundárias, para que se possa exercer o raciocínio da pergunta, reflexão, uma vez que "[...] permite o diálogo do aluno com as realidades passadas e desenvolve o sentido da análise histórica. O contato direto com fontes [...] fortalece sua capacidade de raciocinar a partir de uma situação dada" (SCHMIDT, 1997, p. 11-12).

Os arquivos familiares expressam não só as formas mais conhecidas de fontes, como fotografias, cartas, documentos pessoais, profissionais, religiosos, culturais, como tecnológicos, contábeis, notas fiscais e diversas anotações, que, constituem-se em preciosos achados históricos.

Documentos esses que podem recuperar culturas, fases, acontecimentos socioeconômicos e educacionais, que, podem estar na esfera dimensional além de o cotidiano, pois, geralmente, ultrapassam limites de elementos históricos do que se pensa *a priori* que sejam portadores de tais dados, por meio de uma leitura consistente. Hobsbawm (1988, p. 22) pontua como encaminhamento teórico/metodológico, que: "[...] não podemos ser positivistas, acreditando que as perguntas e respostas surgem naturalmente do estudo do material".

Como assinalam, Williams (1989); Horns e Germinari (2006), documentos familiares são testemunhos fortes e portam contextos históricos-culturais, contribuem com parte da memória de sujeitos e da coletividade de determinada sociedade. Tais arquivos, além, da necessidade de serem visitados, incluí a importância de registros de trajetórias de trabalhadores serem valorizados, recuperados, para guardar e incluir diversidades de pensar e fazer de pessoas em diferentes espaços, tempos e linguagem.

A formação básica por meio de articulação permanente, de forma sistemática entre Tempo e Espaço Escolar e Local/familiar, pode construir uma cultura política de realização de pesquisa, organização documental, socialização e inclusão de pessoas simples no ato educativo da Pedagogia da Alternância vir a ser a Pedagogia da Sociedade, presente, com concepção de História e Educação que se assume e potencializa, a partir da organização curricular e – necessita se realizar, completar na prática docente.

Potencializar por meio de estratégias da alternância educativa, a pesquisa sobre processo histórico local, a sua cultura, reparações e reconhecimentos da diversidade cultural, indígena, africana, afro-brasileira, negra quilombola, ribeirinha, Pedagogia da Alternância, organização curricular, questões gerais e específicas da formação discente, organizações políticas, como Fóruns e Associações de Homens, Mulheres, Velhos e Jovens; redirecionar as Universidades e sistemas Educacionais, nas próprias Pró-reitorias, Unidades Acadêmicas, Diretorias das secretarias estaduais e municipais de Educação, processo sociais e educativos diversos para elaborar projetos voltados para valorização de pessoas, calendários e novos objetos para organização da educação escolar, seus conteúdos e mudar conceitos forjados.

Potencializar a pesquisa na alternância pedagógica significa estudar e inter-relacionar o local, regional, nacional e universal, problematizar e apreender territorialidades econômicas, identitárias e culturais, na perspectivas de registrar e inserir tais referências para o currículo escolar. O patrimônio histórico, considerado como categoria que é mediado por diferentes culturas e processos sociais, em nível de horizontalidade. Implica assim, tanto, em sua dimensão material, como monumentos esculturais, artesanais, sítios naturais, arqueológicos, culturais, de guerra, tecnologias bélica, digital, sonora, eletrônica, prédios arquitetônicos, edifícios, galpões, tapiris, estradas, florestas, espaços de comunicação, de poderes públicos, diversidade de culturas agrícolas, florestais, cemitérios, madeireiras, empresas e/ou casas comerciais, espaços de agronegócio, familiares, silos, casas de farinha, igrejas, escolas, prédios de sindicatos, ONGs, hospitais, espaços e territórios étnicos, hortas, quintais, lavouras, seringais, dendezeiros, cacauais, pimentais, arrozais, instituições, monumentos, praças, são elementos que constituem documentos para o registro histórico.

Os monumentos/documentos manifestados enquanto bens materiais e simbólicos, como bandeiras, semáforos, parques, reservas extrativistas são "outras" tipologias documentais históricas para apreender o movimento real do território. Os topônimos – inventários, classificação e escolha de pessoas, que fazem a vida social da localidade, campos, floresta e rios, seu cotidiano, relações sociais e a estrutura e infra-estrutura do local; trajetórias e modalidades desses topônimos no tempo e espaço presente, passado, relações entre esses, pode ser usados em ambos os Tempos Escola e Localidades/Família

A História Local é um aporte de valor relevante socialmente, no sentido de que, pode introduzir interesse e formulação de políticas públicas, para recuperar atos e testemunhos do passado, em realidades e circunstâncias diferentes de reprodução da cultura e identidade negra.

Por meio da pesquisa da História Local, com eixos na História de Vida, Cultural, Econômica e Política, o ensino de História tem valor transgeracional. Na construção de valor social, educacional e cultural, este ensino, de maneira inter-relacional aos tempos e espaços de alternância, traz outras formas de expressão, lutas, experiências diversas, pensamentos, conceitos, regras de convivências, diversas linguagens dos povos regionais e locais. Linguagens e territórios sociopolíticos que detêm relações, sociais, culturais, de poder e trabalho, constitutivos da realidade social, que, atribuem *valores aos conhecimentos* e também são partes desses e da memória coletiva.

O ensino de História sob a direção da concepção progressista da educação pode ir além de referências exclusivas para a formação que privilegia o mundo do trabalho, produtivo. A Escola dos *Annales* e a historiografia inglesa foram primeiras referências, para trabalhos de pesquisa no campo do social, por meio de fontes diversas. Essas consideraram e introduziram como documento histórico, expressões, materiais escritos, iconográficos, sonoros, visuais, culturais, manifestações e experiências de povos, pessoas assim, a alternância (BURKE, 1997; HORNS; GERMINARI, 2006).

A experiência humana é considerada por E. P. Thompson como categoria complexa, embora imperfeita (HORNS; GERMINARI, 2006), esta é elemento primordial na análise de períodos/fatos históricos, inclusa nas dimensões cultural, social, política, econômica, ambiental, nos planejamentos e ações de trabalhadores. A experiência, enquanto categoria é conceituada pela especificidade, pois, "[...] a experiência surge espontaneamente no ser social, mas não surge sem pensamento. Surge porque homens e mulheres – e não apenas filósofos – são racionais, e refletem sobre o que acontece a eles e ao seu mundo" (THOMPSON, 1981, p. 16).

Parte-se de o pressuposto de que a Pedagogia da Alternância do Campo, Águas e Florestas defende a posse do conhecimento de cultura geral e profissional, experiências e domínio de conteúdos/ métodos, para todos os seus sujeitos sociais; nessa direção, a pesquisa, trabalho e cultura constituem princípios educativos centrais. Isto exige responsabilidade política e técnica; a inclusão – no processo de formação –, de eixos temáticos constitutivos sobre diversidade cultural, inerentes, de forma permanente, no processo educativo escolar.

Princípios de valorização e participação de a oralidade, corporeidade, arte – poesia, dança –, artesanato, música, literatura, relações e instituições sociais com e entre negros, índios, tecnológicas, em suas origens, processos sociais, são aportes pedagógicos para contemplar e pensar a alternância pedagógica para educação básica. Incluir e realizar o ato educativo para além de o momento de cumprir prazos e determinações curriculares d e projeto, programas, mas sim, que esses e a escola façam parte da vida social dessas localidades. No sentido que defendem Hage; Corrêa (2005), no ato pedagógico, exige-se que se vá além de reconhecer diferenças, é necessário reconhecer o sujeito como pessoa, não sua cultura apenas como conteúdo ser estudado.

História de quilombos, assentamentos, movimentos sociais, organização e espaços produtivos/culturais/ambientais/lazer/esportes/religiosos, nesses, Histórias de Vida, são constitutivos de vida social. Essas Histórias expressam participações, estratégias, organização institucional, maneiras de se organizar a sociedade. Elas, por meio de alternância no tempo Localidade, podem se constituírem em conteúdos que enfoquem formas e aparatos atuais políticos, econômicos, sociais; relações sociais, políticas e econômica de determinado lugar.

Datas sociais e cívicas, devem ser trabalhadas na pesquisa da História Local, assim, envolve-se, a diversidade e relações étnico-raciais, na perspectiva de o ato pedagógico buscar o desconhecido de cada cultura. O Tempo Escola e o Tempo Localidade, são inter-relacionais, na sua dinâmica pedagógica, pois podem ser trabalhados articuladamente, com a História regional, como a indígena e afrodescendente, trabalhadores ribeirinhos, dos campos. Isto, com repasse e construção de conteúdos no sentido de evitar fragmentação, memorização; enfatizar a práxis social para apropriar-se de elementos culturais, simbólicos, ideológicos, significados, ditos, não ditos, intencionalidades.

Como exemplo, cita-se, na perspectiva de ampliação dos espaços pedagógicos, para criar uma cultura escolar de tratamento política para contribuir na discriminação étnico-racial: significado de o 13 de maio, como Dia Nacional de denúncia contra o racismo; o dia 20 de Novembro, celebração do Dia Nacional da Consciência Negra; 19 de abril O Dia Nacional de Luta em Defesa da Cultura e das questões indígenas.

Nessa compreensão, Projetos Pedagógicos, Planos de Curso e de Ensino necessitam estar embasados, na vida do trabalho e das relações sociais para que professor e aluno busquem sempre apropriações do patrimônio de as culturas ribeirinhas, indígenas e negras, não conhecidas na sua essencialidade.

Palavras finais

A alternância pedagógica compreende a interdependência entre a organização curricular e a sociedade, no âmbito das dimensões culturais, econômicas, políticas, ambientais, sem subordinação ao setor produtivo (KUENZER, 2006). A Pedagogia da Alternância que se defende, necessita ter autonomia, embora se saiba relativa, na sociabilidade capitalista, para que, nos Tempos Escola e Localidade, o fazer pedagógico tenha qualidade social; o conhecimento transmitido e produzido seja coerente e inerente as necessidades sociais.

No sentido que o ato educativo é inter-relacional entre espaços do campo, floresta, cidade e rios, compreende uma relação profunda entre as dimensões teóricas e práticas, tendo em vista que, "[...] por meio da alternância, a sabedoria prática e a teoria se juntam. A alternância ajuda a aprofundar as coisas que acontecem no dia a dia da família, comunidade, país e do mundo. A alternância ajuda a valorizar o trabalho manual do agricultor [...]" (ZAMBERLAN, 1995, p. 11), acrescente-se, o do professor. Em ambos espaços, ao se expressarem, via caminho de ir e vir sucessivo entre saberes e experiências. A alternância e a escola comprometidas com os trabalhadores, pode reforçar e revalorizar o trabalho intelectual, técnico e manual, isto para além de políticas educacionais focalizadas.

Referências

ARCAFAR/NORTE. *Casa Familiar Rural*. A experiência das Casas Familiares Rurais na Transamazônica. (1995-1999). Altamira, PA, s/d.

ARCARFAR/NORTE. *Proposta Pedagógica das Casas Familiares Rurais para o Norte*. Altamira, PA, 200l. Digitado.

BURKE, Peter. (l992). *História Oral*. In: BURKE, Peter. (Org.). *A escrita da História*. Novas perspectivas, 3ª reimp, São Paulo, Unesp, 1992.

BENJAMIM, Valter. Sobre o conceito de História. In: *Obras escolhidas: magia e técnica*. São Paulo: Brasiliense, 1986, p. 222-232.

CAPELO, Fernanda de Mendonça. *A formação em Alternância*. Tese de doutorado. Lisboa: http://wwwwww.batina.com/nanda/tese/teseI.htm, novembro, 1994, acessado em maio de 2004.

GRAMSCI, Antônio. Os intelectuais. O princípio educativo. Jornalismo. In: GRAMSCI, Antônio. *Cadernos do Cárcere*. v. 2. Tradução de Carlos Nelson Coutinho. Rio de Janeiro: Civilização Brasileira, 2004.

LE GOFF, J. Documento/monumento, In: *História e Memória*. Campinas: UNICAMP, 1996.

FONSECA, Selva Guimarães. (l993). *Os caminhos da História Ensinada*. Campinas/SP: Papirus, 1993. Col. Magistério e Trabalho Pedagógico.

FONSECA, Selva Guimarães. *Didática e prática de ensino de História*. 4. ed. Campinas, São Paulo, 2003.

HAGE, Salomão Mufarrej (Org.). *Educação do campo na Amazônia*. Retratos de realidade das escolas Multisseriadas no Pará. Belém, Pará: Gráfica e Editora Gutemberg Ltda, 2005.

HOBSBAWM. Eric J. (l990). A outra História- algumas reflexões. In: Krantz, Frederich (Org). *A outra história*, Rio de Janeiro: Zahar, pp. 18-32.

HOBSBAWM. Eric J. *Sobre História*. São Paulo: Companhia das Letras, 1998.

HORN, Geraldo Balduíno; GERMINARI, Geyso Dongley. *O Ensino de História e seu currículo*. Teoria e método. Petrópolis, Rio de Janeiro, 2006.

FERNANDEZ, Bernardo Mançano. Educação do Campo e Território Camponês no Brasil. IN: Santos. Clarice Aparecida dos (Org.). *Educação do Campo: campo, Políticas Públicas e Educação*. Brasília, Distrito Federal: INCRA/MDA, 2008. Col. Por uma educação do Campo.

KUENZER, Acácia. Z... Políticas educacionais e Reformas o Ensino. ZARTH, Paulo Afonso et AL, (org.s.). *Ensino de História e Educação*. Ijuí, Rio Grande do Sul: UNIJUÎ/ANPUHrs, 2004p. 149-166.

LOMBARDI, José Claudinei (Org.). *História, Filosofia e temas Transversais*, Campinas, São Paulo: Autores Associados/HISTEDBR, l999.

LOMBARDI, José Claudinei; SAVIANI, Demerval (orgs.). *Marximo e educação*. Debates contemporâneos. Campinas, São Paulo: Autores Associados, 2005.

MARTINS, Marco Francisco. Conhecimento e disputa pela hegemonia: reflexões em torno do valor ético-político e pedagógico do senso comum e da filosofia em Gramsci. LOMBARDI, José Claudinei.; SAVIANI, Demerval (orgs.). *Marximo e educação*. Debates contemporâneos. Campinas, São Paulo: Autores Associados, 2005, p. 123-160.

MARX, Karl. Introdução. In: *Para a crítica da economia política*. São Paulo: Abril, 1978, p. 103-116

MARX, Karl. O Método da Economia Política. In: *Para a crítica da economia política*. São Paulo: Abril, 1978, p. 127-137.

PINSKY, Jaime; PINSKY, Carla. Por uma história prazerosa e conseqüente. In: KARNAL, Leandro (org). *História na sala de aula*. Conceitos, práticas e propostas. São Paulo: contexto, 2004.

SANFELICE, José Luis. Dialética e pesquisa em educação. In: LOMBARDI, José Claudinei; SAVIANI, Demerval. (Orgs). Marxismo e educação. Campinas, São Paulo, 2005.

SCHMIDT, Maria Auxiliadora. *Ensinar História*. São Paulo: Scipione, 2001.

SEVERINO, Joaquim. *Metodologia do Trabalho Científico*. São Paulo, Cortez, 1980.

SILVA, Marcos. *HISTÓRIA*: o prazer em ensino e pesquisa, S.P: Brasiliense, 1995.

SILVA Júnior, Celestino Alves da. *A escola pública como local de trabalho*. São Paulo: Cortez/Autores, 1995.

TOHMPSON, Paul. *A voz do passado*. História Oral. Petrópolis, Rio de Janeiro: Paz e Terra, 1995.

VIEIRA, Maria do Pilar. Os passos da pesquisa, In: VIEIRA, Maria do Pilar. (Org.) *A Pesquisa em História*, S.P: Ática, 1991. Col. Princípios.

VIGOTSKY, L.S. *A Formação social da mente*. São Paulo: Martins Fontes, 1984.

WHITROW, G. J. *O Tempo na História*. Rio de Janeiro, Zahar: 1993. (Col. Ciência e Cultura).

ZAMBERLAN, Sérgio. *Pedagogia da Alternância. Escola da Família Agrícola*. Santa Teresa, ES: MEPES, 1995. (Coleção Francisco Giust, n. 1. l. ed).

ZARTH, Paulo Afonso et AL. *Ensino de História e Educação*. Ijuí, Rio Grande do Sul: ED. Unijuí/ANPUHrs, 2004.

Capítulo 21
Travessias curriculares em ilhas de Belém: os ciclos de formação nas escolas ribeirinhas

Eliana Campos Pojo
Maria de Nazaré Vilhena

> *Pensar certo... é não estar demasiadamente certo de suas certezas.*
> PAULO FREIRE

O presente escrito situa-se na busca de contextualização da organização em ciclos de formação em contraste com as práticas educativas dos professores presentes nas unidades pedagógicas (UPs) em ilhas de Belém, tendo em vista o diálogo com desafios, angústias e interlocuções socioculturais que o contexto ribeirinho coloca às práticas curriculares no fazer pedagógico vivenciado nas salas de aula. Por outro lado, busca retratar questionamentos e dilemas das multisséries na escolarização dos ribeirinhos, que, para a organização escolar da Rede Municipal de Ensino (RME), se trata de multiciclo e/ou multianos, de forma a elucidar as práticas educativas que evocam aprendizagens, constroem e elucidam saberes e instigam um viver mais feliz entre e dos sujeitos que dele participam. As nomenclaturas, multiciclo e/ou multianos se respaldam na organização escolar em ciclos de formação.

O município de Belém está situado na foz do Rio Amazonas, banhado pelo Rio Guamá, ao sul, e pela Baía de Guajará, a oeste. É uma metrópole singular no cenário brasileiro porque é constituída por uma área de 33,58% de parte continental e 66,42% de parte insular que abriga um constelário de 43 ilhas em seu território, dentre as quais as da região sul: Combu, Grande, Murutucum, Maracujá e Papagaio; a do noroeste: Mosqueiro; e as do norte: Cotijuba, Caratateua, Jutuba (BELÉM, 1992).

Este textro de algum modo traz à tona o como situar e significar a cidade, posto que:

Belém não deve às águas apenas uma parte da sua beleza, mas sua própria modelação. Não só no plano geográfico, como no plano histórico, a água é o elemento dinamizador da cidade [...] Se o rio define o plano e engrandece a perspectiva, é nas ilhas, entretanto, que reside a graça da paisagem belemense [...] Nenhuma cidade do Brasil apresenta tão numeroso constelário de ilhas como Belém [...] A cidade nasceu por assim dizer sob o signo insular (MOREIRA, 1966, p. 49).

A Rede Municipal de Ensino de Belém atualmente é composta de 61 escolas; 35 unidades de educação infantil (UEIs) e, aproximadamente, cem unidades pedagógicas (UPs).[1] Essa rede atende estudantes nos níveis da educação infantil, ensino fundamental e ensino médio. Nas chamadas ilhas de Belém – Grande, Cotijuba, Caratateua, Mosqueiro, Combu, Jutuba, Paquetá e Várzea/Aurá –, estão 14 espaços educativos dos quais oito estão sob a coordenação da Coordenadoria de Educação (COED) e seis estão sob a coordenação do Centro de Referência em Educação Ambiental Professor Eidorfe Moreira – Escola Bosque.

A Secretaria Municipal de Educação (SEMEC), na atual gestão municipal sob a coordenação da gestora T. G., vivencia uma política educacional assentada pela organização do ensino em ciclos de formação, direcionada a partir de três diretrizes: a formação continuada para os professores, a expansão da educação infantil e o desenvolvimento socioambiental sustentável com ênfase na dimensão insular.

O recorte de análise, neste escrito, volta-se para as oito Unidades Pedagógicas sob a coordenação da COED/SEMEC, a saber: três na ilha do Combu; duas na ilha Grande; uma na ilha da Várzea/Aurá; e duas na ilha do Mosqueiro. As UPs atendem os níveis da educação infantil e do ensino fundamental (anos iniciais), totalizando, aproximadamente, 510 estudantes. Para o funcionamento pedagógico e administrativo desses espaços educativos, a SEMEC dispõe de um quadro de servidores composto por 17 professores e oito coordenadores; e, para o serviço de apoio operacional, tem um quadro funcional com 14 profissionais. Para realizar o transporte dos estudantes e dos professores, disponibiliza 15 barcos que fazem o percurso entre as ilhas, dentro das ilhas e destas até a cidade urbana. Os estudantes residentes nas próprias ilhas, alguns fazem o percurso até as UPs andando por dentro das trilhas ou caminhos abertos dentro da floresta para chegar ao espaço educativo.

É importante esclarecer que as UPs localizadas nas ilhas não têm autonomia pedagógica e administrativa, ou seja, estão subordinadas a uma escola-sede, conforme está demonstrado neste quadro:

---

[1] As UEIs são espaços educativos restritos à educação infantil com atendimento em creche e pré-escola; as UPs são espaços agregados a uma escola-sede.

Organização Administrativo-pedagógica

Escola-sede	Unidades Pedagógicas (UPs)	Localização
E. M. Silvio Nascimento	UP do Combu	Ilha do Combu
	UP São Benedito	
	UP Santo Antônio	
	UP Nazaré	Ilha Grande
	UP São José	
E. M. Maroja Neto	UP Mari-Mari	
E. M. Remigeo Fernandez	UP Maria Clemildes dos Santos (Comunidade do Caruaru)	Ilha do Mosqueiro
E. M. Terezinha Souza	UP Nossa Senhora dos Navegantes	Ilha da Várzea

De forma sucinta, este é o contexto de professores, coordenadores, operacionais e alunos, sujeitos deste texto, que, para o alcance dos objetivos educacionais, atravessam rios e florestas. Durante essas travessias, professores e coordenadores discutem e refletem acerca de suas práticas pedagógicas, ricas em experiências "achadas" no cotidiano ribeirinho, mas não o suficiente para a consolidação de um processo educativo que se quer de qualidade social para os estudantes residentes nessas ilhas. Essas características, típicas do contexto amazônico, e mais o contexto urbano, constituem as premissas condutoras da política de formação continuada da SEMEC, que é organizada por agrupamentos específicos pela COED, abrangendo as temáticas: Alfabetização e Letramento; Matemática e Informática; Educação Inclusiva, entre outros.

Dentre as ações direcionadas pela COED, está a de Assessoramento e Acompanhamento pedagógico às UPs das ilhas, por meio de ações que contribuam para a efetiva formulação de projetos pedagógicos próprios dos espaços, com ênfase para o contexto sociocultural dos estudantes e sua aprendizagem. Outro aspecto importante do Assessoramento e Acompanhamento é a intervenção quanto à condução dos trabalhos em sala de aula, a organização pedagógica das UPs diante da integração com a comunidade e os modos de vida dos ribeirinhos, ou seja, a ação volta-se para um trabalho pedagógico de ressignificação diante dos movimentos socioculturais locais (dos estudantes, dos profissionais e da comunidade escolar e local) e as várias interlocuções com o currículo vivido/vivo nos espaços educativos. Assim, a formação dos professores nos momentos da Hora Pedagógica (HP) abrange os seguintes aspectos: os conhecimentos e saberes; as metodologias de sala de aula e a organização do trabalhado pedagógico em diálogo com os processos e saberes da comunidade local. Esses momentos, que ocorrem mensalmente, direcionam-se para a organização das propostas pedagógicas das UPs e estão focadas na sistematização das práticas, num movimento de ação-reflexão-ação (FREIRE, 1996).

Os professores das ilhas participam da formação continuada por meio de cursos específicos e momentos de estudo e planejamento realizados nos momentos da HP, que contribuem para as experiências docentes no campo do conhecimento educacional e do fazer na sala de aula, especialmente no que diz respeito à aprendizagem de todos os estudantes.

No percurso que realizamos o assessoramento e acompanhamento pedagógico, desenvolvemos ações que têm possibilitado aos professores fazerem uma interpretação do dia a dia e da realidade estudada que perfila o caminho rumo a um processo para compreender a cultura ribeirinha e os processos de escolarização nas comunidades que se localizam nas ilhas de Belém.

O ciclo de formação nas UPs das ilhas apresentam os desafios, dificuldades, dilemas e distorções colocados para a RME como um todo, que é a falta de compreensão da função social da escola; da "arma" que ainda se cristaliza por meio da retenção, entre outros aspectos. De outro modo, a dinâmica da organização do trabalho pedagógico por Ciclos de Formação, que é vivida pelos professores e pela comunidade escolar, é também vivenciada pela grande maioria dos sujeitos que atuam na RME. Assim, o Ciclo de Formação afasta e aproxima concepções entre os educadores e, por essa razão, é um dos eixos mais discutidos na Formação Continuada.

Especificamente nas turmas existentes nas ilhas, a forma de enturmar os alunos nos ciclos revela situações contrastantes, como ter numa mesma turma estudantes de diferentes anos do mesmo ciclo, de ciclo diferente, diferentes níveis de aprendizagem, especificidades que poderiam orientar a ação pedagógica, reservadas as suas peculiaridades, mas que geram entraves para a prática dos professores, dito de outra forma, revelam vicissitudes quanto à concepção dessa organização de ensino.

Assim, a organização do ensino em Ciclos de Formação, neste estudo, instiga, por um lado, a situar os contrapontos, as divergências, os desafios e os dilemas dessa organização e, por outro, a enfatizar como tal organização se efetiva nas salas de aula das UPs das ilhas.

A organização de ensino em ciclos

> *Os ciclos necessariamente devem abrir-se para a vida real, e não apenas para vivências que sejam uma imitação do real [...].Sendo assim, devem abrir-se criticamente para todas as*

> *dimensões possíveis do trabalho, dentro e fora da escola, e ser um estruturador, em função dessa crítica, de outras relações de poder entre as pessoas e entre as pessoas e as coisas.*
>
> SHULGIN, 2003.

A instituição dos Ciclos na RME de Belém é datada desde 1992, constando, em documentos próprios, que essa organização de ensino objetivava alterar as relações de poder no espaço escolar, colocando em pauta a autonomia dos estudantes e pautando a avaliação como processo contínuo, participativo, diagnóstico e interventivo cujos dados, advindos dela, auxiliavam na retroalimentação das práticas educativas na escola e na sala de aula (BELÉM, 1992, 1996).

Intitulado de ciclo básico, a iniciativa foi paulatinamente sendo direcionada e organizada dentro das administrações que estiveram à frente da gestão municipal. Em 1997, no governo popular, o Ciclo Básico se modela para Ciclo de Formação, enfatizando a ressignificação da função social da escola e, principalmente, a garantia da aprendizagem e o sucesso escolar dos estudantes.

Em 1992, sob a gestão municipal de A. R., a SEMEC inicia um processo de reorientação curricular[2] com a implantação do Ciclo Básico na rede municipal de escolas, visando a flexibilização da seriação, a redução da repetência e evasão escolar.

A organização do ensino em Ciclos Básicos, nestes anos, situava-se num movimento de repensar as funções da escola, os objetivos e o significado do processo educacional como um todo.

Em 1997, o prefeito E. R. assumiu a administração do município de Belém com um projeto político que buscava enfatizar a inclusão social e a democracia, por meio de canais de participação popular. Nesse bojo, a política educacional baseou-se na proposta do Projeto Escola Cabana, o qual expressava uma concepção política de educação vinculada ao processo de emancipação das classes populares, ancorada nos princípios da inclusão social e da construção da cidadania, com as seguintes diretrizes: a democratização do acesso e da permanência com sucesso; a gestão democrática; a qualidade social da educação e a valorização profissional dos educadores. O projeto instituía a implementação da reorientação curricular voltado à ressignificação das práticas educativas e, consequentemente, da função social da escola.

Dentro do Projeto Escola Cabana, a organização do ensino em ciclos se reconfigurava para uma concepção de Ciclos de Formação, com pressupostos

---

[2] Nesse período a SEMEC veicula a proposta intitulada: Uma Alternativa Curricular para as Escolas Municipais. Este documento expressa diagnósticos, pesquisas, aprofundamentos bibliográficos e relatos de experiências das escolas por professores, técnicos e estudantes sobre questões educacionais (BELÉM, 1992).

ancorados no repensar o processo ensino-aprendizagem, rompendo com a lógica fragmentada do ensino. Elucidava a flexibilização dos tempos de aprender-ensinar e instaurava uma educação-formação dos sujeitos envolvidos de forma humanizadora, socializadora, de valorização dos saberes e de respeito à construção da identidade cultural desses sujeitos (BELÉM, 1996).

Outro desafio dentro do projeto foi a implantação da Hora Pedagógica (HP) que destinava 4h semanais aos professores, destinadas à formação em serviço como espaço coletivo para pensar as práticas educativas, articular questões pedagógicas no interior da escola e avaliar o trabalho realizado no projeto político pedagógico.

Atualmente, a RME continua situada dentro da organização por Ciclos de Formação em todas as escolas, organizados da seguinte maneira: Ciclo I – crianças com seis, sete e oito anos (1º, 2º e 3º anos, com duração de três anos); Ciclo II – crianças com nove e dez anos de idade (1º e 2º anos, com duração de dois anos); Ciclo III – crianças com 11 e 12 anos (1º e 2º anos, com duração de dois de anos) e Ciclo IV – crianças com 13 e 14 anos (1º e 2º anos, com dois anos de duração).

Nesse sentido, "os Ciclos de Formação devem estar a serviço do processo de formação global do aluno, visando sua interação com a realidade, de forma crítica, e dinâmica". Essa perspectiva se funda na elaboração e no desenvolvimento de projetos de trabalho e atividades significativas em cada ciclo, que em sala de aula devem se transformar em espaço vivo de interação social, numa comunidade democrática de aprendizagem (SECRETARIA MUNICIPAL DE EDUCAÇÃO DE BELO HORIZONTE, 1995, p. 13).

A seriação se desenvolve no fazer pedagógico por meio de aulas expositivas, centradas na ação e no poderio do professor, bem como efetiva um processo de avaliação sentencioso, punitivo e restrito ao acúmulo de conteúdos pelo estudante, características que, entre fatores de outras ordens, mas interligados entre si, causam a defasagem idade/série, a evasão e a repetência de um número significativo de estudantes, dado seu caráter seletivo, classificatório e excludente.

Inicialmente é relevante explicitar que nas UPs a enturmação não se faz por anos do ciclo. Na maioria das Unidades a enturmação é constituída por alunos de um ou mais anos do mesmo ciclo e ainda existem as turmas constituídas por alunos de ciclos e anos diferentes denominadas de multiciclo. Essas ocorrências decorrem do índice populacional nessas faixas de idade presentes nas comunidades, o que causa a pulverização de idades/anos na formatação da enturmação. Outros destaques na enturmação dizem respeito ao número baixo de alunos por turma, que chega a ser inferior a 25 estudantes, e a convivência de crianças, adolescentes e jovens numa mesma turma.

Diante dessa dinâmica descrita, coloca-se o desafio de priorizar e garantir a aprendizagem para todos, situar a ação educativa às condições de aprendizagens dos estudantes e a necessidade de a escola assumir de fato sua função mobilizadora de ações coletivas, emancipadas e participativas que a solidifica como espaço de cidadania.

Os Ciclos de Formação põe em xeque a organização do ensino e suas relações de poder dentro do espaço escolar, fazendo com que os sujeitos creditem nele a construção da autonomia e uma educação-formação cidadã de todos que dela participam. Por outro lado, também elucida:

> O repensar da organização escolar, recuperando a função educativa formadora das escolas e do sistema, reafirmando o direito dos educandos à educação, à sua formação como seres humanos, e recuperar a função social e cultural das escolas, da docência como garantia desse direito à educação-formação (KRUG, 2007, p. 29-30).

Pautada nessa premissa dos Ciclos de Formação, a avaliação do ensino-aprendizagem é um processo contínuo, diagnóstico, interventivo, sistemático e flexível direcionado para a obtenção e análise de informações de natureza qualitativa e quantitativa sobre a aprendizagem dos estudantes. Para isso, utilizam-se na rede os instrumentos: Diário de Classe, Registro Síntese do Desenvolvimento do Estudante e o Conselho de Ciclo.

Na prática educativa das escolas, aqui especificamente o olhar para as escolas das ilhas, percebemos práticas avaliativas em que temos provas com datas marcadas; realização de seminários; professores que acompanham os estudantes com dificuldades de aprendizagem; professores que possuem registros do desenvolvimento do estudante, prática esta que respalda a concepção de avaliação pelo Registro Síntese.

Nesses espaços educativos o professor é unidocente e sua interlocução é com o coordenador da UP, e este, por outro lado, ainda não consegue perceber os sujeitos como os estudantes e os pais partícipes importantes no processo avaliativo, pelo seu caráter democrático e flexível para a aprendizagem. Situações estas que dificultam a vivência do Conselho de Ciclo como instância participativa de avaliação.

Percebe-se que, quanto à avaliação, o aspecto de maior dúvida e resistência apontado pelos professores diz respeito à retenção dos estudantes. No entanto, há uma disposição deles em compreender e aprofundar os referenciais teórico-práticos que caracterizam a organização em Ciclos de Formação e, especificamente, metodologias que atendam a diversidade etária, de tempo, de ritmo de aprendizagem, presente na organização das turmas, que justificam ser necessários para que não prejudiquem a continuidade da escolaridade e a aprendizagem dos estudantes.

Essa organização traz também a perspectiva sócio-histórica[3] do conhecimento no sentido da construção pelo ser humano, numa relação direta com a cultura e

---

[3] Essa perspectiva é evidenciada e explicitada no trabalho de Palangana (1994).

suas relações históricas. Configura-se na possibilidade concreta de democratizar e ressignificar o espaço pedagógico de modo a respeitar as fases do desenvolvimento humano, vivenciadas pelos estudantes em idade de escolarização nos níveis da educação infantil e ensino fundamental, bem como ferramenta imprescindível de mudança e reflexão da prática, que precisa ser incorporada pelos professores, na perspectiva de práticas conscientes, alegres e emancipadoras.

Também, deve-se considerar que o trabalho a partir dos Ciclos de Formação pressupõe fundamentalmente uma "outra/nova" forma de organização pedagógica na escola e principalmente um novo olhar sobre e na sala de aula. Referente a isso, durante os momentos de assessoramento às UPs e, mais detidamente, a sala de aula, fica explícita certa insegurança em relação ao trabalho pela organização em ciclos, que é oriunda da fragilidade teórico-metodológica para lidar com a heterogeneidade, com o planejamento coletivo dos professores, com o processo de avaliação processual e os instrumentos de registro do desenvolvimento do estudante de forma integral, com o lidar com as diferenças estruturais e demandas individuais dos estudantes.

Observa-se que nas UPs o respeito ao tempo e ritmo como princípio do Ciclo de Formação e desenvolvimento humano de crianças e adolescentes é feito talvez impulsionado pela própria organização das turmas nesses espaços, que se assemelham a turmas multisseriadas, no caso da organização em ciclos, multicicladas e/ou multianos. Lidam com a diversidade, com ritmos próprios e de certo modo vêm respeitando o princípio de desenvolvimento humano e dinamizam pressupostos libertadores. Mas até que ponto essas práticas são conscientes, estão claras para os professores?

A organização em Ciclos de Formação coloca em evidência a atual organização das multisséries, que nas ilhas são denominadas de multiciclos e/ou multianos, em que deveria e se tem como princípio o respeito às individualidades, aos ritmos, aos tempos, pondo na prática as diferenças e a diversidade das experiências de vida. No entanto, a lógica enraizada e acumulada pelos sistemas de ensino nos aspectos do currículo, da formação e da organização escolar é clássica, alicerçada por uma sociedade que se organizou pelo mando, pelo poder de uns sobre outros, pelo produto em detrimento do processo. Hoje a organização do multiciclo/multissérie, não afirmando as condições estruturais e políticas em que estão assentadas, na maioria das vezes, com o seu contexto de agrupamentos pode sinalizar para:

> Organizar os tempos escolares, os currículos, os tempos de ensinar e aprender, o trabalho dos mestres, educadores e educandos na maior sintonia possível com os tempos de formação, socialização, apropriação dos conhecimentos, da cultura e dos valores, dos educandos, das crianças, dos adolescentes, jovens ou adultos. Aí se fundamenta a defesa da organização da escola, respeitando os ciclos-tempos de formação (KRUG, 2007, p. 32).

A consciência das práticas formativas vem na medida em que os educadores, as instituições de ensino e até o fazer das políticas educacionais compreendem que a organização do ensino em Ciclos de Formação ressignifique a escola para as "trajetórias temporais, coletivas, geracionais e intergeracionais de formação, a conformação de grupos etários, geracionais na história, nas culturas e o como atravessamos esses grupos-tempos", num fazer educativo que contribua para a felicidade dos sujeitos diante de uma formação, eminentemente, cidadã (KRUG, 2007, p. 33).

Catalisando os percursos por rios e igarapés e processos educativos nas ilhas

Educar é substantivamente formar.

PAULO FREIRE

Para elucidarmos os processos formativos nas UPs das ilhas, alguns dados são importantes de serem mencionados, por nos ajudarem a compreender o processo histórico, temporal e atual da educação escolar presente nesses espaços. Esses dados revelam os percursos educacionais vivenciados, tais como:

- As unidades de ensino são instituídas a partir de 1999, como exemplo, a ilha do Combu, que atualmente possui três UPs;
- Ainda são poucas as ilhas que possuem escolas municipais ou estaduais;
- As unidades de ensino existentes nas ilhas ofertam os anos iniciais do ensino fundamental, fator que provoca a migração para a cidade dos jovens que desejam continuar seus estudos;
- As unidades de ensino não ofertam a modalidade de educação de jovens e adultos;
- As unidades de ensino são constituídas com, no máximo, três salas de aula, depósito da merenda, banheiro e copa. Nessas paragens não há água encanada ou tratada, e poucas possuem luz elétrica;
- Os componentes curriculares obrigatórios como Educação Física e Artes não fazem parte do currículo básico dos anos iniciais do ensino fundamental;
- Dos 25 profissionais da educação (professores e coordenadores), apenas três são efetivos, os demais são prestadores de serviço. Destes, seis são moradores das ilhas e ainda 19 possuem ensino superior.

Os dados apresentados indicam características da organização escolar e, consequentemente, trazem à tona situações, contradições e as disposições das políticas educacionais voltadas para populações das águas e das florestas, aqui especialmente os ribeirinhos; e suas formas locais de implementação que balizam amarras para o acesso, a permanência e o sucesso escolar dos estudantes e da educação em relação ao país.

A partir dos fatores locais, a sala de aula é um espaço singular, em que os professores são impulsionadas a lidar com a diversidade cultural ribeirinha dessas ilhas. Lidam com o passar dos barcos próximos às UPs, o encher e secar das marés, o modo próprio dos(as) moradores(as) na crença na escola e, talvez por isso, são exigentes com ela, a agricultura familiar, os pés descalços dos estudantes, enfim, o fazer educativo se desenvolve em articulação com a vida cotidiana, estabelecendo o processo pedagógico na dialética com esses saberes tradicionais/costumes dos ilhéus.

Dos dados coletados por meio do Assessoramento e Acompanhamento às UPs, seja por meio das observações, seja por meio dos registros dos alunos e das propostas didáticas dos espaços,[4] nos é apresentado que o rio é o cerne de todo o processo na vida dos ribeirinhos, inclusive dos professores, porque, dependendo da hora e da maré para a saída do barco, eles se atrasam ou chegam no horário, do mesmo modo como os estudantes chegam à escola, homens e mulheres chegam ou saem para a vida cotidiana, em outras palavras, a vida passa inevitavelmente pelo rio.

Destacamos práticas educativas coletivas como "recortes" presentes na sala de aula e que consideramos relevantes, tais como: a) o estudo do meio vem sendo uma das estratégias incorporadas aos projetos,[5] com atividades didáticas voltadas para o contexto ilhéu, com ênfase para as histórias do lugar; experiências vividas pelas crianças no cotidiano, como: banho no rio, coleta do açaí; trabalho dos pais; nomes dos barcos; percursos nos arredores, entre outros; b) o uso de uma metodologia direcionada por visitações e observações dentro da comunidade; c) há, também, o predomínio de ações pedagógicas voltadas para estudo sobre a origem e cultura local; d) ações didáticas de sensibilização ambiental focadas nos temas: lixo, desmatamentos e poluição dos rios; e) há momentos nas aulas para as narrativas contadas pelos estudantes que focam costumes, lendas, ritos, simbologias e místicas presentes no contexto e são e estão registradas em histórias dos ribeirinhos produzidas pelos estudantes; f) realização de oficinas artesanais de fabricação das embarcações, ministradas pelos pais; assim como de brinquedos feitos com talas, etc. Enfim, os temas discutidos na sala de aula,

---

[4] Além das observações realizadas e relatos coletados junto aos estudantes e educadores; os dados também são frutos das atividades realizadas em sala de aula, dos planos, projetos didáticos, nas ações e escritos do projeto pedagógico dos espaços educativos que demarcam travessias curriculares vivenciadas nesses espaços.

[5] Destacamos alguns temas de projetos desenvolvidos pelas UPs em 2008 e 2009: UP Várzea – Igarapé Aurá: uma história que corre, uma vida que não morre; UP Nazaré – A Matemática do dia a dia; UP Combu – Resgatando valores da escrita e da leitura articulado à questão ambiental; UP Santo Antônio – Desvelando memórias e saberes da comunidade local; UP São José – A família e a formação cultural (RELATÓRIO – SEMEC/COED, 2009).

fazem parte da realidade dos estudantes e, muitas vezes, não estão presentes nos livros didáticos, por exemplo, os problemas que circundam os rios da Amazônia.

Observamos que há intencionalidade do professor no trabalho desenvolvido em muitas práticas, com base em uma metodologia que reflete uma ação planejada, e as estratégias metodológicas utilizadas em alguns projetos de aprendizagem são utilizadas como referências para realização de projetos semelhantes por outros professores e, dessa forma, a troca de experiências é vivenciada nas Horas Pedagógicas dos docentes. Mas presenciamos também práticas não planejadas baseadas em reprodução de atividades do livro didático, atividades soltas que o professor não consegue visualizar os objetivos em relação à aprendizagem dos estudantes.

Por meio de conversas e de registros escritos dos professores, fica evidente a compreensão da função social da escola, quando um deles destaca: "formar seres humanos que interajam com a sociedade, de forma consciente de seus deveres, direito e limites" (Professora do Ciclo I – CI – 1º ano). Promovem um processo formativo voltado para a vida dos estudantes e da comunidade, colocando-se além dos muros da UP, tanto que grande parte das aulas é ministrada em diálogo com e entre os sujeitos.

É importante destacar outra situação consequente do diálogo com os professores: um interesse constante para apurar a prática pedagógica, compreendê-la nas suas dimensões formadoras, mas que se tornam interrogativos dilemas vividos pelos professores quando percebem que o desafio se apresenta na forma dos diversos tempos, ritmos e níveis de aprendizagem diferentes dos estudantes e em cada turma que atuam como docentes.

Conforme o relato da professora do Ciclo I – CI (1º ano): "devemos atuar com as experiências trazidas pelas crianças, pois permite tornar as aulas mais interessantes e as crianças interessadas pelas aulas". No relato fica evidente a atenção dada ao contexto, é de alguma forma acentuar a participação de todos no compartilhamento com a vida da escola. O intercambiar o currículo escolar com os saberes da comunidade ribeirinha significa valorizar a cultura, dimensionar as várias funções da escola na sociedade atual e atuar para a formação de sujeitos emancipados, reconhecendo a sala de aula como mecanismo de construção, reinvenção e troca de conhecimentos.

Na mudança horizontalizada das práticas educativas que garantam a aprendizagem dos estudantes, três diretrizes são essenciais de serem problematizadas: a formação permanente dos sujeitos envolvidos no ato educativo escolar; a cultura escolar ressignificada pela cultura sociocultural onde a UP está inserida; e situar-se intelectual e teoricamente dos processos educacionais atuais.

A formação permanente coloca a dimensão de que ser professor(a) é *construir-se educador(a)*, admitindo os significados e sentidos humanos, portanto, carregados de valores, normas, sentimentos, emoções que podem ser transgredidos ou não no intuito da libertação dos sujeitos; ou simplesmente consolidar-se educador(a) numa postura pronta e acabada em que educar é adestrar, é colocar na "forma" os indivíduos. O construir-se educador(a) pressupõe:

> O exercício de pensar o tempo, de pensar a técnica, de pensar o conhecimento enquanto se conhece, de pensar o quê das coisas, o para quê, o como, o em favor de quê, de quem, o contra quê, o contra quem enquanto exigências fundamentais de uma educação democrática à altura dos desafios do nosso tempo (FREIRE, 2000, p. 102).

Essa ideia de Paulo Freire traz a compreensão da educação como formação, exigindo dos sujeitos envolvidos, aqui os professores, decisão, juízo, rupturas, na cotidianidade da prática. Assumir esse desvelamento epistemológico e cultural exige necessariamente compromisso ético, opção política e pensar sobre a prática.

A cultura escolar ressignificada nos instiga a adentrar a/na realidade amazônica. Desta forma, para conceber qualquer conhecimento que venha ao encontro de uma política educacional que vise à inclusão das populações rurais, das águas e da floresta, aqui os ribeirinhos da Amazônia, faz-se necessário, antes de tudo, um esforço no sentido de vivenciar a cidadania desses sujeitos.

Desvelar os sentidos dados à escola ribeirinha, assim como a educação do homem/mulher ribeirinho pela cultura do seu contexto, deve implicar, para o professor amazônida, contextualizar a prática, ressignificando a experiência para um dado contexto, assim como para a própria história regional.

No convívio de sala de aula, a materialização da cultura local foi mais evidenciada em algumas salas, fato este observado nas construções dos estudantes e que estão registrados nos memoriais dos docentes. Fica visível que, ao trabalhar conteúdos predefinidos do currículo escolar – por exemplo, plantas, trabalho, água, higiene e tantos outros –, as educadoras buscam uma conexão com a realidade, no sentido da superação de visões cristalizadas. Trazem para a discussão o extrativismo como fonte de sobrevivência no trabalho de homens e mulheres, como o cultivo do açaí, a pesca, a geração de renda, questões que a comunidade vive e também aquelas que não vivem.

O situar-se intelectual e teoricamente dos processos educacionais atuais significa conhecer os estudantes de hoje e suas realidades, ter domínio do fazer pedagógico de sala de aula quanto a: elaboração de instrumentais avaliativos e projetos de ensino; metodologias e referenciais teóricos adequados aos níveis de aprendizagem; uso de recursos tecnológicos; lidar com o coletivo da escola, entre outros, de forma a atender o contraste do multiciclo e/ou multianos nos aspectos relativos à enturmação, ao número de alunos, às práticas diversificadas em sala de aula.

Após as travessias realizadas numa viagem curricular evidenciando as práticas educativas de escolas ribeirinhas com tamanha diversidade e aprendizado cultural, fica evidente que não há como vivenciar a educação sem que as políticas educacionais se voltem para pensar, pesquisar e registrar a diversidade de tempos de vida e de aprendizagens com que a escola ribeirinha trabalha; de saber quem são as crianças que moram próximas dos rios e igarapés; de que modo elas aprendem e como se socializam. Portanto, não acreditamos noutro jeito de fazer escola ribeirinha sem considerar tais perspectivas, não negando os sujeitos que estão e vivem nas águas e florestas amazônicas.

Referências

BELÉM. *I Fórum de Educação da rede Municipal de Belém*. Belém: SEMEC, 1996.

BELÉM. *Uma alternativa curricular para as escolas municipais*. Documento-base. Proposta preliminar. Belém: SEMEC, 1992.

FREIRE, P. *Pedagogia da autonomia: saberes necessários à prática educativa*. São Paulo: Paz e Terra, 1996.

FREIRE, P. *Pedagogia da indignação: cartas pedagógicas e outros escritos*. São Paulo: UNESP, 2000.

KRUG, A. R. (Org.). *Ciclos em revista: implicações curriculares de uma escola não seriada*. Rio de Janeiro: WAK, 2007. v. 2.

MOREIRA, Eidorfe. *Belém e sua expressão geográfica*. Belém: Editora UFPA, 1966.

POJO, Eliana Campos. *Travessias educativas em comunidades ribeirinhas da Amazônia*. Dissertação (Mestrado) – Universidade Metodista de São Paulo, São Paulo, 2003.

PALANGANA, Isilda C. *Desenvolvimento e Aprendizagem em Piaget e Vygotsky*. São Paulo: Plexus, 1994.

SECRETARIA MUNICIPAL DE EDUCAÇÃO DE BELO HORIZONTE. Avaliação de processos formadores dos educandos. *Cadernos Escola Plural*, Belo Horizonte, n. 4, 1995.

SECRETARIA MUNICIPAL DE EDUCAÇÃO DE BELÉM. Relatório de Assessoramento e Acompanhamento Pedagógico da Coordenadoria de Educação/COED. Belém: SEMEC, 2009.

SHULGIN, V. N. Questões fundamentais da educação social. Moscou, Rabotnik Prosveshcheniya. In: FREITAS, L. C. de. *Ciclos, seriação e avaliação: confrontos de lógicas*. São Paulo: Moderna, 2003.

Capítulo 22
"Escolas (in)sustentáveis, sociedades (in)sustentáveis": sobre os rumos da educação na Terra do Meio – Pará – Brasil

Flávio Bezerra Barros
Vivian Zeidemann

Palavras iniciais

Em plena efervescência dos avanços tecnológicos, das grandes descobertas científicas, da era do computador e da noção de globalização que impregnam as sociedades contemporâneas (principalmente as urbanas), é insustentável conceber que o direito à uma educação plena ainda se constitua numa utopia em muitos lugares da maior (e mais rica) floresta tropical do planeta. Esta é a realidade enfrentada por muitas comunidades que habitam os espaços rurais de muitas localidades da Amazônia brasileira, como a Terra do Meio.

Em meio a uma sociedade arruinada pela falta de valores que promovam a paz, a cooperação, a ética, a solidariedade, o respeito ao meio ambiente, assistimos, pelo contrário, à glorificação da cultura do consumo, do fortalecimento das divisões de classes e raças e da falta de compreensão entre as pessoas; e o que é pior: a parca noção do que é direito, do que é dever e onde ambos começam e terminam. Essa falta de noção parece quase (para sermos brandos mesmo!) sempre uma lição esquecida, não estudada, quando se trata do "outro".

Neste sentido, Paulo Freire, eminente educador brasileiro, em uma de suas obras, refletiu sobre a relação entre opressor e oprimido ao escrever *Pedagogia do oprimido*. Compartilhamos a seguir um trecho do seu pensamento fecundo, marcante e oportuno nos dias de hoje:

> A autossuficiência é incompatível com o diálogo. Os homens que não têm humildade ou a perdem, não podem aproximar-se do povo. Não podem ser seus companheiros de pronúncia do mundo. Se alguém não é capaz de sentir-se e saber-se tão homem quanto os outros, é que lhe falta ainda muito que caminhar, para chegar ao lugar do encontro com eles. Neste lugar de encontro, não há

ignorantes absolutos, nem sábios absolutos: há homens que, em comunhão, buscam saber mais (FREIRE, 2005, p. 93).

No limiar do terceiro milênio parece que essa história de falta de humildade, da forte presença da noção de opressor e oprimido, do dever que deve ser cumprido apenas pelo "outro" e do direito que é só "meu" ainda permeiam a mente de grande parte da sociedade. Quando se descarta a possibilidade do diálogo e se joga o jogo da autossuficiência, é aí que o fosso se estabelece de forma ainda mais profunda.

É importante destacar, contudo, que, em matéria de educação, temos muito chão para caminhar (ou, como estamos falando de sociedade ribeirinha, muita água para navegar!) e, à luz do paradigma da Educação do Campo, propomos elencar algumas ideias que possam auxiliar no direcionamento de novas ações e estratégias que consigam transformar a realidade aqui socializada. Entretanto, os apontamentos compartilhados nestas linhas não constituem a peça fundamental do debate do processo educativo nos espaços campesinos, tema que é complexo por natureza. Igualmente não têm a intenção de anunciar a crítica pela crítica, mas, de sobremaneira, elucidar possibilidades de mudanças frente aos esforços que têm sido construídos nos últimos anos no cenário da Educação do Campo. E essa perspectiva, quando trabalhada através do diálogo presencial, no "cara a cara", como se diz no jargão popular, produz efeitos mais paupáveis do que qualquer manuscrito. Isso é possível quando os sujeitos (pais, educandos e educandas, movimentos sociais, órgãos gestores, poder público) que participam dessa construção estão abertos e sensíveis às mudanças e aos avanços.

Este ensaio, portanto, faz um convite a um exercício do pensar sobre o direito à educação, passando pela questão do debate socioambiental no cenário das áreas protegidas, utilizando-se algumas vezes do jogo das metáforas. A referência "escolas sustentáveis, sociedades sustentáveis", apresentada no título (sem os "in" dos parênteses), pode fazer nossa mente mergulhar num mar de alegrias e possibilidades, mas o desenrolar do texto mostrará que não é bem assim que o processo tem acontecido, ou seja, escolas insustentáveis podem gerar sociedades insustentáveis – sem aspas.

Terra do Meio: rios, florestas e pessoas numa Amazônia de (in)visibilidades

A Terra do Meio compreende áreas do interflúvio dos rios Xingu e Iriri, de onde veio seu nome – Terra do Meio (CARRIELLO, 2007). Altamira e São Félix do Xingu são os principais municípios que integram esse território, localizado no sudoeste do Pará (Fig. 1).

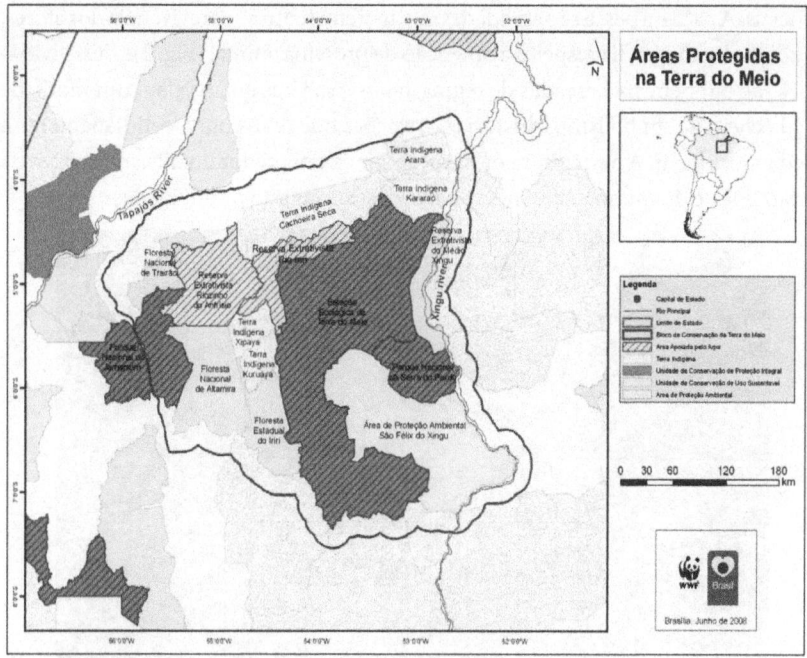

Figura 1: Mapa da Terra do Meio com suas áreas protegidas.
Fonte: WWF – Brasil.

O foco de observação das ideias contidas aqui partiu principalmente da Reserva Extrativista (ResEx) Riozinho do Anfrísio, uma das Unidades de Conservação que integra o mosaico de áreas protegidas da Terra do Meio. Implementada em novembro de 2004, pelo Ministério do Meio Ambiente, essa área protegida foi criada com o objetivo de proteger os meios de vida e a cultura das populações tradicionais e assegurar o uso sustentável dos recursos naturais da área (IBAMA, 2004). Sua criação foi fruto da mobilização dos moradores locais e do apoio de instituições e organizações não governamentais (ONGs), frente aos conflitos socioambientais que se estabeleceram na região por conta da grilagem de terras, a exploração madeireira e de outros recursos presentes na área.

Florestas extensas, rios imensos, recursos naturais que dão a direção do cotidiano das populações locais no cenário da reprodução sociocultural e da sobrevivência, além de uma biodiversidade ainda por se conhecer, são as principais marcas desse território encravado no meio da Amazônia oriental.

As populações tradicionais vivem principalmente da coleta de produtos da floresta, como a castanha-do-Brasil, o açaí, a bacaba, a seringa, andiroba, copaíba, mel, dentre outros. Esses produtos integram a alimentação, os remédios alternativos e a obtenção de renda desses atores e imprimem uma rede complexa de relações sociais. A caça e a pesca são atividades que incrementam a sobrevivência dos atores, sobretudo no que diz respeito à obtenção de proteína animal (Fig. 2). Tais atividades são também encharcadas de regras, tabus e saberes que revelam um modo de vida cheio de simbolismos, histórias e relações que reinventam cotidianamente a vida nesse lugar. A agricultura de base familiar, com predominância do cultivo da mandioca e do milho, também faz parte desse conjunto de atividades.

Figura 2: Morador da ResEx Riozinho do Anfrísio exibindo um surubim (*Pseudoplatystoma fasciatum*).
Foto: Flávio Barros.

Essa comunidade é composta por aproximadamente 50 famílias que vivem em colocações[1] que se estendem ao longo do rio, distantes umas das outras às vezes por alguns dias ou horas se considerarmos o deslocamento por meio de uma canoa a remo ou com um rabeta (motor), respectivamente. A comunidade do Riozinho do Anfrísio é fruto da miscigenação entre índios, africanos e nordestinos. Esses últimos vieram para a região na época da borracha, no início do século XX.

O Riozinho do Anfrísio, a despeito dos seus momentos de "glória" na economia, passou por vários períodos, sendo os mais importantes o da borracha e o denominado "pele de gato" (ROCHA *et al.*, 2005).[2]

---

[1] Nome concedido ao lugar/localidade onde são construídas as casas. Cada colocação é conhecida por um nome. Branca de Neve, Morro Verde, Lajeiro, são alguns exemplos dessas colocações.

[2] Período compreendido entre 1975 a 1997 em que as peles de animais da floresta eram comercializadas, principalmente do gato maracajá.

A maior parte da população é analfabeta e até pouco tempo quase ninguém dispunha de registro de nascimento, quiçá outros documentos como registro geral (RG) ou cadastro de pessoa física (CPF). A assistência à saúde inexiste, não havendo médicos, enfermeiros, postos de saúde e outros recursos. A educação, foco deste ensaio, é outro entrave histórico para essa comunidade, que durante muito tempo permaneceu invisível ao Estado brasileiro.

O papel da etnografia na pesquisa educacional

É imperativo o papel da etnografia na pesquisa educacional, justamente porque essa ferramenta metodológica permite um aprofundamento cotidiano nas práticas pedagógicas vivenciadas no cenário escolar, possibilitando uma melhor compreensão dos processos. Entretanto, em suas reflexões, Marli André (1997) já apontava os problemas desse método indicando como críticas a falta de conhecimento dos pesquisadores sobre os princípios básicos da etnografia, a falta de clareza sobre o papel da teoria na pesquisa e de uma dificuldade para tratar teórica e metodologicamente da complexa questão objetividade-participação. Essas limitações não se constituíram como entraves para a condução do processo aqui descrito.

Quando os estudiosos das questões educacionais recorreram à abordagem etnográfica, eles buscavam uma forma de retratar o que se passa no dia a dia das escolas, isto é, buscavam revelar a complexa rede de interações que constitui a experiência escolar diária, mostrar como se estrutura o processo de produção de conhecimento em sala de aula e a interrelação entre as dimensões cultural, institucional e instrucional da prática pedagógica. O objetivo primordial desses trabalhos era a compreensão da realidade escolar para, numa etapa posterior, agir sobre ela, modificando-a (ANDRÉ, 1997).

Neste estudo, a pesquisa etnográfica não teve apenas o papel de investigar questões relacionadas à educação, mas outros elementos que constituem a vida dos sujeitos. Para tanto, a observação participante se caracterizou como mais um elemento crucial nesse processo de investigação. Desse modo o pesquisador deve realizar observações, anotações de campo, entrevistas, análises de documentos, fotografias e, se necessário, gravações. Os dados são considerados sempre inacabados. O observador não pretende comprovar teorias nem fazer generalizações estatísticas. O que busca, sim, é compreender e descrever a situação, revelar seus múltiplos significados, deixando que o leitor decida se as interpretações podem ou não ser generalizáveis, com base em sua sustentação teórica e em sua plausibilidade (ANDRÉ, 1997).

A observação participante a partir da abordagem antropológica permite estabelecer uma adequada participação dos pesquisadores dentro dos grupos observados de modo a reduzir a estranheza recíproca. Os pesquisadores são levados a compartilhar os papéis e os hábitos dos grupos observados para estarem em condição de observar fatos, situações e comportamentos que não ocorreriam ou que seriam alterados na presença de estranhos (MARTINS, 1996).

Pelos caminhos do paradigma da Educação do Campo

Em pleno auge do debate por uma sustentabilidade socioambiental, em que a conservação dos recursos naturais para as atuais e futuras gerações se apresenta como eixo central nessa discussão, consideramos que seja preciso transpor para esse binômio (socioambiental) o papel que a educação tem nesse processo. Sem o mecanismo da educação ficaria difícil alcançar o sucesso da conservação em locais onde os atores padecem com o analfabetismo e a falta de escola, como é o caso da Terra do Meio.

Particularmente em áreas protegidas nos parece que tem acontecido, pelo menos no caso do Município de Altamira, uma ligeira tendência a transferir parte do papel da educação para outras instituições, por exemplo, o órgão que gere as unidades de conservação de esfera federal, hoje o Instituto Chico Mendes de Conservação da Biodiversidade (ICMBio). É como se o ICMBio, ao transformar a área em unidade de conservação, tomasse para si todos os problemas existentes, até mesmo os da educação. Essa cultura de que o dever é do outro, velha por sinal neste país de discrepâncias múltiplas, produz resultados negativos e geralmente afeta as populações que assumem, infelizmente, o lugar do oprimido.

Há uma tendência dominante em nosso país, marcado por exclusões e desigualdades, de considerar a maioria da população que vive no campo como a parte atrasada e fora de lugar no almejado projeto de modernidade. No modelo de desenvolvimento que vê o Brasil apenas como mais um mercado emergente, predominantemente urbano, camponeses e indígenas são vistos como espécies em extinção. Nessa lógica, não haveria necessidade de políticas públicas específicas para essas pessoas, a não ser a do tipo compensatório à sua própria condição de inferioridade e/ou diante de pressões sociais (KOLLING et al., 1999).

A seguir apresentamos no Quadro I os principais problemas que atingem as escolas do campo de norte a sul do Brasil; e tais elementos servirão de base para uma análise mais arrojada da situação presente na escala local.

Quadro 1
Problemas apontados para as escolas do campo

✓	Falta de infraestrutura necessária e de docentes qualificados;
✓	falta de apoio a iniciativas de renovação pedagógica;
✓	currículo e calendário escolar alheios à realidade do campo;

- ✓ em muitos lugares, atendida por professores(as) com visão de mundo urbano, ou com visão de agricultura patronal; na maioria das vezes, esses profissionais nunca tiveram uma formação específica para trabalhar com aquela realidade;
- ✓ deslocada das necessidades e das questões do trabalho no campo;
- ✓ alheia a um projeto de desenvolvimento;
- ✓ alienada dos interesses dos camponeses, dos indígenas, dos assalariados do campo, enfim, do conjunto de trabalhadores, das trabalhadoras, de seus movimentos e de suas organizações;
- ✓ estimuladora do abandono do campo por apresentar o urbano como superior, moderno, atraente;
- ✓ em muitos casos, trabalhando pela sua própria destruição, é articuladora do deslocamento dos educandos para estudar na cidade, especialmente por não organizar alternativas de avanço das séries em escolas do próprio meio rural.

Fonte: KOLLING et al., 1999.

Mediante esses fatores que inviabilizam o desenvolvimento do campo e não obstante dos sujeitos que nele vivem e constroem suas histórias de vida, surge então uma série de movimentos que agregam diferentes sujeitos e setores da sociedade. Numa sinergia, esses movimentos têm conseguido refletir e trocar experiências, bem como lutar pela mudança de uma realidade deplorável que empobrece de forma sistêmica a escola do campo e toda sociedade em seu entorno. Esse empobrecimento reflete nos destoantes números apresentados pelos órgãos oficiais brasileiros (ver dados em HENRIQUES et al., 2007) e internacionais, que apontam distâncias enormes entre os níveis de escolarização no meio urbano e rural, sendo o primeiro largamente vantajoso em relação ao segundo. Ou seja, sem cidadania plena, sem escola de qualidade para o conjunto da sociedade, sem soberania alimentar, sem valores que promovam o rompimento dos preconceitos, da ideia da autossuficiência, do autoritarismo, da antidemocracia, do desrespeito ao ambiente, do latifúndio, não pode haver um projeto de vida no campo nem tampouco de desenvolvimento nacional.

Universidades, educadores e educadoras, movimentos sociais e alguns setores do poder público são alguns dos protagonistas que se juntam a essa bandeira de luta por dias melhores para as escolas do campo. Esse movimento, conhecido como Movimento por uma Educação do Campo, nasce justamente dessa luta compartilhada. Desse modo, como afirmam Henriques et al. (2007, p. 9):

> O reconhecimento de que as pessoas que vivem no campo têm direito a uma educação diferenciada daquela a quem vive nas cidades é recente e inovador, e ganhou força a partir da instituição, pelo Conselho Nacional de Educação, das Diretrizes Operacionais para a Educação Básica nas Escolas do Campo. Esse reconhecimento

extrapola a noção de espaço geográfico e compreende necessidades culturais, os direitos sociais e a formação integral desses indivíduos.

Voltando ao foco deste tópico, os paradigmas são resultados de transformações que ocorrem nas realidades e nas teorias, compreendendo o conhecimento como um processo infinito (KUHN, 1994 apud FERNANDES; MOLINA, 2004). Os paradigmas fazem a ponte entre a teoria e a realidade por meio da elaboração de teses científicas, que são utilizadas na elaboração de programas e sistemas, na execução de políticas públicas, de projetos de desenvolvimento. Estes têm como referências os conhecimentos construídos a partir de determinada visão de mundo que projeta as ações necessárias para a transformação da realidade (FERNANDES; MOLINA, 2004). Portanto, esses paradigmas têm a função de guiar os sujeitos sociais na busca da compreensão dos diferentes fenômenos. Nessa caminhada estão inseridos todos os atores que produzem os conhecimentos e aqueles que creem nesses saberes e os utilizam para a transformação da realidade.

A Educação do Campo, tratada como educação rural na legislação brasileira, tem um significado que incorpora os espaços da floresta, da pecuária, das minas e da agricultura, mas os ultrapassa ao acolher em si os espaços pesqueiros, caiçaras, ribeirinhos e extrativistas. O campo, nesse sentido, mais do que um perímetro não urbano, é um campo de possibilidades que dinamizam a ligação dos seres humanos com a própria produção das condições da existência social e com as realizações da sociedade humana (DIRETRIZES OPERACIONAIS PARA UMA EDUCAÇÃO BÁSICA NAS ESCOLAS DO CAMPO, 2002).

Mas, sem perdermos os rumos da caminhada (ou da navegação!), a propósito estamos falando de educação num mundo em que as águas dão o tom da vida, vamos tentar agora refletir sobre o que vem a ser esse tal Paradigma da Educação do Campo, que aliás, em sua essência e sua história, difere do que ainda se denomina de Educação Rural.

A Educação Rural, para começarmos pelos contrários, historicamente esteve associada a uma educação precária, atrasada, com pouca qualidade e poucos recursos. Tinha como pano de fundo um espaço rural visto como inferior e arcaico. Os tímidos programas que ocorreram no Brasil para a educação rural foram pensados e elaborados sem seus sujeitos, sem sua participação, mas prontos para eles (FERNANDES; MOLINA, 2004).

Nesse contexto, a Educação do Campo vem sendo criada pelos povos do campo, a Educação Rural é resultado de um projeto criado para a população do campo, de modo que os paradigmas projetam distintos territórios. Duas diferenças básicas desses paradigmas são os espaços onde são construídos e seus protagonistas (FERNANDES; MOLINA, 2004).

Enquanto a educação rural carrega em seu bojo uma visão distorcida de que o espaço do campo é muito mais um lugar de produção de mercadorias e não um espaço de vida, a Educação do Campo tenta romper com essa visão e defende a noção da permanência do sujeito na terra e a garantia de um *modus vivendi* que considere suas especificidades quanto à relação com a natureza, o trabalho, os aspectos culturais e as relações sociais.

O antiagronegócio é outro componente fortemente interligado ao paradigma da Educação do Campo, pois se compreende que esse modo de produção interfere de forma destrutiva e excludente no cotidiano da vida e dos sistemas produtivos existentes no campo. As experiências vivenciadas com o agronegócio têm comprovado a perda da soberania alimentar, a diminuição da diversidade social, cultural e biológica (a última produzindo o que hoje se conhece como erosão genética), a expulsão do homem e da mulher do campo, o desemprego e o desfacelamento da agricultura familiar, produzindo inclusive consequências negativas ao meio ambiente em detrimento do atendimento ao capital internacional. A Educação do Campo não defende esse projeto de vida para o campo. Pelo contrário, anuncia um projeto de desenvolvimento que venha a fortalecer a cultura, a produção, a economia com justiça social e ecológica, respeitando sobremaneira as especificidades do campo e de seus sujeitos.

Elencado o perfil de cada paradigma, não descartando a subjetividade e a visão filosófica e política de mundo e de desenvolvimento que é própria de cada indivíduo, cabe agora perguntarmos que educação temos e que educação queremos (povos ribeirinhos, movimentos sociais, universidades, ONGs, Prefeitura de Altamira, Governo estadual e outras intituições) na (e não para a) Terra do Meio.

A Educação na Terra do Meio: retratos de uma realidade

A maior parte do território da Terra do Meio pertence ao município de Altamira, cabendo a este a função de implementar e gerir a educação. Não significa, contudo, que outras instituições não possam participar do processo (aliás, como tem acontecido em ações pontuais), o que é salutar e necessário, mas oficialmente é do município a obrigação primária da efetivação desse direito, que está garantido na Constituição Federal Brasileira.

Segundo informações da própria Secretaria Municipal de Educação de Altamira, inexiste um setor ou uma coordenação específica para a Educação do Campo, que por sinal é ainda tratada como Educação Rural.

Com o objetivo de minimizar as lacunas existentes no processo de desenvolvimento educacional do município, há alguns anos a Secretaria de Educação local aderiu ao Programa Rede Vencer, quando ainda era denominado Escola Campeã, o qual é vinculado ao Instituto Ayrton Senna, que atua em diversos municípios de quase todos os estados do Brasil. Segundo informações contidas no *site* do Instituto, além de Altamira, participa do referido Programa, no Estado do Pará, o município de Santarém (INSTITUTO AYRTON SENNA, 2009).

Conforme consta no *site*, essa estratégia é adotada como política pública em 35 municípios brasileiros e aponta como solução escolas autônomas dentro da rede de ensino, geridas por diretores tecnicamente competentes e com apoio gerencial e pedagógico da Secretaria de Educação. Trabalha com indicadores e metas gerenciais, capacitação dos profissionais em serviço e informação em tempo real. O subprograma que integra o Rede Vencer é o Gestão Nota 10, que reúne soluções educacionais para qualificar o desempenho escolar de crianças e jovens (INSTITUTO AYRTON SENNA, 2009). O foco dessa ação está voltado para a antiga alfabetização e séries iniciais.

Essa estratégia foi largamente estudada e analisada por Miléo (2007). Segundo a autora, a gestão da educação dentro desses moldes, definido por ela como racional-burocrático, está fundamentada no controle dos resultados de desempenhos, o que favorece a concentração das decisões no âmbito da Secretaria e da própria Prefeitura Municipal e, consequentemente, o afastamento e o alheamento dos sujeitos escolares e da sociedade. A autora acrescenta ainda que o processo educativo, em sua dimensão curricular e administrativa, mergulhado nessa perspectiva, ainda não tem proporcionado a formação sociopolítica dos sujeitos, como também não tem contribuído para a criação de canais participativos com vistas a conquistar a democratização do poder local em Altamira.

Se a gestão municipal entende que uma mesma estratégia pode dar conta de atender à diversidade presente no campo e na cidade, é possível que esse caminho, "surpreendentemente" selecionado para os ribeirinhos da Terra do Meio, se configure como uma escolha insustentável. Se na cidade, foco das observações de Miléo (2007), o programa não tem conseguido fomentar uma formação plena do educando, é difícil acreditar que esse objetivo seja alcançado nas áreas protegidas em detrimento dos cenários e das especificidades das populações locais, algumas das quais já apontadas anteriormente.

Está claro que esse olhar da educação diverge dos princípios que norteiam a Educação do Campo, pois o formato de seu programa, na sua essência, é desconexo, tem um perfil empresarial (focado em metas, desempenhos e gerenciamentos) e marginaliza as particularidades que são inerentes ao povo do campo. Por isso mesmo ele é alheio, frágil e desarticulado.

Nessa região altamirense, que está distante do seu centro urbano entre um e até cinco dias de viagem de barco, a depender das condições de cheia ou seca dos rios, os ribeirinhos mantêm uma relação tácita com a natureza, o que reflete uma outra dimensão social e econômica, produzindo um *modus vivendi* que requer um esforço coletivo e permanente para se pensar um projeto de educação que possa dar conta dessa realidade. Portanto, esse projeto de educação deve ser pensado a partir dos fundamentos norteadores do Paradigma da Educação do Campo, por compreender-se que este nasceu de uma sinergia construída a partir das demandas dos sujeitos que vivem no dia a dia as dificuldades da educação no campo e têm sido amplamente vivenciado por diferentes atores e setores da sociedade.

Outra questão implícita nesse processo é o célere crescimento com que instituições de pesquisa e ONGs ambientalistas têm se voltado para a região. Em detrimento principalmente da natureza exuberante que ainda há para ser desvendada e estudada, o alto índice de floresta preservada e as populações tradicionais existentes que mantiveram no percurso da história um modo de vida compatível com o ambiente natural, certamente, todos esses fatores, juntos ou separados, atuam como um "fetiche" para atrair instituições, pesquisadores e ambientalistas em diferentes frentes de ações em conservação da natureza e desenvolvimento. De uma invisibilidade quase que secular, as populações locais, de repente, se veem inseridas numa outra dinâmica que tem se expandido muito rapidamente, sem haver um processo de formação educacional, política e de envolvimento dos sujeitos para que estes participem desses novos processos de maneira mais qualificada, se apropriando dessas novas demandas. Alguns relatos podem exemplificar essa observação:

> Numa dada ocasião perguntou-se para uma moradora se a criação da reserva trouxe melhorias para a população. Ela respondeu: "Aqui no meu lugar eu não tenho nada de reserva. O motor que a gente tem foi comprado pelo meu marido. A casa de farinha foi para o vizinho. Nós não ganhamos rádio e nenhum outro tipo de benefício. Então eu não vou sair daqui pra fazer farinha na casa do outro..." (Dona Creuza).[3]
>
> Olha, eu sei que todo mundo que vem aqui ganha muito dinheiro. Você acha que o povo ia sair de Belém, São Paulo, pra vir aqui nesse fim de mundo e não ganhar o seu? (Dona Severina).
>
> Eu escuto no rádio Lula falar que tem muito dinheiro para essa reserva, que é muito conhecida nos Estados Unidos, mas a gente não vê a cor desse dinheiro. Não temos posto de saúde, nem escolas... (Sr. Fernando).
>
> A gente não pode se considerar dono disso aqui. Antes não precisava pedir a chefe nenhum para um conhecido ou parente vir fazer uma visita. Agora tem que pedir autorização. Como a gente ainda é dono disso aqui? (Dona Francisca).
>
> Oh Flávio, você pode ler pra mim pra que serve esse remédio, pois eu tô tomando ele sem saber. Foi tanto remédio que a enfermeira passou naquele dia e agora eu não sei. Misturei tudo! (Dona Cristina).

---

[3] Todos os nomes de moradores são fictícios para manter o anonimato dos atores.

Nos diferentes discursos é perceptível os conflitos de ideias (no nível dos indivíduos) e sociais (no nível da comunidade) que tais processos vêm causando, por uma condução limitada das instituições ou pela falta de entendimento desses processos (ou pelos dois fatores juntos), justamente por estarem sendo conduzidos sem um trabalho paralelo de formação educacional. A prescrição pontual de remédios de farmácia por profissionais que visitam esporadicamente a área, sem controle e acompanhamento adequado, por exemplo, pode produzir efeitos orgânicos negativos nos atores locais e, em médio ou longo prazo, pôr em xeque o uso tradicional dos remédios da mata (oriundos da fauna e flora locais). Se os atores não entenderem que a doação de ferramentas e máquinas (como as de fabricar farinha) é para a comunidade e o patrimônio é de todos, permanecerão as ideias errôneas, como a de Dona Creuza.

Em 2008, após diversas pressões dos movimentos sociais e de instituições locais, a Prefeitura resolveu criar uma escola no Riozinho do Anfrísio, após toda uma articulação e também dada a visibilidade crescente da região por conta da movimentação de órgãos do Estado brasileiro e de ONGs na região.

A partir dessa demanda por educação, a Secretaria Municipal "selecionou" e contratou professores para lecionarem na reserva. A Secretaria de Educação do município nunca antes havia feito uma visita ao local (como até hoje) para conhecer de perto a realidade do povo, levantar demandas, exercitar a prática da escuta. As professoras, por sua vez, jamais tinham ido nessa localidade, nunca receberam nenhum tipo de formação e foram ao Riozinho prestar um serviço de educação pronto, acabado e embasado na estratégia do Rede Vencer. Um lugar desconhecido, longe, no meio da floresta, sem energia elétrica, sem posto de saúde, uma gente desconhecida... Eram estas as inquietações que permeavam a cabeça dessas professoras. Mas havia muita esperança, vontade de ajudar, de conhecer... Levaram livros, carteiras, merenda e utensílios para serem instalados na escola construída pelos próprios moradores com o apoio das ONGs locais.

O que nos salta aos olhos é que em algumas localidades da região, que estão na fronteira com as áreas protegidas, como a Maribel, nenhum tipo de apoio foi concedido por parte da Prefeitura de Altamira para a educação. Nessa comunidade, que está geograficamente inserida no território de Altamira, existe uma demanda escolar, entretanto, é a Prefeitura de Uruará, município que está distante 30 km dessa área, que dá um suporte para funcionar uma escola. Mas por que a Prefeitura de Altamira não apoia, mesmo de forma mínima, essa localidade? Há que se refletir.

A organização pedagógica, a metodologia de ensino, os conteúdos, a forma de avaliação, todos esses aspectos ficaram por conta de uma decisão *in loco* das professoras, sendo a única luz o Rede Vencer, os encaminhamentos passados pela

Secretaria de Educação e suas próprias impressões adquiridas com o exercício do magistério vivenciado anteriormente na cidade. Além disso, "algumas dicas" compartilhadas por pessoas com alguma experiência em educação ocorreram em momentos pontuais. Até o presente a comunidade tem reclamado a falta de melhores condições para se estabelecer um processo mais exitoso de educação, como: transporte apoiado pela Prefeitura, tanto para os(as) educandos(as) como para o deslocamento das professoras no trecho Altamira-Terra do Meio-Altamira, mais escolas, mais educadores/educadoras, dentre outros.

Esse formato de educação, pensado e feito nessas condições, poderá colocar em causa a identidade sociocultural das populações tradicionais e produzir no futuro novas visões de mundo que talvez não correspondam aos verdadeiros objetivos para os quais as Reservas Extrativistas foram criadas. Se assim acontecer, essa escola tornará as sociedades insustentáveis.

A Educação na Terra do Meio: possibilidades...

> Se a educação sozinha não transforma a sociedade, sem ela tampouco a sociedade muda. Se a nossa opção é progressista, se estamos a favor da vida e não da morte, da equidade e não da injustiça, do direito e não do arbitrário, da convivência com o diferente e não de sua negação, não temos outro caminho se não viver plenamente a nossa opção. Encarná-la, diminuindo assim, a distância entre o que fizemos e o que fazemos.
>
> PAULO FREIRE

A Terra do Meio é um cenário de diversidades e pensar a educação nesse espaço é um grande desafio. As diferenças devem ser vistas como elementos constituintes de uma nova forma de navegar. Gostaríamos de deixar claro que as linhas contidas nesse tópico apenas são fragmentos de ideias ou pistas que podem ser incipientes diante da complexa tarefa de instituir um projeto de educação nesse (e não para este) pedaço da Amazônia.

A metáfora da encarnação é muito interessante para ser internalizada nesse pensamento instigante de Paulo Freire, presente em uma de suas cartas em *Pedagogia da indignação*. Sua história de vida e sua prática cotidiana nos ensinou que com a educação é possível transformar os homens e, transformando os homens, é possível mudar o mundo.

Acerca do tema projeto político-pedagógico (PPP), numa dada ocasião, uma educadora de uma escola do sertão do Rio Grande do Norte, ao dar um depoimento sobre as mudanças que a implementação do PPP produziram na sua escola, se utilizou da metáfora de uma nave espacial, onde essa nave era a escola e os pilotos e passageiros, os sujeitos dessa escola. Ela afirmou que a nave tinha rumo certo, portanto, sabia onde queria chegar. No nosso caso, parece que esse rumo ainda é incerto, com poucos passageiros e ainda sem piloto.

Muitas escolas do campo enfrentaram problemas das mais diferentes naturezas e estes continuam a existir, mas muitas dessas escolas e comunidades deram saltos largos para a melhoria da qualidade da educação. Os Ministérios da Educação (MEC) e do Desenvolvimento Agrário (MDA), em parceria com movimentos sociais, outros Ministérios, Universidades e diversas entidades, têm contribuído, mesmo que ainda de forma tímida, em diversas frentes de ações, sendo preciso que as Prefeituras e Estados se manifestem e busquem parcerias e recursos para se engajarem nessas demandas. A seguir apresentamos algumas dessas ações:

- ✓ *Programa Saberes da Terra*: tem o objetivo de elevar a escolaridade de jovens e adultos agricultores familiares, proporcionando certificação correspondente ao ensino fundamental, integrada à qualificação social e profissional. É uma ação integrada dos Ministérios da Educação, do Trabalho e Emprego, do Desenvolvimento Agrário e da Cultura e envolve diversas Secretarias Estaduais e Municipais de Educação, ONGs e movimentos sociais e sindicais do campo. Infelizmente o Município de Altamira não integra essa rede;
- ✓ *Plano Nacional de Formação dos Profissionais da Educação do Campo*: tem como objetivo principal estabelecer uma política nacional de formação permanente e específica dos profissionais da Educação do Campo que possibilite o atendimento efetivo das demandas e necessidades dos alunos, educadores, redes de ensino e comunidades do campo. Uma ação desse plano foi a criação da Licenciatura em Educação do Campo em parceria com universidades públicas;
- ✓ *Fórum Permanente de Pesquisa em Educação do Campo*: tem como objetivo promover, por meio da instituição de uma rede virtual de pesquisadores, o debate acerca da Educação do Campo, bem como a articulação dos pesquisadores e a divulgação das pesquisas em andamento nesta temática;
- ✓ *Apoio à Educação do Campo*: este apoio é realizado por meio da transferência voluntária de recursos financeiros a projetos de capacitação de profissionais da educação, reforma e construção de escolas, elaboração ou aquisição de material didático e de apoio técnico, relativos a todos os níveis de educação. São enfocadas demandas específicas e diferenciadas das populações campesinas, tais como: ribeirinhos, pescadores, agricultores familiares, assentados, caiçaras, extrativistas, dentre outros. Tem como objetivo a melhoria da qualidade do ensino ministrado nas escolas do campo, prioritariamente as de ensino fundamental, com vistas ao desenvolvimento de práticas voltadas para uma Educação do Campo contextualizada;

✓ *Licenciatura em Educação do Campo*: tem como objetivo promover a formação de educadores para atuar nas diferentes etapas e modalidades da educação básica dirigidas às populações que trabalham e vivem no campo, através do estímulo à criação, nas universidades públicas de todo o país, de cursos regulares de Licenciatura em Educação do Campo.

Como se vê, esses esforços juntos vêm somando experiências bem-sucedidas e não se pode mais conceber nos dias de hoje municípios brasileiros aquém dessas redes, ações e articulações que visam melhorar a educação nos espaços campesinos. É necessário, sobremaneira, que as prefeituras municipais estejam abertas ao debate e mantenham em suas equipes pessoas com sensibilidade e algum tipo de experiência no contexto da Educação do Campo para levarem a cabo essas propostas.

O PPP pode ser entendido como uma ferramenta poderosa que pode auxiliar nos avanços da escola, seja em que contexto ela esteja inserida. Mas esse instrumento só é possível ser concretizado se for construído com bases sólidas e vivenciado no cotidiano. Como afirma Veiga (2000), ao construirmos os projetos de nossas escolas, planejamos o que temos intenção de fazer, realizar. Lançamo-nos para diante, com base no que temos, buscando o possível. É antever um futuro diferente do presente. E acrescenta a autora:

> Nessa perspectiva, o projeto político-pedagógico vai além de um simples agrupamento de plano de ensino e de atividades diversas. O projeto não é algo que é construído em seguida arquivado ou encaminhado às autoridades educacionais como prova do cumprimento de tarefas burocráticas. Ele é construído e vivenciado em todos os momentos, por todos os envolvidos com o processo educativo da escola. O projeto busca um rumo, uma direção. É uma ação intencional, com um sentido explícito, com um compromisso definido coletivamente. Por isso, todo projeto pedagógico da escola é, também, um projeto político por estar intimamente articulado ao compromisso sociopolítico com os interesses reais e coletivos da população majoritária. É político no sentido de compromisso com a formação do cidadão para um tipo de sociedade. Na dimensão pedagógica reside a possibilidade da efetivação da intencionalidade da escola, que é a formação do cidadão participativo, responsável, compromissado, crítico e criativo. Pedagógico, no sentido de definir as ações educativas e as características necessárias às escolas de cumprirem seus propósitos e sua intencionalidade (VEIGA, 2000, 12).

Assim, mais do que simplesmente levar ações de educação de forma desarticulada, alheia a uma série de questões que já foram amplamente apresentadas e discutidas aqui, é preciso pensar um modelo de educação que atenda às necessidades dos sujeitos educativos, não construído para eles, mas com eles; não um projeto de educação para o campo, mas um projeto do campo.

Com base nas reflexões anteriormente elencadas, compartilhamos a seguir alguns caminhos que podem auxiliar de algum modo na construção de uma proposta de educação na (e não para a) Terra do Meio.

Primeiro é preciso averiguar as expectativas e percepções dos sujeitos quanto a um projeto de educação. Algumas questões de fundo que podem nortear esse primeiro momento é indagar os atores sobre: a) Qual a importância da escola para os moradores da reserva?; b) Qual a importância da escola para o seu filho(a)?; c) Por que é importante estudar?; d) O que deve ser aprendido na escola?; e) O que você pensa para o seu futuro ou do seu filho(a)?; f) Como deveria ser essa escola?; g) Que horário seria mais adequado para estudar e por quê?; h) Como as atividades de renda e subsistência (caça, pesca, coleta de castanha e outros produtos) podem influenciar nas atividades da escola?; i) Que dificuldades e facilidades existem no inverno, quando os rios estão cheios, e que dificuldades e facilidades existem no verão, quando os rios estão secos? Isso pode influenciar nas atividades educativas?; j) Do que as crianças brincam e como brincam?; k) Quais os etnoconhecimentos (etnomatemática, etnobiologia, etnoecologia, etnopedologia, etc.) que integram o cotidiano das crianças, jovens e adultos?; m) Quais são as principais danças, festas, brincadeiras, jogos, comidas e outras manifestações culturais existentes no lugar?

Essas questões são apenas indicações de como o processo pode ser iniciado para se ter um pequeno diagnóstico dos anseios das populações que integram o campo das expectativas, das percepções e de que aspectos devem ser considerados no momento de materializar o PPP. Outro passo importante, organizado na Fig. 3, é responder a questão "Qual escola do campo temos na Terra do Meio?", considerando que o processo educativo já iniciou, portanto, há alguma experiência concreta já estabelecida. Todos os suejeitos possíveis devem participar dessa etapa, inclusive a Secretaria de Educação, para que possam apontar e confrontar com os atores as ações já colocadas em prática.

Etapa 1

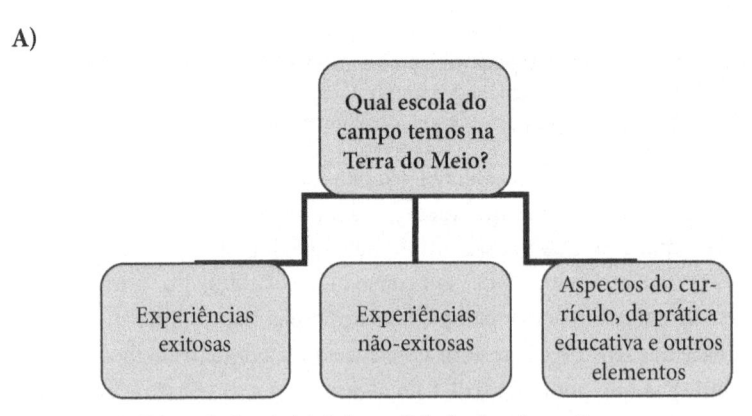

A)

```
                    ┌──────────────────┐
                    │  Qual escola do  │
                    │  campo temos na  │
                    │  Terra do Meio?  │
                    └──────────────────┘
                             │
         ┌───────────────────┼───────────────────┐
         │                   │                   │
  ┌─────────────┐    ┌─────────────┐    ┌──────────────────┐
  │ Experiências│    │ Experiências│    │ Aspectos do cur- │
  │  exitosas   │    │ não-exitosas│    │ rículo, da prática│
  │             │    │             │    │ educativa e outros│
  │             │    │             │    │    elementos     │
  └─────────────┘    └─────────────┘    └──────────────────┘
```

Processo 1: Diagnóstico inicial da realidade da educação

Etapa 2

B)

```
                    Partindo do
                  diagnóstico...que
                     escola nós
                     queremos?
        ┌───────────────┼───────────────┐
   Educandos,    Secretaria Municipal  Demais sujeitos e
 Educandas, pais e  de Educação, UFPA,   instituições
    moradores      ONGs e demais      sensibilizados
                    instituições
```

Processo 2: Elementos norteadores para a construção do projeto político-pedagógico das (e não para as) escolas da Terra do Meio

Etapa 3

C)

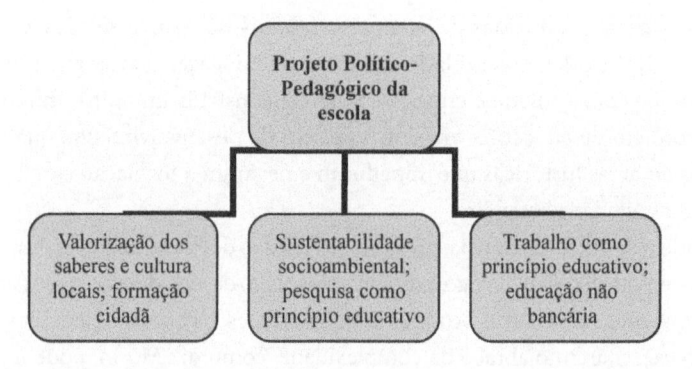

```
               Projeto Político-
                Pedagógico da
                    escola
      ┌────────────────┼────────────────┐
 Valorização dos   Sustentabilidade   Trabalho como
 saberes e cultura  socioambiental;  princípio educativo;
 locais; formação   pesquisa como      educação não
      cidadã       princípio educativo    bancária
```

Processo 3: Projeto político-pedagógico elaborado dentro da perspectiva da escola que queremos

Figura 3 (A, B e C): Etapas de construção do Projeto Político-Pedagógico das (e não para as) escolas da Terra do Meio.

Considerações finais

A escola deve ser geradora de protagonismos, prazerosa, e seus sujeitos devem possuir um sentimento de pertença. Deve contribuir sobremaneira com a formação de um sujeito crítico, participativo e com capacidade de intervir na realidade em que ele está inserido, a fim de transformá-la.

Da maneira como o processo vem sendo conduzido na localidade em questão, tais propósitos podem ficar e permanecer na retaguarda. Aí poderemos estar navegando na contramão do processo, pois compreendemos que o projeto de conservação da natureza passa por um projeto de sociedade, porque natureza e sociedade são elementos indissociáveis. Nesse sentido é crucial que as instituições trabalhem de forma articulada, sem, contudo, perderem seus focos.

Edgar Morin, educador francês de nossa contemporaneidade, nos alerta sobre os perigos dessa infame cultura de separar, fragmentar, partir tudo aquilo que naturalmente está ligado, visão esta fortemente presente no Ocidente desde séculos passados.

Em que pesem as concepções de desenvolvimento de cada pessoa em particular, não podemos esquecer que o acesso a uma educação de qualidade é um direito de todos e dever do Estado, e essa educação deve ser pensada em consonância com os anseios das populações locais. Do contrário ela não estará cumprindo com seu papel de formar um sujeito emancipado; será apenas a prestação de um serviço alheio aos interesses do povo do campo. Assim, as ideias contidas aqui representam apenas o esforço de iluminar essa discussão e contribuir com a construção desse tão almejado projeto de educação.

Os esforços produzidos pelos movimentos sociais, universidades, Governo Federal, ONGs e demais entidades em torno da Educação do Campo, vêm mostrando que com vontade e entrega é possível construir um outro mundo, um outro projeto de educação, um outro projeto de desenvolvimento, que rompa com as amarras históricas que impediram e negaram a formação escolar à boa parte da sociedade brasileira.

A ideia da autossuficiência, presente na reflexão de Freire no início deste texto, não é compatível com o diálogo, portanto, nesse jogo da vida da educação (para usar mais uma metáfora) não há eruditos nem ignorantes; há homens (sem ser sexista) que ao exercitarem o abraço da complexidade, como diz Morin, podem chegar mais rapidamente ao tão sonhado lugar da escola, sem exclusões e antivalores.

Agradecimentos

Às professoras Georgina Negrão Kalife Cordeiro, do Instituto de Ciências da Educação da Universidade Federal do Pará (UFPA), e Soraya Abreu de Carvalho, do Núcleo de Ciências Agrárias e Desenvolvimento Rural da UFPA, pela leitura do texto e compartilhamento de reflexões. Aos ribeirinhos do Riozinho do Anfrísio, pelo apoio e por dividir conosco o seu mundo.

Referências

ANDRÉ, Marli Eliza Dalmazo Afonso de. Tendências atuais da pesquisa na escola. *Cadernos CEDES*, v. 18, n. 43, Campinas, 1997.

CARRIELLO, Félix. Terra do Meio: análises de desflorestamento antes e após a declaração das Unidades de Conservação e de Terras Indígenas – Resultados Preliminares. In: SIMPÓSIO BRASILEIRO DE SENSORIAMENTO REMOTO, 13., *Anais*... Florianópolis, 2007.

DIRETRIZES OPERACIONAIS PARA A EDUCAÇÃO BÁSICA NAS ESCOLAS DO CAMPO. Ministério da Educação, Secretaria de Educação Continuada, Alfabetização e Diversidade (SECAD). Resolução CNE/CEB nº 1, 2002.

FERNANDES, Bernardo Mançano; MOLINA, Mônica Castagna. O campo da Educação do Campo. In: MOLINA, Mônica Castagna; JESUS, Sonia Meire Santos de (Org.). *Por uma Educação do Campo: contribuições para a construção de um Projeto de Educação do Campo*, 2004. (Coleção Por uma Educação do Campo, n. 5. Articulação Nacional por Uma Educação do Campo.)

FREIRE, Paulo. *Pedagogia da indignação*. São Paulo: UNESP, 2000.

FREIRE, Paulo. *Pedagogia do oprimido*. 40 ed. Rio de Janeiro: Paz e Terra, 2005.

HENRIQUES, Ricardo; MARANGON, Antonio; DELAMORA, Michiele; CHAMUSCA, Adelaide (Org.). *Educação do Campo: diferenças mudando paradigmas*. Brasília: Cadernos Secad/MEC, 2007.

INSTITUTO AYRTON SENNA. Gestão nota 10. Disponível em: <http://senna.globo.com/institutoayrtonsenna>. Acesso em: 5 jun. 2009.

INSTITUTO BRASILEIRO DO MEIO AMBIENTE E DOS RECURSOS NATURAIS RENOVÁVEIS. Decreto de 8 de novembro de 2004. Disponível em: <http://www.ibama.gov.br/siucweb>. Acesso em: 7 jun. 2009.

KOLLING, Edgar Jorge; NERY, Irmão Israel José; MOLINA, Mônica Castagna (Org.). Por uma educação básica do campo: texto-base. In: *Por uma educação básica do campo (memória)*. 3. ed. Brasília: Editora UnB, 1999.

MARTINS, J. B. Observação participante: uma abordagem metodológica para a Psicologia escolar. *Semina: Ciências, Sociedade e Humanidade*, v. 17, n. 3, p. 266-273, 1996.

MILÉO, Irlanda do Socorro de Oliveira. *Poder local e a gestão da educação municipal no contexto de Altamira-Pará*. 2007, 256f. Dissertação (Mestrado em Educação) – Programa de Pós-Graduação em Educação, Universidade Federal do Pará, Belém, 2007.

ROCHA, Carla Giovana Souza; AMORIM, Paulo; CARVALHO, Soraya Abreu de; SALGADO, Iliana. *Diagnóstico sócio-econômico da Reserva Extrativista Riozinho do Anfrísio*. 2007. 56f. Relatório de Pesquisa, Universidade Federal do Pará, Laboratório Agroecológico da Transamazônica, Fundação Viver, Produzir e Preservar, Ministério do Meio Ambiente, Associação dos Moradores do Riozinho do Anfrísio, Centro Internacional de Floresta, Comissão Pastoral da Terra, Sindicato dos Trabalhadores e Trabalhadoras Rurais de Altamira, Altamira, 2005.

VEIGA, Ilma Passos Alencastro (Org.). *O Projeto Político Pedagógico da Escola: uma construção possível*. 11. ed. Campinas: Papirus, 2000.

Posfácio

Pela transgressão do paradigma multisseriado da escola do campo: algumas referências para o debate

Carta pedagógica 04

> *[...] Levantamos muitas questões quando discutimos a educação do campo em nosso município de Portel, por isso que é preciso que mais pessoas participem dessa construção, o pessoal da SEMED [Secretaria Municipal da Educação] que está aqui não é suficiente, sentimos falta de vereadores, prefeito, poder judiciário, poder legislativo, comunidade [...] Quem irá garantir o funcionamento do Projeto Político Pedagógico? Nós estamos muito preocupados conosco e não estamos nos atentando para que aprendizagem estamos proporcionando para os nossos alunos, uma comunitária lá da comunidade dizia: "O jovem do campo possui o seu valor , mas ele não sabe, então é preciso despertar nele esse valor".*
>
> PROFESSOR JONES – Acutipereira – Portel, Pará

Minha experiência como educadora teve inicio em 1986, na Escola Municipal Fonte de Luz, às margens do rio Charapucu, município de Afuá, Pará. Minha classe era multisseriada, eu tinha que alfabetizar, servir a merenda e direcionar as atividades entre os alunos até a 4ª série.

Uma mesa bem grande, com bancos laterais e um quadro de giz improvisado destacavam-se no cenário de minha sala de aula. A turma tinha 14 alunos com idade entre oito a 14 anos, viviam à mercê da má sorte num lugar fortemente devastado pelo extrativismo exagerado. Aqueles rostos queimados pelo sol tatuaram marcas irreversíveis em meu coração. Às 13h chegavam em suas pequenas canoas e vinham remando e com fome. Traziam no olhar uma profunda incerteza quanto ao futuro que lhes aguardavam, mas nunca faltou o brilho da esperança. Durante cinco anos estive como professora daqueles ribeirinhos e, para a sorte deles e minha, não tínhamos currículo nem plano de curso nem conteúdo programático. Sem essas ferramentas e sem a formação (magistério), organizava os assuntos de acordo com as nossas necessidades, partindo do que estava ali, ao alcance de nossas mãos, através do nosso olhar.

Não sou a favor nem contra classes multisseriadas, sou contra a dicotomia que se impõe entre os saberes. Minha concepção como educadora fundamenta-se em favor da liberdade plena do saber humano e na construção e desenvolvimento universal em que os reflexos de sua vivência traduzam sabedoria para todos nós.

Gesonita Ferreira Cardoso
Professora da Escola Estadual Mª Enedina Marques Costa Acadêmica do Curso de Licenciatura em Educação do Campo – PROCAMPO/UNIFAP

Capítulo 23
Escolas Sateré-Mawé do Marau/Urupadi: limites e possibilidades da multissérie na educação escolar indígena

Valéria A. C. M. Weigel
Márcia Josanne de Oliveira Lira

Considerações iniciais

Este texto objetiva discutir alguns elementos do processo intercultural de constituição das escolas indígenas, a partir da experiência com escolas sateré--mawé de ensino fundamental, existentes na área indígena Marau/Urupadi, no município de Maués, estado do Amazonas. Essas escolas caracterizam-se por serem multisseriadas e unidocentes em sua quase totalidade.[1] A discussão tem como base um trabalho pedagógico realizado com professores sateré-mawé, iniciado há cerca de dez anos, compreendendo cursos de formação, pesquisas e oficinas pedagógicas, entre outras ações educativas.

A abordagem da experiência de educação formal desse grupo indígena, no que se refere ao modelo seriado/multisseriado de ensino, aponta limites e possibilidades que se apresentam quando se discutem aspectos relacionados à articulação entre identidade étnica e construção de discursos-cultura, aspectos estes que estão imbricados no processo de constituição da escolaridade de crianças e jovens indígenas.

Na discussão evidencia-se que a experiência de educação formal dos Sateré-Mawé sugere aos técnicos e gestores dos sistemas públicos de ensino a urgência de se desconstruir tanto paradigmas teóricos reificados e assumidos como concepções únicas, quanto modelos de educação monoculturais, cuja assunção pelos agentes do poder público configura-se em obstáculo ao processo intercultural de construção da escola indígena *específica e diferenciada*, de acordo com o que já está assegurado aos indígenas na legislação educacional.

---

[1] Das 37 escolas existentes, apenas três não apresentam classes multisseriadas.

As escolas sateré-mawé da área Marau/Urupadi

Os Sateré-Mawé, povo da família linguística tupi, já vivem há mais de três séculos em contato com os grupos não índios da região. Este povo habita uma área de 788.528 hectares demarcados e homologados pelo Governo Federal, situada na calha central do Rio Amazonas, compreendendo terras dos municípios de Barreirinha, Maués e Parintins no estado do Amazonas, além de Itaituba e Aveiro no estado do Pará (PEREIRA, 2003).

Em pesquisa demográfica que contou com a participação dos próprios índios, Teixeira (2005) aponta que a população dos Sateré-Mawé está definida em 8.500 indivíduos, dos quais 3.288 moram na área dos rios Marau e Urupadi, cujo acesso se faz pelo Rio Maués-Açu, subafluente do Rio Amazonas. Nessa área, têm sido realizadas ações de ensino e pesquisa que fundamentam a discussão aqui apresentada.

Então, o primeiro aspecto a ser destacado aqui é o sentido da implantação da escola, que foi introduzida pelos missionários católicos com os quais os sateré-mawé tiveram seus primeiros contatos. Assim, o sentido dessa escola não foi construído pelos índios, já que o objetivo principal era promover a evangelização do povo, a fim de expandir a fé cristã, entre outros interesses colonizadores. Portanto a escola não nasceu específica e diferenciada, já que foi implantada aos moldes tradicionais das escolas religiosas urbanas sem qualquer adequação que a contextualizasse, impondo ao povo indígena uma cultura totalmente estranha.

Nos últimos 20 anos, porém, a escola passou a ser um projeto político e social dos próprios índios que dela se apropriaram, por terem percebido os ganhos sociopolíticos que essa apropriação lhes proporcionaria. Assim, natureza e objetivos mudaram, a fim de ressignificar a escola como meio dessas conquistas que lhes permitiram inserir-se no contexto social e cidadão da sociedade maior.

Hoje a escola serve ao projeto social e político dos próprios índios, que buscam saídas novas para a construção de um projeto diferente, pois lideranças, professores e comunitários compreendem que desejar construir escolas diferenciadas implica não se reproduzir um esquema indiferenciado das escolas tradicionais.

Na década de 1980, os povos indígenas[2] do território brasileiro reivindicaram a escola com meios – linguagens, conhecimentos e códigos para operar ajustes às condições históricas – adequados a seus fins socioculturais específicos, o que promoveu o desenvolvimento de projetos étnico-políticos diversos.

A escola é considerada de grande importância para os professores sateré-mawé, como forma de luta contra a exclusão a que têm sido submetidas comunidades desta etnia, como fruto da relação com a sociedade urbana envolvente ainda permeada de muitos preconceitos e preconcepções quanto aos índios.

---

[2] Existe no território brasileiro cerca de 215 povos indígenas.

Ainda em processo de construção, por ser muito recente, a escola tem-se situado no limbo do discurso oficial e das exigências burocráticas das autoridades locais da educação, em oposição ao discurso de construção de escolas específicas e diferenciadas para os povos indígenas, hesitante entre as práticas canonizadas pela escola tradicional e a especificidade e diferenciação de conteúdos e práticas pedagógicas. Aparentemente, os únicos parâmetros dos técnicos responsáveis pelo acompanhamento das escolas indígenas são aqueles das escolas urbanas, ainda que nestas se reconheçam persistirem inúmeras falhas de funcionamento que levam igualmente à exclusão dos estudantes não indígenas.

Assim, estabelece-se um grande conflito gerador de equivalente ambiguidade, considerando que seguir a lei implica mudanças radicais relativamente ao modelo tradicional, a fim de adequar e contextualizar o ensino, o que leva ao confronto com as autoridades locais da educação, porque, ao seguir a lei, professores e lideranças deparam-se com o descaso em relação às práticas criativas, estranhas ao modo de vida da sociedade envolvente, aparentemente, única referência dos técnicos da secretaria de educação local.

Quando nos anos 1970 deu-se início aos questionamentos sobre como deveria ser a educação escolar indígenas, um emaranhado de vozes começou a se constituir em defesa do ideal de educação *específica e diferenciada*. Entretanto, pouco se fez para prover as lideranças e professores indígenas de condições necessárias à criação dessa escola e seu desenvolvimento, considerando as peculiaridades dos povos indígenas, em respeito à língua e à cultura das diversas etnias, com vistas à transformação significativa do espaço de formação das novas gerações de estudantes indígenas e ao rompimento com o modelo importado das escolas urbanas.

Sem a contextualização das práticas educativas, a escola tende a tornar-se um espaço simbólico da cultura envolvente, constituindo-se dos discursos do sistema oficial de ensino, para o qual só há um modelo de educação: o seriado – modelo este fundamentado em titulações que visam à certificação de capacidades exigidas pelo sistema de trabalho da vida urbana, numa sociedade capitalista.

Desse modo, o que os técnicos do sistema de ensino desejam como atributos para a escola indígena, específica e diferenciada, se espelha na multisseriação, modelo que se baseia no esquema seriado, o que não se apresenta danoso *a priori*. O problema parece estar exatamente na concepção de modelo seriado/multisseriado, pois não se pode esquecer que as escolas urbanas enfrentam dificuldades históricas, já que o referido modelo institui-se e consolida-se em realidades distintas sem a necessária contextualização, condição essencial para que se construa um sentido às práticas pedagógicas.

Se os atores das escolas rurais enfrentam uma infinidade de problemas, a situação é ainda mais grave quando se trata das escolas indígenas que, ao importar o referido modelo, de modo não contextualizado, o torna precário, já que os sujeitos e as condições de projetos socioeducativos diferem radicalmente daqueles observados nas zonas urbanas.

As escolas urbanas caracterizam-se por uma estrutura administrativa complexa, na qual há uma importante divisão das tarefas de gestão das atividades escolares, inexistente nas escolas indígenas, pois o professor indígena, nas comunidades sateré-mawé, além da atividade de ensinar, acumula as tarefas de todos os outros sujeitos da estrutura da escola urbana: direção, orientação, planejamento e supervisão, docência e zeladoria, bibliotecário, vigia, para citar apenas algumas das muitas atividades que sobrecarregam o trabalho dos professores indígenas.

Desnecessário é dizer que o professor indígena não é capacitado para exercer todas as funções citadas, somando-se a isso a falta de recursos materiais e financeiros para a adequada manutenção da escola, o que torna seu trabalho uma missão quase impossível, levando em conta ainda a multisseriação e a unidocência com as quais tem de lidar, bem como a ausência de garantias do poder público em proporcionar-lhe formação continuada para fazer face às obrigações que lhe são atribuídas de modo impositivo, o que condiciona a sobrevivência da escola à resistência física e psicológica do professor. Esse quadro representa apenas uma das muitas incoerências no trato às questões da educação escolar indígena.

Ao importar o modelo de escola urbana, os sujeitos índios, constituídos pela submissão à língua materna e ao simbólico de sua cultura, envolvem-se no processo de ensino-aprendizagem escolar, assujeitando-se à língua e ao simbólico da cultura envolvente (ORLANDI, [s.d.]) que não lhes é própria, e isso se reflete evidentemente nos modos de pensar e de agir, segundo uma lógica totalmente diferente da lógica tradicional e transgeracional na qual foram educados antes do ingresso no sistema escolar oficial, acarretando enormes prejuízos culturais. Sobre esse processo afirma Orlandi ([s.d.], p. 1):

> Podemos iniciar dizendo que se é sujeito pela submissão à língua, na história. Não se pode dizer senão afetado pelo simbólico, pelo sistema significante. Portanto não há sujeito nem sentido sem o assujeitamento à língua. Quando nascemos não inventamos uma língua, entramos no processo discursivo que já está instalado na sociedade e desse modo nos submetemos à língua subjetivando-nos.

Assim, a organização escolar passa a transgredir a ordem natural da vida nas comunidades, sem levar em conta a organização do trabalho e das demais atividades sociais e rituais. O ensino de conteúdos e uso de materiais didáticos distanciados do projeto de sociedade e de homem construídos na cultura indígena coloca em risco o processo de subjetivação em língua materna, patrimônio cultural importante na constituição dos sujeitos índios.

Além disso, pesam as exigências das autoridades da educação, cujas preocupações expressam-se em dados estatísticos de modo a deixarem de lado a essência da reivindicação do povo sateré-mawé por uma escola pertinente e significativa em todos os seus aspectos físicos e conceituais.

A escola na comunidade e a comunidade na escola

A comunidade e a escola são espaços complementares quando se fala em educação indígena, nos dias de hoje para o povo seteré-mawé, cujas atividades de ensino-aprendizagem escolar se inserem no rol das demais atividades coletivas tais quais plantar e colher o guaraná, caçar, pescar e festejar nas diversas ocasiões sociais. Portanto não há limites entre esses espaços que se confundem como consequência do processo interativo essencial de contextualização do saber. Nesse processo, como afirma Melià (1979), a escola é comunidade e a comunidade é escola.

Todos os espaços da aldeia são cenários das práticas sociais que incluem as discussões e o planejamento da vida na escola e nas comunidades, nas quais os comunitários – independentemente de idade, sexo e papel social – reúnem-se para discutir, planejar e deliberar sobre propostas que afetam os rumos da vida na comunidade indígena. Tudo o que interessa à vida comunitária é decidido democraticamente e, anualmente, encontros pedagógicos são organizados pelos professores e lideranças indígenas, com o apoio da Secretaria Municipal de Educação, a fim de reunir os comunitários em seus diversos papéis – tuxauas e vice-tuxauas, pajés, mães, pais, professores e estudantes – para discutir os rumos da educação escolar indígena.

Os comunitários dentro e fora da escola

As escolas sateré-mawé operam o modelo multisseriado e unidocente, isto é, um professor deve trabalhar com uma classe que comporta muitas séries. Esse modelo, calcado no modelo seriado das escolas urbanas, foi transposto às escolas das comunidades indígenas citadas, sem a devida contextualização, tal qual ela funciona no meio urbano, importando assim os problemas já detectados. Entretanto, pretendemos argumentar a favor da ideia de que não há apenas limites para o funcionamento desse modelo. Há também possibilidades que, se não forem negligenciadas, podem promover a melhoria da qualidade do ensino-aprendizagem nessas escolas.

Dessa maneira, o fato de a escola sateré-mawé operar um modelo multisseriado não nos parece um problema *a priori*, considerando que a sociedade indígena não separa os indivíduos por faixas etárias ou sexo. Todos os indígenas participam das atividades econômicas, de subsistência, sociais e rituais, sem qualquer tipo de discriminação. O problema parece residir no fato de a multisseriação ser calcada na ideia de seriação da escola urbana – que sabemos inadequada à diferenciação requerida pela escola indígena –, pois se percebe uma tentativa de homogeneização do ensino pelas práticas no plano didático-pedagógico. Não se criam condições para que essas diferenças sejam, de fato, respeitadas e tornadas estratégias de ensino, posto que consideram todos os estudantes iguais, sejam indígenas ou não indígenas. Há um escalonamento relacionando níveis de ensino-aprendizagem a faixas etárias, separando-as, com base no grau de maturidade física e intelectual, bem como níveis de interesse. Assim adulto estuda com adultos, crianças com crianças, adolescente com adolescentes, sem misturar as faixas etárias, inviabilizando as interações colaborativas.

A construção dos discursos em sala de aula

Nesse contexto multisseriado e unidocente, os professores sateré-mawé parecem não perceber as possibilidades de construir um trabalho docente satisfatório e, em discurso coletivo, supervalorizam dificuldades e limitações do modelo, embora realizem, na prática, diversas atividades criativas como alternativas às práticas ineficazes importadas das escolas urbanas. Esse discurso polifônico, isto é, composto de outras vozes, provavelmente, vozes de teóricos, formadores e técnicos em educação, defendem o modelo seriado, como forma unívoca de educar.

Considerando que a escola sateré-mawé é muito recente, boa parte dos professores indígenas tem uma história de formação em escolas urbanas, o que, certamente, concorre para que defendam a seriação e não levem em conta alguma possibilidade da classe multisseriada.

A linguagem, sabemos, é tida como um lugar de conflitos, porque representa virtualmente a realidade. Mas há um espaço entre essa representação e a própria realidade no qual se processam diversos fenômenos que desviam os sentidos pretendidos e, em face da imprecisão dos sentidos construídos, o falante vê-se obrigado a interpretar e tomar posições.

Discurso é prática social que implica a ação do sujeito sobre o mundo. Aqui, o sujeito deve ser entendido como a condição para a atualização dos enunciados já proferidos por outras vozes, embora pense ser o autor de todos os enunciados que profere, sem dar-se conta do aspecto histórico do processo discursivo, concordando com o argumento: "Se não sofrer os efeitos do simbólico, ou seja, se ele não se submeter à língua e à história, ele não se constitui, ele não fala, ele não produz sentidos" (ORLANDI, 2005, p. 49).

Ao nascer, a criança ouve a língua materna ao seu redor, seu sistema linguístico de base, herdado de seus familiares e agregados. Todos interagem com ela para que, em um dado momento, possa comunicar-se, em conformidade com os modelos preexistentes de uso da língua. O mundo ao redor da criança não se organiza de modo a separar os indivíduos por faixa-etária ou nível cognitivo. Aprende-se indistintamente com avós, pais, tios, irmãos mais velhos e da mesma idade, de modo que o núcleo familiar constitui-se na heterogeneidade, do mesmo modo que os discursos aprendidos e modulados. De modo geral, as pessoas desempenham papéis sociais diferentes e atuam em contextos e situações igualmente diversos, nos quais adultos se relacionam com adultos, jovens, crianças e idosos, o que gera ilimitadas possibilidades de interação e aprendizados. Todos ensinam e aprendem no desempenho de seus papéis sociais através de interações intersubjetivas cotidianas.

Porém, nas sociedades da chamada cultura ocidental, é à escola que se atribui a responsabilidade de socializar a criança. Entretanto, como propiciar essa socialização, se o modelo seriado classifica os indivíduos e separa-os, criando um modelo artificial de sociedade, no qual a criança só se relaciona com crianças da mesma faixa-etária?

Nas escolas urbanas, a organização do modelo do trabalho didático-pedagógico justifica, de certo modo, a seriação, já que a sala de aula é completamente apartada da comunidade, isto é, as crianças são retiradas de seus contextos para serem educadas na escola. Mas a escola indígena apresenta outra lógica, isto é, todos os espaços são vividos coletivamente, sem separações nas situações cotidianas ordinárias, nas quais adultos, crianças, adolescentes e idosos se misturam e agem coletivamente para viabilizar as atividades de roça, pesca, caça e artesanato, inclusive, da escola. Nesse convívio dos mais experientes com os menos experientes, há uma grande vantagem da qual os professores das classes unidocentes podem tirar proveito, valorizando as experiências individuais no processo de construção do saber coletivo, o que pode acelerar o aprendizado com base nos aspectos práticos da vida.

Esse processo é uma realidade concreta vivida nas escolas das etnias Apurinã e Yanomami. Na escola Apurinã da comunidade São João, Rio Purus, os pais têm livre acesso à sala de aula, sem ter que pedir licença ao professor e participar democraticamente das discussões de seu interesse, contribuindo, deste modo, com o trabalho do professor para o aprendizado coletivo (BETTIOL, 2007). Já nas escolas Yanomami do Rio Marauiá, os pais são colegas de seus filhos regularmente matriculados como alunos do ensino básico (WEIGEL; LIRA, 2009), em conformidade com a lógica da vida nas aldeias.

Nas classes multisseriadas, a criança tem a chance de interagir em um modelo de grupo social bastante parecido com o modelo de grupo social com o qual está acostumado a interagir, isto é, identifica objetos, diferenciando-os, negocia sentidos e busca estratégias diversificadas que lhe permitam melhorar a qualidade de vida e de suas interações. A criança aprende, com outros estudantes de diversas faixas etárias e em graus de profundidade diferentes, os conteúdos relevantes para o modo de vida de seu grupo social, tal como ocorre na vida real. Ao enfrentar problemas de difícil solução, a criança busca a ajuda dos outros indivíduos, mais ou menos experientes, para a aquisição de estratégias de enfrentamento que lhe permitam franquear os obstáculos que se impõem na vida.

Portanto, a sala multisseriada não se apresenta tão danosa quanto julgam alguns. Um dos problemas parece estar na formação lacunar do professor que não é preparado para enfrentar esse tipo de situação. Os modelos de formação docente, "adaptados" às necessidades de formação do docente indígena, não consideram outros modelos concretos de organização que não sejam os seriados, o que leva a crer que seja razoável propor aos programas específicos de formação de professores indígenas que observem a existência desses outros modelos de organização e os ajudem a criar estratégias que lhes permitam trabalhar dinamicamente, percebendo o proveito que pode vir a tirar desse contexto rico e produtivo.

Estratégias discursivas

Aprender uma língua – materna ou segunda – implica apropriar-se de suas estruturas e seus mecanismos para conquistas sociais e políticas que promovam o bem-estar coletivo. De que adianta conhecer estruturas lexicais, morfológicas, sintáticas e semânticas, se o nível pragmático não é atingido, isto é, o discurso não se constrói de modo eficaz e em contexto real?

O ensino nas escolas sateré-mawé se processa em língua materna própria, e a língua portuguesa é ensinada como língua segunda. Destaque-se aqui que a língua portuguesa não serve apenas para representar o mundo não indígena. É plenamente plausível que se aprenda a língua nacional, para falar de qualquer cultura e ensiná-la, mas acima de tudo apropriar-se dela como importante ferramenta de interação fora do contexto das aldeias, com vistas à inclusão social e cidadã.

Insistimos que o discurso é um aprendizado social e só evolui socialmente, através da experimentação e dos ajustes às diversas situações pragmáticas e parâmetros da discursividade. O professor deve perceber e orientar seus alunos que a escola é apenas um dos espaços de prática discursiva, podendo estender-se a todos os segmentos das comunidades sateré-mawé e às comunidades do entorno, a fim de romper com o modelo construído à imagem e semelhança da escola urbana.

Professores e alunos devem tornar-se produtores de discursos, materializando textualmente o modo de vida e os anseios do povo em face das relações com o entorno das aldeias. Muito se pode fazer para que a construção de discursos contextualizados seja viabilizada, através de campanhas educativas diversas para as quais se elaborem materiais que levem à documentação do modo de vida do povo com a participação de todos os comunitários: literatura, panfletos, *folders*, cartazes, poemas, jornais, livros, revistas em quadrinhos e de variedades semanais e mensais.

O professor sateré-mawé precisa trazer ao plano consciente o que já faz intuitivamente: atividades sobre o mesmo tema em graus de complexidade diversificados. É necessário que o docente indígena perceba a importância de tornar-se pesquisador e produtor de conhecimentos em sua língua materna e em língua nacional, o que ainda é algo muito distante, porque:

> A carência de um instrumental teórico adequado à compreensão de sua própria língua, bem como a prática de tomá-la de um ponto de vista formal, têm frustrado as iniciativas que se desenvolvem, [...] com o propósito de estender o conhecimento da língua a toda a comunidade pela via da educação escolar. Via de regra, a mera transposição para as línguas indígenas das categorias lingüísticas tradicionais preconizadas nos livros didáticos tem tido um efeito desastroso (FERREIRA NETTO, 1997, p. 1).

Do mesmo modo distante, está o ideal de produção de materiais didático-pedagógicos com uma identidade indígena, concordando com o texto a seguir:

> A elaboração de material pedagógico pelos próprios indivíduos da comunidade lingüística minoritária corre o risco de encontrar obstáculo na inexperiência no trato com a educação escolar, cuja prática requer um manejo de habilidades cognitivas diferentes daquelas que envolvem o uso da língua tradicional nos ambientes que lhe são próprios (FERREIRA NETTO, 1997, p 1-2).

Urge pensar sobre o que se espera da escola e se ela é coerente com o projeto de homem e de sociedade das comunidades indígenas, pois a submissão às autoridades urbanas impede as transformações da escola indígena, atualmente, mais um dos aparelhos do Estado, já que há regras a seguir que não foram discutidas e, sequer, são aceitas pelas lideranças e professores. Nas palavras de D'Angelis (2008, p. 30):

> A escola passa a justificar-se por si mesma: não há mais um projeto claro do que fazer com o ensino, ou de qual ensino é útil e necessário para sustentá-la. Em outras palavras, se uma "escola indígena" existisse, com objetivos bem definidos em relação ao desenvolvimento de competências lingüísticas (em língua indígena e na língua oficial do país), tanto na oralidade como na escrita, e em relação à preparação das novas gerações para suas relações com a sociedade nacional brasileira, isso não implicaria, necessariamente, em um programa de ensino fundamental de oito (ou nove) séries.

O ensino da língua com objetivo comunicativo implica aperfeiçoamento dos discursos. Assim o professor indígena deve preocupar-se com a formação de leitores-escritores em ambas as línguas, com vistas a um melhor entendimento das teias de relações que constituem o sujeito. Não há a necessidade de novos conceitos ou legislações, bastando que se cumpram os direitos já assegurados. A escola precisa, sobretudo, ensinar a ler e escrever, proporcionando o letramento, para que gerações de educandos indígenas possam relacionar os saberes na complexidade do conhecimento.

Algumas considerações finais

Na área indígena Marau/Urupadi, a quase totalidade das escolas sateré-mawé funciona através de salas de aula multisseriadas e unidocentes. Nossa experiência com essas escolas ensejou uma discussão, em que apontamos principalmente as possibilidades inerentes a essa organização das salas de aula.

Por um lado, os técnicos e gestores dos sistemas de ensino municipal e boa parte dos próprios professores sateré-mawé percebem a multisseriação como um grande limite ao bom funcionamento da escola, tomando-a como dificuldade à consecução de um ensino de boa qualidade.

Essa percepção evidencia que a organização da sala de aula em séries distintas constitui-se no único modelo pedagógico assumido como desejável, para viabilizar a escolarização, tanto por técnicos e gestores quanto por professores sateré-mawé.

De outro lado, seja por razões político-culturais (os indígenas conquistaram o direito de assumirem eles mesmos as escolas em suas aldeias), seja por razões político-econômicas (o limite dos recursos financeiros municipais para aumentar o número de salas de aula nas aldeias), as escolas sateré-mawé são, na sua quase totalidade, constituídas de uma classe multisseriada e unidocente.

Aqui argumentamos que a heterogeneidade etária e cognitiva que caracteriza esta sala de aula sateré-mawé pode ser trabalhada pedagogicamente, transformando-se em profícua condição para viabilizar o projeto indígena de uma educação específica e diferenciada, conforme demonstrado no corpo deste texto.

À guisa de conclusão, afirmamos haver razões culturais para justificar a existência de salas "multisseriadas" nas aldeias. Na realidade, por serem ainda mais heterogêneas que as salas seriadas, estas classes não promovem segregação individual, ou de grupos sociais, do mesmo modo como se realiza qualquer atividade nas aldeias, onde tudo é feito coletivamente.

Relembramos ainda que a construção dos discursos pressupõe condições históricas e interativas (PÊCHEUX, 1988). Portanto, se o desejo é construir uma escola específica e diferenciada, deve-se pensar em um modelo de organização da sala de aula distinto do esquema de séries.

Duas perspectivas apresentam-se plausíveis quanto às possibilidades de construção da escola que se quer específica e diferenciada: a desconstrução do modelo seriado, transplantado para as aldeias, a fim de construir novo significado para a sala "multisseriada", valorizando as heterogeneidades das relações em todos os planos sociais, inclusive a escola; e, no plano político, acirrar a luta que se vem travando por conquistas importantes, com vitórias visíveis, a fim de tornar o sistema indígena de educação autônomo e liberto das imposições das Secretarias Municipais de Educação e Cultura, para que as lideranças, professores e comunitários projetem e construam suas escolas sem a tutela das preconcepções e preconceitos importados das escolas urbanas.

Referências

BETTIOL, Célia Aparecida. *Educação escolar e práticas comunitárias na vida apurinã: o fazer pedagógico da comunidade São João*. Dissertação (Mestrado) – Universidade Federal do Amazonas, Manaus, 2007.

D'ANGELIS, Wilmar da Rocha. Educação escolar indígena? A gente precisa ver. *Ciência e Cultura*, v. 60, n. 4. São Paulo. Oct. 2008. Disponível em: <http://cienciaecultura.bvs.br/scielo.php?pid=S000967252008000400013&script=sci_arttext>. Acesso em: 8 dez. 2009.

FERREIRA NETTO, W. *O ensino da língua portuguesa como língua estrangeira em comunidades indígenas*. Ensino de Português Língua Estrangeira, 1, 1997. Disponível em: <http://fflch.usp.br/dlcv/lport/pdf/WFNetto02_EducInd02.pdf>. Acesso em: 8 dez. 2009.

MELIÀ, Bartolomeu. *Educação indígena e alfabetização*. São Paulo: Loyola,1979.

ORLANDI, Eni P. *Análise do Discurso: princípios & procedimentos*. 6. ed. São Paulo: Pontes, 2005.

ORLANDI, Eni P. A questão do assujeitamento: um caso de determinação histórica. *Revista Eletrônica de Jornalismo Científico*. 8. ed. Disponível em: <http://www.comciencia.br/comciencia/?section=8&edicao=26&id=296>. Acesso em: 8 dez. 2009.

PÊCHEUX, Michel. *Semântica e discurso: uma crítica à afirmação do óbvio*. Tradução de Eni Pulcinelli Orlandi et al. Campinas: Editora da UNICAMP, 1988.

PEREIRA, Nunes. *Os índios maués*. Manaus: EDUA, 2003.

TEIXEIRA, Pery. *Saterê-Mawé: retrato de um povo indígena*. Manaus: UNICEF, 2005.

WEIGEL, Valéria A. C. M.; LIRA, Márcia J. O. *Escolas do Marauiá: questões da luta yanomami por uma educação indígena*. In: ENCONTRO DE PESQUISA EDUCACIONAL DO NORTE E NORDESTE (EPENN), 19., Anais... João Pessoa, 2009.

Capítulo 24
Heterogeneidade: fios e desafios da escola multisseriada da Ilha de Urubuoca

Maria Natalina Mendes Freitas

Este texto resulta de reflexões nascidas a partir de uma pesquisa que vem sendo realizada numa escola multisseriada ribeirinha. O trabalho assume como problemática de investigação a heterogeneidade e o processo de ensino e de aprendizagem, buscando compreender a prática pedagógica e a metodologia utilizada pela professora em seus processos interativos no âmbito do ensino que se pratica no cotidiano de uma sala de aula multisseriada.

Assim, a investigação que estamos desenvolvendo numa classe multisseriada ribeirinha nas proximidades da Grande Belém tenta compreender a complexidade do cotidiano desses sujeitos que nos revelam singularidades surpreendentes, via das vezes embaraçosas, obrigando-nos a incursões sem âncoras ou boias, mas acreditando ser possível apresentar outra possibilidade educacional para quem vive às margens de rios, ilhas, florestas entre outras realidades desta imensa Amazônia.

A experiência vivida por nós pesquisadores neste processo de procura nos ajuda a compreender melhor as tramas dos povos do campo via as leituras criteriosas, que sem o auxílio destas não poderíamos sequer entender o que víamos. Encharcados pelas águas dos rios e do conhecimento epistemológico, mergulhamos na complexidade do real e, quanto mais estamos descobrindo, mais constatamos o quanto ainda falta para abarcarmos a totalidade que há nas classes multisseriadas que acreditávamos ser possível apreender. Aprendemos com alguns estudiosos que a ciência não é a verdade, mas apenas a busca permanente da verdade. Portanto, estamos num momento enfrentando a complexa relação teoria e prática, uma vez que ambas estão tão imbricadas que chegam a confundir-se, mas, como estamos comprometidas com a transformação do mundo camponês, esta é a razão que nos mobiliza a formular novas explicações em defesa da prática como lócus de teoria em movimento e é isso que queremos relatar em nossa investigação, começando por entender o que é lidar com classes heterógenas e dar conta do ensino que se pratica numa classe multisseriada.

Neste texto vamos socializar o movimento vivido nesses cinco meses de investigação e fazer uma breve análise do material coletado e de nossas observações. Esperamos contribuir para que o fluxo das crianças e jovens do campo seja um ir e vir sempre, na esperança de que mudar é possível, a começar pelas interações sociais que vimos ser uma estratégia viável para a aprendizagem nas classes multisseriadas mediadas sempre pela presença fértil de abnegados professores que no uso de metodologias eficazes podem fazer a diferença no ensino que se pratica no meio rural.

Da pesquisa

A pesquisa vem sendo realizada em uma escola ribeirinha no município de Belém, distante 50 minutos de barco. Estamos num processo de muitas idas e vindas tentando efetivar os fios in(visíveis) da história que pretendemos narrar sem irromper e atravessar o cotidiano vivido pela professora e seus 35 alunos, sujeitos concretos e encharcados pelas lutas, riscos e risos que os meios de comunicação não estampam em suas manchetes de jornais, confirmando o que nos diz Chico Buarque, *a dor da gente não sai no jornal*.

A opção metodológica que estamos desenvolvendo assegura-se no aporte teórico metodológico da pesquisa qualitativa por entender que essa abordagem contribui para a efetiva compreensão das tessituras dos sujeitos envolvidos na investigação, na tentativa de compreender seus textos/contextos, propiciando reflexão acerca dos pontos centrais identificados na prática docente e no movimento heterogêneo das classes multisseriadas, bem como ajuda na construção de diálogos coletivos que, articulados com a teoria e a prática, reflexão e ação, possibilitam outra construção e dinamização para superar questões relacionadas à prática do ensino que afetam diretamente o processo de aprendizagem dos alunos do meio rural.

Para o presente texto, apresentamos um recorte do material pesquisado, situando nossa análise em uma temática captada pelas lentes fotográfica de uma câmera digital, gravada em fitas de áudio e também registrada em nosso diário de campo. Os dados aqui apresentados dizem respeito a um episódio de leitura.

A perspectiva que assumimos nesta presente proposta de pesquisa vem ao encontro do que Aragão (2000, p. 84, grifo nosso) afirma:

> [...] compreender a relação *professor, aluno, conhecimento* [...] em termos interativos passa a ter sentido – sobremaneira no âmbito do ensino que se pratica – principalmente quando se põe em perspectiva *a reflexão para a redimensão da ação de*

ensinar. Compreender a relação professor-aluno-conhecimento [...] em termos interativos [...] implica uma reflexão sobre a prática pedagógica do professor e da professora, sua prática efetiva de ensino que gera a aprendizagem, em qualquer nível de escolaridade e, sendo assim, *tem-se em vista a melhoria da qualidade do processo de ensino e de aprendizagem em qualquer área do conhecimento ou curso de formação*.

Acreditamos que a presente investigação constitua-se numa importante contribuição para a ampliação do conhecimento no escopo dos processos de ensino-aprendizagem das classes multisseriadas e no redimensionamento dos processos formativos de professores do meio rural.

O apoio teórico fundamenta-se nos estudos de Bogdan e Biklen (1994), Lüdke e André (1986), André (2007), Chizzotti (2006), Cunha (2003), Vygotsky (1987; 1989), entre outros.

Classe multisseriada: a heterogeneidade e a mediação necessária à construção do conhecimento

O desenvolvimento e a interiorização dos processos mentais superiores implicam uma forma de mediação que é profundamente influenciada pelo contexto sociocultural, uma vez que nova forma de atividade mental não ocorre como um processo passivo e individual, e sim como um processo ativo/interativo no interior das relações sociais. Através dos diferentes processos de mediação social, a criança se apropria dos caracteres, das faculdades, dos modos de comportamentos e da cultura, representativos da história da humanidade. À medida que esses processos são internalizados, passando a ocorrer sem intervenção de outras pessoas, a atividade mediada transforma-se em um processo intrapsicológico, dando origem à atividade voluntária.

Vygotsky (1987) destaca que a mediação pelos signos tem um papel decisivo na organização da fala interior, sendo que esta exerce a função autorreguladora nos processos do pensamento e nas atividades de resolução de problemas, como processos intrapessoais. Mediado pelo presente aporte teórico, é possível considerar que o desenvolvimento das funções intelectuais está inter-relacionado com as formas de mediação social (a mediação pelos signos e pelo outro). Compreendemos desta forma que a emergência e a internalização das funções psicológicas superiores e o desenvolvimento da linguagem estão relacionados, pois a linguagem, apresentada nos estudos vygotskyanos, é um elemento importante como signo socializante por mediar os processos de internalização das funções desenvolvidas socialmente.

De acordo com Vygotsky (1991, p. 96): "sabemos que a aprendizagem e o desenvolvimento são processos intimamente relacionados". Segundo esse autor, o processo de desenvolvimento não precede nem coincide com o de aprendizagem. O processo de desenvolvimento segue o da aprendizagem.

É na interação que o(a) aluno(a) estabelece com o(a) professor(a), com outros(as) alunos(as) e com o conhecimento, é que ele vai compondo e ampliando o seu repertório de significados. O aluno não é, pois, simples receptor de estímulos e informações: tem um papel ativo ao selecionar, assimilar, processar, interpretar, conferir significados, construindo ele próprio seu conhecimento.

Constatamos que a aprendizagem torna-se mais fácil e duradoura, quando o que está sendo aprendido é vivenciado. Vivenciar uma situação de aprendizagem é mobilizar ação e comunicação, pensamento e linguagem, é assim que as crianças atribuem significados àquilo que aprendem.

Vygotsky intencionava discutir com os educadores a função da educação, ou seja, a ideia básica de que o aprender, como atividade que acontece mediada por outros sociais, transforma o nível potencial interno de desenvolvimento atual. O desenvolvimento psicológico e a aprendizagem ocorrem de maneira prospectiva, referindo-se sempre ao que está para ser. É a aprendizagem, sempre dependente de interações de indivíduos, que despertará o desenvolvimento interno. É exatamente na diversidade e na heterogeneidade que as trocas interpessoais tornam-se ricas, gerando saltos desenvolvimentistas, implementado pela dinâmica entre nível real e potencial do desenvolvimento.

Observamos que, em alguns momentos, os alunos procuram realizar em conjunto atividades de leitura e escrita. O que acontece quando elas se reúnem para ler? Como uma criança pode auxiliar a outra? Como trabalhar com uma classe heterogênea sem desconsiderar seus saberes, suas experiências? O que isso desperta nos alunos e na professora? Qual seu papel como mediadora da aprendizagem?

Tomando essas questões como ponto de partida, nesta análise apresentamos um episódio de leitura partilhada por duas alunas, uma de 1ª série e outra de 2ª série. Nosso procedimento de análise partirá dos aspectos indicadores do processo de construção de conhecimento, tomando o conceito de mediação, segundo a abordagem sócio-histórica.

O compartilhamento da leitura

Observamos que, no contexto do trabalho pedagógico realizado na classe multisseriada, existem inúmeras formas de mediações estabelecidas entre os alunos, a professora e o conhecimento. O papel do outro que ensina e faz junto permite construções partilhadas; a mediação baseada nos signos linguísticos e nos recursos metodológicos sistematizados pedagogicamente favorece as mais diversas formas de mediações que geram instrumentos para serem trabalhados em atividades de aprendizagens. O que pretendemos evidenciar no episódio ocorrido na sala de aula é situar os indicadores da elaboração intelectual das alunas, dando destaque aos processos de negociação durante a atividade de leitura e sua relação com a proposta pedagógica viabilizada pela professora.

A aula transcorria em clima de cooperação, pois alguns alunos estavam agrupados conforme sua série, mas tendo como indicativo a atividade de leitura e escrita. Os trechos dos diálogos transcritos duram aproximadamente 4 minutos. As duas alunas realizavam a leitura num canto da sala, enquanto que os outros estavam ocupados em outra atividade. A professora só interveio no início da atividade para orientá-los como deveriam proceder em seus grupos, depois se dirigiu para as duas meninas que resolveram juntar-se.

(P) – Por que vocês resolveram juntar-se? A atividade é conforme a série. Jaqueline, seu trabalho é de Ciências e a leitura está lá no livro de Ciências.

(A) – Ah! Professora, deixa eu ler com a Ângela eu gosto muito deste livro, as leituras são curtinhas.

(P) – Agora, Ângela, quer ler um pouquinho?

(A) – Quero

(P) – Então vem cá, Jaqueline. Ângela, você vai ler junto com Jaqueline?

(J) – Vou.

(P) – Onde vocês vão ler?

(J) – Neste daqui!

(A) – Poesia fora da estante (referindo-se ao trecho do livro, que tem ilustração com quadros de crianças brincando e são distribuídos pelo FNDE).

(J) – Aaah! Eu vou ler do... (não conseguimos compreender, o barulho foi grande)

(P) – Mas eu acho que tem que escolher a mesma coisa, porque, senão, não vai entender nada!

(A) – Vê uma leitura bem facinho...

(P) – E por que você quer ler esta e não o do livro de Ciências?

(A) – Porque está mais fácil e o livro de Ciências traz coisa que é chato e não entendo.

(P) – Peça então para um colega lhe ajudar.

(A) – Ah, não! Eu quero ler esta aqui

(P) – Então acerte com ela a leitura e não quero briga depois (a professora se afasta para atender outra aluna).

(A) – Nós vai ler aqui, oh! (folheando o livro) Aqui...

(J) – Vem pra cá, ô!

(A) – Aqui. Aqui, tia. Já tá gravando... já ta gravando... (falando baixinho)

(J) – Ei!! Tá gravando, tia?

(P) – Calma, a professora já começou (ela me chama de professora também) Pode começar, então!

(J) – Psiiiiuuuu (fazendo sinal de silêncio).

(P) – Pode começar a ler, anda! (falando baixinho)

(A) – Oi... (começando a leitura na página 25)

(P) – Por que vocês não começam logo a ler, daqui a pouco já vou chamar para verificar a leitura de vocês.

(A) – Aqui?

(P) – Pode ser... (a professora se afasta novamente e as alunas continuam a leitura sozinhas).

BEIJA – FLOR (Roseana Murray)

1 (J) – beee ja flooor! (repete gritando, em tom de disputa)

   (A) – be be i i iii jaaa ffflll (diz pausadamente)

2 (J) – pe qui nini niiii nho

(A) – pi pi pi   qui qui ii no

3 (J) – Qué be e já co ca ca riin nho

(A) – me   dá u   po po uuu co de amor (por adivinhação)

(J) – dexa eu ver si é...

(J) – até qui tu acertô!

4 (J) – qui ho ho ho   je tou tããoo   so so zi nho

(A) – qui   ho   hoho   ji tô   so so zizi so nho

5 (J) – bé é é já flor   pi qui qui niii pi qui niii nho

(A) – bé éé é já pi qui qui qui niii no

6 (J) – presta atenção! Olha a professora já vem cobrar

(P) – Como estão? Estou só observando! (ela chega mais um pouco, senta e fica escutando as meninas. Elas ficam um pouco nervosas).

7 (P) – vi, Jaqueline, que você ainda está com dificuldade na leitura. Mas agora vou colocar todo dia para você ler. (Ela vira para o meu lado e diz:)

8 (P) – são muitos alunos, mas esta atividade é boa. Eles acabam se ajudando e me ajudando também! A leitura tem sido a maior dificuldade.

(A) – num vai dá pra terminar de ler, mas eu gostei do pedaço que tu leu. Depois empresta o livro pra gente lê.

(J) – fala tu pra professora, eu tenho que fazê meu trabalho!

(a leitura parou aí, pois a professora retomou a aula).

Observando esse episódio, é relevante comentar a forma de atuação da professora no início da atividade: primeiro, ela divide por série e orienta as atividades. A liberdade de escolha dada à aluna faz com que se perceba a boa relação que transparece entre elas. Essa atitude da professora muito contribuiu para que as alunas interagissem e aprendessem juntas apesar de suas limitações, principalmente a aluna da 2ª série, que apresenta muitas dificuldades de leitura. Ela também explicitou alguns elementos para que as alunas pudessem organizar a leitura.

Em um primeiro olhar na atividade, é bastante interessante observar como, no percurso todo de leitura, fala/leitura de uma das alunas é interpenetrado pelo da outra colega. Essa atividade conjunta apresenta diferentes nuanças do processo individual de cada aluna e do processo interindividual, ou seja, de como os processos se transformam devido à fala e às intervenções da outra aluna, de como a mediação é constitutiva da leitura produzida por elas.

Nesse episódio de leitura de um modo mais geral, há momentos em que as alunas não conseguem realizar a decodificação do texto nem construir um sentido, como se observa na linha 1. Entretanto, o episódio apresenta como dialogicamente foram construindo o significado no texto utilizando os diversos elementos, como o ritmo, o jogo das palavras e as rimas da poesia, ficando presente um dos sentidos apresentados pelo texto: o beijo do beija-flor. Isso demonstra a possibilidade de construção pelas alunas de sua história de leitura com o texto.

Desta forma se explicita como o processo de desenvolvimento das alunas pode ser construído e transformado via as interações e relações de ensino na escola multisseriada. Assim, se observa a apropriação da escrita pelas alunas que ocorre através de atividades mediadas em instâncias inter-relacionadas (a mediação pelo outro e a mediação pelos signos). O papel do professor e dos outros alunos torna-se relevante no sentido da construção coletiva que pode ocorrer nas classes multisseriadas.

Assim, a heterogeneidade, característica sempre presente nas classes multisseriadas, ganha força, quando o(a) professor(a) compreende-a como fator importante para as interações que devem ocorrer nas classes multisseriadas. A mesma informação posta à disposição de todos(as), com a mesma linguagem e no mesmo momento será assimilada de maneiras distintas pelos diversos sujeitos, por serem diferentes em suas estruturas psicossociais, demandando ações que exigem interações contínuas dos(as) alunos(as) entre si e com o(a) professor(a).

O aprendizado adequadamente organizado resulta em desenvolvimento mental e põe em funcionamento vários processos de desenvolvimento que, de outra forma, seriam impossíveis de ocorrer.

Deste modo, a prática pedagógica tendo a heterogeneidade como fio condutor baseia-se nas funções interpessoais e nas interações recíprocas de um sujeito ativo com outros sujeitos ativos. Assim, a sala de aula implica uma dinâmica social, sendo função do professor não só a organização das relações aí estabelecidas, das quais o conhecimento é um produto, mas também orientar e direcionar o processo de apropriação da cultura, colocando-se como mediador entre as atividades do aluno e os conhecimentos com os quais interagem.

À guisa de conclusão

Um ambiente heterogêneo, como o das classes multisseriadas, tanto em relação à faixa etária, como e principalmente ao agrupamento socioeconômico, cultural, étnico-racial, oferece riquíssimas experiências de trocas entre as crianças que frequentam esses espaços de formação que são as escolas multisseriadas.

O ser humano nasce num ambiente social e a interação com outras pessoas é fundamental ao seu desenvolvimento, como afirma Vygotsky. A interação da criança/criança de faixas etárias diferentes e entre criança/educador(a) propicia troca de experiências e informações entre membros mais experientes da cultura e outros menos experientes. O aprender é um ato comunicativo e que depende de uma ação compartilhada, outrossim, permite observar que, quando as crianças trocam com outros de idades diferentes, diferenciam o eu do outro, construindo a própria identidade, o que favorece o acesso a níveis crescentes de autonomia e independência.

A interação, como intencionalidade da prática educacional, direciona a organização das ações, do espaço físico e dos materiais, os quais passam a ser mediadores da interação das crianças, gerando oportunidades de construções, procedimentos e atitudes fundamentais à vida em coletividade, como a colaboração, cooperação, solidariedade e respeito.

A pesquisa que estamos desenvolvendo, além de contribuir para o entendimento do fenômeno da heterogeneidade, tem fornecido informações importantes para a reflexão de professores das escolas multisseriadas. O reconhecimento, pelos professores, do papel das interações sociais e discursivas no processo de elaboração dos conhecimentos sistematizados e científicos tem sido uma das condições mais importantes para possibilitar mudanças na prática pedagógica.

Referências

ANDRÉ, Marli Eliza D. A. de. *Etnografia da prática escolar*. 13. ed. Campinas, SP: Papirus, 2007.

ARAGÃO, Rosália M. R. Uma interaçao fundamental de ensino e de aprendizagem: professor, aluno, conhecimento. In: SCHNETZLER, R. P.; ARAGÃO, Rosália M. R. (Org.). *Ensino de Ciências: fundamentos e abordagens*. Campinas, SP: R. Vieira, 2000.

BOGDAN, R.; BICKLEN, S. *Investigação qualitativa em educação*. Porto: Porto, 1994.

CHIZZOTTI, Antonio. *Pesquisa qualitativa em ciências humanas e sociais*. Petrópolis, RJ: Vozes, 2006.

CUNHA, Maria Isabel da. *O bom professor e sua prática*. 15. ed. Campinas, SP: Papirus, 2003.

FREITAS, Maria Natalina Mendes Freitas. *O Ensino de Ciências em escolas multisseriadas na Amazônia ribeirinha: um estudo de caso no Estado do Pará*. Dissertação (Mestrado) – Universidade Federal do Pará, Belém, 2005.

LUDKE, Menga; ANDRÉ, Marli. *A pesquisa em ação: abordagens qualitativas*. São Paulo: EPU, 1986.

VYGOSTKY, L. S. Aprendizagem e desenvolvimento intelectual na idade escolar. In: LURIA, A. R.; LEONTIEV, A. N. *Linguagem, desenvolvimento e aprendizagem*. 8. ed. São Paulo: Ícone, 1991.

VYGOTSKY, L. S. *A formação social da mente*. 3. ed. São Paulo: Martins Fontes, 1987.

VYGOTSKY, L. S. *Pensamento e linguagem*. 2. ed. São Paulo: Martins Fontes, 1989.

Capítulo 25
Transgredindo o paradigma (multis)seriado nas escolas do campo

Edel Moraes
Oscar Ferreira Barros
Salomão Mufarrej Hage
Sérgio Roberto Moraes Corrêa

O Grupo de Estudo e Pesquisas em Educação do Campo na Amazônia (GEPERUAZ) iniciou a pesquisa sobre as escolas do campo multisseriadas e a realidade educacional que nelas se efetiva no estado do Pará em 2002 e, desde então, a partir desses estudos, temos dialogado com educadores e educadoras, estudantes, técnicos e gestores públicos das escolas e dos sistemas, pais, mães e lideranças comunitárias e dos movimentos sociais populares do campo sobre "o que pensam em relação às escolas multisseriadas e ao processo de ensino e aprendizagem que ocorre nessas escolas?"; e sobre suas expectativas acerca de "como deve ser a escola do campo?". Esta tem sido uma das estratégias por nós utilizadas para compreender e analisar, sob múltiplos aspectos, a complexidade que configura essa problemática e apresentar possibilidades de intervenção qualificada diante do cenário preocupante que envolve essas escolas e a educação que elas oferecem às populações do campo.

Em geral, provocados pelas indagações mencionadas anteriormente, os sujeitos do campo, de forma muito simples, expressam a sua opinião, e nos oferecem múltiplas questões para orientar a discussão, por exemplo, o depoimento a seguir de uma mãe, que tem filhos matriculados em uma escola multisseriada:[1]

> A escola multisseriada é muito difícil tanto para a professora quanto para o aluno. Imagina o peso que é para a professora ter que atender todas as séries no mesmo horário, isso a meu ver prejudica o trabalho dela e os alunos não têm a

---

[1] Esclarecemos que os sujeitos investigados são oriundos de diversos municípios do estado do Pará, entrevistados durante as pesquisas realizadas pelo GEPERUAZ, com financiamento do Conselho Nacional de Desenvolvimento Científico e Tecnológico (CNPq), e seus nomes aqui mencionados são fictícios em face da necessidade ética de se manter o sigilo em relação a sua real identificação.

oportunidade de aprender tudo o que eles têm direito. Seria melhor como é na cidade (Dona Sebastiana, mãe de aluno de escola multisseriada).

Muitos sujeitos que ensinam, estudam, investigam ou demandam a educação no campo e na cidade se referem às escolas do campo multisseriadas como um "mal necessário", por enxergarem nelas a "única opção de oferta do ensino dos anos iniciais do fundamental nas pequenas comunidades rurais" e a responsável pelo fracasso escolar dos sujeitos do campo. Em certa medida, eles consideram essas escolas como um "grande problema", não no sentido epistemológico em que esse termo é entendido como motivador de investigações e de mudanças, face às intervenções que provoca, incentiva e materializa; mas como um empecilho, um fardo muito pesado ou mesmo um impedimento para que o ensino e o direito à aprendizagem sejam assegurados nas escolas do campo. E isso tudo exatamente porque, no entendimento dos sujeitos, essas escolas reúnem em uma mesma turma, concomitantemente, estudantes de várias séries, sob a docência de um único professor ou professora, diferentemente do que ocorre na grande maioria das escolas urbanas, onde os estudantes são enturmados por série, e cada série possui o seu próprio professor.

Essa sensação de imobilismo, de impotência, de falta de opção ou alternativa, que a oferta da escolarização multisseriada provoca nos sujeitos do campo, tem sido resultante da aplicação do princípio da relação custo/benefício no investimento destinado às políticas educacionais, em que gestores públicos, como também pais e, muitas vezes, pesquisadores e lideranças dos movimentos sociais, premidos pelos contingenciamentos de verbas públicas para a educação, não visualizam outras possibilidades de oferta do ensino fundamental nos anos inicias, aos sujeitos do campo, além do multisseriado, indo de encontro, inclusive, ao que estabelece a Lei de Diretrizes e Bases da Educação (LDB) em vigência, em seus artigos 28 e 23, ao afirmar que:

> Na oferta de educação básica para a população rural, os sistemas de ensino promoverão as adaptações necessárias à sua adequação às peculiaridades da vida rural e de cada região, especialmente:
>
> II – organização escolar própria, incluindo adequação do calendário escolar às fases do ciclo agrícola (Art. 28).
>
> A educação básica poderá organizar-se em séries anuais, períodos semestrais, ciclos, alternância regular de períodos de estudos, grupos não-seriados, com base na idade, na competência e em outros critérios, ou por forma diversa de organização (Art. 23).

Outra questão depreciativa no tocante às escolas multisseriadas advém da relação que os sujeitos estabelecem entre a junção de várias séries em uma mesma turma com a imposição ao professor de um trabalho excedente, multiplicado pelo número de séries que a sua turma possui. No entendimento de muitos sujeitos do campo, essa situação provoca a fragmentação da organização do trabalho pedagógico, à medida que o docente tem que realizar vários planejamentos, atividades, avaliações, etc., conforme explicita o depoimento a seguir, de uma professora que atua em uma escola multisseriada:

> Na escola seriada, o professor dá 4h voltadas só para uma série. O plano de aula dele é só para uma série, calcula já aquelas 4h só para aquilo. Na época de teste, ele vai elaborar um teste só, uma avaliação só. Enquanto que o nosso é bem complicado, principalmente na hora da avaliação e de corrigir. Na seriada, há mais possibilidade de aprendizagem. A estrutura de ensino seriada é melhor (Marli, professora de escola multisseriada).

No entendimento dessa professora, como também de muitos outros sujeitos envolvidos com a Educação do Campo e da cidade, a solução para os problemas enfrentados pelas escolas multisseriadas, especialmente aqueles relacionados à sobrecarga de trabalho do professor e à aprendizagem dos estudantes, passa por transformarmos as escolas multisseriadas em escolas seriadas, seguindo o exemplo do meio urbano.

Como justificativa para essa atitude, utilizam-se do argumento de que a multissérie dispersa a ação do professor ao fragmentar o seu trabalho pedagógico na sala de aula, e dispersa também a turma ao fragmentar os estudantes, com a utilização de vários quadros de giz ou a divisão de um mesmo quadro em várias partes, em função das séries, para o registro dos conteúdos curriculares e das atividades educativas para cada uma das séries.

As pesquisas que realizamos no âmbito do GEPERUAZ, observando e acompanhando os docentes em suas atividades letivas em escolas multisseriadas, oportunizaram a compreensão de que a seriação, por eles reivindicada como solução para os seus problemas, já se encontra em execução nas escolas do campo multisseriadas, de forma precarizada, sob a configuração da multissérie. E mais, é justamente a presença da seriação nas escolas multisseriadas que pressiona os educadores a organizar o trabalho pedagógico e desenvolver atividades de planejamento, curricular e de avaliação, de forma fragmentada para atender aos requisitos de sua implementação.

Para ser mais explícito, o que queremos dizer é que as escolas multisseriadas já são a materialização da seriação no território do campo. Elas constituem uma maneira viável, exequível que a seriação encontrou para se materializar num contexto marcado pela precarização da vida, da produção e da educação, conforme indica a visão urbanocêntrica de mundo, que predomina na sociedade brasileira e mundial.

Essa visão se referencia pelo discurso generalizado que apresenta o espaço urbano como o lugar das possibilidades, da modernização e desenvolvimento, do acesso à tecnologia, à saúde, à educação de qualidade e ao bem-estar das pessoas; e o meio rural, como o lugar do atraso, da miséria, da ignorância e do não desenvolvimento. Essa mesma visão induz os educadores e muitos outros sujeitos do campo e da cidade a acreditarem que *o modelo de escola seriada urbana* seja a referência de uma educação de qualidade para o campo e para a cidade; e que sua implantação nas escolas multisseriadas do campo seja a solução mais viável para superar o fracasso dos estudantes nessas escolas.

Esse discurso se assenta no *paradigma urbanocêntrico*, de forte inspiração *eurocêntrica*, que estabelece os padrões e as referências de racionalidade e de sociabilidade ocidentais como universais para o mundo, sendo esse paradigma fundamentalmente particular e consequentemente elitista, discriminatório e excludente, posto que apresenta e impõe um único padrão de pensar, agir, sentir, sonhar e ser como válido para todos, independente da diversidade de classe, raça, etnia, gênero, idade existentes na sociedade, especificamente os princípios e valores de uma racionalidade e sociedade capitalista mercadológica, deslegitimando outros modos de representar o mundo e produzir a vida.

Esse paradigma exerce muita influência sobre os sujeitos do campo e da cidade, levando esses mesmos sujeitos a estabelecer muitas comparações entre os modos de vida urbanos e rurais, entre as escolas da cidade e do campo; e a compreender que as escolas do campo devem seguir os mesmos parâmetros e referências das escolas da cidade se quiserem superar o fracasso escolar e se tornar de boa qualidade.

Segundo esse paradigma, *as escolas consideradas de boa qualidade são aquelas que estão na cidade e são seriadas*. Entretanto, os estudos que temos realizado indicam que esse modelo de organização de ensino seriado urbanocêntrico tem origem justamente na racionalidade moderna, fundamentando-se nas seguintes referências conceituais: a ciência é entendida como o único conhecimento válido e verdadeiro; o mundo é representado de forma fragmentada, exemplificado na separação entre: sujeito-objeto, corpo-alma, natureza-sociedade, cultura-natureza, etc., gerando apartações e hierarquizações entre os modos de vida, como o urbano e o rural, por exemplo.

Esse paradigma contribui para homogeneizar as culturas, fortalecendo e massificando valores como individualismo, competitividade, seletividade, meritocracia, valores estes que estão na base do darwinismo social, cuja aplicação na sociedade tem produzido de forma ampliada a discriminação, a exclusão e a desigualdade.

O modelo de escola seriada urbanocêntrica coloca o conteúdo científico em primeiro plano, privilegiando sua transmissão de forma mecânica, linear e disciplinar como condição para a formação, aprendizagem e requisito para que o estudante seja gradativamente aprovado, série após série, até chegar ao vestibular e ingressar de preferência em universidades de grande prestígio.

Nesse modelo de escola, desde a educação infantil, os estudantes são preparados para os níveis posteriores de ensino, e a meta final é a inserção no mercado de trabalho, não importando os demais aspectos necessários a uma formação humana integral.

Miguel Arroyo (2001), ao se referir à problemática que envolve o modelo seriado, levanta os seguintes questionamentos: *O que são as séries? Que concepção de educação elas carregam? E que processos formativos elas provocam?* Na visão desse autor, a seriação é um tipo de organização do sistema escolar que está centrada num conjunto de conhecimentos supostamente hierarquizados, onde o "a" pressupõe o "b" e o "b" pressupõe o "c" como se fosse a construção de um prédio por lajes, onde uma sustenta a outra. Esse caráter cumulativo de conteúdos, mês após mês, ano após ano, está baseado em um conjunto de provas e testes, onde somente os "bons" alunos têm sucesso na escola, através da capacidade de adquirir, memorizar e acumular conteúdos.

Esse autor compreende, ainda, que os índices alarmantes de fracasso escolar existentes nas escolas da cidade e do campo, em muito se devem à escola seriada "peneiradora", seletiva e excludente que é a própria negação da escola como direito de todos, universal. Ela não dá conta da formação integral dos educandos, pois não está centrada nos educandos, em seu desenvolvimento humano e nos modos de vida diferenciados que existem na sociedade e, em especial, no espaço rural.

O modelo seriado de ensino trata o tempo, o espaço e o conhecimento escolar de forma rígida, impondo a fragmentação em séries anuais e submetendo os estudantes a um processo contínuo de provas e testes, como requisito para que sejam aprovados e possam progredir no interior do sistema educacional. Esse modelo se pauta por uma lógica "transmissiva", que organiza todos os tempos e espaços dos professores e dos alunos, em torno dos "conteúdos" a serem transmitidos e aprendidos, transformando os conteúdos no eixo vertebrador da organização dos níveis de ensino, das séries, das disciplinas, do currículo, das avaliações, da recuperação, aprovação ou reprovação (BRASIL, 1994).

Nas pesquisas que realizamos, temos identificado que o paradigma urbanocêntrico, materializado através do modelo seriado de ensino, pauta a organização do trabalho pedagógico nas escolas do campo e multisseriadas, influenciando fortemente na produção dos modos de vida das populações rurais e nos resultados educacionais dessas populações.

Nessas escolas, os professores e as professoras atuam na docência com até sete séries concomitantemente e se sentem ansiosos, angustiados ao ter que planejar e desenvolver as atividades pedagógicas diferenciadas para todas essas séries em um mesmo espaço e ao mesmo tempo.

Sem uma compreensão referenciada e crítica de todo esse processo, muitos professores e professoras do campo organizam o seu trabalho pedagógico sob a lógica da seriação, realizando a transferência mecânica de conteúdos aos estudantes, sob a forma de pequenos trechos, como se fossem retalhos dos conteúdos disciplinares, extraídos dos livros didáticos que conseguem ter acesso, muitos deles bastante ultrapassados e distantes da realidade do meio rural, os quais são repassados através da cópia ou da transcrição do quadro, utilizando-se da fragmentação do espaço escolar com a divisão da turma em grupos, cantos ou fileiras seriadas, como se houvesse várias salas em uma, separadas por "paredes invisíveis".

A presença e materialização das séries nas escolas multisseriadas, além de dispersar a turma e deixar o professor enlouquecido ao coordenar as atividades pedagógicas na sala de aula, limita o tempo de aula a ser ministrado aos estudantes, pois os educadores têm que elaborar e executar vários planos de ensino de acordo com os conteúdos de cada série presente em sua turma, os quais, em geral, são estabelecidos pelos técnicos das Secretarias de Educação. O depoimento de um professor que atua em escola multisseriada é elucidativo dessa situação:

> As dinâmicas que são repassadas para as escolas multisseriadas são muito complicadas, porque são muitas séries juntas. Lógico que se eu estou ensinando para uma série, eu estou perturbando a outra, porque aquele assunto não interessa a eles. É um ensino pela metade. Depende muito do interesse do professor e do aluno. Para mim deveria haver uma metodologia só para a escola multisseriada. Eu acho que o que a Secretaria repassa para a gente é como se fosse uma escola seriada (Denílson, professor de escola multisseriada).

De fato, no diálogo que estabelecemos com os professores das escolas multisseriadas, através das oficinas e minicursos que ministramos, das palestras e conferências que proferimos, ou mesmo das observações e entrevistas que realizamos nessas escolas, é recorrente na fala dos professores, a presença de manifestações de insatisfação, de preocupação, de sofrimento e, em alguns casos, até de desespero em face de se sentirem impotentes para cumprir as inúmeras tarefas administrativas e pedagógicas que têm que dar conta ao trabalhar em escola multisseriada.

Os professores, também expressam nesses momentos, um sentimento de abandono que os incomoda bastante, pelo fato de trabalharem como unidocentes, isolados de seus pares, sem o acompanhamento pedagógico das Secretarias de Educação. Eles se sentem desprivilegiados em relação aos docentes que atuam nas escolas urbanas, pelo fato de desempenharem suas funções docentes em pequenas comunidades afastadas umas das outras e distantes das sedes municipais, sem as mínimas condições de infraestrutura para acomodá-los, o que os obriga a dar conta de algumas tarefas com os seus próprios meios, quando não são apoiados pelas Secretarias Municipais e pelas comunidades que os recebem, por exemplo: seu deslocamento de casa até a escola, seu alojamento e alimentação durante as aulas, o transporte da merenda e de materiais pedagógicos até a escola, entre muitas outras situações, que ocupam a atenção e a ação dos professores e os distanciam da execução de suas atividades docentes, diminuindo o tempo por eles disponibilizado para o acompanhamento da aprendizagem dos estudantes.

De fato, as questões até aqui explicitadas constituem aspectos significativos das situações que temos apreendido com as pesquisas realizadas pelo GEPERUAZ, as quais são reveladoras da complexidade de questões que configuram a realidade da educação e os desafios que enfrentam os educadores e estudantes das escolas do campo multisseriadas.

Em grande medida, essas e outras situações têm nos desafiado, nesses últimos anos, a apontar possibilidades de intervenção e propostas de solução para essa problemática, que sejam qualificadas, viáveis, exequíveis e que atendam às necessidades e expectativas dos gestores públicos, dos movimentos e organizações sociais, dos órgãos de fomento e especialmente dos educadores, pais e estudantes envolvidos com as escolas multisseriadas.

Sabemos que esta não é uma tarefa fácil ou simples de ser efetivada, principalmente porque as mazelas que envolvem a realidade das escolas multisseriadas são muito antigas e profundas. Elas resultam do fato de que, justamente, as escolas do campo multisseriadas, assim como as questões educacionais vivenciadas por seus educadores e estudantes, historicamente não têm sido incluídas na pauta das políticas educacionais, o que significa dizer que as condições de infraestrutura, processos de gestão, projeto pedagógico, currículo, metodologias de ensino, materiais pedagógicos, avaliação e formação dos educadores das escolas do campo multisseriadas têm sido negligenciados pelo poder público, pela academia e pelas organizações e movimentos sociais do campo também.

Contudo, nossas aproximações com a realidade educacional do campo em vários municípios do estado do Pará, resultantes de observações e acompanhamento em salas de aula, de oficinas e minicursos ministrados, de palestras e conferências proferidas e de entrevistas realizadas com sujeitos oriundos dos diversos segmentos que participam dessas escolas têm oferecido algumas pistas interessantes, que ajudam a referenciar as propostas de intervenção que estamos apresentando neste texto, com a expectativa de mudar o quadro preocupante e desalentador que envolve as escolas do campo multisseriadas.

Como eixo central de nossas proposições, apresentamos a *transgressão do modelo seriado urbano de ensino* como o elemento de convergência dos esforços e das energias criadoras, inventivas e de inovação vivenciados, formulados e desenvolvidos pelos gestores, educadores, estudantes, pais e lideranças comunitárias e dos movimentos sociais no cotidiano das escolas do campo multisseriadas. Esta tem sido a indicação mais plausível que ousamos apresentar até o presente momento, tendo em vista a necessidade urgente de intervir e mudar o quadro dramático que envolve as escolas do campo multisseriadas em nosso país.

Quando buscamos o entendimento do termo "transgressão" no *Aurélio*, encontramos como significado o seguinte: "Ato ou efeito de transgredir; infração, violação" (HOLANDA, 1986). Ao realizarmos uma pesquisa mais ampliada consultando os sinônimos desse termo, constatamos que ele se encontra associado a: desobediência, insubordinação, rebeldia, quebra, fratura, ruptura, interrupção, rompimento, transposição, superação, transcendência.

"Transcender" no *Aurélio* significa "ultrapassar; ser superior a; ir além do ordinário, exceder a todos, chegar a alto grau de superioridade. Ir além (dos limites do conhecimento)". Este é precisamente o significado que estamos assumindo e propondo quando indicamos a *transgressão do modelo seriado urbano de ensino* como um caminho para o enfrentamento da problemática que envolve as escolas do campo multisseriadas com relação à aprendizagem dos educandos.

Em outras palavras, para ser mais explícito, em nosso entendimento, as mudanças desejadas, reivindicadas ou perseguidas em relação às escolas do campo multisseriadas, para serem efetivas e provocarem desdobramentos positivos quanto aos resultados do processo de ensino e aprendizagem, devem incidir diretamente sobre a constituição identitária que configura essas escolas, ou seja, devem romper, superar, transcender ao *paradigma seriado urbano de ensino*, que em sua versão precarizada, se materializa hegemonicamente nas escolas do campo multisseriadas, conforme explicitado anteriormente, neste texto.

Sabemos que essa proposição não se efetivará via decreto, por imposição do poder público, de modo compulsório para todas as escolas ao mesmo tempo, ou mesmo por decisão dos pesquisadores, educadores ou de algum outro segmento escolar isoladamente. Uma mudança dessa natureza, para se materializar e apresentar os resultados que esperamos, deve se constituir paulatinamente, com muito diálogo e reflexão, envolvendo todos os segmentos escolares, com estudo sobre as condições existenciais e as possibilidades de intervenção que atendam as peculiaridades locais das escolas e suas comunidades, aproveitando o que de positivo os sujeitos envolvidos com essas escolas têm conseguido realizar através de sua prática criadora e inventiva, de sua capacidade de inovar, de fazer diferente mesmo quando as condições materiais, objetivas e subjetivas são muito desfavoráveis, e as limitações e carências são muito profundas.

De fato, um dos passos importantes rumo à *transgressão do paradigma seriado urbano de ensino*, se efetiva com o fortalecimento da participação coletiva de todos os segmentos escolares na construção do projeto pedagógico, do currículo e na definição das estratégias metodológicas e de avaliação que serão efetivados na escola. Quando isso acontece, a escola, e com ela os diversos segmentos que a constituem, toma para si a responsabilidade de conduzir o planejamento, a gestão e a condução do ensino e de aprendizagem dos estudantes. Esse processo ajuda a corroer alguns dos pilares sobre os quais se assenta o paradigma hegemônico, sua racionalidade e seus princípios de sociabilidade, ao fortalecer a autonomia e o protagonismo, a emancipação e o empoderamento das escolas e dos sujeitos diante das condições subalternas, clientelistas e patrimonialistas que ainda se manifestam com muita intensidade nas relações sociais que se materializam no território do campo.

Assim, construir e implementar as proposições, as políticas e as ações *com os sujeitos do campo* envolvidos com as escolas multisseriadas e não para eles, nos parece um caminho viável e mais adequado para a materialização das mudanças que estamos perseguindo nesse cenário. Isso implica ouvir os sujeitos do campo e aprender com suas experiências de vida, de trabalho, de convivência e de educação; oportunizá-los o acesso à informação, à ciência e às tecnologias, sem hierarquizar os conhecimentos, valores, ritmos de aprendizagem. Implica também realizar uma "escuta sensível" ao que os professores e estudantes vêm realizando no cotidiano da escola, destacando as experiências e atividades bem-sucedidas e refletindo sobre as práticas que não se efetivam adequadamente, para ressignificar com eles os sentidos de currículo, de projeto pedagógico, de educação, de escola... Enfim, repensar as práticas, e formular novas propostas sintonizadas com a realidade dos sujeitos do campo, ou seja, do lugar dos sujeitos do campo, sem apartá-los do mundo global, do contexto urbano, com os quais o território do campo interage continuamente, constituindo-se em sua identidade/subjetividade, a partir dessa interação.

Quem deve participar da produção dessas propostas? Todos sem exceção: educandos, educadores, gestores, funcionários, pais, lideranças das comunidades e movimentos e organizações sociais locais; todos têm com o que contribuir e devem, portanto, participar com suas ideias, críticas, sugestões, ponderações.

Este é um requisito e mesmo uma exigência para se democratizar o saber, as relações sociais e o poder na escola; reconhecido inclusive pelas Diretrizes Operacionais para a Educação Básica das Escolas do Campo, quando estabelece que "o projeto institucional das escolas do campo, garantirá a gestão democrática, constituindo mecanismos que possibilitem estabelecer relações entre a escola, a comunidade local, os movimentos sociais, os órgãos normativos do sistema de ensino e os demais setores da sociedade (CNE/CEB, 2002 – Art. 10).

Outro passo significativo na direção da transgressão do paradigma seriado urbano de ensino se materializa quando, no cotidiano da sala de aula, se procura valorizar a intermulticulturalidade configuradora das identidades/subjetividades e dos modos de vida próprios das populações do campo, ou seja, quando se reconhece a pluralidade de sujeitos e a configuração territorial que se constitui a partir da diversidade cultural que caracteriza esses territórios.

A própria Secretaria de Educação Continuada, Alfabetização e Diversidade (SECAD), criada no interior do Ministério da Educação, em 2004, onde se insere a Coordenação Geral da Educação do Campo, assumiu como meta pôr em prática uma política de educação que respeite e valorize o campo em sua diversidade, entendendo que ele "engloba os espaços da floresta, da pecuária, das minas, da agricultura, dos pescadores, dos caiçaras, dos ribeirinhos e dos extrativistas, como espaço de inclusão social, a partir de uma nova visão de desenvolvimento" (SECAD, 2007).

No caso específico dos estudos do GEPERUAZ, temos nos concentrado em compreender e investigar a socioculturalidade presente na Amazônia paraense, lócus mais ampliado onde esses estudos têm sido efetivados. A partir deles, temos procurado enfatizar que a Amazônia, ao possuir uma das mais ricas biodiversidades do planeta, é marcada fundamentalmente por uma ampla diversidade sociocultural, composta por populações que vivem no espaço urbano e rural, habitando um elevado número de povoados, pequenas e médias cidades e algumas poucas metrópoles, que, em sua maioria, possuem poucas condições para atender às necessidades dessas populações, ao apresentarem infraestrutura precária e não disporem de serviços essenciais básicos, sobretudo no campo. Localidades estas que abrigam a grande maioria das escolas do campo multisseriadas, denominadas, em muitos casos, de escolas isoladas, em face das grandes distâncias existentes entre si e com as sedes municipais.

Entre as populações e grupos que habitam a região no campo e na cidade, encontram-se caboclos, ribeirinhos, pescadores, extrativistas, coletores, indígenas e remanescentes de quilombos, colonos e migrantes de outras regiões brasileiras (especialmente do Nordeste e do Centro-Sul) e estrangeiros, agricultores familiares assentados, sem-terra, sem-teto, posseiros, garimpeiros, atingidos por barragens; segmentos populares dos mais diversos matizes – idosos, deficientes, jovens, crianças, mulheres, negros, trabalhadores, entre outros.

A título de exemplificação para fortalecer os argumentos que estamos apresentando aqui, um dos estudos específicos que realizamos sobre as escolas do campo e sua localização por comunidades rurais, tomando como referência o Censo Escolar do INEP, de 2006, revelou que, entre as 9.483 escolas rurais de Educação Básica existentes no estado do Pará, 891 encontravam-se localizadas em assentamentos rurais, 376 em colônia agrícola, oito em comunidade garimpeira, 109 em comunidades indígenas, 12 encontravam-se localizadas em comunidade praiana, 214 em comunidade quilombola, 2.525 em comunidade ribeirinha, 3.550 em comunidade rural, 120 em comunidade rural em fazenda, e 1.678 em comunidade vicinal. Esses dados também podem ser visualizados no quadro a seguir, de forma mais objetiva:

Estado do Pará: Número de Escolas da Educação Básica no Meio Rural por Classificação das Comunidades - 2006

Área de Localização	Escolas	%
Assentamento Rural	891	9,4
Colônia Agrícola	376	3,9
Comunidade Garimpeira	08	0,08
Comunidade Indígena	109	1,1
Comunidade Praiana	12	0,12
Comunidade Quilombola	214	2,3
Comunidade Ribeirinha	2.525	26,6
Comunidade Rural	3.550	37,4
Comunidade Rural em Fazenda	120	0,12
Comunidade Vicinal	1.678	17,1
TOTAL	9.483	100,0

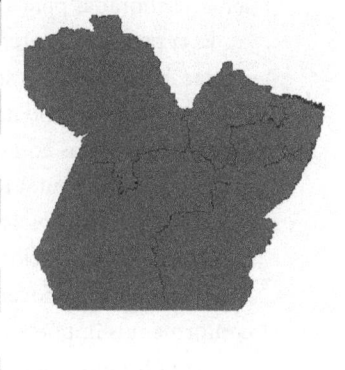

Fonte: SEDUC/ Pará com base nos dados do Censo Escolar/2006 - INEP.

A partir desses resultados, temos intensificado cada vez mais nas reflexões e formações de professores, gestores, estudantes, pais, lideranças comunitárias e dos movimentos sociais do campo que realizamos, assim como entre pesquisadores, técnicos e dirigentes municipais e estaduais de educação, a importância de incluir essa diversidade sociocultural e territorial em suas agendas políticas e educacionais, afirmando a diferença que se manifesta nos modos próprios de vida e existência das populações e grupos que constituem a Amazônia, considerando a conflitualidade existente nas relações sociais que esses grupos e populações estabelecem entre si, e apontando para uma convivialidade de forma pacífica, dialógica e emancipatória que precisa se efetivar entre esses grupos e populações.

Essas orientações, de forma explícita, se contrapõem e ajudam a minar as referências que fundamentam o paradigma seriado urbano de ensino, explicitadas anteriormente, pois contribuem para ressaltar a heterogeneidade que configura a socioculturalidade do campo, fortalecendo como valores a solidariedade, a alteridade, a justiça social, ajudando, assim, a consolidar a igualdade na diferença.

As escolas do campo, que em sua grande maioria se organizam sob a multisseriação, são espaços marcados predominantemente pela heterogeneidade ao reunir grupos com diferenças de sexo, de idade, de interesses, de domínio de conhecimentos, de níveis de aproveitamento, etc. Essa heterogeneidade inerente ao processo educativo que se efetiva na multissérie, na seriação ou em qualquer outra forma de organização do ensino, articulada a particularidades identitárias relacionadas a fatores geográficos, ambientais, produtivos, culturais, etc. são elementos imprescindíveis na constituição das políticas e práticas educativas a serem elaboradas para a Amazônia e para o país.

Essa prerrogativa referencia e fortalece nossa intencionalidade de pensar a educação do lugar dos sujeitos do campo, tendo em vista a superação do *paradigma seriado urbano de ensino*; pois, se assumimos como pretensão elaborar políticas e práticas educativas includentes e emancipatórias para as escolas do campo, é fundamental reconhecer e legitimar as diferenças existentes entre os sujeitos, entre os ecossistemas e entre os processos culturais, produtivos e ambientais cultivados pelos seres humanos nos diversos espaços sociais em que se inserem; e não promover a homogeneização, a parametrização e o rankeamento, conforme nos impõe a seriação.

Não obstante, não podemos desconsiderar a visão dos sujeitos envolvidos com as escolas do campo multisseriadas, que em seus depoimentos, mencionados anteriormente, consideram a heterogeneidade inerente ao ambiente escolar como um fator que dificulta o trabalho pedagógico do professor, fundamentalmente porque se tem generalizado na sociedade que as "classes homogêneas", entendidas muitas vezes como aquelas que reúnem estudantes da mesma série ou da mesma idade, são o parâmetro de melhor aproveitamento escolar e, consequentemente, de educação de qualidade.

Contudo, os fundamentos teóricos que orientam as pesquisas realizadas no âmbito do GEPERUAZ apontam justamente o contrário, indicando ser a heterogeneidade um elemento potencializador da aprendizagem e enriquecedor do ambiente escolar, que poderia ser melhor aproveitado na experiência educativa que se efetiva nas escolas do campo multisseriadas, carecendo, no entanto, de mais estudos e investigações sobre a organização do trabalho pedagógico, sobre o planejamento e a construção do currículo e de organização do trabalho docente que atendam às peculiaridades de vida e de trabalho das populações do campo, o que de forma nenhuma, em nosso entendimento, significa a perpetuação da experiência precarizada de educação que se efetiva nas escolas multisseriadas tal qual identificamos em nossos estudos.

Seguindo essa orientação, outro passo interessante que temos indicado na direção da *transgressão do paradigma seriado urbano de ensino* foca o currículo e a organização do trabalho docente, justamente pelo fato de os estudos que realizamos terem revelado, em um aspecto, as dificuldades que os professores enfrentam no planejamento curricular e na organização do trabalho pedagógico nas escolas do campo, quando elas são multisseriadas, porém, em outro aspecto, as inovações e criatividades pelos professores efetivadas em suas práticas educativas, como resultado dos conhecimentos adquiridos em algum momento de sua formação e, prioritariamente, da experiência concreta acumulada com o trabalho educativo desenvolvido nas escolas do campo multisseriadas.

Em grande medida, a junção de várias séries ao mesmo tempo, com faixa etária, interesse e nível de aprendizagem dos estudantes muito variado tem levado os professores a seguirem as indicações do livro didático como a alternativa mais comum para viabilizar o planejamento curricular, sem atentar com clareza para as implicações dessa atitude, face à imposição desses manuais didáticos na definição de um currículo deslocado da realidade e da cultura das populações do campo da Amazônia.

Em igual proporção, quando os professores assumem a "proposta de multissérie", como "junção de várias séries ao mesmo tempo e num mesmo espaço", passam a elaborar tantos planos de ensino e estratégias metodológicas e de avaliação diferenciados quanto forem as séries presentes em sua turma, sentindo-se, por isso, angustiados, ansiosos por realizar o seu trabalho da melhor forma possível, e ao mesmo tempo perdidos, carecendo de apoio para desenvolver o seu trabalho com qualidade. Soma-se a isso a pressão também exercida pelas Secretarias de Educação, quando definem encaminhamentos padronizados de horário do funcionamento das turmas, de planejamento e listagem de conteúdos.

Buscando impactar nessa realidade, os estudos, as intervenções e as formações que têm sido realizados por meio do GEPERUAZ têm se orientado no sentido de dar voz aos sujeitos que vivenciam essas situações, para que possam explicitá-las, manifestar seus sentimentos, seus sofrimentos, denunciá-las, sem medo de sofrerem punições e retaliações, algo bastante frequente, infelizmente, no contexto campo, envolvendo os educadores que atuam nas escolas multisseriadas.

O depoimento de uma professora do município de Portel, no estado do Pará, que atua em uma escola do campo multisseriada é revelador das precárias condições de existência que vivenciam os sujeitos do campo nessas escolas:

> Podemos perceber a situação das escolas que temos em nossa realidade vivenciada no campo: prédios sem a menor condição de funcionamento, ou seja, sem infraestrutura adequada para atender os alunos de algumas comunidades, salas superlotadas sem espaço, os alunos sem carteira para sentar, o professor tem que ser artista para educar esses alunos. A falta de transporte escolar para condução dos alunos, alguns vem arriscando a própria vida para chegar na escola, a falta de moradia ou alojamento para os professores, porque a maioria mora nas escolas.

Outro fator muito importante que acontece é a falta da participação da família na escola, os pais não frequentam a escola. Enfim são muitos itens negativos que muitas vezes até desestimula o trabalho do professor (Sebastiana, professora de escola multisseriada).

Nesses espaços que envolvem a atuação do grupo de pesquisa, os sujeitos do campo são convidados a refletir sobre essas situações, a problematizar suas causas e seus desdobramentos, num diálogo acolhedor, interativo, em que se procura utilizar desenho, imagens, histórias, música, poesia, teatro e muitas outras estratégias que oportunizem o resgate da autoestima dos sujeitos, que motive a participação e o compromisso destes, fazendo-os compreender que não estão isolados e sozinhos na busca de soluções para os problemas que afligem a multissérie.

Concomitantemente, compartilham-se as teorias acumuladas nos estudos que o grupo vem realizando com os sujeitos do campo, sejam eles professores, gestores, estudantes, pais, lideranças da comunidade ou de movimentos sociais, na expectativa de ressignificar suas representações, opiniões e práticas educativas, focando sempre situações e experiências reais, vivenciadas pelos sujeitos no cotidiano da sala de aula, na escola, na gestão de uma Secretaria de Educação ou na experiência dos movimentos sociais, ajudando-os a visualizar possibilidades de intervenção mais adequadas às peculiaridades locais, referenciadas pelos conhecimentos científicos acumulados essas situações e sintonizadas com as aspirações e interesses desses mesmos sujeitos do campo.

Especificamente em relação ao currículo, as atividades desenvolvidas pelo grupo de pesquisa têm procurado enfatizar o entendimento de que o currículo produz identidades/subjetividades individuais e coletivas, e que este se materializa como resultado de um processo de seleção entre os conhecimentos existentes na sociedade, em que os grupos que possuem maior poder assumem o direcionamento desse processo de seleção, definindo os conhecimentos legítimos que serão socializados nos espaços formativos existentes na sociedade, entre eles, e na escola.

Nesse sentido, há uma relação direta entre o planejamento curricular, realizado através da seleção dos conhecimentos a serem ensinados na escola e a afirmação ou negação dos saberes, das experiências e dos modos de vida próprios e diversos que configuram a intermulticulturalidade presente na Amazônia e no Brasil, de forma mais ampliada.

Pelos motivos expostos, nos momentos educativos em que o GEPERUAZ participa e promove, têm-se enfatizado a importância e a necessidade de abordar e construir o currículo numa perspectiva integrada, onde os conhecimentos da tradição cultural dos sujeitos do campo, adquiridos através de suas atividades produtivas e nas relações de convivência na família ou na comunidade, na igreja ou em outros espaços sociais sejam valorizados e reconhecidos em sua potencialidade criadora, com os elementos de positividade que possuem e possam dialogar, em igualdade de condições, com os conhecimentos e as tecnologias que são produzidos no âmbito das diversas ciências na academia e demais espaços que lidam com o conhecimento científico e tecnológico na sociedade.

Ao nosso modo de ver, essa atitude pode contribuir em grande medida para minar as referências que fundamentam o paradigma seriado urbano de ensino, explicitadas anteriormente, ao relativizar a supremacia e a arrogância com que o conhecimento científico em geral é apresentado, como sendo o único conhecimento legítimo, capaz de bastar-se a si próprio porque possui a solução para todos os problemas da humanidade; e, como se além dele, os demais conhecimentos e saberes fossem considerados intuições, crendices, superstições, empiria, senso comum, que pouco pode ajudar na compreensão, interpretação e transformação da realidade.

Nas produções teóricas e práticas educativas empreendidas pelo GEPERUAZ, tem-se procurado, portanto, incentivar o planejamento curricular coletivo entre os professores das escolas do campo multisseriadas, envolvendo os pais e integrantes das comunidades, e sempre que possível, também os gestores públicos e lideranças dos movimentos sociais nos processos que envolvem a organização do trabalho pedagógico que ocorre no interior dessas escolas. Nesses momentos, procura-se fortalecer atividades interdisciplinares e, quando possível, transdisciplinares também, fomentando a elaboração de projetos educativos, a definição de temáticas geradoras, a construção de teias de conhecimentos, ou outras iniciativas que estimulem os sujeitos do campo a desenvolver sua visão relacional, necessária para que eles compreendam que a solução para as grandes mazelas que envolvem as escolas do campo multisseriadas, ao longo de sua existência, depende, em grande medida, do enfrentamento aos desafios mais abrangentes das populações do campo para assegurar o direito à vida com dignidade e à educação de qualidade.

Miguel Arroyo, em seus estudos, nos ajuda a compreender melhor essa questão, nos advertindo de que, "quando a terra, o território e as formas de produção estão ameaçados, são ameaçadas também a base da produção da existência e a identidade dos sujeitos: a produção da infância, da adolescência e da juventude; a ESCOLA também é ameaçada". Ele nos esclarece ainda com a sua argumentação, que

> [...] o fato das escolas do campo somente serem de 1ª a 4ª séries, não é só porque estão distantes, não há dinheiro, ou porque os políticos não têm vontade; mas porque na realidade o único tempo mais ou menos reconhecido como tempo de direitos é o de sete a 10 anos. A infância tem uma vida muito curta no campo, por isso a educação da infância tem uma vida muito curta no campo. A adolescência não é reconhecida, porque se inserem precocemente no trabalho, e a juventude se identifica com a vida adulta precocemente. Daí porque não temos educação mais do que de 1ª a 4ª série (ARROYO, 2006, 108).

De fato, é preciso ter a clareza da complexidade que envolve a solução dos problemas que afligem as escolas do campo multisseriadas e saber que as mudanças de mentalidade, de cultura que se almeja não são muito rápidas, automáticas e definitivas. De todo modo, a materialização dessas mudanças exigirá o empoderamento dos sujeitos do campo e o empoderamento das escolas, para que possam interferir em sua autodeterminação, formulando e implementando políticas e práticas educacionais que tenham a nossa cara, o nosso próprio jeito de ser, de sentir, de experimentar, de ousar e de sonhar, desafiando as condições desfavoráveis que os acompanha, ao longo do desenvolvimento da sociedade brasileira.

Os depoimentos a seguir apresentados nos dão uma pequena mostra das aspirações que os professores possuem em relação à escola que gostariam de ver materializada no campo:

> O meu sonho é que a minha escola tivesse três ou mais salas, que tivesse educação infantil, e que funcionasse de 1ª a 8ª série, pois nós enfrentamos na nossa comunidade dificuldades de andamento de série, terminou a 4ª série parou o estudo. Nunca tivemos sorte de que a nossa escola tivesse pelo menos a 5ª série. Já lutamos muito, mas não conseguimos. Mas espero que um dia possa ser realizado nosso sonho. Que a nossa escola tivesse oportunidade de possuir um dia, computador, mimeógrafo, reforma elétrica, área de lazer, televisão com antena parabólica, etc. Pois, se isso não acontecer, algumas famílias tem que mudar-se, para que seus filhos possam continuar seus estudos, como no meu caso, tive que retirar meu filho do campo para cidade, devido à carência de mais qualificação na escola (João, professor de escola multisseriada do Município de Portel).

> Queremos uma escola que ofereça ótimas condições de trabalho para poder desenvolver as crianças dessa localidade, onde tenha uma boa sala de aula, um local para as atividades esportivas, moradia para o professor com banheiro, água encanada e energia, uma escola onde o professor e os alunos se sintam a vontade. Com o apoio da comunidade, da secretaria e do poder público (Pedro, professor de escola multisseriada do Município de Portel).

Esta tem sido parte de nossa aposta, pelos compromissos que assumimos com o fortalecimento da Articulação Nacional e do Movimento Paraense por uma Educação do Campo, no entanto, queremos muito mais em termos de educação e desenvolvimento do campo e da cidade, queremos ver implantado outro projeto de sociedade, com referências de sociabilidade pautadas pelo bem comum e pelo acesso e distribuição da riqueza, pelo reconhecimento do espaço público como condição para a garantia de direitos humanos e sociais, pela paz e pela solidariedade entre os povos, as nações e as pessoas.

Referências

ARROYO, Miguel G. A Escola do Campo e a Pesquisa do Campo: metas. In: MOLINA, Mônica Castagna. *Educação do Campo e pesquisa: questões para reflexão*. Brasília. Ministério do Desenvolvimento Agrário. 2006.

ARROYO, Miguel G. As séries não estão centradas nem nos sujeitos educandos, nem em seu desenvolvimento. In: Comissão de Educação. *Solução para as não-aprendizagens: séries ou ciclos?* Brasília: Câmara dos Deputados. Coordenação de Publicações, 2001.

BARROS, Oscar Ferreira. *Educação popular ribeirinha: um estudo dos saberes e práticas produtivas do trabalho ribeirinho na Amazônia Paraense*. Dissertação (Mestrado) – Programa de Pós-Graduação em Educação, Universidade Federal da Paraíba, João Pessoa, 2007.

BRASIL. CNE/CEB. *Diretrizes Complementares para o atendimento da Educação Básica do Campo*. Resolução CNE/ CEB nº 2. Brasília, 28 de abril de 2008.

BRASIL. Secretaria de Educação Fundamental/MEC. *Escola Plural: proposta político-pedagógica*. Brasília: SEF. 1994.

CNE/CEB. *Diretrizes Operacionais para a Educação Básica nas Escolas do campo*. Resolução CNE/CEB nº 1. Brasília, 3 de abril de 2002.

CORRÊA, Sérgio Roberto Moraes. *Educação Popular do Campo e Desenvolvimento Territorial Rural na Amazônia: Uma leitura a partir da pedagogia do Movimento dos Atingidos por Barragem*. 2007. Dissertação (Mestrado) – Programa de Pós-Graduação em Educação, Universidade Federal da Paraíba, João Pessoa. 2007.

CRISTO. Ana Cláudia Peixoto de. *Cartografias da Educação na Amazônia rural ribeirinha: estudo do currículo, imagens, saberes e identidade em uma escola do município de Breves/Pará*. Dissertação (Mestrado) – Programa de Pós-Graduação em Educação, Universidade Federal da Paraíba, João Pessoa. 2007.

FREITAS. Maria Natalina Mendes. *O Ensino de Ciências em escolas multisseriadas na Amazônia ribeirinha: um estudo de caso no Estado do Pará*. Dissertação (Mestrado) –Programa de Educação em Ciências e Matemática – Núcleo de Pesquisa e Desenvolvimento da Educação Matemática e Científica, Universidade Federal do Pará, Belém, 2005.

GEPERUAZ. *Classes Multisseriadas: desafios da educação rural no Estado do Pará/ Região Amazônica*. Belém, PA. 2004. Relatório conclusivo.

GEPERUAZ. *Currículo e Inovação: transgredindo o paradigma multisseriado nas escolas do campo na Amazônia*. Belém, PA. 2007. Relatório conclusivo.

HAGE, Salomão Mufarrej (Org.). *Educação do Campo na Amazônia: retratos de realidades das escolas multisseriadas no Pará*. Belém: Gutemberg, 2005.

HAGE, Salomão Mufarrej. Movimentos sociais do campo e a afirmação do direito à educação: pautando o debate sobre as escolas multisseriadas na Amazônia paraense. *Revista Brasileira de Estudos Pedagógicos – REBEP*. INEP, Brasília, 2007.

HAGE, Salomão Mufarrej. Por uma Educação do Campo na Amazônia: currículo e diversidade cultural em debate. In: CORRÊA, Paulo Sérgio de Almeida (Org.). *A educação, o currículo e a formação dos professores*. Belém, EDUFPA, 2006.

HOLANDA, Aurélio Buarque de. *Novo Dicionário Aurélio da Língua Portuguesa*. 2. ed. rev. amp. Rio de Janeiro: Nova Fronteira, 1986.

INEP/MEC/. *Sinopse Estatística da Educação Básica: censo escolar 2006*. Instituto Nacional de Estudos e Pesquisas Educacionais/MEC. Brasília, 2006.

PEREIRA, Ana Cláudia da Silva *et al*. A realidade da Educação do Campo em município paraense: indicadores para um padrão mínimo de qualidade. In: GRACINDO, Regina Vinhaes (Org.). *Educação como exercício de diversidade: estudos em campos de desigualdades sócio-educacionais*. Brasília: Liber livros, 2007.

RAMOS, Marise Nogueira *et al*. (Cord.). *Referências para uma política nacional de Educação do Campo: caderno de subsídio*. Brasília: Secretaria de Educação Média e Tecnológica. Grupo Permanente de Trabalho de Educação do Campo. 2004.

SECAD/MEC. Educação do Campo: diferenças mudando paradigmas. *Cadernos SECAD 2*. Brasília, 2007.

Os autores

Adébora Almeida R. Carvalho
É especialista em Letras e integrante da equipe do Instituto Rumos da Educação para Desenvolvimento do Semiárido Brasileiro, organização não governamental com sede em Juazeiro, na Bahia, fundada em 2007

Albene Lis Monteiro
É doutora em Educação pela Pontifícia Universidade Católica de São Paulo (PUC-SP), Programa Educação: Currículo, professora titular do Departamento de Educação Geral da Universidade do Estado do Pará (UEPA) e pesquisadora da área de Educação sobre o tema formação de professores.

Ana Claudia da Silva Pereira
É pedagoga, mestre em Educação pela Universidade Federal do Pará (UFPA), coordenadora do Setor de Educação do Campo da Secretaria de Estado de Educação (SEDUC/PA), professora do Curso de Licenciatura em Educação do Campo do Instituto Federal do Pará (IFPA), integrante e pesquisadora do Grupo de Estudo e Pesquisa em Educação do Campo na Amazônia (GEPERUAZ) e do Grupo de Estudo em Financiamento da Educação (GEFIN-UFPA).

Ana Cláudia Peixoto de Cristo
Nasceu em São Miguel do Guamá, no Pará, e reside em Macapá, Amapá. É pedagoga, especialista em Gestão Escolar e mestre em Educação, Linha de Pesquisa de Currículo e Formação de Professores, do Programa de Pós-Graduação do Centro de Educação (UFPA). Professora da disciplina Didática e coordenadora pedagógica do Curso de Licenciatura em Educação do Campo (PROCAMPO), na Universidade do Federal do Amapá. Coordenou o Grupo de Estudo e Pesquisa em Educação do Campo da Ilha de Marajó, entre 2003 e 2007. Participou das pesquisas: Classes Multisseriadas: desafios da educação rural no Estado do Pará/Região Amazônica, Currículo e inovação educacional: transgredindo o paradigma Multisseriado nas escolas do campo na Amazônia e do Programa

EDUCAmazônia: construindo ações inclusivas e multiculturais no campo, realizados no período de 2003 a 2007, pelo GEPERUAZ. Email: acpcristo@unifap.br

Ana Maria Sgrott Rodrigues
É doutoranda em Educação em Ciências e Matemáticas no Instituto de Educação Matemática e Científica (IEMCI/UFPA), no Programa de Pós-Graduação em Educação em Ciências e Matemáticas (PPGECM); mestra em Educação em Ciências e Matemáticas pelo Núcleo Pedagógico de Apoio ao Desenvolvimento Científico (NPADC/UFPA); graduada em Licenciatura em Matemática pela Universidade Federal de Santa Catarina (UFSC); especialista em Metodologia em Ensino de Ciências pelo NPADC/UFPA; professora do Formação Tecnológica e Prestação de Serviços em Educação em Ciências Matemáticas (EDUCIMAT/IEMCI/UFPA) e no Pró-Letramento em Matemática (IEMCI/UFPA).

Cely do Socorro Costa Nunes
Formou-se como professora primária pelo Instituto Estadual de Educação do Pará e graduou-se em Pedagogia pelas Faculdades Integradas Colégio Moderno (FICOM/PA). É mestre e doutora em Educação pela Universidade Estadual de Campinas (Unicamp). Foi professora adjunta da UEPA e titular da Universidade da Amazônia (UNAMA). É professora, aposentada, do Curso de Mestrado em Educação da UEPA. Desenvolve pesquisas e trabalhos no campo da formação de professores e avaliação educacional.

Edel Moraes
É pedagoga, especialista em Educação do Campo e Sustentabilidade na Amazônia pela UFPA, integrante e pesquisadora do GEPERUAZ.

Eliana Campos Pojo
É mestre em Educação pela Universidade Metodista de São Paulo (UMESP), com estudo sobre populações ribeirinhas, cuja dissertação foi intitulada: *Travessias educativas em comunidades ribeirinhas da Amazônia*. Coordena a educação escolar nas Ilhas de Belém.

Fábio Josué Souza dos Santos
É graduado em Pedagogia e mestre em Educação e Contemporaneidade, ambos pela Universidade do Estado da Bahia (UNEB). É professor da Universidade Federal do Recôncavo da Bahia (UFRB), lotado no Centro de Formação de Professores – Campus Amargosa. É vice-coordenador do Projeto de Pesquisa "Ruralidades diversas-diversas ruralidades: sujeitos, instituições e práticas pedagógicas nas escolas do Campo, Bahia-Brasil", que conta com apoio financeiro da Fundação de Amparo à Pesquisa do Estado da Bahia (FAPESB).

Flávio Bezerra Barros
É docente-pesquisador da Faculdade de Educação da UFPA, Campus de Altamira, pesquisador do Laboratório Agroecológico da Transamazônica

(LAET), doutorando em Biologia da Conservação pela Faculdade de Ciências da Universidade de Lisboa, Portugal.

Gustavo Bruno Bicalho Gonçalves
É doutor em Políticas Públicas e Formação Humana, mestre em Educação, graduado em Psicologia e Fonoaudiologia. Desenvolve suas pesquisas na área de políticas públicas e trabalho docente, tendo se dedicado nos últimos anos ao estudo do trabalho docente no meio rural, em particular nas classes multisseriadas.

Ilda Estela Amaral de Oliveira
É doutora em Filosofia e Ciências da Educação pelo Programa de Pós-Graduação da Universidade Nacional de Educação a Distância (Madri), professora e pesquisadora do Instituto de Ciências da Educação (ICED/UFPA).

Ilsen Chaves da Silva
É mestre em Educação pela Universidade do Planalto Catarinense (UNIPLAC), professora dessa instituição, atuando com a disciplina de Língua Portuguesa e afins. Foi professora da rede estadual durante 25 anos. Cursou Letras e lecionou por alguns anos Língua Portuguesa no Ensino Básico. Participou como docente do Projeto Piloto para a capacitação e titulação de professores de escolas do interior, especialmente multisseriadas. Lecionou e orientou estágio curricular obrigatório, inclusive na área rural, de onde surge a aproximação com a pesquisa e formação de professores do campo.

Ivânia Paula Freitas de Souza
É especialista em Gestão Pública Contemporânea e mestre em Educação pela Universidade Federal da Bahia. Integra a equipe do Instituto Rumos da Educação para Desenvolvimento do Semiárido Brasileiro, organização não governamental com sede em Juazeiro, na Bahia, fundada em 2007.

Jacqueline Cunha da Serra Freire
É doutora em Desenvolvimento Sustentável, docente e pesquisadora do ICED/UFPA. Coordena o Grupo de Estudo e Pesquisa: EcoAmazônia: Educação, Sustentabilidade e Diversidade no Campo. Pesquisa na área de Juventude, Educação do Campo, Diversidade e Populações Quilombolas.

Juscelita Rosa Soares F. de Araújo
É especialista em Ensino Superior. Integra a equipe do Instituto Rumos da Educação para Desenvolvimento do Semiárido Brasileiro, organização não governamental com sede em Juazeiro, na Bahia, fundada em 2007.

Leila de Lima Magalhães
É mestre em Educação, técnica em Formação de Ator, militante do Movimento Negro no Centro de Estudos em Defesa do Negro no Pará (CEDENPA), integrante do GEPERUAZ e assessora pedagógica do Plano de Formação de Docente da SEDUC.

Luciélio Marinho da Costa
É mestrando em educação no Programa de Pós-Graduação em Educação (PPGE) da Universidade Federal da Paraíba (UFPB), na Linha de Pesquisa Educação Popular, graduado em Letras pela Universidade Estadual da Paraíba (UEPB) e especialista em Supervisão Educacional. É professor das redes municipais de ensino nos municípios de Mari e de Araçagi, no Estado da Paraíba, com experiência em supervisão educacional em escolas do campo. Integra o Grupo de Estudos Educação Popular e Movimentos Sociais do Campo (PPGE/UFPB).

Márcia Josanne de Oliveira Lira
Graduada em Letras pela Universidade Federal do Amazonas (UFAM), especialização em Literatura Brasileira pela mesma universidade. É professora da UFAM, atuando no curso de Letras e no grupo de pesquisa Educação, Culturas e Desafios Amazônicos do PPGE. Tem experiência na área de Educação, atuando principalmente na área de Educação Escolar Indígena, além da Educação a Distância.

Márcio Adriano de Azevedo
É doutor em Educação pelo Programa de Pós-Graduação da Universidade Federal do Rio Grande do Norte (UFRN), professor do Instituto Federal de Educação, Ciência e Tecnologia do Rio Grande do Norte (IFRN) e membro do Grupo de Estudos e Pesquisas em Educação e Diversidade (NEPED/IFRN/CNPq – campus João Câmara).

Maria Aparecida de Queiroz
É doutora em Educação pelo PPGE da UFRN e professora do IFRN, Campus João Câmara.

Maria de Nazaré Vilhena
É professora licenciada em Língua Portuguesa. Assumiu a coordenação pro tempore da Educação de Jovens e Adultos da Secretaria Municipal de Educação (EJA/SEMEC) e atua como técnica da Equipe Técnica do Ensino Fundamental da SEDUC.

Maria do Socorro Dias Pinheiro
É graduada em Licenciatura Plena em Pedagogia pela UFPA, especialista em Gestão e Estratégia pela Universidade Cândido Mendes (UCAM). Tem Mestrado em Educação, Linha Currículo e Formação de Professores pela UFPA. Atua como coordenadora pedagógica no ProJovem Urbano, Tailândia, Pará. Integra o Grupo de Pesquisa em Educação do Campo da Região Tocantina (GEPECART) do Campus Universitário do Tocantins/Cametá/UFPA e participa do GEPERUAZ.

Maria do Socorro Xavier Batista
É pedagoga e doutora em Sociologia, professora do PPGE da UFPB. Desenvolve pesquisa sobre movimentos sociais e Educação do Campo e projeto de extensão em escolas de assentamentos rurais. Coordena o curso de Pedagogia para educadores da reforma agrária em parceria com a universidade, o

Programa Nacional de Educação na Reforma Agrária (Pronera) e os movimentos sociais do campo. Coordena o Grupo de Estudos Educação Popular e Movimentos Sociais do Campo (PPGE/UFPB) e o projeto de pesquisa "A educação superior no Brasil (2000-2008): uma análise interdisciplinar das políticas para o desenvolvimento do campo brasileiro".

Maria Isabel Antunes-Rocha
É professora adjunta da Faculdade de Educação da Universidade Federal de Minas Gerais (FaE/UFMG), mestre em Psicologia Social, doutora em Educação. Coordenadora do Colegiado do Curso de Licenciatura em Educação do Campo da Faculdade de Educação (FaE/UFMG). Coordena o Núcleo de Estudos e Pesquisas em Educação do Campo (EduCampo/UFMG). É membro do Núcleo de Estudos e Pesquisas sobre Formação e Condição Docente (PRODOC/UFMG) e da Comissão Pedagógica Nacional do Pronera.

Maria Natalina Mendes Freitas
É professora da UFPA, Campus de Bragança. Possui graduação em Formação de Professores pela UEPA e mestrado em Educação em Ciências e Matemáticas pela UFPA. É vice-coordenadora do GEPERUAZ, integrante do grupo de Estudos e Pesquisa EcoAmazônia/UFPA e técnica em Educação pela Secretaria Municipal de Educação e Cultura de Belém. Tem experiência na área de Educação, com ênfase em Ensino de Ciências, Educação de Jovens e Adultos, Infância e Educação Infantil do Campo.

Maria Regina Guarnieri
Pedagoga, mestre e doutora em Educação na área de Metodologia de Ensino pela UFSCAR/SP. Professora e pesquisadora na área de Didática, em cursos de graduação e de pós- graduação em Educação Escolar da Universidade Estadual Paulista (Unesp), Campus de Araraquara, São Paulo. Pesquisa o trabalho de professores dos anos iniciais da escola fundamental com ênfase nas questões da prática pedagógica e da aprendizagem da docência.

Neila da Silva Reis
É doutora em Educação, professora do ICED/UFPA, membro-coordenadora do Fórum Paraense de Educação do Campo e coordenadora do Grupo de Estudo e Pesquisa em História da Educação na Amazônia (UFPA). Desenvolve estudos e pesquisa sobre a pedagogia da alternância na Amazônia.

Nilza Cristina Gomes de Araújo
Graduada em Pedagogia pela Universidade Federal de Mato Grosso (UFMT), mestre e doutora em Educação Escolar pela Universidade Estadual Paulista Júlio de Mesquita Filho (Unesp). Professora da Universidade Federal de Mato Grosso do Sul (UFMS), Campus de Corumbá. Tem se dedicado a pesquisar o trabalho docente de professoras primárias que atuam no contexto rural, com destaque para questões que se referem ao universo das classes multisseriadas.

Oscar Ferreira Barros
É mestre em Educação pela UFPB, professor da UFPA no Campus Universitário do Tocantins-Cametá. É pesquisador do GEPERUAZ e do GEPECART. Atua com pesquisas e formação de educadores do campo.

Rosália M. R. de Aragão
É doutora em Ciências Sociais pela Unicamp e em Educação por Bowling Green State University (BGSU), Ohio, Estados Unidos, onde se qualificou como pós-doutora em Educação em Ciências e Matemáticas. É professora colaboradora aposentada da Unicamp, e docente-pesquisadora do PPGECM do IEMCI/UFPA.

Salomão Mufarrej Hage
É doutor em Educação pela PUC-SP, professor do ICED/UFPA, coordenador do GEPERUAZ e assessor técnico da Câmara de Políticas de Desenvolvimento Sociocultural da Secretaria de Governo do Estado do Pará.

Sérgio Roberto Moraes Corrêa
É mestre em Educação pelo PPGE da Universidade Federal da Paraíba, professor do Centro de Ciências Sociais e Educação da UEPA, pesquisador do GEPERUAZ e educador-pesquisador do Núcleo de Educação Popular Paulo Freire (NEP/UEPA).

Solange Leite de Farias Braga
É especialista em Gestão Educacional. Integra a equipe do Instituto Rumos da Educação para Desenvolvimento do Semiárido Brasileiro, organização não governamental com sede em Juazeiro, na Bahia, fundada em 2007.

Sônia Maria da Silva Araújo
É doutora pela Faculdade de Educação da Universidade de São Paulo (USP) e pós-doutora pelo Centro de Estudos Sociais da Faculdade de Economia da Universidade de Coimbra (CES/FEUC/UC). É professora adjunta do ICED, do curso de Pedagogia e no PPGE (UFPA). Coordena o Grupo de Pesquisa Constituição do Sujeito, Cultura e Educação (ECOS)

Terciana Vidal Moura
Possui graduação em Pedagogia, especialização em Metodologia do Ensino, Pesquisa e Extensão em Educação Superior e mestrado em Educação e Contemporaneidade, ambos pela Universidade do Estado da Bahia (UNEB). É professora assistente da Universidade Federal do Recôncavo da Bahia (UFRB), lotada no Centro de Formação de Professores (CFP), campus Amargosa. Tem experiência com formação de professores municipais e é membro do projeto de pesquisa "Ruralidades diversas-diversas ruralidades: sujeitos, instituições e práticas pedagógicas nas escolas do Campo, Bahia-Brasil".

Terezinha Valim Oliver Gonçalves
É licenciada em História Natural e em Ciências Biológicas pela Universidade Federal do Rio Grande do Sul (UFRGS), especialista em Ecologia Humana

pela Universidade do Vale do Rio dos Sinos (Unisinos); mestre em Ensino de Ciências e Matemática pela Unicamp e doutora em Educação pela mesma universidade. É professora associada da UFPA, pesquisadora na área de Educação em Ciências Matemática e Educação Ambiental e diretora do Núcleo de Pesquisa e Desenvolvimento da Educação Matemática e Científica da UFPA.

Valeria A. C. M. Weigel

É graduada em Letras e Artes pela UFPA, mestre em Educação pela Universidade de São Paulo (USP) e doutora em Ciências Sociais pela PUC-SP. É professora associada da UFAM, atuando no PPGE. Coordena o grupo de pesquisa Educação, Culturas e Desafios Amazônicos e tem experiência na área de Educação, atuando principalmente na área de Educação Escolar Indígena.

Vândiner Ribeiro

É doutoranda em Educação na FaE/UFMG, mestre em Educação pela Unisinos e graduada em Pedagogia pela UFMG. Integra o Grupo de Estudos e Pesquisas em Currículos e Culturas da FaE/UFMG (GECC). É coordenadora pedagógica dos cursos de Licenciatura em Educação do Campo da FaE/UFMG, no qual também é professora da disciplina Análise da Prática Pedagógica.

Vivian Zeidemann

É doutoranda da School Natural Resources and Environment, University of Florida, Estados Unidos.

Wanderléia Azevedo Medeiros Leitão

É doutora em Educação pela USP, docente e pesquisadora da Escola de Aplicação da UFPA e membro do GEPERUAZ. Tem experiência na área de Educação Básica e desenvolve pesquisas sobre ludicidade, Educação do Campo, formação de professores, educação infantil e a educação inclusiva no contexto da escola regular.

Wiama de Jesus Freitas Lopes

Possui graduação em Pedagogia pela Universidade Federal do Amapá (UNIFAP), mestrado em Educação pela UFPA, na Linha de Currículo e Formação de Professores, com estudos voltados para Representações Sociais de Jovens do Campo acerca de suas Escolas. É doutorando em Educação, na Linha de Formação de Professores, da Universidade Federal de São Carlos (UFSCar). É membro do Fórum Paraense de Educação do Campo e do GEPERUAZ e servidor temporário do Ministério da Educação (MEC) com atividades voltadas à qualificação e ao assessoramento pedagógico de equipes técnicas e gestoras em planejamento e gestão de instituições educacionais – Plano de Desenvolvimento da Educação (PDE-Escola).

Este livro foi composto com tipografia Minion e impresso
em papel Off Set 75 g/m² na UmLivro.